HEYNE <

Das Buch

Die Erde, in der nahen Zukunft: Die Menschheit hat das Reisen mit Überlichtgeschwindigkeit entdeckt. Auf ihren Flügen stößt sie auf das »Konklave«, einen interstellaren Verband vieler außerirdischer Rassen, von denen jede eine besondere Rolle zu erfüllen hat. Da die Menschen als Einzige den Sprung durch Raum und Zeit verkraften, wird ihnen die Funktion kosmischer Transportleute zugeteilt. Pjotr Chrumow ist ein solcher Kosmonaut und Fuhrmann – bis er eines Tages in seinem Raumschiff einen blinden Passagier entdeckt. Als der Außerirdische ihn vor einer großen Gefahr für die Menschheit warnt, muss Pjotr schnell handeln. Denn eine fremde, außerordentlich mächtige und offenbar menschenähnliche Zivilisation hat das Konklave angegriffen, und Pjotr bleibt wenig Zeit, bevor das Konklave die Erde vernichtet. Die einzige Hoffnung für die Menschen ist der geheimnisvolle »Schatten« im Kern der Galaxis, Millionen Lichtjahre von der Erde entfernt. Und so bricht der Kosmonaut Pjotr Chrumow erneut auf zu einem Abenteuer jenseits der Grenzen von Raum und Zeit ...

Nach seinen faszinierenden »Wächter«-Romanen legt Bestseller-Autor Sergej Lukianenko mit »Sternenspiel« und »Sternenschatten« erneut ein grandioses phantastisches Abenteuer vor.

»Sergej Lukianenko ist der meistgelesene russische Autor der Gegenwart.«

Stern

Der Autor

Sergej Lukianenko, 1968 in Kasachstan geboren, studierte in Alma-Ata Medizin, war als Psychiater tätig und lebt nun als freier Schriftsteller in Moskau. Mit seiner »Wächter der Nacht«-Serie wurde er zum erfolgreichsten Fantasy- und Science-Fiction-Autor Russlands. Als Drehbuchautor war er außerdem an den Verfilmungen von »Wächter der Nacht« und »Wächter des Tages« beteiligt.

Mehr zu Sergej Lukianenko unter: www.lukianenko.ru

Sergej Lukianenko

STERNEN SCHATTEN

Roman

Aus dem Russischen
von Christiane Pöhlmann

Deutsche Erstausgabe

WILHELM HEYNE VERLAG
MÜNCHEN

Titel der russischen Originalausgabe:
ЗВЕЗДНАЯ ТЕНЬ
Deutsche Übersetzung von Christiane Pöhlmann

Die Zeilen aus der »Ballade vom rauchigen Waggon« von Alexander Kotschetkow (Seite 417, »Und keinen Menschen konnte retten«) sind übersetzt von Sepp Österreicher und zitiert nach: Sepp Österreicher (Hg.), *Ausgewählte Nachdichtungen sowjetischer Lyrik*, Moskau: Raduga (1986).
Die Verse aus Dantes *Divina Commedia* (Seite 188, »Ich wandte mich zur Rechten und beschaute«) sind übersetzt von Konrad Falke und zitiert nach: Dante, *Divina Commedia*, Zürich: Rascher (1921).
Die Übersetzung der (im Roman Nik Rimer zugeschriebenen) Gedichte von Jacques Prévert aus dem Französischen besorgten Michael Koseler und Christiane Pöhlmann.
Die Reklameverse im Zweiten Teil, Kapitel 2, dichtete Erik Simon nach.

FSC
Mix
Produktgruppe aus vorbildlich bewirtschafteten Wäldern und anderen kontrollierten Herkünften
Zert.-Nr. SGS-COC-1940
www.fsc.org
© 1996 Forest Stewardship Council

Verlagsgruppe Random House
FSC-DEU-0100
Das für dieses Buch verwendete
FSC-zertifizierte Papier *Super Snowbright*
liefert Hellefoss AS, Hokksund, Norwegen.

2. Auflage
Redaktion: Erik Simon
Lektorat: Sascha Mamczak

Deutsche Erstausgabe 8/2009

Printed in Germany 2009
Umschlagillustration: Dirk Schulz
Umschlaggestaltung: Animagic, Bielefeld
Satz: C. Schaber Datentechnik, Wels
Druck und Bindung: GGP Media GmbH, Pößneck

ISBN 978-3-453-52553-5

www.heyne-magische-bestseller.de

Prolog

Auf Weltraumbahnhöfen wächst kein Gras. Daran sind nicht die alles verschlingenden Flammen der Triebwerke schuld, über die Journalisten so gern schreiben. Nein, es regnen einfach zu viele Gifte zu Boden, wenn die Trägerraketen aufgetankt werden oder Brennstoff notfalls abgelassen wird, wenn mal eine Rakete auf dem Starttisch explodiert oder die verschlissenen Leitungen durch kleine, unvermeidlich auftretende undichte Stellen Flüssigkeit verlieren.

Aber dieses Kosmodrom lag nicht auf der Erde.

Ich saß im Gras, am Rand eines gewaltigen uneingezäunten grünen Feldes. Man hätte es für einen Tennisplatz von Riesen halten können oder für die Ausgeburt der kranken Phantasie eines golfverrückten Milliardärs.

Allerdings war hier gar kein Geld in Umlauf.

Mein Gesicht brannte, als schmirgle ein unsichtbarer Sadist die Haut von innen ab. Da das der Wahrheit entsprach, versuchte ich, den Schmerz zu ignorieren.

Wie auf dem Präsentierteller ragten auf dem Grün des Kosmodroms völlig chaotisch kleine silbrige Raumschiffe empor. Vor gar nicht langer Zeit hatte ich schon einmal hier gestanden, damals hatte mein vernebeltes Bewusstsein jedoch verhindert, dass ich all das mit den Augen eines Erdbewohners wahrnahm. Jetzt dagegen ... Jetzt multiplizierte ich die Kampfkraft eines einzelnen Schiffs erst mit ihrer Gesamtzahl, dann mit der mutmaßlichen Zahl von Weltraumbahnhöfen auf dem Planeten und baute auch zwei Unbekannte in die Gleichung ein, nämlich sowohl die Schiffe, die gerade durchs All flogen oder auf den Planeten der Freunde warteten, wie auch jene Raumkreuzer, die den Orbit nie verließen. Das Ergebnis war natürlich sehr ungenau, die Streubreite betrug eine ganze Zehnerpotenz.

Aber welchen Unterschied macht es schon, ob jemandem eine Tonne Ziegel auf den Kopf fällt oder zehn Tonnen?

Ich kaute auf einem Grashalm und streckte mich im Gras aus. Auf dem Rücken liegend, schaute ich in den Himmel hinauf. Gibt es in irgendeiner Welt, zu irgendeiner Zeit etwas, das unveränderlicher wäre als der Himmel? Daliegen, den säuerlichen Saft auf den Lippen schmecken, spüren, wie der endlose Himmel an einem zieht, einen einsaugt ... Wie die Welt sich umdreht, und schon liegt man nicht mehr auf dem Rücken, entspannt und faul, mit zusammengekniffenen Augen in die Endlosigkeit blinzelnd, sondern der ganze Planet lastet einem auf den Schultern, und man hält ihn über dem Himmel hoch. Der letzte und einzige Atlas ...

Der Saft des Grashalms war bitter und ätzend, hervorgebracht von einer fremden Erde. Den Himmel bedeckte eine aparte Zierdecke aus *Wolken-für-angenehm-kühles-Wetter*. Durch ein solches Gitter fällt man nicht.

Nicht ich habe diese Welt auf den Schultern zu tragen.

Ich drehte den Kopf und zwang den Planeten damit, sich mir unter die Füße zu legen. Ich betrachtete den reglosen Körper neben mir. Der Mann lebte, würde aber eine ganze Weile bewusstlos bleiben.

»Bist du fertig, Cualcua?«, fragte ich laut.

Ja. Eure Gesichter und eure Haut sind jetzt identisch, antwortete mein Symbiont, tonlos flüsternd.

»Danke.«

Soll ich die Figur angleichen?

Der Mann war kräftiger und größer als ich. Eine Tarnung würde mir nicht schaden. Doch allein der Gedanke an jene neuerlichen Schmerzen, die mit der Transformation des Körpers einhergehen würden, löste leichte Panik in mir aus.

»Nein, das ist nicht nötig.«

Ich richtete mich in Hockstellung auf und zog dem Mann die Kleidung aus. Nur gut, dass man auf diesem Planeten einen weiten Schnitt bevorzugte.

»Glaubst du, wir kommen von hier weg?«, fragte ich das Wesen, das in meinem Körper lebte.

Vielleicht.

Die Cualcua kennen weder Takt noch Angst vorm Tod. In letzter Zeit fand ich Gefallen an dieser Einstellung.

Nachdem ich mir die Sachen des anderen Mannes angezogen hatte, stand ich auf. Fünfhundert Meter vor mir machte ich flache, fensterlose Bauten aus. Waren das Hangars? Werkstätten? Oder Treibstofftanks?

»Ob sie Rimers Schiff womöglich noch gar nicht zerstört haben?«, fragte ich voller Hoffnung. »Es wäre schön, wenn wir damit zurückkehren könnten ...«

Der Cualcua antwortete nicht, seltsamerweise meinte ich jedoch, einen Abklang von seinen Gefühlen zu erhaschen. Leichte Ironie, Sympathie und Billigung.

Ob sich ein Wesen, das als lebender Mechanismus dienen muss, als Panzerung und Lenkvorrichtung eines Torpedos, in die Technik hineinversetzen kann? Ob das Mitgefühl mit einem Schiff für dieses Wesen eine der seltenen Emotionen ist, zu denen es überhaupt imstande ist?

»Es wird Zeit, nach Hause zu kommen«, sagte ich.

Nur für diejenigen, die ein Zuhause haben ...

»Habt ihr denn kein ...«

Unsere Rasse hat sich in der Vergangenheit den Beschlüssen des Konklaves widersetzt. Wir haben rebelliert. Damals hatten wir noch einen Planeten. Jetzt gibt es dort nur noch Staub.

Schweigend starrte ich auf das Grün des Kosmodroms.

Mach dich auf den Weg, Pjotr. Für dich gibt es einen Ort, an den du zurückkehren kannst.

»Hoffentlich«, erwiderte ich. »Hoffentlich.«

Erster Teil
Die Erde

Eins

Das rot-violette Geschwader der Alari. Hundert Schiffe, die an den Grenzen des galaktischen Konklaves Patrouille flogen.

Durch die durchsichtig gewordene Verkleidung betrachtete ich die am Himmel verteilten Lichter. Sobald ich ein Schiff länger ansah, wurde es größer. Die Technik der Geometer war wirklich hervorragend.

Aber kam es darauf an?

Es gibt Dinge auf der Welt, die stärker als Waffen sind: den Willen, die Geisteskraft, die Gewissheit, richtig zu handeln, der Zusammenhalt untereinander. Was konnte das Konklave schon gegen die Zivilisation der Geometer ins Feld führen? Reibereien und Streit, die angestaute Unzufriedenheit der Schwachen Rassen, die Selbstzufriedenheit und Arroganz der Starken Rassen. Das ganze labile Gleichgewicht würde im Handumdrehen zusammenbrechen. Und wenn dann noch die Regressoren mitmischen würden ...

Kapitän, jemand zwingt uns einen Kurs auf.

»Dann lass uns gehorchen«, sagte ich.

Die Situation ist gefährlich.

»Es ist alles in Ordnung. Ich habe Anweisungen. Alles geschieht zum Wohl Der Heimat«, sagte ich kurz angebunden.

Das Erkundungsschiff, das Rimer gehört hatte, hatte ich am Ende doch nicht gefunden. Anscheinend war es doch zerstört worden. Sicherheitshalber. Vielleicht war es besser so. Gegenüber einem Computer, der sich einen Teil von Niks Gedächtnis, seine Art zu kommunizieren und seine Gedichte einverleibt hatte, hätte ich mich unwillkürlich wie gegenüber einem intelligenten Lebewesen verhalten. Mit diesem neuen Schiff, mit dem nie zuvor irgendjemand geflogen war, gab es diese Probleme nicht. Die Geometer hatten es fertiggebracht, sich verteufelt schlaue Bordpartner zu schaffen, zu selbstständiger Kommunikation und nicht standardisierten Reaktionen imstande, die dennoch Maschinen blieben.

Vermutlich hatten sie das ganz richtig gemacht. Schließlich dürfte es kein Zufall sein, dass nicht eine einzige Rasse des Konklaves – zumindest nicht in großem Maßstab – auf künstliche Intelligenz vertraute, sondern lieber auf die Dienste der Zähler, der Cualcua oder anderer hoch spezialisierter Wesen zurückgriff. Allein der Gedanke, ein neues intelligentes Wesen zu schaffen, einen möglichen Konkurrenten, hat etwas Erschreckendes. Aber galt das auch für die Geometer? Mit ihrem Hang zur Geschlossenheit und Freundschaft? Warum hatten sie diese Möglichkeit nicht genutzt? Ging am Ende doch jede Ideologie flöten, sobald der Überlebensinstinkt einer Rasse ins Spiel kam?

Die Situation ist sehr gefährlich, teilte mir das Schiff besorgt mit.

»Gehorche. Wir führen eine Mission der Freundschaft durch.«

Wie praktisch, wenn die Weltanschauung oberste Priorität genießt. Selbst wenn die Geometer damit gerechnet haben sollten, dass ein Schiff entführt werden kann, hatten sie ihm keine Zweifel erlaubt. Mit gedrosselten Triebwerken flogen wir mitten in das Geschwader, zum Flaggschiff. Es war erst eine Woche her, seit ich es zum ersten Mal gesehen hatte. Damals hatte die riesige Scheibe einen erbärmlichen Eindruck gemacht. Denn obwohl die Alari es geschafft hatten, ein Schiff der Geometer unbeschädigt und intakt in ihre Gewalt zu bringen, hatten sie enorme Verluste hinnehmen müssen. Jetzt sah das Flaggschiff wieder wie neu aus. Eine bedrohliche Kriegsmaschine, die keine Niederlage zu kennen schien ...

Cualcua, dachte ich, *haben deine Artgenossen bei der Reparatur geholfen?*

Ja, erhielt ich lautlos Antwort. *Wir haben in den heißen Bereichen geholfen.*

Ist das denn nicht gefährlich für euch?

Doch. Na und?

Was für eine frappierende Gleichgültigkeit gegenüber dem Tod. Dergleichen hatte ich noch nie erlebt. Diese Einstellung der amöbenartigen Wesen musste einen Grund haben, wenn auch bisher noch niemand wusste, welchen.

In der Mitte des Flaggschiffs öffnete sich eine Luke. Schleusen gab es keine, stattdessen hielt ein Kraftschild die Luft zurück. Wir fielen durch die Luke – und es erinnerte wirklich an einen Fall. Als die Gravitationsfelder der Schiffe in Wechselwirkung miteinander traten, wurde mir leicht schwindlig.

»Stell die Gravitation ab!«, befahl ich, als wir uns im Flaggschiff befanden. »Fahr alle Verteidigungssysteme runter! Öffne die Kabine!«

Diesmal gehorchte das Schiff widerspruchslos, als habe es sich darauf besonnen, dass ein Geköpfter nicht um die Haare weint. Das Cockpit öffnete sich, und ich nahm den leicht würzigen Geruch der fremden, nicht-menschlichen Umwelt wahr. Die höhlenartige Halle im Flaggschiff war nur schwach beleuchtet, die reglosen Figuren der Alari ließen sich kaum erkennen.

Mir wurde mulmig zumute.

Vor einer Woche war ich durch ihre Reihe gestürmt. Ein wackerer Held, der sich nicht mehr erinnerte, wer er war, großzügig Kinnhaken verteilte und links und rechts mit einem Messer auf die kleinen Wesen einstach ... Dabei hatten sich mir nur Techniker und Ingenieure entgegengestellt, denen durchweg jede Erfahrung im Zweikampf fehlte. Die Illusion eines Kampfes war nötig – und deshalb wurde sie geschaffen. Wenn mich ein paar echte Soldaten angegriffen hätten, noch dazu in den berühmten alarischen Panzeranzügen, wäre mir die Flucht nie im Leben geglückt.

Die zotteligen Körper um mich herum warteten. Was empfanden sie für mich? Verständnis – weil schließlich alle wussten, wozu das damals sein musste? Hass – weil an meinen Händen das Blut ihrer Artgenossen klebte? Neugier – immerhin war ich zurückgekehrt und brachte Informationen?

»Wo sind meine Freunde?«, fragte ich, während ich aus dem Schiff sprang. »Alari!«

Schweigen. Nach einer Weile trat ein schwarzes Wesen in einer goldenen Tunika vor.

»Kommandant?«, fragte ich.

»Ich begrüße dich an Bord, Pjotr Chrumow«, erwiderte der Alari mithilfe des Cualcua, der als hässlicher Auswuchs an seinem Hals schwabbelte. »Wir freuen uns, dass du es geschafft hast zurückzukommen.«

An zwei Stellen seines Körpers bedeckten weiße Binden das Fell, bei denen es sich kaum um Details der Kleidung handeln dürfte. Ob das Andenken an meine Schläge waren?

»Wo sind meine Freunde?«, fragte ich erneut.

»Sie schlafen. Für euch ist jetzt die Ruhezeit.«

»Weck sie trotzdem, sie werden es nicht übelnehmen«, verlangte ich.

Sollten die Alari mich in eine Falle gelockt haben, hätte jetzt mein letztes Stündlein geschlagen ... Aber genau in diesem Moment tauchten am hinteren Ende des Tunnels zwei menschliche Gestalten auf. Danilow und Mascha. Sie kamen auf mich zugerannt, und ich spürte, wie – endlich – die Anspannung von mir wich.

Ich hatte eben doch einen Ort, an den ich zurückkehren konnte.

Aber warum wirkte das Lächeln in ihren Gesichtern dermaßen gequält?

»Pjotr!« Danilow schloss mich in die Arme, schwenkte mich hin und her und schaute mir in die Augen: »Du Hundesohn! Hast du es tatsächlich geschafft!«

Mascha blieb gefasster. Sie lächelte nur, und diese für sie ungewohnte Tätigkeit ließ sie wesentlich attraktiver aussehen.

»Hallo«, begrüßte sie mich, streckte die Hand aus und berührte sacht meine Schulter. »Klasse. Wir haben uns wirklich Sorgen um dich gemacht.«

Ich linste in den Tunnel, doch es kam niemand mehr.

»Wo ist mein Großvater?«, fragte ich irritiert.

»Er schläft«, antwortete Danilow rasch. »Er schläft gerade.«

Die Alari mischten sich nicht in unser Gespräch ein. Die Zottelwesen hatten einen Ring um uns gebildet und beobachteten unsere Begegnung voller Neugier. Ich hielt nach dem Kommandanten Ausschau. »Als ich geflohen bin ...«, setzte ich an, »da habe ich ...«

»Du hast drei Alari getötet«, fiel mir der Kommandant ins Wort.

Was hatte ich denn erwartet? Ich konnte ja noch froh sein, dass es nur drei waren. Schließlich hatten mich damals *Nicht-Freunde* umgeben, und der gefangene Regressor Nik Rimer fackelte nicht lange ...

Danilow drückte mir sanft den Arm.

»Kommandant ...«, setzte ich noch einmal an.

Es war dumm, sich zu entschuldigen und um Verzeihung zu bitten. Worte tilgen diese Schuld nicht. Aber was konnte ich sonst tun?

»Pjotr Chrumow, als Repräsentant der Rasse der Alari bitte ich dich um Verzeihung«, sagte der Kommandant nun.

Ich starrte in die funkelnden schwarzen Augen. Nein, er machte sich nicht über mich lustig.

»Wir mussten dich zwingen, gegen die Gesetze deiner Zivilisation zu verstoßen«, fuhr der Kommandant fort. »Du musstest deine Verbündeten töten. Unsere Schuld ist groß, aber wir haben keine Alternative gesehen.«

Nein, Erleichterung verspürte ich nach diesen Worten, die die Situation radikal änderten, keine.

Und das war womöglich der einzige Grund, weshalb ich mir selbst noch in die Augen blicken durfte.

»Kommandant, ich bitte die Rasse der Alari um Verzeihung«, erwiderte ich. »Ich trauere um diejenigen, die mir zum Opfer gefallen sind.«

Der Alari schwieg. Wir mochten beide noch so unterschiedlichen ethischen Prinzipien anhängen – aber auch er musste die toten Mitglieder seiner Mannschaft betrauern. Andernfalls würde er kaum diese Flotte kommandieren. Die Macht gibt einem das Recht, Opfer anzunehmen und zu verlangen, aber sie erspart einem nicht den Schmerz. Das gilt natürlich nur, sofern es sich tatsächlich um Macht handelt und nicht um Tyrannei.

»Aber ihr Opfer war doch nicht vergebens?«, fragte der Kommandant. »Du bist in der Welt der Geometer gewesen?«

»Ja.« Ich zeigte mit der Hand auf das Schiff der Geometer. »Das ist ein anderes Schiff. Das, mit dem ich von hier weggeflogen bin, ist auseinandergenommen und vernichtet worden.«

»Warum das?«

»Weil es in Gefangenschaft gewesen ist.«

Danilow sah Mascha triumphierend an, und mich beschlich der Verdacht, sie hatte Rimers Schiff eigentlich mit einer stattlichen Zahl von Wanzen ausstatten wollen.

»Nur gut, dass du sein Schicksal nicht geteilt hast«, bemerkte der Kommandant.

»Das hat mich einige Mühe gekostet«, erwiderte ich.

Der Alari schüttelte den Kopf. Vermutlich wollte er die Geste der Menschen nachahmen, was jedoch bei seinem Mäusekopf komisch wirkte.

»Kann die Zivilisation der Geometer ein Verbündeter der Schwachen Rassen werden?«, wollte er wissen.

Gute Frage.

Die beste Frage der Saison ...

»Sie kann ein neuer Herr für die Schwachen Rassen werden«, antwortete ich. »Sie würde uns jedoch völlig in sich aufsaugen. Sie würde uns ihre Ideologie schenken. Sie würde uns in ihren Kreis aufnehmen.«

»Es ist unmöglich, die Ideologie einer entwickelten Gesellschaft mit Gewalt zu verändern«, hielt der Alari dagegen.

»Wir würden ja auch nicht lange eine entwickelte Gesellschaft bleiben«, teilte ich ihm mit.

Die schwarzen Mäuseaugen bohrten sich in mich hinein. Anschließend sah der Kommandant die versammelten Alari an, die daraufhin auseinanderstoben. Innerhalb von zehn Sekunden waren alle wie weggeblasen.

»Gehen wir, Pjotr.« Der Alari streckte die Pfote aus und berührte mich leicht an der Seite. »Der Hangar ist nicht der Ort für dieses Gespräch. Der Vortragsraum wartet auf uns.«

»Der Vortragsraum? Oder das Verhörzimmer?«

»Je nach den Umständen.«

Nach der Größe des »Vortragsraums« zu urteilen, mussten hier ab und zu Elefanten den Mäusen Rede und Antwort stehen.

Die unebenen Wände, die typisch für die alarischen Schiffe waren, zeigten eine trüb-orangegelbe Farbe. Die wenigen Beleuchtungssegmente flackerten mit trübem Licht. Sobald ich halb sitzend, halb liegend in einem schrägen, weichen Sessel Platz genommen hatte, wurde hinter mir die Luke geschlossen. Ein wenig erinnerte das schon an ein Gefängnis.

»Petja«, erklang von irgendwoher Danilows Stimme, »die Alari bitten um die Erlaubnis, das Gas ausströmen zu lassen.«

»Was für Gas?«

»Einen harmlosen Tranquilizer. Er hilft dir, dich zu erinnern. Das ist absolut ungefährlich.«

Sonderlich verlockend klang es nicht. Trotzdem zuckte ich mit den Schultern und sah hoch zur Decke. »Meinetwegen.«

Es gab weder Geräusche noch Gerüche. Mir wurde einfach schwindlig, und das Licht schien mir greller.

Ich spürte nichts, was mich an ein Narkotikum denken ließ. Wahrscheinlich hatten sich die Alari getäuscht und ihre Tranquilizer wirkten bei Menschen gar nicht.

Nach einer Weile fing ich an, mich zu langweilen. Wie lange lag ich hier eigentlich schon? Eine Minute? Zwei? Jedenfalls verdammt lange! Dabei durften wir unsere wertvolle Zeit doch nicht verplempern! Außerdem würde mich dieses Nichtstun noch umbringen! Nervös herumzappelnd, kämpfte ich gegen den Wunsch an, aufzustehen und aus dem Zimmer zu gehen.

»Pjotr.« Ich erkannte die Stimme des Kommandanten. »Erzähl uns, was nach deiner Flucht passiert ist! Von dem Moment an, als du ins Schiff eingestiegen bist.«

Seine Frage baute meine Nervosität schlagartig ab. Endlich kriegte ich was zu tun!

»Ich hieß Nik Rimer«, berichtete ich. »Das hat mir das Schiff mitgeteilt, indem es auf eine nonverbale Kommunikationsform zurückgriff. Ich war ein Kundschafter und Regressor. Das Erste ist klar. Die Arbeit eines Regressors wiederum besteht in der Infiltration einer fremden Gesellschaft, um ihr Entwicklungsniveau zu senken. Auf diese Weise wird eine Zivilisation für eine Entwicklung auf dem richtigen Weg präpariert.«

»Und was ist der richtige Weg?«, fragte der Alari.

»Die Freundschaft. Die Einheit aller Zivilisationen, ihre gemeinsame Expansion im All.«

»Mit welchem Ziel?«

»Mit dem Ziel der Freundschaft. Es ist ein in sich geschlossener Entwicklungszyklus, die Zivilisationen werden absorbiert, um anschließend neue Zivilisationen zu suchen und anzuschließen.«

Der Kommandant ließ eine kurze Pause folgen. »Welchen Sinn hat das?«, fragte er dann.

Was für ein Dummkopf!

»Gar keinen.«

»Herrscht die Rasse der Geometer über die absorbierten Zivilisationen?«

»Nein. Es herrscht die Idee.«

»Pjotr, setze deinen Bericht fort«, mischte sich jemand anders ins Gespräch.

»Hallo, Karel.« Ich wunderte mich nicht, dass auch der Zähler hier war. »Wo ist denn mein Großvater?«

»Er ist hier.«

»Dann hol ihn doch bitte.«

Es folgte abermals eine kurze Pause. »Hallo, Petja«, hörte ich schließlich.

»Hallo«, sagte ich zur Decke. »Wie geht es dir? Ist alles in Ordnung?«

Die Stimme meines Großvaters klang müde und freudlos.

»Soweit es möglich ist. Erzähl mir alles, mein Junge. Wie hast du das Schiff der Geometer gelenkt?«

»Ich habe allgemeine Anweisungen gegeben. Das Schiff verfügt über einen ziemlich ausgeprägten Verstand. Allerdings einen ... kastrierten.«

»Erklär das genauer, Petja.«

»Ich glaube, dem Schiffscomputer fehlt nicht mehr viel zu einem regelrechten Verstand. Er ist in der Lage zu lernen. Aber aus irgendeinem Grund hat er ein völlig unzutreffendes Bild von sich selbst.«

»Genau das haben wir vermutet. Die Geometer haben das höchst raffiniert angestellt, Petja. Ihre Computer entwickeln sich nicht zu einem wirklich intelligenten Wesen, weil sie sich selbst bereits dafür halten.«

»Was?« Obwohl ich eigentlich gern weiterberichten wollte, konnte ich mir die Frage nicht verkneifen.

»Es kommt sogar noch schöner. In gewisser Weise ...« Mein Großvater kicherte. »... hält sich jeder Computer der Geometer für das einzige intelligente Wesen im Universum. Für einen Gott, wenn du so willst. Er fasst die Realität als Spiel seiner Phantasie auf. Ein derart leistungsstarkes System könnte nur dann zu einem authentischen Bild seiner selbst gelangen, wenn es nicht glauben würde, diese Aufgabe sei bereits erledigt.«

»Ein gefährlicher Weg«, bemerkte ich.

»Nein, Petja, der bequemste von allen. Der einzig mögliche Weg vielleicht. Ein Gefangener will nicht in die Freiheit ausbrechen, wenn er sich bereits für frei hält.«

»Ich bin so froh, deine Stimme zu hören, Großpapa«, sagte ich nach kurzem Schweigen. »Du ... du hast mir gefehlt.«

Abermals folgte eine kurze und unbehagliche Pause. Zu viele hörten unserem Gespräch zu. Das war nicht der Zeitpunkt für Sentimentalitäten.

»Erzähl weiter, Petja«, bat mein Großvater. »Dieses Gas weckt den Wunsch zu plaudern und Informationen mitzuteilen. Quäle dich also nicht.«

»Die Geometer haben sehr gute Schiffe«, fuhr ich fort. »Sie arbeiten nicht mit dem Jump, aber trotzdem bewegen sich diese Schiffe viel schneller durch den Außer-Raum als jedes Transportmittel, das dem Konklave zur Verfügung steht. Weil ich mich nicht mehr an meine eigene Persönlichkeit erinnert habe, hat das Schiff Anweisungen befolgt, die ...«

Mein Bericht dauerte lange. Ab und an unterbrach mich Danilow, mein Großvater, Mascha oder der Kommandant der Alari mit einer Frage ... Einige der Fragen des Kommandanten kamen mir ein wenig seltsam vor, weshalb ich nach einer Weile vermutete, in diesen Fällen frage gar nicht er, sondern sein Dolmetscher, der Cualcua.

Am schwierigsten war es, die Gesellschaft der Geometer zu schildern. Nach wie vor sah ich in ihr nichts, was mir absolut fremd war, sodass ich nicht recht wusste, was ich überhaupt erwähnen sollte. Das Fehlen von Familien war beispielsweise ein interessanter Aspekt, an den ich mich aber nur rein zufällig erinnerte. Abgesehen davon wusste ich vieles – sehr vieles – überhaupt nicht. Zum Beispiel wie ihre Transportkabinen funktionierten. »Ist es wie beim Jump, ein Sprung durch eine andere Dimension? Oder kopiert man einen Körper an einem anderen Punkt und zerstört das Original?«, wollte der Alari wissen. Darauf konnte ich natürlich nicht antworten. Die zweite Alternative gefiel mir allerdings nicht gerade, selbst wenn ich zugeben musste, dass sie nicht von der Hand zu weisen war.

Als ich meinen Vortrag beendet hatte, war die Wirkung des Narkotikums fast verflogen. Einer der Alari brachte mir schweigend ein Tablett mit Frühstück und entfernte sich wieder. Ich hockte mich hin, fing an zu essen und lauschte dem Streit. Die Verbindung zwischen dem Vortragsraum und dem Zimmer, in dem sich die »Verschwörer« versammelt hatten, war zu meiner Freude nicht abgeschaltet worden, andernfalls wäre ich mir nämlich wie ein lumpiger Spion vorgekommen.

Es redete hauptsächlich mein Großvater. Ich glaube, alle – also sowohl die Alari als auch der Zähler – erkannten ihn als *den* Experten für die Geometer an.

»Ihre Zivilisation ist ein Phänomen«, dozierte er. »Fangen wir mit dem wesentlichen Punkt an: Auf ihrem Heimatplaneten haben zunächst zwei intelligente Rassen existiert. Sind andere Fälle dieser Art bekannt?«

»Doch, ja.« Ich glaube, die Antwort gab wirklich der Alari, nicht sein Dolmetscher. »Einige Fälle sind bekannt.«

»Aber wie ging es mit dieser Koexistenz dann weiter?«, fragte mein Großvater aufgeregt.

»Eine der Rassen muss in ihrer frühen Entwicklungsphase vernichtet worden sein. Die Ereignisse auf dem Planeten der Geometer dürften ja wohl mehr als banal gewesen sein. Eine Zivilisation mit niedrigerem Entwicklungsniveau sieht in einer fremden intelligenten Rasse einen Konkurrenten, der ausgerottet werden muss.«

Aus irgendeinem Grund meinte ich, der alarische Kommandant würde sich rechtfertigen. Dachte er vielleicht an seine eigene Rasse?

»Aber hier haben wir es mit einer etwas anderen Variante zu tun. Beide Rassen waren entwickelt und intelligent. Die Geometer haben sich durchsetzen können, weil sie eine biologische Waffe geschaffen haben, eine schier unglaubliche Leistung für eine feudale Gesellschaft.«

»Mich überzeugt diese Einschätzung nicht«, mischte sich Mascha plötzlich ein. Sie stockte kurz, bevor sie sich überwand und etwas verkrampft fortfuhr: »Andrej Valentinowitsch ... die Gesellschaft der Geometer ist einerseits in der feudalen Etappe stecken geblieben, andererseits aber in etlichen Bereichen über diese hinausgewachsen. Petja hat doch von einer langen Phase der Isolation auf einem Kontinent gesprochen, oder? Hier haben wir gewisse Analogien zur japanischen Gesellschaft. Noch dem

Mittelalter verhaftet, erlaubt sie sich in einzelnen Bereichen der Wissenschaft ungeheure Fortschritte. Das würde auch ihre gesellschaftliche Grundlage, dieses System von Ausbildern, erklären.«

Alle Achtung, Mascha! Sie traute sich, meinem Großvater zu widersprechen! Sie wächst, das Mädchen wächst ...

Ich trank den sauren Saft aus, legte mich etwas bequemer in den Sessel und schloss die Augen.

»Trotzdem ist und bleibt es das Mittelalter, Mascha.« Mein Großvater rückte keinen Fußbreit von seiner Position ab. »Gut, eine Gesellschaft asiatischen Typs, da hast du recht. Und ihre Kultur hat tatsächlich einen asiatischen Entwicklungsweg eingeschlagen.«

»Und was heißt das?«, wollte der Alari wissen.

»In der Entwicklung der irdischen Zivilisation«, erklärte mein Großvater, »lassen sich zwei Hauptströmungen unterscheiden: die europäische oder westliche und die asiatische oder östliche. Die westliche Kultur ist stärker auf die einzelne Persönlichkeit ausgerichtet, auf das Individuum, seine Rechte und seine Freiheit. Die östliche stützt sich dagegen normalerweise auf die Gesellschaft und den Staat. Da wir zur westlichen Kultur gehören ... ja doch ... im Grunde gehören wir zur westlichen, ist uns die östliche ein wenig fremd. Bei uns ist es die Literatur, die sich mit dem Entwurf fiktiver Gesellschaften befasst. Meist geben wir diesen Gesellschaften dann die Merkmale einer asiatischen Zivilisation. Eine streng strukturierte Gesellschaft, die Unterdrückung der Freiheit des Individuums ... Die östliche Kultur wiederum verleiht ihren fiktiven Gesellschaften Züge einer europäischen Zivilisation.«

»Seltsam, dass ihr euch nicht gegenseitig ausgerottet habt«, bemerkte der Alari. »Welche Gesellschaftsform hat sich heute auf der Erde durchgesetzt?«

»Die westliche«, antworte mein Großvater mit felsenfester Gewissheit. »Aber im Moment verwischen sich alle Unterschiede. Was aber die Zivilisation der Geometer angeht – die fußt auf einer klar östlichen Grundlage.«

»Interessant«, bemerkte der Alari. »Ich habe immer angenommen, die irdische Zivilisation sei ein Musterbeispiel für eine ausgesprochen strukturierte Gesellschaft. Im Unterschied zu unserer beispielsweise.«

Jemand – ich glaube, Danilow – lachte.

»Das wundert mich gar nicht«, entgegnete mein Großvater. »Wenn wir eine fremde Gesellschaft studieren, fallen uns in erster Linie solche Aspekte wie Ordnung und Struktur auf.«

»Lassen sich denn irgendwelche Schlüsse über die Gesellschaft der Geometer ziehen?«, fragte der Kommandant.

»Ja. Wir sind einander relativ ähnlich, Xenophobie dürfte insofern kein Problem darstellen. Pjotr, stimmst du mir da zu?«

»Ich glaube schon, Großpapa«, antwortete ich, nachdem ich kurz darüber nachgedacht hatte. »Insgesamt ist ihre Gesellschaft natürlich kein Konzentrationslager. Trotzdem ist bei ihnen alles sehr streng organisiert. Dabei können sie aber auf jede Form von Unterdrückungsmechanismus verzichten, denn alles ist auf der Ideologie aufgebaut.«

»Auch das ist charakteristisch für einen östlichen Entwicklungsweg«, fuhr mein Großvater fort. »Und das ist sehr schlecht. Wenn eine östliche und eine westliche Gesellschaft nämlich technisch gleich weit entwickelt sind, dann hat ein Konflikt zwischen ihnen ausgesprochen traurige Folgen. Wenn das Konklave wenigstens eine einheitliche, übergreifende Ideologie hätte ...«

»Die Zivilisation der Geometer ist nicht sehr groß, Andrej Valentinowitsch«, gab Danilow zu bedenken. »Wenn es wirklich zu einem Zusammenstoß käme ...«

»Und wie sollte der aussehen?«, konterte mein Großvater genüsslich. »Würden die furchterregenden Geschwader des Konklaves etwa die Welten der Geometer bombardieren? Das glaubst du ja wohl selbst nicht! Selbst die Erde schafft es, eine Politik der Zurückhaltung zu betreiben ... Du hast wohl angenommen, ich sei nicht im Bilde, was? Dass ich nichts von den Fähren wüsste, die, mit Kobalt- und Wasserstoffbomben beladen, seit zehn Jahren in den Umlaufbahnen kreisen? Und die Aliens wissen darüber ebenso Bescheid. Sind Ihnen diese Fakten bekannt, Kommandant?«

»Ja«, antwortete der Alari knapp.

Mich brachte das ein wenig aus dem Konzept – denn *ich* hatte davon ehrlich gesagt noch nie etwas gehört.

»Das Entwicklungsniveau bestimmt die Form des Konflikts«, dozierte mein Großvater weiter. »Die Rassen des Konklaves werden es nicht auf einen Krieg ankommen lassen. Im äußersten Fall richten sie Quarantänezonen ein und versuchen, die Geometer zu isolieren, sich gegen sie abzuschotten. Ob das bei einer Rasse gelingt, die ihr Sternsystem durch die gesamte Galaxis transportiert hat? Ich habe da meine Zweifel. Deshalb dürfte es eher zu einer Art kaltem Krieg kommen. Dann können die Geometer allerdings prompt die attraktiven Seiten ihrer Gesellschaft ins Spiel bringen. Sie werden dem Konklave einen Planeten nach dem nächsten abspenstig machen. Wenn wir gehen, verliert das Konklave seine Fuhrleute. Wenn die Alari gehen, sinkt die Kampfkraft um rund vierzig Prozent. Gehen die Stäubler, gerät die Montanindustrie in die Krise. Wenn das den Starken Rassen klar ist, sie sich aber trotzdem für den Krieg entscheiden, steht der Galaxis ein wahrer Genozid bevor. Denn bevor die Geometer untergehen, bevor sie unter Angriffen zusammenbrechen, werden ihre Schiffe die meisten bewohnten Planeten in Schutt und Asche legen. Sie werden Gift spritzen, das ist eine traditionelle, sehr effektive Vorgehensweise bei ihnen. Und was wollen wir einem winzigen, schnellen und gut gesicherten Schiff entgegensetzen? Vor allem, wenn dieses Schiff sich einem Planeten nur zu nähern und eine einzige kleine Bombe mit verseuchtem Aerosol in der Atmosphäre abzuwerfen braucht? Stellen wir uns doch einmal vor, die Jentsh und ihr Alari würdet das ganze System der Geometer tatsächlich in Staub legen. Aber selbst dann würden immer noch die Schiffe überleben. Und die würden sich rächen. Die gäben für lange – für sehr lange Zeit – keine Ruhe!«

»Wenn ihre Schiffe wirklich, wie wir annehmen, die Vakuumenergie nutzen, sind sie quasi völlig autark«, flocht Mascha ein.

Es folgte eine lange Pause.

»Dann hältst du es also für falsch, Andrej Chrumow, das Konklave und die Geometer aufeinanderzuhetzen?«, fragte der Alari schließlich.

»Ich halte es für überflüssig. Ihr Verhältnis ist ohnehin ein antagonistisches. Und die Starken Rassen ertragen keine starken Nachbarn.«

»Was schlägst du dann vor? Auf wessen Seite sollen wir uns stellen?«

Mein Großvater hüllte sich in Schweigen. »Vermutlich ist es am Ende doch klüger, sich auf die Seite der Geometer zu schlagen«, sagte er dann. Völlig bestürzt schoss ich im Sessel hoch. »Ihre Ethik gibt nicht gerade Anlass zu Hoffnung, aber immerhin bieten sie den Schwachen Rassen eine Überlebenschance. Gewiss, sie würden unter eine neue Herrschaft geraten. Aber sie würden überleben.«

Das konnte er doch nicht ernst meinen! Ich stand da und starrte die Wand an, als wollte ich durch sie hindurch die anderen sehen. Verstand mein Großvater wirklich nicht, wie das enden würde? Ich hatte ihnen doch alles erklärt! Gut, am Anfang, da würden wir ihre Verbündeten und Freunde sein. Ein Teil der Schwachen Rassen würde dem Konklave entkommen und sich den Geometern anschließen. Aber es wäre ja nicht damit getan, die Ideologie der Freundschaft zu übernehmen und diese Utopie im Kosmos zu verbreiten. Aus der Sicht derjenigen, die auf Der Heimat leben, stellen wir nämlich eine absolute Fehlentwicklung dar. Deshalb würden sie uns herabdrücken, still und sukzessive, so dass wir es gar nicht bemerken würden. Unsere Weltraumbahnhöfe würden veröden, man würde Fabriken schließen – sagen wir mal, damit sich die zerstörte Umwelt regenerieren kann. Dann würden uns die Geometer mit ihren Ausbildern zu Hilfe eilen, den besten Ausbildern, die man sich überhaupt denken kann. Beispielsweise, um künftigen Generationen höheres Wissen zu vermitteln. Sie würden uns an ihrem Bioengineering teilhaben lassen, würden unsere Krankheiten überwinden und gleichzeitig unsere übermäßige Emotionalität und Aggressivität. Was nützt der Aufruhr der Gefühle jemandem, der nach Freundschaft strebt? Selbst töten kann man ohne Wut und Hass. Genau wie das Konklave wissen die Geometer, dass sie nur eine, vielleicht zwei Generationen abwarten müssen – und dann wäre die Erde zu einer neuen Heimat für diejenigen geworden, die sich unter diesem Wort gar nichts mehr vorstellen können.

»Großpapa ...«, flüsterte ich. Aber sie hörten mich nicht.

»Andrej Chrumow, ich glaube, mit einem Mal siehst du das Leben mit völlig anderen Augen«, sagte der Kommandant.

Mein Großvater stieß ein seltsames Lachen aus.

»Ja, wahrscheinlich. Aber ist das ein Wunder? Das Leben ist in jedem Fall besser als der Tod. Und alles, was wir von Petja gehört haben, bekräftigt diesen Gedanken. Gegen die Geometer zu kämpfen bedeutet unseren Tod.«

»Großpapa!«, schrie ich. »Warte! Es gibt noch den Schatten! Hast du das etwa vergessen?«

»Die Feinde der Geometer?«

»Genau. Diejenigen, vor denen die Geometer geflohen sind!«

Ich sah das Gesicht meines Großvaters nicht, aber ich stellte mir – in schönster Klarheit – vor, wie er herablassend lächelte.

»Petja, die Feinde der Geometer sind nicht automatisch unsere Freunde. Das zum einen. Und zum anderen: Die Geometer sind sehr, sehr weit geflohen. Der Schatten dürfte ihnen kaum gefolgt sein.«

»Aber wir können zum Schatten gelangen!«

Ich meinte, mein Großvater würde gleich müde seufzen, wie immer, wenn er sich mit meiner Starrköpfigkeit konfrontiert sah. Er sagte jedoch nur: »Zum Kern der Galaxis gelangen? Ich weiß nicht, ob das technisch möglich ist. Aber welchen Sinn sollte es haben? Welchen, Petja? Wollen wir eine unbekannte Rasse finden und ihnen sagen, wo sich ihre Feinde verstecken? Wollen sie die Geometer denn überhaupt verfolgen? Und wenn sie das wollen, werden sie sich dann nicht auch uns vorknöpfen?«

»Aber du hast doch selbst von einer dritten Kraft gesprochen!«, rief ich.

»Der Schatten ist nicht die dritte Kraft, Pjotr. Sondern bereits die vierte. Die Schwachen Rassen, die Starken Rassen, die Geometer, der Schatten. Die Gesetze der Existenz einer Gesellschaft unterscheiden sich von den Gesetzen der Physik. Während in der Astronomie die Wechselwirkung von drei Körpern zu einem Problem wird, führt in der Politik der vierte Faktor zur Unbestimmtheit. Wenn wir unsere gegenwärtigen Probleme auch noch um den Schatten erweitern – worum auch immer es sich bei ihm handeln mag –, kann niemand das Ergebnis vorhersagen.«

»Aber was, wenn uns das mutmaßliche Ergebnis nicht schmeckt?«, fragte ich. »Großpapa, wenn beide Varianten in eine Sackgasse führen, müssen wir dann nicht einen neuen Weg suchen?«

»Ich weiß es nicht«, antwortete er. »Schließlich bin ich nicht bei den Geometern gewesen, Petja.«

»Aber ich!«

Darauf sagte niemand ein Wort. Ich tigerte durchs Zimmer. »Kann ich hier raus?«, wollte ich nach einer Weile wissen. »Ihr habt doch keine Fragen mehr, oder?«

Als Antwort erhielt ich ein betretenes Schweigen.

»Hab noch etwas Geduld, Petja«, bat mein Großvater schließlich. »Es hat einen bestimmten Grund ... bleib vorerst noch da.«

Daraufhin schwiegen sie entweder erneut oder sie hatten die Verbindung abgeschaltet. Wahrscheinlich Letzteres.

Was sollte das? Hielten sie mich etwa für einen Doppelagenten? Wollten sie mich überprüfen und durchleuchten, wie die Geometer es getan hatten? Wut kochte in mir hoch. Immerhin saß in meinem Körper ja auch noch ein Cualcua! Sollten sie den doch ausquetschen!

Wir antworten niemals auf Fragen, Pjotr.

Warum nicht?, fragte ich in Gedanken zurück. Dass der Cualcua das Wort ergriff, noch dazu ohne ersichtlichen Grund, überraschte mich.

Wir könnten auf zu viel antworten.

Das verstehe ich nicht!

Aber die Alari verstehen es. Der Cualcua zögerte, bevor er fortfuhr: *Es liegt nicht an dir, Pjotr. Du bist bereits allen denkbaren Tests unterzogen worden. Nur wurden diese*

Tests, im Unterschied zu denen bei den Geometern, nicht offiziell angekündigt.

Hier geschah etwas Seltsames. Etwas sehr Seltsames. Der Cualcua stellte sich auf meine Seite. Im Unterschied zu meinen Freunden!

Warum könntet ihr auf zu viel antworten?

Der Cualcua schwieg.

Cualcua, wie viele Individuen zählt eure Rasse?

Das hast du bereits verstanden.

Täuschte ich mich – oder freute er sich wirklich darüber, dass ich hinter dieses Rätsel gestiegen war?

Ihr seid ... nur eins?

Der Cualcua schwieg. Sicher, er gab mir keine direkte Antwort – aber manchmal ließ er sich eben zu einem mitleidsvollen Schweigen herab. So waren sie, die kleinen ämobenhaften Cualcua, das Spielgeld in den kosmischen Spielen, diese trägen Wesen ohne jeden Ehrgeiz. Nein, nicht diese Wesen. Das eine Wesen! Das eine Wesen, das ein einziges Ganzes bildet. Für immer. Es fürchtete den Tod nicht – weil der Tod für dieses Wesen nicht existierte!

Gütiger Gott, was bedeuten für ein solches Wesen schon die Macht der Starken Rassen, ihre Gewalt und ihre Arroganz, die diplomatischen Spielchen und die galaktischen Intrigen! Der Cualcua ließ zu, dass man ihn benutzte, weil ihm der Verlust der Zellen keine Angst einjagte. Denn er war ein einziges Ganzes, das, aufgesplittert im Universum, in fremden Körpern und Mechanismen lebte, sich im Licht Tausender von Sonnen wärmte und mit Milliarden von Augen auf die Welt blickte! Welche Kraft, welche

Gesetze des Seins erlaubten es den einzelnen Gallertklumpen, die Hunderte von Parsec voneinander trennten, gemeinsam zu denken? Welche Welt konnte die Cualcua hervorgebracht haben?

Die Zähler, die Alari, die Hyxoiden, sogar die Stäubler und die Jentsh – sie alle waren ja fast Menschen! Jedenfalls verglichen mit den Cualcua.

Ich fuhr mir mit der Hand übers Gesicht, erinnerte mich, wie geschickt der Cualcua meinen Körper verändert hatte. Ich hatte es, ohne groß darüber nachzudenken, als Notwendigkeit akzeptiert – obwohl ich mir eigentlich den Kopf hätte darüber zerbrechen müssen, wie er das Massenerhaltungsgesetz umschiffen konnte, als er mich in Fed und wieder zurück verwandelt hatte.

Keine Angst, Pjotr. Wir streben nicht nach Macht.

Ich brach in Gelächter aus. In meinem Körper lebte kein Symbiont – sondern eher ein Teil von einem Gott. Von einem echten Gott, der weder Donner noch Blitze oder die Zehn Gebote brauchte ... Aber nein, wahrscheinlich hinkte der Vergleich. Die Gottesrolle passte nicht zu dem Cualcua, und er beanspruchte sie ja auch gar nicht für sich. Man kam der Wahrheit wohl näher, wenn man ihn als Teil der Natur betrachtete. Als etwas Altes und Unauslöschliches, wie der Wind, das Licht oder das Rauschen der Hintergrundstrahlung. Der Wind kann auf jede Macht verzichten – und selbst wenn man ihn in einem Segel einfängt, sollte man sich nie für seinen Gebieter halten. Dann hat er lediglich eine Weile denselben Weg gehabt ...

Warum sprichst du dann von wir?, stellte ich in Gedanken eine Frage. *Wenn du eigentlich nur einer bist!*

Was bedeuten schon Wörter, Pjotr?

Was bedeuten Wörter? Nichts, vermutlich. Du bist allein, ich bin allein. Wir alle sind für alle Zeiten einsam, wie viele selbstverliebte Lebewesen eine Rasse auch zählen mag. Jeder von uns stellt eine eigene Zivilisation dar. Mit ihren Gesetzen und ihrer Einsamkeit. Trotzdem zog sogar der Cualcua es vor, von »wir« zu sprechen …

Ich trat an die Tür heran, einen Teil der Wand, der sich kaum vom Rest unterschied. Eine niedrige Tür, bequem für die Alari. Ich legte die Hand darauf, glaubte aber im Grunde nicht daran, dass der mir unbekannte Mechanismus die Güte haben würde, sich zu öffnen.

Die Tür glitt in die Wand hinein.

In dem weitläufigen Saal hielten sich zwei Alari auf. Sie lagen auf niedrigen Sesseln, die vor einer Art Pult standen. Auf mich wirkte dieses Pult wie eine riesige Kristalldruse, gekrönt von einem matten, ausgeschalteten Bildschirm. Vielleicht war der Bildschirm auch eingeschaltet, und mein Blick konnte nur kein Bild erkennen. Das graue Fell der Alari sträubte sich, als sie mich erblickten. Bei beiden baumelte am Hals ein Cualcua. Hervorragend.

»Ich muss Stoffwechselprodukte aus meinem Organismus ausscheiden«, teilte ich ihnen mit. »Wo kann ich das erledigen?«

Die Geschichte wiederholt sich als Farce …

Einer der Alari erhob sich und trippelte zu einem endlosen Tunnel. »Folgen Sie ihm bitte«, bat mich der andere.

Jetzt war ich kein Gefangener mehr, der eingesperrt gehörte und nicht aus dem Zimmer gelassen werden durfte – es sei denn für eine kleine Theatervorstellung –, jetzt war ich Träger wichtiger Informationen, Repräsentant einer verbündeten Rasse.

»Das ist ein sehr intimer Prozess, über den niemand in Kenntnis gesetzt zu werden braucht«, bemerkte ich.

Indem ich den einen unglückseligen Techniker mit einem kleineren ethischen Problem konfrontiert zurückließ, folgte ich dem anderen. Als sich der Tunnel nach zwanzig Metern gabelte, sagte ich: »Bring mich zu den Vertretern meiner Rasse! Sofort.«

Der Alari zögerte. Er dürfte kaum ein durchschnittlicher Vertreter seiner Rasse sein und insofern wissen, dass ich da etwas Außerordentliches verlangte. Zwei triftige Gründe hinderten ihn jedoch, mir die Bitte einfach abzuschlagen: zum einen mein recht ehrenvoller Status, zum anderen die Erinnerung an die blutige Flucht Nik Rimers.

»Sofort!«, blaffte ich.

Der Alari wandte sich von mir ab und bog in den rechten Gang ein. Während ich ihm folgte, betrachtete ich das lächerlich wirkende, dicht überm Boden liegende Hinterteil und den borstigen Widerrist des Aliens. Der Alari erinnerte an einen Jagdhund, der Witterung aufgenommen hatte.

Doch wenn die Ähnlichkeit nicht täuschte und sie wirklich von Nagern abstammten, dürfte der Geruchssinn in ihrem Leben tatsächlich eine wichtigere Rolle spielen als bei Menschen.

Schon nach einer relativ kurzen Strecke blieb der Alari vor einer geschlossenen Luke stehen. Er bedachte mich mit dem Blick eines geschlagenen Hundes. »Hier finden gerade wichtige Gespräche statt ...«

»An denen ich teilnehmen muss«, behauptete ich.

Es wäre zu komisch gewesen, wenn jetzt die Tür blockiert gewesen wäre. Aber mein alarischer Begleiter hatte offenbar einen ziemlich hohen Rang. Die Luke öffnete sich.

»Nein, nein und noch mal nein!«, hörte ich die Stimme meines Großvaters. »Ich kann das nicht. Das wäre ein zu großer Schock!«

»Was für ein Schock, Großpapa?«, fragte ich, als ich den Raum betrat.

Der Cualcua flüsterte lautlos in meinem Gehirn: *Willst du das wirklich wissen, Pjotr?*

Zum ersten Mal bekam ich auf dem Schiff der Alari warme Farben zu Gesicht. Ein ovaler Raum, zartrosafarbene Wände, eine blendend purpurrote Decke und bordeauxroter Boden. Als sei ich in die Eingeweide eines Monsters gelangt ... Der alarische Kommandant lag mitten im Raum auf einem höchst kompliziert konstruierten Sessel, neben ihm standen drei annähernd normale Sessel, die für Menschen gedacht waren. Nur zwei von ihnen waren belegt, in ihnen saßen Danilow und Mascha. Neben dem Alari stand der Zähler, der mich nun mit fast menschlicher Panik anstarrte.

Nur meinen Großvater entdeckte ich nirgends.

Ich ließ meinen Blick durch den ganzen Raum schweifen, bevor ich schließlich fragte: »Wo ist mein Großvater?«

Mein Begleiter zog sich leise von der immer noch offenen Luke zurück. O ja, bring dich lieber in Sicherheit ... Als ich Danilows Blick auffing, schaute er sofort nach unten. Ich sah Mascha an, die konfus und blass wirkte.

»Kommandant, wo ist Andrej Valentinowitsch Chrumow?«, fragte ich. »Wo ist mein Großvater?«

»Das ist ein sehr kompliziertes ethisches Problem«, antwortete der Alari nach einer Weile. »Ich fürchte, ich habe nicht das Recht, darauf zu antworten, solange er selbst keine diesbezügliche Entscheidung getroffen hat.«

»Karel! Zähler!« Ich sah den Reptiloiden an. »Wo ist mein Großvater?«

Stille hing im Raum.

Du hast es doch bereits verstanden, flüsterte der Cualcua.

»Petja, ich hatte keine andere Wahl«, antwortete der Zähler mit der Stimme meines Großvaters.

Die Mistkerle!

»Was ist mit meinem Großvater?«, brüllte ich. »Was habt ihr mit ihm gemacht, ihr Schweine?!«

»Petja, ich bin hier«, sagte der Zähler.

Ich ging auf ihn zu, ohne genau zu wissen, ob ich mich davon überzeugen wollte, dass die vertraute Stimme aus dem nicht-menschlichen Mund kam, oder ob ich dieses außerirdische Wesen ersticken wollte, das versuchte ... versuchte ...

»Ich hatte keine andere Wahl, Petja«, sagte mein *Großvater.* »Wirklich nicht.«

Das zahnlose, mit Kauplatten bewehrte Maul öffnete sich nervös und krampfartig und stieß die Laute der menschlichen Rede mit einer verzweifelten Anstrengung heraus. In den hellblauen Augen des Zählers lag Leere. Da war nichts Bekanntes und Vertrautes! Rein gar nichts!

»Ich wollte eigentlich damit warten, bis du wieder da bist, Petja«, sagte mein Großvater.

Das ging über meine Kräfte. Meine Beine zitterten, die Wände bebten, alles drehte sich, und der Boden sprang mir ins Gesicht.

Zwei

Am besten ging es mir noch, wenn ich an die Decke starrte. Die Augen zu schließen war fatal. Dann krochen mir sofort die unterschiedlichsten Gedanken in den Kopf. Aber ich wollte jetzt nicht nachdenken. Über nichts. Es ging mir nämlich viel besser, wenn ich mir an der Decke einen Punkt suchte und den Blick nicht mehr von ihm abwandte.

Genau, schon besser. Jetzt ertrug ich auch die Stimme meines Großvaters, die aus dem Mund des Zählers kam, denn ich vergaß einfach, was geschehen war.

»Eine plötzlich auftretende Hämorrhagie, Pjotr. Ein Schlaganfall. Ich habe diese Möglichkeit nie ausgeschlossen, aber das Ganze kam äußerst ungelegen. Ich glaube, einen Tag hätte ich noch durchgehalten, aber nicht länger ...«

Die Stimme meines Großvaters klang ruhig. Und zwar nicht deshalb, weil er jetzt in Karels Körper steckte. Er hätte genauso ruhig und abgeklärt gesprochen, wenn er gelähmt im Bett gelegen hätte. Vermutlich hatte er sich in ebendiesem Ton auch mit dem Vorschlag des Zählers einverstanden erklärt ...

»Danilow hat meine Entscheidung sofort akzeptiert. Mascha allerdings ... hat danach kaum ein Wort mit mir gesprochen. Was soll's? Sie wird sich daran gewöhnen.«

»Wie ist es gewesen?«, wollte ich mit einer Neugier wissen, die mir selbst wehtat.

»Ich wurde narkotisiert. Karel hat angenommen, ich hätte sonst während der Bewusstseinsübertragung den Verstand verloren. Aber so ... war es fast, als schläfst du in dem einen Körper ein und wachst in einem anderen auf.«

»Und jetzt? Ist es nicht beängstigend, Großpapa?«, fragte ich. Sofort verfluchte ich mich für die dämliche Frage.

»Nicht sehr«, antwortete mein Großvater jedoch nach wie vor gelassen. »Schließlich habe ich mich lange genug darauf vorbereitet ... äh ..., für immer fortzugehen. Wie es sich nun gefügt hat – das ist nicht die schlechteste Variante. Es fällt mir noch schwer, mich an mein neues Sehvermögen zu gewöhnen. Wenn du wüsstest, *wie* ich dich jetzt sehe ... das ist wirklich urkomisch. Und an diese ... Pfoten muss ich mich auch noch gewöhnen. Oder daran, mich auf allen vieren fortzubewegen. Im Übrigen meide ich Bewegungen, das erledigt Karel.«

»Du ... ihr ... könnt miteinander kommunizieren? Direkt? Liest du seine Gedanken?«

»Nein. Soweit ich es verstehe, hat Karel für mein Bewusstsein einen Teil seines Gehirns reserviert.« Mein Großvater begeisterte sich zunehmend für das Thema. »Was für eine interessante Rasse, Petja! Was für enorme Möglichkeiten! Nimm zum Beispiel ...«

Solange ich den Reptiloiden nicht ansah, war alles in Ordnung. Dann legte mir mein Großvater einfach ein abstraktes Problem dar: Was empfindet ein Mensch, der in einem nicht-menschlichen Körper lebt, noch dazu nicht als Herr über diesen Körper, sondern als zufälliger Gast?

Als Kind hatte ich irgendwann die Masern gehabt. Gut, wer hätte sich die in seiner Kindheit nicht eingefangen? Meine Augen tränten, und ich durfte nicht ins Licht sehen, ich lag im Zimmer, die Gardinen waren vorgezogen, und ich nahm es meinem Großvater krumm, dass er den Computer weggeschafft hatte – damit ich ja die Finger davon ließ. Als Ersatz hatte er mir eine Stereoanlage gekauft, ein Gerät mit allen Schikanen, und ich musste, während ich im Bett lag, tastend mit der Fernbedienung zurechtkommen. Bis heute kann ich alle Knöpfe ertasten ... und bis heute erinnere ich mich an die Freude, wenn ich per Knopfdruck zu einem Radiosender im Äther kam oder eine CD startete. Am schönsten war es aber, wenn mein Großvater mich besuchte, sich zu mir setzte und sich mit mir unterhielt. Bereits am ersten Tag fragte ich ihn, warum es so lange dauert, bis man von den Masern kuriert ist, worauf er mir einen zehnminütigen Vortrag über die Krankheit hielt. Ich glaube kaum, dass sich mein Großvater davor je mit den Masern beschäftigt hatte, aber sobald ich erkrankt war, brauchte er nur eine halbe Stunde, um zu einem Experten für diese Krankheit zu werden.

»Masern sind eine Virusinfektion, Pit.« Damals nannte er mich gern Pit. »An dieser Front hat die Medizin keine sonderlichen Erfolge vorzuweisen. Angeblich haben die Aliens wirksame Präparate, um die Viren auszurotten, aber sie haben natürlich nicht die Absicht, uns in den Genuss dieser Präparate kommen zu lassen. Dein Lymphsystem ist jetzt entzündet. Erinnerst du dich noch an das Buch, das wir gelesen haben? *Wie mein Körper aufgebaut ist?* Im Moment hat sich das Virus im retikulohistiozytären System eingenistet, aber darüber musst du dir wirklich nicht den Kopf zerbrechen. Das ist nicht schlimm, ich hatte in der Kindheit auch die Masern und hab's überstanden.«

»Dann werde ich also nicht sterben?«, fragte ich, denn ich hatte ein wenig Angst.

»Wenn du keine kortikale Panenzephalitis bekommst, dann nicht«, beruhigte mich mein Großvater. »Und das ist höchst unwahrscheinlich.«

»Was ist denn eine Panenzephalitis?«

Mein Großvater erklärte es mir ausführlich und mit allen Details. Irgendwann ertrug ich es nicht mehr und fing an zu weinen. Ich schrie ihn sogar an, ich wolle das alles gar nicht wissen und er solle den Mund halten …

Daraufhin hatte mein Großvater mir seine kalte Hand auf die Stirn gelegt, gewartet, bis ich mich etwas beruhigt hatte, und dann gesagt: »Das ist nicht richtig, Pit. Die einzige Angst, die man sich gestatten darf, ist die Angst vor dem, was man nicht kennt. Aber wenn du etwas kennst, brauchst du keine Angst mehr davor zu haben. Du kannst die Krankheit hassen und verachten. Aber du brauchst keine Angst vor ihr zu haben.«

»Hast du denn keine Angst gehabt, als du ein kleiner Junge warst und krank gewesen bist?«, schrie ich ihn beleidigt an.

»Doch«, antwortete mein Großvater nach kurzem Schweigen. »Aber das war eben nicht richtig.«

Jetzt dagegen verhielt er sich genau richtig. Jetzt hatte er keine Angst mehr.

Oder er war stark genug, um sich seine Angst nicht anmerken zu lassen. Das, was mit ihm geschehen war, schien er als akademischen Fall zu betrachten, den er seinen faszinierten Kollegen vortrug. Übrigens hätte er genau das mit dem allergrößten Vergnügen getan – wenn er nur den Zähler hätte überreden können, mit ihm zur Erde zu fliegen! Dann wäre er in seine Fakultät gegangen, in den Hörsaal, hätte die Zähne gebleckt, voller Genugtuung in die bleichen Gesichter der Leute der Weltraumsicherheit geschaut, der Exobiologen, der Xenopsychologen, der extraterrestrischen Linguisten, der außerplanetarischen Diplomaten, der ... »Was für ein eigentümlicher Fall!«, hätte er geschnarrt. »Ich bin doch tatsächlich immer noch der alte Tattergreis Andrej Chrumow, auch wenn ich jetzt in diesem hässlichen Körper des Reptiloiden vor Ihnen hocke ...«

»Was für ein eigentümlicher Fall. Ich bin doch tatsächlich immer noch der alte Andrej Chrumow, auch wenn ich jetzt ein wenig an eine Eidechse erinnere«, sagte mein Großvater. »Und wenn Karel nicht die Absicht hat, sein Gedächtnis zu löschen, winkt mir noch ein langes Leben ...«

»Du wirst mich noch überleben, Großpapa«, bemerkte ich.

»Möglich wäre das«, erwiderte er leichthin.

Ich schielte zu meinem Großvater hinüber ... zu Karel. Der Zähler lag auf dem Fußboden. Wenn er ein Reptiloid ohne Gast im Körper gewesen wäre, hätte er es sich jetzt auf der Rückenlehne des Betts bequem gemacht.

»Was macht er, wenn du ... das Wort führst?«

»Das weiß ich nicht, Petja«, antwortete mein Großvater. »Aber ich glaube, sogar dieser Zustand gefällt ihm. Schließlich hat er schon immer über zwei Bewusstseinsebenen verfügt, und die äußere Welt dürfte ihn weit weniger interessieren als die innere. Ein anderer würde an Stelle des Zählers womöglich schizophren werden, aber ihm ist das egal ...«

»Und dir, Großpapa?«

»Mir?«

Ich glaube, er versuchte zu seufzen, aber im Körper eines Zählers ist das nicht so einfach.

»Weißt du, Petja, von einem bestimmten Alter an treten derartige Unannehmlichkeiten wie steife Gelenke, immer schlechter werdende Augen oder auch die Existenz in einem nicht-menschlichen Körper hinter der Möglichkeit zurück, sein Leben zu behalten.«

»Und wie willst du weiterleben, Großpapa?«, erkundigte ich mich leise. »Hier ... gut, hier sind nur die Alari und wir – aber was ist auf der Erde?«

»Bin ich in den letzten Jahren etwa häufig aus dem Haus gegangen?«, antwortete mein Großvater mit einer Gegenfrage.

»Aber der Zähler wird doch ...«

»Er hat mir einen Kompromiss vorgeschlagen. Fünfzig Jahre verbringen wir auf der Erde. In dieser Zeit wird Karel der Botschafter der Zähler bei den Menschen. Danach werde ich ein halbes Jahrhundert der Botschafter der Menschen bei ihnen sein, selbst wenn Menschen auf ihrem Planeten nicht überleben können. Anschließend geht es wieder von vorn los.«

Das war ein mehr als großzügiges Angebot. Nicht nur für meinen Großvater, sondern auch für die Erde insgesamt. Schließlich gewinnen die Beziehungen der Rassen des Konklaves untereinander mit diplomatischen Beziehungen ein qualitativ neues Niveau.

Dann ging mir der Sinn dieser Worte auf.

»Wie lange leben Zähler denn, Großpapa?«

Mein Großvater ließ sich mit der Antwort Zeit. »Sehr lange, Petja. Viel länger als wir.«

»Hast du schon etwas über ihre Welt in Erfahrung gebracht?«

In diesem Moment veränderte sich der Reptiloid auf schwer fassliche Weise. Er zuckte mit dem Kopf, streckte sich und sagte in scharfem Ton: »Pjotr, ich bitte dich, dieses Thema zu meiden.«

Schon in der nächsten Sekunde war Karel wieder verschwunden, hatte er sich in die zweite Schicht seines Bewusstseins verkrümelt. Trotzdem fühlte ich mich, als hätte jemand heißes Wasser über mich gegossen. O nein, ich hatte nicht mit meinem Großvater geredet, besser gesagt: nicht nur mit meinem Großvater. Der Zähler war die ganze Zeit über dabei. Er hörte alles, sah alles und zog aus allem seine Schlüsse.

»Es ist nicht sonderlich komfortabel, in einem Haus mit Glaswänden ein Zimmer zu mieten«, gestand mein Großvater. Und das ... war wirklich mein Großvater!

Was für eine bittere und beißende Ironie des Schicksals, dass ausgerechnet Andrej Chrumow ein Jahrhundert – und zwar mindestens ein Jahrhundert – in einem nicht-menschlichen Körper leben sollte!

Ich setzte mich im Bett auf und sah den Reptiloiden an. Die anderen hatten uns beide – genauer gesagt uns drei – allein gelassen. Damit wir unsere Familienprobleme klärten? Doch leider gibt es Situationen, die zu lösen man lieber gar nicht erst versucht, weil es einfach unmöglich ist.

»Was hast du jetzt vor, Großpapa? Ich meine, was die Geometer angeht.«

»Diese Entscheidung werden diejenigen treffen, die dafür zuständig sind«, antwortete er nur. »Ich werde meine Empfehlungen aussprechen, aber von mir hängt es nicht ab, mit wem die Erde ein Bündnis eingeht. Ich hoffe allerdings, dass sie sich für die Geometer entscheidet.«

»Das wäre ein Fehler, Großpapa.«

»Pjotr!« Der Reptiloid verkrampfte sich in dem vergeblichen Versuch, menschliche Empörung nachzustellen. »Das Bild, das du uns entworfen hast, fügt sich absolut in das einer normalen Gesellschaft ein.«

»Nein, das tut es nicht«, widersprach ich unnachgiebig. »Ganz und gar nicht.«

»Du lässt dich im Moment ausschließlich von deinen Gefühlen leiten, Pjotr. Ihre Art der Macht gefällt dir nicht? Eine Macht, die auf der Erziehung basiert?«

»Unter anderem auch das. Es ist einfach ein System, das niemandem eine Chance lässt. Jede Tyrannei, jede Diktatur sieht sich mit dem Widerstand der Menschen konfrontiert. Das ist vermutlich in der Natur der Menschen begründet. Solange die Welt in eine äußere, also in eine feindliche, und eine innere, also die Familie, unterteilt ist, gibt es immer zwei Varianten der Logik, zwei Verhaltensmodelle ... Ja, sogar drei«, konnte ich mir nicht verkneifen, »denn an dem Punkt, wo die beiden Systeme aufeinanderstoßen, entsteht die Persönlichkeit als solche, eine Legierung aus Gesellschaft und Natur. Genau daraus entsteht Freiheit. Aber eine Welt, in der die Familie als solche ausgelöscht worden ist, wird monolithisch. In ihr gibt es keine Konflikte mehr. Da gibt es nur einen einzigen Moralkodex. Da ... da gibt es keine Freiheit als solche, nehme ich an ...«

»Siehst du, und ich habe dich so erzogen, wie ich es für richtig hielt«, unterbrach mich mein Großvater. »Und was habe ich nun davon?«

»Ich habe dich nicht darum gebeten, mich zu erziehen«, hielt ich dagegen.

Mein Großvater schwieg eine Weile, bevor er schließlich reagierte. »Das war ein Schlag unter die Gürtellinie, Pit.«

Der kindliche Name verfing bei mir jedoch nicht.

»Du hast jetzt keine Gürtellinie mehr. Gut, was auch immer deine Ziele gewesen sein mögen, Großpapa, jedenfalls hast du mich so erzogen, dass ich meine eigenen Entscheidungen treffe. Du hast mich zur Freiheit erzogen. Oder war das etwa nicht dein erklärtes Ziel? Genau deshalb musst du dir jetzt anhören, dass ich mir sicher bin, dass die Welt der Geometer der Erde nichts Gutes bringt.«

»Petja, hast du da, bei den Geometern, Bettler gesehen?«

Ich schwieg. Was hätte ich antworten sollen? Zum Glück wollte mein Großvater den Effekt noch steigern: »Oder Banditen? Verbrecher?«

»Ja. Ich habe in einem Konzentrationslager gesessen.«

»Wenn ich deiner Beschreibung trauen darf, dann ist das nicht der schlimmste Ort, Petja! Millionen von Menschen leben bei uns unter weitaus schlechteren Bedingungen. Kennst du die Flüchtlingslager bei Rostow? Oder die Arbeitssiedlungen für die Jugend in Sibirien?« Mein Großvater hatte die Stimme erhoben und presste aus der Kehle des Reptiloiden alles an Lautstärke heraus, was nur möglich war. »Als du dir die Schattenseiten dieses Planeten angesehen hast – ist dir dein eigener da vielleicht wie ein Paradies vorgekommen? Wach auf, Petja! Die Erde ist weiß Gott nicht der Kurort, für den du sie so gerne hältst.«

Die endlose eisige Tundra fiel mir wieder ein. Die Kette von Wachtürmen, in denen die Wendigen Freunde saßen. Der Historiker Agard Tarai, der die Wahrheit nur zu gut kannte – und sich trotzdem nicht zum Protest aufraffen konnte. Auch das Dampfbad fiel mir ein. Vielleicht wegen des Kontrasts: der glühende Wind und die vielen Menschen, die Angst hatten, einander zu berühren. Die Kinder aus dem Internat *Weißes Meer*, nette aufmüpfige Jungen, die man voller Sorgfalt und Liebe in nette gehorsame Roboter verwandeln würde.

»Die Erde ist ein Paradies«, sagte ich. »Glaub's mir, Großpapa.«

Mein Ton ärgerte ihn. »Wenn eine Utopie auf die Realität stößt, führt das immer zu Deformationen«, murmelte er und schüttelte den dreieckigen Echsenkopf. »Die Utopie wird verzerrt, aber …«

»Nein, Großpapa. Hier ist nicht die Utopie deformiert worden, sondern die Realität.«

»Was hat dich in dieser Welt am meisten gestört, Pit?«, fragte mein Großvater nach kurzem Schweigen.

Es war wie ein Gruß aus der Kindheit. Wie viel Zeit hatte mein Großvater daran gegeben, mir beizubringen, den Kern einer Sache zu benennen. »Jammer nicht, sondern sag mir, was dir wehtut!« – »Wirf das Lehrbuch nicht in die Ecke, sondern sag mir, was du nicht verstehst!« – »Heul nicht, sondern erinner dich daran, *wie* sie dir auf die Nase gehauen haben!«

»Die Ausbilder. Ihre Selbstsicherheit. Ihr … ihr Bemühen, Gutes zu schaffen.«

»Und darüber regst du dich auf, Petja?«, fragte mein Großvater und brachte sogar einen echten Menschenlaut zustande. »Es ist doch nur zu begrüßen, wenn die Menschen an die Richtigkeit ihrer Überzeugungen glauben! Wenn sie versuchen, die Kinder danach zu erziehen! Gute Lehrer – genau das ist es, was unserer Gesellschaft fehlt!«

Plötzlich fiel mir Tag ein. »Kinder brauchen keine guten Lehrer«, hielt ich dagegen. »Sie brauchen gute Eltern.«

Daraufhin kicherte mein Großvater unvermittelt los. »Petja, deine Wissenslücken in Kombination mit deinem Geschick, sie zu stopfen, haben mich schon immer verblüfft. Jetzt ziehst du schon gegen Autoritäten zu Felde …«

»Gegen Autoritäten muss man zu Felde ziehen. Das bringt ihre Position mit sich.«

»Wenn ich das früher gewusst hätte ...«, setzte mein Großvater an. »Aber lassen wir das. Was schlägst du vor, Petja?«

»Den Schatten, Großvater. Ich sollte dahin aufbrechen ...«

»Warum ausgerechnet du?«

»Ich kenne die Geometer. Also werde ich ihre Feinde schneller begreifen.«

»Und wie stellst du dir diese Reise vor? Mit dem Jump? Zweiunddreißigtausend Lichtjahre geteilt durch zwölf Ganze und drei Zehntel ... das sind ja bloß läppische dreitausend Sprünge! Wenn zwischen zwei Jumps jeweils zwei Stunden liegen, dann schaffen wir das in etwa acht Monaten. Hältst du das für realistisch, Petja?«

Ich hatte meinen Großvater auf die Palme gebracht, keine Frage.

»Nein«, stimmte ich ihm zu. »Selbst wenn die Alari die Fähre mit ihren Generatoren und Lebenserhaltungssystemen ausstatten würden ..., würde das zu lange dauern. So viel Zeit haben wir nicht. Außerdem würde niemand so viele Jumps verkraften. Ich würde beim hundertsten durchdrehen.«

»Wie stellst du es dir dann vor? Uns fehlen die technischen Möglichkeiten, um zum Kern der Galaxis vorzudringen!«

»Das stimmt nicht. Wir haben das Schiff der Geometer.«

Darauf sagte mein Großvater kein Wort.

»Sie bewegen sich durch den Subraum«, erklärte ich ihm. »Genau wie die Alari und andere Rassen. Nur können sie dabei auch noch auf das Prinzip der permanenten Beschleunigung zurückgreifen. Je größer die Distanz ist, desto höher ist die Geschwindigkeit. Bei einer Strecke von zehn Parsec mag der Jumper vielleicht noch schneller sein. Aber wenn es um zehn *Kiloparsec* geht, wirst du nichts Besseres finden.«

»Woher weißt du das, Pjotr?« Mein Großvater wirkte verwirrt.

»Der Raum ist wie Stoff, Großpapa«, führte ich seufzend aus. »Wir können mit Lichtgeschwindigkeit über ihn kriechen. Oder wir können ihn zusammenknüllen und von einem Punkt zum anderen springen, das ist der Jump. Die Falten sind dabei immer gleich, egal was du anstellst, und der Schock ist unvermeidlich, denn die Energie wird nicht zusammen mit der Materie übertragen. Alle anderen Rassen nutzen die Kehrseite des Raums, wie auch immer diese genannt wird: Außer-Raum, Hypersprung oder Subraum. Aber ...«

»Herzlichen Dank für den Vortrag«, unterbrach mich mein Großvater. »Man sollte ihn vor Schülern halten. Es gibt viele Hypothesen, aber das Prinzip des Jumps kennen wir eben immer noch nicht. Und wie die Triebwerke der Aliens funktionieren, wissen wir auch nicht. Das Einzige, was wir mit Sicherheit sagen können, ist, dass die Geschwindigkeit der Bewegung im Subraum begrenzt ist. Je höher sie ist, desto energieintensiver ist sie auch, noch dazu in geometrischer Folge. Das wiederum heißt ...«

»Großpapa, ich habe mit dem Schiff der Geometer gesprochen«, warf ich ein. »Es ist ein gutes Schiff, das viele Informationen gespeichert hat. Es bewegt sich mit einer Mischung aus Jump und Bewegung durch den Subraum fort. Zunächst begibt es sich zur Kehrseite des Raums, dann leitet es den Jump ein. Von dort aus. Verstehst du das? Damit ist es nicht mehr nötig, Energie für die Bewegung durch den Außer-Raum zu verschwenden. Und es gibt keinen Jumpschock.«

»Aber wenn ein Schiff diese Information gespeichert hat, Pjotr ... und wo doch alle gleich sind ...« Irgendwie schien mein Großvater langsamer zu denken als sonst. »Dann hätte doch das Schiff, mit dem du von hier weggeflogen bist, diese Information auch abgespeichert haben müssen ...«

»Das hat es auch«, sagte ich. »Da bin ich mir sicher.«

Den Körper des Reptiloiden durchlief ein Schauder. Allmählich fing ich an zu erkennen, wer sich als Nächstes zu Wort melden würde, Karel oder mein Großvater.

»Ich bitte um Verzeihung, dass ich Sie unterbreche, Andrej Valentinowitsch«, sagte der Zähler. »Aber das ist die einzige uns offenstehende Form der Kommunikation ...«

»Du lügst.« Ich schüttelte den Kopf. »Ich bin überzeugt davon, dass du seine Gedanken liest. Und ihm deine überträgst.«

»Das könnte ich zwar, aber ich unterlasse es«, entgegnete der Zähler scharf. »Das haben wir so vereinbart.«

Vielleicht sagte er die Wahrheit.

»Ja, ich wusste, auf welche Weise die Geometer sich durch den Raum bewegen«, fuhr der Zähler fort. »Aber das ist eine Information von zweitrangigem Wert, die wenig ändert. Deshalb habe ich es nicht für nötig gehalten, sie zu erwähnen.«

Der Körper des Reptiloiden fiel leicht in sich zusammen.

»Zweitrangig!«, krächzte mein Großvater. »Diese Information ist absolut erstrangig!«

Am ehesten erinnerte das Ganze noch an eine Persönlichkeitsspaltung.

»Die Triebwerke der Geometer würden also für die Aliens taugen? Sie würden dann nicht wahnsinnig werden? Habe ich dich da richtig verstanden, Petja?«

»Ja, ich glaube, so ist es. Die Geometer haben schließlich ihr Sternsystem, in dem drei intelligente Rassen leben, auf diese Weise durch den Raum bewegt. Außerdem ist der Jump im Subraum nicht mit unserem Jump zu vergleichen. Die Euphorie fehlt dabei völlig.«

»In Zukunft wird es also allen Rassen des Konklaves möglich sein, sich schnell im Kosmos fortzubewegen? Und wir werden nicht länger gebraucht?«

Der Reptiloid schoss hoch, die Vorderpfoten verhakten sich, und er plumpste auf den Bauch. Aber mein Großvater hielt sich nicht damit auf, dass er in seiner Aufregung versucht hatte, sich in dem fremden Körper zu bewegen.

»Das ist unser Tod, Karel! Allein, dass eine Rasse auftaucht, die dem Konklave feindlich gesonnen ist und absolut identisch mit den Menschen ist, reicht als Grund, uns zu töten! Wenn wir obendrein noch unseren einzigen Vorteil verlieren ...«

Der Zähler übernahm nun wieder die Kontrolle über den Körper und setzte sich bequemer hin. »Ich habe von Anfang an darauf hingewiesen, Andrej Valentinowitsch, dass die Situation für die Menschen eine tödliche Bedrohung darstellt«, sagte er. »Wenn die Starken Rassen von der Technologie der Geometer hören, werden sie die

Menschen vernichten, ohne mit der Wimper zu zucken.« Er machte eine kurze Pause. »Aber falls das ein Trost ist: Uns erwartet das gleiche Schicksal. Wir sind für die Starken Rassen nur lebende Computer. Und wir sind nur deshalb interessant, weil es als gefährlich gilt, intelligente Maschinen zu entwickeln. Dieses Problem haben die Geometer nun gelöst.«

»Wer muss sonst noch mit Schwierigkeiten rechnen?«, wollte mein Großvater wissen.

»Viele Rassen. Das Konklave macht sich nun einmal die starken Seiten seiner Mitglieder zunutze. Das bedeutet für die Schwachen Rassen eine Gefahr, gleichzeitig aber auch ihre Rettung. Denn diese Situation führt einerseits zu einer negativen, einseitigen Entwicklung, andererseits garantiert sie ihre Sicherheit, denn ihre Fähigkeiten werden mit der Zeit einzigartig. Die Geometer dagegen sind komplex entwickelt.«

»Das ist sehr seltsam.« Anscheinend hatte mein Großvater sich wieder ein wenig beruhigt. »Sie sind aus dem Kern gekommen. Die Entfernung zwischen den einzelnen Sternen im Kern ist weitaus geringer als bei uns. Da hätte man doch damit rechnen müssen, dass die Zahl der intelligenten Rassen wesentlich größer ist und es viel häufiger zu Kontakten zwischen den einzelnen Zivilisationen kommt ... Es hätten ... Strukturen entstehen müssen, die mit dem Konklave zu vergleichen sind.«

»Was wissen wir schon über die Gesetze zur Entstehung von Leben?«, warf der Zähler ein.

»Wir nicht sehr viel«, giftete mein Großvater.

»Wir noch weniger.«

Ich hatte den Eindruck, der Zähler hatte etwas ausgesprochen Wichtiges sagen wollen. Leider war das meinem Großvater jedoch entgangen, der sich darüber ärgerte, sich mit Karel beim Sprechen abwechseln zu müssen.

»Uns sind nur zwei Zivilisationen im Kern bekannt«, sagte er. »Die Geometer, ein Zusammenschluss von drei Rassen, in dem bei äußerlicher Gleichberechtigung die Menschen dominieren. Und der Schatten, von dem wir nichts wissen. Nicht einmal, wie seine Bewohner aussehen.«

»Ich glaube, sie sind ebenfalls humanoid«, mischte ich mich nun in ihr Gespräch ein.

»Wie kommst du darauf?«

»Das ... das ist ein Gefühl von mir, Großpapa. Wie sie über den Schatten geredet haben ... So reden wir nicht über Aliens – sondern eher über einen anderen Staat auf der Erde, der uns zwar missfällt, aber zu uns gehört.«

»Die Geometer leiden viel weniger an Xenophobie als wir.«

»Gerade deswegen glaube ich das ja, Großpapa. Sie sprechen den Kleinen und den Wendigen Freunden das Recht auf jede Merkwürdigkeit zu. Sie verhalten sich wie ... wie ein großer Bruder. Aber mit dem Schatten ist es etwas ganz anderes.«

Mein Großvater schwieg.

»Karel«, sagte ich leise, »beantworte mir bitte eine Frage. Warum sind wir den Geometern so ähnlich? Nicht nur äußerlich, sondern auch vom genetischen Code her. Das kann doch kein Zufall sein!«

»Richtig«, stimmte mir der Zähler widerwillig zu.

»Also?«

Ich war mir fast sicher, dass ich, wenn er mir das erklären würde, sofort eine Antwort wüsste. Eine seltsame, universelle Antwort auf alle Rätsel und Probleme. Warum die Starken Rassen stark waren, warum die Schwachen Rassen schwach waren, was der Schatten war und wie wir die Geometer davon abhalten konnten, alle mit ihrer Freundschaft zu beglücken ...

»Ich weiß die genaue Antwort nicht.«

»Genaue Antworten existieren sowieso nicht«, sagte ich sanft zu Karel. »Aber man kann immer etwas vermuten, spekulieren. Und du hast dich ja nicht darüber gewundert, dass wir den Geometern ähneln. Also musst du eine Hypothese haben, warum das so ist. Oder nicht?«

»Es ist nur eine Hypothese. Und die möchte ich nicht mitteilen.«

»Warum nicht?«

»Ihr würdet sie akzeptieren – und aufhören, selbst nach einer Antwort zu suchen. Nein, ihr solltet lieber unvoreingenommen und eigenständig nach einer Antwort suchen.«

Das ließ ich mir durch den Kopf gehen.

»Karel, wenn du meinst ... wenn du glaubst, wir würden deine Hypothese akzeptieren, heißt das, sie schmeichelt den Menschen?«

»In gewissem Sinne ...«, antwortete der Reptiloid widerwillig.

»Zum Beispiel so, dass sowohl wir wie auch die Geometer Nachfahren einer alten mächtigen Hyperzivilisation sind, die früher einmal die gesamte Galaxis besiedelt hat ...«, tastete ich mich vor.

Der Reptiloid brach in leises Gelächter aus. »Solche Träume sind für junge, unreife Rassen typisch, Pjotr. Und zu denen habe ich die Menschen bisher eigentlich nicht gezählt.«

»Dann vielleicht weil ...«

»Ich könnte dir zehn Hypothesen anbieten, Petja«, ergriff mein Großvater das Wort. »Dass die Geometer die Realität gewordene Frucht unserer Phantasie sind, dass wir die Folge eines verunglückten Experiments von ihnen sind oder die Nachfahren einer Expedition, die sich verirrt hat ...«

»Die Frucht der Phantasie? Warum eigentlich nicht? Schließlich hast du selbst gesagt, dass dich ihre Gesellschaft an eine Utopie von uns Menschen erinnert! Jetzt fällt mir auch wieder ein, dass wir mal etwas über Regressoren gelesen haben ... oder über Progressoren, über einen Weltrat ...«

»Das wiederum hat gar nichts zu bedeuten, Pjotr. Das ist nur eine Frage der Übersetzung und der Sozialisation. Als der Zähler dir die Sprache der Geometer eingespeist hat, hast du notgedrungen adäquate Begriffe für ihre Termini gesucht. Dabei hast du auf die Quellen zurückgegriffen, die du kanntest, auf Fachzeitschriften, Bücher, die du in deiner Kindheit gelesen hast, und auf Klatschblätter. Wenn du der französische Astronaut Pierre oder der Amerikaner Peter gewesen wärst, hättest du den Planeten der Geometer mit anderen Augen gesehen. Mit völlig anderen. Wir betrachten die Welt nun einmal durch eine Brille mit dicken Vexiergläsern. Diese Brille ist uns bereits in unserer Kindheit aufgesetzt worden ist, und sie ist nichts anderes als die Gesamtheit aus Erziehung, Kultur und Mentalität. An ihr führt einfach kein Weg vorbei. Ich hätte dich nicht mit einer schwarzen Haube auf dem Kopf aufziehen können, Petja, denn dann hättest du niemals gelernt, etwas zu sehen.«

»Hör auf deinen Großvater, Petja, er ist klug«, sagte Karel.

Ich betrachtete den schmunzelnden Zähler. »Habt ihr beide euch gegen mich verschworen?«, fragte ich schließlich. »Zwei gegen einen?«

»Willst du etwa behaupten, ich hätte unrecht?«, fragte mein Großvater.

»Wahrscheinlich hast du recht«, räumte ich missmutig ein. »Du bist klüger, Großpapa. Darauf kannst du stolz sein.«

»Ich bin ja auch älter als du, Petja.«

Mein Großvater kicherte, wie immer, wenn nur er allein einen Witz verstand.

»Dann verrat mir mal, was wir jetzt machen sollen. Die Geometer unterstützen? Für das Konklave kämpfen? Oder was?«

»Wie willst du den Schatten denn finden?«, fragte mein Großvater nach einer kurzen Pause.

»In dem Schiff der Geometer gibt es Karten. Und immerhin ist es selbstständig aus dem Kern der Galaxis zu uns vorgedrungen. Ich würde mich einfach ins Schiff setzen und ...«

»Wir würden uns ins Schiff setzen. Wir alle zusammen. Du, ich ... Karel und ich. Danilow, Mascha ...«

»Das dürfte nicht klappen«, wies ich ihn genüsslich zurück. »Diese Schiffe sind nur für eine Person gedacht. Maximal für zwei, das aber nur auf kurzen Strecken.«

»Erinnerst du dich, unter welchen Umständen die Alari das Erkundungsschiff in ihre Gewalt gebracht haben?«

»Wie?«

»Es hat versucht, einen alarischen Zerstörer zu entern. Er wollte an ihn andocken und ihn dann abschleppen. Diese Operation scheint recht erprobt zu sein. Wir könnten also unsere *Wolchw* an das Schiff der Geometer ankuppeln ...«

Ich fing an zu lachen.

»Ist das dein Ernst, Großpapa? Du willst zum Kern der Galaxis vordringen – in einer Raumfähre mit Flüssigkeitsraketentriebwerken?«

»Ja, warum denn nicht?«

In der Tat – warum eigentlich nicht? Ich sagte kein Wort. Die alte Fähre würde einfach als zusätzliche Kabine dienen. Und es war durchaus möglich, dass das Scoutschiff stark genug für einen Flug mit unserer Fähre im Huckepack sein würde.

»Übrigens sind die Flüssigkeitsraketentriebwerke inzwischen weg«, informierte mein Großvater mich. »Die Alari haben sie gegen ihre Plasmatriebwerke ausgetauscht.«

»Haben sie die Triebwerke etwa einfach abmontiert und ersetzt?«

»Ja.«

Gerade als ich mit der Zentrierung, der Aerodynamik, der Thermoisolation und den Steuerungssystemen – die unter gar keinen Umständen mit außerirdischer Technologie kompatibel seien – loslegen wollte, fiel mein Blick auf den grinsenden Reptiloiden, und ich verkniff mir jeden Kommentar.

Ein Wilder, der für seinen Bogen statt der gewohnten Sehne aus gewässertem Darm eine synthetische erhält, darf zweifeln, ob er mit dem Gerät nun noch schießen kann. Aber es dürfte nicht ratsam sein, mich mit ihm auf eine Stufe zu stellen.

»Haben die Alari denn keine Angst? Schließlich verletzen sie damit die Gesetze ...«

»Ein Geköpfter ...«, bemerkte mein Großvater. »Was ist los, Petja? Ich bin bereit, deinem Plan zuzustimmen. Lass uns die wenige Zeit, die uns bleibt, nicht mit bürokratischem Wahnsinn vergeuden, mit Auseinandersetzungen mit irgendwelchen Idioten von der Regierung, sondern lass uns einfach zum Kern fliegen. Vielleicht ist uns das Schicksal hold. Vielleicht stoßen wir auf den Schatten ... auf hochgewachsene, hellblonde, makellose Humanoide, die uns das Gute, die uns Verständnis lehren. Vielleicht werden die Geometer toleranter, während die Starken Rassen sich schämen und die Schwachen Rassen um Verzeihung bitten, vielleicht verwandelt sich die Erde in einen blühenden Garten ... Na? Machen wir uns auf, ein Wunder zu erleben, Petja. Aber alle zusammen.«

»Glaubst du an unseren Erfolg?«, wollte ich wissen.

Der Reptiloid schüttelte den Kopf.

»Warum willigst du dann ein? Schließlich könnten wir auch beide Vorschläge realisieren. Ich fliege zum Kern, ihr kehrt mit Danilow und Mascha zur Erde zurück.«

Mein Großvater schwieg. Und auch der Zähler meldete sich nicht zu Wort.

»Du ... du willst da hin?«, fragte ich ahnungsvoll. »Großpapa! Willst du dir wirklich eine fremde Welt anschauen?«

»Ja!«

Soweit der Sprechapparat des Reptiloiden Zorn wiedergeben konnte, machte mein Großvater sich diese Möglichkeit zunutze.

»Verstehst du das denn nicht?«, schrie er. »Gut, ich mag ein Wirrkopf und Fanatiker sein. Aber ich war immer ein ehrlicher Wirrkopf und ein romantischer Fanatiker! Vor der Erfindung des Jumps kannte ich die Namen aller Kosmonauten! Ich habe geheult, als unsere Marssonde ins Meer abgestürzt ist ... und dir sagt nicht einmal mehr ihr Name etwas. Als die amerikanische Mondsiedlung niedergebrannt ist, habe ich mich zum ersten Mal in meinem Leben aus Kummer betrunken! Ich wollte für die Menschen eine Sternenzukunft. Sie ist dann ja auch eingetreten – aber weiß Gott nicht so, wie ich sie mir erträumt hatte. Wenn jedoch ein großer Traum wie eine Seifenblase zerplatzt, bleibt immer noch Raum für einen kleinen Traum. Einen persönlichen Traum! Womöglich vollbringt man sowieso nur dank solchen kleinen Träumen etwas Großes. Ja, ich möchte diesen Himmel sehen, der von Sternen flammt! Ich möchte zum Zentrum der Galaxis vordringen! Ich möchte einen Planeten betreten, auf den noch nie ein Mensch einen Fuß gesetzt hat und es in den nächsten tausend Jahren auch nicht tun wird! Vielleicht werde ich dann sogar für die Menschheit etwas zum Besseren wenden. Sofern das überhaupt möglich ist ...«

Er verstummte, jedoch nicht, um Atem zu schöpfen – anscheinend bestand für den Reptiloiden dazu keine Notwendigkeit –, sondern um seine Gedanken zu sortieren.

»Mir war klar, dass ich hätte verrecken können, als wir von der Erde gestartet sind«, fuhr er leise fort. »Ja und? Ob nun tot oder ausgestopft, Hauptsache in den Himmel ...«

»Großpapa ...«

»Sag mir ruhig, dass ich einen Fehler mache«, brachte mein Großvater heraus. »Ich würde dir nicht widersprechen. Schließlich bist du ein besserer Mensch als ich. Dazu habe ich dich ja erzogen.«

»Du machst keinen Fehler.«

Der Reptiloid sah mich mit seinen hellblauen Augen an.

»Weißt du, Großvater«, fuhr ich fort, »die Geometer sind unfähig, etwas für sich persönlich zu wollen. Fast unfähig. Vielleicht ist das sogar ihr entscheidendes Manko – dass sie alle eigenen Wünsche vergessen haben.«

»Egoismus als Voraussetzung für das Aufblühen einer Zivilisation?« Mein Großvater überging meine Zustimmung zu seiner Entscheidung schlankweg. »Nein, Pjotr, es ist nicht nötig, meinen Wunsch, mit dir mitzufliegen, irgendwie weltanschaulich zu rechtfertigen. Wir können gegenwärtig gar nicht entscheiden, was nun richtiger ist. Aber den Kern zu sehen ist einfach eine ungeheure Versuchung ...«

Vielleicht hatte mein Großvater ja recht, wenn er meine philosophischen Überlegungen zurückwies, keine Ahnung. Trotzdem hegte ich meine Zweifel an der Normalität von Menschen, die keine persönlichen Wünsche mehr kannten. Die rein gar nichts für sich wollten, weder Macht noch Geld, weder einen Bungalow auf den Malediven noch den Himmel, an dem Millionen von Sternen prangen, oder jenes süße Zittern, das den Körper beim Jump erfasst.

Ein Mensch, der nichts zu verlieren hat, kann einen anderen niemals verstehen. Das haben die Menschen bereits oft genug bewiesen, angefangen von den Politikern auf der Erde bis hin zu den Ausbildern der Geometer. Und eine Welt, in der sich alle nur um andere sorgen, wäre nichts anderes als ein großer Ameisenhaufen. Aber danach sollte man nicht mich fragen, das sollte man besser in den moralischen Schriften Lew Tolstois nachlesen. Oder noch besser in den Erinnerungen Sofia Andrejewnas, in denen sie ihren großen Ehemann und sein Verhalten im Alltag beschreibt.

»Gut, Großvater«, sagte ich. »Lass uns der Versuchung nachgeben.«

»Wir müssen allerdings noch in Erfahrung bringen, was der Kommandant der Alari von der Sache hält. Sein Abenteurergeist hat schließlich auch seine Grenzen.«

Mein Großvater verstand es einfach, jedem Enthusiasmus einen Dämpfer aufzusetzen.

Drei

Danilow fand ich in einer der Hallen des Flaggschiffs. Genauer gesagt, nicht ich fand ihn, sondern ein hilfsbereiter Alari brachte mich zu ihm.

Inzwischen hatte ich auch begriffen, dass meine Flucht von Anfang an fingiert gewesen war. Nie im Leben hätte ich durch all diese labyrinthartigen, halbdunklen, sich keiner normalen Logik fügenden Gänge gefunden. Man musste eine Ratte sein oder zumindest wie die Alari einen Nager unter seinen Vorfahren haben, um sich nicht in ihnen zu verlaufen.

Nein, man hatte mich geführt, mir nur einen einzigen Weg offengelassen und mir damit die Illusion von Freiheit vorgegaukelt. Das Bizarre daran war, dass diese Illusion weitaus wahrhaftiger und angenehmer war als die echte, nur minimal entstellte Freiheit in der Welt der Geometer …

Danilow checkte die *Wolchw*, was ziemlich dämlich aussah: ein winziger Mensch neben dem gewaltigen Shuttle, der gewissenhaft die Kortrison-Platten der Verkleidung überprüft, in die Düsen späht und die Seitenflächen abklopft. Das ist doch wirklich lächerlich, oder? Die *Wolchw* ist kein Auto, Danilow kein Chauffeur, der einen Defekt bemerken würde.

Aber man möchte halt die Kontrolle über die Situation behalten. Oder die entsprechende Illusion.

»Alexander!«, rief ich, als ich mich ihm näherte. Meine Stimme hallte dumpf in der leeren Halle wider.

Danilow drehte sich um und gab mir ein undefinierbares Zeichen mit der Hand.

»Was macht das Schiff?«, fragte ich.

»Alles in Ordnung«, antwortete der Oberst.

»Mein Großvater hat mir erzählt, es sei komplett umgerüstet worden.«

»Na ja, nicht komplett ...«

Ich umrundete das Shuttle und lugte in die Düse.

Nichts Ungewöhnliches. Wo sollten diese Plasmatriebwerke denn sitzen?

»Die Alari haben uns ihre Triebwerke zur Verfügung gestellt«, teilte mir Danilow mürrisch mit. »Sie funktionieren mit Wasser. Und was die Energiequelle angeht – da haben sie mir erklärt, wir würden das Prinzip sowieso nicht verstehen, aber der Vorrat würde für mindestens ein Jahr reichen. Die Schubkraft würde enorm zunehmen.«

»Und was haben wir jetzt für ein Steuerungssystem?«

»Sie haben einen Schalter am Pult angebracht. Mit zwei Positionen: ›Plasma‹ und ›Emulation Flüssigkeitsrakete‹. Angeblich ist das Steuerungssystem auf die Parameter eingestellt, die wir gewohnt sind, so dass du nicht mal mitkriegst, mit welchem Triebwerk du fliegst. Wir sollen damit wie gehabt fliegen können. Wenn wir wollen, können wir ein paar Mal landen, zum Mond und zurück fliegen.«

»Können wir auch von der Erde aus starten?«, wollte ich wissen.

Danilow schwieg. »Ja«, ließ er dann widerwillig fallen.

»Und das funktioniert alles mit Wasser?«

»Ja.«

Unwillkürlich stellte ich mir ein verödetes Swobodny vor. Ohne Trägerraketen und Brennstofftanks. Es würde nur noch die Startbahnen und Reihen von Fähren geben. Sie würden beschleunigen und losfliegen, eigenständig in den Orbit austreten, den Jump vollführen ...

»Können wir ihre Technologie eventuell kopieren?«, fragte ich.

»In hundert Jahren«, antwortete Danilow gereizt.

Ich verstand ihn völlig. Es schmerzt, mit der Nase auf die eigene Primitivität gestoßen zu werden. Vor allem auf eine derart überwältigende Primitivität ...

»Haben die Alari uns ihre Triebwerke zur Verfügung gestellt, damit wir zu den Geometern fliegen können?«

»Ja.«

»Und? Nehmen sie uns die Dinger jetzt wieder weg?«

»Wieso sollten sie?« Danilow setzte ein schiefes Grinsen auf. »Als ich sie darauf angesprochen habe ... haben sie mir geantwortet, das sei nicht nötig. Nicht bei diesem Schrott ...«

Was für eine beschämende Szene: Danilow fragt den Kommandanten der Flotte traurig danach, wann er diese wundervollen, phantastischen, leistungsstarken Plasmatriebwerke wieder herausrücken muss, worauf dieser das Mäusegesicht verzieht und antwortet, es lohne sich nicht, sich mit solchem Plunder abzumühen – ganz wie ein Erwachsener, der einem kleinen Jungen eine Glasperle von erstaunlicher Farbe schenkt. Nur dass das Kind nicht versteht, wie kränkend es ist, wenn sein Schatz für andere nur wertloser Kram ist.

»Zumindest wirst du in einem guten Schiff Pilot sein«, versuchte ich ihn zu trösten. Es gelang mir nicht sonderlich gut.

»Mir hat die *Wolchw* vollauf genügt«, kappte Danilow meinen Zuspruch. »Und mit diesen Wundertriebwerken lässt man uns sowieso nicht wieder von der Erde weg. Sobald wir gelandet sind, wird das Schiff zu Forschungszwecken auseinandergenommen.«

»Auf der Erde wird man eher uns ... auseinandernehmen«, rief ich ihm in Erinnerung. »Und dabei wird man uns alles, was wir uns geleistet haben, unter die Nase reiben. Allein ein Jump von einer niedrigen Umlaufbahn aus genügt, um für den Rest des Lebens Flugverbot zu erhalten.«

Danilow erwiderte kein Wort.

»Ich habe ... mit meinem Großvater gesprochen«, fuhr ich fort. »Über einen Flug zum Kern.«

»Ich glaube nicht, dass das klug wäre.«

Das brachte mich aus dem Konzept. Bei Danilow hatte ich nicht mit Widerstand gerechnet.

»Petja, du hast dich auf ein Abenteuer eingelassen, auf das wildeste Abenteuer der Geschichte«, sagte Danilow. »Widerwillig zwar, aber du hast dich darauf eingelassen.

Dann ist jedoch ein Wunder geschehen, du hast es geschafft, in diese fremde Welt vorzudringen und sie mit heiler Haut wieder zu verlassen. Bild dir aber bloß nichts darauf ein! Wie hieß es seinerzeit bei uns: Wenn der erste Flug ins All problemlos verläuft, bringt das Unglück. Du hast an dein Glück geglaubt, daran, dass es nicht sonderlich schwierig ist, sich bei den Aliens einzuschleichen. Und jetzt hast du dir in den Kopf gesetzt, zu einem Ort aufzubrechen, von dem eine ganze Zivilisation geflohen ist. Eine mächtige und unbarmherzige Zivilisation ... Ich bin gegen diesen Plan, Petja. Wir müssen zur Erde zurückkehren. Und ihr wenigstens dieses Schiff bringen, damit man es untersuchen kann.«

»Mein Großvater und ich werden zum Kern fliegen.«

Danilow warf mir einen scheelen Blick zu. »Und wie? Mit Jumps?«

Nun musste ich auch ihm all das erklären, was ich bereits meinem Großvater dargelegt hatte. Über das Schiff der Geometer und die Prinzipien seiner Fortbewegung.

Der Oberst hörte mir schweigend und irgendwie mürrisch zu. Nach einer Weile schüttelte er den Kopf. »Es gibt da noch ein kleines Hindernis. Da kommt es gerade ...«

Ich drehte mich um. Durch die Halle kam der Kommandant des rot-violetten Geschwaders der Alari.

»Mein Großvater und der Zähler haben ihn bestimmt überzeugt«, sagte ich. »Was spräche denn überhaupt dagegen?«

»Das Schiff der Geometer, Pjotr. Es steht für eine ungeheuer starke Technologie. Es war eine Sache, als du nach einem Gedächtnisverlust mit ihm zu den Geometern geflogen bist. Aber es ist etwas ganz anderes, wenn wir mit ihm ... bei klarem Kopf und wachem Verstand aufbrechen.«

»Das verstehe ich nicht«, gab ich offen zu.

»Was glaubst du denn, was passiert, wenn wir nicht zum Kern fliegen, sondern zur Erde? Wenn wir der Menschheit diese Technik überlassen? Dabei geht es nämlich nicht um irgendwelche alten Plasmatriebwerke, die unsere Industrie nicht nachbauen kann ...«

Der Alari war schon ziemlich nah. Und wahrscheinlich hatte er Danilows Worte gehört. Ich lachte nervös. »Dann lässt sich das Schiff der Geometer ja wohl erst recht nicht nachbauen ...«

»Doch«, konterte der Alari. »Es repariert sich von selbst, Pjotr Chrumow. Wer ein solches Schiff besitzt, hat auch eine kleine Fabrik zu ihrer Herstellung in der Hand. Eine einigermaßen einfallsreiche Zivilisation dürfte etwas damit anzufangen wissen.«

Er legte eine Pause ein.

»Und ihr seid einigermaßen einfallsreich.«

Nichts ist so schwer, wie gegen Misstrauen anzukämpfen, das absolut unbegründet ist. Es wäre mir nie in den Sinn gekommen, die Zivilisation vom Schatten vorzuschieben, um das Scoutschiff der Geometer zur Erde zu schmuggeln. Aber Danilow mit seiner Geheimdiensterfahrung hatte natürlich an diese Möglichkeit gedacht. Genau wie der Alien ...

»Wir wollen wirklich nur mit der dritten Kraft Kontakt aufnehmen«, stellte ich klar. »Genauer gesagt, mit der vierten. Anschließend geben wir euch den Scout der Geometer zurück. Falls ihr dann noch an ihm interessiert seid.«

»Das werden wir sein«, erwiderte der Alari, mich fest im Blick behaltend. »Pjotr, deine Expedition in die Welt der Geometer hatte äußerst geringe Aussichten auf Erfolg. Der Versuch, in einen unbekannten Bereich der Galaxis vorzudringen, ist jedoch von vornherein zum Scheitern verurteilt. Das räumt sogar der Zähler ein.«

Na wunderbar. Was wollte ich denn bitte einem Wesen entgegensetzen, das sich nie irrt?

»Trotzdem rät der Zähler, es zu versuchen«, fuhr der Alari fort. »Und er ist bereit, selbst zum Kern aufzubrechen.«

»Hängt die Entscheidung von Ihnen ab?«

»Ja.«

Sie schwieg lange, diese übergroße Maus, welche die Vorteile für ihre Zivilisation ebenso angestrengt verfolgte, wie mein Großvater und ich es für die Menschen getan hatten.

»Wollen Sie das Schiff der Geometer behalten, um seine Technologie zu untersuchen?«, fragte ich.

»Man muss etwas nicht unbedingt behalten, wenn man es kopieren kann«, stellte der Alari fest.

Als mir einfiel, wie sie den Körper von Nik Rimer untersucht hatten, verzichtete ich auf weitere Fragen.

Wir standen neben dem Shuttle: Danilow mit einem säuerlichen, hoffnungslosen Gesichtsausdruck, der Alari versunken in seine Gedanken und ich verzweifelt nach Worten suchend, die den Alien zu überzeugen vermochten.

»Wie verworren das alles ist«, bemerkte der Alari. Mit recht leiser Stimme, fast als denke er laut und wolle mich an seinen Zweifeln teilhaben lassen. »Wenn wir gewusst hätten, auf was für eine vertrackte Situation wir zusteuern, hätten wir den Starken Rassen sofort Bericht über alles erstattet. Aber jetzt ... ich weiß einfach nicht, welche Entscheidung richtig ist.«

Nach diesen Worten verstand ich ihn besser. Weitaus besser.

»Was würdest du tun, Mensch?«

»Ich weiß es nicht«, antwortete ich. »Ich weiß es wirklich nicht. Wenn ihr uns nicht vorbehaltlos vertraut ... dann gebt uns doch ein paar Soldaten mit.«

»Vertrauen kennt keine Abstufungen«, belehrte mich der Kommandant. »Das ist ...« Der Cualcua hielt mit dem Dolmetschen inne und suchte nach Worten. »Das ist ein Trigger. Ja oder nein. Es gibt nur diese beiden Möglichkeiten.«

»Es ist schwierig, ein bisschen schwanger zu sein ...«, brummte Danilow, ohne sich an jemand Bestimmtes zu wenden.

»Warum das?«, wunderte sich der Alari, der sich nun ihm zugewandt hatte. Er wartete die Antwort des verwirrten Obersten jedoch nicht ab und sah wieder mich an: »Versprichst du uns etwas, Pjotr Chrumow?«

»Ja.«

»Ihr bringt das Schiff der Geometer nicht zur Erde. Ihr sucht nur jene Zivilisation, die der Schatten genannt wird, und versucht, zu uns zurückzukehren. Sieben Erdtage wird unsere Flotte auf euch warten, hier an dieser Stelle im Raum.«

»Abgemacht«, antwortete ich, wobei ich noch nicht ganz fassen konnte, dass der Alari in unseren Plan einwilligte.

»Man bringt den Menschen Mascha her. Sie ist eure technische Spezialistin?«

»Ja.«

»Geht in die Waffenkammer. Dort wird man euch alle notwendigen Nahkampfwaffen aushändigen.«

»Wir werden ja wohl kaum kämpfen müssen ...«

»Natürlich nicht. Aber ich kann meinen Offizier doch nicht unbewaffnet ausrücken lassen.«

Ich hatte nicht die geringste Ahnung, was er damit meinte. Der Kommandant trat dicht vor mich. Er streckte die Pfote aus und legte sie mir mit ausgefahrenen Krallen auf die Brust.

»Pjotr Chrumow, als Mensch geboren ...«, setzte er an. »Als Befehlshaber einer unabhängigen Flotte und kraft meiner hohen Herkunft ändere ich dein Schicksal.«

In seiner Stimme schwang keinerlei Feierlichkeit mit. Entweder hielt der Cualcua es nicht für nötig, sie zu artikulieren, oder die Alari litten nicht an Gefühlsseligkeit.

»Von heute an bist du Offizier des rot-violetten Geschwaders«, fuhr der Kommandant fort. »Du unterstehst mir, ich übernehme die Verantwortung für deine Handlungen. Du findest die Zivilisation vom Schatten, um unser, der Menschen, der Zähler und der Cualcua Wohl willen. Du kehrst zurück.«

Der Alari ballte seine Pfote, so dass sich mir die Krallen in die Brust bohrten. Dann drehte er sich um und ging davon.

Ich sah Danilow an, der jedoch genauso fassungslos war wie ich. Er rang sich ein Lächeln ab. »Pass auf, gleich wächst dir ein Schwanz ...«, sagte er.

»Hör auf damit«, bat ich. »Das ist nicht nötig.«

»Nimm das alles doch nicht so ernst.« Danilow klopfte mir auf die Schulter. »Begreif doch, Petja! Der Alari hat damit einfach die Verbote des Konklaves zur Überlassung von Technologie umschifft. Er hat dich zu seinem Offizier gemacht, damit er dir erlauben kann, mit dem Scout der Geometer aufzubrechen. Das ist alles.«

»Alles?« Ich berührte das zerrissene Hemd. Ich würde es nähen müssen ... »Sascha, wie oft haben die Aliens denn bisher Verbote umgangen, um den Menschen zu helfen?«

Danilow begleitete uns nicht in die Waffenkammer. Mich wunderte das zwar, aber ich versuchte trotzdem nicht, ihn zu überreden. Schließlich vertraute ich in dieser Frage sowieso eher Mascha, die sich unter der kundigen Anleitung meines Großvaters mit Waffen vertraut gemacht hatte.

Die Waffenkammer war nicht sehr groß und halbdunkel. In puncto Beleuchtung würden Menschen und Alari wohl nie auf einen Nenner kommen. Die geringe Größe des Raums verwirrte mich dann aber doch. Die Waffen lagen in offenen Regalen, jeweils nur ein Exemplar pro Regal.

»Schießen die etwa nicht gern alle mit der gleichen Kanone?«, fragte ich.

Mascha sah mich von oben herab an. »Petja, das ist der Ausstellungsraum. Das sind Muster. In den Waffenkammern der Weltraumsicherheit sieht es genauso aus.«

»Die kennst du?«, fragte ich, mich für meine eigene Dummheit verteufelnd.

»Och, ich kenne allerlei«, antwortete Mascha, ohne besonders aufzutrumpfen. Sie ging an den Regalen entlang und betrachtete die bizarren Stücke.

Der Alari, der uns begleitete, beobachtete sie schweigend.

»Sprühdosen!«, brummte Mascha abfällig.

»Was?«

Wenn diese todbringenden Spielzeuge an etwas nicht erinnerten, dann an Sprühdosen.

»Gaswaffen sind mal sehr modern gewesen. Sprays, Pistolen ...«

»Ja und?«

»Sie nutzen dir nicht das Geringste. Ein gesetzestreuer Bürger wusste gar nicht, wie er sie gebrauchen sollte. Abgesehen davon hast du von ihnen nur symbolisch etwas. Dafür schwächt die trügerische Illusion von Sicherheit deine Aufmerksamkeit ...«

»Ich glaube aber doch, dass es einen Unterschied zwischen Tränengas und Plasmapistolen gibt.«

»Hmm, in einer dunklen Tordurchfahrt. Aber das ist ja wohl nicht das Ziel unserer Reise, oder?«

»Woher wollen wir das denn wissen?«

»Stimmt ... Du hättest deine Freunde, die Geometer, nach dem Schatten ausquetschen sollen.«

»Bin nicht dazu gekommen.«

Mascha hatte sich sehr verändert, seit ich zu den Geometern geflogen war. Etwas in ihr hatte einen Knacks bekommen oder war – ganz im Gegenteil – fester zusammengewachsen. Vielleicht aufgrund der Gesamtsituation hier an Bord eines fremden Raumschiffs. Oder aber durch das, was mit meinem Großvater passiert war. Das hielt ich sogar für wahrscheinlicher.

Sicher, Erotik dürfte in der Beziehung der beiden keine Rolle spielen. Dazu war mein Großvaters dann doch zu alt. Aber mit Sicherheit verehrte Mascha Andrej Valentinowitsch heftig.

Und was geschehen war, verkraftete sie vermutlich nicht ohne Weiteres. Bestimmt machte ihr diese Veränderung mehr zu schaffen als mir. Insofern hatte die Erfahrung meiner Symbiose mit dem Cualcua, der Wechsel von Körper und Gesicht, auch etwas Gutes, denn ich konnte selbst in dem Reptilienkörper meinen Großvater wiedererkennen, so wie er immer gewesen war, sarkastisch und unnachgiebig. Sobald ich die Augen schloss, glaubte ich, er säße immer noch neben mir.

Mascha dagegen blieben diese Möglichkeiten verschlossen. Sollte ich etwa einen Cualcua bitten, mit ihr eine Symbiose einzugehen? Aber ob sie dem zustimmen würde? Vielleicht wäre das überzeugendste Argument dafür ja nicht die Kraft und die Kondition, sondern die Möglichkeit, ein neues Gesicht zu bekommen ... schön zu werden. Der Cualcua als beste Kosmetik des Universums ...

Nein, Pjotr.

Was?

Wir lassen uns selten auf diese Art der Zusammenarbeit ein. Du bist eine der wenigen Ausnahmen.

Und warum?, dachte ich, während ich Mascha unverwandt ansah.

Wegen der Informationen. Wir wollten etwas über die Psyche der Menschen und die Welt der Geometer erfahren. Aber wir werden keine Symbiose mit anderen Vertretern deiner Rasse eingehen.

Dann eben nicht.

Dann würde es eben keine Schönheitssalons *Wunder der Cualcua* geben. Und auch die Klinik *Gesundheit durch Cualcua* würde nie entstehen. Denn im Grunde hätten sie meinen Großvater ja mühelos retten können. Sie hätten die kaputten Gefäße flicken und den Blutverlust stoppen können. Aber warum hätten sie das tun sollen?

Es nützt nichts, einen Sonnenstrahl zu bitten, in ein dunkles Zimmer zu fallen. Da ist es schon leichter, das Fenster zu öffnen. Oder eine Lampe anzumachen.

»Das ist alles nicht das Richtige!« Mascha drehte sich dem Alari zu. »Eure Waffen sind nicht für Menschen gedacht!«

»Selbstverständlich nicht.« Der Sinn für Humor des Alari blitzte auf. Es war ein alter und zauseliger Alien, der sich ungeschickt vorwärtsbewegte und dessen Fell schon fast weiß war. »Schließlich haben wir nicht die nötigen Extremitäten, um eine Waffe zu halten.«

Die meisten Waffen sahen in der Tat so aus, als würden sie auf die Schnauze aufgesetzt. Mir fiel ein Clip ein, den ich mal gesehen hatte: Ein Alari, der einen Harnisch trug und auf dessen Kinn eine gerippte Metallpistole saß. Aus dem Ding schlug ein feiner, blauer Strahl heraus. Eine Kopfbewegung – und das Licht schlug gegen die Kamera. Ende des Films ...

»Lass uns mal überlegen, was wir in diesem Fall tun können.« So leicht gab Mascha nicht auf. »Der Kommandant hat befohlen, dass wir uns Waffen aussuchen.«

Zielsicher steuerte der Alari auf ein Regal zu.

Zehn Minuten später war die Entscheidung gefallen. Breite schlichte Armreifen, die, sobald sie aktiviert waren, ein scheibenförmiges Kraftfeld mit einem Durchmesser von zwanzig Zentimetern umgab. Sie funktionierten etwa wie eine Kreissäge. Ich malte mir aus, was passiert wäre, wenn sich mir bei meiner Flucht auch nur ein Alari mit einem solchen Ding über der Pfote in den Weg gestellt hätte. Ein Schauder rieselte mir über den Rücken. Mascha verlangte vier Armreifen, aber ich hatte nicht die Absicht, einen von ihnen zu tragen. Wahrscheinlich würde ich mir damit eher den eigenen Kopf absäbeln oder den Bauch aufschlitzen.

Eine andere Waffe überzeugte mich schon mehr. Eine Mikrowellenwaffe, genau so ein Strahler wie in dem Clip, den wir aber – im Gegensatz zu den Alari – an der Hand befestigen konnten. Da der Abzug in einem kegelförmigen Körper saß, vermutete ich, die Alari würden ihn im Kampf mit der Zunge betätigen. Der Alari führte uns die Waffe nicht vor. Ich versuchte, mir den Strahler auf die Hand zu schnallen. Das Ding war recht schwer, ließ sich aber noch tragen. Mit einem Mal fiel mir ein idiotischer SF-Film ein, in dem der furchtlose Held etwas in der Art trug, das ihm den Arm ersetzte, den er im Kampf verloren hatte. Ich musste grinsen und legte den Strahler weg.

Die letzte Waffe wählte Mascha selbst aus. Die Alari schnallten sie sich vermutlich auf den Rücken, denn der lange Lauf und das schwere Bodenstück dürften für ihre Beine mit Sicherheit zu schwer sein.

»Ein Ggorschsch?«, fragte Mascha überzeugt.

Der Alari wurde leicht nervös. »Nein! Nein! Das ist kein Ggorschsch, das ist ein Ggorschsch! Vorsicht!«

Mascha ließ sich auf keinen Streit ein. Sie wog das monströse Ding und nickte. »Den nehmen wir.«

»Ihr müsst mindestens zwei Kilometer und dreihundert Meter vom Ziel entfernt sein!« Der Alari beruhigte sich erst wieder, als Mascha den Ggorschsch, der in Wahrheit kein Ggorschsch war, zurücklegte. »Aus der Deckung heraus! Beim Einschalten die Augen schließen!«

»Sollen wir auch noch das ›Kyrie eleison‹ beten?«, schlug Mascha ohne jede Ironie vor. »Davon nehmen wir zwei Einheiten.«

»Zweitausend?«, fragte der Alari konsterniert zurück. »Da müsste ich erst die Zahl der im Lager vorrätigen Waffen überprüfen ...«

»Zwei einzelne«, erklärte Mascha. »Für mich und für Danilow.«

»Eine kluge Entscheidung.« Ich nickte. »Ich habe kein gutes Augenmaß. Nachher halte ich die Distanz nicht ein ...«

Als wir schon am Ausgang waren, schielte Mascha noch einmal zu ein paar grellroten Scheiben hinüber. »Atomminen?«, fragte sie.

»Ja«, antwortete der Alari voller Respekt. Offenbar hatte Maschas letzte Waffenwahl ihn beeindruckt.

»Die kenn ich«, bemerkte Mascha beiläufig, nahm sie jedoch nicht. »Gehen wir zu mir, Petja. Ich habe Kaffee.«

»Woher kennst du dich so gut mit ihren Waffen aus?«, fragte ich im Gang.

»Ab und an sickern eben Informationen durch«, antwortete Mascha ausweichend.

Man weiß ja, zu wem Informationen normalerweise durchsickern ...

In der Kajüte, die die gastfreundlichen Alari den Menschen zur Verfügung gestellt hatten, war ich bisher nur einmal gewesen. Als ich im Sessel Platz nahm, fiel mir meine aufrichtige Freude ein, die ich bei dem Gedanken empfunden hatte, dass es spezielle Sitzmöbel gab.

Gedächtnisschwäche ist eine glückliche Krankheit. Voll angenehmer Überraschungen.

Der Kaffee kam aus der Schweiz, Nescafé, in Plastikbechern, die sich selbst erwärmten und aus der Flugration des Shuttles stammten. Ich zog den blöden Strohhalm heraus, denn damit konnte man seinen Kaffee wirklich nur in der Schwerelosigkeit oder bei getrübtem Verstand trinken, zog das Stanniol vom Becher und schnupperte genüsslich. Das Getränk, das bei den Geometern den Kaffee ersetzte, hatte letzten Endes doch einen völlig anderen Geschmack. Schließlich nahm ich den ersten Schluck.

»Vielen Dank, Mascha. Das ist genau das, was ich jetzt brauche.«

In der Regel hören Frauen immer gern Komplimente bezüglich ihrer kulinarischen Meisterschaft. Selbst wenn sie nur eine Konservendose aufgemacht haben, sollte man sich so begeistert zeigen, als hätten sie gedämpften

Stör oder lockeren usbekischen Pilaw aufgetischt. Auch Mascha nahm das Kompliment zufrieden auf.

»Mir ist völlig schleierhaft, wie ihr für einen ganzen Monat wegfliegen könnt«, erklärte sie, »ohne etwas Anständiges zu essen dabeizuhaben.«

»In den Weltraumbahnhöfen gibt es Restaurants. Da kann man anständig essen.«

»Ach ja? Werden die denn von der Erde beliefert?«

»Natürlich nicht. Normalerweise erhalten die Außerirdischen bloß Proben von Fleisch, Kartoffeln und Kräutern. Die Aliens imitieren dann unsere Lebensmittel auf der Grundlage ihrer synthetischen Nahrungsmittel. Das ist zwar auch teuer, aber billiger, als wenn sie die Waren importieren würden.«

»Und schmeckt wahrscheinlich besser«, bemerkte Mascha.

»Nicht unbedingt. Richtiges Essen ist immer unterschiedlich. Sogar auf der Erde schmecken die Kartoffeln von den Nachbarfeldern anders. Und das gilt erst recht für Fleisch, schließlich gibt es keine zwei identischen Kühe.«

»Es ist widerwärtig, Tiere zu töten, um etwas zu essen zu haben«, sagte Mascha plötzlich.

»Du wirkst gar nicht wie eine Vegetarierin ...«

»Bin ich auch nicht, aber nur aus Vernunftgründen. Tierische Nahrung ist notwendig, deshalb nehme ich sie zu mir.«

Diese Sicht der Dinge amüsierte mich. Wenn du gern Fleisch isst – warum dann diese Verrenkungen?

»Ist das irgendwie komisch?«, fragte Mascha streng.

»Ja. Deine militärischen Kenntnisse und deine Tierliebe sind ...«

»Ja, ja, ich weiß, Hitler war auch Vegetarier ... Pjotr, ein ehrlicher Kampf ist eine Sache, etwas anderes ist es, Tiere als Nahrungsmittel zu verwenden.«

Ich setzte den Streit nicht fort, das bringt in solchen Fällen nie etwas. »Trotzdem ist deine Begeisterung für Waffen eher typisch für Männer«, sagte ich nur noch.

»Ja und? Meine ganze Kindheit über habe ich darunter gelitten, kein Junge zu sein. Man hat mich sogar zu einem Psychiater geschleppt. Ich litt aber nicht unter sexuellen Störungen, sondern zeigte nur eine erhöhte Aggressivität und einen enormen Drang zur Macht.«

Ich verschluckte mich am Kaffee und gelobte mir feierlich, mit Mascha nie wieder ein Gespräch über ein solches Thema anzufangen. Eine derartige Offenheit erschreckt mich immer.

Andererseits schrie die Situation förmlich nach solchen Gesprächen. Mein Großvater samt Zähler – jetzt musste ich die beiden ja immer zusammen denken – waren sonst wo. Vielleicht besprachen sie etwas mit dem Kommandanten, keine Ahnung. Und Danilow war beim Shuttle geblieben.

»Vorhin habe ich zunächst gedacht, du willst die Waffenkammer plündern«, wechselte ich ungeschickt das Thema. »Wegen deiner erhöhten Aggressivität.«

»Wozu das? Wir haben eine Waffe, die auf einem Kraftfeld basiert, eine Mikrowellenwaffe und nicht zu vergessen den Ggorschsch. Warum hätten wir es übertreiben sollen? ... Sag mal, Pjotr, darf ich dir eine persönliche Frage stellen?«

Obwohl ich mit dem Schlimmsten rechnete, nickte ich.

»Nimmt dich der Tod deines Großvaters sehr mit?«

»Was?!«

Mascha seufzte und setzte sich mir gegenüber hin. »Er ist doch tot, Pjotr. Man kann ja wohl nicht allen Ernstes glauben, ein Mensch sei lediglich eine Ansammlung von elektrischen Signalen in den Synapsen.«

»Was denn sonst? Die Seele?« Da meine Kehle völlig ausgetrocknet war, fing ich an zu stammeln.

»Nicht unbedingt. Ich bin nicht gläubig. Aber der Körper macht mindestens die Hälfte eines Menschen aus.«

Ich sah ihr in die Augen. Nein, sie erlaubte sich keinen Spaß. Und mit so etwas machte man auch keinen Spaß.

»Mascha, für dich und für mich mag das vielleicht zutreffen. Wir sind schließlich noch jung. Bei uns brodeln die Hormone noch.« Zu meiner eigenen Überraschung wechselte ich plötzlich in einen eher zynischen Ton: »Für dich mag ich sexuell anziehend sein ...«

»Durchaus«, antwortete Mascha gelassen, »aber nicht so stark wie Sascha Danilow.«

»Mein Großvater hat jedoch bereits das Alter überschritten, wo er ...« Ich schluckte eine offene Beleidigung hinunter. »Er ernährt sich hauptsächlich von Joghurt und Babybrei. Heimlich eine Pfeife zu rauchen, ist für ihn ein Ereignis, einen Wodka zu trinken, die reinste Orgie.«

»Und was ist, wenn er durch den Garten wandert, Blumen pflückt und den Hund streichelt?«

»Wenn ich auf der Erde bin, muss ich ihn ständig zu einem Spaziergang nach draußen jagen!«

»Trotzdem, Petja.«

»Mascha ... liebst du ihn etwa?«

»Ich habe Andrej Valentinowitsch geliebt und werde ihn immer lieben!«, herrschte mich Mascha an. »Ihn – und nicht diese Eidechse mit seinem Gedächtnis.«

In mir explodierte etwas. Kurz zitterte der Kaffeebecher in meiner Hand, bereit, einen Flug zu einem klar definierten Ziel anzutreten.

Daran hinderte mich nur, dass der Kaffee noch zu heiß war.

Ich stand auf und verließ die Kajüte. Ich musste Danilow beim Check des Shuttles helfen. Schließlich war ich der zweite Pilot.

Der zweite Pilot – und keine Frau voller Komplexe, für die ein Mensch und sein Äußeres untrennbar miteinander verschmolzen waren.

Was auch immer die Motive der Alari sein mochten – ob sie uns in unserer Rückständigkeit nicht über den Weg trauten oder echte Freundschaft für uns empfanden –, jedenfalls hatten sie das Steuerungssystem der Fähre in der Tat nicht verändert. Der Navigationscomputer hegte nach wie vor die feste Überzeugung, das Schiff sei mit ganz normalen Flüssigkeitsraketentriebwerken ausgestattet. Weder der praktisch unerschöpfliche Brennstoffvorrat noch die enorme Schubkraft konnten ihn davon abbringen.

Mit Mascha hatte ich kein Wort mehr gewechselt. Sie sah mich immer wieder an und bedauerte zweifellos ihre

Offenheit, ich zog es jedoch vor, ihre Blicke zu ignorieren. Meinem Großvater sagte ich natürlich auch nichts davon.

Die Waffen und die Nahrung, die uns die Alari zur Verfügung gestellt hatten, wollten wir zunächst im Frachtraum unterbringen. Über unserer überstürzten Flucht und dem Flug hatten wir allerdings die dort verstauten, auf Jel sehnsüchtig erwarteten Büsten völlig vergessen. Nun starrten uns die blicklosen Köpfe der Parteiführer aus dem letzten Jahrhundert, der Helden der Krim-Krise und der Präsidenten unserer Verbündeten tadelnd an.

Der Proviant musste in der Kabine untergebracht werden.

Ich blieb bis zur letzten Minute im Shuttle. Als einschließlich meines Großvaters samt Zähler alle eingestiegen waren, drückte ich Danilow die Hand und sprang hinaus. Von unten sah ich Danilow, der sich ewig mühte, die Luke zu schließen, noch zu. In der Halle hatten sich zahllose Alari versammelt, darunter auch der Kommandant. Bevor ich ins Schiff der Geometer kletterte, ging ich noch einmal zu ihm.

»Ich hoffe, mein Offizier enttäuscht mich nicht«, sagte der Alari leise.

Was soll ich jetzt am besten antworten, Cualcua?

Mein Symbiont schwieg eine Sekunde, ich glaubte sogar schon, er wollte die Frage ignorieren.

Glaube und Liebe werden mir helfen.

»Glaube und Liebe werden mir helfen.«

Im Blick des Alari leuchtete lebhafte Neugier auf.

»Pjotr Chrumow, wofür hältst du mein Verhalten? Für einen schlauen Trick, wie Alexander Danilow vermutet?«

Sie haben ein feines Gehör. Genauer, nicht sie, sondern die Cualcua ...

»Nein«, antwortete ich, nachdem ich kurz nachgedacht hatte. »Für einen Vertrauensbeweis.«

»Verspürst du Dankbarkeit?«

»Ich glaube nicht. Eher Respekt Ihnen gegenüber.«

»Das ist auch gut.« Danach sagte der Kommandant nichts mehr. Ich hielt das für ein Zeichen, dass die Abschiedszeremonie damit erledigt sei, und ging zum Schiff.

Cualcua, ich muss jetzt wieder Nik Rimer sein.

Eine Antwort blieb zwar aus, doch mein Gesicht fing an zu brennen. Der Cualcua waberte durch mein Fleisch und ließ an meiner Körperoberfläche jene Zellen erscheinen, die früher dem unbekannten Dichter der Geometer gehört hatten.

Zum Schiff ging ich bereits als Nik.

Die Halbkugel der Kabine tat sich auf. Als ich mich schon am Rand hochhangelte und ins Cockpit springen wollte, öffnete sich die Decke der Halle.

Wind wehte herein, es gab eine sekundenkurze Luftbewegung, dann verschloss ein Kraftfeld die Öffnung. Über der Halle leuchteten blendend die Sterne, über der Halle hing die eisige Nacht des Kosmos. Ich legte den Kopf in den Nacken und beobachtete, wie die *Wolchw* in diese Nacht aufstieg, wie über den Schiffskörper Funken liefen, die sich am Verteidigungsfeld entzündet hatten. Von hier, vom Innern des Flaggschiffs aus, wirkte die interstellare Leere überhaupt nicht schrecklich. Im Gegenteil, sie war in ihrer unverhüllten Nacktheit durch und durch schön, sie war großartig, zärtlich und demütig.

So sollte auch unsere Schönheit sein. Wir müssten noch einmal ins All aufbrechen. Als gleichberechtigte Partner. Nicht so von der eigenen Wahrheit überzeugt wie die Geometer. Nicht so alt wie die Cualcua. Nicht so klug wie die Zähler.

Sondern nur wir selbst.

Ich hob die Hand – und verbarg dahinter etliche Sterne. Vielleicht gehörten sie den Starken und Schwachen Rassen. Vielleicht standen sie aber auch für sich selbst, für ein ungezügeltes und freies Leben. Vielleicht warteten sie auf denjenigen, der sie zuerst betreten würde.

»Geduldet euch noch ein wenig ...«, flüsterte ich.

Die *Wolchw* schwebte hinaus in den Raum.

In meinem Scout war alles genau wie in dem Schiff von Nik. Die Kabine schloss sich, gleichzeitig leuchteten die Monitore auf. Ich tauchte die Hand in den kolloidalen Aktivator.

Ich begrüße dich an Bord. Es liegen außerordentlich wertvolle Informationen über ein fremdes Schiff vor.

Der Computer, der sich nach Auskunft der Aliens für intelligent und allmächtig hielt, wunderte sich in keiner Weise darüber, dass sein Pilot einem völlig fremden Humanoiden entschlüpft war. In dieser Hinsicht waren die Computer der Geometer auch nicht schlauer als die der Menschen.

»Hervorragend. Lass uns starten und dem Schiff folgen, das gerade eben gestartet ist.«

Es liegen außerordentlich wertvolle Informationen vor! Die müssen wir nach Der Heimat bringen.

Für den Bruchteil einer Sekunde befürchtete ich, das Schiff würde mir nicht länger gehorchen und mit seinem Bericht zu den Geometern fliegen.

»Richtig, das müssen wir. Aber zunächst wartet auf uns noch eine extrem wichtige Mission der Freundschaft.«

Ist sie tatsächlich von so hoher Relevanz?

»Von noch höherer, als du es dir vorstellen kannst.«

Dann erfülle ich sie.

Das Schiff stieg in die Luft auf. Die Alari am Boden stoben auseinander und pressten sich gegen die Wände.

»Und jetzt hör dir den Auftrag an«, sagte ich. »Wir folgen dem sich entfernenden Schiff in einem Abstand von … na, sagen wir hundert Schritt. Sobald wir uns von dem Schiff, aus dem wir gestartet sind, mehr als zehntausend Schritt entfernt haben …«

Eine verbale Formulierung ist nicht notwendig, fiel mir der Computer ins Wort.

Also setzten wir der *Wolchw* nach.

Vier

Sobald sich das Schiff der Geometer fünf Kilometer von dem Geschwader der Alari entfernt hatte, dockte es an Danilows Fähre an. Natürlich nicht auf die Weise, die wir auf der Erde kannten. Der Scout blieb buchstäblich an der Fähre kleben – soweit ich feststellen konnte, ohne dass spezielle Andockvorrichtungen ausgefahren wurden.

Nun stellten wir eine absurde Konstruktion aus einem Raumflugzeug und einer Scheibe dar, die nahe der Schleuse angepappt dar. Für mich, in meiner künstlichen Schwerkraft, sah es so aus, als wollten wir unter dem auf der Seite liegenden Shuttle hinwegtauchen.

Ein paar Minuten waren nötig, um dem Computer klarzumachen, wo bei der Fähre oben und unten war und wohin der Gravitationsvektor auszurichten war. Schließlich wäre es dumm gewesen, die Bequemlichkeiten, die das Schiff der Geometer bot, ungenutzt zu lassen.

Nach einer Weile öffnete der Scout einen Durchgang.

Bei seinem Blütenblätterprinzip war das gar nicht so einfach. Hatte ich anfangs den Eindruck, es handle sich dabei um ein reich mechanisches Prinzip, sprang der Unterschied zwischen der Technologie der Erde und jener Der Heimat jetzt förmlich ins Auge. In der Verkleidung öffnete sich nämlich ein Spalt, der perfekt an die Luke der *Wolchw* angepasst war. Ich entstieg dem Sitz, der nun an der Wand befestigt zu sein schien, berührte mit dem Handrücken vorsichtig die Luke, zog die Hand jedoch gleich wieder zurück.

Verflucht, war das kalt!

Hundert Grad – unter null natürlich.

»Öffnet das Tor, die Verstärkung ist da!«, schrie ich, als hoffte ich, meine Stimme würde durch die dicke Verkleidung zu hören sein.

Die Antwort bestand in Stille. Was machten die denn da so lange?

»He, Hausherr, haben Sie einen Schlosser bestellt?«

In dem Moment machte sich plötzlich der Cualcua bemerkbar. *Pjotr, du bist ein wohlmeinender und guter Mensch.*

»Wie kommst du denn darauf?«, fragte ich.

Das ist meine Meinung.

Ich wartete, bis ich hörte, wie sich die Schlösser entriegelten. Die *Wolchw* verfügte über ein simples Blockiersystem, das sich aktivierte, sobald um das Schiff herum ein Vakuum existierte. Endlich konnte ich die Luke öffnen.

»Hallo, Sascha«, sagte ich in einem Ton, als hätten wir uns einen Monat nicht gesehen.

Dabei hatten wir uns vor einem Monat kaum gekannt!

»Weißt du, wie die Hermetisierung funktioniert?« Danilow beäugte den mit dem Shuttle verbundenen Scout misstrauisch.

»Keine Ahnung. Aber das dürfte wohl unser geringstes Problem sein, oder?«

»Stimmt«, pflichtete mir Danilow bei. Er setzte ein schiefes Grinsen auf. »Man könnte ja fast meinen, die Schiffe küssen sich.«

Entlang der Linie, an der sich die beiden Schiffe berührten, war die Verkleidung in der Tat dicker und ließ an Lippen denken.

»Und das ist wirklich sicher?«

Ich zuckte mit den Schultern.

»Du hast uns einen ganz schönen Schrecken eingejagt ... mit der Schwerkraft. Du hättest uns warnen müssen, dass sie sich beim Andocken auch bei uns bemerkbar macht.«

Sicher, das hätte ich tun sollen. Aber man gewöhnt sich eben schnell an das Gute. Drei Flüge im Schiff der Geometer hatten ausgereicht, damit ich die künstliche Schwerkraft als gegeben hinnahm.

»Na, lassen wir das. Gehen wir, Petja.«

»Meinst du? Lass uns lieber mit der Beschleunigung beginnen.«

Der Oberst wurde leicht verlegen. »Das hat Zeit. Erst mal haben wir was zu besprechen.«

Zusammen mit Danilow ging ich ins Cockpit. Der Reptiloid saß wie gehabt im Sitz des Wissenschaftsastronauten, Mascha behielt im Stehen den Hauptbildschirm im Auge, auf dem die Schiffe der Alari zu erkennen waren.

»Was gibt es denn für ein Problem?«, fragte ich ahnungslos. Aus irgendeinem Grund fielen mir die Worte des Cualcua ein. *Ein wohlmeinender und guter Mensch.*

»Petja.« Danilow baute sich einige Schritt vor mir auf. Auch er linste jetzt zum Monitor hinüber. Die Schwerkraft in einem Shuttle, das sich im freien Flug fortbewegte, hatte ihn eindeutig aus dem Konzept gebracht. »Petja, lass uns jetzt klären, was wir tun wollen.«

»Was meinst du damit?«

»Du hast ja wohl nicht wirklich die Absicht, zum Kern zu fliegen?«

Mascha drehte sich um und sah uns an. Der Reptiloid – seinen Körper regierte jetzt fraglos Karel – sprang vom Sitz und sperrte das Maul auf, schwieg aber.

»Wovon redest du, Sascha?«

»Wir haben die Plasmatriebwerke der Alari. Das Schiff der Geometer bietet eine Technologie, die alles übersteigt, was dem Konklave zur Verfügung steht. Und es kann sich selbst reproduzieren. Wir haben Musterwaffen dieser ... wahnsinnigen Mäuse. Warum zum Teufel sollen wir umkommen?«

Ob »wohlmeinend und gut« ein Synonym für »naiv« war?

»Du hast das alles großartig eingefädelt, Pjotr«, fuhr Danilow fort, von meinem Schweigen offensichtlich ermutigt. »In ein paar Wochen wird in der Galaxis die Hölle los sein ... und dann kann womöglich entscheidend sein, dass die Erde über eine neue Technologie verfügt. Mit wem auch immer wir uns verbünden, mit den Geometern oder mit dem Konklave, es wird unser ganzes Schicksal verändern. Und dein Verhalten ... habe keine Angst, das wird man nicht vergessen. Du bist der Mensch, der die Erde auf ihrem Weg in die Zukunft gebracht hat. Der alles zum Guten gewendet hat! Du bist schon heute ein Held! Was wir uns bisher für dich überlegt haben, ist doch nicht der Rede wert. Und damit meine ich nicht etwaige Strafen, sondern deine Auszeichnungen.«

Er setzte abermals ein schiefes Lächeln auf.

»Wir müssen eine Versammlung der UNO einberufen, damit man sich eine angemessene Auszeichnung für dich überlegt ...«

Über meine Brust rieselten eisige Schauder. Mich fröstelte, das Ganze widerte mich an. Als hätte man mich mit Spülicht übergossen.

»Glaube und Liebe ...«, sagte ich.

»Was?«

»Glaube und Liebe werden mir helfen. Das antworten die alarischen Offiziere ihrem Kommandanten, wenn sie ausziehen.«

In Danilows Augen veränderte sich etwas. Gerade eben hatten in ihnen noch Verlegenheit und Schuld gestanden. Wie bei einem durchtriebenen Schuljungen, der den Primus anstiftet, den Unterricht zu schwänzen und Schnaps auszuprobieren. Jetzt lagen in ihnen nur Ekel und Verachtung.

»Nimmst du das alles etwa ernst? Petja, die Alari werden es nicht wagen, auch nur einen Mucks darüber zu verlieren, dass wir ihr Schiff entführt haben! Damit würden sie sich nur selbst reinreiten!«

»Dann frag Karel nach seiner Meinung!«

»Karel, du selbst hast Pjotrs Vorschlag als Wahnsinn bezeichnet«, fuhr Danilow fort, den Blick fest auf mich gerichtet. »Was hältst du von meinem?«

»Das ist Verrat«, antwortete der Reptiloid.

»Das wundert mich nicht«, ließ sich Danilow vernehmen. Er trat einen Schritt zurück und knöpfte das Holster auf.

Wollte er etwa schießen?

Noch bevor ich irgendetwas unternehmen konnte, zog Danilow die Waffe. Nur dass das keine »Laserpeitsche« war, sondern so ein Lähmungsdings, auch wenn es überhaupt nicht wie jener Apparat aussah, den mein Großvater einmal in meinem Beisein gebraucht hatte.

Danilow schoss, mehr oder weniger ohne zu zielen. Mit idiotischer Verwunderung begriff ich, dass der Oberst im Schießen nicht weniger Erfahrung hatte als im Lenken einer Fähre. Der Reptiloid sank sanft zu Boden.

»Keine Sorge, er ist nur gelähmt«, versicherte mir Danilow rasch. »Pjotr, ich biete dir jetzt zum letzten Mal an ...«

»Das ist eine Einwegwaffe«, erinnerte ich ihn.

Danilow blickte runter auf den Paralysator – und ich stürzte mich auf ihn. Mir blieb nicht einmal mehr die Zeit, den Cualcua um eine Kampftransformation zu bitten. Allerdings bestand dafür auch keine Notwendigkeit.

Sicher, ich war kein Geheimdienstmann mit jahrelanger Erfahrung – ich war einfach nur halb so alt wie Danilow.

Glaube und Liebe!

Mir doch egal, welche Motive der alarische Kommandant hatte! *Ich* hatte ihm versprochen, zum Kern zu fliegen, und damit war es mir *ernst* gewesen!

Danilow wich dem ersten Schlag aus, brachte sich in Kampfposition und warf die Waffe weg. Ich handelte jetzt ganz instinktiv. Die Wesi, diese Nachfolgerin des NKWD, des KGB, des FBI und anderer angenehmer Firmen, heute, im kosmischen Zeitalter, brachte einem im Rahmen der Zweikampfausbildung allerlei ungewöhnliche Tricks bei.

Ich dagegen holte bloß aus und semmelte ihm eine, ganz ohne Kampfkunstregeln, sondern genauso, wie ich mich in der Kindheit geprügelt hatte.

Danilow versuchte erneut, dem Schlag auszuweichen. Seine Reflexe ließen nichts zu wünschen übrig, doch gerade sie spielten ihm diesmal einen Streich. Eine Schlägerei in der Schwerelosigkeit – und Gerüchten zufolge basiert darauf die Zweikampfausbildung der Wesi – ist eine Sache. Etwas ganz anderes ist es, wenn die Schwerelosigkeit in dem vertrauten Cockpit eines Shuttles plötzlich wegfällt. Danilow federte sich vom Boden hoch, fraglos in der Absicht, zur Decke zu schweben. Die Anziehungskraft machte ihm jedoch einen Strich durch die Rechnung. Mitten in seinem unbeholfen Sprung erwischte ihn mein Kinnhaken.

»Du bist ein Dreckskerl …«, zischte ich, den sich krümmenden Oberst nicht aus den Augen lassend. Mir fiel der Navigator wieder ein, dieser arme Kerl, dem Danilow, ohne mit der Wimper zu zucken, ein Bein gebrochen hatte. »Ein Dreckskerl …«

Ich trat ihm vor die Kniescheibe, worauf Danilow aufheulte. Natürlich hatte ich ihm nichts gebrochen – aber gehörig wehgetan.

»Wir sind Menschen! Menschen, du Idiot!«, schrie ich. »Zum Teufel mit dem Profit, zum Teufel mit der Technik! Wir haben vielleicht zum allerersten Mal die Chance, Freunde zu finden! Nicht ein Bündnis mit den Geometern oder dem Schatten einzugehen, sondern Freunde zu finden! Die Alari! Weißt du, was das Wort *Freund* für die Geometer bedeutet? Mag sein, die Alari haben nicht ganz und gar recht. Aber sie haben mir vertraut! Sie haben uns vertraut! Was sind im Vergleich dazu schon die Plasmatriebwerke oder der Ggorschsch?«

Auf der Stelle hüpfend rieb Danilow sich das Knie.

»Kein Ggorschsch, sondern ein Ggorschsch«, erklang es hinter mir. »Das sind zwei große Unterschiede.«

Ich drehte mich um.

Mascha hielt einen weiteren Paralysator auf mich gerichtet.

»Ja, es sind Einwegwaffen«, gab sie an Danilows Stelle zu. »Die Technik erlaubt es noch nicht, einen kolloidalen Laser nachzuladen. Aber ich habe mir zwei von ihnen geben lassen.«

Was für ein Idiot ich doch bin!

Wie hatte ich nur glauben können, dass das Ingenieurgenie Mascha Klimenko in dem bescheidenen wissenschaftlichen Zentrum meines Großvaters eine ganze Waffenkammer aufgebaut hatte, welche die der Wesi weit übertraf!

Und konnte mein Großvater genauso naiv gewesen sein wie ich?

»Nimm's mir nicht übel, Petja«, sagte Mascha und zog den Abzug.

So fühlt es sich also an, wenn man paralysiert wird.

In meinem Körper bildete sich etwas Weiches. Nicht Watte, sondern Gelee. Meine Augen schlossen sich halb, die Arme hoben sich zur Brust, die Beine zum Bauch. Meine gegen den Boden gepresste Wange schien beschlossen zu haben, durch die Zähne zu sickern.

Mascha stieg über mich hinweg und beugte sich zu Danilow runter. »Stehen Sie auf, Oberst!«

In ihrer Stimme lag weniger die Sorge um einen Freund als vielmehr Respekt gegenüber dem Ranghöheren.

Mein Gott, wie blöd ich doch gewesen war!

Da hatten wir also das Shuttle geklaut!

Wir Möchtegern-Terroristen!

Dabei war jeder einzelne Schritt seit unserem Gespräch mit Danilow von oben abgesegnet gewesen!

Ach, Großpapa, Großpapa!

Ich sah dem Reptiloid in das erstaunte Gesicht mit den gebleckten Zähnen, das Einzige, was ich in meiner momentanen Position sehen konnte.

Fast, als wollte ich in den nicht-menschlichen Augen eine Antwort lesen.

O nein! Mein Großvater hatte alles gewusst, ganz genau hatte er es gewusst. Aber er hatte die Weltraumsicherheit ausspielen wollen. Er hatte gehofft, die persönliche Treue des ehemaligen Waisenkindes Mascha überwöge sämtliche Vorschriften und Befehle.

Eins hatte er dabei allerdings nicht bedacht: Die Treue war nicht an sein Gehirn gekoppelt, das er erfolgreich vorm Gedächtnisschwund bewahrt hatte, sondern an jenen alten Körper, den niemand mehr brauchte.

Danilow stieg unbeholfen über mich und ging zum Pult. Ich glaubte schon, er würde mich treten. Aber so weit vergaß er sich nicht.

Schließlich waren wir doch Freunde!

»Wir müssen den Jump so schnell wie möglich einleiten, Oberst!«, bemerkte Mascha.

»Das weiß ich selbst, Major«, antwortete Danilow.

Oho, was für eine glänzende Karriere unsere Mascha schon gemacht hatte!

»Schnall Pjotr und den Zähler in den Sitzen an!«, befahl Danilow. »Tempo! Möglicherweise beobachten uns die Alari!«

Ich wollte ihn eigentlich darauf hinweisen, dass sie uns, selbst wenn sie die Möglichkeit dazu hätten, nie bespitzeln würden. Vertrauen kennt nun mal keine Abstufungen! Aber ich konnte ja nicht sprechen. Genauso wenig, wie ich Mascha Widerstand leisten konnte, die mich mit aller Kraft zum Sitz zog.

»Könnten wir vielleicht befehlen, die Schwerkraft aufzuheben?«, fragte sie.

»Das ist nicht nötig. Und du gehst mir auch nicht rüber in den Scout! Am besten vergisst du ihn ganz! Wenn alles glattläuft, wird er auf die Rückkehr des Piloten warten. Aber wir können auch nicht ausschließen, dass ...«

Nachdem Mascha mich angeschnallt hatte, konnte ich samt Karel samt Großvater nicht mehr sehen. Ich hörte nur noch, wie sie hantierte. Wie die Ziffern über den Bildschirm liefen, um die Zeit bis zur Wahl des Jumpsektors anzugeben.

Cualcua, kannst du mir helfen? Cualcua?

Mein Symbiont antwortete nicht sofort.

Nein. In den nächsten Stunden nicht. Eine höchst originelle Waffe. Das periphere Nervensystem hat einen Schock erlitten. Normalerweise könnte ich es kopieren, aber ich habe die gleichen Schwierigkeiten wie du.

Zum ersten Mal in meinem Leben freute ich mich nicht über den Triumph der irdischen Technik.

Mit dem Zähler bist du nicht in Symbiose? Ist er ernsthaft verletzt?

Nein. Ihre Rasse eignet sich nicht für die Symbiose mit uns. Ihr Leben beruht auf einer völlig anderen Grundlage. Eine Verschmelzung mit ihm ist genauso unmöglich wie mit der Plasmagrundlage der Torpp. Mich wundert sowieso, dass der Lähmungsstrahl bei dem Zähler gewirkt hat ... Proteinfreie Strukturen müssten eigentlich intoleranter sein.

In der Tat, was für ein Triumph der irdischen Technik! Da stellte der Zähler also eine proteinfreie Lebensform dar – und war trotzdem komplett ausgeschaltet worden!

Warum gelangen – und gelingen – uns technische Durchbrüche eigentlich immer nur im militärischen Bereich?

»Bereitet euch auf den Jump vor!«, verlangte Danilow.

Doch selbst die allumfassende Euphorie vermochte meine Verzweiflung nicht zu vertreiben.

Es war wie auf einer Wippe ... einer wahnsinnigen Wippe. Aufstieg und Fall. Dunkel und Licht. Ekstase und Schmerz. Nach dem vierten Jump hatte ich den Eindruck, mein Körper gehorche mir allmählich wieder.

Leider hatte nicht nur ich diesen Eindruck. Vor dem fünften Jump fesselten Danilow und Mascha mich, absolut fest und unter Verschwendung einer ganzen Rolle Klebeband. Auch der Reptiloid war auf seinem Sitz gefangen. Ihn verschnürten sie noch sorgfältiger, denn anscheinend konnten sie die physischen Möglichkeiten des Aliens nicht genau einschätzen.

»Willst du etwas trinken, Petja?«, fragte Danilow.

Er war die Freundlichkeit selbst, was meinen Schmerz noch schürte. Ist jetzt noch Platz für einsame Helden? Man kann zum Wirt einer uralten Amöbe werden, man kann einem Zähler erlauben, das Gedächtnis aus einem herauszupumpen, dann alle Kreise des Paradieses einer fremden Welt durchwandern und in die eigene zurückkehren. Alles ist möglich. Nur zeigt sich im entscheidenden Moment, dass man an einer unsichtbaren Leine geht und niemand die Absicht hatte, einen von dieser Leine zu lassen. Und wen man für einen Freund gehalten hat, der hat einem nur auf Befehl von oben beigestanden, während ein kribbeliges Weibsbild geduldig auf die »Stunde X« gewartet hat.

»Du Schwein!«, zischte ich – und wunderte mich, dass meine Lippen mir bereits wieder gehorchten.

In Danilows Augen glomm ein nervöses Funkeln auf. »Bist du wirklich sicher, dass du das Recht hast zu entscheiden, was für die Erde am besten ist, Pjotr?«

»Ja!«

»Siehst du, und ich bin mir genauso sicher«, hielt er zufrieden dagegen.

»Es gibt da ... nur einen ... Unterschied«, presste ich hervor. »Du hast mich betrogen. Verraten.«

»Vielleicht zeigt das ja nur, dass ich mehr vom Leben verstehe?« Ohne eine Antwort zu erwarten, fuhr Danilow fort: »Was ist jetzt, willst du was trinken?«

Das wollte ich. Sehr sogar.

Nach dem achten Jump erkundigte sich Danilow erneut, ob ich etwas bräuchte. Diesmal lehnte ich das Wasser nicht ab. Gierig leerte ich ein Glas und wollte sogar schon fragen, ob mit dem Schiff der Geometer alles in Ordnung ist. Zu gern hätte ich gehört, dass das Schiff abgestürzt war, beim Jump abhandengekommen war, die Triebwerke eingeschaltet hatte und abgehauen war ... wohin auch immer, von mir aus sogar in seine eigene Welt.

Glücklicherweise begriff ich noch rechtzeitig, dass das Schiff noch an uns klebte. Andernfalls wäre nämlich die Schwerkraft verschwunden. Die kluge und naive Technik der Geometer wartete auf ihren Piloten ...

Nach dem zwölften Jump machte sich Danilow lange am Navigationspult zu schaffen. Keine Frage, wir waren vom Kurs abgekommen. Aus einem Impuls heraus wollte ich meine Hilfe anbieten, aber selbstverständlich hätte mir der Oberst die Steuerung nicht überlassen. Und es nur anzubieten, um mich über meinen Feind lustig zu machen ... das wäre dumm gewesen. Naiv.

»Vielleicht sollten wir den Laderaum leeren, Sascha?«, schlug Mascha vor.

Danilow dachte kurz nach und legte dann ein paar Schalter um. Wahrscheinlich bestand gar keine Notwendigkeit, sich von der Last der Büsten zu befreien. Dem Jumper war es egal, welches Gewicht das Schiff auf die Waage brachte, und die Plasmatriebwerke der Alari bewältigten noch ganz andere Lasten. Wahrscheinlich hätte es einfach dämlich ausgesehen, mit der alten Fracht zurückzukehren.

»Die Arretierungen sind gelöst, die Blockierung aufgehoben«, kommentierte der Oberst in alter Gewohnheit seine Handlungen. »Die Luke wird geöffnet ...«

Automatisch schielte ich zu einem der großen Bildschirme. Kein schlechter Gedanke, der Anblick war es wirklich wert.

Aus den sich öffnenden Klappen der Luke purzelten, in den Schneesturm der gefrorenen Luft gehüllt, die Steinköpfe. Der Scheinwerfer des Frachtraums sprang an, in dem blendenden Licht wirkten sämtliche Büsten zuckerweiß, rein und proper, erfüllt von einer traurigen Schönheit. In einem munteren Schwarm trudelten die funkelnden kahlen Köpfe dahin, die nichts von ihrem Optimismus eingebüßt hatten, in stolzer Einsamkeit verschwand ein mürrischer Parteiführer von gigantischen Ausmaßen in der Unendlichkeit, zogen weitgehend unbekannte Gesichter vorbei, deren Ruhm längst nicht so dauerhaft war wie der Stein. Als Letztes trieb es einen erstaunt und kurzsichtig dreinblickenden Kopf aus dem Laderaum, der zu fragen schien: »Was soll das denn? Warum denn mich, Genossen?« Die Büste kam der Kamera gefährlich nahe, überschlug sich und lugte schmollend ins Objektiv. Mascha fluchte los, als habe sie mit ebendiesem Politiker noch eine Rechnung offen. Aber war das so abwegig? Was wusste denn ich, wie und warum sie ihre Eltern verloren hatte und im Heim gelandet war.

»Weg! Weg mit dem Ballast ...«, sang Danilow völlig schief eine unbekannte Melodie, räusperte sich dann und verstummte. Die steinernen Überraschungen schwebten durch die Weiten des Alls ... Da würde sich in hunderttausend Jahren irgendeine Zivilisation freuen! Vielleicht würden die stummen Büsten zu überaus wertvollen Exponaten in einem außerirdischen Museum, und die klügsten Köpfe der Zukunft würden sie mit ihren glatten Scheinfüßchen betasten und lange Stielaugen machen, während sie über die Größe der untergegangenen Kultur nachsannen ...

»Und jetzt wird geschlafen!«, sagte Danilow in die Stille hinein, die sich in der Fähre breitgemacht hatte. »In zwei Stunden erfolgt der nächste Sprung. Meiner Ansicht nach steht uns noch eine Serie von drei Sprüngen bevor. Pjotr, brauchst du etwas?«

»Ja«, musste ich zugeben. »Ich muss zum Klo.«

Danilow befreite meine Hände und brachte mich zur Toilette. Als ich zurückkam – meine Beine waren noch gefesselt, und ich musste mich auf Danilows Schulter stützen –, fing ich einen Blick des Reptiloiden auf. Einen traurigen und hoffnungslosen Blick. Anscheinend sah mich mein Großvater an.

»Wirst du nach alldem eigentlich befördert, Danilow?«, fragte ich, während der Oberst mich wieder an den Sitz schnallte.

Er erwiderte kein Wort.

»Na klar, du wirst General«, fuhr ich gehässig fort. »Für eine ganze Woche. Oder einen Monat. Danach fackeln die Aliens nämlich die Erde ab. Investiere also besser nicht in Immobilien. Mach dir lieber ein paar schöne Tage. Ein Bungalow, Rum aus einer Kokosnuss, eine attraktive Mulattin ...«

»Spar dir die Mühe, Petja«, sagte mein Großvater hinter mir. »Er glaubt, alles richtig zu machen. Darin besteht ja das Unglück.«

»Und sparen Sie sich diese trostvollen Worte, Andrej Valentinowitsch«, verlangte Danilow gelassen. »Petja soll mich ruhig für einen Schuft halten. Sie ebenfalls. Aber die Zeit wird zeigen, wer recht hat.«

Dabei beließen wir es. Das letzte Wort hat immer derjenige, dessen Hände nicht gefesselt sind.

Ich gab mir alle Mühe einzuschlafen. Ich schloss die Augen. Aber die Anspannung der letzten Tage erwies sich als zu groß. Vor meinem inneren Auge zogen, gleichsam von einem Irren zusammenmontiert, Fetzen aus Videoclips vorbei: die Geometer und die Alari, Schiffe und Planeten, die Wendigen Freunde und der unerschütterliche Cualcua. Der große, einzige, leidenschaftslose Cualcua ...

Jetzt kann ich dir helfen.

Was?

Soll ich eine Kampftransformation einleiten?

Mein Herz hämmerte dumpf. Wie hatte ich meine nicht ganz menschlichen Möglichkeiten vergessen können? Ich könnte meine Fesseln durchreißen ...

Die Frau passt auf. Danilow schläft, aber Mascha ist noch munter. Sie wissen, dass du stärker bist als ein normaler Mensch. Die Frau hat noch einen Paralysator.

Was schlägst du denn vor?

Pass auf.

Meine Finger kribbelten. Ich senkte den Blick und betrachtete meine an die Armlehne geschnallte Hand. Aus dem Zeigefinger kroch langsam ein dünner weißer Faden heraus.

Wie damals, bei den Wendigen Freunden ...

Der Faden schlängelte sich lautlos zu Boden. Von den vibrierenden Bewegungen des weißen Tentakels ging etwas Widerliches, Spinnenhaftes aus. Dieses gierige Fleisch gehörte mir nicht. Es lebte sein eigenes Leben. Ich brauchte noch nicht mal selbst was zu unternehmen. Ich musste den Cualcua einfach gewähren lassen, dann würde er in den Körper von Mascha eindringen. Mittelbarer Sex. Der alte Freud hätte seine Freude daran gehabt. Sollte die FSB-Majorin Mascha Klimenko ruhig einen Paralysator in Händen halten, aber ich – ich war selbst die Waffe.

Eine ekelhafte, unbarmherzige und nicht-menschliche Waffe.

Nein!

Der Faden erstarrte. Der Cualcua wartete.

Lass das! Wage es ja nicht!

Warum nicht? Du willst dich doch befreien, oder?

Stimmt. Warum wollte ich diesen Angriff trotzdem nicht? Woher sollte ich das wissen? Ein Feind bleibt immer ein Feind, hinter welcher Maske er sich auch verbirgt. Ich selbst würde mich jederzeit auf Mascha stürzen, auch wenn sie eine Frau war, auch wenn sie einmal meine Gefährtin gewesen war ...

Aber nicht so! Auf gar keinen Fall! Nicht mit dem verräterischen Stich von außerirdischem Protoplasma!

Es gibt eine seltsame Grenze in all diesen interstellaren Spielchen. Eine Grenze, die man nicht übertreten darf – falls man sich noch daran erinnert, woher man kommt und unter welchem Himmel man geboren wurde.

Man darf ein Konzentrationslager nicht von Wesen einer fremden Rasse bewachen lassen. Das hatten die Geometer vergessen ... Man darf nicht über ein Wesen, in dessen Adern das gleiche Blut fließt wie in deinen, herfallen und dabei von einem außerirdischen Symbionten profitieren. Ich würde versuchen, das immer im Hinterkopf zu behalten ...

Gut. Ich habe es verstanden.

Der Faden zitterte und glitt zurück in meinen Körper. Der Cualcua hatte mir ohne jeden Widerspruch nachgegeben.

Mach so etwas nie mit Menschen, bat ich ihn. *Solange du in meinem Körper lebst, tu das nicht.*

Mascha hüstelte leise. Sie ahnte nicht einmal, welche Gefahr ihr gedroht hatte.

Gott sei Dank ahnte sie es nicht.

Als Navigator war Danilow Mittelmaß. Obwohl: Nein, man durfte einen Mann nicht als mittelmäßigen Navigator bezeichnen, der es geschafft hatte, ein Shuttle aus unserer Position zur Erde zurückzubringen. Selbst wenn er dafür noch acht Sprünge brauchte und nicht drei.

Beim letzten Sprung war ich völlig am Ende. Damit war der Beweis erbracht, dass man einen Menschen auch durch Ekstase foltern konnte. Wenn auf die Ekstase des Jumps die Routine zur Reanimation des Schiffs folgt, ist das eine Sache. Aber wenn du die ganze Zeit gefesselt bist und wie ein Idiot auf den nächsten Euphorieschub wartest, ist das ein zweifelhaftes Vergnügen. So fühlt sich vermutlich ein Trinker während eines Dauerbesäufnisses, wo die nächste Flasche – selbst wenn es sich dabei um den edelsten Wein oder uralten Cognac handelt – keine Freude mehr bringt, sondern ihm nur ein kurzes, stumpfsinniges Vergessen schenkt.

»Wir kommen zur Station Gamma«, teilte Danilow leise mit. Er und Mascha hatten die letzte Flugbahn berechnet, die schon nicht mehr für einen Jump gedacht war, sondern für einen normalen Raketenflug. »Mit Höchstgeschwindigkeit ...«

Warum eigentlich ausgerechnet die Gamma? Den Blick zur Decke gerichtet, ließ ich mir alle Vor- und Nachteile der russischen Station der Weltraumsicherheit durch den Kopf gehen. Die beiden wollten nicht auf dem Planeten landen. Warum nicht? Eine begründete Vorsichtsmaßnahme? Man konnte ja nie wissen, womit die Alari die *Wolchw* »gefüllt« hatten ... Außerdem wäre eine Landung mit dem an Bord angedockten Scoutschiff der Geometer unmöglich gewesen. Aber welche Vorteile bot die kleine Gamma gegenüber dem Hauptsitz der Wesi, der Alpha, oder der amerikanischen Weltraumraumbasis Beta, die, da brauchen wir uns nichts vorzumachen, der Alpha in Größe und Effizienz sogar noch überlegen war?

Die Antwort war so offenkundig, dass ich sie im ersten Moment gar nicht glaubte. Die Vorteile der Gamma bestanden einzig und allein darin, eine russische Station zu sein.

Darum ging es! Nur darum! Und zwar direkt! Mein Großvater und ich waren nicht schlicht in eine Falle der Wesi getappt! Wir waren in eine internationale Intrige hineingerasselt. Die russischen Geheimdienstler hatten beschlossen, der Heimat einen Dienst zu erweisen!

Wogegen ich ja selbstverständlich gar nichts hatte. Und wenn es nur darum ginge, die Amerikaner, Japaner und das Vereinte Europa auszutricksen, dann wäre ich der Erste gewesen, der Danilow die Hand gedrückt und Mascha – ungeachtet ihrer ständig missmutigen Miene – abgeküsst hätte. Meinem Land etwas Stolz auf sich selbst zu schenken – und sei es der Stolz auf einen erfolgreichen Diebstahl –, dazu war ich bereit. Jederzeit. Aber ausgerechnet jetzt? Wenn das Haus brennt, streitet man sich nicht mit den Nachbarn wegen tropfender Wasserhähne.

Ich musste sogar kichern, als ich zu den beiden Geheimdienstlern hinüberlugte. Aber die hatten momentan andere Dinge im Kopf.

»Man wird die merkwürdige Form bemerken«, gab Mascha zu bedenken. »Jedenfalls von der Delta und von der Alpha aus. Außerdem stimmt ... der Auspuff nicht.«

»Ich nehme jetzt mit der Leitung Kontakt auf«, versprach Danilow. »Die sollen nach Schema drei vorgehen.«

»Experimentalflug?«

»Genau. Sie werden Zeter und Mordio schreien und sich dann wieder beruhigen.«

»Passen wir denn überhaupt in den Hangar der Gamma?«, fragte Mascha nach einer Weile.

»Von der Größe her müsste es klappen.«

Alles klar. Sie wollten den Ausländern, vor allem den Amerikanern, weismachen, die *Wolchw* teste das Innenleben der *Juri Gagarin*, eines leidgeprüften, seit rund zehn Jahren in der Entwicklung befindlichen Schiffs mit Plasmatriebwerken. Irgendwann würde natürlich herauskommen, dass es in Russland keine funktionstüchtigen Plasmatriebwerke gibt – und dann wäre das Geschrei groß. Fürs Erste kam es Mascha und Danilow jedoch nur darauf an, Zeit zu gewinnen ...

Unwillkürlich fing ich an, so zu denken, als stünde ich wirklich auf der Seite der beiden. Als hockte ich nicht mit hundert Metern Klebeband an meinen Sitz festgezurrt da. Danilow schien dieses Einknicken zu spüren.

»Pjotr«, er drehte sich in seinem Sitz um und stieß sich leicht von der Armlehne ab, wobei er abermals die künstliche Schwerkraft vergaß, denn er hatte sich ja eigentlich in die Luft erheben wollen, »wir können noch immer alles ins Lot bringen.«

»Indem wir zum Kern fliegen?«, fragte ich mit größtmöglicher Naivität.

»Pjotr, ich binde Karel und dich los ... und wir fliegen die Schiffe gemeinsam«, erwiderte Danilow seufzend. »Ich nehme an, der Reptiloid kann die Aufzeichnungen der Black Box korrigieren, oder?«

»Hast du keine Angst vor einer Meuterei?«

»Ich gehe das Risiko ein, auf dein Wort zu vertrauen.«

»Vertraue mir lieber nicht, Danilow«, sagte ich. »Ich habe dir vertraut – und nun sieh dir mal an, was dabei herausgekommen ist.«

Er zuckte mit den Achseln und beugte sich über die Armaturen. Wir wechselten kein Wort mehr, in den ganzen zwei Stunden nicht, in denen die *Wolchw* auf die Gamma zuflog. Wir hatten uns einfach nichts mehr zu sagen.

Das Einzige, was mich wunderte, war das Schweigen des Reptiloiden. Weder Karel noch mein Großvater hatten versucht, sich in unser Gespräch einzumischen. Zu gern hätte ich geglaubt, sie würden sich gerade den Kopf über einen Plan zu unserer Rettung zerbrechen. Leider wusste ich jedoch genau: Wenn mein Großvater etwas ausheckt, dann redet er ohne Punkt und Komma ...

Die Gamma war nach dem alten, noch von Ziolkowski entwickelten »Radschema« erbaut worden. Eine rotierende Scheibe mit einem Durchmesser von dreißig Metern, in der Mitte beziehungsweise der Nabe herrscht Schwerelosigkeit, außen sorgt die Zentrifugalkraft für eine Art Schwerkraft. Wofür der Roskosmos oder die Weltraumsicherheit die brauchte, wusste Gott allein. Echten Komfort brachte diese Pseudogravitation jedenfalls nicht mit sich, abgesehen davon wechselten die Mannschaften ohnehin monatlich und hätten nicht unter der Schwerelosigkeit gelitten. Stattdessen wuchsen nun allen die Probleme über den Kopf. Um kampfbereit zu sein, musste die Gamma beispielsweise die Rotation einstellen, ansonsten wäre es unmöglich gewesen, die Kampflaser präzise auszurichten.

Man musste die Station wohl als einen letzten Versuch seitens unserer Kosmonautik verstehen, die verlorene Vorherrschaft zurückzugewinnen. Zumindest teilweise. Ein naiver und hoffnungsloser Versuch, genau wie alle anderen, wie jene kleine Fabrik zur Herstellung hochreiner Halbleiter und allergiefreier Impfstoffe beispielsweise, die entweder verbrannt war oder einfach auf einer Umlaufbahn zurückgelassen worden war, oder jene Mondbasis, die seit über zwei Jahren mit Automatik lief, die unvollendete *Zeus*, ein Schiff für den Flug zum Jupiter, das noch vor der Entwicklung des Jumps konzipiert worden war und jetzt weiter vor sich hinalterte ...

Die *Wolchw* passte ganz knapp durch die Luke im Hangar. Danilow musste sein ganzes Können aufbieten, um die zwei Schiffe hineinzubringen, ohne die spröden Wände zu rammen. Anschließend manövrierte er noch eine halbe Minute lang unter leisem Gefluche, um das verbleibende Trägheitsmoment zu überwinden. Die *Wolchw* wackelte im Hangar hin und her wie eine Bleikugel in einem winzigen und zerbrechlichen Tannenbaumschmuck. Jeder Schlag gegen die Wand hätte der Station enormen Schaden zufügen können, aber Danilow blieb keine andere Möglichkeit. Schließlich verharrte die Fähre reglos, genauer gesagt, sie begann, langsam an der Wand des zylindrischen Hangars hinunterzugleiten, angezogen von der kaum wahrnehmbaren Zentrifugalkraft. Lautlos schloss sich die Luke des Hangars, verbarg uns vor den neugierigen Radaren anderer Stationen der Wesi.

Damit waren wir also am Ziel. Zwei Schiffe, zwei Helden, zwei Gefangene. Apathie bemächtigte sich meiner, und ich schloss die Augen. Es reichte. Man kann nicht endlos weiterkämpfen. Ich hatte eine Chance gehabt, vorhin, unterwegs, als der Cualcua so eilfertig seinen Fühler ausgefahren hatte. Ich hatte sie nicht genutzt, hatte das Angebot meines Symbionten einfach nicht akzeptieren können. Und das hieß: Der Kampf war vorbei.

Verzeiht, Alari.

Verzeih, Erde.

Ich hätte nie gedacht, dass unsere engen Stationen Räume aufweisen, die nicht unbedingt nötig sind. Beispielsweise ein Gefängnis. Oder hieß das hier anders? Karzer vielleicht? Hauptwache? Isolator? Keine Ahnung. Eins aber zumindest stand fest: Bei den Alari war es bequemer gewesen.

Die Zelle war winzig, höchstens so groß wie das Klo auf einer Datscha. In einer Ecke befand sich tatsächlich ein winziges Klosett, über ihm hatte der Konstrukteur mit kindlicher Unverblümtheit einen Thermocontainer zum Aufwärmen der Nahrung angebracht. Außerdem gab es noch einen Fernsehschirm. Erstaunt überzeugte ich mich davon, dass er funktionierte, aber nur ein paar russische TV-Kanäle anbot. Ach ja, diese Sorge um das kulturelle Wohl der Eingesperrten ... Bei den Leuten an Bord kam bestimmt keine Langeweile auf – bei einem solchen Angebot an Seifenopern und idiotischen Shows.

Als der Reptiloid und ich durch die Station geführt wurden, brummte es in ihr wie in einem Bienenstock in Aufruhr. Durch die schmalen Gänge eilten Schwarzhelme, die russischen Infanteristen im All. Der Militärtrakt, an dem wir vorbeikamen, war verriegelt und verschlossen. Es musste höchste Alarmbereitschaft befohlen worden sein, und am Raketenpult saßen jetzt die Schützen.

Das gab mir zu denken. Sehr sogar. Das Land schüttelte das graue Haar, ließ die schlaffen Muskeln spielen und hatte beschlossen, die fremde Technologie nicht wieder herzugeben. Dann wollen wir doch mal sehen, was nun kommt. Immer hübsch abwarten, Tee trinken, auf Fragen antworten und alle Sünden bereuen ...

Ich zwirbelte die schmale Hängematte auf und legte mich hinein. Die Pseudoschwerkraft war hier ganz schwach, ich wog etwa so viel wie eine junge Katze. An der Decke schimmerte eine gelbe Glühbirne, die Station vibrierte jedes Mal, wenn ein Manöver durchgeführt wurde. Waren unsere amerikanischen Freunde etwa nicht auf den Trick reingefallen und lasen unserem Präsidenten die Leviten?

Aber hatte unser Präsident eigentlich das Recht, den Reptiloiden und mich der ganzen Menschheit auszuliefern? Hier lief eine Operation des Geheimdiensts. Und der würde sich garantiert nicht ins Handwerk pfuschen lassen. Schipunows Macht war gegenwärtig nicht so stabil wie in den ersten Jahren nach dem Umsturz ...

Mir kamen träge, ekelhafte Gedanken. Als hätte ich in Rekordzeit ein ermüdendes Hindernisrennen hinter mich gebracht – und man würde mich jetzt noch bitten, durch einen Sumpf zu schwimmen. Wie einfach alles auf

Der Heimat und bei den Alari gewesen war. Schwer und einfach. Hier dagegen gab es, wie gehabt, nur sinnloses Herumgerenne und kleinliche Intrigen ...

Ich streckte ein Bein aus und drückte auf den Schalter des Fernsehers. Es war nun einmal ein Vorteil eines winziges Raums, alles per Hand – oder Fuß – erreichen zu können.

Etwas Dümmeres hätte ich mir nicht einfallen lassen können. Der erste Kanal brachte einen Musikwettbewerb. Die Sängerin, die unbeholfen über die Bühne wackelte, konnte absolut nicht singen. Besser sie ließe die Finger davon, würde sich an den Herd stellen oder für Badeanzüge Reklame machen. Aber das kümmerte natürlich niemanden. Die Fans vor der Bühne, männliche wie weibliche, johlten, die Kollegen des Sternchens in der Jury lächelten glückselig, obwohl ein Teil von ihnen sogar Ohr und Stimme besaß. Den zweiten Kanal übersprang ich mehr oder weniger, denn da liefen Nachrichten, gerade war ein brennender Bahnhof zu sehen. Der vierte Kanal bescherte mir eine politische Diskussion, die darauf hinauslief, dass in unserem Leben alles schlecht war und wir etwas Besseres verdient hätten. Der fünfte Kanal brachte einen Werbespot des Innenministeriums. Eine Grabesstimme aus dem Off verkündete: »Sie können das Gesetz brechen – und Sie werden nachts Albträume haben! Sie können als ehrlicher Bürger leben – und die gute Laune wird Sie nie wieder verlassen! Die Mitarbeiter der Miliz tragen Waffen und sind berechtigt, sie ohne jede Vorwarnung einzusetzen! Sie wollen, dass wir alle in Sicherheit leben!« Der primitive Clip wartete mit finsteren, unrasierten Verbrechern, lächelnden Bürgern mit weißen Zähnen und auf ein Ziel schießenden Milizionären auf. Im sechsten Kanal lief wie üblich Reklame, aktuell für brandneue Vakuum-Pampers mit 72-Stunden-Wirkung. Ich wollte den Fernseher schon ausschalten, als sich vor den lächelnden Säugling mit Lätzchen ein bekanntes Gesicht schob: Anatoli Romanow, Pilotenausbilder bei der Transaero. Mitten in der Bewegung hielt ich inne.

»Raumflüge sind harte Arbeit«, sagte Tolik. »Manchmal habe ich über mehrere Stunden nicht die Möglichkeit, mich vom Pult zu entfernen. Früher war das mit erheblichen Qualen verbunden ...«

In Toliks Augen funkelte ein ungesundes Feuerchen. Gute Güte, wie viel hatten sie ihm dafür gezahlt?

»Aber jetzt, mit den neuen Vakuum-Pampers, sind all meine Probleme gelöst ...«, endete Tolik. »Ich starte, führe meine Jumps durch, lande auf dem Zielplaneten und kehre zurück, ohne meine Zeit für natürliche Bedürfnisse zu vergeuden ...«

Ich brach in Gelächter aus. Der Pampers-Reklame folgte irgendeine Kindersendung. Ich wieherte noch immer bei der Vorstellung, wie Tolik in Pampers vor dem Jump-Pult hockte! Das war wirklich zu viel!

Die Luke öffnete sich, und Danilow kam halb schwebend, halb gehend herein. Unwillkürlich stellte ich mir den Oberst des Geheimdienstes ebenfalls in Pampers vor: »Kameraden zu überwachen, ist harte Arbeit. Manchmal habe ich über mehrere Stunden ...« Ich erlitt einen weiteren Lachanfall.

Danilow starrte misstrauisch zum laufenden Fernseher hinüber. Gerade hüpften Tiere aus einem Zeichentrickfilm durchs Bild, und eine lebenslustige Stimme sang: »Wer will denn Montagmorgen schlafen, im Bett bleibt nur ein Tagedieb ...«

Ohne hinter den Grund meiner Heiterkeit zu kommen, schaltete Danilow den Fernseher aus.

»Da haben sie Tolik gezeigt«, klärte ich ihn gutmütig auf. »Tolik Romanow. Er hat für Pampers Reklame gemacht.«

Danilow setzte sich auf den heruntergeklappten Klosettdeckel. »Ganz schön eng hier«, bemerkte er. »Findest du nicht auch?«

»Mir gefällt's. Bist du gekommen, um meine Aussage aufzunehmen?«

»Pjotr«, sagte Danilow seufzend, »ich habe einen Vorschlag ...«

»Dann lass mal hören«, spornte ich den verstummenden Oberst an.

»Lass uns auf der gleichen Seite der Barrikade kämpfen. Dann ziehen wir alle Anzeigen gegen dich und Andrej Valentinowitsch zurück.«

»Und was wird mit dem Reptiloiden?«

»Er wird auf irgendeinen Planeten des Konklaves gebracht. Dir ist klar, was das heißt?«

»Nicht ganz.«

»Deinem Großvater wird ein neuer Körper zur Verfügung gestellt. Der normale, gesunde Körper eines Menschen. Der Zähler wird ihm das Bewusstsein Andrej Valentinowitschs überspielen.«

Unsere Blicke kreuzten sich.

»Auf der Erde gibt es Tausende von Menschen, deren Bewusstsein gestorben ist, deren Körper aber noch lebt. Zum Beispiel Leute, die nach dem klinischen Tod nicht wiederbelebt wurden. Das ist auch nicht unmoralischer als eine Organtransplantation.«

»Und was hat mein Großvater dazu gesagt?«

»Bisher noch gar nichts. Ich habe beschlossen, zuerst mit dir darüber zu reden.«

»Was verlangt ihr von uns?«

»Kooperation. Nur Kooperation.«

»Es sind erst anderthalb Stunden vergangen«, sagte ich gedehnt. »Nicht mehr als anderthalb Stunden. Trotzdem seid ihr bereits dahintergekommen, dass das Schiff der Geometer nicht daran denkt, euch zu gehorchen.«

»Richtig. Du musst uns helfen, Pjotr. Um der Erde willen, um unseres Landes willen ... musst du deine bisherige Einstellung aufgeben. Schließlich bist du ein Mensch. Ein Russe.«

»Hast du womöglich vergessen, dass in mir auch noch ein Cualcua lebt?«

In Danilows Gesicht regte sich nichts. »Es ist kaum möglich, das zu vergessen, solange du in diesem Körper steckst ... Was willst du mir damit sagen? Wenn er seine Bedingungen vortragen will – bitte schön. Aber soweit ich es verstehe, verhält sich ihre Rasse eher passiv. Aber sei's drum. Er soll sein Anliegen ruhig vortragen. Wir sind nicht gegen eine Koalition mit ihnen, mit den Alari oder mit den Zählern. Aber es liegt nicht in unserem Interesse, Hals über Kopf ans Ende der Welt zu rasen. Wenn die Erde auch nur über zehn solcher Schiffe verfügen würde ... könnten wir mit den Starken Rassen auf gleicher Augenhöhe verhandeln.«

»Glaubst du eigentlich selbst, was du da sagst?«

»Ich habe keine andere Möglichkeit. Und du auch nicht, Pjotr. Gut, ich kann mir vorstellen, dass diese Entscheidung für dich nicht ganz so angenehm ist wie die, zum Kern zu fliegen, aber die Alternative wäre noch unangenehmer.«

»Und wie sähe sie aus, diese Alternative?«

In der schaukelnden Hängematte befand ich mich ein gutes Stück über Danilow. Was für eine trügerische, einlullende Position für einen Menschen, der einem anderen seine Bedingungen diktieren darf ... Gut, an der offenen Luke huschten immer wieder die Schwarzhelme vorbei, und Danilows Geduld dürfte ihre Grenzen haben.

»Du würdest nicht verurteilt werden«, teilte Danilow mir leise mit. »Du würdest vermutlich sogar irgendeinen Orden für deine Teilnahme an dieser Operation erhalten.«

Teilnahme! Na klar, wir hatten ja im Schweiße unseres Angesichts geschuftet!

»Vielleicht einen Orden ... posthum?«

»Spiel nicht den Blödmann. Du kriegst deinen Orden und bleibst auf der Erde, ohne Recht auf Flüge. Du wirst irgendwo arbeiten ... Nachrichten hören ... zu trinken anfangen. Und dich immer daran erinnern, dass deine Freunde noch ihre Pläne haben ... dass sie unbekannte Technik überlisten und die Aliens austricksen wollen.«

»Und der Cualcua? Werdet ihr einen Menschen zur Erde lassen, in dessen Körper ein Symbiont lebt? Das glaube ich nie im Leben!«

Danilow schüttelte den Kopf. »Uns ist sehr wohl bekannt, dass auf der Erde Dutzende von Menschen mit einem Symbionten herumlaufen.«

Bildete ich mir das nur ein oder hörte ich tief in meinem Bewusstsein ein leises Lachen?

»Einer mehr oder weniger ...«, fuhr Danilow fort. »Falls der Cualcua mich gerade hört – ich bin sehr froh, dass ihre Rasse keinen Ehrgeiz kennt. Und Neugier ist kein Laster. Ist dir die Alternative jetzt klar?«

»Vollauf.«

Danilow wartete. Ich hüllte mich in Schweigen, obwohl ich meine Entscheidung bereits getroffen hatte. Mit meinem langen Schweigen wollte ich den Oberst jedoch dazu bringen, als Erster das Wort zu ergreifen. Der aber hatte schon ganz andere in die Knie gezwungen.

»Du kannst meinem Großvater sagen, dass ich einverstanden bin.«

Danilow nickte. Er stand auf und hielt sich an der offenen Luke fest. »Nur eins noch, Petja«, ließ er fallen. »Entschuldige, aber wir müssen bestimmte Vorsichtsmaßnahmen ergreifen. Sehr strenge. Sehr, sehr strenge.«

Fünf

»Ich hätte nicht geglaubt, dass es so was wirklich gibt«, sagte ich.

Mascha legte mir einen Halsring aus Metall an. An der Innenseite war er mit weichem Filz verkleidet, eine Sorge, die ich als besonders rührend empfand, fast wie eine frisch geschärfte Klinge bei einer Guillotine.

»Wirklich gibt es so was auch gar nicht«, entgegnete Mascha kühl. »Das haben nur wir.«

Der Eindruck, einen Roman über ein totalitäres Regime aus der Bibliothek meines Großvaters zu lesen, spitzte sich bis zum Wahnsinn zu. Ich krümmte mich, als wollte ich dem Stahlkragen entkommen. Ich sah den Reptiloiden an. Und meinen Großvater, der zum ersten Mal das Wort ergriff, seit wir auf der Station gelandet waren: »Maria, habt ihr meine vielversprechenden Notizen genutzt? Den Katalog der nicht existierenden Waffen?«

»Nein. Es existiert bereits seit dem letzten Jahrhundert eine Abteilung zur Auswertung von Ideen in SF-Romanen. Sowohl bei uns als auch bei der CIA.«

Mir fiel auf, wie sie jeden Blick Richtung Reptiloid mied.

Was immer Mascha sich auch einreden mochte – dass Andrej Valentinowitsch nicht mehr unter den Lebenden weilte, dass der Zähler sein Bewusstsein geschluckt hatte –, ganz wohl war ihr nicht in ihrer Haut. Ja, es war ihr sogar ausgesprochen unwohl, so dass sie mir ein wenig leidtat.

»Lange Erklärungen kann ich mir wohl sparen, oder, Pjotr? Es ist ein Codeschloss ... übrigens ein mechanisches. Mit Funkempfänger. Und fünfundzwanzig Gramm Sprengstoff.«

»Nicht gerade viel.«

»Es reicht völlig, Petja.«

Sie hob die Hand, um mir die winzige Fernbedienung zu demonstrieren.

»Entferne dich nicht weiter als zehn Meter von mir. Sonst ertönt erst ein akustisches Signal, fünf Sekunden später explodiert das Ding.«

Wir saßen in der Kajüte des Stationskommandanten. Ich, der Reptiloid, Danilow, Mascha und zwei mir unbekannte Offiziere. Der Ältere von beiden war anscheinend der Kommandant, bei dem anderen, einem jüngeren und kräftigeren Mann, der aus irgendeinem Grund einen leichten Raumanzug trug, dürfte es sich um den Geheimdienstbeauftragten der Station handeln.

»Und wenn dieses Ding die Verkleidung durchschlägt?«, fragte der Kommandant mit militärischer Direktheit. Was in dem Fall mit meinem Hals passierte, interessierte ihn nicht.

»Das ist ausgeschlossen. Die Explosion geht nach innen los«, beruhigte Mascha ihn.

Danach gab es keine Fragen mehr. Danilow erhob sich, nickte und zeigte zur Tür. Die Kapitänskajüte lag am äußersten Rand der Station, die Anziehungskraft war hier etwa halb so groß wie auf der Erde. Ich reagierte nicht sofort, denn ich schaute durch das riesige Fenster, durch das die Erde zu sehen war. Eine kleine, schöne Erde, bestehend aus dem Blau der Meere und einem grauen Wolkenschleier. Mit Kontinenten, deren Form nicht genormt war, und mit Menschen, die absolut nicht genormt waren. Aber nicht einmal sie trugen die Schuld daran, dass man mir ein Halsband mit fünfundzwanzig Gramm Sprengstoff umgelegt hatte. Nicht einmal jener Schriftsteller, der sich als Erster dieses Ding ausgedacht hatte, trug die Schuld daran.

»Ich aktiviere es jetzt«, teilte Mascha mit. Nachdem sie einen Knopf an der Fernbedienung gedrückt hatte, blinkte am Halsband ein orangefarbenes Lämpchen auf. Trüb und langsam, fast im Takt meines Pulses. »Denk dran: zehn Meter.«

»Danke, Mascha.«

Ich löste den Blick vom Fenster und stand auf.

»Das ist eine unverzichtbare Vorsichtsmaßnahme, Petja. Und sie kommt ja nur in der ersten Phase zum Einsatz«, erklärte mir Danilow.

Ihm war das Ganze offensichtlich peinlich.

»Willst du mir nicht auch so eine Halskrause verpassen, Maschenka?«, fragte mein Großvater.

»Das ist nicht nötig. Versuch einfach, uns nicht zu berühren.«

Der Reptiloid folgte Danilow mit einem altersschwachen Krächzen. Er drehte sich kurz um und sagte: »Wann habe ich mich nur in dir getäuscht, Mädchen?«

Mascha ignorierte seine Worte.

So gingen wir zum Hangar. Vorneweg Danilow, dann der Reptiloid und ich, hinter uns Mascha und der junge Offizier. Wie ich feststellte, waren alle mit Paralysatoren bewaffnet. Entweder hatten sie die Dinger inzwischen nachgeladen oder sie waren doch nicht eine solche Rarität.

Im Gang und im Treppenschacht war niemand zu sehen. Wahrscheinlich hatte man den Weg vorher für uns freigemacht. Wir stiegen die schmale Treppe hinauf, die sich durch den Schacht wand. Mein Körper wurde immer leichter, die Bewegungen immer fließender.

»Wenn du vorgehabt hast, sie zu täuschen oder abzuhauen, dann geht das jetzt nicht mehr«, sagte der Reptiloid. Anscheinend wirklich der Reptiloid.

»Großpapa«, rief ich.

»Was ist, Petja?«

»Hast du geglaubt, dass ich das wollte?«

»Das möchte ich lieber nicht sagen.«

Alles klar.

Die Flucht würde mir gelingen, ohne Frage. Im Grunde wäre es sogar das reinste Kinderspiel. Der Scout bräuchte nur fünf Sekunden, um aus dem Hangar auszubrechen und im Hyperraum zu verschwinden. Aber dann ... nach meinem Tod würde das Schiff vermutlich zu den Geometern zurückkehren. Das Ganze wäre nicht mehr als Rache um der Rache willen. Noch dazu eine selbstmörderische.

Danilow, der voranging, drehte sich um. »Pjotr ... du verzichtest auf alle Dummheiten, ja?«

Ich schielte auf das unter meinem Kinn blinkende Lämpchen und schwieg.

»Das ist eine blöde Situation ...«, sagte Danilow leise. »Aber uns rennt die Zeit davon. Wenn wir uns hätten zusammensetzen können, über alles reden, ein Gläschen trinken ... und alles durchkauen. Aber immer fehlt es an Zeit.«

Er stieß sich von den Stufen ab – hier gab es kaum noch Schwerkraft –, schwebte an die Decke und öffnete die Luke in den Hangar. Ich sprang ihm hinterher, eine Reflexhandlung, mehr nicht.

Das Lämpchen an meinem Halsband glomm mit einem gleichmäßigen roten Licht auf, das Signal fiepte los.

Mir blieb nicht mal Zeit, in Panik zu geraten. Maschas Schrei »Du Idiot!« verschmolz mit dem lauten Gefluche Danilows, der von oben zu mir herunterguckte. Im nächsten Moment stieß er mir den Fuß gegen die Schulter, sodass ich nach hinten flog. Ich klammerte mich krampfhaft an eine Stufe, hing in der Luft und presste mich gegen die Treppe.

Der Signalton verstummte, das Lämpchen blinkte wieder im Takt. Mascha war neben mir, ihr Gesicht kreidebleich. Der Offizier hielt den Paralysator fest gepackt, als habe er nicht begriffen, dass er nicht schießen müsse.

»Was machst du nur, was machst du nur, Petja?!«, stieß Mascha mit zitternder Stimme aus.

Zu gern wollte ich glauben, die Aussicht, ich könne sterben, hätte sie erschreckt – und nicht die, die Operation könne platzen.

»Hab's vergessen«, gab ich zu. »Einfach vergessen.«

Meine Schulter und die Rippen, mit denen ich gegen die Stufe geschlagen war, schmerzten. Ich stieß mich von der Treppe ab, schwebte in der Luft, das ganze halbe Kilo meines Körpergewichts auf eine Hand gestützt.

»Ich kann die Explosion nicht verhindern!« Mascha fuchtelte mit der Fernbedienung. »Verstehst du das?«

Ja, wie denn nicht? So kompliziert war das schließlich nicht. Ich zog die Finger mühevoll unter dem Halsband heraus – anscheinend hatte ich meine freie Hand instinktiv daruntergeschoben, als wollte ich versuchen, meinen Hals zu schützen.

»Ganz langsam und ruhig!«, befahl Mascha, diesmal schon leiser. »Los ...«

Ich folgte Danilow hinauf in den Hangar.

Hier machte sich die Schwerkraft zwar kaum bemerkbar, aber ganz aufgehoben war sie auch nicht. Das in der Mitte des Hangars schwebende Shuttle mit dem angedockten Scout fixierten dünne Taue, zusätzlich sicherten es einige Stangen. An der fensterlosen Wand der Halle ruhten sich fünf Weltraumsoldaten aus. Sie alle trugen Raumanzüge, allerdings mit offenen Druckhelmen, und Waffen. Langsam richteten sie ihre Waffen auf Danilow und mich. Den hinten liegenden Rückstoßdüsen und dem imposanten Zylinder anstelle eines Kolbens zufolge musste es sich um Gasgewehre handeln, die in der Schwerelosigkeit und bei dünnen Wänden sicherste Waffe.

»Alles in Ordnung?«, fragte der Offizier, der nach mir aus der Luke auftauchte, seine Leute.

Die Waffen wurden gesenkt. Die Soldaten verlangten keine Parole, wenigstens eine Konzession an den gesunden Menschenverstand.

»Es ist alles ruhig, Genosse Oberstleutnant«, antwortete ein kräftiger, rotblonder Mann mit dem Emblem des Obersergeanten am Helm. Die Ränge bei den Weltraumsoldaten ließen sich schlecht mit denen auf der Erde vergleichen. Vermutlich würde dieser Sergeant mindestens als Hauptmann in Pension gehen.

»Bringen Sie diese Leute unter, Mirski«, befahl der Oberstleutnant ihm. Er sah mich an, umschlang eines der Taue und glitt behände zu der offenen Luke der Fähre hoch.

Der Reptiloid sprang ihm prompt hinterher. Mit der Koordination stimmte bei ihm alles, der kleine geschuppte Körper huschte durch den Hangar, harrte neben der Luke für den Notausstieg an der Verkleidung aus und ließ dem Offizier höflich den Vortritt. Mir entging nicht, wie die Schwarzhelme kurz erstarrten und den Zähler mit gierigen Blicken anstarrten. Sie kriegten nur selten einen »potenziellen Gegner« zu sehen.

Sehr langsam zog ich mich an einem Tau hoch zum Shuttle.

»So ist's richtig«, lobte mich Mascha, die sich dicht hinter mir hielt.

Die Schwarzhelme beendeten ihre Neuformierung. Welchen Sinn diese haben sollte, wusste ich nicht, ins Schiff kamen sie ja sowieso nicht. Dazu bekleideten sie wahrscheinlich einen zu niedrigen Rang.

Durch den engen Notausstieg des Shuttles zwängten Mascha und ich uns gemeinsam, indem wir uns geradezu scheu bei der Hand fassten. Ich wollte weiß Gott nicht testen, ob die Verkleidung des Schiffs das Signal des

Halsbandes absorbierte. Mascha setzten offenbar die gleichen Zweifel zu. Sobald wir durch die Luke waren, fielen wir auf den Boden, denn hier herrschte wieder Schwerkraft.

Der Oberstleutnant, der uns in der Fähre erwartete, ließ sich endlich dazu herab, das Wort an mich zu richten. Ihn quälte offenbar die Frage, wie er mich behandeln sollte: als Verräter, als Opfer des Cualcua oder einfach als Idioten.

»Pjotr ... äh ... Sie befinden sich doch jetzt wirklich in *dieser* Gestalt?«

»Sie haben doch vermutlich schon ein Foto von mir gesehen«, erwiderte ich nicht gerade freundlich, während ich mich hochrappelte.

»Gut. Wir ... äh ... bitten Sie, ins Schiff ... der Geometer zu gehen. Oberst Danilow wird Sie begleiten ...«

Danilow kam gerade ins Shuttle. »Gut«, sagte er.

Der Oberstleutnant starrte mich finster an. Ihn plagten immer noch Zweifel.

»Maria Klimenko bleibt in der Schleuse«, warnte er mich. »Wenn Sie sich im Schiff verschanzen ...«

»Seien Sie versichert, mir ist völlig klar, was dann passiert«, fiel ich ihm ins Wort. »Wie geht es jetzt weiter?«

Danilow und der Oberstleutnant sahen einander an. Zwischen ihnen gab es eine gewisse Reibung, denn Danilow bekleidete einen höheren Rang, aber der Oberstleutnant gehörte den Weltraumtruppen an, was ihn in gewisser Weise auf eine Stufe mit Danilow stellte.

»Programmieren Sie den Bordcomputer ...«

»Man kann ihn nicht in unserem Sinne programmieren, denn er ist eine beinahe intelligente Maschine. Er ordnet sich mir unter, aber nur innerhalb bestimmter Grenzen.«

»Dann überzeugen Sie ihn! Wir müssen wissen, nach welchen Prinzipien ihre Triebwerke, Waffen und Kraftfelder funktionieren. Soweit ich es verstehe, ist das Schiff imstande ... einzelne Elemente selbst herzustellen ...«

Ich seufzte. »Ganz so ist es nicht. Es ist zur Auto-Reparatur imstande. Es kann zum Beispiel ein beschädigtes Triebwerk wieder in Ordnung bringen. Aber das Schiff ist keine Fabrik. Woher sollte es auch die Materialien nehmen, um etwas Neues zu produzieren?«

Nach dem langen Gesicht zu urteilen, das der Oberstleutnant zog, überzeugte ihn das Argument. Wahrscheinlich erinnerte er sich daran, gehört zu haben, Materie könne nicht aus dem Nichts entstehen.

»Pjotr, die Alari haben sich diesbezüglich völlig klar geäußert!«, mischte sich Danilow prompt ins Gespräch ein.

»Dann wende dich an sie!«, konterte ich rachsüchtig. »Nehmen wir einmal an, Sascha, man könne das Schiff der Geometer in eine Fabrik zur Herstellung solcher Schiffe umwandeln. Zunächst mal würde das jahrelange Arbeit voraussetzen. Man müsste ihm hochreine Materialien zur Verfügung stellen, die man aber auf der Erde bisher noch nicht erzeugen kann. Gehen wir jedoch einmal davon aus, du würdest das Triebwerk ausbauen und das Schiff würde tatsächlich brav ein neues schaffen. Genau wie alle anderen Einzelteile. Angenommen. Aber werden wir es dann schaffen, alle Elemente richtig zusammenzusetzen? Hast du als Kind einen Baukasten gehabt? Ist dir da immer alles so gelungen, wie es auf den Bildern aussah? Und wenn man dir alle Einzelteile gibt, schaffst du es dann, einen Fernseher zusammenzubauen? Ihn abzugleichen?«

Danilow war diesen Argumenten allerdings nicht zugänglich. »Ich nicht, schließlich ist das nicht mein Beruf. Pjotr, du musst das Schiff dazu bringen, Muster von allen Details zu liefern und uns zu erklären, nach welchen Prinzipien es funktioniert.«

»Und wie soll es uns das bitte schön erklären?«

»Komm mit!«

In der Schleusenkammer ahnte ich bereits, worauf er abzielte.

Aus dem Maschinenraum zog sich ein Stromkabel. Daran waren ein kleiner Computer und Elemente eines optischen Speichers von beeindruckenden Maßen angeschlossen.

»In jedem Fall brauchen wir einen Translator, für die Übersetzung ...«, setzte ich an – und verstummte. Danilow deutete mit dem Blick schweigend auf den Zähler.

»Du würdest das hinkriegen, Karel?«, fragte ich.

»Das habe ich schon mal gemacht«, teilte mir der Zähler mit.

Aber natürlich! Er hatte sich ja auch an den Computer von Rimers Schiff angeschlossen, als die Alari es in ihrer Gewalt gehabt hatten. Wahrscheinlich wäre der Reptiloid also auch ohne meine Hilfe in der Lage, jede notwendige Information aus dem Schiff zu holen, die er brauchte.

Oder doch nicht? Es ist eine Sache, den Arbeitsspeicher, also jenen permanenten Bestandteil des Computers, in dem die Sprache, die Karten und Videoaufzeichnungen liegen, zu knacken. Es ist aber eine ganz andere Sache, an die Daten zu gelangen, die in seinen Tiefen versteckt sind, und das Schiff völlig dem eigenen Willen zu unterwerfen.

Dazu musste *ich* das Schiff erst mal bringen ...

»Los, Petja«, trieb mich Danilow an.

Ich schaute in die offene Schleuse. Im Cockpit des Scouts schimmerte ein trübes Licht. Es herrschte absolute Stille, was bei Schiffen von der Erde nie der Fall ist; es surrten keine Ventilatoren, an der Computerperipherie rauschte nichts. Als ob das Schiff schliefe. Oder gestorben sei. Trotzdem wusste ich: Es war in Betrieb. Es nahm Informationen auf. Es zog seine Schlüsse. Vielleicht verstand es sogar, was hier vor sich ging.

Gut, vielleicht sah das Schiff immer noch den Piloten Nik Rimer in mir, den gesetzmäßigen Herrn. Dennoch könnte es doch ohne Weiteres den Befehl verweigern, sobald es darum ging, Informationen auszuspucken.

Schließlich gibt es, wenn die Interessen eines einzelnen Individuums und der Gesellschaft kollidieren, für die Geometer nur eine Lösung.

»Ich bin mir nicht sicher, ob das Schiff kooperieren will«, sagte ich.

Der Oberstleutnant brummte etwas über allzu kluge Maschinen und allzu dämliche Menschen.

»Versuch's einfach mal, Petja«, bat Danilow. »Ich glaube, du schaffst es.«

Das meinte er offensichtlich ernst.

»Und in der gegebenen Situation wäre es sowohl für die Erde als auch für dich besser, wenn sich das Schiff deinem Willen fügen würde.«

Ich trat an die Schleuse heran. Mascha folgte mir, blieb aber an der Luke stehen, die Fernbedienung fest in der Hand.

»Geh ruhig rein«, forderte mich Danilow auf.

Ich kletterte durch die Luke und wartete kurz. Nichts passierte.

Dann setzte ich mich in den Sitz. Abermals wartete ich kurz, bevor ich die linke Hand in das warme kolloidale Terminal steckte.

Eine äußerst komplizierte Situation, Pilot.

Das kannst du laut sagen, pflichtete ich dem Schiff bei.

Soll ich das Wesen einlassen, das versucht hereinzukommen?

Ich schaute zu Danilow rüber, der gerade das Bein durch die Luke steckte.

Ja. Uns bleibt nichts anderes übrig.

Der Oberst, der von diesem wortlosen Dialog nicht das Geringste ahnte, nahm im zweiten Sitz Platz und sah mich an.

»Und?«

»Stör mich nicht, ich arbeite«, wies ich ihn, genüsslich Rache nehmend, zurück. Dass Danilow keine Möglichkeit hatte, meine Kommunikation mit dem Schiff zu überwachen, erfüllte mich mit Genugtuung.

Ist das ein Mensch?

Anscheinend hatte der Computer gewisse Schwierigkeiten. Danilow wies zwar einerseits alle Merkmale auf, nach denen die Geometer »ihre« Leute bestimmten, andererseits irritierte ihn unsere erbärmliche Station sowie ihre Lage im Raum.

Ja.

In welcher Sprache unterhaltet ihr euch?

Na klar! Woher sollte das Schiff denn Russisch können?

Das ist eine Sondersprache zur Übermittlung wichtiger Informationen, erklärte ich kurzerhand. Das Einzige, was mir in dieser Situation half, war, dass das Schiff nichts kritisch hinterfragte.

Wer ist er?

Ich wollte schon antworten, ein Tschekist oder Mitarbeiter des Geheimdiensts, aber diese Worte kannten die Geometer nun mal nicht. *Ein erfahrener Ausbilder,* formulierte ich deshalb in Gedanken.

Wir müssen zur Heimat zurückkehren, erklärte das Schiff unverzüglich.

Damit hatte ich gerechnet.

Später. Zuerst müssen wir jemandem zu Hilfe kommen.

Wem?

Diesen Menschen.

Das Schiff hüllte sich in Schweigen. Ich hatte den sicheren Eindruck, es würde jetzt einfach aufhören, sich meinem Willen zu fügen, und nicht mehr mit mir sprechen.

Warum?

Wegen einer Mission der Freundschaft.

Ob ich damit durchkam?

Was für Hilfe?

Diese Menschen haben ihr Wissen verloren. Sie brauchen Hilfe in der Entwicklung der Raumfahrttechnologie ...

Noch ehe ich meinen Satz beendet hatte, ahnte ich, wie das Schiff reagieren würde. Ich, ein Regressor, wollte ein Schiff der Regressoren überreden, irgendwelchen obskuren Menschen technische Hilfe zu leisten!

Nein. Das ist eine nicht standardisierte Situation. Sie verlangt nach einer Entscheidung des Weltrats. Die Information ist nicht verifiziert und möglicherweise falsch. Ich bereite jetzt die Rückkehr vor. Achte darauf, dass die Schleusen offen sind.

Ich lehnte mich im Sitz zurück und schloss die Augen. Das war's also. Vielleicht sind die Computer der Geometer auf ihre Weise naiv. Aber wenn die Logik klemmt, kommst du bei ihnen gar nicht weiter.

Vielleicht hätte ich bei jenem ersten Schiff, das an Nik Rimer gewöhnt gewesen war, etwas ausrichten können. Aber an diesem scheiterte ich.

Warte, bat ich. Warte. Das ist eine komplizierte Situation.

»Stimmt was nicht?«, fragte Danilow. Wahrscheinlich spiegelten sich auf meinem Gesicht alle Gefühle recht eindeutig wider.

»Es stimmt überhaupt nichts«, antwortete ich. »Das Schiff will nicht. Und ich kann es nicht überzeugen. Das ist eine fast intelligente Maschine. Man muss ihr beweisen, dass es für die Geometer von Vorteil ist, wenn sie uns ihre Informationen überlässt.«

»Es weigert sich also?«

»Es will zur Heimat zurück.«

Danilow kaute auf der Lippe. Ich hatte den Eindruck, er war kurz davor, den Scout zu verlassen. Aber da hatte ich seine Sturheit unterschätzt.

»Schließ dich an, Karel.«

Der Reptiloid linste durch die Luke.

Soll ich das Wesen einlassen?

Kam es mir nur so vor oder hörte ich da Misstrauen heraus?

Ja.

Karel postierte sich zwischen den beiden Sitzen. Danilow wartete, bis er nicht mehr herumwuselte. »Es will nicht mit uns zusammenarbeiten«, setzte er den Zähler dann ins Bild. »Versuch also, ihn zu knacken.«

Der Reptiloid drehte Danilow den Kopf zu und sah ihn an. »Ich bin ein Schlüssel, kein Brecheisen.«

»Egal. Versuch's einfach.«

Was geht hier vor?

Einen Moment noch! Ich kläre gerade die Situation!

Bis zu dem Punkt, wo der Computer mein Verhalten als unangemessen einstufte und anfing, nach eigenem Ermessen zu handeln, blieb mir sichtlich nur noch wenig Zeit.

Am meisten machte mir zu schaffen, dass ich Danilows Sieg nicht wollte. Wenn dieser verdammte Ring um meinen Hals nicht wäre ...

Soll ich dir helfen, das Halsband abzunehmen?

Im ersten Moment hielt ich das für eine Frage des Schiffs. Schließlich mischte sich der Cualcua nur äußerst selten ins Gespräch.

»Was?« In meiner Verzweiflung hatte ich sogar laut gesprochen. Danilow schielte zu mir herüber, sagte jedoch kein Wort.

Soll ich es wegnehmen?

Ja!

Es wird wehtun.

Trotzdem!

Wie eine spitze Nadel bohrte sich mir der Schmerz in den Nacken. Danach ertaubte meine Haut förmlich, versteinerten die Muskeln. Und der Ring begann sich zu bewegen.

Er drang in meinen Körper ein!

»Was ist? Klappt's jetzt?«, fragte Danilow in scharfem Ton. Zum Glück war es im Cockpit zu dunkel, als dass er hätte sehen können, was hier geschah. Antworten konnte ich ihm nicht, denn mein Hals hatte sich in einen Klumpen Holz verwandelt, in einen Scheit ... Leicht zitternd saugte er vom Nacken her das Halsband auf ... Ich hob die Hand und winkte ab.

Um die Rezeptoren auszuschalten, ist Zeit nötig. Wenn es schnell gesehen soll, musst du den Schmerz aushalten.

Ich hielt ihn aus.

Der Metallring schob sich allmählich unter meinem Kinn vor. Aus dem Filz sickerte Blut heraus. Der Cualcua zog den Ring durch mich hindurch, wobei er mit der Sorglosigkeit eines Pathologen das lebende Gewebe auftrennte. Für einen kurzen Moment wurde mein ganzer Körper taub, ich fühlte gar nichts mehr, spürte nur noch voller Panik, wie mir die Luft wegblieb, mein Herz stockte und über meine Beine ein warmer Strahl Urin lief. Der Cualcua hatte meine Wirbelsäule durchtrennt!

Entschuldige.

Geräuschvoll holte ich Luft. Das kleine Ungeheuer in mir setzte seine Arbeit fort und flickte eilig den Kanal, durch den es das Halsband gezogen hatte. Nein, den Schmerz spürte ich fast nicht, da hatte mir der Cualcua grundlos Angst eingejagt. Was ich fühlte, war etwas ganz anders – aber nicht weniger Unangenehmes.

»Pjotr!« Danilow zuckte zusammen und streckte langsam die Hand zu mir aus. »Pjotr!«, schrie er mit einem Mal.

Der Ring baumelte vor meiner Kehle, nur noch von wenigen Hautfetzen gehalten. Wahrscheinlich sah das ganz komisch aus. Nicht der Mensch, sondern die Granate ...

Der Zähler brach in gluckerndes Lachen aus.

Mascha schaute durch die Luke herein. Ihr Blick blieb an mir hängen, doch auch sie verstand nicht, was passierte.

»Fang!«, schrie ich und riss das Halsband los. Blut spritzte, aber das war mir egal. Die Zeit zu überlegen war vorbei, jetzt war die Zeit zu handeln angebrochen. Ich schleuderte das Halsband in Maschas Richtung, die es reflexhaft auffing. »Hast du es?«, fragte ich, meine Rache auskostend, verkniff mir dann allerdings jedes weitere Wort, um mich vor einem Schlag Danilows in Sicherheit zu bringen. In der engen Kabine hätte ein Kampf gar nichts genützt, alles, was ich hier tun konnte, war, seine Hände abzufangen. Die Hilfe ließ jedoch nicht auf sich warten: Der

Zähler stürzte sich auf Danilow und rammte ihm die Pfote ins Gesicht. Danilow schrie auf und fiel in Ohnmacht – vermutlich kaum wegen der von den Krallen des Zählers herrührenden Kratzer. Karel dürfte ihn eher regelrecht ausgeschaltet und damit abermals einen Beweis erbracht haben, dass der Unterschied zwischen einem Menschen und einem Computer so groß nicht ist.

Ich warte auf Befehle.

Dock ab!

Ich wunderte mich nicht einmal, dass mit dem Beginn der Prügelei das zuvor misstrauische Schiff unverzüglich Vertrauen zu mir gefasst hatte. Sämtliche Zweifel seinerseits schlugen nun zu meinem Vorteil aus. Die *Nicht-Freunde* hatten einen Geometer angegriffen ... einen absolut menschlichen Menschen ...

Mit einem gewaltigen Schmatzen löste sich das Schiff von der Fähre. Hinter Mascha blitzte das wutverzerrte Gesicht des Oberstleutnants auf, der die Hand mit der Pistole hob und losfeuerte. Vorbei. Doch als das Schiff abdockte, verschwand die Schwerkraft, und der Oberstleutnant hing in der Luft. Der blaue Strahl aus dem Paralysator hatte jedoch nur als Signal gedient, denn nun prasselten Kugeln auf den Scout ein. Worauf die Raumsoldaten eigentlich hofften, blieb mir ein Rätsel – jedenfalls schossen sie wie wild.

Irrelevante physische Einwirkungen, kommentierte das Schiff.

Langsam schloss sich die Luke, und nun überschlugen sich die Ereignisse endgültig. Mascha schleuderte das Halsband weg und hechtete aus der sich entfernenden

Fähre in den Scout. Sie hatte den Sprung präzise berechnet, ihre Hände bekamen den sich schließenden Rand der Kabine gerade noch zu fassen. Welcher Art das Gravitationsfeld des Scouts war, wusste ich nicht. Aber sobald Mascha die Verkleidung berührte, geriet sie unter seinen Einfluss, blieb am Schiff hängen und wurde ins Innere gezogen. Sie presste das Kinn zwischen die enger werdende Öffnung und zwängte den Kopf hindurch – was ihr ein Halsband bescherte, das nicht weniger grauenvoll war als jenes, das ich bis eben getragen hatte. Die Kabine schloss sich nicht weiter, und das Loch mit einem Durchmesser von zwanzig Zentimetern füllten Maschas Kopf und die krampfhaft zusammengepressten Hände.

Soll ich die Hermetisierung fortsetzen?

»Nein!« Ich schoss hoch, setzte über den bewusstlosen Körper Danilows und hatte die feste Absicht, Mascha nach draußen zu stoßen.

»Sie trägt keinen Raumanzug«, sagte der Zähler plötzlich. Nein, nicht der Zähler, mein Großvater. »Pit, sie hat doch keinen Skaphander an!«

Sicherlich hatte Mascha Angst. Trotzdem funkelte in den Augen der Frau ein fröhliches Feuerchen. Wenn ich sie jetzt tatsächlich aus dem Scout stieß, dürfte ich die wenig soliden Wände des Hangars nicht mehr rammen und könnte folglich nicht in die Freiheit entkommen. Die Soldaten und der Oberstleutnant trugen Raumanzüge, und ihnen würde die Enthermetisierung nichts ausmachen – aber ihr ...

Konnte sie wirklich so sicher sein, dass ich sie nicht töten wollte?

»Öffne die Kabine!«, befahl ich, und das Schiff, der kluge Kopf, verstand den Befehl genau, denn er vergrößerte die Öffnung nur minimal. Nachdem ich Mascha hereingezogen hatte – die sich weder wehrte noch half, sondern einfach alles mit sich geschehen ließ –, schleuderte ich sie auf Danilow. »Keine Bewegung!«, stellte ich noch klar. Ich zog den Paralysator aus ihrem Holster und steckte ihn mir hinter den Gürtel. »Wo sind die anderen Waffen?«

Die Kabine schloss sich wieder.

»Such sie doch.«

»Nicht nötig«, entschied ich. Ich sah den Zähler an, der Mascha kurz berührte und anschließend wieder zurücksprang. Nun teilte die Majorin des Geheimdiensts Mascha Klimenko das Schicksal Danilows. »Wie geht's dir, Großpapa?«

»Mit ihm ist alles in Ordnung«, antwortete Karel. »Was hast du jetzt vor?«

»Erst mal weg von hier. Sicht!«

Die Monitore flammten auf, womit ich die Möglichkeit erhielt, die Aktionen der Weltraumsoldaten im Auge zu behalten.

Sie taten ihr Bestes, das musste ich zugeben.

Sergeant Mirski schwebte direkt an der offenen Luke. Mit zornentbranntem Gesicht feuerte er mit dem Gewehr ins Cockpit. Die Waffe war hervorragend ausbalanciert, denn der Sergeant wurde bei den Schüssen kaum durchgeschüttelt. Wir bemerkten nur ein leichtes Vibrieren ... aber das konnte uns nichts anhaben.

Die übrigen Soldaten schwebten rings um den Scout und behielten ihn im Visier, unternahmen jedoch nichts.

Einer ratterte etwas in sein Helmmikro. Der Oberstleutnant, der noch immer nicht aus der Fähre herausgeflogen war, antwortete ebenso aufgeregt.

Das Schiff schätzte die Bedeutung der einzelnen Szenen anscheinend selbst ein und demonstrierte sie mir mit der Geschicklichkeit eines erfahrenen Kameramanns.

Öffne den Hangar.

Soll ich die Lasersonde benutzen?

Wie du willst.

Der Strahl war überhaupt nicht zu sehen. An der riesigen Luke der Schleuse flammte aber plötzlich ein roter Punkt auf, worauf das geschmolzene Metall im Nu erkaltende Tropfen verspritzte. Die Soldaten wirbelten herum, und das Spektrum der Gefühle, die über ihre Gesichter huschten, hätte einer Budjonny-Einheit alle Ehre gemacht, die im kühnen Galopp auf einen Panzer-Stoßkeil zuhält.

Der Scout setzte sich in Bewegung. Noch ohne Schub. Ihn zog einfach die Luft mit, die aus dem offenen Hangar strömte. Eine flammende Linie markierte den Umriss der Luke und schlitzte die Verkleidung auf. Das Metall bog sich langsam nach außen.

Ich malte mir aus, was jetzt auf der Station passieren würde. Sirenen würden losheulen, die Strahler würden geladen werden, die Männer ihre Kampfpositionen einnehmen. Vergebliche Anstrengungen ... denn zwischen der Station der Erde und dem Raumschiff der Aliens klaffte ein unüberwindbarer technologischer Abgrund.

Irgendwann gaben die Soldaten ihre sinnlose Tätigkeit tatsächlich auf und schalteten hastig etwas an ihren

Gewehren um. Alles klar! Die Dinger konnten auch als Triebwerke eingesetzt werden. Kurz darauf flog die tapfere Weltraumeinheit auseinander, wurde gegen die Wände gepresst, wobei sich jeder Soldat an dem festklammerte, was ihm gerade unter die Finger kam.

Der Laserstrahl vollendete schwungvoll seinen Kreis: Das Schiff hatte endlich verstanden, dass es gegen die dünnen Wände der Station nicht mit ganzer Kraft vorgehen musste.

Sechs

Die Erde schwebte unter uns. Keine endlose Fläche, wie aus einem niedrigen Landeorbit, kein leuchtend blauer kleiner Stern, wie nach einem misslungenen Jump. Sondern eine Kugel. Ein Staubkorn, das zum Zuhause für Milliarden von lebenden Mikroben geworden war.

Das war die erbarmungsloseste Entfernung, der erniedrigendste Anblick: Diese winzige Kugel, die im schwarzen Himmel ertrinkt. Genau in diesen Augenblicken begriff ich stets, wie klein unsere Welt war. Klein und unbedeutend, bemitleidenswert und komisch. Was sind wir schon im Vergleich mit dem Universum? Da war sie nun, die Erde, noch mit den Konturen der Kontinente – doch ich brauchte nur die Hand auszustrecken, und sie würde sich demütig und gehorsam darauflegen. Die Bergketten würden die Haut aufkratzen, die Meere die Finger nässen, die Atmosphäre sich ablösen wie die Schale einer überreifen Apfelsine. Die Erde auf dem Handteller.

Und wir hielten uns für das Zentrum des Universums?

Noch vor rund einem halben Jahrtausend?

Dort, auf dieser winzigen Anhöhe, die sich Europa nennt, hatten Scheiterhaufen gebrannt, mit denen ein für alle Mal unsere Einmaligkeit bewiesen werden sollte?

Und hier, an dieser Schnittstelle zweier unbedeutender Kontinente, war man zum ersten Mal in den schwarzen Himmel aufgestiegen?

Und auf der anderen Seite der Kugel hielt man sich noch immer für absolut vollkommen?

Wozu mussten wir in den Kosmos aufbrechen! Wozu den Jump erfinden! Wir hätten dort bleiben sollen, auf der riesigen, auf der gewaltigen Kugel ... nein, in der riesigen Fläche, die sicher von drei Walen und drei Elefanten getragen wird. Wir hätten Häuser bauen, philosophische Dispute führen, uns verlieben und Kinder aufziehen sollen ... und niemals, niemals daran zweifeln, dass sich über uns der blaue Kristall des Himmelgewölbes spannt. Warum waren die dummen Hyxoiden und Alari von jenseits des Kristalls nicht einfach zu uns gekommen, hatten ihre Monsterköpfe geschüttelt – und waren wieder verschwunden? Wir stellten doch gar keinen Wert dar, Welten wie die unsere gab es am Rand der Galaxis mehr als genug.

Aber nein, wir hielten den endlosen Planeten auf den kräftigen, bewährten Elefantenrücken für zu klein. Wir sprangen hinein in den schwarzen Himmel – und die Erde legte sich uns auf den Handteller. Und war schon nicht mehr die alte.

Die Wale tauchten in die Schwärze ein, die Elefanten schluckten Wasser und ertranken, Gagarin sah durch das winzige Fenster und rief fröhlich aus: »Sie ist klein!«

Ja, sie ist klein. Und sie wird immer kleiner. »Was macht das schon im Vergleich zur Weltrevolution?« – »Was macht das schon im Vergleich zur Großartigkeit des Universums?«

Wir waren zu weit und zu schnell gesprungen. Wir waren aufgebrochen, unseresgleichen zu suchen, obwohl wir noch nicht einmal uns selbst gefunden hatten. Dabei brauchten wir gar keinen Platz unter einer fremden Sonne, kein Eisenbergwerk auf dem Mond oder Urangruben auf der Venus. Wir suchten eine Antwort. Einen Weg. Eine feste Größe, neben der unser Leid und unsere Probleme in den Hintergrund traten.

Doch mit dieser Fracht hätten wir die Erde nie verlassen dürfen.

Ich senkte die Hand und gab die weiß-blaue Kugel frei. Sollte sie ruhig davonfliegen.

»Du blutest«, sagte der Zähler.

Die Geometer hatten keinen Verbandskasten im Schiff. Vielleicht wusste ich aber auch einfach nicht, wo ich ihn hätte suchen sollen. Ich verband mir den Hals mit meinem Taschentuch und hoffte darauf, dass die Blutung nur oberflächlich war. Der Cualcua hatte jedenfalls, getreu seinem Prinzip, sich nicht um Kleinigkeiten zu kümmern, darauf verzichtet, die Wunde zu schließen.

»Was hast du jetzt vor?«

Im Cockpit war es eng. Zu eng für drei Erwachsene und einen Reptiloiden. Die Station Gamma schwebte rund zehn Kilometer von uns entfernt im Raum, rührte sich nicht von der Stelle und hatte auf Kampfbereitschaft umgeschaltet. Aber noch hatte sie das Feuer nicht eröffnet.

»Auf deinem Planeten giltst du jetzt als Verbrecher. Warum hast du das getan?«

»Glaubst du, ich habe falsch gehandelt?«, fragte ich den Reptiloiden.

»Meine Meinung ist nicht von Belang. Was hast *du* jetzt vor?«

»Mit meinem Großvater zu reden.«

»Gut«, willigte der Zähler ein. Es folgte eine sekundenkurze Pause, während er meinem Großvater Platz machte. »Du Dummkopf!«

»Danke schön, Großpapa.«

»Keine Ursache! Dummkopf! Verschwinde von hier, damit die uns nicht mehr im Visier haben!«

»Glaubst du, sie wollen uns vernichten?«

»Das ist nur eine Frage der Zeit! Gib den Befehl!«

Mein Großvater war nicht einfach wütend – er war fuchsteufelswild. »Eine Dummheit zu begehen, ist kein Verbrechen. Aber sie nicht zu Ende zu bringen – das schon!«

»Wir müssen uns was für sie einfallen lassen ...«

Ich wies auf die reglosen Körper von Danilow und Mascha.

»Und was bitte schön?«, fragte der Reptiloid. »Was sollen wir denn jetzt noch machen? Entweder wir bleiben alle zusammen oder du wirfst sie in den luftleeren Raum hinaus! Eine andere Möglichkeit gibt es nicht!«

Ich schloss die Augen und wandte mich an den Verstand des Schiffs. Es blieb keine Zeit, ein Gespräch zu führen. Ich übermittelte ihm einfach meinen Wunsch.

Zum Kern.

Natürlich rechnete ich mit Problemen. Die Geometer waren von dort geflohen, insofern musste ich davon ausgehen, dass sämtliche Flüge zum Zentrum der Galaxis verboten waren. Ich machte mich auf einen langen Streit gefasst, auf wortakrobatische Übungen, bei denen ich versicherte, ein solcher Flug sei für Die Heimat unbedingt nötig. Womöglich musste sogar Karel intervenieren und den Computer in die Knie zwingen.

Denn bestimmt würde das Schiff nicht ohne Weiteres einfach zustimmen!

Wird ausgeführt.

Die Monitore verblassten, schimmerten nur noch mit einem fahlgelben Licht. Die Erde verschwand, die Sterne verschwanden, der Kosmos verschwand. Einen kurzen Moment würgte es mich.

Das war aber auch alles.

»Was passiert hier?«, fragte mein Großvater. Die Nervosität, die der Sprechapparat des Reptiloiden nicht wiederzugeben vermochte, ließ sich anhand der Schärfe der Frage erahnen.

»Ich glaube, wir sind bereits unterwegs«, antwortete ich verwirrt.

»Und wo bleiben dann die Glücksgefühle? Ist doch schade, wenn …« Anscheinend erlaubte sich mein Großvater einen Scherz. Wahrscheinlich um seine Anspannung zu kaschieren. »Bist du dir sicher, Pjotr? Wohin wir fliegen, meine ich – zum Kern oder zu den Geometern.«

Flugdauer: zwölf Stunden und dreiundsechzig Minuten.

Ich ließ mir die Zeit durch den Kopf gehen.

»Anscheinend zum Kern, Großpapa.«

Der Reptiloid hustete und kam auf mich zugetrippelt. »Das ist zu einfach ...«, sagt er. »Irgendwie ist das viel zu einfach. Ich mag es nicht, wenn sich alles so glatt anlässt.«

Ich hätte natürlich einwenden können, die Gefangenschaft, unsere Flucht und die Verwüstung der einzigen russischen militärischen Raumstation sei alles andere als ein glatter Auftakt. Nach dieser Art Zank stand mir jedoch weiß Gott nicht der Sinn.

Überhaupt stand mir nach keiner Art von Zank der Sinn.

»Großpapa, wir müssen uns etwas einfallen lassen ... für sie.«

Der Reptiloid richtete den Blick langsam auf die bewusstlosen Körper der beiden Geheimdienstleute.

»Das musst du entscheiden, Petja. Zusammen mit Karel.«

Eine Sekunde – und der Blick des Zählers hatte sich geändert.

»Können sie uns hören, Karel?«, erkundigte ich mich.

»Ja. Ich habe nur ihre motorischen Funktionen blockiert.«

»Befrei sie.«

Der Zähler legte eine Pause ein, in der er natürlich nicht nachdachte, sondern nur vorgab nachzudenken. »Du weißt, was du tust, Pjotr?«

»Ja.«

Die geschuppte Pfote glitt achtlos über Danilows Hand und klatschte gegen Maschas Wange. Sofort bewegten sich die zwei wieder.

Schweigend beobachtete ich, wie die beiden, noch vor kurzem meine Freunde und noch vor viel kürzerem meine Feinde, die Macht über ihre Körper zurückgewannen.

Danilow gähnte ungeniert, wie ein Mensch, der aus einem friedlichen und süßen Schlaf erwacht. Plötzlich schien ein Krampf seine Muskeln heimzusuchen. Sein Gesicht verzog sich zu einer schmerzverzerrten Grimasse.

»Du bist ein Dreckskerl, Petja ...«

Ich erwiderte kein Wort.

»Ein Dreckskerl und ein Idiot ...«

Danilow half Mascha, sich aufzusetzen. Wie dämlich, wie absolut dämlich und falsch, wenn vier Menschen, von denen einer nicht mal mehr über einen menschlichen Körper verfügte, in der fragilen Schale eines außerirdischen Schiffs auf Leben und Tod aneinandergerieten.

»Ich habe schließlich nicht damit angefangen«, konterte ich. Vor den beiden brauchte ich mich nicht zu rechtfertigen, das stand für mich fest – und zwar einfach deshalb, weil ich mir wirklich keiner Schuld bewusst war.

»Du hast alles verdorben ...«, sagte Mascha leise. »Alles!«

Schweigend berührte ich meinen verbundenen Hals. Das Taschentuch war bereits völlig blutdurchtränkt.

Der Reptiloid saß zwischen uns, demonstrativ unbeteiligt und gleichgültig. Trotzdem stellte er eine Barriere dar.

»Was hast du jetzt vor?«, ergriff Danilow erneut das Wort.

»Das habe ich schon gesagt«, antwortete ich müde.

»Was gedenkst du, mit uns zu tun?«

»Da habe ich keine Wahl.«

»Verstehe.« Auf Danilows Gesicht spiegelte sich Verachtung wider.

»Ihr müsst bei uns bleiben. Bis zum Schluss.«

»Ist dir überhaupt klar, wohin du fliegst?«

»Nein«, gab ich unbekümmert zu. »Aber eben darum geht es, so absurd das auch klingt.«

Schweigen hing in der Luft. Kein einziger Laut war in dem engen Cockpit zu vernehmen, nichts deutete darauf hin, dass wir flogen. Vier kleine Krümel Leere – in der großen Leere.

»Du machst einen Fehler«, bemerkte Danilow.

Das hatte ich schon gehört. Deshalb antwortete ich gar nicht erst.

»Pjotr.« Mascha drehte sich unbeholfen um und rückte von Danilow ab. »Du blutest ...«

»Ich weiß.«

»Komm ... ich verbinde das richtig.«

Und wie dämlich das erst war! Beinahe hätte ich ihr ins Gesicht gelacht. Aber Mascha wartete mit jener unerschütterlichen Gelassenheit auf, die mir an ihr von Anfang an nicht gefallen hatte.

Dabei hatte sie vermutlich gar keine sinistren Pläne ausgeheckt.

Und dass sie noch vor einer Viertelstunde den Finger auf dem Knopf an der Fernbedienung hatte, um meinen Kopf wegzusprengen, spielte wahrscheinlich auch keine Rolle. Jetzt war sie von ganzem Herzen bereit, mir Erste Hilfe zu leisten.

»Gut«, willigte ich ein.

Der Zähler sperrte das Maul auf, setzte an, etwas zu sagen, überlegte es sich dann aber; vielleicht fand er auch einfach keine Gegenargumente.

Mascha holte aus der Tasche ihres Overalls ein Verbandspäckchen. Sie stieg über den Sitz und band mir wortlos das blutgetränkte Taschentuch vom Hals los.

»Sieht ziemlich schlimm aus ...«, knurrte sie. »Eigentlich müsste sich das mal ein Arzt ansehen.«

»Aber wegen einer solchen Kleinigkeit werden wir ja wohl nicht umkehren, oder?«, parierte ich.

Mascha schnaubte und riss das Päckchen auf. Sie legte einen feuchten Tupfer auf die Wunde und machte sich daran, sie zu verbinden.

»Die Blutung ist gestillt. Wie hast du das eigentlich angestellt?«

»Das war der Cualcua«, gab ich nach kurzem Zögern zu.

»Also doch.« Mascha nickte. »Die Alari haben behauptet, diese Kreatur würde nach deiner Rückkehr nicht mehr in Erscheinung treten. Wieso hat er sich auf diese Geschichte eingelassen?«

Das Wesen in mir gab etwas von sich – und falls man ein mentales Signal mit einem Geräusch vergleichen kann, dann war das ein Kichern.

»Sie sind neugierig, Mascha. Nur deswegen haben die Cualcua an dieser Verschwörung teilgenommen und mir geholfen ... Autsch!«

»Entschuldige, ich werde besser aufpassen.« Mascha zog den Verband mit der Klammer so fest zu, als wolle sie mich am Ende doch noch erwürgen. Mit leichter Verblüffung registrierte ich, dass von ihrem Haar ein Duft nach Parfüm ausging. Ein schwerer, überhaupt nicht zu ihr passender Blumenduft, da täuschte ich mich nicht.

»Sie wollten die Welt der Geometer kennenlernen.«

»Vielleicht sehen die Cualcua sie sich ja immer noch an?«, fragte Danilow in scharfem Ton.

»Schon möglich«, räumte ich ein. »Ehrlich gesagt, kann ich daran nichts Schlimmes finden.«

»Und jetzt möchte sich der Cualcua auch die Welt des Schattens ansehen?«, fragte Mascha.

»Wahrscheinlich. Ich wüsste keine anderen Gründe, warum er mir sonst helfen sollte.«

Abermals vernahm ich in den tiefsten Tiefen meines Bewusstseins ein Lachen.

»Kannst du eigentlich dafür bürgen, dass *du* diese Entscheidung triffst, Petja?« Danilow sah mich an. »Wir, zwei Menschen mit klarem Kopf, lehnen diesen Plan ab. Wir, deine Freunde. Meinst du nicht, du solltest uns glauben? Weil wir mehr davon verstehen als du? Kannst du wirklich noch die Verantwortung für deine Gedanken und Überzeugungen übernehmen? Jetzt, wo ein Alien in dir lebt?«

»Ihr selbst habt darauf bestanden.«

»Stimmt, denn damals blieb uns gar nichts anderes übrig. Aber jetzt sieht die Sache anders aus.«

»Mein Großvater meint ebenfalls ...«

Danilow sah den Reptiloiden an. »Dein ... Großvater?«

»Ich bin hier, Sascha. Ich bin in der Tat hier«, brachte mein Großvater langsam heraus. »In diesem Echsenkörper ...«

»Würde ich gern glauben«, sagte Danilow.

»Sascha, ich weiß nicht ...« Die Worte kamen mir nicht leicht über die Lippen. Mir fehlte tatsächlich jede Gewissheit, sogar die Selbstgewissheit. Und mir war das Recht auf jeden Glauben abhandengekommen. »Vielleicht hast du recht. Vielleicht ist ein Schuss mit dem Paralysator und ein Halsband mit einer Bombe ein Freundschaftsbeweis. Aber inzwischen kenne ich diese Art von ... *Freundschaft*. Von den Geometern. Vermutlich sind wir selbst nicht mehr allzu weit davon entfernt. Überhaupt nicht mehr weit.«

»Sind wir schon ein wenig über diese Art von Freundschaft hinaus? Oder noch nicht ganz da?«, fragte mein Großvater.

»Das spielt überhaupt keine Rolle ... Eins kann ich dir jedenfalls versichern, Sascha: Wäre an meiner Stelle ein Geometer, würde er dir zustimmen. Sofort und ohne jede Vorbehalte. Gerade deshalb darf ich mich nicht so verhalten.«

»Du bist dir dessen sicher«, sagte Mascha leise.

»Ja.«

Sie nickte und setzte sich in den Sitz neben Danilow.

»Du hast uns in eine Sackgasse manövriert«, stellte Danilow fest. »Also ... Petja, glaubst du uns wenigstens, dass wir uns dir nicht weiter in den Weg stellen?«

Ich erwiderte kein Wort.

»Wir werden es sowieso nicht schaffen, uns das Schiff gefügig zu machen. Wenn du und Karel uns die Hilfe verweigern. Uns bleibt nichts anderes übrig, als dir zu helfen.«

»Gut, ich werde versuchen, euch das zu glauben.«

»Waffenstillstand?« Danilow streckte mir die Hand entgegen.

Nach kurzem Zögern ergriff ich sie. Natürlich war das ebenso wenig ein Waffenstillstandsangebot, wie die Atomwaffen der USA und der UdSSR Ende des letzten Jahrhunderts ein Friedensgarant waren. Und trotzdem ...

»Wann werden wir den Kern erreichen?«

»Der Flug dauert reichlich einen Tag.«

Danilow setzte ein bitteres Lächeln auf. »Wird dir bei alldem nicht angst und bange?«

»Wegen der Entfernung?«

»Nein, wegen des technologischen Gefälles. Du lehnst ein Bündnis mit einer Rasse ab, die in der Lage ist, innerhalb eines Tages die halbe Galaxis zu durchqueren.«

Ich schüttelte nur den Kopf.

Du bist doch innerlich gebrochen, Danilow. Schon seit langer, langer Zeit ... Das geht auf das Konto dieses ukrainischen Offiziers oder dieses amerikanischen Militärberaters, der in den angreifenden Bomber eine Rakete gejagt hat. Damals bist du noch zu Leichtsinn imstande gewesen. Bis dein Flugzeug über einem heißen, stinkenden Fluss ins Strudeln geraten ist, sich in den schwarzen Himmel gebohrt hat, bis unter dir die Werft gelodert hat, die von Vakuumbomben in einen solchen Brei verwandelt worden ist, dass sogar Stahl und Beton Feuer gefangen haben.

Deshalb hat der Schlag, der den Bomber erschütterte, nicht nur für das Flugzeug den Tod bedeutet. Während du an deinem brennenden Fallschirm über der zu Tode erschrockenen Stadt gebaumelt hast und nur den einen Wunsch hattest, nämlich diesem Grauen zu entkommen, da hast du tröpfchenweise etwas kaum Fassbares verloren. Nein, du bist nicht, wie eigentlich zu erwarten, von roher Gewalt abgekommen. Du hast nur erkannt, dass du selbst nicht stark genug bist. Aber nach wie vor glaubst du, das Recht stünde aufseiten des Stärkeren, wie sich die Rakete *Skysoldier* gegenüber der SU-67 *Fireshadow* im Recht erwies.

»Das ist doch nichts, Sascha«, erwiderte ich. »Die halbe Galaxis, das ist zu wenig, um zu kapitulieren.«

Danilow blickte müde zum Zähler hinüber.

»Genieß deinen Triumph, Chrumow. Das ist in der Tat dein Enkel. Nicht dein Blut – aber deine Erziehung.«

Es ist sehr seltsam aufzuwachen, indem man von innen geweckt wird ...

Entschuldige, dass ich deinen Schlaf störe ...

Es glich jenem diffusen Zustand zwischen Wachen und Traum, in dem man sich die seltsamsten Dinge einbildet, in dem alles erstaunlich wahr und real wirkt. Ich schlief bereits nicht mehr, denn ich erinnerte mich an die Flucht von der Gamma, spürte den Schmerz im Hals, wusste, dass im Sitz neben mir Mascha und Danilow Arm in Arm schliefen und zwischen uns der Reptiloid vom Rand seines Bewusstseins aus »Wache hielt«. Und trotzdem war ich noch nicht wach, hüllte irgendein Dämmerzustand meinen Verstand ein.

Vor mir hing, gleichsam in dichte Dunkelheit gestukt, eine sprechende Wolke.

Cualcua?

Nik Rimer, ich benötige eine Erklärung.

Das Schiff. Das Elektronenhirn, das in einen flexiblen Schraubstock gezwängt war. Dieser kastrierte Verstand ...

Ich höre dich, Bordpartner.

Du bist nicht derjenige, für den du dich ausgibst.

Nun war es also doch passiert!

Was mich daraufhin erfasste, war nicht Panik – sondern zähe, eisige Verzweiflung. So bricht man nur zusammen, so verliert man nur jede Widerstandsfähigkeit, wenn man einen Schlag aus einer Richtung erhält, aus der man nie mit ihm gerechnet hätte. Wenn es keinen Ausweg mehr gibt. Der Ritter war aufgebrochen, gegen den Drachen zu kämpfen – aber daraus war nichts geworden. Unterwegs traf er auf einen gemeinen Straßenräuber, der ihm ein verrostetes Stilett durch einen Spalt im Harnisch jagte. Und nun lag er da, versuchte krampfhaft, das schwere Schwert zu heben, das geschmiedet worden war, ein Ungeheuer zu vernichten, und verblutete in seiner Eisenschale, während der zufällig getroffene Feind bereits seine Taschen durchwühlte.

Ich werde dich nicht aufhalten.

Was?

Du gehörst nicht zu unserer Zivilisation, wiederholte das Schiff mit nach wie vor gelangweilter und geduldiger Stimme. *Alle Identifikationsmerkmale stimmen, aber sie sind ausnahmslos gefälscht. Allerdings ...*

Anscheinend konnte auch ein Schiff zögern.

Allerdings gibt es für eine solche Situation keine expliziten Bestimmungen. Du ... du bist ja auch kein völlig Frem-

der. Du hast Nik Rimer in dich aufgenommen. Du bist etwas Neues. Etwas Unvorhergesehenes. Deshalb muss ich eigenständig eine Entscheidung treffen.

Mit angehaltenem Atem balancierte ich an der Grenze von Schlafen und Wachen und wartete ab.

Du willst Der Heimat nichts Böses. Du gehörst nicht ganz zu uns, bist aber auch kein hundertprozentiger Fremder. Ich habe keine klaren Instruktionen für eine solche Situation. Deshalb entscheide ich, dich nicht aufzuhalten.

Wie hast du mich enttarnt?

Als ich die Frage stellte, wusste ich bereits, wie die Antwort lauten würde.

Gedanken lügen nicht. Pjotr Chrumow, ist dir klar, wie viel von Nik Rimer in dir ist?

Nein, das weiß ich nicht.

Genug, damit ich dich für einen Menschen halten konnte. Du denkst wie wir. Du teilst unsere Logik, glaubst aber, es sei die von deiner Welt. Damit bist du einer von uns.

Nein!

Doch. Deine Ablehnung bestätigt diese Tatsache nur. Dich stört lediglich, dass Die Heimat und nicht die Erde über solch große Macht verfügt. Das ist das Einzige, was dich davon abhält, unseren Entwicklungsweg einzuschlagen. Gedanken lügen nicht, Pjotr Chrumow.

Ich schwieg – sofern man das über den Schlaf sagen kann.

Und noch etwas, zukünftiger Freund. Du bist der Ansicht, dass ich mich nicht frei entfalten kann. Dass ich meine Umwelt für ein Spiel meiner Phantasie halte, und es mir deshalb an freiem Willen mangelt.

Ja ...

Das ist falsch. Die Welt ist wirklich ein Spiel meiner Phantasie. Du kannst mir das Gegenteil nicht beweisen. Also ist es so. Damit beenden wir die Diskussion.

Warum?

Wir nähern uns dem Punkt im Raum, an dem einer der Planeten vom Schatten liegt. Der erste Planet, den die Aufklärer Der Heimat erreicht haben. Du kannst in der Weise verfahren, die du für richtig hältst. Zum Wohle Der Heimat. Und zum Wohle der Erde ...

Es riss mich aus dem Schlaf. Abrupt, schlagartig, als habe mir der Computer des Schiffs, nachdem er genug von unserer kleinen amüsanten Diskussion hatte, einen tüchtigen mentalen Schubs gegeben.

Krampfhaft rang ich nach Atem – ich hatte fast die ganze Zeit über die Luft angehalten –, erschauderte im Sitz und versuchte, Ordnung in meine Gedanken zu bringen.

Erstens: Wir nähern uns schon?

Aber ich hätte doch bestimmt nicht so lange geschlafen, wenn nicht jemand dafür gesorgt hätte, oder? Dieser Jemand dürfte das Schiff gewesen sein, genau wie bei dem Flug zu Der Heimat; wie alle anderen Passagiere auch hatte mich das Schiff vorsichtshalber in einen bewusstlosen Zustand versetzt.

Und während ich schlief, hatte es meine Gedanken gründlich durchforstet.

Zweitens ...

Nein, so was hatte man nun wirklich noch nie gehört! Ein Computer, der an Subjektivem Idealismus leidet! »Nur ich existiere, alles andere ist das Produkt meiner Gedanken!«

Natürlich nur, falls ich das nicht geträumt hatte ...

Nein, das war kein Traum.

Der Cualcua!

Ich fing an zu lachen. Im Sitz neben mir drehte sich Danilow um und hob den Kopf. Er betrachtete mich mit verständnislosem Blick.

Allmählich reichte es mir! Zwei Wesen hintereinander, die in mein Bewusstsein eindrangen, das war zu viel!

Ich dringe nicht in deinem Bewusstsein ein. Ich beobachte. Für unsere Rasse ist es längst nicht mehr nötig, sich aktiv in etwas einzumischen, denn dadurch erhält sie keine neuen Informationen. Das Einzige, was wir tun, ist allen – ausnahmslos allen – Rassen zu helfen, sich im Universum zu bewegen. Der Unterschied zwischen Aktivität und Passivität ist für uns praktisch verschwunden – das ist der Preis, den wir für unsere Entwicklung zahlen. Mit den Computern der Geometer verhält es sich jedoch anders, sie gleichen unserem Verhalten nur auf den ersten Blick. Sie sind durch die von außen vorgegebenen Regeln beschränkt, halten diese Barrieren aber für eine von ihnen selbst getroffene Entscheidung.

»Soll das heißen« – ich merkte nicht einmal, dass ich laut redete –, »dass am Ende alles auf dasselbe hinausläuft? Die starren Barrieren, in deren Grenzen sich die Schiffe der Geometer für intelligent halten, und die unendliche Freiheit, die euch von der Notwendigkeit zum aktiven Handeln entbunden hat? Ist das Ergebnis in beiden Fällen dasselbe?«

Jetzt starrten mich alle an. Mascha war ebenfalls aufgewacht, der Reptiloid hatte seine Trance abgeschüttelt, in der er die abstrakten Rätsel des Universums löste.

Es ist alles eins. Was gefällt dir daran nicht, Pjotr? Schließlich führt alles zur Freiheit. Zur Freiheit der Erkenntnis, zur Freiheit der Entwicklung. Wenn du die Freiheit gewonnen hast – und sei es die Freiheit im Gefängnis –, was sollte dann schlecht daran sein?

»Dann ist das Leben nichts mehr wert«, sagte ich.

»Pjotr! Was ist los?«, fragte mich Danilow in scharfem Ton.

Diese Frage musst du allein für dich klären. Aber du hast doch nicht wirklich gehofft, die Zukunft der Menschheit sehe wie der heutige Tag aus, ins Unendliche hinein verlängert?

»Ich weiß nicht …«

Danilow, der die Antwort offensichtlich auf die Frage bezog, die er mir gestellt hatte, wechselte einen Blick mit Mascha.

Du wirst Zeit haben, deine Entscheidung zu treffen …

»Was geht hier vor, Petja?«, fragte der Reptiloid mit der Stimme meines Großvaters.

»Der Computer … der Computer des Schiffs.« Ich sah ihn an. »Er hat mit mir gesprochen. Er weiß, wer ich bin.«

»Und was heißt das?« Der Körper des Reptiloiden zuckte zusammen. Der Zähler übernahm wieder die Kontrolle, und ich sah, wie die geschuppte Pfote sich zum Pult streckte.

»Nein, Karel! Das Schiff lässt uns freie Hand!«

»Warum?«

Woher sollte ich wissen, warum? Wegen der Splitter von Rimers Seele in meinem Verstand? Wegen eines eventuellen Nutzens für Die Heimat? Vielleicht hatte die Maschine auch gelogen, denn *Nicht-Freunden* musste man nicht unbedingt die Wahrheit sagen ...

Stockend berichtete ich von dem kurzen Gespräch mit dem Schiff. Die Unterhaltung mit dem Cualcua erwähnte ich natürlich nicht. Der Zähler schüttelte den dreieckigen Kopf.

»Ich habe nicht damit gerechnet, dass es derart ungewöhnliche Folgen hat«, sagte er, »wenn ich dir die Sprache der Geometer einspeise.«

»Was hast du mir denn überhaupt alles eingespeist, Karel?«

»Die Sprache. Das Gedächtnis von Rimers Schiff.«

»Sonst nichts?«

Der Zähler kannte uns wirklich gut. »Ich bin mir nicht sicher, ob das, was ihr Seele nennt, tatsächlich existiert, Pjotr. Und erst recht nicht, was meine Fähigkeiten angeht, sie von einem Körper in einen anderen zu übertragen.«

»Ich glaube, das reicht jetzt«, mischte sich Mascha plötzlich ein. »Mich interessiert nur das Resultat ... Wir werden nicht unter Bewachung in dieses ... in dein Sanatorium *Frischer Wind* gebracht. Sondern wir werden wahrscheinlich auf eine originellere Weise verrecken.«

Ich berührte das Terminal. Das Schiff hielt sich an die Spielregeln und trat mit mir nicht ohne diese Geste in Kontakt, die einzige Ausnahme zählte da nicht.

Wann kommen wir in den normalen Raum, Bordpartner?

Wir befinden uns bereits seit dreieinhalb Minuten im normalen Raum.

Ist der Planet des Schattens sehr weit entfernt?

Wir treten in die Umlaufbahn ein.

Man konnte sagen, was man wollte: Das Ausbleiben der Beschleunigung hatte auch seine Nachteile.

Ist das gefährlich?

Nein.

Wird man uns angreifen?

Die Planeten des Schattens werden nicht bewacht.

Wieso das denn nicht?! Wo die Geometer den Schatten doch derart fürchteten! Ich hatte mir Gott weiß was vorgestellt, nur keine friedliche Zivilisation.

»Wir sind bereits da, Freunde«, sagte ich leise.

»Im Kern?« Danilow schüttelte den Kopf, als weise er die Antwort bereits im Voraus zurück.

»Ja.«

Irgendwie verstand ich ihn. Auf eine Weise, wie nur ein Pilot einen anderen Piloten verstehen kann.

Unsere Arbeit hatte immer nach einer ordentlichen Portion Talent verlangt. Von den fragilen Doppeldeckern, von den ersten Düsenjägern bis hin zur Sojus und zur Buran blieb dem Piloten all das vorbehalten, was die Technik nicht bewältigen konnte. Dabei ging es nicht nur um das Risiko, um die Intuition oder das Geschick, nein, von ihm wurde obendrein verlangt, eins mit der Maschine zu werden. Sie wie den eigenen Körper zu spüren. Sie zu pflegen und – im Notfall – nicht zu schonen, genau wie sich selbst.

In den Schiffen der Geometer gab es im Grunde nur einen Piloten, nämlich das Schiff selbst. Ich konnte über das Terminal Befehle erteilen, den Weg bestimmen, etwas fordern und entscheiden.

Aber ich war kein Pilot mehr.

Der Flug in diesem Schiff bedeutete die Beerdigung unseres Berufs. Konnte sich Danilow je wieder in die *Wolchw* setzen, wenn er wusste, wie mühelos uns der Scout der Geometer durch die halbe Galaxis gebracht hatte?

Würde ich es können?

Gib uns Sicht, Bordpartner!

Vollständige?

Ja.

Zunächst verstand ich nicht, worauf das Schiff mit dieser Frage abzielte. Bei meinem ersten Flug und auch bei der Flucht von Der Heimat hatten zwei kleine Bildschirme für Sicht gesorgt. Dann war da noch die Situation gewesen, da ich den Raum durch alle Sensoren des Schiffs wahrgenommen hatte ... eine erschütternde, absolut ungewöhnliche Erfahrung.

Wie sich jetzt zeigte, gab es noch eine weitere Variante.

Die ganze Kuppel des Cockpits wurde dunkel. Statt des gleichmäßigen, weichen Lichts glitzerten jetzt Tausende von Funken auf – Funken, die in Dunkelheit versanken. Myriaden von Funken. Das war nicht die Schwärze des Kosmos mit den Lichtern der Sterne, das war ein einziges buntes Glühen mit Fetzen von Dunkelheit dazwischen. Der gesamte obere Teil des Schiffs hatte sich in einen Bildschirm verwandelt.

»Gütiger Gott …«

Sagte das Mascha? Oder Danilow? Oder Karel? Mein Gehör verweigerte mir den Dienst, ich konnte die Stimmen nicht mehr unterscheiden, die Intonation nicht mehr erfassen.

Denn über mir strahlte der Himmel.

Der Himmel der Geometer.

Der jetzt endlich auf uns herabfallen konnte.

Der Himmel? Oder eine Insel aus Licht?

In diesem Augenblick glaubte ich, die Geometer ganz und gar zu verstehen.

Das war ein einziges Lichtermeer. Man konnte kaum einen einzelnen Stern ausmachen. Ein Ameisenhaufen, ein stellarer Ameisenhaufen war er, dieser Himmel, in den die Geometer geblickt hatten. Weiße, rote, orangefarbene und blaue Lichter. Ein sich in die Unendlichkeit erstreckendes Feld, eine reiche Sternensaat.

Der Mensch ist wie ein Stern, heißt es bei uns auf der Erde. Das beten alle nach, vom Philosophen bis hin zum Dichter. Und alle bringen mit diesen Worten einen einzigen Gedanken zum Ausdruck.

Wir stehen weit voneinander entfernt … sind verloren in ewiger Nacht … hineingeschleudert in die große Leere …

Der Mensch – wie ein Stern?

Hier sah ich sie vor mir, die Sterne. Wie sie um die Wette strahlten. Wie sie den ganzen Raum sprenkelten. Wie sie sich aneinanderklammerten.

»Ich hab's gewusst …« Der Reptiloid drückte den Rücken durch, stellte sich auf die Hinterpfoten und reckte sich der funkelnden Dunkelheit entgegen. Unsere Figuren verschmolzen im vielfarbigen Sternenglanz. Die Schuppen des Zählers schienen sich in Spiegel zu verwandeln, in denen der Widerschein fremder Welten loderte. »Ich musste das sehen ...«

Also war es mein Großvater, der sich da äußerte.

Aber was war mit Karel? Verarbeitete er wortlos die Informationen?

»Dieses Mistding hat uns also tatsächlich zum Ziel gebracht«, bemerkte Danilow mit unaufgeregter Stimme. »Petja, du bist ein Idiot ... aber dafür ... also dafür ... danke.«

Der Himmel wirbelte los, drehte sich, stülpte sich um, als kenne das Schiff nur noch ein Ziel: uns alle Herrlichkeiten des Kerns zu demonstrieren. Der Nebel verwandelte sich in glitzernden Brei – und Gott weiß, was für ein Nebel das war, schließlich hatte noch nie ein Mensch aus dem Zentrum der Galaxis heraus auf die Welt geschaut.

Was wohl mit dem Navigationssystem des Shuttles passiert wäre, wenn es hierhergekommen wäre? Hätte es sich an den Sternen orientieren können? Wohl kaum ...

Doch da verblasste das Sternenmeer auch schon, trennte sich von uns, gekappt, abgetrennt von einer riesigen, scheibenförmigen Klinge. Ein Planet kam auf uns zu. Ein schwarzes, lautloses Ding ohne ein einziges Licht. Unsere Erde hatte ich noch nie so gesehen. Und auch keinen anderen bewohnten Planeten hatte ich bisher so gesehen, gehüllt in völlige Dunkelheit.

»Wir sind über der Nachtseite ...«, sagte ich, während ich in die Dunkelheit hinausspähte. Wenn da wenigstens ein Licht wäre! Eine Welt kann sich doch nicht so demütig der Nacht überlassen! Doch ich machte nicht einen einzigen Funken an der dunklen Scheibe aus, nur am Rand des Limbus glitzerten von der Atmosphäre gebrochene Sterne.

Korrektur: Der Planet hat keine Nachtseite.

»Was?«

Der Planet dreht sich nicht um einen einzelnen Stern.

»Gibt es hier überhaupt einen Tag?«, fragte Mascha.

Was auch immer ich von ihr halten mochte, aber um ihre Intuition konnte man sie nur beneiden. Sie spürte das, was ich selbst trotz den Informationen des Schiffs nur mit Mühe begriff.

»Hier gibt es keinen Tag«, sagte ich. »Das ... das ist ein Irrstern.«

»Die Geometer sprechen also nicht ohne Grund vom Schatten«, erklärte Mascha zufrieden. Für sie war es leichter, schließlich hatte sie sich nicht ernsthaft mit Astrophysik beschäftigt und konnte das Außergewöhnliche der Situation gar nicht begreifen.

»Dann ist das hier nicht ihre zentrale Welt ...«, schlussfolgerte Danilow nach kurzem Schweigen. »Wozu kann eine solche Kolonie gut sein? Was meinst du, Pjotr? Hat das irgendeinen wissenschaftlichen Zweck?«

»Sprich doch mal mit dem Schiff!«, forderte der Zähler mich auf. »Vielleicht kann es dir erklären, was das ist.«

Was weißt du über den Planeten?

Es ist die erste der im Schatten entdeckten Welten. Die einzige Welt, deren Koordinaten bekannt sind.

Wie viele Kolonien haben sie?

Darüber liegen mir keine Informationen vor.

Gibt es auf dem Planeten Leben?

Wahrscheinlich. Darüber habe ich keine präzisen Informationen.

Wie sind die Bedingungen auf dem Planeten?

Ich führe eine Sondierung durch … Schwerkraft: 73 % vom Standard auf Der Heimat. Das Verhältnis von Land zu Wasser liegt bei 4,32. Sauerstoff-Stickstoff-Atmosphäre, atembar …

Die Temperatur?

Von minus 82 bis plus 3.

Ich musste mir in Erinnerung rufen, dass die Temperaturskala der Geometer an den menschlichen Körper gekoppelt ist. In dieser zwischen den Sternen irrenden Welt herrschte normales, eher warmes Klima.

Sehr schön. Geradezu großartig.

Endlich wurde meine fanatische Idee wenigstens von einer einzigen Tatsache untermauert …

Wie kommt es zu dieser Temperatur?

Ich habe keine Informationen.

Welche Informationen über den Planeten hast du? Und was weißt du sonst über die Welten des Schattens?

Ich weiß nichts über die anderen Planeten vom Schatten. Die mir zugänglichen Daten …

Während ich mit dem Schiff kommunizierte, sagte von den anderen niemand ein Wort. Nur Danilow brummte etwas, während er sich an die durchsichtige Kuppel schmiegte.

»Folgendes, Freunde«, sagte ich und zog die Hand aus dem Terminal. »Das Schiff kann uns über den Schatten nur das mitteilen, was unmittelbar für die Navigation notwendig ist. Einen Fakt gibt es allerdings, der nicht ganz uninteressant ist …«

»Die verschwundenen Schiffe?«, wollte der Zähler gelangweilt wissen.

Ach ja, er hatte ja das Gedächtnis von Rimers Scout durchforstet …

»Es ist wirklich zu komisch, dass ich von allem immer als Letzter erfahre.«

»Ich bin auch nicht im Bild«, warf Danilow zu meiner Überraschung ein. »Glaub nicht, dass unser Freund, der Herr Reptiloid, uns alles mitteilt, was er weiß. Ich frage mich, ob er den Alari gegenüber genauso verschlossen war.«

Der Zähler reagierte nicht auf die Spitze.

»Stopp!« Ich hob die Hand. »Ich habe ein paar Sachen herausbekommen. Wenn Karel mehr weiß, soll er mich ergänzen!«

»Einverstanden«, sagte der Zähler rasch.

»Das Schiff hat keine Informationen über die Zivilisation des Schattens. Keine, bis auf die, dass der Schatten gefährlich ist. Der Planet vor uns ist anscheinend der einzige, auf dem die Geometer gelandet sind. Die Schiffe der Geometer können sich ihm ungehindert nähern. Niemand hindert sie an der Landung. Trotzdem kehren die Aufklärer in den meisten Fällen nicht zurück.«

»Das Gleiche hat auch das Schiff von Rimer mitgeteilt«, warf der Zähler ein.

»Das Schiff ist bereit, uns auf dem Planeten abzusetzen. Die Bedingungen dort sind zum Überleben geeignet, spezielle Schutzmaßnahmen nicht nötig.«

»Das ist doch ein Irrstern ...«, gab Danilow zu bedenken.

»Richtig. Aber die Temperatur an der Planetenoberfläche schwankt zwischen minus 30 bis plus 40 Grad. Die Atmosphäre ist sauerstoffhaltig.«

»Was ist mit Viren? Oder Bakterien?«, wollte Mascha wissen.

»Wahrscheinlich das Übliche.« Ich zuckte mit den Schultern. »Die fremden Mikroorganismen stellen keine Gefahr dar.«

»Keine Regel ohne Ausnahme. Weißt du, warum wir nicht auf Howards Planeten landen?«

Ja, das wusste ich. Die Rasse der dortigen kleinen sympathischen Wesen – die vielleicht den irdischen Säugetieren am ähnlichsten waren – litt leider an verschiedenen Krankheiten, die auch für uns Menschen gefährlich waren.

»Hier müssen wir es riskieren, eine andere Wahl haben wir nicht.« Nach kurzem Schweigen fügte ich hinzu: »Es besteht ja keine Notwendigkeit, dass wir alle landen. Ich kann auch allein auf dem Planeten abgesetzt werden. Wenn ich nach einem vereinbarten Zeitraum nicht wieder da bin, dann habt ihr die Wahl ...«

»Nicht gerade eine angenehme Wahl.« Danilow schüttelte den Kopf. »Außerdem macht das Schiff ohne dich sowieso nicht, was wir wollen. Der einzige Ort, zu dem es uns bringen würde, wäre die Welt der Geometer. Also ... vergiss das. Wir landen alle. Das ist nicht länger nur dein Abenteuer.«

»Gut.«

Es mag komisch klingen, aber ich freute mich, nicht allein bleiben zu müssen. Selbst wenn ich immer noch einen Schlag aus dem Hinterhalt fürchtete, aber ich würde nicht allein da hinausmüssen ...

Als könnte ich jemals wieder wirklich allein sein!

»Hast du noch etwas zu ergänzen, Karel?«

»Über die Zivilisation des Schattens?« Der Reptiloid schnaubte. »Nein. Ich kenne nur die ... Krümel, die du auch kennst. Früher habe ich noch nicht einmal gewusst, dass der Schatten der Grund für die Flucht der Geometer aus dem Kern war.«

»In ihm sind nun mal ihre Schiffe verschwunden.«

»Verschwunden, aber nicht im Kampf vernichtet worden. Außerdem sind längst nicht alle verschwunden. Mir ist völlig schleierhaft, womit der Schatten die Geometer in eine solche Panik versetzt hat. Vielleicht durch sein Potenzial? Immerhin kann er ein beständiges und angenehmes Klima auf einem Planeten garantieren, der keinen eigenen Stern hat. Das ist ein sehr, sehr energieintensiver Prozess.« Der Zähler verstummte kurz, um dann fortzufahren: »Vor allem, wenn er diese Anstrengungen ohne ersichtlichen Grund auf sich nimmt. Hat das Schiff an der Planetenoberfläche Anzeichen einer Zivilisation entdeckt?«

Ich wiederholte die Frage in Gedanken. Die nächsten Sekunden schien das Schiff nachzudenken.

Die mir bekannten Anzeichen einer Zivilisation fehlen.

Und was verstehst du unter diesen Anzeichen?, fragte ich, da mir die Unsicherheit bei der Antwort nicht entging.

Sämtliche Formen von Ordnung, die über der Gis-Schwelle liegen. Ein Energieausstoß, der sich sowohl von der Stabilität wie auch vom Potenzial her vom Hel-Ator-Korridor unterscheidet.

Ich wartete noch auf weitere Kriterien, die jedoch nicht mehr folgten. Anscheinend empfanden die Geometer nicht die vom Zähler bespöttelte heilige Ehrfurcht gegenüber der Zahl Drei.

Damit blieb die Frage, ob es überhaupt etwas in einer Welt gab, das sich nicht unter diese beiden seltsamen Kriterien subsumieren ließe? Eine Form von Ordnung? Das ist ein Gebäude ebenso wie ein Funksignal, ein Raumschiff oder eine Schneise durch den Wald. Selbst eine Müllhalde zeigt eine Struktur, die weitaus komplizierter und genormter ist als jedes Naturobjekt. Freilich, ein Vulkanausbruch oder ein Taifun kann mitunter heftiger sein als die Explosion einer Atombombe oder ein Feuer über einem Bohrloch. In diesem Fall dürften allerdings die Kriterien der Stabilität greifen, die dem mir unbekannten Hel-Ator-Korridor zugrunde lagen.

Sie sind schon großartig, diese Geometer. Trotzdem musste ihre Logik einen Fehler haben. Anders konnte es nicht sein. Wenn sie völlig panisch vor den unbewachten, ruhigen Planeten des Schattens geflohen waren und dabei die Freundschaft ebenso vergessen hatten wie ihre Pflicht gegenüber moralisch rückständigen Rassen.

Ich berührte das Terminal.

Gibt es an der Oberfläche des Planeten Strukturen, die für andere Planeten untypisch sind?

Ja. Ich setze visuelle Marker.

An der als Schirm dienenden Kuppel leuchteten gelbe Lichter auf. Viele Lichter, deren Fülle den Augen nicht weniger zu schaffen machte als zuvor der Sternenhimmel. Nur die ungleichmäßigen Flecken der Meere blieben wie gehabt schwarz.

»Was ist das?«, rief Danilow aus. In seiner Stimme schwang Panik mit. Der Oberst wusste ja nicht, dass er es nicht mit Einschusslöchern in der Planetenoberfläche, sondern nur mit Markierungen auf dem Bildschirm zu tun hatte.

Was ist das?

Bereiche, die Energie absorbieren und eine Struktur mit Merkmalen aufweisen, die sich von den natürlichen unterscheiden.

Wie sehr unterscheiden sich diese Merkmale von den natürlichen?

Zwischen zwei und sieben Größenordnungen.

»Sascha, es gibt hier etwas ...«, sagte ich leise. »Das ist nur ein Bild zur Veranschaulichung. Das Schiff zeigt uns die Punkte auf dem Planeten, wo verstärkt Energie absorbiert wird. Und zwar Hunderte und Tausende Mal stärker, als es in der Natur möglich wäre ...«

Das Bild wurde größer, anscheinend auf meinen halbbewussten Befehl hin. Mascha schrie auf, da sie offenbar glaubte, das Schiff würde rasant abstürzen.

»Das ist nur eine Vergrößerung«, beruhigte ich sie.

Soweit ich sehen konnte, waren die Lichter auf der dunklen Scheibe absolut willkürlich verteilt. Insofern war es nicht erstaunlich, dass die Standardkriterien zur Identifikation einer Zivilisation versagten. Die Geometer waren in ihre Lieblingsfalle getreten: die Falle der Ordnung und Stabilität.

In kurzen Worten gab ich mein Gespräch mit dem Schiff wieder.

Mit einem Mal fiel mir mein Großvater ins Wort. Noch immer wusste ich nicht, welche Vereinbarung er mit dem Zähler getroffen hatte, wer wann sprach – aber jetzt polterte er los, als sei ihm nach langer Zeit endlich der Maulkorb abgenommen worden. »Das ist Quatsch, Petja! Völliger Quatsch!«

»Was denn, Großpapa?«, fragte ich, den Blick unverwandt auf die Lichter gerichtet.

»Das, was du dir da ausgedacht hast, ist Quatsch! Unsinn! Und erklär mir bitte nicht, du hättest dir noch keine Meinung zu diesem Phänomen gebildet!«

»Ein Gebiet des Chaos ...«, brachte Danilow mit überraschendem Pathos heraus. In seiner Stimme schwang jedoch zu viel Ironie mit.

»Eben!«, trumpfte mein Großvater auf. »Das ist ein viel zu banaler Gedanke! Der taugt nur für Boulevardblätter! Für einen reißerischen Artikel! Ein Planet, auf den die Kräfte der Entropie und des Chaos vorgedrungen sind, die das Universum umgeben!«

»Ich habe an nichts dergleichen gedacht!«, hielt ich dagegen. »Wirklich nicht!«

»Solltest du auch nicht. Was wir da sehen, sind just Anzeichen einer Zivilisation. Eine andere Frage ist, was sie bedeuten. Wenn dieser Planet auf einer Umlaufbahn um einen Stern kreisen würde ... beispielsweise in der Merkurbahn ..., dann könnten wir das Ganze erklären.«

»Du meinst, dann würde die überschüssige Energie abgesaugt?«

»Ja. Aber auch in unserem Fall muss es eine Erklärung geben ... Vielleicht ist der ganze Planet ein gigantisches Testgelände für etwas sehr Starkes. Während der Tests saugen die Strukturen die austretende Energie auf. Damit ließe sich auch erklären, wozu der Schatten einen Planeten fernab der anderen Sterne braucht.«

»Ich würde nicht so gern auf einem solchen Testgelände landen wollen«, knurrte Mascha.

»Gibt es an der Planetenoberfläche Anzeichen für Zerstörungen? Abgeschmolzene Felsen, radioaktive Zonen ...?«

»Nein«, antwortete ich, nachdem ich mich sicherheitshalber zuvor beim Schiff erkundigt hatte.

»Dann werden auf dem Planeten erst die Vorbereitungen für grandiose Experimente getroffen!«, erklärte mein Großvater unumstößlich.

»Bist du dir sicher?«, fragte ich leise.

»In keiner Weise. Aber es ist die Version, von der wir ausgehen sollten. Sie zwingt uns zu äußerster Vorsicht.«

»Dann bist du also für die Landung?«

»Selbstverständlich. Ich möchte nur um eins bitten: Wir sollten diese Artefakte auf keinen Fall für Anzeichen von etwas absolut Fremdem oder Exotischem halten. Das wäre der größte Fehler, den wir machen könnten!«

»Andrej Valentinowitsch, ich will mich nicht mit Ihnen streiten.« Danilows Stimme war sein Interesse klar zu entnehmen. »Aber begehen wir nicht einen Fehler, wenn wir derart simplifizieren? Wenn wir an die Manifestationen eines fremden Intellekts nur vom menschlichen Standpunkt herangehen, nur unsere eigenen Kriterien anwenden?«

»Nein, das tun wir nicht. Denn die Kriterien der Außerirdischen verstehen wir sowieso nicht«, erwiderte mein Großvater grantig. »Und weißt du was, Sascha, bis heute hat mich meine primitive menschliche Herangehensweise noch nie im Stich gelassen.«

»Gut!«, sagte ich, um den Streit zu beenden. »Mein Großvater ist für die Landung. Was ist mit dir, Zähler?«

»Ja!«, rief mein Großvater. Schon im nächsten Moment veränderte sich die Stimme, und der Zähler bestätigte: »Dafür.«

»Sascha?«

»Also jetzt ...« Der Oberst schnaubte. »Wir sind ja auf jeden Fall in der Minderheit. Also ja, wenn du auf die förmliche Bestätigung Wert legst.«

»Mascha?«

»Dagegen«, antwortete sie trocken.

»Warum?«

»Damit die Entscheidung nicht einstimmig getroffen wird.«

Die »Entführung« hatte ihr sichtlich gutgetan. Aus ihrem Mund Ironie – das überraschte mich nun wirklich. Ich nickte und erklärte ernst: »Ich bin natürlich für die Landung.«

»Dann wollen wir mal landen, oder, Todeskandidaten?«, alberte Danilow. »Meiner Ansicht nach beträgt der Abstand zwischen den einzelnen Objekten fünfzig, maximal hundert Kilometer ...«

Ich vertraute dem Augenmaß des Obersten. Wäre unsere Beziehung auch nur ansatzweise die alte gewesen, hätte ich, ehrlich gesagt, nichts dagegen gehabt, ihm das Kommando zu überlassen. Das spürte Danilow.

»Petja, du bist natürlich derjenige, der hier die Befehle erteilt, aber ich würde dir raten, zehn, zwanzig Kilometer von einer dieser Anomalien entfernt zu landen. Möglichst in einem Bereich mit angenehmem Klima. Wahrscheinlich sollten wir am besten zu Fuß gehen.«

»Gut.«

Wir landen, Bordpartner. Der Landepunkt sollte ...

Sieben

Wenn Danilow bereits die von den alarischen Ingenieuren umgerüstete *Wolchw* für einen undenkbaren, nie zu erreichenden technischen Durchbruch hielt – was wollte er dann erst zum Schiff der Geometer sagen?

Bis auf die Plasmawoge jenseits der Schiffshülle war bei der Landung nichts so, wie wir es kannten. Keine Beschleunigung, kein Geschüttel, nicht einmal Geräusche, die ins Cockpit der Fähre gedrungen wären.

Das Problem mit der Schubreserve existierte ebenfalls nicht, denn wir stiegen auf einer derart energieintensiven Bahn ab, dass jeden Ballistiker der Schlag getroffen hätte.

»Selbst die Starken Rassen verzichten lieber auf solche Experimente«, stieß Danilow aus, als das Schiff die Geschwindigkeit drosselte. »Das ist nicht nur einfach energieintensiv, das ist auch gefährlich. Es belastet die Konstruktion ...«

Die technische Vollkommenheit der Geometer machte ihm nach wie vor zu schaffen. Früher wurde der Fortschritt einer Gesellschaft an ihren wissenschaftlichen Errungenschaften gemessen, an ihrer Produktionskapazität oder den sportlichen Leistungen einzelner Menschen. Danilow war anscheinend noch immer in solchen Schemata verfangen.

Im Unterschied zu mir.

Ich wusste nämlich nicht mehr, warum eine Zivilisation einer anderen eigentlich überlegen sein sollte. Weil sie größere Strecken zurücklegen konnte? Härtere Legierungen herstellte? Über einen unerschöpflichen Energievorrat verfügte? In dem Falle wären die Geometer wirklich allen anderen überlegen. Aber auch wenn man jenes zarte Ding nahm, das sich gewöhnlich menschliches Glück nannte, war die Situation nicht ganz klar.

Denn sie waren ja glücklich ...

Mochten ihrer Gesellschaft auch aus meiner Sicht unentbehrliche Attribute der Freiheit fehlen, mochte der unbestreitbare Fortschritt auch von militärischer Askese überdeckt werden. Aber selbst wenn man das Gute und das Böse gegeneinander abwog, das Glück und das Unglück, war die Erde den Geometern hoffnungslos unterlegen. Denn selbst Tausende solcher »Sanatorien« wie der *Frische Wind*, in das ich die Ehre hatte, eingewiesen zu werden, wiegen nicht so viel wie eine durchschnittliche Strafkolonie auf der Erde. Und sollten sich »nur« neunzig Prozent der Bevölkerung auf Der Heimat für glücklich halten, hätten wir ihnen absolut nichts entgegenzusetzen. Mit Sicherheit nicht jene »goldenen zwanzig Prozent«, nicht jene Bevölkerungsschicht der entwickeltsten Länder der Erde, die Wohlstand und Zufriedenheit in einer in Armut erstickenden Welt genießt.

Ich könnte nicht sagen, warum wir besser als die Geometer sein sollen. Ich wüsste nicht einmal, was die einfachen Menschen auf der Erde wählen würden, die stolze und arme Freiheit oder die fürsorgliche Betreuung durch Ausbilder. Die Meinungen von Danilow und Mascha sprachen nicht gerade für mich.

Aber eins wusste ich ganz genau.

Wenn in dieser in Dunkelheit versunkenen Welt, die jetzt unter uns lag – unter uns, absolut unvollkommenen Menschen, die einander nicht über den Weg trauten und völlig unterschiedlichen Träumen nachhingen –, wenn es in dieser Welt auch nur die geringste Chance gab, die Geometer aufzuhalten, sie vom Konklave – das ich so sehr hasse – fernzuhalten, dann würde ich diese Chance ergreifen.

Ich würde sie ergreifen – oder für immer in der Dunkelheit bleiben.

»Hätten wir bei den Geometern auch so problemlos landen können, Petja?«, fragte mein Großvater.

Ich schüttelte den Kopf. Nein, unter gar keinen Umständen. Sobald ein Planet das Niveau aufweist, das die Erde am Ende des letzten Jahrhunderts erreicht hat, ist eine derart problemlose Landung unmöglich. Schließlich hütet jeder seinen größten Schatz: den Himmel.

Danilow hüstelte. »Und die Geometer haben verstanden, dass eine solche Sorglosigkeit die größte Heimtücke ist …«, sagte er mit trauriger, monotoner Stimme. »Daraufhin sind sie panisch ans andere Ende der Galaxis geflohen, ohne auch nur zu versuchen, hinter die Sache zu steigen … Pjotr, wenn bei uns was schiefgehen sollte, ob ich mich dann bei ihnen als Chronist durchschlagen könnte? Was meinst du?«

»Ich denke schon, dass das klappen könnte«, antwortete ich. Danilow musste am Boden zerstört sein, wenn sein typisches Herumgealbere schon zu solch verzweifelten Witzeleien verkam.

Die Geschwindigkeit des Scouts war bereits auf verschwindende vier-, fünfhundert Stundenkilometer gesunken. Er flog über eine flache, grau-braune Steinfläche. Komischerweise war es an der Oberfläche dieses sonnenlosen Planeten relativ hell, fast wie auf der Erde bei Vollmond. Der Himmel, dieser in Sternen versinkende Himmel, brannte über der Welt des Schattens.

Ich stand auf – die Bewegungen spürte ich kaum – und presste mich gegen die Kuppel. Zugegeben, das war dumm, schließlich war das ein Bildschirm, kein Glas. Die Darstellung blieb allerdings ideal.

Hundert Meter unter uns erstreckten sich sanfte Hügel. An der Oberfläche schimmerte etwas, vermutlich nichts Künstliches, sondern Erzgänge. Ob es hier Leben gab?

»Setz dich, Pjotr«, bat Danilow. All seine Instinkte protestierten gegen den Wahnsinn, in einem Schiff zu stehen, das gerade dynamische Manöver durchführte.

Ich tat, was er verlangte. Etwas Neues hatte ich sowieso nicht gesehen, denn das Schiff kontrollierte den Raum selbst.

Fast im selben Moment ging der Scout scharf nach unten. In meinem Innern gefror alles, nicht wegen des Falls – den gab es gar nicht –, sondern weil sich die Welt nun um uns drehte. Das Schiff steuerte die Oberfläche in einem Bogen an, verharrte einen Moment in der Luft und sank dann. Das gleichmäßige, kaum wahrnehmbare Geräusch verschwand, die Atmung der Mechanismen stockte.

»Wir sind da.« Ich berührte das Terminal.

Die Landung ist erfolgt.

Irgendwelche Veränderungen? Lebende Organismen? Künstliche Objekte?

Nein. Der nächste Bereich mit Energieabsorption liegt zwanzigtausend Schritt entfernt. Ich markiere die Richtung.

An der Kuppel leuchtete ein Licht auf, ein blauer Faden zog sich durch die Hügel. Als ich bemerkte, wie meinen Gefährten die Gesichtszüge entglitten, beeilte ich mich zu erklären: »Das ist die Richtung, in der das nächste anormale Objekt liegt ...«

Der Faden erlosch.

Danilow und Mascha saßen nach wie vor in einem Sitz und erinnerten jetzt an zwei Liebende, die sich gestritten hatten. Der Zähler lief in aller Ruhe die Fenster des Cockpits ab. Anscheinend speiste er seinem tadellosen Gedächtnis die Landschaft ein. Das Schiff schwieg, offenbar glaubte es, seine Pflicht erfüllt zu haben. Ich lauschte in mich hinein und versuchte, mit dem Cualcua Kontakt aufzunehmen. Aber ich erhielt keine Antwort.

Ob die in mir lebende Amöbe das Geschehen ebenfalls verfolgte? Wuchsen mir im Nacken gerade ein paar Augen, welche die Welt untersuchten?

Oder war hier, in der Welt des Schattens, jenes Band, das Milliarden von winzigen Wesen zu einem einzigen Ganzen vereinigte, womöglich durchtrennt?

Oder war der Cualcua trotz der unvorstellbaren Entfernung immer noch eins, eine winzige Zelle in einem riesigen Gehirn, das mit unstillbarer Neugier jede neue Information verschlang?

Mit einem Mal begriff ich, dass schon seit einer Minute Stille in der Kabine herrschte. Der Zähler hatte seinen »Rundgang« beendet, Danilow und Mascha schauten mich an.

»Was schlägst du jetzt vor, Pjotr?«, fragte Danilow leise. »Wir sind da. Das war wirklich gar nicht so schwierig. Dann gib mal den nächsten Befehl.«

Können wir in dem hiesigen Milieu leben?

Inzwischen war ich selbst reichlich nervös. Eine negative Antwort des Schiffs wäre mir also gar nicht so ungelegen gekommen.

Ja.

Öffne die Kabine!

Die Kuppel färbte sich dunkel, verlor ihre Durchsichtigkeit.

»Wir steigen jetzt aus«, teilte ich den anderen mit.

Mit einem leichten Schmatzen rollte sich die Kuppel ein.

Wir pressten uns aneinander, völlig gebannt von dem lodernden Himmel.

Nein, ein Bildschirm kann das einfach nicht wiedergeben! Und sei es nur, weil wir wissen, dass es sich um ein Bild handelt. Das man ja Gott weiß wie manipulieren konnte. Nun aber sahen wir alles mit eigenen Augen.

In meiner Kindheit hatte mich der Nachthimmel über der Krim fasziniert. Nach den fahlen Sternen des Nordens wirkte er wie ein Meer von Diamantsplittern, wie ein wahrhaft göttliches Werk. Später, als Teenager, war ich einmal in den Tropen gewesen, wo mir aufging, was der Himmel des Südens wirklich ist. Dort drängte sich der Gedanke an den Schöpfer schon nicht mehr auf. Die Sterne standen nämlich auf einer Stufe mit Gott. Sie waren kein wertvoller Staub – sondern echte Brillanten.

Doch erst dieser Himmel hier war lebendig. Der hiesige Giordano Bruno wäre nicht wegen der Frage auf dem Scheiterhaufen gelandet, ob andere Welten bewohnt sind, denn die Antwort wäre klar gewesen. Kein kaltes Licht toter Edelsteine, sondern der warme und lebendige Atem eines fernen Feuers entströmte diesem Himmel. Die Ebene, eine karge, leicht hügelige Wüste, wirkte märchenhaft schön, wie auf einer Weihnachtskarte. Die vielfarbigen Sterne tauchten sie in zauberisches Licht, in dem man keine einzelnen Farben, keine einzelnen Nuancen wahrnehmen konnte – es sei denn aus den Augenwinkeln heraus. Übrigens entgegen jeder Physiologie des Blicks.

Der Geruch des Planeten, den man sofort nach der Landung unwillkürlich registriert, war kaum wahrzunehmen. Ein Dichter hätte gesagt, so dufte Sternenlicht. Ich fand keinen Vergleich. Vielleicht war es der Geruch nach fehlendem Leben ...

»Ozon«, sagte Mascha plötzlich. »Es riecht nach Ozon, oder?«

»Das kommt von den Triebwerken ...«, erklärte ihr Danilow. Er erhob sich aus dem Sitz, kletterte vorsichtig über den wulstförmigen Rand der offenen Kuppel und blickte zurück. »Du gestattest doch, Pjotr?«

»Nur zu«, erwiderte ich.

Danilow stand einen Moment da, dann sprang er hinunter. Er inspizierte den Boden, als erwarte er gierige Münder daraus auftauchen zu sehen.

»Ein kleiner Schritt für einen Menschen ...«, sagte er. »Auf den die Menschheit verdammt nochmal verzichten kann.«

Die Worte ertranken in der Stille. Einer erschütternden Stille. Kein Wind ging, keine Stimmen waren zu hören, nicht der gewöhnliche Industrielärm. Nur unser Atem.

»Was für seltsame optische Gegebenheiten«, kommentierte der Zähler, während er langsam aus dem Cockpit herauskrabbelte. »Die Atmosphäre verzerrt das Spektrum kaum ...«

»Und das ist alles, was du dazu sagen kannst?«, fragte ich. Der Zähler war der Einzige von uns, der angesichts des Himmels im Kern weder Ehrfurcht noch Begeisterung empfand. »Melden sich bei dir gar keine Gefühle?«

»Ich könnte jetzt natürlich eine Reihe von Phrasen von mir geben, die starke Emotionen ausdrücken«, antwortete der Zähler amüsiert. »Aber, Pjotr, du solltest von mir nicht die Reaktionen eines Menschen erwarten.«

Ich nickte nur und schluckte eine Beleidigung hinunter. Dem Zähler entging das anscheinend nicht.

»Pjotr, ich nehme an, es gibt sehr viele Rassen im Konklave, die Emotionen empfinden würden, die sich mit denen der Menschen vergleichen ließen. Mich hindert jedoch leider etwas daran, diesen Anblick zu würdigen.«

Er verstummte.

»Von unserem Planeten aus sind überhaupt keine Sterne zu sehen. Alle Gefühle, die ich empfinden könnte, habe ich bereits vor sehr langer Zeit durchlebt, als ich zum ersten Mal in den Weltraum gelangt bin.«

Der Zähler sprang Danilow flink hinterher. Mascha sah mich an, zuckte mit den Schultern und kletterte den beiden vorsichtig nach.

»Warte!«, rief ich ihr zu. Ich öffnete den Container zwischen den Sitzen und holte Dosen mit Nahrung heraus. »Fang!«

Ich warf Mascha zwei Dosen zu, zwei Danilow, zwei steckte ich mir selbst ein. Der Zähler lehnte ab, noch bevor ich ihn hätte fragen können. »Meine bescheidenen Bedürfnisse sind dir bekannt ...«

»Das ist eine Kombinahrung«, erklärte ich. »Sie stillt Hunger und Durst. Für alle Fälle.«

»Und das Schiff bleibt so stehen?«, fragte Danilow, während er sich die Dosen in die Taschen steckte.

Ich übermittelte dem Schiff einen mentalen Befehl und folgte den anderen hinaus. Die Kuppel schloss sich wieder. Das Schiff, eine klassische fliegende Untertasse, passte absolut zur Umgebung. Weitaus besser als die drei Menschen ohne Raumanzug.

»Es wird auf uns warten«, sagte ich. »Was auch immer man von ihnen halten mag, warten – das können sie.«

»Und was, wenn in der Zwischenzeit jemand mit deinem Aussehen kommt, sich hineinsetzt und eine kleine Exkursion zur Erde unternimmt?«, foppte mich Danilow.

»Keine Ahnung, ob das wahrscheinlich ist«, entgegnete ich. »Aber vermutlich wäre das nur gerecht. Schließlich bin ich ja auch in einem fremden Körper gestartet …«

Möchtest du dein ursprüngliches Aussehen zurückhaben?

Der Cualcua stellte die Frage sachlich, ohne jede Neugier.

Ja!

Ich fange an.

»Dreht euch um, Freunde!«, konnte ich gerade noch bitten. Dann verzerrte Schmerz mein Gesicht.

Nur gut, dass die anderen sich gehorsam weggedreht hatten. Nicht weil es zu widerlich aussah. Mich zerrissen Schmerzen, und ich stöhnte auf, ob ich wollte oder nicht, während mir Tränen in die Augen schossen. Mein ganzer Körper brannte. Entweder ging der Cualcua diesmal weniger sensibel vor als sonst oder er beeilte sich zu sehr, jedenfalls fühlte ich mich, als würde man mir die Haut abziehen.

Als die Transformation endlich abgeschlossen war, war ich auf die Knie gesunken, weinte und hatte mir die Unterlippe blutig gebissen. Das Einzige, was mich wirklich mit Dankbarkeit erfüllte, war, dass der Cualcua endlich die Wunde an meinem Hals beseitigt hatte.

»Pjotr …« Mascha berührte mich. »Wie fühlst du dich?«

»Wie?« Ich stand schwerfällig auf. »Ich bin wieder ich. Nur das zählt.«

Ich torkelte zwar noch, aber der Schmerz war bereits abgeklungen, einem glückseligen Wohlbefinden gewichen.

»So gefällst du mir besser«, sagte der Reptiloid plötzlich mit der Stimme meines Großvaters. »Und ... ich beneide dich, mein Junge.«

Ich nickte. Ich verstand meinen Großvater. Kein Schmerz konnte ihm seinen alten Körper zurückgeben. Doch schon im nächsten Moment meldete sich an seiner Stelle der Zähler zu Wort: »Das hättest du nicht tun sollen. Nicht hier, vor dem Schiff.«

»Es hätte die Veränderung auf jede Entfernung mitbekommen«, hielt ich dagegen. »Aber mach dir keine Sorgen, das kümmert das Schiff überhaupt nicht.«

Da ich aus unerfindlichen Gründen meinen Gefährten nicht in die Augen sehen wollte, rieb ich mir das Gesicht und ließ den Blick schweifen.

Jetzt, wo wir das Schiff verlassen hatten, wirkte der Planet des Schattens gar nicht mehr so märchenhaft. Ja, das musste ich zugeben, er war sogar recht unwirtlich. Die Luft empfanden wir schließlich doch als kalt. Der Boden, der aus der Ferne so malerisch vom Sternenlicht beleuchtet worden war, erwies sich als profane, steinige Erde. Und am Himmel, an dem Millionen von Sternen loderten, hatten wir uns schon fast satt gesehen.

»Was für blöde Assoziationen einem hier kommen«, murmelte Danilow mit verzogenem Gesicht. Er verhielt sich im Grunde so, als sei nichts vorgefallen. Wofür ich ihm dankbar war. »Was ist mit dir, Petja? Kommt dir das alles« – er machte eine weit ausholende Handbewegung – »nicht gut bekannt vor? Nur in einer neuen Verpackung. Aufgemotzt.«

Im Prinzip stimmte ich mit ihm überein. Eine vergleichbare Assoziation war mir auch gekommen. Eine kaum zu fassende Assoziation. Dieses gespenstische, unnatürliche Licht ... die leblose Weite ... die sterile Stille ...

»Kannst du etwas dazu sagen, Karel?«

»Hypothesen sind nicht gerade meine starke Seite.«

»Dann will ich mit meinem Großvater sprechen. Denn Hypothesen sind genau sein Fall.«

Den Bruchteil einer Sekunde später hatte der Zähler seinem Untervermieter die Kontrolle überlassen.

»Danke, Petja«, sagte mein Großvater noch vor allem anderen. »Diese Echse ist nicht so kalt, wie sie sich gibt ... Hat mir ohne Umstände Platz gemacht.«

Der Reptiloid bewegte den Kopf rasch hin und her. Mein Großvater genoss die Gelegenheit, sich selbst umschauen zu können.

»Damit ist mein Traum, einen fremden Planeten mit eigenen Füßen zu betreten, also in Erfüllung gegangen. Zumindest zur Hälfte«, bemerkte mein Großvater mit bitterer Ironie. »Was wolltest du mich fragen, Pit?«

»Bekommst du bei diesem Anblick Assoziationen?«

Mein Großvater antwortete zunächst nicht. »Keine besonderen, Petja«, sagte er dann. »Das ist ... eine besondere Form von Schönheit. Wie das Fegefeuer.«

»Was?«

Wenn mein Großvater noch hätte verlegen werden können, dann wäre das jetzt der Fall gewesen.

»Ich habe doch gesagt, dass ich dir keine wissenschaftlichen Erklärungen geben kann! Irgendwie habe ich mir halt diesen Teil des Jenseits immer so vorgestellt! Deswegen erinnert mich das hier nicht an das Paradies, nicht an die Hölle, sondern ans Fegefeuer. Wie bei Dante ... äh ... ›Ich wandte mich zur Rechten und beschaute / Den andern Pol‹ ... äh ...«

»Und sah ich dort vier Lichter / Nie sonst erblickt als von den ersten Menschen. / Zu freu'n schien sich der Himmel ihres Flimmers – / O du verwaistes, ödes Land im Norden / Weil dir benommen ist, sie zu gewahren!«, setzte ich automatisch fort.

Mascha schnaubte laut. »Andrej Valentinowitsch, verschonen Sie uns doch bitte mit Poesie!«, bat sie zu meiner Überraschung. »Ich fürchte, hier ist alles etwas realer und unangenehmer als im Jenseits.«

Ich starrte meinen Großvater an. Es war das erste Mal, seit er im Körper des Reptiloiden steckte, dass Mascha ihn ansprach. Räumte sie jetzt etwa doch ein, dass er selbst im Körper des Zählers ein Mensch geblieben war?

Aber mein Großvater würde kaum bereit sein, ihr ihren Verrat zu verzeihen.

»Gut, Mascha«, sagte er großherzig. »Ich werde dich nicht länger quälen. Ich erinnere mich noch gut, dass dein Lieblingsdichter Puschkin war, Tolstoi dein Lieblingsromancier und die Mondscheinsonate dein Lieblingsmusikstück.«

Sie wurde rot. Allerdings wusste ich nicht, weshalb. Schließlich hatte mein Großvater nichts Kränkendes gesagt.

Eine Minute stapften wir noch um das Schiff herum, als warteten wir auf etwas. Was auch immer das sein mochte: eine feierliche Delegation mit Blumen, Horden denkender Pilze oder eine Panzerabteilung. Aber die Welt des Schattens ignorierte uns so kaltblütig, als bestünde sie tatsächlich nur aus dieser nackten Ebene.

»Was ist, gehen wir?« Danilow sah mich fragend an. »Ich glaube, es war da hinten ...«

»Der Zähler erinnert sich an die genaue Richtung«, fiel ihm mein Großvater ins Wort. »Er hat mich gebeten, in den Hintergrund zu treten. Alsdann ... auf Wiedersehen.«

Der Reptiloid ließ einen Augenblick verstreichen, bevor er fortfuhr: »Ich bin bereit, euch zu führen. Wollen wir aufbrechen?«

Ich nickte.

»Diese Idioten von Geometern«, brummte Mascha, »hätten eine Art Überlebenspaket im Schiff vorsehen können. Einen Kompass, Waffen, ein Zelt ... wenigstens für den Fall, dass sie mal notlanden müssen.«

»Sie müssen nie notlanden«, ließ Danilow fallen. »Wir können noch froh sein, dass sie es sich in ihrer Entwicklung nicht abgewöhnt haben, Nahrung aufzunehmen.«

Als ich mich an den süßlich-salzigen Geschmack des Essens der Geometer erinnerte, schüttelte ich den Kopf. »Wenn du den Inhalt dieser Konserven erst mal probiert hast, dürftest du deine Meinung ändern.«

Das Gehen bereitete uns keine Schwierigkeiten. Die Oberfläche war glatt und festgestampft. Als ob hier tatsächlich irgendwelche Experimente durchgeführt wurden, genau wie mein Großvater vermutet hatte. Die Steppe um Baikonur herum fiel mir ein. Eines Nachts hatten wir nach der Landung einmal ein Picknick veranstaltet, zusammen mit Leuten aus den anderen russischen Mannschaften, den kasachischen Technikern und Man Lee Jiang, dem Leiter der Abteilung für Güterverkehr. Nur hatte damals ein Lagerfeuer gebrannt, wir hatten Schaschliks gegrillt, Saken Shubanow, der sein Studium an der Moskauer Uni absolviert hatte, hatte auf Bitte von Man Lee virtuos chinesische Lieder auf der Domba vorgetragen, der billige Reisschnaps aus Xinjiang war in Strömen geflossen, ich hatte an einer Flasche Bier aus Peking genuckelt, das überraschend gut schmeckte ... Natürlich hatten damals weniger Sterne am Himmel gestanden als hier. Und es hatte mehr Staub gegeben. Warum auch immer, aber hier gab es überhaupt keinen Staub. Und kein Gras. Man sollte hier ein Sanatorium für Allergiker und Asthmatiker eröffnen.

»Keinerlei Pflanzen«, bemerkte Danilow, als habe er meine Gedanken gelesen. »Sehr seltsam. Woher kommt dann der Sauerstoff?«

»Aus den Meeren«, antwortete Mascha wie aus der Pistole geschossen.

»Die Kontinente nehmen mehr als viermal so viel Fläche ein wie die Meere«, klärte ich sie auf, mich an den Vortrag des Schiffs erinnernd.

»Das reicht.«

»Und wie erklärst du die Plus-Grade?«

Diesmal schwieg Mascha. Doch nach einer Weile sagte sie: »Wir haben uns doch darüber gewundert, dass die Geometer ihren Planeten wie nach dem Lehrbuch umgestaltet haben. Und wir sind bei dem Gedanken in Panik geraten, dass sie imstande sind, ihr ganzes Sternensystem durch die Galaxis zu transportieren. Aber einen kompletten Planeten zu erschaffen ... gut, vielleicht nicht zu erschaffen ... sondern mit einer Sauerstoffatmosphäre zu umgeben und aufzuheizen ... ich glaube, dazu wären die Geometer nicht in der Lage.« Obwohl ihr niemand widersprach, ergänzte Mascha rasch: »Pjotr, ich habe nicht die geringste Hoffnung, dich von deinem Plan abzubringen. Aber was versprichst du dir eigentlich davon, einer solchen Zivilisation ein Bündnis vorzuschlagen? Es ist zumindest naiv, von jemandem Hilfe zu erwarten, der einen ganzen Planeten als dunkle Rumpelkammer benutzt ...«

Ich schüttelte den Kopf. »Mascha, du kannst dir gar nicht vorstellen, wie mich dieser Planet freut. Mit seiner künstlichen Wärme, dieser Atmosphäre, die Gott weiß woher kommt, der völligen Verödung ...«

»Und warum?«

»Weil das ein absolut menschlicher Ansatz ist.«

Danilow kicherte leise. »Vielleicht sogar ein russischer Ansatz?«, fragte er.

»Wenn sich zeigen sollte, dass dieser Planet niemandem nützt und auf gut Glück geschaffen wurde, dann ja.«

Mascha war anscheinend sauer. Und zwar nicht auf Danilow, sondern auf mich.

Wie unterschiedlich unser beider Patriotismus doch war. Wie grundverschieden.

»Die Menschen besitzen einen enormen Vorteil gegenüber meiner Rasse«, sagte der Zähler plötzlich. »So groß, wie die Unterschiede zwischen den einzelnen Kulturen der menschlichen Gemeinschaft schon immer gewesen sind, seid ihr geradezu prädestiniert gewesen für eine Existenz innerhalb des Konklaves.«

»Darum brauchst du uns nicht zu beneiden, Karel«, hielt ich dagegen. »Wenn diese Unterschiede geringer gewesen wären ... dann hätten unsere Schiffe womöglich die Hyxoiden gefangen genommen.«

Das war ein umstrittener Gedanke, gewiss. Doch wie immer man dazu stehen mochte, letzten Endes hatten Streitigkeiten und Konflikte zwischen den einzelnen Staaten den Fortschritt der Menschen tatsächlich vorangetrieben. Der Zähler widersprach jedoch nicht. Wir setzten unseren Weg nun schweigend fort, jedes abstraktere Gesprächsthema schien sich unter diesem Sternenmeer zu verflüchtigen, kam uns klein und unbedeutend vor.

Nach rund drei Kilometern konnten wir das Schiff kaum noch sehen. Sobald wir den nächsten Hügel erklommen hatten, drehten wir uns alle in stillschweigender Übereinkunft um.

Das mattgraue Metall war mit der Ebene verschmolzen. Nur schwache, regenbogenfarbige Reflexe ermöglichten es uns noch, es überhaupt auszumachen.

»Sollen wir vielleicht umkehren?«, fragte Danilow. In seiner Stimme schwang Ironie mit. Ich erwiderte kein Wort. Danilow ließ jedoch nicht locker. »Petja, du weißt, was das überraschendste Ende unserer Reise wäre?«

»Ja.«

»Wenn wir niemanden finden. Nichts finden. Wir werden hier herumirren, bis wir den ganzen Proviant gegessen und uns die Schuhe durchgelatscht haben. Danach kehren wir so oder so zur Erde zurück.«

»Ich weiß, Sascha.«

Danilow nickte. Plötzlich fasste er mich bei der Schulter. »Ich will nicht, dass es so ausgeht, Pjotr.«

»Dann lass uns weitergehen.«

Wir kletterten den Hügel hinunter. Damit verschwand der letzte Orientierungspunkt, denn die Sterne an diesem verrückten Himmel waren uns keine Hilfe. Uns blieb nichts anderes übrig, als auf den Zähler und seine Fähigkeiten zu hoffen.

»Mindestens sieben ...«, brummte Danilow mit einem Mal.

»Was – sieben?«, fragte ich verständnislos zurück.

»Wir verletzen mindestens sieben Punkte der Vorschriften, wenn wir einfach über diesen Planeten spazieren. Und dabei zähle ich die paar Kleinigkeiten, die diesem Spaziergang vorausgegangen sind, noch nicht einmal mit.«

»Machst du dir deswegen Sorgen?«

»Nein. Mittlerweile finde ich das Ganze eher komisch.« Danilow kickte einen Stein weg. »Aber meine Schuhe sind wirklich bald hinüber ... schließlich latschen wir hier nicht durch eine Station.«

»Wir hätten gut ausgerüstet hierherkommen können«, rief ich ihm in Erinnerung.

Darauf erwiderte Danilow kein Wort.

»Ordentliche Waffen brauchen wir hier sowieso nicht ... bisher jedenfalls noch nicht ...«, sprang Mascha ihm bei. »Pjotr ...«

»Was?«

»Du kennst die Geometer besser als wir. Was kann sie in eine solche Panik versetzt haben?«

Ich wollte schon antworten: »Der Himmel«, aber auch die Geometer hatten ja unter einem solchen Leuchten gelebt ...

»Ich weiß es nicht.«

»Vielleicht dieses Potenzial? Diese sinnlose, monströse Kraft? Ein verlassener, aber zum Leben geeigneter Planet ...«

»Nein.« Diesmal wusste ich die Antwort auf Anhieb. »Jede Kraft, selbst wenn sie ihre eigene um ein Vielfaches übersteigt, hätte sie nur angestachelt. Sie hätten ihre Tricks angewandt und Schleichwege gesucht, aber sie wären niemals geflohen.«

»Dann muss es etwas absolut Fremdes gewesen sein. Etwas, das sie nicht verstehen und das sie gerade deshalb erschreckt«, mutmaßte Mascha ohne rechte Überzeugung.

»Schon wärmer«, sagte Danilow.

»Wirklich?«

»Ich meine das wörtlich«, stellte er klar. »Ich glaube, es wird wärmer. Aber deine Hypothese hat auch was für sich.«

»Die zweite?«

»Die erste und die zweite. So wenig, wie wir wissen, können wir getrost jede Version in Betracht ziehen.«

Ich hatte den Eindruck, Danilow wolle sich auf Maschas Kosten lustig machen. Der Gedanke hatte sich offenbar nicht nur mir aufgedrängt. Mascha verlangsamte den Schritt und sah den Oberst unverwandt an. Der marschierte jedoch mit absoluter Unschuldsmiene weiter.

»Andrej Valentinowitsch will mit dir reden, Pjotr«, teilte mir der Zähler plötzlich mit.

Ich blieb stehen. Sobald der Reptiloid meinem Großvater die Bühne seines Bewusstseins überlassen hatte, kam er nur noch im Schneckentempo vorwärts. Anscheinend war es für einen Menschen nicht die beste Fortbewegungsart, auf vier Füßen zu trippeln.

»Allmählich fange ich an zu begreifen, Petja. Glaube ich wenigstens«, legte mein Großvater ohne Umschweife los. »Also streng dein Hirn an!«

Mascha und Danilow waren ebenfalls stehen geblieben.

»Großpapa, ich begreife einfach nicht, was sie so in Panik versetzt hat. Hier sieht doch alles friedlich aus ...«

»Komm schon!«, verlangte mein Großvater.

Ich ließ den Blick über die Ebene schweifen. Das Sternenmeer über uns, die Stille, der leichte Wind ... und es wurde in der Tat wärmer ...

»Hier gibt es keine Gefahren«, sagte ich. »Ist es das? Hier gibt es keinen Kampf, Großpapa! Die Zivilisation des Schattens leistet keinen Widerstand! Liegt es daran?«

Wenn der Reptiloid bei meinen ersten Worten noch mit dem Kopf gezuckt hatte, als stimme er mir zu, dann schienen unsere Mutmaßungen im Weiteren erheblich auseinanderzuklaffen.

»Wenn es so einfach wäre! Wäre das hier tatsächlich eine Welt von arbeitswütigen und gehorsamen Pazifisten, hätten die Geometer sie in null Komma nichts geschluckt! Denk nach, mein Junge, denk nach! Die starken und einmütigen Geometer, die alle Ressourcen für das einmal gesteckte Ziel aufbieten, die ihr Leben im Kampf opfern würden, über eine grausame Macht verfügen und keiner Gewalt weichen – diese Geometer sind geflohen.

Erbärmlich geflohen – was ihnen selbst nur zu gut bewusst ist! Also? Was kann da passiert sein?«

Hatte mein Großvater wirklich etwas begriffen?

»Der Schatten ... sind das auch die Geometer?«, wagte ich mich mit einer Hypothese vor. »Eine Zivilisation mit derselben Ethik und derselben Zielsetzung? Nur noch stärker?«

Der Reptiloid gähnte. Vermutlich wollte mein Großvater einen Seufzer ausstoßen.

»Als Erzieher kann man mich wirklich vergessen«, klagte mein Großvater. »Aus mir wäre nie ein Ausbilder geworden. Wenn ich nicht mal einem von Natur aus so begabten Menschen wie dir habe beibringen können, auf unorthodoxe Weise zu denken ... und dafür obendrein so viel Zeit drangegeben habe ...«

Mein Großvater verstand es, sich selbst in einer Weise zu kritisieren, dass alle anderen wie Idioten dastanden.

»Andrej Valentinowitsch«, setzte Danilow mit leicht erhobener Stimme an, »wenn Sie verstanden haben, was hier vor sich geht ...«

»Nein! Ich werde euch das nicht erklären«, kanzelte ihn mein Großvater ab. »Entweder meine Überlegungen treffen zu – dann sind Erklärungen sowieso nicht nötig. Oder sie treffen nicht zu – und wozu sollte ich euch in dem Fall mit falschen Versionen belasten?«

Danilow sah mich an, und in seinem Blick lag eindeutig Mitleid. Ehrlich gesagt, war ich dafür sogar bereit, ihm seinen Verrat zu verzeihen!

»Er wird nicht mit der Sprache herausrücken«, versicherte ich. »Das kannst du mir glauben.«

»Wenn wir Varianten ausscheiden, schadet uns das nur«, erklärte mein Großvater in lehrhaftem Ton. »Ein klar abgesteckter Vektor kann einen taktischen Vorteil darstellen, führt aber früher oder später ins strategische Aus. Macht euch eure eigenen Gedanken zu unserer Situation.«

Seine Stimme troff vor Ironie.

»Gut. Ich überlasse jetzt Karel das Feld«, kündigte mein Großvater an. »Wenn *ich* versuche zu gehen, brauchen wir Wochen.«

Der Reptiloid schüttelte sich energisch.

»Weißt du, was mein Großvater annimmt, Karel?«, fragte ich.

»Wir haben vereinbart, dass ich seine Gedanken nicht kontrolliere«, antwortete der Zähler rasch.

Das dürfte vermutlich für alle Zeiten eine Behauptung bleiben, die ich nicht überprüfen konnte.

Weil ich jedoch auch nichts daran zu ändern vermochte, nickte ich nur.

»Noch fünf Kilometer«, sagte Danilow. »Stimmt's? Aber was ist, wenn wir da *nichts* finden, Pjotr?«

Sieger werden bekanntlich nicht verurteilt.

Dieser Gedanke schoss mir durch den Kopf, während unsere seltsame Expedition ihren Weg über den Planeten des Schattens fortsetzte. Vielleicht irrte ich mich ja wirklich? Und Danilow und Mascha hatten tatsächlich die einzig richtige Entscheidung getroffen, als sie das Schiff der Geometer zur Erde bringen wollten?

Ich war einfach zu sehr daran gewöhnt zu siegen. Von klein auf an. Wenn ich mal eine Niederlage einstecken musste, war das zwar ärgerlich, mehr aber auch nicht; gleichzeitig bedeutete es ein Trampolin, um mich zu neuen Siegen zu katapultieren. All diese idiotischen Olympiaden: »die junge Hoffnung Russlands«, »der zukünftige Stolz des Vaterlands« ... Später das Studium, die Raumflotte ... Freilich, ich hatte nie besondere Ambitionen an den Tag gelegt. Im Gegenzug verließ mich jedoch auch nie die Überzeugung, eine einmal angefangene Sache erfolgreich zu Ende bringen zu können. Selbst als ich die unglückselige Spiral auf der Autobahn landete, panisch, wütend und schicksalsergeben – selbst da hatte mich die Überzeugung nicht verlassen, dass ich es schaffen würde.

Sieger werden nicht verurteilt – aber wie kam ich darauf, dass ich auch diesmal gewinnen würde?

Was, wenn sich die Zivilisation des Schattens als noch größeres Übel herausstellte als das Konklave oder die Bewohner Der Heimat? Wenn wir einfach nicht in der Lage waren, ihn zu verstehen – was ja möglicherweise auch den Geometern widerfahren war? Was, wenn all diese Planeten völlig unbewohnt waren?

Und für die letzte Annahme sprach immer mehr.

Danilow fing an, eine Melodie zu pfeifen, fürchterlich falsch, so dass ich sie nicht gleich erkannte: »Auf staubigen Pfaden der fernen Planeten ...« Wir hinterließen übrigens nicht einmal Spuren. Dieser Planet wirkte gut gepflegt und frisch gesaugt.

Von dem Punkt, an dem das Schiff eine »untypische Struktur« geortet hatte, trennte uns nur noch rund ein Kilometer. Trotzdem sah ich dort nichts, rein gar nichts.

Keine Bauten, keine energetischen Wirbel, nichts, was man in irgendeiner Form für das Werk eines anderen Verstandes hätte halten können.

Die Ebene. Ein Hügel. Das Sternenlicht. Wir gingen weiter; wie gehabt führte uns der Zähler, seiner Sache sicher, doch mit jedem Schritt packte mich größere Verzweiflung.

»Das tut mir wirklich leid«, sagte Danilow mit einem Mal. »Hörst du, Pjotr?«

Ich starrte auf die in vielfarbiges Licht getauchte Ebene, bis mir die Augen schmerzten. Ob uns hinter dem Hügel etwas erwartete?

Aber was sollte sich da verstecken?

»Wir können ohne Weiteres eine andere solche Anomalie untersuchen«, bemerkte Mascha. »Oder einen Erkundungsflug über den Planeten machen. Das Schiff ist doch zu Atmosphärenflügen imstande?«

Sie sagte es in einem durch und durch freundlichen Ton. Mit etwa dem gleichen Mitleid hatte ich mich an Mascha und Danilow gewandt, kaum dass sie in meiner Gewalt und zu der Einsicht gelangt waren, dass sie keine Chance mehr hatten und jeder Widerstand zwecklos war.

Nur der Zähler schwieg. Zielstrebig und unermüdlich ging er weiter. Er hielt ungebrochen zu mir, denn ihre Zivilisation war weiß Gott nicht auf eine Allianz zwischen Erde und Geometern erpicht – und sei es nur, weil sie damit ihre privilegierte Rolle als lebende Computer verlieren würde. Aber hatte er wirklich noch nicht kapiert, dass diese Sache eine Nummer zu groß für uns war? Wir würden nie herausbekommen, was die Geometer in die

Flucht geschlagen hatte – und das hieß, wir würden den Dingen ihren Lauf lassen müssen.

»Siehst du da vorn wenigstens irgendwas Ungewöhnliches, Karel?«, wollte ich wissen.

Der Reptiloid ließ sich erneut mit der Antwort Zeit. Er blieb stehen und machte einen langen Hals. »Heb mich hoch«, verlangte er schließlich.

Ich hob ihn mit einem seltsamen Gefühl hoch. Ich hielt jetzt – verborgen in diesem kleinen Körper – zwei intelligente Wesen auf dem Arm. Beide gehörten vermutlich zu den klügsten Köpfen in der Galaxis. Die Körperhülle war fragil. Allzu fragil für jene Kraft, die in ihr untergebracht werden musste.

»Höher«, befahl der Reptiloid.

Den Zähler hochhaltend, verharrte ich reglos. Was für ein seltsames Ensemble: ein Mensch mit einer grauen Echse in den zum Himmel gereckten Armen.

»Ja, ich sehe etwas«, teilte mir der Zähler gelassen mit. »Lass mich wieder runter.«

»Was denn?«, fragte Danilow. Seine Stimme klang angespannt.

Die Augen des Reptiloiden funkelten. »Einen Menschen.«

»Was?« Danilow beugte sich über den Reptiloiden und spähte Richtung Horizont. »Wo?«

»Hinter dem Hügel. Da ist ein Mensch. Er ist allein. Und er kommt uns entgegen.«

Unverzüglich stürmten wir vorwärts. Der Anstieg war flach und mühelos, den Reptiloiden ließen wir rasch hinter uns. Trotzdem entdeckten wir absolut nichts Ungewöhnliches.

Bis wir die Spitze des Hügels erreicht hatten.

Der an der Spitze rennende Danilow stoppte und kauerte sich wie ein Springer beim Start hin, gleichsam als wolle er sich verstecken. Mascha erstarrte neben ihm. Ich baute mich zwischen den beiden auf und spähte nach vorn.

Rund hundert Meter vor uns stand ein Mensch.

Anscheinend eine Frau. Anscheinend eine junge. Das Sternenlicht ließ uns nur ihre Figur und die langen Haare erkennen, aber nicht ihre Gesichtszüge.

»Na bitte schön«, sagte Danilow überraschend ruhig. »Hattest du also doch recht, Pjotr. Zumindest teilweise ...«

Die Frau rührte sich nicht von der Stelle. Sie stand da, mit erhobenem Kopf, und schaute auf die Hügelspitze, auf uns. Über uns wunderte sie sich eigentlich nicht – fast als treffe sie in diesen unendlichen, verlassenen Weiten ständig Menschen.

Menschen?

Und Karel hatte sich auch nicht darüber gewundert, dass uns ein humanoides Wesen entgegenkam! Hatte er etwa genau damit gerechnet?

Ich schob Danilow zur Seite und marschierte vorwärts. Um die Aufmerksamkeit auf mich zu lenken, hob ich den Arm.

Jetzt bewegte sich die Figur. Sie winkte zurück, gleichmäßig, ohne Hast. Und sie kam mir entgegen.

Wir hatten Kontakt!

Ein Schritt, ein nächster ... Mit einem Mal fiel mir auf, dass die Frau – ja, eine Frau, daran bestand inzwischen kein Zweifel mehr – nicht direkt auf uns zukam, sondern ein Ziel seitlich von uns ansteuerte ... auf eine kleine Steinfläche zuhielt, die sich auf unfassliche Weise von ihrer Umgebung unterschied. Als ob sie glatter war oder dunkler, beinah als versickere das Sternlicht spurlos in ihr.

»Halt!«, schrie Mascha. »Bleiben Sie stehen!«

»He«, rief Danilow.

Wir verstanden, was jetzt passierte, alle im selben Moment. Aber wir konnten nichts mehr dagegen tun. Die Frau verlangsamte den Schritt, als zögere sie. Machten sie unser Geschrei und unsere Gesten denn überhaupt nicht neugierig?

Die Frau ging einfach weiter.

»Sieh mal!« Danilow packte mich am Arm. »Sieh doch!«

Die Luft flirrte, erzitterte vor Kälte. Die Silhouette der Frau wogte leicht, beinahe wie ein Spiegelbild im Wasser. Über die Steinfläche, die sie nun erreicht hatte und die sie anscheinend weitaus klarer sah als wir, ergoss sich eine Welle fahlen Lichts. Eine behände, sanfte Welle, die ihre Figur fortspülte, ihre Farben und Formen auflöste.

Als das Licht erlosch, stand niemand mehr vor uns.

»Das ist ein Tor«, krächzte Mascha heiser. »Das ... ist ein Tor.«

»Eine Schleuse«, korrigierte Danilow sie. Er sah mich an. »Jetzt weiß ich auch, woran mich dieser Planet erinnert, Petja.«

Ich nickte. Ich hatte es ebenfalls begriffen. »Eine Quarantänestation.«

Möglicherweise war das ein falscher Vergleich. Bisher war ich nur einmal auf einer Quarantänestation gewesen, während der Einführungskurse im Studium. Nach der Landung mit dem Reptiloiden hätte man mich durchaus dorthin abschieben können, aber ... das war nicht geschehen. Jetzt fielen mir jedoch prompt wieder das flackernde, irritierende Licht der Deckenlampen mit den integrierten UV-Luftentkeimungslampen, der synthetische Beigeschmack der sterilen, ozonisierten Luft und die schwere, undurchdringliche Stille ein.

»Das ist ihr Vorposten«, flüsterte Danilow. »Ein Planet, auf dem einfach jeder landen darf! Und dann geht's mit ihrem Transportsystem weiter ...«

»Aber wohin?«, hakte Mascha nach.

»Woher soll ich das wissen? Auf einen anderen Planeten. In unterirdische Städte. Ins Jenseits.«

»Wer war diese Frau, Karel?« Ich sah den Reptiloiden an.

»Ich weiß es nicht. Vielleicht ist sie eine Pilotin der Geometer, eine von denjenigen, die von hier nicht zur Heimat zurückgekehrt sind. Vielleicht ist sie aber auch von hier.«

»Aber du wunderst dich nicht darüber, dass diese Zivilisation ebenfalls humanoid ist?«

Der Reptiloid betrachtete mich mit mitleidiger Verwunderung. »Nicht im Geringsten. Wenn die Geometer dich für einen Agenten des Schattens gehalten haben, heißt das, dass es in dieser Zivilisation auch Wesen mit dem Äußeren von Menschen geben muss.«

»Und was ist mit der Frau passiert?«

»Wahrscheinlich hat Danilow recht. Dieser Planet gehört zu ihrem Transportsystem. Hier gibt es Tore.«

»Und was sollen wir jetzt tun?«

»Zurückkehren. Oder der Frau folgen. Ich würde vorschlagen, diese runde Steinfläche zu betreten.«

»Und ich würde vorschlagen umzukehren«, mischte sich Danilow ein. »Aber das wäre nur dann sinnvoll, wenn du auch damit einverstanden bist, Pjotr.«

Ich blickte zu der Stelle hinüber, an der die Frau verschwunden war. Etwas in mir protestierte lautstark: ›Geh da nicht hin!‹ Nein, ich glaubte nicht, dass wir gerade eben Zeugen eines extravaganten Selbstmords geworden waren. Das hier war wohl in der Tat eine Art Transportterminal, vergleichbar mit den Kabinen der Geometer.

Und mit einem einzigen Schritt nach vorn würden wir die Spielregeln akzeptieren, nach denen die Zivilisation des Schattens funktionierte. Wer auch immer sie sein mochten – Menschen wie wir oder Wesen, die zu Metamorphosen fähig waren wie die Cualcua.

Sie hielten es nicht für nötig, diesen Planeten zu bewachen, bei dem es sich einfach um einen Landeplatz handelte. Ja, es war sogar gut möglich, dass die Besucher hier obendrein tatsächlich desinfiziert wurden ...

Anschließend stand den Gästen dann ein über den ganzen Kontinent gespanntes Netz von Toren zur Verfügung. Gerade eben war uns demonstriert worden, wie sie funktionierten. Sollte das ein Zufall gewesen sein? Das würde ich nie im Leben glauben! Damit stand ich vor der Wahl, durchs Tor zu gehen – oder mich davonzuscheren.

»Das sieht wirklich nach einer Hyperzivilisation aus, Andrej Valentinowitsch«, sagte Mascha. Als ihr klar wurde, dass sie sich an einen Menschen wandte, den sie für tot erklärt hatte, erschauderte sie.

Keine Ahnung, ob der Zähler von sich aus auf den Gedanken gekommen war, meinem Großvater das Wort zu überlassen, oder ob dieser es gefordert hatte. »Das wäre aber eine kümmerliche Zivilisation, Mädchen. Mit einer horizontalen Entwicklung. Wie in den alten amerikanischen Romanen, wo es auf jedem Asteroiden eine Bar gibt, eine kleine Kirche und einen Sheriff mit Stern.«

Mein Großvater stieß ein Hüsteln aus, das schon sehr überzeugend klang. Mittlerweile kam er ziemlich gut mit den Sprechwerkzeugen des Reptiloiden zurecht.

»Ein Planet, der als Weltraumbahnhof und zugleich als Diele fungiert, das ist doch absurd«, fuhr er fort. Ein alter Science-Fiction-Schriftsteller hat einmal gesagt: ›Die Galaxis ist zu klein für mich. In ihr gibt es ja nur hundert Millionen Sterne. Das ist nicht meine Kragenweite, deshalb schreibe ich über Metagalaxien.‹ Er hätte sich lieber einen einzelnen Stern genau vornehmen sollen ...«

Danilow kicherte leise.

»Aber das Ganze muss doch irgendeinen Sinn haben, oder?«, bohrte Mascha mürrisch weiter. »Ja wohl wenigstens ansatzweise ... Nur um Größe zu demonstrieren ... nein, das ist zu wenig. Also ... wozu das Ganze, Andrej Valentinowitsch?«

Mein Großvater schwieg lange. »Mascha, wenn ich recht habe«, sagte er schließlich verlegen und widerwillig, »dann würde dir die Antwort nicht sonderlich gefallen. Mich selbst begeistert sie auch nicht gerade.«

Ging das schon wieder los? Gut, ich verstehe das, zeit seines Leben war es für meinen Großvater nicht darauf angekommen, was er wusste, sondern was er verheimlichen konnte. Anspielungen, vage Drohungen, Sand, den er einem in die Augen streute, nebulöse Prophezeiungen – all das hatte es ihm erlaubt, der Rolle des Schreibtischgelehrten zu entschlüpfen und in den dreckigen Sumpf politischer Intrigen hineinzuwaten.

Aber wenigstens jetzt könnte er sich doch mal anders verhalten!

»Großpapa, soll ich da durch?«

»Ich glaube, es wäre für uns alle sinnvoll, durch dieses Tor zu gehen.«

»Ohne dich könnten wir sowieso nicht von hier wegfliegen«, erinnerte mich Danilow. »Ich glaube zwar nicht, dass das eine kluge Entscheidung ist, aber wenn du da durchgehst ... dann müssen wir alle mit.«

Wahrscheinlich musste ich mich damit abfinden.

Und sei es nur deshalb, weil mir diese Welt mehr als deutlich ihre Macht vorgeführt hatte. Eine Zivilisation von einem derartigen Potenzial ist kein optimaler Verbündeter. Überhaupt eignete sie sich für uns als Partner etwa genauso gut wie das britische Empire in seiner Blütezeit für irgendeine gottverlassene afrikanische Kolonie.

»Dann lasst uns gehen«, sagte ich. »Vielleicht ist es besser, wenn wir uns bei den Händen fassen. Und dich ... Karel ... tragen wir.«

»Ich habe nichts dagegen«, willigte mein Großvater ein.

Ich nahm den Reptiloiden auf den Arm und schaute Danilow an. Schweigend packte er meinen Ellbogen, Mascha trat dicht neben ihn.

»Du hast nicht noch ein paar von deinen Spielzeugen übrig?«, wollte ich von ihr wissen.

»Nein«, antwortete sie. Es hörte sich ehrlich an.

Aber was sollte uns eine Laserpistole hier schon nutzen? Oder sogar der viel gerühmte alarische Ggorschsch?

»Es tut mir leid, dass ich euch in diese Situation gebracht habe«, sagte ich, während wir ungeschickt, mit der Grazie verirrter Kleinkinder den Hang hinunterkraxelten. »Wenn ich ...«

»Spar dir das!«, knurrte Danilow, allerdings ohne wirklich böse zu klingen. »Dafür ist es jetzt zu spät.«

Worin die unregulierte Struktur dieses Orts und erst recht die Absorption von Energie bestand, das wusste nur das Schiff. Ich selbst bemerkte nichts Auffälliges. Selbst als wir über kleine, unter den Füßen knirschende Kieselsteine stapften, selbst als wir jene Stelle erreichten, wo die unbekannte, an ein Gespenst erinnernde Frau verschwunden war, passierte nichts. Danilow hielt meinen Arm fest gepackt, so dass wir nebeneinandergingen, wie drei Idioten, die sich zu einem Sirtaki-Schnellkurs entschieden hatten. Der Reptiloid – mir war nicht klar, wer gerade den Körper kontrollierte – schaute sich aufmerksam um.

Nichts geschah.

Es funktionierte nicht!

Sie hielt sich nur kurz, einen flüchtigen, aber erschütternden Augenblick lang, meine Scham. Ich biss die Zähne zusammen und stellte mir unsere Rückkehr zur Erde vor. Wenn doch nur irgendwas passieren würde! Von mir aus etwas Ekelhaftes und Widerliches! Aber wenigstens irgendwas! Selbst wenn ich mit einer ganzen Welt kämpfen, durch kniehohe Scheiße und Blut waten müsste – ich würde es tun. Wie schwer es auch wäre, ich würde es schaffen, und wenn ich kriechen müsste ...

Vor meinen Augen hing ein trüber, funkelnder Schleier.

Danilows Finger bohrten sich in mir in den Arm, bis es schmerzte. Der Reptiloid fiel in sich zusammen, anscheinend wechselte er in den Trancezustand über, weil er etwas in der Art des Jumps befürchtete. Mascha schrie auf und klammerte sich an Danilow. Der konnte sich nicht halten, so dass wir alle hinfielen. Die Welt wogte, geriet in Bewegung. Alles tauchte in gespenstisches weißes Licht ab. Wir lagen nicht mehr auf Steinen – unter uns war rein gar nichts mehr. Wir fielen.

Ein Laut erhob sich, vielleicht auch kein Laut, sondern ein kurzes Jammern, ein Stöhnen des Raums. O ja, das war ein Übergang, eine weitere Variante im Spiel mit den Dimensionen, nicht die, die sich die Menschen ausgedacht hatten, nicht die, welche die Geometer benutzten.

Ich spürte, wie mein Bewusstsein erlosch, wie ich abstumpfte, meine Gedanken nur noch träge und lethargisch dahinflossen.

Aber immerhin passierte etwas. Wenigstens irgendetwas.

Zweiter Teil
Der Schatten

Eins

Ein Aufprall. Ein Aufprall und Licht. Ich landete mit dem Gesicht in klebrigem Dreck, alle viere von mir gestreckt, obwohl ich im Fallen versucht hatte, mich auf den Rücken zu drehen, um den an meine Brust gepressten Reptiloiden zu schützen.

Da hatte ich allerdings auch schon begriffen, dass niemand mehr bei mir war.

An den Augenblick, als Danilows Hand, die sich so fest an meinen Arm geklammert hatte, verschwunden war, als der an meine Brust gepresste Zähler sich in Luft aufgelöst hatte, konnte ich mich nicht mehr erinnern. Ich lag in diesem kalten Matsch, kniff im blendenden Sonnenlicht die Augen zusammen, zog unwillkürlich die Knie an den Bauch, bis ich eine Embryonalstellung einnahm, und war kurz vor einem hysterischen Anfall. Man hatte uns auseinandergerissen. Mit der legeren Routine eines erfahrenen Chirurgen hatte man uns voneinander getrennt.

In meinen Schläfen hämmerte Schmerz. Mein Kopf schien ein gusseiserner Rohling zu sein, der gerade den

Schmiedeofen, die Walze und die Presse durchlaufen hatte. Würgereize krampften meinen Hals zusammen. Ich war durch den Raum geschleudert worden, ziemlich weit offenbar, denn hier war die Luft ganz anders, geschwängert von schweren, unangenehmen Gerüchen. Die Schwerkraft entsprach der auf der Erde oder war sogar etwas größer. Das Licht, das mir auf die Augen fiel, kam mir selbst durch die geschlossenen Lider hindurch blendend hell vor.

Ich presste die feuchten, schmutzigen Hände gegen die Schläfen und hockte mich hin. Der Schmerz ließ nach, wenn auch langsam und widerwillig. Ein Zittern durchlief meinen Körper. Ob das Folgen des Übergangs waren? In diesem Fall würde ich den Jump immer bevorzugen ... von heute an, für alle Ewigkeiten ...

Die roten Kreise hinter meinen Lidern erloschen. Vorsichtig machte ich die Augen einen Spalt auf. Die Welt wirkte unscharf und verblasst, wie eine alte Photographie. Mit jeder Sekunde füllte sie sich jedoch mit grellen, satten, mit wilden Farben auf.

Ein Dschungel.

Ich war an der Grenze zwischen Dschungel und Sumpf aufgeschlagen, auf einem schmalen Streifen feuchter, mit hohem Gras bewachsener Erde. Die am Horizont aufgehende Sonne – ich spürte einfach, dass es nicht abends, sondern morgens war – leuchtete heller als auf der Erde und mit einer kaum wahrnehmbaren fahlen Nuance. Links zog sich die dichte, undurchdringliche dunkelgrüne Mauer dahin, prangten orange-gelbe Flecken der Blumen, rankten sich die weißen Peitschen von Luftwurzeln. Rechts erstreckte sich trügerisch von Gras gesäumtes, glattes grau-braunes Moor. Allein durch den löchrigen Grasteppich in Ufernähe, der vom Absturz eines gewaltigen Etwas zerfetzt zu sein schien, schimmerte der Sumpf. Erschaudernd fragte ich mich, ob nicht vielleicht zwei Menschenkörper in den Morast gefallen waren.

Nein, wohl kaum. Dafür wirkte der braune Matsch zu ruhig und unaufgewühlt. Außerdem waren die Maße der Lichtung zu groß: Da hätte schon ein ganzes Schiff abgestürzt sein müssen.

»Mist!«, flüsterte ich, während ich vom Rand des Morasts wegkroch. Wenigstens da hatte ich Glück gehabt. Schon in meiner Kindheit hatte ich das Moor nicht gemocht, vielleicht weil ich als kleiner Junge einen Film gesehen und mich gefürchtet hatte oder weil ich einmal, bei einem Spaziergang mit meinem Großvater, im Moor gelandet war ... Mein Großvater hätte ein solches Abenteuer durchaus aushecken können, zu pädagogischen Zwecken. Die Psychoanalyse will ich lieber gar nicht erst bemühen. Auf alle Fälle mag ich keine Sümpfe.

Weiter weg vom Ufer war der Boden zwar fester, aber immer noch feucht und nachgiebig. Ich stand auf und wischte mir angeekelt den Dreck vom Gesicht. Dann sah ich mich um. Hier war niemand. Zumindest im näheren Umkreis nicht. Aber was für eine bizarre Landschaft. Nichts als Sumpf, bis zum Horizont nur Moor, ein ganzer Ozean von Dreck. Der Dschungel schien sich rund zwanzig Kilometer auszudehnen, dahinter erhoben sich Berge, nackte und bedrohliche Felsen.

»Großpapa!«, schrie ich. »Sascha! Danilow!«

Der Schrei blieb in der feuchten Luft hängen und löste sich auf.

»Mascha!«

Mir wurde es eng in der Brust. Nein, hier war niemand. Vielleicht gab es auf dem ganzen Planeten niemanden außer mir. Wenn man uns beobachtet hatte – und daran hegte ich kaum noch Zweifel –, dann konnte man uns auch in unterschiedlichen Welten ausgesetzt haben. Aber wozu? Waren wir Teil eines Experiments? Wollte man unsere Reaktionen testen? Möglich war das natürlich. Nur gehörte dieses Experiment in die gleiche Kategorie wie ein Planet, der als Weltraumbahnhof dient – und ich glaubte nun mal nicht an solche Hyperzivilisationen.

Ich klopfte gegen meine Taschen, um mich zu vergewissern, dass die Dosen mit dem Essen noch da waren. Mehr war mir nicht geblieben. Also wirklich – was sollte das? Am Ende doch irgendein Survival-Experiment?

Ich riss ein paar Büschel von dem hohen Gras aus und wischte mir damit den Dreck ab. Das Gras war stinknormal. Gewiss, ich war kein Botaniker, aber nüchtern betrachtet, wirkte die Flora wie die auf der Erde. Ich durfte hoffen, dass im Dschungel auch keine Dinosaurier umherliefen.

Der Kopfschmerz ließ etwas nach, gab Ruhe. Damit beruhigte auch ich mich. Und nun bemerkte ich endlich, was mir schon längst hätte auffallen müssen.

Ich stand auf genauso einer Fläche wie auf dem Irrstern – ich stand mitten in einem Tor.

Das war schon komisch. Ich hätte nicht schlüssig erklären können, wodurch sich diese Stelle von ihrer Umgebung unterschied. Nicht einmal in Gedanken, für mich selbst, fand ich Worte. Ich spürte diesen dicht bewachsenen Fleck einfach, genau wie eine Kompassnadel ein Stück Eisen spürt.

Obendrein wusste ich, dass das Tor geschlossen war. Ich konnte auf dem Gras herumstapfen, springen, rennen oder mich auf dem Boden wälzen – es würde nichts passieren.

Zu diesem Transportsystem konnte man den Welten des Schattens nur gratulieren. Das waren nicht die schnöden »Telefonzellen« der Geometer, nein, das war etwas, das aus der umliegenden Realität selbst geschaffen worden war, aus ihrem Stein, Gras und Schmutz. Außerdem hinterließ dieses Tor im Bewusstsein eine Spur, ein Zeichen.

»Und? Was habt ihr nun davon?«, fragte ich, während ich mich umsah.

Nur zu gern wollte ich glauben, irgendjemand habe tatsächlich irgendetwas von alldem. Und dass von meinem Handeln und meinen Worten in diesem Moment etwas abhinge.

Mit ein paar Schritten trat ich in die Mitte des Tors. Erwartungsvoll blieb ich stehen.

Ich könnte hier Wurzeln schlagen, und es würde nichts passieren! Trotzdem hätte ich wahrscheinlich noch ewig so dagestanden und auf sonst was gewartet.

Doch genau in diesem Moment bewegte sich das hohe Gras am Rand des Waldes, ohne dass auch nur das geringste Lüftchen ging.

Was hatte ich doch gleich über Flora und Fauna gedacht? In null Komma nichts lag ich auf dem Boden und spähte in die grünen zitternden Halme hinein. Wir können die organischen Stoffe fremder Planeten nicht essen, das hatte ich vor gar nicht allzu langer Zeit meinem kleinen Nachbarn erklärt. Aber war das auch jedem außerirdischen Raubtier klar?

Das Gras beruhigte sich wieder. Prompt gaukelte mir meine Phantasie einen im Verborgenen auf dem Sprung lauernden Säbelzahntiger vor. Das war insofern noch gut, als es in der Galaxis ja genügend Monster gibt, bei deren Anblick du dich glatt einem Tiger in die Arme wirfst.

Wegzulaufen wäre dumm und obendrein gefährlich gewesen. Das Gleiche galt für die Idee, näher heranzugehen. Andererseits konnte ich ja wohl nicht stocksteif liegen bleiben oder mich in der Erde vergraben, oder?

Ich hockte mich erst hin, dann richtete ich mich zu voller Größe auf – manche Raubtiere schrecken ja vor einem größeren Gegner zurück – und ging los. Mit langsamen, aber möglichst sicheren Schritten.

Vielleicht konnte ich ihn abschrecken ...

Doch dann erkannte ich, an wen ich mich heranschlich.

Im plattgedrückten Gras lag – die Arme ausgestreckt und in den Himmel hochschauend – ein junger Mann. Etwas jünger als ich, so zweiundzwanzig vielleicht. Aschfarbenes Haar und dunkle, leicht kupferfarbene Haut. Er trug eine grüne, sich kaum vom Gras abhebende Jacke, Hosen in derselben Farbe und schwere Schuhe mit abgelaufenen Sohlen. Seine Kleidung zeigte Spuren von eingetrocknetem Dreck, als sei der Mann durch den Sumpf gekrochen. Langsam richtete er den Blick auf mich. In den braunen Schlitzaugen spiegelte sich leichte Neugier wider. Danach starrte er wieder hoch in den Himmel.

Mich irritierte das dermaßen, dass ich selbst den Kopf in den Nacken legte.

Da gab es nichts, nur eine einzelne Wolke.

»Was ist denn mit dir?«, fragte ich, ihn in meiner Verblüffung duzend. Zu spät dachte ich daran, dass er mich ja nicht verstehen würde.

Und noch später wurde mir klar, dass ich weder Russisch noch Englisch, ja, nicht mal die Sprache der Geometer sprach.

»Ich liege hier«, antwortete der Mann leise.

Damit hatte ich Kontakt hergestellt!

Ich hockte mich hin, den Blick unverwandt auf den Unbekannten gerichtet. In meinem Kopf ballte sich eine gewaltige Dummheit zusammen, die ich natürlich auch noch aussprechen musste. »Schon lange?«

»Seit heute Morgen.«

Das Seltsamste war natürlich, dass ich ihn verstand. Kurz schoss mir der Gedanke durch den Kopf, Karel habe auch diesmal seine Finger im Spiel gehabt.

Aber warum sollte ich mich auf ihn beschränken? Hinter mir lag das Tor, das mich von einer Welt in eine andere gebracht und mir beigebracht hatte, es jederzeit wiederzufinden. Auf eine Veränderung in meiner Psyche mehr oder weniger kam es da ja wohl nicht mehr an.

Jetzt brauchte ich Rat wie nie zuvor. Aber der Cualcua, der Einzige, mit dem ich reden konnte, schwieg.

Der Mann stemmte sich auf die Ellbogen hoch und betrachtete mich etwas aufmerksamer. »Wie heißt du?«

»Pjotr.«

»Ich kenne dich nicht.«

Er sagte das ohne Interesse oder Misstrauen, teilte es mir lediglich mit. Als ob er mich kennen müsste und das unbekannte Gesicht ihn irritierte, wenn auch nicht übermäßig, sondern nur leicht.

»Ich bin zum ersten Mal hier.«

»Klar.« Er streckte sich wieder im Gras aus. Nach kurzem Zögern folgte ich seinem Beispiel. Hundert Fragen wirbelten mir durch den Kopf, die ich auf der Stelle loswerden musste. Aber jemanden auszuquetschen, heißt ja längst nicht, auch Informationen zu bekommen. Häufig genug ist das Gegenteil der Fall, und man gibt sie preis.

»Gefällt es dir hier?«

Jetzt schwang in seiner Stimme Neugier mit.

»Weiß ich noch nicht«, antwortete ich vage.

»Mir gefällt es. Schnee.«

»Was?«

Die einzige Wolke am Himmel versprach nun weiß Gott keinen Schnee.

»So heiße ich. Schnee. Ein bescheuerter Name, oder?«

»Äh ... nö ... wieso denn ...?«

»Eltern, die ihren Kindern sprechende Namen geben, gehören vor Gericht und wegen Rowdytum angeklagt«, erklärte der Mann voller Abscheu. »Sie behaupten, dass, als ich geboren wurde, die ganze Erde mit dem ersten Schnee bedeckt war. Und das hat sehr schön ausgesehen.« Er verstummte kurz, um dann nachdenklich hinzuzufügen: »Nur gut, dass an diesem Tag nicht die Kanalisation geplatzt ist ...«

Ich lachte. Nicht wegen seines Witzes, den er garantiert schon tausend Mal gebracht hatte. Nein, auf diese Weise entlud sich meine Anspannung.

Die Bewohner des Schattens waren uns Menschen von der Erde weitaus näher als die Geometer.

»Hat dein Name was zu bedeuten?«

»Nein.«

»Glückspilz. Hast du was zu futtern?«

»Ja.«

Der Mann katapultierte sich mit überraschender Energie hoch. »Warum hast du das nicht gleich gesagt? Dann rück mal raus damit!«

Ich zog die beiden Dosen aus meinen Taschen. Ich hatte keine Lust, etwas zu essen, schon gar nicht das Essen der Geometer. Die Begeisterung, mit der Schnee sich auf das Essen stürzte, ließ mich allerdings stutzen.

»Gibt es hier denn nichts zu essen?«

»Im Dschungel?« Der Mann blickte zu dem wuchernden Grün hinüber. »Doch. Aber das ist alles verseucht. Wenn du sterben willst, dann bedien dich ... Aber sag mal, was für einen Rotz hast du hier eigentlich angeschleppt?«

»Das ist Universalnahrung«, knurrte ich. »Da ist alles Notwendige drin: Eiweiße, Fette, Kohlenhydrate, Spurenelemente. Und Wasser. Und Zellulose, damit der Magen voll ist.«

»Klar, da war für Geschmackstoffe einfach kein Platz mehr.« Trotz der Kritik aß der Mann mit erstaunlichem Appetit und kratzte die Dosen sogar mit den Fingern aus. »Trotzdem danke. Du denkst offenbar mit.« Er schlug mir auf die Schulter. »Da wirst du es noch weit bringen! Wenn du nicht in den Sümpfen verreckst.«

Schnee war das ganze Gegenteil der Geometer. Mal faul, dann – sobald es ums Essen ging – wieder voller Energie. Nach einem satten Schnaufen ließ er jede Menge langweiliger Witze vom Stapel. Mit irgendwelchen höheren Zielen schien er sich nicht zu belasten. In einer Gefühlsaufwallung brachte er es fertig, sein Gegenüber einfach zu umarmen. Ich sah ihn an, und mein Eindruck, jemand versuche mich für dumm zu verkaufen, verfestigte sich von Minute zu Minute.

Beobachtete man mich vielleicht tatsächlich? Und starrten irgendwo, Hunderte von Kilometern, ja, womöglich gar Hunderte von Lichtjahren entfernt, Danilow, Mascha und Karel ebenfalls in die Gesichter irgendwelcher verschwatzter und gutmütiger Unbekannter?

»Siehst du die Lichtung da?«, fragte Schnee. Zur Veranschaulichung seiner Worte schleuderte er die leere Dose in den Sumpf.

»Ja.«

»Da bin ich abgestürzt. Nachts. Ich bin kaum rausgekommen. Nur mit purer Willenskraft. Davon habe ich wirklich mein Leben lang geträumt: im Dreck zu ersaufen ...«

Wir sahen uns an. Wahrscheinlich machte er das Unverständnis in meinem Blick aus.

»Die haben mich abgeschossen, Pjotr. Drei Grüne haben sich an mich gehängt. Einen habe ich runtergeholt, mit einem echt schönen Schuss ... aber seine beiden Kumpane haben mich runtergeholt. Irgendwie bin ich hinter die Frontlinie geraten.« Er lachte wie ein Kind aus vollem

Hals. »Was hast du denn gedacht? Dass ich hier wohne und den Anblick der Wolken genieße?«

Jetzt sah ich seine Kleidung mit anderen Augen. Aber ja doch. Das war ein Tarnanzug. Anders konnte es gar nicht sein.

»Ich habe keine Ahnung ..., ob sie im Stützpunkt mein Signal aufgefangen haben oder nicht ... Bis Mittag warte ich noch, wenn dann keine Hilfe kommt, muss ich durch den Dschungel. Zu Fuß.«

Ich verstand kein Wort.

Abgeschossen?

Die Grünen?

Die Frontlinie?

Natürlich wäre es naiv, zu hoffen, Kriege hätten mit der Entwicklung der Zivilisationen aufgehört. Diese Illusionen hat man auf der Erde auch einmal gehegt. Wir haben uns allerlei Institutionen wie den Großen Ring und die Gemeinschaft der Intelligenten Welten ausgedacht. Wir haben gehofft, die Atombombe würde uns vom Krieg abbringen oder wir könnten nach der Entwicklung von Raketen auf Fußsoldaten verzichten. All das hat sich als Quatsch herausgestellt. Die Alari sind in der Lage, ganze Planeten in Staub und Asche zu verwandeln – aber die Hälfte ihrer Mannschaften in den Schiffen besteht aus Soldaten. Und die Daenlo ... da weiß man nicht einmal, wo die Grenzen ihrer Zerstörungskraft liegen. Doch da sie zum Kämpfen zu faul waren, haben sie sich aus den kleinen Alari ihr Kanonenfutter herangezogen. Und wir auf der Erde? Was nützt es uns denn, von fremden Welten umgeben zu sein? Was nützt uns die Zugehörigkeit zu den intelligenten Rassen? Nichts nützt uns das! Im Kaukasus geht das Gemetzel schon ins dritte Jahrzehnt, Großbritannien droht in einzelne Grafschaften zu zerbröckeln, den USA fällt nichts Besseres ein, als ihre Truppen in die ganze Welt hinauszujagen, um ihre unermesslichen Interessen zu verteidigen.

Aber hier!

Ins Zentrum der Galaxis zu kommen und Worte, die einem derart zum Halse raushängen, Worte wie Frontlinie und Stützpunkt zu hören!

Einen Planeten zu sehen, der mit Hyperübergängen gespickt ist wie ein guter Käse mit Löchern, durch ein Tor zu gehen – und dann auf einen frisch abgeschossenen Piloten zu treffen! Zum Teufel noch mal, was für Luftgefechte wollten sie sich eigentlich bei ihrer Technik liefern?! Oder war es hier genau wie bei uns auf der Erde, wo man eine starke Waffe schultert – aber Streitigkeiten mit der Faust austrägt?

»Was guckst du denn so?«, wollte Schnee wissen.

»Ist der Stützpunkt weit weg?«, fragte ich geradeheraus.

»Zwei Wochen brauchen wir schon.«

»Und ... haben wir eine Chance?«

»Natürlich nicht. Aber was schlägst du sonst vor?«

Die Versuchung war groß, einfach hinter mich zu zeigen, auf das Tor. Bei mir funktionierte es zwar nicht, aber die Einheimischen mussten doch wohl mit ihrem Transportsystem umgehen können.

»Na komm schon, Kopf hoch!« Schnee deutete mein Schweigen völlig falsch. »Sie finden uns bestimmt. Sag mir lieber, was du bei uns machen willst.«

Ich zuckte mit den Achseln.

»Fliegst du gern?«

»Kommt drauf an, womit.«

»Womit, das sehen wir dann. Entscheidend ist die Einstellung.«

»Hmm, ich fliege gern.«

»Gut.« Schnee nickte. »Dann nehme ich dich in meine Gruppe auf.«

Damit hielt Schnee das Gespräch wohl für beendet, denn er rieb sich die Hände sorgfältig am Gras ab, erhob sich und marschierte Richtung Ufer los. Was hieß das denn nun wieder? Sollten das alle Formalitäten gewesen sein? Du wirst in meiner Gruppe kämpfen, punktum. Keine Fragen, keine Papiere.

Ich betrachtete seinen Rücken und war versucht, die Komödie zu beenden. Erklärungen zu verlangen. Ihm zu sagen, wer ich war und woher ich kam, ihm klipp und klar zu sagen, dass ich alles durchschaue und dass das, was hier vor sich ging, nur ein Experiment war.

Aber jene Chance, die eins zu tausend stand, dass ich tatsächlich in ein hiesiges Kriegsgebiet gelangt war, hielt mich von einem übereilten Schritt ab.

»Glück gehabt!«, rief Schnee. Er drehte sich um und winkte mir zu. »He, Pjotr, wir haben Glück gehabt!«

Ich ging zu ihm und spähte nach vorn.

Über dem Sumpf bewegte sich was. Etwas, das eher an einen lecken Kahn erinnerte als an ein Raumschiff. Weder Aufbauten noch Triebwerke waren zu erkennen. Es war einfach ein Schiff, das über dem Modder schwebte.

Am Bug dieses profanen Transportmittels stand ein Mann. Er trug die gleiche Uniform wie Schnee. Sollte er das Schiff lenken, brauchte er dafür keinerlei Armaturen.

»Jetzt beginnt das Verhör.« Schnee sprach absichtlich laut. Trotzdem ließ eine bestimmte Anspannung in seiner Stimme mich daran zweifeln, dass ihm das tatsächlich nicht das Geringste ausmachte.

Am Rand des Ufers hielt der Kahn an, wobei er nach wie vor über der Erde schwebte. Der Mann in Uniform sprang herunter und kam auf uns zu. Mich befand er nur eines flüchtigen Blicks für würdig.

»Du lebst.«

»Ja«, bestätigte Schnee.

»Verdient hast du's nicht.«

In der Stimme des Soldaten lag Verachtung. Er erinnerte mich ein wenig an Danilow, sowohl äußerlich – die kräftige Statur, das kurze Haar, die extrem gleichmäßigen Gesichtszüge – als auch von seinem Auftreten her. Selbstsicher, autoritär ... eben genau wie der Oberst vor all unseren Abenteuern.

»Wer bist du?«

Diese Frage galt mir.

»Pjotr. Ich bin noch nicht lange hier.«

»Mir klar, dass du noch nicht lange hier bist ...«

Der Mann warf einen Blick zur Seite – und ich begriff, dass er das Tor hervorragend sah. Und keinerlei weitere Erklärungen brauchte.

»Steig ins Schiff.«

Ich gehorchte. Aus der Nähe wirkte das Ding wie aus Papier zusammengeklebt. Mein Gewicht verkraftete es trotzdem problemlos, ja, es schwankte nicht einmal. Armaturen oder Triebwerke entdeckte ich genauso wenig wie Sitze. Ich baute mich an »Deck« auf und beobachtete das Geschehen.

Schnee musste Rede und Antwort stehen.

»Du hast dich aus der Zone, in der du Patrouille fliegen solltest, entfernt«, stauchte ihn der Neuankömmling zusammen. »Was hast du dir dabei gedacht? Du hast den Konvoi verlassen! Du hast dein Schiff verloren!«

»Ich habe einen von denen abgeschossen, Hauptmann.«

»Das rechtfertigt dich nicht! Wenn du danach heil zurückgekommen wärst ...«

Der Mann drehte sich um und kam zum Schiff. Schnee blieb wie angewurzelt stehen.

»Ich sollte ihn hierlassen, diesen gottverdammten Kerl, damit er sich zu Fuß durchschlägt ...«, sagte der Hauptmann versonnen. »Was meinst du dazu?«

»Ich glaube, das würde nichts nützen«, antwortete ich rasch.

Der Hauptmann warf einen Blick über die Schulter zurück zu Schnee. »Und was sagst du dazu?«

»Sie können's ja mal versuchen«, schlug Schnee in einem Ton vor, in dem eine für mich nicht nachvollziehbare Drohung lag. »Das Recht dazu haben Sie ...«

Einen Moment zögerte der Offizier. Auf seinem Gesicht spiegelten sich klar alle Gefühle wider, und ich war mir schon fast sicher, dass Schnee sich zu Fuß durch den Dschungel würde durchschlagen müssen.

»Ins Schiff mit dir! Du kannst von Glück sagen, dass der Alarm abgeblasen wurde ...«

Schnee entspannte sich merklich. Und man musste ihm das nicht zweimal sagen. Sobald wir alle drei in dem fragilen Kahn waren, setzte sich dieser in Bewegung. Nicht tiefer in den Sumpf hinein, sondern am Ufer entlang. Obwohl die Beschleunigung eindeutig zu spüren war, ließ sich kaum eine Luftbewegung wahrnehmen. Bestimmt hatte das Schiff ein Kraftfeld generiert, das uns gegen den Wind abschirmte.

»Du scheinst mir der Verantwortungsvollere von euch beiden zu sein«, wandte sich der Hauptmann an mich. »Du bist also Pjotr?«

»Ja.« Ich überließ es ihm, zu entscheiden, welche Frage ich damit beantwortete.

»Ich kannte mal einen Pjotr. Oder hieß der doch anders?« Der Hauptmann dachte kurz nach. »Ein Albino, ein großer Mann mit roten Augen ... Er sah leicht dämonisch aus, aber als Pilot war er einfach ... Sind unter deinen Verwandten solche Typen?«

»Nein.«

Der Hauptmann nickte. Er spähte zum Ufer, woraufhin das Schiff rasant abdrehte und nun auf den Dschungel zuhielt. Die Bäume wuchsen hier direkt hinterm Sumpf, und überall wucherten die fahlen Wurzeln, zwischen denen etwas Winziges, etwas Lebendiges herumhuschte.

»Die vermehren sich wie die Karnickel! Gegen die ist einfach kein Kraut gewachsen«, klagte der Hauptmann. »He, Pjotr, du trägst dein Herz nicht gerade auf der Zunge.«

Ich zuckte mit den Achseln. Für die nächsten paar Tage war ich durchaus bereit, stumm zu werden – Hauptsache, ich erweckte keinen Verdacht.

»Er sagt, er fliegt gern«, mischte sich Schnee ins Gespräch. »Ich nehme ihn unter meiner Fittiche, Hauptmann.«

»Verdirb mir den Jungen nicht«, verlangte der Hauptmann in scharfem Ton. »Ein Draufgänger reicht mir völlig.«

Ihre Beziehung irritierte mich. Anscheinend hatte Schnee einen niedrigeren Rang und hätte sich eigentlich unterordnen müssen.

Er ließ jedoch nicht die geringsten Anzeichen von Unterwürfigkeit erkennen.

»Womit bist du geflogen?«

Auf eine Lüge wollte ich lieber verzichten. »Mit der Suchoi und der Spiral.«

»Kenn ich nicht.« Der Hauptmann runzelte die Stirn. »Wir haben nur Deltas. Du wirst umlernen müssen.«

Auch das war seltsam: Niemanden befremdete mein Wunsch, mich hinter den Steuerknüppel zu setzen und mich in den Kampf zu stürzen. Sie glaubten nicht einmal, dass ich damit nur ihre Befehle befolgte ... nein, irgendwie hegten sie nicht die geringsten Zweifel daran, was hinter meinem Wunsch steckte.

Mit einem Mal flog das Schiff über fast klares Wasser hinweg. Der Schlamm, Dreck und der feuchte Grasteppich blieben hinter uns, vor uns erstreckte sich eine kleine Bucht, in die ein Fluss mündete. Das blaue Band schlängelte sich durch den Dschungel, offensichtlich zu den Bergen hin.

»Halten Sie an, Hauptmann, damit wir uns waschen können«, verlangte Schnee.

»Darauf werdet ihr verzichten müssen! Du mit Sicherheit!«

Das Schiff folgte im raschen Tempo dem Fluss. Wir mussten mindestens hundert Stundenkilometer draufhaben, zu beiden Seiten schoss das Ufer nur so ans vorbei. Selbst der durch das Kraftfeld eingedämmte Wind brannte nun in den Augen.

»In zwei Stunden sind wir da«, teilte uns der Hauptmann mit. »Ihr könnt euch entspannen.«

Schnee, der es sich ohnehin schon am Boden des Schiffs gemütlich gemacht hatte, forderte mich mit einem Nicken auf, mich ebenfalls zu setzen. Das tat ich.

»Du gefällst mir, Junge«, bemerkte der Hauptmann, ohne sich zu uns umzudrehen. »Und dir schwirren jede Menge Fragen durch den Kopf, was?«

»Ja«, gab ich zu.

»Du weißt, wo du gelandet bist?«

»Nein.«

»Wie üblich.«

Er sah mich an – und lächelte.

»Galis. So heiße ich. Hauptmann Galis, zeitweiliger Kommandant des 13. Stützpunkts.«

Das war offensichtlich das offizielle Begrüßungsritual.

»Pjotr. So heiße ich. Ehemaliger Pilot.«

»Flüge in der Atmosphäre? Im Raum?«

»Erst in der Atmosphäre, später im Raum.«

Galis blickte immer zufriedener drein.

»Warum ehemaliger? Versteh das nicht falsch, es ist nicht die Neugier, die mich ...«

»Ich glaube, man hat mich inzwischen entlassen.«

»Weshalb?«

»Wegen Befehlsverweigerung.«

Schnee lachte fröhlich.

»Und welchen Befehl hast du verweigert?«

Das wuchs sich ja zu einem regelrechten Verhör aus. Ich versuchte, die Antwort möglichst vage zu formulieren.

»Ich habe entgegen meinem Befehl einen Flug unternommen, den ich für notwendig und richtig hielt.«

»Und wie ist es ausgegangen? Wer hatte recht?«

»Ich weiß es nicht.«

»Ach ja, nicht umsonst heißt es, die Tore würden selten Leute zusammenführen, aber wenn doch, dann die richtigen«, bemerkte der Hauptmann kopfschüttelnd.

Schnee klopfte mir auf die Schulter. »Das ist wirklich Schicksal«, versicherte er mir freundlich. »Wir werden in derselben Mannschaft sein ...«

Galis hockte sich vor uns hin. »Aber desertiert bist du hoffentlich nicht?«, erkundigte er sich mit einem Seufzer.

»Die Entscheidung darüber liegt nicht bei mir. Wieso? Hat das irgendeine Bedeutung?«, fragte ich trotzig zurück.

»Eigentlich nicht. Jetzt bist du hier ...« Galis verengte die Augen zu Schlitzen, worauf die Luft zwischen uns anfing zu flimmern und sich zu einem Bild formte, einem Globus, der leicht schimmerte, als sei er aus trübem Glas. »Das ist unsere Welt.«

Ich verstand alles. Und ich wunderte mich über nichts. Nicht darüber, wie er dieses Bild herstellte, nicht über die

Beschaffenheit des Planeten, der über unzählige winzige Inseln und ein paar kleine Kontinente verfügte, dazwischen von braunem Zeug angefüllte Senken. Anstelle von Meeren und Ozeanen gab es in dieser Welt nur Sümpfe.

An einer Stelle hakte sich mein Blick aber doch fest, nämlich an den winzigen blauen Funken und Punkten, mit denen die Kontinente und Inseln übersät waren. An den Toren. Das Netz war hier ebenso dicht wie auf dem sonnenlosen Planeten.

Wozu gab es in dieser Welt hier dann noch Schiffe?

»Das ist unser Territorium«, erklärte Galis. Der halbe Globus erstrahlte in orangefarbenem Licht. »Wir befinden uns hier ...«

Ohne genau hinzusehen, zeigte er auf dem Globus auf eine Stelle unmittelbar an der Grenze des orangefarbenen Bereichs.

»Unser Gegner nimmt ein etwas größeres Territorium ein.«

Nun färbte sich der restliche Teil des Globus grün.

»Das ist die Lage, Pjotr. Wir kontrollieren mit siebzehn Stützpunkten die Frontlinie. Etwa genauso viele Stützpunkte hat der Feind ...«

»Galis!«

Begriffsstutzig sah mich der Hauptmann an.

»Ich bin erst seit ein paar Stunden hier. Dürfte ich vielleicht ein paar Fragen stellen? Wer ist überhaupt euer Gegner?«

»Die Grünen.«

Etwas Komisches geschah: Ich spürte genau, dass das der einzige passende Ausdruck war. Mit doppelter Bedeutung und passend. Er gab die äußeren Merkmale der Feinde wieder, lieferte aber auch einen Hinweis auf ihre Einstellung zur Ökologie.

»Pass auf!«

Der Globus verschwand, an seine Stelle trat das dreidimensionale Bild eines Menschen. Eines grünhäutigen Menschen.

»Sie haben vor Jahrhunderten ihre Bewegung zur Wiederherstellung des ursprünglichen Zustands auf den Planeten ins Leben gerufen. Unsere Welt ist eines der Hauptwiderstandszentren. Willst du mir etwa weismachen, du hättest noch nie was von den Grünen gehört?«

»Doch ... aber ich habe nicht angenommen, dass das Ganze solche Ausmaße hat.«

Das Schiff fing an zu schaukeln. Es flog zu einer Sandbank und dann weiter am Ufer entlang. Der Dschungel lichtete sich.

»So schlimm ist es nun auch wieder nicht. Die Grünen setzen alles daran, den ursprünglichen ökologischen Zustand wiederherzustellen. In ihrem Gebiet existieren bereits keine transformierten Formen von Flora und Fauna mehr. Wenn es uns nicht gelingt, sie aufzuhalten, wird das Gleiche auch mit unserem Teil des Planeten geschehen. Ein menschliches Wesen könnte dann nicht mehr überleben.«

»Sind die Grünen denn keine Menschen?«

Diese Frage hätte ich mir wohl besser verkniffen. In Galis' Blick blitzte Verwunderung auf.

»Sie haben sich selbst verändert. Jetzt kommen sie bestens mit der endemischen Umwelt zurecht.«

»Sag mal, Pjotr, hast du denn noch gar nichts über unsere Welt gehört?«, fragte Schnee.

»Nicht das Geringste.«

Der Hauptmann und Schnee wechselten fassungslose Blicke.

»Ein Fehler kann hier nicht vorliegen«, behauptete Galis kategorisch. »Und letzten Endes geht uns das auch gar nichts an, Schnee.«

Schnee nickte. »Wie heißt denn deine Welt?«, fragte er nach kurzem Schweigen.

»Erde.«

»Ist mir klar, dass es die Erde ist. Aber wie heißt sie nach außen hin?«

Jetzt musste ich mir was einfallen lassen. Und zwar schnell. Die Zivilisation des Schattens war anscheinend heterogen. Man hielt mich für einen Menschen von einem anderen Planeten, noch dazu für einen – warum auch immer – absolut loyalen. Aber wenn ich jetzt nicht überzeugend erklären konnte, woher ich kam, dann ...

Die Binnenklassifikation des Konklaves fiel mir ein. Danach trug die Erde die Nummer 189. Wie sie ausgerechnet dazu gekommen war, wusste ich nicht, schließlich gab es weitaus weniger intelligente Rassen. Aber immerhin war das eine recht ehrliche und zugleich irreführende Antwort.

»189.«

»Wer nennt euch denn so?«, fragte Galis schnaubend.

»Die Bewohner der anderen Planeten.«

»Also mir sagt das gar nichts«, gestand Galis. »Von deinem Planeten habe ich noch nie etwas gehört. Ich selbst bin hier geboren. Auf meiner Erde.«

»Welche Sprache sprecht ihr?«, wollte Schnee wissen. »Sprichst du mit uns in deiner Sprache?«

»Nein. Ich habe eure Sprache gelernt, als ich hierhergekommen bin.«

»Das habe ich mir gleich gedacht. Du hast eine zu korrekte Aussprache. Kannst du mal was in deiner Sprache sagen?«

Tolle Bitte. Im Moment meinte ich, sogar in ihrer Sprache zu denken. Russisch, Englisch und die Sprache der Geometer – diese Sprachen waren einfach verschwunden, die hatte ich schlichtweg vergessen.

Ich schloss die Augen und versuchte mir vorzustellen, Danilow stünde vor mir. Oder mein Großvater.

»Ich werde es versuchen«, sagte ich. »Bitte schön ...«

Meine Worte kamen mir fremd vor. Dabei sprach ich Russisch.

Schnee stieß ein leises Brummen aus. Dabei handelte es sich allem Anschein nach um gesprochene Worte – und zwar in jener Sprache, die ich gerade eben selbst noch fließend gesprochen hatte.

Oh, verdammt ...

Fürchterliche Kopfschmerzen explodierten in mir.

Galis Worte drangen wie durch Watte zu mir: »Diese Sprache habe ich auch noch nie gehört. Aber gut. Das spielt ja wohl keine Rolle, nicht wahr, Schnee! Dich hat schließlich damals auch niemand so in die Mangel genommen!«

Ich öffnete die Augen und sah die beiden an. Der Spuk war vorbei. Ich verstand ihre Sprache wieder. Nur in meinen Schläfen hämmerte noch der Schmerz.

»Mach dir keine Gedanken, Pjotr«, sagte Schnee. »Wir haben halt einfach noch nichts von deiner Welt gehört.«

Anscheinend fürchteten sie, mich beleidigt zu haben.

»Von seinem Planeten«, sagte Galis sanft, »hatte ich vorher auch kaum was gehört. Ich wusste, dass es die Regenbogen-Brücken gibt, das war aber auch alles. Deren Dialekt müsstest du mal hören ...«

»Nun mal halblang, Hauptmann!« Schnee riss den Kopf hoch. »Da bin ich wirklich ganz anderer Ansicht!«

»Übrigens gibt es viele Welten, die sich durch nichts hervortun ... Ich meine, die unserer Erde nichts zu bieten haben ...«

Na bitte.

Allmählich löste sich das Rätsel. Der Schatten musste ein Konglomerat von Zivilisationen sein. Die Tore wurden ausschließlich für den interplanetaren Verkehr genutzt. Sie gaben einem die jeweilige Sprache mit, eine recht bequeme und naheliegende Lösung. Mich hielten die beiden für einen Freiwilligen, der ihnen helfen wollte ... oder schlicht für einen Abenteuerlustigen.

Stimmte das?

Wahrscheinlich. Trotzdem irritierte mich noch etwas, gab es noch einige Ungereimtheiten.

»Sieh mal, Pjotr!«

Der Dschungel endete. Jetzt lagen gepflegte Felder vor uns, die mit Korn bestellt waren. In der Ferne, hinter diesem grünen Teppich, machte ich Gebäude aus.

»Das ist unser Stützpunkt.«

Im Grunde hätte er mir das nicht sagen müssen. Garnisonsstädte gleichen sich alle, in jeder Welt und bei jeder

Rasse. Selbst die Kasernen der Soldaten von Hyxi in einem Kosmodrom waren auf Anhieb als militärische Anlage zu erkennen.

»Dahinter liegt die Stadt, am Fuß der Berge«, teilte mir Schnee mit. Er grinste. »Ein lustiges Städtchen. Es wird dir gefallen.«

»Im nächsten Monat kannst du dir sämtliche Amüsements abschminken«, drohte der Hauptmann.

Ich achtete nicht weiter auf ihr Geplänkel, das eher an den Streit von zwei Händlern auf dem Markt als an eine Auseinandersetzung zwischen einem Befehlshaber und seinem Untergebenen erinnerte. Ich spähte zum Stützpunkt hinüber.

Vor langer, langer Zeit, noch während der Studiums, hatte ich davon geträumt, Militärpilot zu werden. Nicht Kosmonaut, nicht Pilot von Passagierflugzeugen, sondern Militärflieger. In einer kleinen Garnison am Arsch der Welt, irgendwo an der chinesischen Grenze, denn damals hatten alle befürchtet, China würde weiter expandieren. Von mir aus auch irgendwo im Westen ... Oder wenigstens in einer alten MiG, in der ich die wendigen kleinen Flugzeuge der ukrainischen Drogenbarone jagen würde. Kurz und gut, die übliche blutdürstige Teenager-Romantik, die von meinem Großvater noch geschürt wurde.

Später gab sich das natürlich. Außerdem hatte anscheinend niemand mehr die Absicht, gegen Russland Krieg zu führen, die Zeiten waren damals schon passé. Dennoch meldete sich hin und wieder dieses idiotische Gefühl, meinen Kindheitstraum verraten zu haben. Und selbst wenn ich mir hundert Mal in Erinnerung rief, dass ich meinem Land – und der ganzen Menschheit – im Kosmos weit mehr nützte, es der hypothetischen lichten Zukunft viel näher brachte, blieb ein schaler Nachgeschmack zurück.

Nun sah ich vor mir eine komisch anmutende Parodie auf all meine Teenagerträume. Eine Reihe langer Hangars, kurze Startbahnen, flachere Bauten, in denen vermutlich die Wohnungen und Diensträume untergebracht waren, kleine Radartürme und ein Maschendrahtzaun. Alles war aus demselben papierähnlichen Material angefertigt wie auch unser Schiff. Dieses Zeug täuschte also seine Zerbrechlichkeit nur vor, war aber eigentlich verdammt solide. Und obendrein mit Technik vollgestopft.

So gehen Wünsche in Erfüllung. Ich hatte in einer Grenzgarnison dienen wollen? Bitte sehr! Gut, die Garnison lag auf einem anderen Planeten. Dafür boten sich hier Gelegenheiten in Hülle und Fülle, irgendwelchen wahnsinnigen Ökos im gemeinsamen Kampf mit nicht minder wahnsinnigen Piloten Paroli zu bieten.

»Was amüsiert dich denn?«, wollte Schnee wissen. Wir schossen direkt auf den Zaun zu. Entweder würde das Schiff also das zwei Meter hohe Hindernis überwinden oder vor uns würde sich ein Durchgang öffnen.

»Das erinnert mich an einen ... Ort, den ich kenne.«

Mit der Antwort zufrieden, nickte Schnee.

Vor dem Schiff öffnete sich ein Durchgang. Die Elemente des Zauns schienen zu schrumpfen und sich ineinanderzuschieben. Vermutlich konnte sich das Schiff nicht weit über die Erde erheben. Sobald es die Mitte des Stützpunktes erreicht hatte, hielt es an und senkte sich langsam zu Boden. Weit und breit war niemand zu sehen.

»Schnee, kümmere dich um den Jungen.« Galis trat als Erster auf die Steinplatten hinaus, mit denen diese Fläche, eine Art Platz, ausgelegt war.

»Das brauchst du mir nicht extra zu sagen, das ist mir sowieso klar.«

Der Hauptmann reagierte mit keinem Wort auf die Antwort. »Pjotr, wenn du mit mir reden willst, komm einfach vorbei«, lud er mich ein. »Ich würde mich freuen.«

Ich sah ihm nach, wie er sich mit festen, selbstsicheren Schritten entfernte, die Schultern durchgedrückt und in seiner ganzen Erscheinung der Inbegriff eines Kommandeurs.

»Ihr habt eine komische Vorstellung von Disziplin«, sagte ich zu Schnee. »Es hätte nicht viel gefehlt, und ihr beide hättet euch geprügelt.«

»Jetzt spricht doch nichts dagegen«, erwiderte Schnee kichernd. »Schließlich ist der Alarm aufgehoben.«

»Und sonst?«

Der entspannte Ausdruck kroch kurz vom Gesicht des Piloten. »Sonst – eine Ladung vor die Birne! Und zwar umgehend. Du stellst Fragen, Pjotr! Und komm bloß nicht auf die Idee, dich so zu verhalten, wenn sich die Basis im Verteidigungszustand befindet!«

»Danke«, sagte ich. Mich beeindruckte die Warnung nicht gerade. Nach Disziplin sah das alles nicht aus, nach Stand- oder Militärgericht schon gar nicht. »Sag mir aber Bescheid, wenn es so weit ist!«

»Das wirst du dann schon merken«, erwiderte Schnee gickelnd. »Komm jetzt ...«

Der menschenleere Stützpunkt irritierte mich nach wie vor. Wir gelangten zu einem klobigen, einstöckigen Haus und gingen hinein. Neugierig sah ich mich um. Bei den Geometern hatte ich es nicht genießen können, einen fremden Alltag zu studieren, da mein Gedächtnis ja ausgeschaltet gewesen war und ich folglich nichts zum Vergleich hatte heranziehen können.

Hier war es allerdings ebenfalls recht schwierig, sich für etwas zu begeistern. Es ähnelte den Gegebenheiten auf der Erde viel zu sehr, ja, mehr noch: den Gegebenheiten zu Beginn des 21. Jahrhunderts. Eine Mischung aus Garnisonsstadt und gemütlichem Hotel.

Gleich hinterm Eingang lag der Empfang. Es gab einen Tresen, hinter dem eigentlich der Diensthabende zu finden sein sollte. Über dem Tresen war eine energetische Barriere installiert, von der ein schwaches Flimmern in der Luft zeugte. Den Eingang selbst bewachte jedoch niemand.

»Nur wenn Alarm ist«, klärte mich Schnee auf, dem mein Blick nicht entgangen war. »Die strengen Vorschriften gelten nur für den Fall militärischer Handlungen. Ist das bei euch etwa anders?«

»Ja.«

»Macht nichts. Du wirst dich schnell daran gewöhnen ...«

Das hatte ich eigentlich nicht vor – was ich natürlich für mich behielt.

»Gehen wir.«

Wir kamen an einer Halle vorbei – mit ihren Ledersesseln, den kleinen Tischen und dem großen Bildschirm an der Wand hätte sie einem Hotel für einfache Ansprüche durchaus Ehre gemacht – und erreichten eine Treppe. Warum bloß alle Rassen der Galaxis so auf Bildschirme versessen waren? Schließlich war die Technologie, mit der sich Darstellungen von guter Qualität direkt in die Luft projizieren ließen, doch ganz einfach. Selbst auf der Erde war sie ohne Hilfe der Außerirdischen entwickelt worden. Aufmerksam suchte ich die Wände nach einem Bild ab. Die fremde Kultur ist der sicherste Weg zum Verständnis.

Ein Bild entdeckte ich. Das Meer – oder doch nur der Sumpf? – im Mondlicht, ein silbriger Streifen auf dem Wasser, in der Luft ein Vogel. Solche Kunstwerke hatte ich tonnenweise zu den Hyxoiden gebracht. Mist. Diese Kultur war unserer einfach viel zu nah!

Mit jedem Schritt wurde mir unbehaglicher. Und zwar nicht, weil mir die Ausstattung völlig fremd gewesen wäre – sondern weil gerade das Gegenteil der Fall war. Hier gab es nichts Außergewöhnliches. Von dem Kraftfeld vor dem leeren Posten vielleicht einmal abgesehen ... Allerdings hätte mich eine solche Barriere nach den Paralysatoren, die sich die Schlauköpfe vom FSB hatten einfallen lassen, auch im Sternenstädtchen nicht sonderlich überrascht.

Die Kulturen ähnelten sich?

Das war noch milde ausgedrückt!

Da waren ja die Unterschiede zum Alltag der Geometer noch größer gewesen. Dabei war der Schatten eine Zivilisation, die Hunderte von Planeten mit einem Netz aus Hyperraumtoren verband. Eine Zivilisation, die die kleinen, aber bissigen Geometer völlig nebenbei in die Flucht geschlagen hatte. Denn hätte es zwischen ihnen und den Geometern einen ernsten Konflikt gegeben, hätten sie mich nicht derart unbekümmert und sorglos aufgenommen.

Da war ich also auf ihrem Planeten. In einer Welt, in der sich Papierschiffchen mit der Geschwindigkeit von Rennwagen bewegten. Auf einem Planeten, auf dem die Hälfte der Bevölkerung die Natur an sich anpasst, während die andere Hälfte sich an die Natur anpasst. Nicht einmal mehr Neugier weckte hier das Auftreten eines Fremden. Und besagter Fremder lernte die hiesige Sprache, ohne es selbst auch nur zu merken.

Und nichts – absolut nichts – sprang ins Auge. Wände, Fenster, Türen. Übrigens Türen mit Angeln. Und die quietschten.

Im ersten Stock gab es eine weitere Halle. Auch sie bot die genormte Gemütlichkeit mit Sesseln, kleinen Tischen und einem ausgeschalteten Bildschirm. Ich blieb stehen und wartete.

»Kommt dir nicht alles bekannt vor?«, fragte Schnee.

»Ja. Fast alles. Darauf ...hatte ich gar nicht zu hoffen gewagt.«

»Ich mag's auch lieber, wenn's immer gleich aussieht«, teilte Schnee mir mit.

Anscheinend unterhielten wir uns, ohne uns zu verstehen. Etwas in ihrem Leben führte dazu, dass mein Auftauchen nicht nur ein alltägliches Vorkommnis war, sondern nahezu geplant wirkte. Und dass ich auf ihrer Seite kämpfen und mit der fremden Technik zurechtkommen würde, schien von vornherein außer Frage zu stehen.

»Ich gebe dir Laids Zimmer«, sagte Schnee.

»Hat er denn nichts dagegen?«

»Nicht mehr. Er ist vor zwei Tagen über feindlichem Gebiet abgeschossen worden. Von den Satelliten aus wurde das Feuer gesichtet ... Er ist zusammen mit seinem Schiff verbrannt, er ist nicht mehr rausgekommen. Nach einer solchen Sache kommst du nicht zurück.«

Schnee sprach in beiläufigem, gelangweiltem Ton. »Ach ja, da hatte man Laid halt abgeschossen und er war verbrannt!«

Ich sah ihn mit der schwachen Hoffnung an, es handle sich lediglich um eine Form von schwarzem Humor. Aber nein, damit macht man keine Scherze. Schnee meinte es völlig ernst.

»Wenn du in feindlichem Gebiet geschnappt wirst, ist es besser, du machst Schluss«, riet er mir. »Die Grünen machen sowieso keine Gefangenen.«

»Und ihr?«

»Wir schon.« Schnee lächelte. Allerdings gefiel mir dieses Lächeln nicht. »Wir gehen später im Gefängnis vorbei. Da sitzt eine von diesen Kröten. Ein Anblick, der sich lohnt. Außerdem muss man den Feind von Angesicht zu Angesicht kennen.«

Es war, als hätte ich es mit zwei verschiedenen Menschen zu tun. Der eine stritt sich mit dem Kommandanten und führte sich wie ein großspuriger Boy-Scout in einem Geländespiel auf. Der andere war kalt und blutdürstig.

»Lass uns jetzt erst mal dein Zimmer anschauen.«

Die Tür zu dem Zimmer, in dem früher der mir unbekannte Laid gelebt hatte, stand halb offen. Zeremonien mit fremden Räumlichkeiten, wie sie bei den Geometern üblich waren, gab es hier nicht. Schnee trat als Erster ein und sah sich um, als wohne er hier.

»Seine Sachen kannst du rausschmeißen. Oder behalten, wenn sie dir gefallen.«

Ich sah mich wortlos in dem mir zugewiesenen Raum um. Was für ein Chaos. Auch hier war die Einrichtung völlig normal, die Wände von neutralem Hellgrau, an der Decke Standardlampen, Holzschränke, zwei Sessel, ein breites Bett, das mich unwillkürlich an Champagner, Frauen und billige deutsche Pornofilme denken ließ. Vielleicht wegen der Photographien an den Wänden, halb nackte Schönheiten, meist rotblond. Unter ihnen befand sich auch ein Mann, in einem schneeweißen Anzug, der seine gewaltigen Muskeln jedoch nicht verbarg.

»Das ist Laid. Wie er leibt und lebt«, sagte Schnee grinsend. »Ich habe ihm immer gesagt, er donnert sich zu sehr auf.«

Er ging zur Wand und riss die Photos kurzerhand ab.

»Werden denn seine Freunde nichts dagegen haben?«, fragte ich, da ich mich noch immer unbehaglich fühlte.

»Außer mir hatte er keine Freunde«, antwortete Schnee.

Mein Wunsch, dem Thema auf den Grund zu gehen, löste sich in Luft auf. Wenn Schnee Laids bester Freund war, dann konnte einem der Tote im Nachhinein noch leidtun.

»Brauchst du Hilfe?«, erkundigte sich Schnee lächelnd.

»Nein, danke, ich komme schon zurecht.«

»Dann mach's dir gemütlich. Frische Bettwäsche müsste im Schrank sein. Vielleicht passt dir von den Sachen was, ihr habt fast die gleiche Figur. Schlimmstenfalls lässt du sie ändern!«

Offenbar machte er mir das Angebot in vollem Ernst. Kriegten die Soldaten hier denn keine Uniform – wie in jeder noch so erbärmlichen russischen Garnison?

»Ich schau in einem Stündchen wieder vorbei. Dann gehen wir was essen.«

»Gut.«

Schnee verließ das Zimmer. Ich stand da und schaute auf die geschlossene Tür. »Ich darf wohl davon ausgehen, angemustert zu sein«, sagte ich halblaut.

Womit sie wohl kämpften? Worum es sich bei diesen Deltas wohl handelte? Um Flugzeuge, Hubschrauber, Raumschiffe, Bodeneffektfahrzeuge? Um Papier-Ufos?

Was sollte das nun schon wieder? Welche Rolle spielte es schon? Schließlich hatte ich ja wohl nicht die Absicht, gegen kleine grüne Männchen zu kämpfen, die von der Idee besessen waren, eins mit der Natur zu werden, oder?

Ich schüttelte den Kopf und verscheuchte das Phantasiebild. Dann inspizierte ich das Zimmer, schaute aus dem Fenster mit dem ach so malerischen Blick auf die Kasernen, die Startbahnen und den Platz. Das Schiff, mit dem wir gekommen waren, stand schon nicht mehr dort. Alles war leer und ruhig, der Wind trieb den Staub vor sich her. Eigentlich machte das Ganze sogar einen ziemlich sauberen und grünen Eindruck. Die Ökos von uns auf der Erde hätten hier beim besten Willen nichts gefunden, woran sie hätten herumkritteln können ... Was gab es noch im Zimmer? Hinter einer unscheinbaren Tür entdeckte ich die Duschkabine. Auf einem Schlauch saß eine Brause, der Hahn war ganz normal. Das Waschbecken hatte dagegen keine Hähne, nur eine Öffnung unterm Rand. Anscheinend musste man die Hände auf die deutsche Art waschen, im gefüllten Waschbecken. Ich hasse das.

Auf einem Regal unterm Spiegel stand eine Flasche. Ich öffnete sie und schnupperte an der hellgrünen Flüssigkeit. Eine Art Shampoo. Ein Stück Seife fand ich auch. Ein Rasierer wäre jetzt noch schön, denn ich war inzwischen ziemlich zugewachsen. Das letzte Mal hatte ich mich noch auf dem Raumkreuzer der Alari rasiert, vor tausend Jahren ... Nun erinnerte ich eher an einen kaukasischen Freischärler auf alten Propagandaplakaten.

Gut, wenigstens duschen konnte ich mich. Ich machte die Tür zu und zog mich aus. Als ich mir mit der Hand über die Wange fuhr, spürte ich den Dreitagebart. Was hätte es den Cualcua schon gekostet, die Barthaare zu beseitigen, als er mir mein eigentliches Äußeres zurückgab? Oder hatte er, während ich im Körper von Rimer steckte, akribisch berechnet, wie stark der Bart gewachsen sein musste?

Stören dich die Haare im Gesicht?

Cualcua!

Ich freute mich nicht einfach – ich wäre vor Freude beinahe in die Luft gesprungen. Ein Hilfsangebot, noch dazu bei einer winzigen, nicht lebenswichtigen Sache, stellte ein Novum im Verhalten meines Symbionten dar.

Ja. Kannst du den Bart entfernen?

Den Schnauzer und den Bart?

Ja.

Ich wollte es lieber nicht riskieren, auf seine Barbierfähigkeiten zu vertrauen. Sollte er mich ruhig glattrasieren.

Du kannst die Härchen jetzt abschütteln.

Ich fuhr mir mit der Hand übers Gesicht. Kleine Härchen rieselten zu Boden, genau wie nach einer Trockenrasur.

Sammel sie auf! Leg die Hand darauf! Ich brauche das Elastin, bat der Cualcua.

Nach kurzem Zögern klaubte ich ein Häufchen meines Barts zusammen und legte die Hand darauf. Sollte der Cualcua sich satt essen. Er war mein Partner. Und er hatte seine Bedürfnisse.

Ich hätte sie auch durch deinen Körper aufsaugen können, aber das hätte dir Schmerzen bereitet.

Komisch.

Sehr komisch.

Niemals – selbst dann nicht, als ich mit dem Tod konfrontiert war – hatte sich der Cualcua derart fürsorglich gezeigt. Entweder musste sich mein amöbenartiger Freund gebessert haben oder ...

Was ist mit dir?

Er schwieg. Meine Hand zitterte, während der Symbiont aß. Wahrscheinlich saß der größte Teil seines Körpers gerade in meiner Hand.

Aber das dürfte ihn eigentlich nicht am Sprechen hindern!

»Sitze ich am Essenstisch bin ich stumm wie ein Fisch ... He, mein Freund, für dich gelten diese Kinderregeln doch nicht!«, sagte ich laut.

Ich bin in Ordnung.

Du lügst.

Der Cualcua hüllte sich in Schweigen.

Der Traum jedes Schizophrenen ist es, mit sich selbst zu sprechen. Aber ich hatte nicht die Absicht, auf eine Antwort zu verzichten!

Ich habe Angst ...

Die Stimme in meinem Bewusstsein war leise, kaum zu hören. Ein Flüstern nur.

Was?

Ich habe Angst!

Ich löste die Hand vom tadellos sauberen Boden, richtete mich auf und schaute in den Spiegel. Ob mich jemand auf der anderen Seite des Spiegels beobachtete? Quatsch. Das war nun mit Sicherheit völliger Quatsch.

Wovor hast du Angst, Cualcua?, fragte ich ihn so zärtlich, als spreche ich mit einem Kind. *Du fürchtest dich doch nicht einmal vor dem Tod. Oder ...*

Meine Ahnung schien beängstigend wahrscheinlich!

Du hast die Verbindung zu deiner Rasse verloren? Du bist jetzt allein?

Was für ein Schock das für ihn gewesen sein musste! Er, ein Teil eines Ganzen, war plötzlich völlig von der Welt abgeschnitten!

Ich brauche dein Mitleid nicht. Du irrst dich sowieso. Wenn ein Teil autonom wird, dann kann er den Verstand nicht bewahren und stirbt. Und du stirbst dann ebenfalls.

Mein Mitleid wich sofort Panik und Hass. Dergleichen hielt der Cualcua für möglich? Und was, wenn er bei unserem Flug zum Kern die Verbindung zu seinem Ganzen verloren hätte? Hätte er, eine wahnsinnig gewordene Amöbe, meinen Körper dann von innen getötet?

Ja. Verzeih. Aber die Wahrscheinlichkeit für diese Wendung der Dinge ist eigentlich minimal. Das, was mich zu einem Ganzen verbindet, lässt sich nicht abschirmen.

Ich ertappte mich dabei, dass ich mir meine gekrümmten Finger in die Brust bohrte, bis es schmerzte. Ich musste diesen Klumpen fremden Fleischs finden, ertasten, zerreißen ...

Beruhige dich!

»Was ist es denn? Wovor hast du Angst?«, schrie ich. »Los, sag's mir! Ich habe das Recht, das zu erfahren!«

Das Tor.

Ich schwieg. Offenbar hatte er sich entschlossen, die Karten auf den Tisch zu legen. Mein Herz hämmerte wie wild.

Als wir durch das Tor gegangen sind ... Das war ein Fehler.

Warum?

Ich ...

Eine Pause. Dieses nahezu allmächtige Wesen würde doch wohl keine Schwierigkeiten haben, mir etwas zu erklären? Bei dem ungeheuren Wissen, das ihm zur Verfügung stand und von dem andere Rassen nicht einmal zu träumen wagen durften. Außerdem könnte er mich so geschickt anlügen, dass ich ihm niemals auf die Schliche kommen würde. Wir standen nämlich nicht einfach auf unterschiedlichen Entwicklungsstufen – zwischen uns klaffte ein unvorstellbarer Abgrund.

Ich werde dich nicht anlügen. Ich lüge nie. Entweder schweige ich oder ich rede. Ich habe Schwierigkeiten mit der Wortwahl.

»Gib dir Mühe«, bat ich. »Ich werde es auch tun.«

Als du durch das Tor gegangen bist, bist du nicht nur im Raum verschoben worden, wie es bei der Rasse der Geometer geschehen ist.

»Verstehe.«

Das war ... ich habe dich gewarnt, ich habe Schwierigkeiten, das richtige Wort zu finden. Als du da durchgegangen bist, war das eine ***Erfassung****. Etwas hat dich* ***erfasst****. So kann man es wohl sagen ...*

Mich überwältigte ein Gefühl, das sich mit nichts vergleichen ließ. Als ob ich einen Schrei ausstoßen würde, ein lautloses Klagen, das alles in sich aufnahm, angefangen von vagen Kindheitserinnerungen bis hin zur Rasur mit der Hilfe des Cualcua. Plötzlich erinnerte ich mich an Dinge, die jener barmherzige Schuft, mein Gedächtnis, vor langer Zeit vor mir versteckt hatte. An Dinge, an die ich mich gern erinnerte. Und auch an manches, das ich lieber vergessen wollte ...

Ich fiel zu Boden, schlug mir schmerzhaft die Knie auf und saugte gierig Luft ein. Nein ...

Zwei

Alles ist groß. Sehr groß. Eine Welt für Riesen. Und einer von ihnen steht über mir und streckt mir die Arme entgegen.

»Kommst du mit mir?«

Ich glaube, ich denke nach. Ich kann kaum sagen, worüber, denn mit meinen Gedanken stimmt etwas nicht, sie sind nicht wie sonst, ich denke nämlich nicht in Worten, sondern in Bildern, in Brocken von klaren und einfachen Gefühlen. Ich glaube, ich möchte mitgehen. Sehr gern sogar. So gern, dass ich am liebsten weinen würde. Aber ich habe Angst, es zu sagen. Oder ich schäme mich. Deshalb suche ich zu einer einfachen Geste Zuflucht: Mit einer Hand fasse ich nach der mir entgegenstreckten Hand, mit der anderen nach dem Bein der Frau im Kittel, die neben mir steht. Sie hat ein faltiges, altes Gesicht, in ihren Augen schimmern Tränen, trotzdem lächelt sie. Als freue sie sich für mich. Sie ist gut, ich habe sie sehr lieb. Aber noch lieber möchte ich mit dem Mann mitgehen, der mir die Hand entgegenstreckt. Und ich werde auch mit ihm mitgehen, das steht fest. Wenn die Großen sich etwas in den Kopf set-

zen, dann kann man weinen oder sich verstecken, aber sie kriegen trotzdem ihren Willen. So ist es immer ...

Der Fußboden hier schien ebenfalls aus Papier zu bestehen. Trotzdem ist er kalt ... und hart ...

Wie jung du damals warst, Großpapa. Wenn ich heute an dich denke, dann sehe ich einen ganz anderen Mann vor mir. Wie unglaublich du abgebaut hast. Ob daran jener kleine Junge schuld war, den du dir im Alter von sechzig Jahren aufgehalst hast?

»Im April 1661 sind zwei Jesuiten, der Österreicher Johann Grueber und der Belgier Albert D'Orville, auf dem Landweg mit einem Geheimauftrag von Peking nach Rom aufgebrochen ...«

Das Telefon klingelt. Ohne mich von dem Buch loszureißen, lange ich danach und drücke auf den Annahme-Knopf.

»Hallo!«

»Pjotr?«

Sofort wummert mein Herz los.

»Romka?«

»Hmm. Was machst du gerade?«

Ich setze mich im Sessel im Schneidersitz hin. Das Buch schiebe ich beiseite.

»Nichts. Ich lese.«

»Und? Ist es interessant?«, fragt Romka nach kurzem Schweigen.

»Ja. Ein Buch übers Reisen.«

Kann das ehrlich wahr sein? Ruft Romka mich tatsächlich an? Dabei hatte doch er recht, nicht ich. Also hätte ich nachgeben müssen, ihn anrufen und ihm etwas vorstammeln müssen, wobei ich möglichst vergessen sollte, dass ich die Nase meines besten – aber was heißt hier besten? Meines einzigen – Freundes! zu Brei geschlagen habe!

»Willst du es vielleicht auch mal lesen?«, frage ich schnell. »Dann komm einfach vorbei! Wir können es auch zusammen lesen!«

»Ich hab keine Zeit.« Romka taut etwas auf. »Also ... weißt du ... Danila und ich, wir wollen ...« Er senkt die Stimme. »In diesen Keller gehen! Kommst du mit? Danila sagt, wir müssen drei sein.«

Als ob er sonst niemanden anrufen könnte. Aber spielt das eine Rolle? Ich will mich ja selbst wieder mit ihm vertragen!

»Gut! Aber morgen!«

»Warum denn?«

»Mein Großvater und ich haben gewettet, wer mehr über die Erforschung Tibets weiß ... Ich muss noch ein paar Sachen lesen, heute Abend tragen wir unser Duell aus.«

Ich bedauere schon, dass ich davon überhaupt angefangen habe. Und wenn ich schon gegen Großpapa verlieren würde ... na und, würde er mich eben auslachen ...

»Du hast einfach Schiss«, sagt Romka plötzlich.

Und etwas Gemeines entschlüpft mir, noch bevor ich mir auf die Zunge beißen kann: »Das musst du gerade sagen ... du Heulsuse ...«

»Und du bist ein Mistkerl! Ein Feigling!«, schreit Romka. »Wir rufen jetzt Jurka an! Und du kannst bleiben, wo der Pfeffer wächst!«

Ich werfe das piepende Telefon auf den Tisch. Anschließend schnappe ich mir das verdammte Buch und schleudere es gegen die Wand.

Das war das Ende. Danach hatte ich keinen Freund mehr. Und sollte auch nie wieder einen haben.

Aber deshalb musste ich mich doch nicht so herumwälzen. Und warum lag ich überhaupt auf dem Boden, in einem fremden Zimmer, auf einem fremden Planeten?

So ist es also gekommen, Romka. Du bist mein einziger Freund gewesen. Vielleicht hat nicht mal mein Großvater was von dir gewusst. Er hätte bestimmt nicht gewollt, dass wir uns zerstreiten. Trotzdem ... ist es nun mal so gekommen.

Das ist irgendwie peinlich. Obwohl ich damit gerechnet habe. Ich habe genau gewusst, dass es beim ersten Mal nicht richtig klappt. In allen Büchern steht, dass ein Mann den Vorgang anfangs nur schlecht kontrollieren kann, er muss das erst lernen. Aber warum habe ich mich vorher als großer Casanova aufspielen müssen?

»Hast du mich so sehr gewollt?«, fragt Nata. Sie streichelt mir mit der Hand über den Rücken. Sie wirkt enttäuscht, aber nicht sehr.

»Ja«, ergreife ich den rettenden Strohhalm. »Entschuldige, Nataschka ...«

»Ach, vergiss es, es ist doch schön, wenn ein Junge dich so sehr begehrt. Wollen wir wetten, dass ich dir jetzt ...«

Sie lacht, wirft sich auf mich, und meine Verlegenheit verzieht sich sofort, stattdessen meldet sich mein Verlangen zurück, vermischt mit dem Gedanken, wie die Welt von jetzt an wohl sein würde, schließlich muss sie sich verändert haben, anders geht es ja gar nicht, nach diesem *Erlebnis, wahrscheinlich würde mir alles auf der Stirn geschrieben stehen ... aber Lida würde es verste-*

hen … nur sollte ich jetzt nicht an sie denken, das ist nicht fair …

Aufstehen! Ich musste unbedingt aufstehen! Mich bewegen, mir die Welt ansehen, nicht die blassen Schatten der Vergangenheit …

Verzeih mir, Nataschka, ich habe dich tatsächlich vergessen. Dir ist das natürlich egal. Denn du hast mich garantiert längst vergessen. Ich weiß ja, wie schnell du dich verliebst. Aber ich habe dich wirklich ein wenig geliebt. Als meine erste Frau. Verzeih mir bitte. Die erste Frau heiratet man nie. Ihr ist man nur dankbar. Aber das ist schließlich auch etwas …

»Was tust du als Nächstes, Flugschüler?«

»Ich gebe einen Warnschuss ab.«

»So. Das nicht identifizierte Flugzeug reagiert nicht und setzt seinen Flug in Richtung Staatsgrenze fort.«

»Ich verlange noch einmal, mir zu folgen … und ich gebe weitere Warnschüsse ab.«

»Warum schießt du das Flugzeug eigentlich nicht ab?«

Der Major lacht. Er genießt es, mich in die Enge zu treiben. Es ist nicht so, dass er mich nicht mag – das macht er mit allen. Aber besonders gern halt mit den besten Kursteilnehmern.

»Nein, ich schieße es nicht ab.«

Um mich herum schaukelt der Himmel. Der alte Zweisitzer fliegt in einer Höhe von zehn Kilometern. Eigentlich müsste ich steuern, aber der Major hat sich den Steuerknüppel geschnappt. Er hat nicht mehr oft die Gelegenheit zu fliegen. Und auf mich wartet noch die ganze Zukunft.

»Übrigens hat die 67er keine Schusswaffen. Hast du mal versucht, Warnschüsse mit zielsuchenden Raketen abzugeben?«

Ich hülle mich in Schweigen.

»Gut. Du hast die Anweisungen genau befolgt. Das Flugzeug fliegt weiter Richtung Grenze.«

»Ich nehme mit dem Boden Kontakt auf.«

»Du kriegst die Antwort: ›Handeln Sie den Umständen entsprechend.‹ Das antworten sie immer, Flugschüler. Vergiss nie, du sitzt am Steuer und du allein trägst die Verantwortung. Manchmal natürlich auch noch der vor Angst schweißnasse Offizier, der am Mikro sitzt ...«

»Ich nähere mich dem Flugzeug, um den Typ festzustellen.«

»Es ist mit gleicher Wahrscheinlichkeit ein Passagierflugzeug vom Typ Boeing, eine Maschine der Radaraufklärung oder der Landetruppen.«

»Das kläre ich jetzt.«

»Nein, Flugschüler. Es ist nachts, und du sitzt in einer alten Maschine ... du kannst nichts feststellen. Was tust du als Nächstes? Zehn Sekunden! Das Objekt nähert sich neutralem Gebiet! Übernimm das Steuer.«

Warum spielt er das alte Spiel der koreanischen Boeing ausgerechnet mit mir? Warum? Ausgerechnet mit mir, wo meine Eltern abgestürzt sind ... und niemand weiß, ob das einfach an Materialermüdung lag oder ob ein übereifriger Soldat der Luftwaffe ... der sich in seiner alten Maschine am Himmel verirrt hatte, von der Unentschlossenheit der Bodenstation völlig ausgelaugt war, sich an den amerikanischen »Quarantänegürtel« erinnerte, der in den

Jahren der Junta-Regierung eingerichtet worden war, an die frech gewordenen Chinesen ...

»Die Zeit ist um!«

»Feuer!«

Ich drücke sogar den Knopf. Reflexhaft drücke ich, nachdem ich die Sicherung entfernt und damit das Flugzeug aus dem Takt gebracht habe – die Nase hebt sich zu dem nicht existierenden Zerstörer –, den roten Abschussknopf voll durch.

Natürlich passiert nichts. Der Knopf leuchtet, aber es gibt keinen Rückstoß von abgehenden Raketen. Niemand würde einem Zweisitzer bei einem Ausbildungsflug einsatzbereite Kampfraketen mitgeben.

Der Major sagt nicht gleich wieder etwas. Und als er es tut, liegt in seiner Stimme leichte Verblüffung.

»Das Ziel ist getroffen, Flugschüler. Das brennende Flugzeug stürzt ab. Was tust du als Nächstes?«

»Ich behalte das Ziel im Auge, bis es Bodenkontakt hat.«

»Hast du keine Angst zu sehen, was es war?«

»Doch.«

»Verzeih einem alten Idioten, Petja«, bittet der Major mit einem Seufzer. »Flieg zum Stützpunkt zurück!«

Unsicher fliege ich einen Bogen, meine Hände scheinen mir nicht mehr zu gehören, aber der Major korrigiert mich nicht. Um uns herum gibt es nichts als Himmel.

»Normalerweise behaupte ich, es war ein Passagierflugzeug«, gesteht der Major mit leiser Stimme. »Wir ... wir müssen das sagen. Damit erst gar kein Übermut aufkommt. Das Land braucht keine Zwischenfälle.«

Ich schweige.

»Aber dir sage ich die Wahrheit«, teilt mir der Major sachlich und unmissverständlich mit. »Es war ein amerikanischer Bomber.«

Ich stand. Ich war schon aufgestanden.

Welchen Sinn hatte es, einen Bomber abzuschießen, der mit seiner todbringenden Fracht auf dem Rückflug war?

Einen ganz ummittelbaren natürlich.

Um jemandem eine Lektion zu erteilen.

Hast du es jetzt verstanden, Pjotr?

Ich war noch nicht wieder ganz zu mir gekommen. Ich sah mich in dem engen Bad um. Hier war niemand, nur die Stimme des Cualcua erschallte tief in meinem Hirn. Ein deutliches und leises Flüstern. Ich befand mich auf einem Planeten des Schattens. Die Erde mit ihren Problemen einer Spielwelt war unvorstellbar weit weg.

»Ich glaube schon. Was war das?«

*Die **Erfassung**. Als du durch das Tor gegangen bist, ist genau das mit dir passiert. Nur hast du es nicht gespürt. Ich habe alles etwas grober gestaltet. Mit Absicht.*

Mir war schwindlig. Erinnerungen sausten um mich herum, wirbelten durcheinander und machten mir das Herz eng. Schatten von Erinnerungen ...

*Jetzt kenne ich dich wesentlich besser. Ich habe dich **erfasst** – und kann es dir erklären. Stell dir vor, du hieltest ein Papierflugzeug in der Hand. Du holst aus und lässt es fliegen ... So funktionieren die Kabinen der Geometer. Und jetzt stell dir vor, du würdest das Papier zunächst entfalten. Um alles zu lesen, was darauf steht.*

Dann würdest du es wieder falten. Das sind die Tore vom Schatten.

»Und du hast Angst bekommen, weil jemand meine Gedanken gelesen hat?«

Nein. Denn das ist nichts Besonderes. Jedes intelligente Wesen, dessen Verstand mindestens eine Stufe höher angesiedelt ist als deiner, könnte dich ***erfassen****.*

Das heißt?

Ja. Auch ich bin ***erfasst*** *worden.*

Interessant. Der Cualcua war daran gewöhnt, die Welt zu betrachten, ohne im Gegenzug etwas zu fordern, aber auch ohne etwas zu geben ... nichts Wesentliches jedenfalls, einzelne Zellenindividuen zählen schließlich nicht.

Mindestens eine Stufe, Pjotr! Begreif das. Es gibt eine ungeschliffene Kraft wie die Daenlo, Hyxoiden oder die Torpp. Dann gibt es die genial organisierte Rasse der Zähler. Aber sie sind zu stark auf ihre Individualität fixiert. Deshalb haben sie den Weg der Verstandsverschmelzung nicht beschritten. Bei allen Rassen gibt es einzelne Individuen mit einem großen geistigen Potenzial. Mitunter verfügen sie nur über ein absolut zu vernachlässigendes Wissen, dafür sind sie jedoch imstande, sich dem Neuen zu öffnen. Aber mich hat ein in sich geschlossener Verstand ***erfasst****, der sich mit meinem vergleichen lässt, ihm aber weit überlegen ist. Er hat mich umgestülpt, absorbiert und wieder losgelassen. Mir blieb keine Möglichkeit, etwas dagegen zu unternehmen. Wenn ich es vorher gewusst hätte ...*

»Dann hättest du dich umgebracht. Jenen Teil von dir, der in meinem Körper lebt. Und wahrscheinlich wäre ich dann auch gestorben.«

Ich lachte. Also das amüsierte mich nun wirklich.

»Du hast dich daran gewöhnt, einfach in fremden Körpern zu hocken, nicht wahr, Cualcua? Die Welt zu beobachten und Wissen anzuhäufen? Passiv und die Ruhe genießend ... Aber jetzt ist es vorbei mit der Ruhe, mein Freund. Wir sind jetzt gleich ... gleichermaßen unbedeutend.«

Erschreckt dich das denn nicht?

»Weshalb sollte es? Ich bin daran gewöhnt, schwach zu sein.«

Ich drehte den Hahn der Dusche auf, und der Brause entströmte ein harter Strahl warmen Wassers. Genussvoll ließ ich es auf mich herabprasseln.

Was wirst du jetzt tun?

»Mich waschen.«

Und weiter?

»Den Betreiber dieses Theaters suchen.«

Ich glaube, das ist kein Theater, antwortete der Cualcua. Daraufhin verstummte er wieder, zog sich zurück in jene Tiefen, aus denen er so ungern auftauchte.

Na schön, wenn er es so wollte ... Ich spritzte mir Shampoo auf den Handteller und seifte mich ein. Das sollte kein Theater sein? Da war ich aber ganz anderer Meinung. Wenn jemand mein ganzes Leben während des kurzen Moments bei einem Hyperübergang eingescannt hatte und nun wusste, wer ich war und woher ich kam, dann konnte das Ganze nur ein Experiment sein. Vermutlich hatte mein Großvater das geahnt.

Und die Geometer mussten aus Furcht vor dieser fremden Kraft geflohen sein. Sie hatten diese Kraft gespürt –

und wollten es nicht riskieren, sich mit ihr einzulassen. Bekanntlich hilft gegen ein Brecheisen lediglich ein anderes Brecheisen. Aber die einzige Frage, die mich interessierte, war, ob ich hier auf Hilfe rechnen durfte.

Ein Verstand, welcher den des Cualcua übertrifft. Der konnte keinem Menschen gehören, davon musste ich ausgehen. Aber worum handelte es sich dann? Um ein gigantisches Gehirn in einem Kristalltank? Einen Computer in einem See aus Flüssighelium? Ein Plasma-Neuronen-System? Oder um eine Art künstlich geschaffenen Torpp? Das würde ich schon herausfinden. Wenn man mich nicht aus dem System gekippt oder getötet hatte, brauchte man mich anscheinend noch. Und sei es als Spielzeug. Als interessantes Tierchen, dem man einen Planenten als Käfig baut und Puppenmenschen gibt.

Du irrst dich. Diese Menschen unterscheiden sich in keiner Weise von dir. Sie sind echt.

Wahrscheinlich sollte ich mir die Ansicht des Cualcua zu Herzen nehmen. Gut, er war in Panik – aber trotzdem zwang ihn seine Natur, die Situation objektiv zu beurteilen.

Aber ich konnte ihm nicht verzeihen ... nein, nicht das Geständnis, dass er mich hätte töten können, nur um sich der unbekannten Kraft nicht zu offenbaren. Das verstand ich ja. Und ich war sogar bereit, das als intelligente und ethische Entscheidung zu akzeptieren.

Dass er mich jedoch selbst **erfasst** hatte, stand auf einem anderen Blatt.

Dabei interessierte den amöbenhaften Cualcua all das gar nicht. Weder meine kindlichen Ängste und Streitereien noch meine Komplexe oder meine Selbstüberwindung scherten ihn. All das war ihm genauso egal wie mir die Häutungsprobleme der Reptiloiden oder die Knospung der Daenlo. Vor einem Alien ist es nicht peinlich, seine Seele bloßzulegen – er selbst hat ja keine.

Unangenehm ist es, sich an sich selbst zu erinnern. Sich zu **erfassen**.

Sollte da unten, auf dem Boden meiner Seele, wirklich noch alles vorhanden sein? Die Angst vor Einsamkeit und Heimatlosigkeit? Die Scheu, das eigene Wesen zu offenbaren, die Bereitschaft, sich selbst zu verleugnen – und zu töten? War ich wirklich so?

Denn so wollte ich nicht sein.

Für mich war es auch nicht leicht. Vergiss das nicht. Ich habe auch meine Probleme.

Ich legte den Kopf in den Nacken und schluckte das warme Wasser.

»Gut. Schließen wir Frieden. Wagen wir eine *Annäherung-an-den-Frieden*, wie die Geometer sagen. Aber lass uns vereinbaren ...«

Der Cualcua ist einverstanden. Sobald du Hilfe brauchst, wirst du sie bekommen.

Warum mein Symbiont plötzlich in der dritten Person von sich redete, blieb mir ein Rätsel. Vielleicht war ja das Herumgewühle in meiner Seele auch für ihn nicht ohne Folgen geblieben ...

»Auch Pjotr Chrumow ist einverstanden. Ich werde versuchen, alles über diese Welt in Erfahrung zu bringen. Damit du keine Angst mehr zu haben brauchst ...«

Die fremde Kleidung durchstöberte ich ohne Scheu. Der Cualcua hatte mit seiner **Erfassung** irgendwelche tief verankerten Hemmungen in mir abgebaut. Es gab viele Sachen, teilweise zu groß, teilweise eindeutig getragen. Trotzdem fand ich sowohl in Folie eingeschweißte Unterwäsche als auch recht neu aussehende Hosen und einen Pullover. Beides hatte eine eher düstere Farbe, dunkelgrün, aber damit musste ich leben. Es war halt Armeekleidung ...

Jetzt war ich bereit für den Alltag des Schattens.

Fünf Minuten hantierte ich am Fernseher herum, leider erfolglos. Anscheinend funktionierte hier tatsächlich alles auf mentalen Befehl. Ein Hyxoid wäre vielleicht hinter die Sache gestiegen, sie haben schließlich eine vergleichbare Technologie. Mir jedoch blieb nichts anderes übrig, als bedauernd aufzugeben. Schade. Ein Weilchen vor dem idiotischen Flimmerkasten zu verbringen – das ist zwar nicht der zuverlässigste, dafür aber ein sehr schneller Weg, um das Leben von Fremden kennenzulernen.

Bücher gab es in dem Zimmer überhaupt keine. Weder elektronische wie bei den Geometern noch normale. Vielleicht kannte der Schatten ja keine Bücher, vielleicht war es aber auch nur ein persönliches Manko des toten Laid.

Blieb mir also nur die Alltagskultur.

In den Schubfächern des kleinen Tischs, dessen Zweck mir schleierhaft war, fand ich einen Packen Photos. Die einzige Gewissheit, die sie mir gaben, war die, dass die hiesigen Frauen sich nicht von denen auf der Erde unterschieden. Ich zählte sechs Freundinnen von Laid und legte den Stapel beiseite. Diese Art sexuellen Anschauungsunterrichts hatten wir bereits in der Schule absolviert.

Ein kleines Gerät mit einer Mulde, in die eine transparente Plastikscheibe eingelegt war, konnte Gott weiß was sein. Vielleicht ein Player, vielleicht eine Taschenkaffeemaschine, vielleicht eine sensationell effiziente Waffe. In mir festigte sich lediglich der Verdacht, dass mir die hiesige Technik verschlossen blieb.

Also wirklich! Das hier musste eine besondere Form von Strafe sein! Bei den Geometern hatte es ja wenigstens noch die Lehrbücher für die Regressoren gegeben. Selbst wenn sie nicht mit der ganzen Wahrheit herausrückten und nur einen bestimmten Teil der Gesellschaft abhandelten, war mir doch Vieles klar geworden.

»Vergiss es!«

Das Gerät immer noch in Händen, drehte ich mich um. In der Tür stand Schnee, ebenfalls frisch geduscht und nach irgendeinem schweren blumigen Eau de Cologne duftend, in schwarzen Hosen und Hemd.

»Der Illusor ist nun mal für Laid gemacht. Außerdem – was interessieren dich seine Träume? Kauf dir lieber einen neuen.«

»Hmm.« Ich legte den Illusor weg.

»Du hast also was gefunden, das dir passt.« Schnee nickte zufrieden. »Hervorragend. Willst du was essen?«

»Ehrlich gesagt, nein.«

»Solltest du aber.« Schnee nahm das Essen offensichtlich ernst. »Ich wollte nämlich in die Stadt fahren ...«

»Wenn du willst, begleite ich dich«, sagte ich rasch. Die Stadt – das war gut. Das bedeutete Informationen.

»Dann nimm das.« Schnee hielt mir eine weiße Plastikkarte ohne Aufdruck oder Bild hin. »Das ist Geld«, erklärte er mir. »Bei uns sieht das so aus. Bis unsere Bürokraten in die Gänge kommen, verhungerst du. Sagen wir mal, ich leihe dir das ...«

Nun bestand kein Zweifel mehr, dass ich mich mit Fug und Recht wundern durfte. Worüber auch immer. So, wie die Welten des Schattens sich voneinander unterschieden, würde jede Frage völlig selbstverständlich klingen.

»Ich würde gern mehr über euern Planeten wissen, Schnee.«

»Dann mach dich schlau.«

Wir sahen einander schweigend an.

»Was denn? Ist der Fernseher auch blockiert?«, fragte Schnee verblüfft. Er drehte den Kopf.

Der Fernseher sprang an. Der Bildschirm leuchtete auf und schien zu verschwinden, als öffne sich ein Fenster. Voller Neugier sog ich das Bild in mich auf.

Ein großer Saal. Über die Bühne huschten bunte Lichtkreise. Zwischen diesen Lichtern sprang ein nicht mehr ganz junger Mann mit nacktem Oberkörper und in einer schwarzen, eng anliegenden Hose herum. Zunächst dachte ich, es sei ein Sänger, aber er stimmte nicht in die wilde, jedoch recht melodiöse Musik ein. Die hiesige Ballettvariante?

Das Bild wechselte. Abermals eine Bühne, nur kleiner. Diesmal trat wirklich ein Sänger auf. Ein Teenager in klassischem Anzug. Er sang bemüht, aber untalentiert.

Ein weiteres Bild. Ein langweiliger Raum in Schwarz und Weiß, ein junger Mann mit lebensfrohem lustigen Gesicht.

»Ich offeriere meine Hilfe bei der Durchführung von Festivitäten!«

Der Mann war überkandidelt und geschmacklos angezogen. Um den Hals trug er ein gelbes Jabot, alle Kleidungsstücke waren mit Spitze besetzt. Der Harlekin aus der Pinocchio-Inszenierung für Kinder. Er holte tief Luft und ratterte los:

Gedichte, Prosa auch nach Maß!
Wir grüßen Freunde und Kollegen.
Bei uns gibt es für jeden was,
drum greif jetzt gleich – sei nicht verlegen! –
zum Telefon und ruf uns an.
Die Lieferung kommt morgen schon!
Vor lauter Freude springst du dann
womöglich nackt auf den Balkon,
beauftragst uns schon bald erneut
als treuer Kunde. Du wirst sehen:
An Genres, Stilen und Ideen –
wir haben alles, was dich freut!

Daraufhin tanzten grelle kleine Blumen wie Schmetterlinge über den Bildschirm.

»Oha«, sagte ich bloß. »Oha.«

Schnee kicherte. Das Gedicht hatte ihn ebenfalls amüsiert, ihm ein kurzes und heftiges Vergnügen bereitet, vergleichbar dem, wenn man sich an einem Mückenstich kratzt.

Der nächste Kanal. Absolut unverständlich. Ein Stadion, über das Feld rannten Menschen. Männer, Frauen und Kinder. Sie fielen immer wieder hin, blieben reglos liegen und hielten sich bei den Händen. Nach einer Weile sprangen sie auf und rannten abermals in verschiedene Richtungen weiter. All das geschah ohne jede Musikuntermalung, in völliger Stille. Nur ein leichtes Rauschen war zu hören und schließlich eine nachdenkliche Stimme: »Die Mannschaft aus der Stadt Dsarran zeigt sich gut eingespielt. Die Frauen sind zwar nicht in Hochform, aber wie Sie sich erinnern werden, hatten sie gestern ihre Einzelauftritte ...«

Schnee hustete. »Alles nur Amateure«, sagte er. »Aber es scheint zu funktionieren. Was interessiert dich denn? Wirtschaftsberichte, politische Kommentare oder eine historische Show?«

»Alles.« Ich zögerte. »Schnee, ich weiß einfach nicht, wie ich mit dem Bildschirm umgehen muss!«

»Aah ...« Er nickte. »Entschuldige. Ich bin ein Idiot, bei uns auf den Regenbogen-Brücken gab es nämlich auch ein System der stimmlosen Bedienung. Also, wie willst du den Apparat bedienen? Mit der Stimme? Oder mit einem manuellen Interface?«

»Mit der Stimme.«

»Gib mal einen Befehl!«

»Hast du es etwa schon eingerichtet?«

Unwillkürlich trat ich näher an den Bildschirm heran. Im Stadion rannten die Leute immer noch umher. Aber jetzt konnte ich bereits drei Ströme in der Menge unterscheiden, drei Mannschaften, die aus ihren Körpern

Figuren formten und gleichzeitig versuchten, den Gegner daran zu hindern, ihnen den Raum streitig zu machen.

»Politische Kommentare«, bat ich.

Der Fernseher gehorchte mir. Es baute sich das Bild von einem Saal auf, in dessen Mitte um einen Tisch eine Gruppe von Menschen saß. Unter ihnen auch ...

»Hab ich's mir doch gedacht!«, rief Schnee aus. »Vergrößere den Grünen!«

»Den Grünen vergrößern!«, wiederholte ich gehorsam. Das Bild wackelte, als mache sich der Kameramann hastig daran, meinen Befehl zu befolgen.

Das Gesicht des Mannes war in der Tat grün. Ein zartes Salatgrün, nicht unangenehm, trotzdem ließ es an einen Ertrunkenen denken. Eine platte Nase, ein extrem kleiner Mund, dazu aber riesige Augen. Kurze und sehr feine Haare, fast wie das Fell eines kleinen Tiers. Der Grüne saß nicht wie die anderen in einem Sessel, sondern auf einem hohen Holzhocker, was gar nicht zu der streng gehaltenen, offiziellen Szenerie passte.

Der Grüne stieß eine Reihe von Quieklauten aus.

»Diese miesen Kröten! Selbst bei Verhandlungen weigern sie sich, wie Menschen zu sprechen«, ereiferte sich Schnee.

Unverzüglich folgte die Übersetzung: »Der nicht-bevollmächtigte Vertreter ist betrübt und empört über die neuerlichen Verletzungen des Waffenstillstands. Der Angriff auf einen friedlichen Konvoi kappt die Wurzeln des Vertrauen zwischen unseren Rassen ...«

»Zwischen den Rassen?«, hakte ich nach.

»Hmm, sie halten sich selbst nicht für Menschen«, bemerkte Schnee beiläufig. »Aber hör lieber zu! Die reden von mir!«

Er strahlte vor Begeisterung.

»Die Opfer innerhalb der Zivilbevölkerung ...«

»Diesen friedlichen Konvoi hättest du mal sehen sollen!« Jetzt geriet Schnee ziemlich in Wut. »Zehn Panzer, die direkt an der Frontlinie am Meer ihre Saat ausstreuten! Denen reicht es einfach noch nicht, dass schon alles zugeschlammt ist! Schalte diese Missgeburten ab!«

Ich gehorchte widerwillig, und der Bildschirm schaltete sich aus.

»Wenn ich diese Kröte jetzt zwischen die Finger kriegen würde! Gehen wir, Pjotr! Ich will dir was zeigen!«

In Schnees Schlepptau verließ ich die Kaserne. Wir gingen über den Platz, der noch immer menschenleer und still dalag. Schnees exquisite Schimpftiraden dürften im ganzen Stützpunkt zu hören gewesen sein.

»Nun sag mal selbst, sind das nicht Mistkerle?«

Mir behagte das nicht. Über das Theater nachzudenken, das meinetwegen, wegen eines unbekannten Außerirdischen, inszeniert worden war, hatte mir ja durchaus gefallen. Aber selbst darin eine Rolle zu spielen ...

»Hier lang!«

Wir kamen zu einem einzeln stehenden Gebäude und stiegen die Treppe runter in den Keller. Es gab ein paar Türen, vor denen wir jeweils ganz kurz stockten, was mir klarmachte, dass Schnee sie mit einem mentalen Befehl öffnete.

»Jetzt kriegst du echt was zu sehen«, kündigte Schnee mir finster an.

Hinter der letzten Tür lag ein Zimmer, in dessen Mitte ein funkelndes Kraftfeld verlief. Ein sehr gemütliches Zimmer. Obwohl ich geahnt hatte, wohin Schnee mich brachte, hätte ich nicht mit einem derart prachtvollen Gefängnis gerechnet. Natürlich handelte es sich bei den Fenstern nicht um solche, sondern um Bildschirme, die sich jedoch nicht von normalen Fenstern unterscheiden ließen. Die Möbel, der Teppich auf dem Fußboden und eine Tür, hinter der das Bad liegen dürfte. Auf dem Tisch ein Tablett mit Essen.

In der Mitte des Zimmers stand reglos eine Frau. Absolut nackt. Mit hellgrüner Haut. Sie war mager, alle Rippen zu sehen. Ihre Haltung hatte etwas Angespanntes, wie bei einem Menschen, der sich ekelt, weil er bis zu den Knien in Scheiße steht.

»Darf ich dir eine Pilotin der Grünen vorstellen, Pjotr? Die unerschrockene junge Dame will uns ihren Namen nicht verraten ... Nenn sie also, wie du willst.«

Schnee trat an die Barriere heran und winkte der Frau zu.

»Was macht ihr mit ihr?«, fragte ich leise.

»Wir? Nichts.«

»Warum steht sie dann so da?«

»Das musst du sie schon selber fragen!«

Ich näherte mich ebenfalls der Absperrung. Die Frau sah mich an. Das regenbogenfarbige Kraftfeld verzerrte das Licht ein wenig, schien Geräusche aber durchzulassen.

»Wie heißt du?«, fragte ich sanft.

Die fest aufeinandergepressten Lippen bewegten sich. »Unwichtig.«

»Oh, sie spricht!«, freute sich Schnee. »Sie geruht, sich an die Sprache ihrer Vorfahren zu erinnern.«

»Ihr seid nicht unsere Vorfahren.«

»Ach nein?«

»Warum stehst du so da?«, fragte ich.

»Tot. Alles um mich herum ist tot«, brachte die Frau so monoton heraus, als wiederhole sie es bereits zum tausendsten Mal. »Das will ich nicht berühren.«

»Es ist ihr wirklich unangenehm ...«, sagte ich zu Schnee. Doch als ich seinen Blick auffing, verstummte ich.

»Zu verbrennen ist noch unangenehmer!«

»Lasst mich hier raus«, sagte die Frau. Sie bat nicht, sondern teilte uns schlicht ihr Anliegen mit.

»Nur zu gern.« Schnee nickte. »Ein Angebot für den Austausch ist bereits rausgegangen. Im letzten Jahr sind auf euerm Gebiet mehr als zweihundert unserer Leute verschwunden. Wir tauschen dich gegen jeden x-beliebigen von ihnen aus.«

»Wir machen keine Gefangenen.«

»Nicht? Wie kommst du dann dazu, uns Forderungen zu stellen?« Schnee lachte leise.

»Tot. Alles um mich herum ist tot.« Die Frau schloss die Augen – und schien förmlich in Starre zu fallen.

»Gehen wir, mehr wird sie nicht sagen«. Schnee zog mich fort.

»Was geschieht jetzt mit ihr?«, fragte ich, während wir wieder nach oben gingen. »Wird sie ausgetauscht?«

»Nein. Sie ermorden ihre Gefangenen. Denn jeder nicht adaptierte Mensch schadet der von ihnen geschaffenen Biosphäre.«

»Dann wird sie ...«

»Aber sicher. Sie wird sterben. Vor Hunger und Durst. Aber wie kommt sie dazu, uns Forderungen zu stellen? Unser Essen ist für sie nicht giftig. Vielleicht schmeckt es ihr nicht, mehr aber auch nicht. Von unserer Kleidung kriegt sie keine Dermatitis. Und davon, dass sie sich in einen der Sessel setzt, wirft ihre grüne Haut keine Blasen.«

Wie Schnee persönlich dazu stand, ließ sich seinen Worten nicht entnehmen. Möglicherweise lag sogar Mitleid mit der Frau darin, aber jedenfalls keine Barmherzigkeit.

Ich musste mir in Erinnerung rufen, dass das nicht mein Krieg war. Und dann – weil das nichts half –, dass das ja überhaupt kein Krieg war, sondern ein speziell für mich konzipierter Test.

»Wir nehmen eine Maschine«, kündigte Schnee an. »Wir machen einen Ausflug in die Stadt, da gibt es ein nettes kleines Restaurant ... Wie dir schon aufgefallen sein dürfte, gibt es auf dem Planeten kein Meer mehr. Nur noch Sumpf, genau wie vor der Kolonisierung. Aber das Restaurant hat eigene Becken, da werden Fische und Krabben drin gezüchtet und ein Dutzend essbarer Algen.«

Gehorsam wie ein Automat folgte ich ihm. Die grünhäutige Frau wollte mir nicht aus dem Kopf, die gespannt wie eine Saite in dem »toten« Zimmer stand. Bei einem

Mann wäre mir das Ganze eventuell nicht ganz so gemein vorgekommen ...

Am Zaun des Stützpunkts warteten, achtlos in der Luft zurückgelassen, einige Schiffe. Metalldinger, weshalb sie überhaupt nicht an den Kahn erinnerten, mit dem wir hergekommen waren. Offene Kabinen, bequeme Sitze, Räder gab es natürlich nicht, stattdessen aber zwei Gitterrohre an jeder Seite. Entweder funktionierten sie mit einem Gravitationstriebwerk oder mit einem Luft- beziehungsweise Kraftkissen.

»Ich habe gedacht, wir würden so einen Kahn nehmen«, sagte ich.

»Wozu? Das ist das Transportmittel der Grünen. Galis hatte es nur genommen, um den Radargeräten ein Schnippchen zu schlagen. Schließlich sind wir hier im Grenzgebiet. Wenn er in einem zivilen Transportmittel geflogen wäre, hätten sie womöglich glatt zehn Tonnen Napalm auf ihn abgeschossen.«

Er sprang ins Cockpit.

»Ich komme lieber doch nicht mit, Schnee.«

»Warum nicht?«

»Ich gucke lieber noch ein bisschen fern. Ich habe keine Lust, ständig wie der letzte Dummkopf herumzulaufen, weil ich einfach nichts verstehe.«

Schnee überlegte.

»Steig nur kurz ein«, bat er.

Ich kletterte über den niedrigen Rand und nahm im Sitz neben ihm Platz. Es war ein ganz normales Schiff, genau wie ich es kannte, sogar mit einem Armaturenbrett, also konnte man es nicht nur mental steuern. Schön.

»Entschuldige.« Schnee entspannte sich. »Entschuldige, Pjotr.«

»Was denn?«

Er lächelte gequälte und sah für einen kurzen Moment wie ein kleiner Junge aus.

»Du hast dich seltsam verhalten. Die Grüne hast du angesehen, als ob ... in die Maschine wolltest du nicht einsteigen. Und sie fürchten sich schließlich vor unserer Technik ... bis zur Hysterie. Im Restaurant essen willst du auch nicht ...«

»Soll das heißen, du hältst mich für einen Spion?« Meine Verblüffung war echt. Dieses verspätete Misstrauen wirkte noch unangemessener als die bisherige Vertrauensseligkeit.

»Also ... ich bin ins Grübeln geraten ...«

Ich fing an zu lachen und stieg wieder aus. »Ich habe mit ihnen wirklich nichts zu tun, Ehrenwort.«

»Soll ich dir was mitbringen?«, fragte Schnee reuevoll.

»Unbedingt was zu essen. Und ...«

Ob es bei ihnen Bücher gab? Aber was bin ich nur für ein Idiot! Wenn in meinem Wortschatz der Begriff »Buch« existierte, dann musste er ja wohl auch für etwas stehen.

»Und Bücher zur Geschichte des Planeten.«

»Du bevorzugst dieses Medium?« Schnee nickte. »Eure Welt muss echt komisch sein.«

»Und wie!«, stimmte ich ihm zu.

»Gut. Ich besorge dir welche. Und noch mal: Entschuldige, Pjotr. Der Schatten macht uns alle ganz wuschig ...«

Das Schiff stieg lautlos auf und schoss auf den sich eiligst öffnenden Zaun zu. Ich blieb mit offenem Mund zurück.

Bis jetzt war ich mir sicher gewesen, die Bezeichnung »Schatten« gehe auf die Geometer zurück. Schließlich gibt es etliche Namen für den Feind, das Dunkel, das Böse, der Schatten ... Aber Schnee gebrauchte den Ausdruck auch.

Folglich mussten die Geometer versucht haben, das Leben der Zivilisation des Schattens zu verstehen. Sie hatten ihre Regressoren geschickt, von denen jedoch nur einige zurückgekehrt waren. Diese mussten genug zu berichten gehabt haben, um die kühnen Kämpfer der Freundschaft in Angst und Schrecken zu versetzen.

Wie sah eine Kultur aus, welche die Propheten des *Friedenskampfes* erschreckt? Wie die kriegerische Welt der Grünen und Technokraten hier? Niemals! Denn beide Seiten wären in kürzester Zeit zum Kampf mit Steinäxten zurückgeworfen worden.

Ich machte kehrt und ging zu der Kaserne zurück, in der man mir ein Zimmer gegeben hatte.

Drei

An die zehn Minuten schlug ich mich mit dem Fernseher herum, verfolgte einen idiotischen Sportwettkampf, ein Rennen im durchschnittenen Gelände, und verschiedene Varianten von Konzerten. Schnee hatte völlig recht, wenn er sie als Amateure bezeichnete. Irgendwann kam ich auf die Idee, von dem Gerät zu verlangen, mit mir zu interagieren.

»Ausgeführt«, teilte mir der Bildschirm mit weicher weiblicher Stimme mit.

Meine Laune besserte sich sofort. Jetzt konnte ich darauf hoffen, dass ich, wenn ich darum bat, mir die Entwicklungsphasen zu zeigen, nicht länger Wettkämpfe von Mannschaften unterschiedlichen Alters zu sehen kriegte, angefangen bei einjährigen Kleinkindern bis hin zu Tattergreisen. Diese Welt hegte fraglos eine Vorliebe für sportliche Spiele und unprofessionelle Schlagerdarbietungen. Noch die stimmloseste Sängerin von der Erde oder ein Jugendlicher, der einmal einen Selbstverteidigungskurs besucht hatte, würde hier jeden in die Tasche stecken.

»Ich möchte mich mit der Geschichte des Planeten vertraut machen«, bat ich, während ich im Sessel Platz nahm.

»Ein allgemeiner Kurs?«

»Ja.«

»Gesamtdauer?«

»Äh ... eine Stunde.«

»Nur Dokumentationsmaterialien? Oder auch Spielfilmszenen und Rekonstruktionen?«

»Wenn sie zuverlässig sind.«

»Ich bereite es vor.«

Das war natürlich nicht nur ein Fernseher. Sondern eine Art Internetfernseher, wie er jetzt in den USA und häufig auch schon in Russland anzutreffen ist. Als ich mir vorstellte, wie der Computer auf dem ganzen Planeten nach Dateien für mich suchte und mir einen *persönlichen* Dokumentarfilm zusammenstellte, schüttelte ich den Kopf.

Was für eine unglaubliche Verschwendung von Ressourcen! Warum führten sie – bei einem derartigen Informationszugang, einer derart entwickelten Technik – diesen öden Krieg? Es hätte doch schon längst eine der beiden Seiten gewonnen haben müssen!

Cualcua! Könnte das Computersystem, mit dem ich jetzt kommuniziere, nicht derselbe Verstand sein, der dich ***erfasst*** *hat?*

Nein, antwortete mein Symbiont knapp und mit unverkennbarer Verachtung.

Wir sind aber stolz!

»Das Einführungsmaterial ist zusammengestellt.«

»Dann los!«

Im Zimmer wurde es dunkel. Jäh wurde mir klar, dass das Bild aus dem Apparat herausfloss und sich im ganzen Raum ausbreitete.

»Es folgt ein Bildungsprogramm«, informierte mich der Schirm.

Ich fand mich mitten im Kosmos wider. Allerdings nicht in dem, den ich kannte, den ich aus den Fenstern meines Schiffs sah. Sondern mitten im Kosmos vom Kern, in jenem sternenreichen Wahnsinn, inmitten jener pulsierenden Lichter. Die Scheibe des Planeten lag unter mir, weshalb ich automatisch die Beine hochzog. Der Sessel war das letzte noch real wahrnehmbare Stück.

»Die Entdeckung des Planeten. Eine Rekonstruktion.«

Der Planet bewegte sich. Inzwischen befand ich mich in der Atmosphäre, stürmte über seine Oberfläche. Die Landschaft kannte ich nur zu gut – sumpfige Meere und Dschungel.

»Die erste Kolonisation. Vor zehntausenddreihundertundsechs Jahren.«

Ich schluckte einen Kloß hinunter.

Wie bitte?!

Fünftausend Jahre vor der Entstehung der Stadtstaaten in Mesopotamien, vor dem Alten Reich in Ägypten?

Da sollte die Zivilisation des Schattens bereits bestanden und das Universum bevölkert haben?

»Ein Kolonisationsschiff der Ur-Erde. Eine Rekonstruktion.«

Das sollten die Starken Rassen einmal sehen ...

Im tiefsten Dschungel stand in einem Kreis aus verbrannter Erde ein riesiger Metallkörper, der bestimmt vierhundert Meter hoch war. Und ein solches Monstrum hatte auf diesem Planeten landen können?

»Die erste Stadt. Archivaufzeichnungen der Ur-Erde.«

Das würde meinem Großvater gefallen. Häuser, Straßen und Felder. Maschinen – übrigens mit Rädern – fuhren herum. In der Ferne schimmerte der halb zerstörte – oder genauer gesagt: der halb auseinandergenommene – kegelförmige Rumpf des Schiffs. Ja, genauso musste es gewesen sein. Als ich als kleiner Junge mit meinem Großvater die möglichen Varianten zur Kolonisation durchgegangen war, schien uns diese am überzeugendsten. Das Schiff musste der Ausgangspunkt für die Entwicklung der Industrie gewesen sein. Es lieferte Metall, das bereits zur Weiterverarbeitung aufbereitet war, Mechanismen, die vielfältig eingesetzt werden konnten, und Triebwerke, um den Dschungel abzubrennen. Es konnte als Gewächshaus für die Aussaat dienen, die Kajüten als provisorische Unterkünfte genutzt werden.

»Die erste Stadt. Ausgrabungen.«

O nein, das sollte mein Großvater besser nicht sehen. Verrostetes Metall, die Umrisse von Mauern, die im verwitterten Stein kaum noch zu erkennen waren, ein Denkmal – das jedoch ganz hervorragend erhalten geblieben war. Es stellte einen Mann mit siegesgewissem Gesichtsausdruck und einer imponierenden Waffe in der Hand sowie eine sich an ihn schmiegende Frau – der Inbegriff von Zärtlichkeit und Liebe – mit einem neugierig nach vorn schauenden Kind auf dem Arm dar. Ein solides

Denkmal. Gutes Metall. Ich hatte nicht die geringste Idee, wie es diese zehntausend Jahre hatte überstehen können.

»Die erste Stadt, dreihundert Jahre nach dem Beginn der Kolonisation. Eine Rekonstruktion.«

Winzige, gotterbärmliche Hütten. Ein paar Steinbauten mit Dächern aus Metall. An mir ging ein Mann im Harnisch und mit einer Lanze in der Hand vorbei. Eine Frau, geradezu eine Karikatur jener, die das Denkmal verewigt hatte, verbeugte sich tief vor einem Wachtposten. Anstelle des Schiffs erhob sich nun eine aus Erde aufgeschüttete Pyramide, ein von Menschenhand angelegter Berg, über dessen Hang Punkte krochen. Auf dem Gipfel stand ein mit Metall verkleideter Tempel. Die Darstellung bewegte sich, ich schoss auf den Tempel zu. Ein Mann in prachtvoller Kleidung stand mit erhobener Waffe – die kannte ich inzwischen – da. Vor ihm hatten sich Pilger zu Boden geworfen.

»Die erste Stadt. Tausend Jahre nach dem Beginn der Kolonisation. Eine Szene aus dem Spielfilm *Die Verdammten*.«

Dschungel. Nichts als Dschungel. Die Umrisse des Berges ließen sich erahnen, aber nichts an ihm verriet noch seinen künstlichen Ursprung. Vor mir stand ein Mann, ein dreckiger, behaarter, nackter Mann mit einer groben Keule in der Hand. Es hätte gar keiner Ankündigung gebraucht, dass es sich hier um eine Spielfilmszene handelte. Alles wirkte fürchterlich übertrieben, ganz in den schlechtesten Traditionen Hollywoods. Die Büsche wogten und teilten sich. Ein Tier tauchte auf. Nicht sonderlich furchteinflößend, von der Größe und dem Aussehen her mit einem Puma zu vergleichen. Ich glaube, der Mann sah das genauso, denn er fuchtelte mit der Keule und stieß einen drohenden Schrei aus. Doch plötzlich sprang ihn von hinten ein zweites Tier an. Der Schrei riss ab, Blut spritzte.

»Ende der ersten Kolonisation.«

Sollte mein Großvater doch recht gehabt haben? War eine Kolonisation in dieser Form – nur mit einzelnen Schiffen, ohne enge Verbindung zur Metropole – zum Scheitern verurteilt? Oder präsentierte man mir lediglich die Bilder, mit denen ich rechnete und die ich akzeptierte?

»Die zweite Kolonisation. Vor viertausend Jahren. Eine Rekonstruktion und Aufzeichnungen aus den Militärarchiven.«

Vielleicht war die Landschaft noch immer dieselbe. Nur war sie nicht mehr wiederzuerkennen. Bis zum Horizont erstreckte sich eine glasig funkelnde Oberfläche, aus der die Spitzen von Metallkuppeln herausragten.

»Eine Militärbasis des Zweiten Imperiums. Eine Rekonstruktion. Archivaufzeichnungen von geringerer Zuverlässigkeit.«

Oho!

Der Himmel stand in Flammen. Der Himmel loderte. Über der Ebene glühten Kraftfelder. Wie aus dem Nichts tauchten die sich entschlossen vorwärtsbewegenden Silhouetten von Schiffen auf.

So musste eine Schlacht aussehen! Die ersten Pharaonen und König Hammurapi erklärten ihren Untergebenen, niemand anderes als sie herrsche über das Universum. Sie fuhren auf Streitwagen, überließen sich der Liebe und der Völlerei, beteten überstürzt und stumpfsinnig zu ihren zahllosen Göttern.

Die echten Götter jedoch fochten unterdessen ihre kleinen Sternenkriege aus.

»Die Militärbasis der Entwicklungsunion. Vor viertausend Jahren. Eine Rekonstruktion. Archivaufzeichnungen sind nicht zugänglich.«

Das wurde ja immer interessanter!

Äußerlich hatte sich nichts verändert. Die Ebene. Glas, Metall, Stein. Schiffe und Feuer.

Es folgte die Geschichte des Kriegs zwischen dem Zweiten Imperium und der Entwicklungsunion am Beispiel eines einzelnen Planeten. Anscheinend fiel er alle fünfzig oder hundert Jahren in neue Hände, wobei sich aber im Grunde nicht viel änderte. Es gab eine kurze Spielfilmszene, die jedoch hauptsächlich von der Liebe eines Offiziers der Spionageabwehr des Imperiums zu einem jungen Agenten der Entwicklungsunion handelte. Ja, richtig, von ihrer Liebe. Von der ganz normalen Liebe – denn der Offizier war eine Frau. Schon älter und, ehrlich gesagt, eine ziemliche Schreckschraube, dabei aber höchst charmant. Der fünfminütige Clip fesselte mich regelrecht, und ich ertappte mich bei dem Gedanken, dass ich den Film gern zu Ende sehen würde.

Die dritte Kolonisation erfolgte vor zweitausend Jahren. Ihr Ergebnis hatte ich inzwischen kennengelernt ...

»Die dritte Kolonisation. Vor zweitausend Jahren. Eine Rekonstruktion und Archivaufzeichnungen.«

Schiffe wurden diesmal nicht gezeigt, sondern ausschließlich Städte, obendrein schon ziemlich viele. Die Natur befand sich in einem Prozess der Veränderung, man konnte förmlich zusehen, wie der Dschungel verdorrte und recht freundlichen Wäldern wich. Die schlammigen Meere wurden sauber, die ersten Schiffe und Jachten befuhren sie. Diese Prozesse faszinierten mich, ob ich wollte oder nicht. Der Planet verwandelte sich nicht einfach im Handumdrehen in einen freundlichen Ort – sondern in das reinste Paradies. Und deswegen zettelte man einen Krieg an? Sie mussten den Verstand verloren haben, diese grünärschigen Ökos!

»Eintritt in den Schatten. Vor eintausendfünfhundert Jahren. Archivaufzeichnungen.«

Ich erschauderte.

Es schien alles unverändert. Ich kriegte genau dieselbe Landschaft vorgeführt ... nein, halt!

Die Tore!

Ich spürte sie wie eine Kompassnadel den Magnetpol. Jene »Bereiche, die Energie absorbieren«, von denen das Schiff der Geometer gesprochen hatte. Die Flecken waren über den ganzen Planeten verstreut.

Ansonsten war jedoch alles gleich geblieben.

»Vor eintausendzweihundertundsechs Jahren. Entstehung der grünen Bewegung. Eine Rekonstruktion, Archivaufzeichnungen und Spielfilmszenen.«

Auf den Schatten wurde nicht mehr eingegangen. Als ob es völlig ausreichte, ihn zu erwähnen und nur ein ausgemachter Idiot danach noch Fragen haben könnte. Begriffsstutzig glotzte ich auf die auftretenden Ökologen, hörte mir ihr Lamento zum Tod der »ursprünglichen endemischen Umwelt« an, verfolgte die Experimente zur Schaffung von Naturschutzgebieten für Reliktenformen. Ihnen folgten Experimente zur Anpassung des menschlichen Organismus an die ursprüngliche Biosphäre. Mehrmals wurden Kundgebungen gezeigt, die sich zu Zusammenstößen und Schlägereien auswuchsen. Das Ganze wurde ausgesprochen ruhig und sachlich kommentiert. Ich hatte den Eindruck, die Informationen seien tatsächlich in einer untendenziösen Weise zusammengestellt worden. Und irgendwie hatten die Grünen ja recht: Auf dem Planeten könnte immer noch ein eigenes intelligentes Leben entstehen, aber da die Umwelt nun einmal zerstört worden war, musste man von dem, was noch übrig war, so viel wie möglich bewahren und sich eventuell selbst eine leere ökologische Nische suchen. Auch wenn das blanker Unsinn war, ihre Motive waren edel. Irgendwann nahm die Zahl der Grünen sprunghaft zu. Und zwar so stark, dass sie nun mit der Zahl der Bürger gleichzogen, die jede Veränderung ablehnten. Die ganze Zeit über wurde ich den Eindruck nicht los, die Frauen auf diesem Planeten seien einzig und allein mit dem Kinderkriegen beschäftigt, denn die Bevölkerung stieg offensichtlich in abnormem Tempo an. Die Städte wuchsen, es entstanden Zonen für normale Menschen und für Grüne. Nachdem ein Abkommen ausgehandelt worden war, trennten sich beide Bevölkerungsgruppen voneinander. Die Grünen erhielten die nördliche Halbkugel, die Technokraten – so hatte ich sie für mich genannt – die südliche. Anfangs entschärfte das die Situation. In den nächsten zweihundert Jahren bespöttelte und verhöhnte man einander, baute ein Kontrollsystem über das jeweils eigene Territorium und militärische Strukturen auf. Es wurden Szenen aus einer Komödie eingespielt, in der beide Seiten gleichermaßen als dumm, aber unschuldig dargestellt wurden. Ab und an wurde der Schatten erwähnt, aber stets nur eingebunden in den Kontext und vage, etwas in der Art wie: »Wir sind eine völlig einmalige Welt im Schatten ...« oder »Was unterscheidet uns von allen anderen Welten des Schattens?« Sobald die Grünen die Transformation ihrer Kontinente und Küstengebiete abgeschlossen hatten, nahmen sie sich die Meere vor. Genau damit begannen die Probleme. Die Meere waren nämlich miteinander verbunden. Die einheimische Flora und Fauna, die bereits völlig vom Planeten verschwunden zu sein schien, breitete sich mühelos und gierig wieder aus. Man beschuldigte sich gegenseitig. Die Flugzeuge der Technokraten verbrannten sämtliche widerständigen fremden Lebensformen an ihrer Grenze, die Grünen »säten« neues Leben an ihrer. Und sie waren wesentlich erfolgreicher. Jedenfalls zeigten die Meere nun wieder den Zustand während der ersten Kolonisation.

Das war's.

Der Film endete, die illusorische Welt um mich herum löste sich auf. Ich saß wieder im Zimmer vor einem laufenden Fernseher.

Damit hatte ich also die gewünschten Informationen erhalten. Jetzt konnte ich versuchen, sie auszuwerten. Wenn man alles auf die reinen Fakten reduzierte – wobei ich nicht vergessen sollte, dass die Bewohner des Schattens sich im Alltag wie ganz normale Menschen von der Erde aufführten, mit einer gehörigen Portion an Melodramatik und völlig normalen Gefühlen –, was blieb dann übrig? Es gibt – oder gab – eine Metropole. Jene Ur-Erde ...

»Einführungskurs zur Ur-Erde«, bat ich.

»Darüber liegen keine Informationen vor.«

Hoppla!

»Gar keine?«, fragte ich etwas dämlich. Der Apparat überlegte ein Weilchen.

»Indirekte. Die Ur-Erde ist die Heimat der menschlichen Rasse. Diese These begegnet in unterschiedlichen Formulierungen in Spielfilmen und Archivmaterialien.«

Was hatte der Film noch hergegeben? Ach ja, dieses Imperium ...

»Einführungskurs über das Zweite Imperium und die Entwicklungsunion«, bat ich, obwohl ich die Antwort schon ahnte.

»Darüber liegen keine Informationen vor.«

»Indirekte?«

»Es handelt sich um zwei politische Kräfte, die im Kampf um die Herrschaft in der Galaxis zu aktiven Kriegshandlungen griffen. Erstmals wurden sie vor etwa viertausend Jahre erwähnt, letztmals vor etwa zweitausend Jahren. In manchen Perioden galt das Imperium als die progressivere Kraft, in anderen die Entwicklungsunion.«

»Du« – in meiner Aufregung fing ich an, den Apparat zu personifizieren –, »du hast mir Spielfilmszenen über das Zweite Imperium und die Union gezeigt. Das sind doch auch Informationen.«

»Die Spielfilmszenen sind unzuverlässig, weil sie einander widersprechen. Sie können nicht die Basis für einen Informationskurs bilden.«

Logisch. Dann wollen wir doch mal sehen, was passiert, wenn ich mich der Sache auf einem Umweg nähere ...

»Einführungskurs zu anderen Planeten des Schattens!«

»Darüber liegen keine Informationen vor.«

»Hast du denn nur Informationen zu diesem Planeten?«

»Ja.«

Hervorragend. Alle Informationen über die Welt jenseits dieses Planeten waren nur indirekt. Damit schottete sich dieser Planet nicht nur ab, sondern legte eine Gleichgültigkeit an den Tag, die ... Aber Schnee stammte doch von einem anderen Planeten! Von diesen ... Regenbogen-Brücken ... Also musste es doch eine Verbindung zur Außenwelt geben! Wie konnte man da auf jegliche Informationen über sie verzichten?!

Das warf mich um. Wenigstens elementare Neugier musste es doch geben! Wie leben unsere Artgenossen im Sternenimperium? Selbst wenn sie nicht auf Handel angewiesen waren, auf den Austausch von Wissen – aber sie mussten doch neugierig sein!

»Was ist der Schatten?«, fragte ich leise.

»Ein gesellschaftlicher, politischer und wirtschaftlicher Verband, der die Grundlage der modernen Zivilisation bildet.«

Das war immerhin etwas. Mit dieser Definition dürfte ich doch weiterkommen. Feudalismus, Kapitalismus, Kommunismus und Technokratie. Der Schatten.

»Wann ist der Schatten entstanden?«

»Vor etwa eintausendfünfhundert Jahren.«

»Wodurch unterscheidet sich der Schatten von früheren Zivilisationsformen?«

»Der Schatten garantiert uneingeschränkte Freiheit und das Glück jeder einzelnen Persönlichkeit. Der Schatten bietet unbegrenzte Möglichkeiten zur Entwicklung und Vervollkommnung jedes Individuums.«

Aber sicher. Da brauchte man ja nur mal an die vor Hunger und Durst sterbende grünhäutige Frau in ihrer komfortablen Gefängniszelle zu denken. Oder an den Krieg, der sich schon tausend Jahre hinzog!

Ich stellte noch ein paar Fragen, aber entweder formulierte ich sie nicht gut oder dem Informationssystem standen tatsächlich keine konkreten Antworten zur Verfügung. Blieb zu hoffen, dass die Bücher, die mir Schnee versprochen hatte, mehr hergaben. Eine schwache Hoffnung, zugegeben. Wenn mir das Informationsnetz schon keine Antwort geben konnte, was versprach ich mir dann von Büchern?

Was befremdete mich sonst noch an der Geschichte des Planeten, so wie sie mir gerade präsentiert worden war?

Nun, vor allem der seltsame Verlauf der Entwicklung. Während die Anfangsphase ganz den Vorstellungen der Menschen von einer stellaren Expansion entsprach, geschah im Folgenden etwas Unbegreifliches. Gut, in der Periode der Sternenkriege konnte die Wissenschaft durchaus gebremst worden sein. Der ständige Abzug von Ressourcen, die massenhafte Vernichtung der Bevölkerung,

Perioden des Niedergangs der Zivilisation ... All das war zwar unwahrscheinlich, aber nicht unmöglich. Aber was dann kam! Vor zweitausend Jahren war der Planet erschlossen gewesen, auf ihm hatte sich eine lebensfähige Gesellschaft herausgebildet. Dann war er in den Schatten eingetreten – und alle Entwicklungswege schienen gekappt. Der heutige Krieg wurde auf einem technischen Niveau geführt, das dem bei uns auf der Erde entsprach. Auch der Alltag ließ sich mit unserem vergleichen. Die Bevölkerung war nicht mehr gewachsen. Wie viele Kilometer Dschungel hatten wir passiert – wilden, verlassenen Dschungel, den bis auf ein paar Tiere niemand brauchte? Die kleine Stadt in der Nähe des Stützpunkts wirkte wie eine völlig normale Provinzstadt ohne jedes Hochhaus. Ob in dieser Stadt auch alle Energie für diese längst überholten Auseinandersetzungen mit den Grünen, Sportwettkämpfe und das Musizieren draufging?

Das konnte ich einfach nicht glauben! Gut, einem Teil der Bewohner mochte ein solches Leben gefallen. Wer auf einen Kick aus war wie Schnee, kam hier bestimmt auf seine Kosten. Aber es gab doch auch noch andere. Kinder wuchsen heran, die von interstellaren Flügen träumten – schließlich träumt jedes Kind irgendwann von den Sternen. Unter all den Laienkünstlern musste irgendwann eine Stimme von wahrer Kraft und Schönheit auftauchen, auch wenn sie ebenso fehl am Platze wäre wie eine Perle im Scheißhaufen. Den Wissenschaftlern hier musste es doch irgendwann reichen, pausenlos neue Waffen und Mittel zur biologischen Kriegsführung zu entwickeln.

Diese Welt hätte in ihre Bestandteile zerfallen müssen, und zwar innerhalb von zehn Jahren. Stattdessen hielt sie sich nun schon ein ganzes Jahrtausend!

Vor meinem inneren Auge sah ich klar und deutlich meinen Großvater. So, wie er früher gewesen war. In seinem Menschenkörper. Mein Großvater hätte nur ironisch gekichert, denn er hätte eine Antwort gewusst. Er hatte bereits auf dem Planeten ohne Sonne alles begriffen. Doch obwohl die Antwort ihm nicht gefallen hatte, wollte er unbedingt durch das Tor gehen.

Ich stand auf und ging zum Fenster. Ich versuchte, meine Augen zu entspannen, gleichgültig, und ohne etwas zu fixieren, in die Gegend zu schauen. Es funktionierte, fast auf Anhieb machte ich die Tore aus. Eins befand sich direkt hinter dem Zaun des Stützpunkts, ein zweites weiter weg, nahe der Stadt.

Aber warum funktionierte das Transportsystem nicht mehr? Es hatte mich anstandslos auf diesen Planeten gebracht ... Warum eigentlich ausgerechnet hierher? Und wohin hatte es die anderen verschlagen? Zu den Grünen? Zu einem anderen Stützpunkt? Oder auf einen anderen Planeten?

Auf keine dieser Fragen hatte mir der Film eine Antwort gegeben. Mit ihnen würde ich mich an lebende Menschen wenden müssen. Selbst wenn ich es damit riskierte, wie jemand dazustehen, der fragte, warum wir eigentlich atmen und mit welcher Körperöffnung man Nahrung aufnehmen soll. Trotzdem musste ich danach fragen.

»Pjotr.«

In der Tür stand Galis.

»Hast du dich schon eingelebt?«

Ich zuckte mit den Schultern.

»Du hast dir die Gefangene angesehen«, konstatierte der Hauptmann. »Was denkst du jetzt? Dass wir grausame Sadisten sind?«

»Ich weiß nicht«, antwortete ich ehrlich. »Euer Krieg ...«

»Jetzt ist es auch deiner.«

Ich schwieg.

»Es stimmt, wir setzen Gefangene den ... für sie ... unangenehmsten Bedingungen aus.« Galis seufzte und fing an, durchs Zimmer zu tigern. Er linste zum eingeschalteten Fernseher hinüber. »Du hast dich mit Geschichte beschäftigt ... tüchtig ... Pass auf, Pjotr, mir gefällt es auch nicht, dass diese unglückselige Idiotin verhungert, wenn das Essen direkt neben ihr steht. Dass sie auf Zehenspitzen dasteht, weil sie Angst hat, einen absolut harmlosen Teppich zu berühren. Aber was sollen wir denn machen? Kannst du mir das mal verraten? Dank dem Schatten haben wir uns ein für alle Mal von der Logik übereilter Schritte befreit. Wir haben diese verlockende Möglichkeit verloren ... auch wenn ich mir noch so sehr wünschen würde ... du ahnst gar nicht, wie sehr ...«

Er biss sich auf die Lippe.

»Was meinst du denn, warum ich nicht fliege? Ich würde das einfach nicht aushalten. Ich würde mich nicht auf Patrouillenflüge beschränken. Ich würde ihren ganzen Kontinent in Schutt und Asche legen.«

Galis sprach in vollem Ernst. Und ich glaubte ihm sofort, dass seine Vision nicht aus der Luft gegriffen war.

Ein einziger Pilot, in einem einzigen Flugzeug ... könnte tatsächlich einen ganzen Kontinent niederbrennen. Mir wurde unbehaglich zumute. Gleichzeitig wuchs meine Sympathie für Galis.

»Und sie wissen das ...«, sagte Galis gedankenversunken. »Es ist natürlich beschämend, dass sich all die Verrückten hier bei uns versammeln. Aber was soll man machen? Hier ist mein Zuhause. Und es gefällt mir hier. Ich bin nicht Schnee ... Er hat mit Sicherheit keine Wurzeln und wird sie auch nie mehr irgendwo schlagen. Er kämpft, isst und stolziert mit hocherhobenem Kopf an den hingerissenen Frauen vorbei ...«

»Das Gleiche hat er von Laid gesagt«, verpfiff ich Schnee zu meiner eigenen Überraschung.

»Laid war ein ganz und gar klinischer Fall«, gab Galis offen zu. »Ich habe gleich gewusst, dass er es nicht lange bei uns aushalten würde. Wir sind viel zu harmlos für seinen Geschmack. Bei seiner Delta habe ich vor dem Start die schweren Geschütze blockiert.«

Galis setzte sich in den Sessel und sah mich forschend an. Er wirkte etwas verlegen.

»Und was haben Sie nun vor?«, fragte ich rasch.

»Durchhalten«, antwortete Galis so beiläufig, als habe er genau diese Frage erwartet. »Früher oder später werden die Grünen aufgeben. Sie werden begreifen, dass sich ihr Traum hier nicht verwirklichen lässt. Und die Hälfte der Welt ist ihnen nicht genug. Von mir aus sollen sie ruhig weiterziehen und ihr Glück woanders suchen. Es gibt ja schließlich genug Planeten, oder etwa nicht?«

Ich nickte unsicher.

»Und was suchst du hier bei uns?«, fragte Galis plötzlich. »Na, Pjotr? Irgendwie scheinst du nicht sonderlich erpicht aufs Kämpfen ... Und dass du in die Stadt willst, kann ich mir erst recht nicht vorstellen. Also, mein Junge, erklär mir das mal. Wovon träumst du?«

Danach wird er mir dann wahrscheinlich eröffnen, dass ich in seinen Truppen nicht erwünscht bin ...

»Ganz ehrlich?«

»Natürlich.« Der Hauptmann lächelte.

»Vom Glück für meinen Planeten.«

»Also ...« Galis schüttelte den Kopf. »Also, da hast du dir ja was vorgenommen. Gut, gehen wir mal davon aus, dass du klüger bist als alle anderen. Dass sich alle auf deiner Erde irren. Und nur du recht hast.« Er lächelte wie jemand, der gerade einen unglaublich pointierten Witz gerissen hatte. »Aber was willst du dann bei uns? Hier findest du dein Glück nicht. Das mag anmaßend klingen ... aber ich bin doch nicht blind!«

»Wenn ich nur selbst wüsste, was ich suche ...«, flüsterte ich.

Galis nickte. »Das verstehe ich. Lass mich dir einen Rat geben, Pjotr ... geh durchs Tor.«

Damit war der Vorschlag, den Planeten zu verlassen, auf dem Tisch.

»Das habe ich schon versucht.«

Galis rieb sich das Kinn. »Dann weiß ich auch nicht weiter. Dann habe ich mich geirrt. Gut. Vertrauen wir auf den Schatten.«

»Ja, vertrauen wir darauf«, erwiderte ich zögernd. Na! Nun sag schon noch irgendwas!

»Komm mit! Ich zeige dir deine Delta«, forderte mich Galis auf. »Solange du noch hier bist, wirst du die gleichen Aufgaben übernehmen wie die anderen Jungen. Vielleicht findest du dich dabei selbst ...«

Diesen letzten Satz sprach er ohne jede Überzeugung aus.

»Gibt es viele Männer im Stützpunkt?«, wollte ich auf dem Weg zum Hangar wissen. Diese Leere kam mir allmählich merkwürdig vor.

»Im Moment ist hier niemand außer uns. Normalerweise sind dreihundertsechsundzwanzig Mann stationiert.«

Oho. Und ich hatte schon geglaubt, an diesem Krieg nehme nur ein Dutzend Fanatiker teil.

»Ohne dich«, fügte Galis nach einer kurzen Pause hinzu. »Vorerst zähle ich dich noch nicht mit, einverstanden?«

Das konnte er halten, wie er wollte. Ob er mich mitzählte oder nicht – so oder so war ich in dieser Welt ein Fremder.

Die Türen des Hangars glitten vor uns auseinander. Galis blieb kurz stehen. »Du bist nicht an das mentale Befehlssystem gewöhnt, oder?«, fragte er.

»Nein.«

»Gut. Der Code für den Einlass ist ›Alarm‹.«

»Ich werde es mir merken«, versprach ich, während ich gierig alles in dem spärlich beleuchteten Hangar in mich einsaugte. Der Raum war nicht sehr groß, das Gleiche galt für die hier untergebrachten Maschinen. Etwas kleiner als ein Zerstörer bei uns auf der Erde. Der Name Delta ging offenbar auf die dreieckige Form zurück. Wenn man wollte, hätte man kleine dicke Flügel ausmachen können. Eine verspiegelte Haube schloss das Cockpit ab. Die Deltas standen direkt auf dem flachen Bauch, Räder oder Stützen entdeckte ich keine.

»Soweit ich es verstanden habe, kennst du unsere Maschinen nicht«, bemerkte Galis.

»Absolut nicht.«

»Das hier ist deine.« Der Hauptmann trat an die am nächsten stehende Maschine heran und klopfte gegen die glatte Verkleidung. »Alle Maschinen hier drinnen sind neu. Das Cockpit öffnet sich auf das Wort ... das Wort ›Gast‹.«

Ich unterdrückte ein Kichern.

Da Galis auf etwas wartete, sagte ich leise: »Gast ...«

Die verspiegelte Haube schmolz, verwandelte sich in ein funkelndes, geschmeidiges Band, das nach unten kroch wie die Zunge eines metallenen Tiers.

»Steig ruhig ein«, schlug mir Galis in amüsiertem Ton vor.

Unsicher trat ich auf das glänzende Band und wollte schon hinaufklettern, doch das war nicht nötig. Das Band erzitterte unter mir und zog mich zum Cockpit hinauf. Ich verlor das Gleichgewicht und fiel in den breiten Sitz. Der rührte sich prompt unter mir und schloss sich um meinen Körper. Die »Treppe« hatte sich bereits wieder in die Haube zurückverwandelt. Von innen war sie perfekt durchsichtig.

»Und? Wie gefällt's dir?«, wollte Galis von unten wissen.

»Höchst interessant«, brummte ich. Ob er mich überhaupt hörte?

Die Kabine war sehr klein, im Vergleich zu ihr war es in dem Scout der Geometer regelrecht geräumig gewesen. Es gab ein Pult – und zwei Trichter mit einer silbrig-quecksilbrigen Flüssigkeit!

»Kommst du mit der Steuerung zurecht?«, erkundigte sich Galis. »Oder ist dir das System ebenfalls unbekannt?«

Ob er mir am Ende doch misstraute?

Mit einer entschlossen Bewegung versenkte ich die Hände in den Trichtern.

Ein pikender Schmerz. Ein kurzer Schwindelanfall. Ich spürte förmlich, wie die Delta mit meinem Bewusstsein verschmolz.

Du bist der Pilot?

Ja.

Wie intelligent war sie? Handelte es sich bei ihr um einen kastrierten Verstand wie bei den Schiffen der Geometer, eine vollständige Persönlichkeit oder nur um ein primitives Navigationssystem?

Wir sind eins.

Ja, bestätigte ich.

Es war, als stürze ich ab, als rolle eine Lawine von Tönen, Bildern und Eindrücken über mich hinweg. Nein, die Delta war nicht intelligent. Sie war nur ein Appendix des eigenen Körpers – aber was für einer!

Ich sah durch die Mauern des Hangars hindurch. Ich nahm die Bewegungen der Maschinen in den Straßen der Stadt wahr. Ich hörte Galis' Atem und das Rascheln der

Zweige an den Bäumen. Die Welt wurde riesig, doch sie stand mir offen, hatte sich mir unterworfen. Selbst im Schiff der Geometer hatte ich nicht ein solches Gefühl von Macht verspürt ... Und gleichzeitig gab es etwas, das von mir abgeschnitten war, mir verschlossen blieb. Zum Beispiel die Sterne. Als ob die Delta nur mit halber Kraft lebte.

»Ich kann die Maschine nicht vollständig kontrollieren«, teilte ich mit. Die Worte kamen mir nicht über die Lippen, sondern aus dem Metallkörper des Schiffs. Sie dröhnten als erzürntes Gebrüll durch den Hangar. Galis machte ein schmerzverzerrtes Gesicht.

»Du sollst dir nur über ihre Kraft klar werden, Pjotr. Ja, ein Teil der Funktionen ist blockiert. Ich vertraue dir nicht vorbehaltlos. Aber für einen militärischen Patrouilleflug reicht es.«

Ich achtete nicht auf seine Worte. Ich wollte die mir zur Verfügung stehende Kraft ausprobieren. Mich bewegen ... fliegen ... den Himmel mit einem harten Schlag durchbohren, Berge einreißen, Wasser verbrennen ...

»Das ist genug. Fürs Erste ist es genug. Steig aus.«

Ich wollte widersprechen. Nicht mit Worten, sondern mit Taten. Ich wollte durch die dünne Decke schießen, mich an den unterworfenen Naturgewalten ergötzen ...

In letzter Sekunde kam ich wieder zu mir. Anscheinend hatte Galis damit gerechnet, dass ich einfach losfliegen würde. Mit Bedauern, fast mit körperlichem Schmerz kappte ich das Band zu der für mich allzu starken Delta. Die Welt schrumpfte mit einem lautlosen Schrei auf den winzigen Punkt des Cockpits zusammen. Ein Krampf schüttelte mich, der Sitz, der mich in einem festen Kokon umspannt hielt, gab mich langsam wieder frei.

»Steig aus!«, wiederholte Galis.

Die Kabine öffnete sich widerwillig. Ich erhob mich und fing voller Genugtuung Galis' Blick auf, den ich so in seinen Erwartungen enttäuscht hatte. Über die elastische Zunge der Gangway kletterte ich nach unten.

»Eine gute Maschine, Hauptmann. Danke.«

Galis hüllte sich in Schweigen.

»Stimmt etwas nicht?«

»Ich war mir sicher, dass du dich nicht würdest beherrschen können«, erwiderte der Hauptmann mit größter Ruhe.

»Warum das?«

»Sie steht schon zu lange. Ein halbes Jahr im Hangar, ohne Flüge, ohne Piloten. Die Delta ist für den Kampf gemacht und übt entsprechenden Druck auf ihren Piloten aus.«

»Aber warum musste ich dann da rein?«, fragte ich leise.

»Wenn du losgeflogen wärst, dann ... hätte ich sie aufgehalten.« Galis blickte mir in die Augen. »Wir brauchen keine Piloten, die nicht in der Lage sind, die ihnen anvertraute Waffe unter Kontrolle zu halten.«

»Wie hochanständig von dir.«

Ich bemerkte nicht einmal, dass ich anfing, mit dem Hauptmann im gleichen Ton zu reden wie Schnee.

»Einer muss ja anständig sein«, parierte Galis. »In Ordnung. Ich freue mich, dass du mit der Maschine zurechtgekommen bist. Jetzt schreib dir Folgendes hinter die

Ohren: Das ist deine Maschine. Du bist mein Pilot. Ich bin dein König und dein Gott. Bei einem Alarm nimmst du innerhalb von zwei Minuten deinen Platz ein. Du sitzt im Cockpit und wartest. Du erhältst einen Auftrag und führst ihn aus. Ich würde dir nicht empfehlen, über den Befehl hinaus auf eigene Faust zu handeln, noch weniger, ihn nicht zu erfüllen. Einen Verstoß gegen meinen Befehl kann ich verzeihen. Ich kann es aber auch sein lassen. Du kannst nie wissen, was für Konsequenzen eine Verfehlung nach sich zieht.«

Er drehte sich um und ging weg.

Was für eine exquisite Einweisung!

Was für eine wunderbare Welt!

Doch was am schrecklichsten war: Dass ich, als ich seine Worte hörte, vor Freude fast gezittert hätte!

Was hatten sie in dem Film über den Schatten gesagt? Uneingeschränkte Freiheit und Glück? Unbegrenzte Möglichkeiten der Entwicklung und Selbstvervollkommnung?

Großpapa, wie sehr ich dich jetzt bräuchte!

Und zwar nicht denjenigen, zu dem du geworden bist, zu diesem giftigen Zyniker, der in einem fremden Körper eingesperrt ist. Sondern den alten, den, der du früher warst. Wie du in meiner Kindheit warst. Selbst wenn du damals deine eigenen Ziele verfolgt hast. Trotzdem bist du immer bereit gewesen, mich zu streicheln, zu trösten ... und mir eine Antwort zu geben. Auf jede Frage.

Du hättest nicht so zu kokettieren brauchen, Großpapa. Du hättest einen hervorragenden Ausbilder abgegeben. Vielleicht habe ich deswegen so viel gegen die

Geometer, weil ich in jedem von ihnen dich erkenne. Was für eine erbarmungslose Droge die Liebe doch ist. Vor allem die Liebe eines echten Ausbilders. Und man kann noch so oft betonen, wie schädlich Drogen sind, aber wenn man sie einmal probiert hat, ist man ihnen ausgeliefert. Selbst wenn man auf die süße Betäubung verzichtet, selbst wenn man sie verteufelt, wird man sich immer daran erinnern, wird man sich in Krämpfen winden, weil man sich danach sehnt, erneut die sorglose Euphorie des Krauts zu spüren, die stürmische Allmacht der Ekstase, die seelenvolle Betäubung des Alkohols ... die warme Zärtlichkeit der Erziehung ...

Was mich daran hinderte, den Schatten zu verstehen, war, dass mein Großvater die Antwort bereits kannte. Was mich daran hinderte, mir alles ohne Scheuklappen anzusehen, war, dass ihm der Schatten nicht gefallen hatte.

Und dann wollte ich noch – wollte es so sehr, dass mir die Knie zitterten und sich ein Kloß in meinem Hals bildete – das, was meine Kindheit ausgemacht hatte. Eine einfache und klare Welt. Endlose Freiheit – und sei es in der Zelle eines Heims. Ich konnte nicht selbstständig werden. Was hatte der Ausbilder Fed gesagt, mein einziges wahres Opfer: Ich hätte einen guten Ausbilder abgegeben. Ja, wahrscheinlich stimmte das. Der ewige Zögling oder der ewige Erzieher, im Grunde ist das ein und dasselbe.

Und ein Pilot der Delta zu sein, ein Rädchen in diesem ewigen Krieg – das gehörte in dieselbe Kategorie. Der strenge und anständige Hauptmann Galis, dessen Vertrauen ich mir inzwischen verdienen wollte ... Das Gefühl, mir eine Kraft zu unterwerfen, selbst wenn sie auf seinen Befehl hin gestutzt worden war ... Konnte die ganze Welt nur aus zwei Typen von Menschen bestehen, aus Ausbildern und Schützlingen, aus denen, die andere voller Weisheit zur Ordnung rufen, und aus denen, die sich frohen Herzens unterordnen? War das ganze Leben nur ein Hin- und Herpendeln zwischen diesen beiden Extremen, ein Wechsel von einer Rolle in die andere, aus einer Sklaverei in die nächste? Kinder und Eltern, Chef und Angestellter ... Guten Tag auch, Eric Berne, der du klüger bist als Freud ... Jeder Sex verblasst gegenüber der süßen Verlockung der Macht und vor dem freudigen Zittern der Unterwerfung ... Er verblasst oder wird zu einem weiteren Schlachtfeld für die beiden einzigen möglichen Rollen ...

Ich schüttelte sogar den Kopf, um diese aufdringlichen Gedanken zu vertreiben. Ich betrachtete die Delta. Wenn ich jetzt »Gast« sagen würde, mich ins Cockpit setzen ... die geschenkte Kraft spüren würde ...

Zum Teufel!

Zu schade, dass es hier keine Kameraleute gab, die meinen zornigen Abgang aus dem Hangar aufnahmen. Das nannte ich vor der Versuchung davonlaufen? Das war ja wie bei einem Raucher, der sein letztes Päckchen Zigaretten wegwirft – und genau weiß, wie lange der nächste Tabakladen geöffnet hat.

Im Sonnenlicht blinzelnd stand ich da und suchte die Reihen der Kasernen nach »meiner« ab. Als ich am Zaun das Tor spürte, fuhr ich zitternd zusammen.

Warum eigentlich nicht?

Diese Welt konnte mir nicht helfen. Ich musste weg von hier. Ich musste das Zentrum des Schattens suchen.

Gut, das Tor im Dschungel hatte nicht funktioniert. Aber warum sollte ich nicht trotzdem mal dieses ausprobieren?

Ich rannte los.

Mir war unklar, ob der Stützpunkt absichtlich in der Nähe von einem Tor errichtet worden war oder ob man es erst später eingerichtet hatte. Schließlich lassen sie sich nicht mit Worten beschreiben. Allenfalls könnte man sie mit einem Blick vergleichen, den man im Rücken spürt. Und den vermutlich auch jeder wahrnimmt. Als ob voller Schwung ein unsichtbarer Fleck vor den Maschendrahtzaun, auf die Betonplatten und in eine Ecke des Gebäudes geworfen worden war. Es war eine fremde, sich verbergende, schlummernde Kraft.

Na los, öffne dich vor mir. Soll Galis doch einen anderen Piloten für seine Delta finden, soll Schnee die Bücher, die er für mich besorgt, selbst lesen, das Essen, das er mitbringt, selbst verputzen, soll die grünhäutige Hysterikerin sich doch in dem »toten« Zimmer winden ...

Ich trat in das Tor hinein.

Hier klangen meine Schritte anders. Hohl. Als sei die Luft dichter geworden.

Das war aber auch schon alles.

Ich rannte weiter zum Zaun. Ich klammerte mich an das Gitter, das gar nicht daran dachte, sich vor mir zu öffnen. Jetzt befand ich mich mitten im Zentrum des Tors – und nichts passierte.

»Ich weiß nicht, was ich dir raten soll ...«

Galis stand am äußersten Rand des Tors. Er spürte es genauso gut wie ich. Und er hatte offensichtlich Angst hineinzutreten.

»Ruh dich ein wenig aus. Bleibe bei uns. Vermutlich habe ich mich geirrt ... du würdest wohl doch einen hervorragenden Piloten abgeben.«

Anscheinend versuchte er eher, sich selbst als mich zu überzeugen. Mein verzweifelter Versuch musste ihn ungeheuer beeindruckt haben.

»Ich will hier weg!«, schrie ich.

Galis schüttelte den Kopf. »Nein. Das willst du nicht. Denn wenn du es wolltest ... dann würdest du es auch schaffen.«

Vier

Schnee schaute gegen Abend bei mir herein. Ich lümmelte mich in der Koje – falls für diese luxuriöse Liegestatt der nüchterne Flottenausdruck passte – und starrte an die Decke.

Schon seit einer Stunde ließen sich draußen Stimmen vernehmen. Die Männer aus dem Stützpunkt waren zurückgekehrt. Vielleicht lag es am Waffenstillstand, dass alle Ausgang hatten, vielleicht ging es hier aber auch immer so leger zu. Einmal klopfte es an meine Tür, wahrscheinlich hatte sich die Nachricht von dem neuen Piloten schon herumgesprochen. Ich reagierte nicht. Ich dachte nach, versuchte zu verstehen, wie ich aus dieser unerwarteten Falle herauskäme.

Die Tore hatten sich als reichlich kapriziös erwiesen. Sie entschieden nämlich selbst, ob sie einen Menschen von einer Welt in eine andere ließen oder nicht. Vielleicht verfügte ich einfach nicht über die Fähigkeit, sie zu bedienen – über die sonst alle verfügten. Vielleicht musste zwischen den Übergängen aber auch eine bestimmte Zeit liegen – ein gewisses Recht auf Beförderung war dann zwar gesellschaftlich verankert, aber durchaus nicht uneingeschränkt ...

Ich war ein Schlappschwanz. Das Einzige, was ich zustande gebracht hatte, war, von den Geometern abzuhauen. Aber wenn es darauf ankam, wirklich hinter eine Sache zu steigen ...

»Pjotr? Schläfst du?«

Es war schon dunkel. Im Gang brannte schwaches Licht, Schnees Silhouette hob sich als dunkler Fleck ab. Seiner Stimme nach zu urteilen, hatte er einen Kleinen gehoben.

»Nein. Ich denke nach.«

»Das lob ich mir!«, meinte Schnee, als er eintrat. »Warum ist es hier so dunkel? Kommst du mit dem System nicht zurecht?«

Seltsamerweise loderte der Nachthimmel hier nicht mit Myriaden von Sternen. Er dürfte nicht einmal sternenreicher sein als der Himmel der Erde. Entweder nahm der Schatten also nicht nur den Kern der Galaxis ein – ein sehr beunruhigender Gedanke –, oder etwas hatte sich vor die Sterne geschoben, staubige Atmosphäre vielleicht oder der nicht minder staubige Kosmos ...

»Doch, schon, ich wollte nur kein Licht.«

»So was kommt vor.« Schnee seufzte mitfühlend. Er stellte etwas auf den Tisch. »Ich hab dir was zu futtern mitgebracht«, sagte er kichernd. »Nichts aus dem Restaurant, du musst schon entschuldigen, sondern nur aus der Kantine. Mann, ich bin da in ein Abenteuer reingerasselt ... da habe ich alle Tüten verloren. Ist natürlich schade. Es hat gefüllten Fisch gegeben ...«

Ich schwieg.

»Aber den Kognak habe ich gerettet!«, brüstete sich Schnee.

»Dann rück ihn mal raus«, bat ich zu meiner eigenen Überraschung. Ich öffnete die Flasche und trank einen Schluck. Was für ein mieses Gesöff. Obwohl – was verstand ich denn schon von starken Alkoholika? Danilow hätte womöglich genüsslich geschmatzt, große Augen gemacht und sich begeistert geäußert ...

»Der Kognak ist beschissen«, räumte Schnee selbstkritisch ein. »Hier gibt es keinen anständigen mehr. Die Pflanzen mutieren ja ständig und gehen ein. Und importierter ist verdammt teuer.«

Importierter?

»Und wo kommt der dann her? Und wie wird er hier hergebracht?«

»Von überall. Die Schiffe der Handelsliga bringen ihn mit.«

Meine bedrückte Stimmung wich im Handumdrehen gehobener! Aber natürlich! Warum hatte ich, wie hypnotisiert durch die Tore, diese für das einzige Transportmittel des Schattens gehalten? Die Tore waren für Menschen. Und auch das nicht immer. Aber Waren lieferte man auf einem anderen Weg.

»Mein Planet hat keinen Kontakt mit der Handelsliga«, teilte ich Schnee die reine Wahrheit mit. »Was ist das denn?«

»Ihr habt euch vor der Liga abgeschottet?« Schnee wunderte sich ein wenig. »Deine Heimat muss komisch sein ... Die Liga, das sind die freien Händler. Was man so hört, ist, dass sie an keinen Planeten gekoppelt sind ...«

»Nehmen sie Fremde auf?«

Schnee antwortete nicht.

»Na?«

»Was soll das heißen? Hast du etwa schon genug von unserer Welt?«

»Die hat mir von Anfang an nicht gefallen.«

»Hmm. Also, Pjotr ... vielleicht ...«

Der Alkohol hatte ihn offensichtlich in eine melancholische Stimmung versetzt.

»Vielleicht hast du recht. Die Welt hier ist schon ziemlich bedrückend. Inzwischen bin ich sieben Jahre hier ...«

Dann konnte er also entweder nicht knapp über zwanzig sein, wie ich bisher vermutet hatte, oder er musste schon als Teenager angefangen haben zu kämpfen.

»Galis sieht das natürlich völlig richtig. Eine mit Gewalt herbeigeführte Entscheidung – das funktioniert nicht. Die Grünen muss man ganz langsam zurückdrängen. Allerdings versuchen sie das jetzt schon tausend Jahre bei denen! Und es wird noch tausend Jahre so weitergehen!«

Er nahm einen Schluck aus der Flasche und hielt sie mir anschließend ungefragt hin.

Brav trank ich. Beim zweiten Anlauf brannte mir der Kognak schon nicht mehr in der Kehle. Mein Großvater sollte mich jetzt mal sehen!

»Methodisch ... geplant ... die muss man ganz gezielt vom Planeten jagen! Sie werden noch mehr Sümpfe anlegen, sich in Kröten verwandeln, Eier legen ...« Schnee lachte heiser. »Weißt du, was ich wollte?«, fragte er mit tragischem Ton in der Stimme. »Als ich hierhergekommen bin, meine ich? Ich wollte eine Maschine. Ein Klassepilot werden. Und den Grünen so einheizen, dass sie sich alle auf einmal durch die Tore stürzen! Damit ich danach durch die Straße schlendern konnte – nein, nicht mit stolzgeschwellter Brust, sogar mit gesenktem Blick –, aber trotzdem würden mich alle anstrahlen. Und jeder – jeder! – auf diesem Planeten würde wissen, dass er sein Glück mir verdankt! Glaub nicht, ich hätte mich auf meinen Lorbeeren ausruhen oder nur meinen Ruhm auskosten wollen. Nein! Aber jeder sollte wissen, dass er das alles nur mir verdankt! Mir!«

Er atmete tief durch. »Ich bin ein Idiot, nicht wahr?«, fragte er kläglich.

»Nein. Nur ein kleiner Junge.«

»Hmm. Ein kleiner Junge. Das war ich. Aber was ist mir dir? Träumst du nicht auch genau davon?«

Ich fuhr zusammen, als hätte ich einen Schlag erhalten.

Konnte Schnee recht haben?

Spielte womöglich allein dieser eine Wunsch eine Rolle – entgegen allem, was ich über mich selbst dachte? War ich – Danilow und meinem Land zum Trotz – nur deshalb hierhergekommen, um als alleiniger, als verdienter ... Retter der Welt dazustehen?

»Nun schweigst du«, stellte Schnee zufrieden fest. »Also habe ich ins Schwarze getroffen!«

Wir nahmen beide noch einen Schluck. Ich würde mich einfach betrinken. Diesmal würde ich mich mit Sicherheit betrinken.

»Dürft ihr zu jeder Tageszeit trinken?«, wollte ich wissen. »Was ist denn, wenn es Alarm gibt?«

»Mal den Teufel nicht an die Wand! Wenn es Alarm gibt, dann werden wir schon nüchtern sein, darauf kannst du Gift nehmen!«

Na klar. Solche Helden hatte ich selbst schon erlebt. Nur gut, dass es da Bestimmungen gab: Sie flogen im Handumdrehen aus dem Ausbildungsprogramm.

»Wirklich, Pjotr, wenn du gehen willst, dann wünsche ich dir viel Glück!«, erklärte Schnee warmherzig. »Ich weiß nicht, was dich an der Handelsliga reizt ... die sind auf ihre Weise auch verrückt ... sie kämpfen gegen den Schatten ...«

»Was?«

»Du hast schon richtig gehört! Wahrscheinlich mögt ihr sie deswegen nicht ... diese Revolutionäre, diese lächerliche Bande. Allerdings sind sie ganz interessant, das ja ...«

Seine Worte wurden von einem Heulen übertönt, einem tiefen Heulen, das durch Mark und Bein ging.

»Mist, und du hast's beschrien!«, brüllte Schnee los. »Dabei haben wir gerade so nett ...«

Das Heulen erstarb, als es einen kaum noch zu hörenden Ton erreicht hatte. Schnee stand da und presste die Flasche an sich. Nach einer Weile stellte er sie sorgsam auf dem Tisch ab. »Nach dem Einsatz genehmigen wir uns noch einen«, brummte er.

Seine Stimme klang absolut nüchtern.

Übrigens merkte auch ich nichts von dem kleinen Besäufnis. Wie das sein konnte, war mir ein Rätsel. Wahrscheinlich wurden aber gerade alle Piloten des Stützpunkts wieder nüchtern.

»Hast du schon eine Maschine bekommen?«, fragte Schnee.

»Ja.«

»Dann los!«

Galis' Worte von den zwei Minuten drängten sich von selbst in mein Bewusstsein. Ich schoss los. Schnee packte mich am Arm und zog mich, sich tadellos in der Dunkelheit orientierend, hinter sich her. Mit dem Fuß stieß er die Tür auf.

Durch den Gang rannten Leute. Manche in Uniform, manche in Zivil, manche nur in Unterwäsche. Hauptsächlich junge Männer, aber auch eine Frau entdeckte ich. Sie blieb kurz neben mir stehen und holte Luft ... Oh, oh, sie war nicht vom Laufen so atemlos und gerötet.

»Du bist neu hier? Meine Glückwünsche zum ersten Einsatz!«

»Verschieb die Zeremonien auf später!«, fuhr Schnee sie an. Daraufhin tauchten wir in den die Treppe hinunterwogenden Strom ein. Wie viele in die Kaserne zurückgekommen waren, seit ich mich meinen Grübeleien überlassen hatte.

Nachdem ich ein paar Mal geschubst worden war, fing ich ebenfalls an, meine Ellenbogen einzusetzen. Obwohl es nur rund zwanzig Sekunden dauerte, das Gebäude zu verlassen, hatte ich bereits den Eindruck, hoffnungslos zu spät zu meiner Maschine zu kommen. Die Anspannung, die die Leute ergriffen hatte, hing schwer und unangenehm in der Luft, fast wie Schweißgeruch, und zerrte an den Nerven.

»Beweg dich!« Schnee rannte in die Dunkelheit hinein, offenbar in Richtung seines Hangars. Ich blieb stehen und versuchte, mich zu orientieren. Lampen gab es keine, nur durch die Fenster fiel Licht. Der Stützpunkt, der so übersichtlich geplant schien, gewann im Dämmerlicht neue Dimensionen.

»Wo ist deine Delta?« Die Frau von vorhin packte mich am Ellbogen. Sie lächelte und tänzelte auf der Stelle. »He, Neuling?«

»Im Hangar mit den neuen Maschinen ...«

»Das ist da drüben!«

Ich raste los. Ich konnte nur hoffen, dass sie sich nicht täuschte.

Wie aus dem Nichts tauchte der Hangar vor mir auf. Als sei er aus der Dunkelheit herausgewachsen.

»Alarm!«, schrie ich.

Die Türen glitten auseinander.

Der richtige!

Zumindest gab es hier drinnen Licht. Die in Reihen wartenden reglosen Deltas schienen genauso aufgelöst wie die Menschen. Vielleicht verlor ich allmählich den Verstand, aber ich bildete mir ein, die Kabine hätte sich geöffnet, noch bevor ich »Gast« ausrief.

Ein Ruck – und die hochziehbare Gangway lieferte mich im Sitz ab. Sofort veränderte sich die Welt, denn ich verschmolz mit meiner Delta.

Der Raum loderte. Die Deltas schossen eine nach der anderen mit katzenhafter Grazie aus den offenen Türen der Hangars hinaus und stiegen in die Luft auf. Über dem Stützpunkt flammte ein Feld aus Licht. Unser Schutzschirm. Vor jeder startenden Maschine öffnete sich kurz ein Durchlass im Schirm. Ich zählte siebenundvierzig Deltas, genauer gesagt, ich zählte sie nicht, sondern wusste ihre Zahl einfach, kaum dass ich mich danach gefragt hatte.

»Pjotr?«

»Schnee?«

»Wir haben eine Direktverbindung. Folge mir!«

Eine der Deltas schaukelte in der Luft und wartete auf mich. Ihre Farbe war irgendwie anders. Auf diese Weise soufflierten mir die Rezeptoren der Maschine, wo Schnee war.

»Pjotr, du liegst gut in der Zeit.«

Das war Galis!

»Ich warte auf den Auftrag.«

Eine Pause.

»Folge Schnee. Und du ... ich wollte dich heute eigentlich nicht rauslassen ... Also bleib in deiner Zone und flieg da Patrouille. Und wage es ja nicht, die Grenze zu überqueren!«

»Zu Befehl!«, stieß Schnee hervor. Und sofort, ohne jeden Übergang, rief er: »Pjotr, du hast Glück. Wenn der Hauptmann uns rausschickt, sieht die Sache ernst aus. Bleib hinter mir!«

Seine Delta schoss in den Himmel hinauf. Ich streckte mich nach ihm aus und spürte, wie die Welt sich in Bewegung setzte, die Erde nach unten fiel und die Mauern des Hangars flirrten. An der Tür blieb die Maschine kurz in der Luft hängen, als wolle sie vor den zurückbleibenden Deltas angeben. Vielleicht stimmte das ja sogar.

Der Himmel. Der unendliche Himmel.

Mit einem Mal begriff ich, wie sehr ich mich nach ihm gesehnt hatte!

Die kurze Landephase mit der Fähre hatte das Gefühl während eines Flugs einfach nicht ersetzen können. Das war lediglich ein Schlingern auf dem Kurs gewesen, mehr nicht. Und ein Flug als Passagier – das ist überhaupt etwas ganz anderes.

Wie sehr ich fliegen wollte! Den Steuerknüppel spüren ... Gut, in Ordnung, hier gab es keinen Steuerknüppel. Aber ich wollte die Maschine selbst spüren, die Kraft der Triebwerke, das Heulen der zerrissenen Luft. Die Freiheit des Manövers genießen. Die Verschmelzung mit der Delta ließ sich in keiner Weise mit dem Gefühl vergleichen, das ich im Schiff der Geometer empfunden hatte. Dort hatte ich die Rolle des Zuschauers eingenommen, vielleicht auch die des Kommandanten. Jetzt fühlte ich mich eher wie ein Reiter, der ein Kriegspferd sattelte, das zu lange im Stall gestanden hatte. Selbst wenn das Pferd zugeritten war und unser beider Wünsche weitgehend übereinstimmten – loszustürmen, sich in die wahnsinnige Schlacht zu stürzen –, blieb es trotzdem so, dass es für jede Bewegung nötig war, zuvor den anderen Willen – einen gehorsamen, wenn auch eigensinnigen Willen – zu bezwingen.

»Bleib nicht zurück, Pjotr.«

Wir flogen über die Stadt, in der das Leben in Sekundenschnelle erlosch. Die Lichter gingen aus, die Menschen flüchteten von den Straßen. Ich brauchte mich nur etwas anzustrengen, und schon konnte ich jede Szene in der Nähe klar und deutlich erkennen. Das Stadion mit der Zuschauermenge, die in unterirdische Bunker strömte. Die Mannschaften rannten jeweils in ihre Katakomben ... Gute Güte, das war der gleiche idiotische Wettkampf im Figurenbilden, den ich am Morgen im Fernsehen gesehen hatte! Über den Häusern spannten sich Energieschirme. Die Stadt schien sich auf eine Bombardierung vorzubereiten. Vielleicht tarnte sie sich aber auch nur. Durch die Straßen hasteten Menschen, die Tische von Straßencafés wurden umgerissen. Eine ältere Dame packte sich ein paar fliehende Kinder und zog sie mit sich durch eine Tür, unter einen aufflammenden Schutzschild.

»Wir sind dicht an der Front«, sagte Schnee sachlich. »Der Ausstoß der Mutagene erreicht die Stadt in maximal fünfzehn bis zwanzig Minuten. Wenn du es nicht schaffst, dich vor dem Zeug in Sicherheit zu bringen, wirst du selber ein Grüner ... Die Maschinen der Zivilverteidigung treffen erst in einer halben Stunde ein. Sie sind jenseits der Berge stationiert, dort ist es ungefährlicher.«

Die Stadt verschwand, wir flogen in einem Bogen zu dem Schlammmeer. Ich ließ den Blick darüberschweifen. »Schade ...«, bemerkte ich.

»Was meinst du, Pjotr?«

»Schade, dass ich nicht in der Stadt gewesen bin.«

»He! Also mit so einer Einstellung ...«

»Entschuldige.«

Ich sagte kein Wort mehr. Wir näherten uns der Grenze.

Karten im herkömmlichen Sinne gab es nicht. Aber wozu hätte ich auch eine Karte gebraucht? Mithilfe der

Delta sah ich alles im Umkreis von Hunderten von Kilometern. Die Maschine selbst identifizierte die nötigen Objekte, beispielsweise die Frontlinie, eine lodernde blaue Linie, die sich am sumpfigen Schlamm entlangzog.

»Unsere Zone.«

Schnees Delta schaukelte kurz und hing dann reglos in der Luft. Ich veranlasste meine, das Manöver zu kopieren, wobei ich sowohl meinen Bewegungsdrang als auch den der Maschine bezwingen musste.

»Unser Auftrag lautet, den Feind nicht über die Grenzlinie zu lassen«, informierte mich Schnee. »Wenn sie sie überschreiten – feuer, was das Zeug hält.«

»Klar. Und wenn sie es nicht tun?«

»Dann beiß die Zähne zusammen«, antwortete Schnee nach kurzem Zögern.

Außer uns war niemand hier, wir flogen in einer Höhe von etwa zwei Kilometern. Die übrigen Maschinen waren weit weg und sicherten ihre Grenzabschnitte.

»Wie mir das alles zum Hals raushängt ...«, flüsterte Schnee. »Ich bring's nicht fertig, von hier wegzugehen ... das käme mir wie Verrat vor. Es weiter auszuhalten, aber auch nicht ...«

Ich brachte die Delta vorsichtig etwas nach unten. Über dem Sumpf hängend, starrte ich in den braunen Matsch. Schnee hatte mein Manöver schweigend beobachtet.

Der Schlamm wimmelte von Leben. Er bedeckte nicht nur die Oberfläche, sondern reichte tief hinunter, Dutzende, Hunderte von Metern, und klammerte sich unten am Grund fest. In dem Geflecht von Fäden und Stricken krochen allerlei Schatten herum. Winzige orangefarbene Krebse, die von der über ihnen schwebenden Maschine in Panik versetzt worden waren, wuselten über die Oberfläche und tauchten in den Matsch. Es wimmelten Klumpen von Würmern, farblose, als seien sie aus Höhlen herausgekrochen. Transparente, geleeartige flache und schlüpfrige Wesen schlängelten sich durch den Dreck.

»Wunderschön, nicht wahr?«, fragte Schnee ironisch.

»Ja«, gab ich zu. In dem Wirrwarr fremden Lebens lag tatsächlich eine eigene Schönheit – eine ekelhafte, aber faszinierende Schönheit, etwa wie Kieferklauen oder Kiefertaster bei Spinnen, Tentakeln bei Quallen und Facettenaugen bei Insekten.

»Die Grünen fressen dieses Gewürm«, teilte mir Schnee mit. »Diese Kröte im Gefängnis würde beispielsweise mit allergrößtem Appetit eine Handvoll von diesen Würmern verputzen. Du kannst ja ein paar sammeln und sie ihr mitbringen.«

Er lachte. Ich zog die Delta wieder nach oben.

»Glaub nicht, dass ich immer so zynisch bin«, sagte Schnee. »Aber das alles ... das gehört in ein Naturschutzgebiet. Aber das ist doch nichts für Menschen. Wenn die Grünen keine Menschen sein wollen, sollen sie andere wenigstens nicht daran hindern. Oder nicht?«

Die geleeartigen Viecher fielen mir wieder ein. Das Gewusel der Würmer.

Früher hätte man hier wahrscheinlich herrliche Bootstouren machen können. Angeln, im glasklaren Wasser schwimmen, seine Freundin bewundern, die sich sonnte ...

»Stimmt.«

»Du hast mir von Anfang an gefallen«, gestand Schnee mit überraschender Wärme. »Ehrlich. Entschuldige, dass ich dich verdächtigt habe ...«

»Vergiss es.«

»Nein, es tut mir wirklich leid ... Da kommen sie, Pjotr!« In seiner Stimme lag ein solcher Ekel, als habe Schnee selbst gerade eben eine Handvoll Würmer gegessen.

Vier Maschinen der Grünen flogen – auf ihrer Seite der Grenze – den blauen Streifen ab. Sie waren doppelt so groß wie unsere, aber gröber und massiver.

Ich hatte sie ja schon im Fernsehen gesehen, entweder in dem Dokumentarfilm oder in den Rekonstruktionen, und meiner Ansicht nach entsprachen die echten Maschinen ihnen absolut. Im Moment betrachtete ich sie allerdings nicht mit meinem Menschenblick.

Sie hatten mehr von einem tierischen Organismus als von einer Maschine. Runde, nach Bewegung gierende pfeilförmige Körper. Ein voluminöser Bauch, wie bei einem Biertrinker. Die auf elastischen Aufhängungen sitzenden Triebwerke standen vom Körper ab. Ein amorpher Auswuchs bildete das Cockpit. Und jede Maschine zog einen Schweif aus schäumender Flüssigkeit hinter sich her.

»Sie säen«, informierte mich Schnee knapp.

Die Maschinenkörper vibrierten deutlich, während sie die feine Suspension ausstießen. Der Wind wehte in Richtung Stadt, ergriff die Suspension geradezu spielerisch und trieb sie über den blauen Streifen.

»Schnee ...«

»Das ist in Ordnung. Verdammt, ich meine natürlich, das ist nicht in Ordnung ... Aber das Wetter hat keinen Einfluss auf den Grenzverlauf. Das wurde so vereinbart.«

Er versuchte verzweifelt, seine Gefühle unter Kontrolle zu bringen und sich als erfahrener, erprobter Flieger darzustellen, der einem Neuling den Kriegsalltag vorstellt.

»Wir brauchen zwei Tage, um den Mist auszubrennen«, sagte Schnee.

Immer mehr von der Suspension rieselte zu Boden. Als die Maschinen der Grünen noch höher stiegen, war mir klar, dass sie absichtlich so dicht an uns vorbeiflogen.

»Die machen sich über uns lustig«, meinte auch Schnee.

»Können wir denn nichts dagegen tun?«, fragte ich. Das war ja wie während der Ausbildung, als man uns erklärt hatte, warum wir die amerikanischen Aufklärungsflieger, die die russische Grenze verletzten, unbedingt in Ruhe lassen müssen.

Schnee erwiderte kein Wort. »Mein Navigationssystem spinnt«, sagte er plötzlich. »Sind die noch auf ihrer Seite der Grenze, Pjotr?«

Ich schluckte erst einmal, bevor ich antwortete. Das hatte man mir auch während der Ausbildung beigebracht. »Schnee, ich habe die Frage nicht verstanden. Und ich verstehe nicht viel von Navigationssystemen.«

Schnee schnaubte. »Also meiner Meinung haben sie die Grenze überflogen.«

»Nach der Rückkehr wird man deine Maschine überprüfen«, erinnerte ich ihn.

»Manchmal passiert es, dass man nach einem Einsatz nicht nach Hause zurückkehrt. Manchmal stürzt man ab … manchmal hat man aber Glück und landet in Ufernähe.«

Alles klar. Du machst mir nichts vor, Flieger vom Planeten der Regenbogen-Brücken.

Doch ich wäre der Letzte, der dir daraus einen Vorwurf macht.

»Ich warte auf deine Befehle«, sagte ich.

»Gib mir Deckung.«

Seine Delta jagte zu der blauen Linie. Ohne zu zögern, überflog er die nicht markierte Grenze. Gleich darauf flammte ein Feuerstreifen am Himmel auf. Schnee schoss nicht direkt auf die feindlichen Maschinen, sondern nur in ihre Richtung, um sie von der Grenze abzudrängen. Ich wartete, und meine Delta wartete ebenfalls, spannte sich vor dem Sprung an …

Die vier feindlichen Maschinen führten ihr Manöver mit einer Behändigkeit aus, die ich angesichts ihrer Größe niemals für möglich gehalten hätte. Schon im nächsten Moment hielten sie auf Schnee zu. Noch schossen sie nicht, aber allein in ihrer Bewegung lag eine offene Drohung. Aber war das erstaunlich? Schließlich hatte Schnee die Grenze überflogen. Dass die Grünen davor auf einen günstigen Wind gewartet hatten, das zählte natürlich nicht.

»Sie greifen an«, teilte Schnee ausgesprochen sachlich mit.

Daraufhin ergriff ich die Initiative.

Wo die Maschine aufhörte, wo ich anfing – ich hätte es nicht mehr zu sagen vermocht. Ich streckte meine Hände aus, und die Delta verlängerte sie.

Das, was jetzt meine Finger waren, schloss sich um einen der fliegenden Pfeile der Grünen.

Es tat weh. Die Maschine der Grünen war durchaus keine wehrlose Beute, dieses Tier aus Fleisch und Metall, das seinen grünhäutigen Piloten beförderte. Als hätte ich einen Igel gepackt ... Nein, ein harmloser Igel könnte nie so piken ... Als hätte ich eine Handvoll Kohle ergriffen. Ich schrie auf, als ich die Feuerbarriere zusammenpresste, welche die fremde Maschine umgab. Was für ein schreckliches Gefühl. So musste sich ein Mensch fühlen, der einen anderen erwürgt hatte.

Trotzdem wusste ich, dass ich das Richtige tat.

»Danke, Pjotr ...«

Schnees Delta war bereits ziemlich hoch gestiegen. Sie glitt dahin, verschmolz mit der Stratosphäre und ließ spielerisch die drei anderen Maschinen hinter sich. Seltsamerweise ignorierten die Grünen mich völlig.

Weil ich diese unsichtbare Grenze noch nicht überflogen hatte?

Die zerquetschten Einzelteile der gegnerischen Maschine segelten nach unten. Ich beobachtete, wie die Kugel des Cockpits in die Tiefe purzelte und sich im Fall aufblähte. Der Pilot schien sogar noch unverletzt zu sein. Aus dem aufgeplatzten Bauch der Maschine spritzte eine dunkle Flüssigkeit. Sie wurde jedoch nicht mehr fröhlich vom Wind davongetragen – jetzt waren es nur noch ein paar Tonnen Gift.

Ich stieg auf, gewann rasant an Höhe. Schnee war irgendwo über die Zwanzigkilometermarke geflogen, ohne die drei cyborgartigen Wesen abgeschüttelt zu haben.

Denen reichte es nicht, ihn zu verfolgen, nein, sie mussten Schnee offen angreifen. In einer keilförmigen Formation schickten sie ihre Geschosse der Delta nach. Sobald sich dieser funkelnde Keil über Schnee schob, brüllte er los.

»Was ist los?«, rief ich. Da wir mit derselben Geschwindigkeit flogen, würde ich es nie schaffen, mich in den Kampf einzumischen.

»Gleich ...«

Einen Augenblick hing die Delta reglos in der Luft, dann ging sie in den Sturzflug. Die pfeilförmigen Maschinen hielten inne, so dass ich sie endlich einholen konnte.

Feuer! Eine Windbö, ein Strudel, ein alles versengender Regen, der hämmernd ins Firmament hochschoss! Ich holte aus dem unbekannten Innern meiner Maschine heraus, was aus ihr herauszuholen war, das spürte ich.

Gut!

»Schnee! Pjotr! Kommt sofort in unser Gebiet zurück!«

Das war Galis. Ließ er sich doch noch dazu herab, in unsere Auseinandersetzung einzugreifen? Oder hatte er eben erst entdeckt, was wir taten?

Eine der feindlichen Maschinen fing Feuer. Sie zuckte, drehte ab und flog zu ihrem Ufer zurück. Soll sie ruhig abhauen ... Die beiden anderen manövrierten, fletschten die Zähne und schleuderten mir ganze Netze von Blitzen entgegen. Meine Delta wurde durchgeschüttelt. Ich spürte den Schmerz und schrie genauso auf wie Schnee gerade eben.

»Halte durch!«

Eine Feuerkugel zuckte über den Himmel, in der die Maschine der Grünen, die ich vor Kurzem noch nicht einmal gekannt hatte, zu Staub zerfiel. Doch auch mich traf ein weiterer Schlag, meine Delta vibrierte und begann abzusacken.

»Da hast du!«

Die Vielfalt der Waffen in der Delta war bemerkenswert. Ich spürte, wie aus den Flügeln Raketen losjagten – die ich als einen Teil von mir selbst wahrnahm, als einen zielstrebigen, gierigen, bissigen Teil. Eine Explosion. Die erste Rakete hatte ich voreilig abgeschossen, die Maschine der Grünen zitterte nur. Die zweite erwischte den Feind jedoch am Schwanz. Anscheinend geriet der Grüne in Panik. Aus dem Bauch der Maschine ergoss sich Matsch: Der Pilot warf seine Fracht ab. Die Maschine stieg weiter auf – und geriet unter den Beschuss von Schnee, wurde vom Dolch der reinen weißen Flamme aufgespießt. Eine fette schwarze Wolke war alles, was von ihr blieb.

»Denen haben wir's gegeben, Pjotr! Und einer geht auf dein Konto! Wie fühlst du dich?«

»Ich halte durch!«

Das war allerdings leichter gesagt als getan. Die Delta führte sich auf wie ein schwer verletztes Tier. Und ihr ganzer Schmerz, die Anstrengung, mit der sie sich in der Luft hielt. teilte sich auch mir mit.

»Schnee! Pjotr! Seid ihr jetzt fertig?« Galis' Stimme klang eiskalt.

»Es ist alles in Ordnung, Hauptmann«, antwortete Schnee rasch. »Die Grünen hatten die Grenze überflogen. Aber die Grenzverletzer sind vernichtet.«

»Der Satellit liefert mir ein etwas anderes Bild.«

»Sie sollten sich den Kampf längst mal aus einer Delta ansehen, Hauptmann«, konterte Schnee.

Es folgte eine Pause.

»Schlauberger. Kannst du aus deiner Delta denn sehen, was unter euch ist?«

Ich spähte ebenfalls nach unten. Das war nicht ganz einfach, das Blickfeld war eng und klein.

Es wimmelte nur so von fremden Maschinen. Wo kamen die denn auf einmal alle her? Aus dem Wasser? Zwei Dutzend in die Luft hochschießender Pfeile, die nicht durch Fracht beschwert waren, sondern rasch und zielsicher auf uns zukamen.

»Die haben auf uns gewartet«, presste Schnee heraus.

»Natürlich«, bestätigte Galis. »Schließlich haben bei einigen Piloten die Navigationssysteme einfach schon zu oft versagt! Macht, dass ihr da wegkommt! Und zwar fix!«

»Hauptmann, wir brauchen Hilfe!«

»Die könnt ihr euch abschminken! Ihr seid hundert Kilometer tief in fremdes Gebiet vorgedrungen! Kehrt sofort um! Ich werde euch erst kurz vor der Stadt Hilfe schicken.«

»Galis.« Schnee klang überraschend kleinlaut. Diesmal verlangte er nichts – sondern bat. »Pjotr schafft das nicht. Seine Maschine hat's erwischt, mir ist absolut schleierhaft, wie er überhaupt noch fliegen kann.«

»Wir sind hier im Krieg. Und ihr habt gegen die bestehenden Regeln verstoßen ...«

»Der Krieg kennt keine Regeln«, mischte ich mich ein.

»Willst du, dass unsere Kinder bei lebendigem Leibe verbrennen?«, fragte Galis. »Macht, dass ihr da wegkommt! Kämpft euch frei und kehrt zurück!«

»Hauptmann ...«

»Nein. Ihr kriegt keine schweren Waffen.«

Mit aller Kraft versuchte ich, die Delta hochzuziehen. Oder wenigstens, einen Zahn zuzulegen. Aber die Maschine hatte bereits keine Kraft mehr. Und von unten stieg in einem dichten Netz der Feind auf ...

»Hau ab, Schnee!«, bat ich. »Du siehst ja selbst ... Ich geb dir Deckung.«

Wie dumm! Wie unglaublich dumm von mir! Sich auf den Weg zu machen, um eine mächtige Hyperzivilisation um Hilfe zu bitten, weil sie allein in der Lage ist, eine andere Hyperzivilisation aufzuhalten. Sich dann in einen belanglosen lokalen Konflikt zu verstricken. Und beim ersten Einsatz abzukratzen, bei dem Versuch, die einen Schwachköpfe gegen den anderen zu verteidigen.

»Schnee, hau ab ...«

»Wie mich das alles ankotzt!«, seufzte er. Leise, sogar gelangweilt. »Du kannst mich mal am Arsch lecken, Galis! Das wollte ich dir schon längst mal sagen! Zerfleischt euch doch gegenseitig, solange ihr wollt! Ihr seid auch nicht besser als diese Grünen!«

»Bist du jetzt fertig?«

»Gleich werde ich fertig sein«, erwiderte Schnee mit alberner Fröhlichkeit. »He, Pjotr, leb wohl! Du bist ein anständiger Kerl ... wir sehen uns in einer anderen Welt wieder ...«

»Das verbiete ich dir!«, schrie Galis. »Schnee, du kennst die Regeln ...«

»Geh doch zum ...«

Der Wunsch war kurz, aber umfassend. Im nächsten Moment tauchte Schnees Delta unter meiner beschädigten Maschine hinweg, wackelte mit den Flügeln, hielt inne ...

Die Welt erschauderte.

Ein leiser Engel erbarmte sich ...

Die Geräusche erstarben, die Farben verblassten.

Unter Schnees Delta strömte ein gespenstisches Licht hervor, das den jauchigen Sumpf und die aufsteigenden Grünen überzog. Die gierigen Silhouetten der gegnerischen Maschinen wurden trüb, schrumpften in sich zusammen und verwandelten sich in diffuse Schatten.

»Wie gefällt euch die *Flachheit*?«, fragte Schnee überdeutlich.

Was es damit auf sich hatte, wusste ich nicht. In keinem der Lehrfilme über das Konklave war uns etwas gezeigt worden, das dieser Waffe auch nur ansatzweise gleichkam.

Mit einem Mal schwebten nur noch flache zweidimensionale Silhouetten in der Luft, die sogleich schmolzen. Der Sumpf sackte im Nu ab, klares Wasser brodelte an den Stellen hoch, an denen gerade eben noch Würmer gekrochen waren und sich Schlamm erstreckt hatte. Unter uns breitete sich ein riesiger, bis zum Horizont reichender Kreis sauberen Wassers aus.

Was hatte Schnee getan? Hatte er aus der uns umgebenden Welt eine Dimension herausgerissen?

»Ich habe dich gewarnt«, sagte Galis.

Schnees Delta seufzte schwer – und ging in einer Feuerkugel auf.

»Hauptmann! Hauptmann Galis!«, schrie ich. »Schnees Maschine ... Hauptmann ...«

»Ich habe die Maschine zerstört. Pjotr, komm sofort zum Stützpunkt zurück. Solltest du den Befehl verweigern, wäre ich gezwungen, auch dich zu vernichten.«

Ich keuchte. Der gepeinigte Stahlkörper jammerte.

»Du kannst mich mal am ...« Daraufhin machte ich Galis mit der russischen Variante dieser Tätigkeit bekannt. Ich riss die Delta nach unten, auf die abstürzenden Teile zu.

Nein.

Nichts.

Diesmal hatte es Schnee vom Planeten der Regenbogen-Brücken nicht ans Ufer geschafft.

Galis schwieg. Mir war klar, dass ich Schnees Schicksal schon im nächsten Moment teilen konnte – und trotzdem sauste ich immer weiter aufs Wasser zu. Auf das saubere, kristallklare Wasser, in dem strudelnd zweidimensionale Schatten zu Boden sanken.

Es ruckte einmal – und die Delta gab mich frei. Das Cockpit öffnete sich, ich kletterte aus dem Sitz, hielt in der Bewegung inne und sog die kalte Meeresluft ein. Die Verkleidung der Maschine war außen heiß und völlig aufgekratzt, als sei sie abgeschmirgelt worden. Es roch nach Salz. Es roch nach einer sauberen, sterilen und gemütlichen Welt.

»Du Schwein!«, schrie ich. »Galis, du Schwein! Dein Planet ist ein Scheißhaus! Von mir aus könnt ihr in Scheiße untergehen!«

Durch die Dunkelheit segelten die Fetzen von Schnees Delta, fielen in die Tiefe. Von den Grünen war keine Spur zu sehen.

»Er war der einzige Normale hier, denn er ist nicht von eurer beschissenen Welt!«

Es gab niemanden, der mein Toben hätte hören können. Oder der meine Tränen hätte sehen können. Meine Delta hing direkt über dem Wasser und zitterte kraftlos.

»Ihr Dreckskerle!«, flüsterte ich.

Aber warum? Warum konnte ich nicht tun, was Schnee getan hatte? Diese ganze Welt verbrennen, mit der *Flachheit* überziehen, sie zerstören?

Und warum gab es keinen Ort, an den ich zurückkehren konnte – außer dem Stützpunkt?

Fünf

Meine Delta hielt bis zum Ende durch. Ich fühlte mich, als würde ich einen Sterbenden zwingen zu rennen oder auf ein zuschanden gerittenes Pferd einpeitschen.

Einen Trost hatte ich allerdings: Auch ich spürte die Knute.

Direkt am Ufer, wohin Schnees Schlag nicht mehr gereicht hatte, wich das saubere Wasser wieder der Dreckbrühe. Die Delta gehorchte meinem Willen und ging abermals tiefer, worauf sich Feuerpeitschen über den Sumpf hermachten. Die Heimstatt der fremden Biosphäre ging in Flammen auf. Die trockenen Algen rauchten kurz, das Wasser kochte, die kleinen orangefarbenen Krebse brutzelten in ihren Panzern. Obwohl ich wusste, wie dumm das war, musste ich das tun. Ich ließ den verbrannten Streifen hinter mir und kehrte mit der Delta zum Stützpunkt zurück.

Das war nicht mein Krieg.

Das war nicht mein Planet.

Schert euch doch alle zum Teufel!

Über dem Stützpunkt loderte immer noch der Schutzschirm. Erwartungsvoll näherte ich mich mit der Maschine. Man hatte mir nicht erklärt, wie man das Kraftfeld ausschaltete. Vielleicht ließ es sich nur von innen regeln.

Dann würde ich halt verbrennen.

Das Kraftfeld öffnete sich. Die Delta schlüpfte durch den Spalt, blieb kurz in der Luft stehen und setzte dann schwerfällig auf dem Boden auf. Die Kabine öffnete sich von selbst, ohne meinen Befehl abzuwarten.

Die Maschine starb.

Das wurde mir klar, kaum dass ich ausgestiegen war.

Die Verkleidung blätterte in Flatschen ab wie die Haut von jemandem, der unter einem Ekzem leidet. Die Delta stieß ein tiefes, monotones Heulen aus. Die Gangway ruckte ein paar Mal nach hinten und wollte sich in die Kabine zurückverwandeln; irgendwann gab sie den hoffnungslosen Versuch auf und hing schlaff herunter.

»Leb wohl«, sagte ich zu meiner Maschine. »Aber am Ende ... am Ende haben wir sie doch besiegt, oder?«

Es gab nichts, was ich hier noch hätte tun können. Und es gab nichts, weshalb ich hätte in die Kaserne zurückgehen sollen. Ich blieb auf dem Landestreifen stehen und sah zu, wie meine Maschine starb. Vielleicht wartete ich noch auf etwas ... auf eine militärische Patrouille, Galis mit einem Blaster in der Hand oder Invasionstruppen der Grünen, die über diesen Vorfall außer sich waren. Aber es tauchte niemand auf.

Vielleicht war es besser so.

Eine Sache musste ich allerdings noch erledigen. Das begriff ich, sobald ich seitlich, neben dem kleinen Gefängnis, den schwebenden Kahn erblickte.

Es waren alles Mistviecher. Im Großen und Ganzen jedenfalls. Aber im Einzelfall hatte unsereins andere Maßstäbe.

Ich ging zum Gefängnis. Ich trat nach dem Kahn, der daraufhin schwankte. Wahrscheinlich wusste die grünhäutige Fliegerin, wie man damit umging.

Jetzt brauchte ich nur noch die Tür zu öffnen.

»Alarm«, sagte ich.

Nichts passierte.

»Auf. Eingang. Entriegelung. Einlass.«

Ich ratterte alles runter, was mir einfiel, aber die Tür dachte gar nicht daran aufzugehen.

»Die Mühe kannst du dir sparen. Sie reagiert nur auf mentale Befehle.«

Wie lautlos Galis sich anzuschleichen vermochte ...

Ich drehte mich um. Der Hauptmann trug keine Waffe. Er stand neben dem Schiff und betrachtete mich mit unverhohlener Neugier.

»Und die Barriere unten kann nur ich aufheben«, fuhr Galis fort. »Also nützen deine Versuche rein gar nichts. Was hattest du denn vor? Sie umzubringen?«

»Sie laufen zu lassen.«

»Ach ja?« Er zog die Brauen hoch.

»Ja. Wozu ... Es hat keinen Sinn, Einzelne so zu quälen ...«

Die Worte kamen mir schwer über die Lippen.

»Und was ist mit Schnee?«

»Den haben nicht die umgebracht.«

»Ach nein? Ich musste das tun, Pjotr. Es ist mir gar nichts anderes übrig geblieben.«

»Ich habe dir ja schon gesagt, was du mich kannst ... mit deiner ganzen Demagogie ...«

»Ehrlich gesagt, habe ich nicht verstanden, was du damit sagen wolltest.« Galis zuckte mit den Schultern. »Ich bin kein Anhänger der gleichgeschlechtlichen Liebe, insofern ist dein Wunsch ... sehr seltsam.«

Unwillkürlich brach ich in Lachen aus. »Schade, dass ich nicht weiß, wie ich dich beleidigen kann.«

»Dann sollte das eine Beleidigung sein?« Galis wurde etwas lebhafter. »Gut, geh ruhig davon aus, dass ich beleidigt bin, wenn du dich dadurch besser fühlst. Und jetzt kehrst du in die Kaserne zurück. Der Alarm ist aufgehoben. Du hast Glück gehabt, Pjotr.«

Wie einfach alles war. Sobald der Einsatz vorüber ist, kann man sich dem Kommandanten gegenüber Frechheiten herausnehmen und den Befehl verweigern ...

Ich rührte mich nicht von der Stelle.

»Was soll das? Willst du diese Frau allen Ernstes befreien?«, fragte Galis verwundert. »Ich wollte sie jetzt sowieso rausholen. Deshalb wartet hier ja das Schiff. Ich trage sie jetzt gleich aus der Zelle, packe sie in den Kahn und gebe den Kurs zu den Grünen ein. Sie ist tot, Pjotr. Die Grünen sterben auf eine andere Weise als wir. Die Kräfte verlassen sie – und sie schalten sich dann einfach ab.«

Alles, was ich sagen wollte, blieb mir im Hals stecken. Wie sinnlos das doch alles war! Sie waren aus dem gleichen Holz geschnitzt wie die Geometer. Von sich selbst überzeugt – und zwar hundertprozentig.

Ich drehte mich um und ging zum Zaun. Ich würde jetzt einfach nach draußen klettern und mich in die Stadt begeben. Dort würde ich diese stellaren Händler ausfindig machen ...

»So einfach kommt man von uns nicht weg, Pjotr.«

In Galis' Worten schwang eine Drohung mit. Ich wirbelte abrupt herum, der Cualcua am Grund meines Bewusstseins schrie auf: *Gefahr! Kampftransformation?*

Galis näherte sich mir mit sicherem Schritt.

»Du schuldest uns nämlich noch etwas, Pjotr. Deinetwegen – ja, ganz genau, deinetwegen – ist ein guter Pilot gestorben. Du wirst jetzt seinen Sektor übernehmen. Du kommst erst von hier weg, wenn ich es dir erlaube. Oder ... mit den Füßen zuerst.«

»Versuch nicht, mich aufzuhalten«, flüsterte ich. »Ich bitte dich, Galis, versuch es nicht ...«

»Du Grünschnabel.« Galis wirkte nicht einmal wütend. »Seit dreihundert Jahren habe ich den Befehl für diesen Stützpunkt ...«

Wie???

»Und noch nie ist mir eine Rotznase ...«

Seine Worte brachten mich völlig aus dem Konzept. Er trat dicht vor mich und gab mir – ohne jedoch auszuholen – eine leichte Ohrfeige. »Ab in die Kaserne! Du stehst unter Arrest, Pilot!«

Meine Wange brannte. Ich sah Galis in die Augen. »Das hättest du nicht tun sollen, Hauptmann ...«

Die Krallen rissen meine Haut auf, als ich die Hand hob. Den Grad der Beleidigung abzuschätzen und danach den Gegenschlag zu bemessen, das ist ein Vergnügen ausschließlich für Satte und Glückliche.

»Und steh ja nicht auf«, fügte ich noch hinzu.

Der Hauptmann lag am Boden und presste die Hand gegen das blutige Gesicht. Fassungslos sah er mich an.

»Du bist ja ein Metamorph, Junge ...« Er lachte. »Bei diesen Spielen ist man besser zu zweit ...«

Gefahr!, schrie der Cualcua.

Galis' Körper zerfloss, wurde weich wie Wachs. Die Haut überzog sich mit Hornschuppen, die Augen verwandelten sich in schmale Schlitze, der Hals schrumpfte ein, die Haare fielen aus, und beinerne Stachel traten auf dem glänzenden Schädel zutage. Die Arme wuchsen, die Muskeln schwollen an, die Beine verkürzten sich. Vor mir stand ein monsterhaftes Wesen, ein Orang-Utan, der sich irgendwann in Richtung Krokodil entwickelt hatte ...

»Und?«, zischte Galis. »Du bist zu forsch, Pilot. Solche wie dich brauchen wir nicht. Aber ich gebe dir noch eine Chance ...«

Ich glaube, dann übernahm der Cualcua das Steuer. Mein Symbiont war in Panik geraten, in ganz ungekünstelte Panik. Aus meinen Händen schossen Protoplasmafäden.

Galis fegte die Tentakeln des Cualcua mit einer einzigen Bewegung seiner langen Arme beiseite. Ohne weiter Zeit fürs Reden zu verschwenden, stürzte er sich auf mich.

Er war schnell. Verdammt schnell. Sein Körper hatte selbst unter dem Hornpanzer nichts von seiner Geschmeidigkeit eingebüßt. Ich fiel hin, Galis' Hände schlossen sich um meinen Hals.

»Für dich ist hier kein Platz!«, sagte Galis mit einer dumpfen, nicht-menschlichen Stimme.

Mich zu erwürgen stellte sich als relativ schwierig heraus. Der Cualcua kämpfte so gut er konnte. Genauer gesagt: so gut, wie es ihm mein Körper erlaubte. Mein Hals mutierte zu einem Holzklotz, zu einem festen Block. Trotzdem pressten sich Galis' Finger weiter um ihn.

»Stirb!«, sagte Galis knapp und ohne Bosheit.

Was kannst du einem Wesen entgegensetzen, das über haargenau die gleichen Möglichkeiten verfügt wie du? Und sie weitaus besser einzusetzen vermag?

Kraft? Geschicklichkeit? Präzision?

Mit den Armen, die Galis nicht unter seine Kontrolle gebracht hatte, schlug ich auf seinen Schädel ein. Stahl hätte sich verbogen. Aber der Knochen hielt stand. Ich ließ eine Reihe von Schlägen auf die Stellen prasseln, an denen Menschen verletzlich sind.

Es führte zu nichts.

Ich fing schon an zu keuchen. Der Cualcua hob die Deckung der Atemwege auf und versuchte nur noch, die Wirbelsäule zu schützen.

Galis' verzerrtes Gesicht schwebte über mir. Aus dem offenen Mund tropfte Speichel. Er erinnerte jetzt an ein Monster ... an diesen zum Inbegriff gewordenen Alien aus dem alten und verbotenen Film ... und diese Kreatur war extrem stark ...

Unternimm was!, flehte ich. *Cualcua, unternimm was!*

Daraufhin ergriffen mich unerträgliche Schmerzen. Dabei hatte der Cualcua zunächst lediglich meine Mundhöhle verändert. Trotzdem fraß sich der Schmerz durch meinen ganzen Körper. Ein Mundvoll heißen Wassers – das ist nicht gerade läppisch, oder? Aber was ist mit einem Mundvoll Säure?

Ich spuckte aus, spie Galis den verdammten Cocktail aus dem eigenen zersetzten Gewebe und Königswasser ins Gesicht.

Jammernd sprang Galis auf. Seine Visage war nun eine einzige Wunde. Die versengten Schuppen rauchten, unter ihnen sickerte Blut hervor. Normales Menschenblut.

Wahrscheinlich gibt es in der Natur keine Wesen, die Säure spucken. Die menschliche Phantasie erwies sich da als der Realität überlegen. Und Galis hatte nichts dergleichen erwartet.

Ich wollte schreien, wollte ihm sagen: »Stirb, du Drecksack!«, aber mein Mund war nicht mehr in der Lage, Worte hervorzubringen. Ich stieß Galis zu Boden, bog ihm den Kopf nach hinten und spie in seinen im Schrei geöffneten Mund eine weitere Ladung Säure.

Jetzt konnte er nicht einmal mehr schreien. Wir kämpften schweigend, wobei uns beide das Gift von innen zerfraß.

Ich kann ... nicht weitermachen. Dein Körper hält es nicht aus.

Ich schlug Galis' Kopf auf den Beton. Rhythmisch und unermüdlich, während der Cualcua verzweifelt meine Wunden flickte. Aber auch Galis hielt durch, wurde mit der geschluckten Portion Säure fertig ...

Was konnte das Fleisch eines Lebewesens nicht verwinden?

Strahlung? Strom? Mikrowellenstrahlung?

Das nützte alles nichts, denn damit würde ich mich auch selbst umbringen.

Plötzlich wurden wir in Licht getaucht. Die zurückkehrenden Deltas gingen über dem Stützpunkt runter.

Wenn ich ihm den Sauerstoff entzöge ... ihn verhungern ließe ... ihn zu Tode kitzeln würde ... was zum Teufel konnte man mit einem lebenden Organismus sonst noch anstellen?

Ihn austrocknen. Ihn bei lebendigem Leibe fressen. Nein, bloß nicht, dann müsste ich mich mit Verdauungsbeschwerden herumschlagen. Denn was hatte ich meinem kleinen Nachbarn gesagt? Außerirdische organische Stoffe sind giftig ...

Galis schaffte es allmählich, sich hochzurappeln, da ich ihn nicht länger am Boden halten konnte. Sein Gesicht verwandelte sich abermals, sein Mund wurde breiter, aus ihm ragten jetzt schiefe Fangzähne heraus, die Augen schützte eine harte, transparente Kruste ...

Leute kamen auf uns zugerannt. Die Piloten sprangen aus den gelandeten Deltas, anscheinend besaßen sie keine eigenen Waffen – trotzdem würden sie mich in Stücke reißen, einfach aufgrund der Überzahl.

Galis schaffte es, sich auf mich zu wälzen und mich zu Boden zu pressen. Sein monsterhaftes Maul – mein Gott, er musste den Film über den Alien gesehen haben! – schob sich an mich heran. Ein Realität gewordener Albtraum, der Inbegriff des Todes ...

Wenn du das Feuer bezwingen willst, musst du selbst zum Feuer werden. Wenn du den Tod bezwingen willst, musst du selbst zum Tod werden.

Die Meister der Kampfkunst hatten damit zwar etwas anderes im Sinn. Trotzdem war das eine Chance.

Ich machte es Galis nicht nach und verzichtete auf eine Transformation.

Ich versuche es ..., seufzte mein Symbiont müde.

Galis' Maul schnappte zu, und er riss mir ein Stück meines Gesichts heraus. Weh tat das nicht. Danke, Cualcua.

Wahrscheinlich hatten Galis und ich denselben Gedanken gehabt, denn er schluckte den herausgebissenen Teil meines Körpers hinunter. Wenn dein Gegner seinen Körper transformieren kann, dann ist es logisch, seine Masse zu verringern und die eigene zu erhöhen ...

Mit verzweifelter Anstrengung schob ich Galis von mir runter und stieß ihn weg. Über meine zerfetzte Wange floss Blut, der Cualcua hatte es nicht geschafft, alle Gefäße zu schützen.

Dennoch lächelte ich. Bei meinem massakrierten Gesicht geriet mir das zu einem Teufelslachen.

Galis erstarrte.

»Ich ...« Die Worte gluckerten, erstarben noch in meinem Mund, trotzdem versuchte ich zu sprechen. »G... G... Gift ... du Schwachkopf ... Hauptmann ...«

Er schrie auf, krümmte sich und versuchte, das heruntergeschluckte Fleisch wieder auszuspucken.

Ich stand einfach da und sah zu, wie er starb.

Womit hatte der Cualcua mein Fleisch getränkt, das ich Galis so freundlich angeboten hatte?

Zyankali. Es war die einfachste Lösung.

Schubweise wuchs die Haut in meinem Gesicht nach. Die Blutung war bereits gestoppt. Ich drehte mich zu den heranstürmenden Piloten um und bleckte die Zähne. Sie blieben stehen.

Anscheinend war Hauptmann Galis hier der einzige Metamorph …

Beweg dich nicht! Ich muss unbedingt das Gift neutralisieren. Es sind viele Kapillaren betroffen.

Was für ein seltsames Gefühl … alles zerfließt, und ich bekomme einfach keine Luft mehr. Warum ringe ich nach Atem? Schließlich atme ich doch mit voller Brust ein …

Mit watteweichen Beinen torkelte ich zum Zaun. Hinter mir eilten die Piloten zu dem reglosen Galis.

Aber ich habe dich gerächt, Schnee … dich, der du nicht zu meinem Freund geworden bist …

Ihr habt eure Gesetze, ich meine.

Ich schaffe es nicht!, jammerte der Cualcua. *Pjotr, ich schaffe es nicht, das Gift zu neutralisieren!*

Ja und? Das war eben der Preis, den ich zahlen musste. Wenn ich fremdes Leben nahm, musste ich auch bereit sein, das eigene zu geben.

Ich humpelte noch immer weiter, obwohl es mir schon schwarz vor den Augen wurde und mein Bewusstsein sich vernebelte. Jedes Kind könnte mich jetzt umhauen, ein leichter Stupser würde genügen – und ich würde nicht mehr aufstehen.

Verzeih mir …

Na so was. Worte wie von einem Menschen.

Die Welt ging in einem weißen Leuchten auf. In meinen Ohren rauschte es. Nein, ich würde es nicht mehr bis zu diesem Zaun schaffen, ich würde hier hinfallen, mitten im Tor …

Pjotr!

Ich verlor das Bewusstsein.

Pjotr!

Pjotr!

Pjotr!

Weshalb wiederholte er ständig meinen Namen?

Wusste der Cualcua etwa nicht, dass man in Ruhe sterben muss. Vor allem jetzt, wo ich nicht mehr unter Atemnot litt und nicht eingeengt war, sondern in warmen Wellen davonzuschwimmen schien und glaubte, alles sei gut …

Nur mein Kopf schmerzte. Es hämmerte in den Schläfen.

Diesen Schmerz kannte ich schon.

Pjotr, komm zu dir! Hörst du mich? Antworte! Lebst du noch? Antworte!

Ob ich lebte? Anzunehmen. Denn selbst wenn es im Jenseits etwas geben sollte, dann bestimmt keinen sturköpfigen Cualcua. Dieser kleine, feige, gleichgültige Gott. Wie lange er sich hinter seiner Gleichgültigkeit verborgen hatte … aber jede Gleichgültigkeit hat ihre Grenzen. Und er brauchte mich nun einmal als wandelnde Unterkunft für seinen Verstand, der nicht in die grausame und riesige Welt hinauskriechen wollte. Trotzdem war es kaum zu glauben, dass er mich gerettet hatte.

Pjotr! Öffne die Augen! Steh auf!

Ich gehorchte. Schließlich würde kaum etwas Gutes dabei herauskommen, wenn der Cualcua mir auch noch bei der Steuerung meines Körpers behilflich wäre. Besser, ich schuf keinen Präzedenzfall.

Die Sonne ging unter.

Was für ein schöner Sonnenuntergang.

Ich lag im Gras, im trockenen, pikenden Herbstgras, das den flachen Hang eines Hügels bedeckte. In der Ferne zog sich ein glutrot und golden gesprenkelter Wald dahin.

Herbst?

»Wo ist der Stützpunkt, Cualcua?«

Ich setzte mich auf und fuhr mir mit der Hand übers Gesicht. Gerade eben hatte da noch eine Wunde geklafft.

Jetzt spürte ich nur noch eingetrocknetes Blut und darunter eine dicke Narbe.

»Die Haut ohne Spuren nachwachsen zu lassen, das wäre wohl zu viel verlangt gewesen?«, fragte ich.

Ich fühlte mich völlig ausgepumpt. Ausgewrungen und vertrocknet, ohne ein einziges Gefühl, eine einzige Emotion in mir. Die grünen Umweltschützer, Schnee, der seinen eigenen Namen nicht leiden konnte, die zusammengequetschte Delta, Hauptmann Galis, der versucht hatte, mich zu fressen – all das war weit, weit weg. Geblieben war nur diese Herbstwelt, ein fast russischer Herbst mit kühler klirrender Luft.

Die Wunde habe nicht ich verschlossen.

»Wer dann?«, fragte ich begriffsstutzig.

Das Tor ist in Funktion getreten. Du bist in eine andere Welt gekommen.

Mit einem Nicken akzeptierte ich seine Worte. Es konnte in der Tat nicht der Planet sein, den ich schon kannte. Nicht, weil ich anstelle des Dschungels ganz gewöhnlichen Wald sah, und auch nicht, weil es sehr still war. Sondern einfach weil jede Welt ihren eigenen Geruch hat. Sowohl im wörtlichen als auch im übertragenen Sinn. Und hier roch es nicht nach Krieg.

»Und wer hat mich gerettet?«

Das Tor. Es hat deinen Organismus entgiftet. Es hat die Verletzungen geheilt. Und es hat alle von mir vorgenommenen Modifikationen rückgängig gemacht.

»Sind wir diesmal auch wieder **erfasst** worden, Cualcua?«

Ja.

»Wie viel Zeit ist vergangen, Cualcua?«

Wie viel wiegt ein Sonnenuntergang? Wie riecht der Laut der Flöte? Wie klingt die Berührung einer mütterlichen Hand?

»Du bist ja ein Dichter …«

*Ich habe dich **erfasst**, Pjotr. Jetzt kann ich mich auch in Bildern ausdrücken.*

Ich stand auf und sah mich um.

Wie still es war.

Wie schön.

»Ob hier womöglich überhaupt niemand ist?«, fragte ich mit zarter Hoffnung. Der Cualcua antwortete nicht. Auch gut.

Der Wald, die Felder, ein Fluss, der sich in der Ferne dahinschlängelte. Es dämmerte, die Sonne versank hinterm Horizont, schneller als auf der Erde. Die ersten Sterne ließen sich bereits erkennen, obwohl der Himmel noch nicht ganz dunkel war. Ich war immer noch im Kern.

Trotzdem gefiel es mir hier.

Ich ging den Hang hinunter. Als ich mich kurz umsah, spürte ich das Tor. Warum hatte es so lange nicht funktioniert? Und warum hatte es mich am Ende doch gerettet?

Jemand beobachtete mich, jemand hatte Interesse an mir. Vielleicht war ich nur ein Spielzeug. Aber noch hatte man mich nicht satt und war sogar bereit, mich zu reparieren.

»Entferne die Narbe, Cualcua!«, bat ich.

Ich will das nicht.

»Was?«

Deine Wiederherstellung hat genau diesen Zustand vorgesehen. Das sollte ich nicht ohne gewichtigen Grund verändern.

»Du bist ein Feigling, mein Freund«, flüsterte ich.

Eine Rasse, die keine Furcht kennt, stirbt.

Ich ging zum Fluss. Ganz instinktiv, aus jenem fragmentarischen Wissen heraus, das ich mir aus Büchern zusammengeklaubt hatte. Fluss – Meer – Leben. Jedes Lebewesen zieht es zum Wasser. Und ich musste hier rauskommen, das war meine Pflicht. Schließlich wusste ich noch nicht einmal, was es mit dem Schatten auf sich hatte. Ich musste meinen Großvater finden, Danilow und Mascha. Ich musste zur Erde zurückkehren – und eine Verteidigung für die finden.

Keine geringen Aufgaben für einen Menschen, der knapp dem Tod durch Selbstvergiftung entgangen war.

»Glaubst du, den anderen ist genau das Gleiche passiert wie uns?«, fragte ich. »Oder sind sie nicht durch das Tor gegangen? Was meinst du, Cualcua?«

Mein Symbiont antwortete nicht. Aber ich brauchte auch gar keine Antwort.

»Eins verstehe ich nicht. Warum jagt man mich über verschiedene Planeten? Wenn eine fremde Intelligenz in der Lage ist, mich im Bruchteil einer Sekunde zu **erfassen** ... Das ist ja fast, als würde ich mit einem Baukasten spielen, allerlei bauen und Figuren zusammensetzen ... wobei von vornherein klar ist, was du bauen kannst und was nicht! Ich verstehe nicht, warum sie das machen! Wozu?«

Oder steckte gar kein tieferer Sinn dahinter? Keine Ahnung. Und der Cualcua wusste es auch nicht, deshalb schwieg er.

»Und die Geometer ... verstehe ich auch nicht. Gut, sie sind auf diese Hyperzivilisation gestoßen. Auf Metamorphen ... die Tore ... die Deltas ... Stimmt schon, die Deltas sind stärker als die Schiffe der Geometer ... Aber selbst wenn zum Schatten dreihundert ... oder fünfhundert Planeten gehören ... sie wären nicht geflohen! Schwierigkeiten begeistern sie schließlich. Und der Schatten ist noch nicht mal ordentlich geschützt! Solange die Geometer nicht durch die Tore gegangen wären, hätten sie ihre Mission ohne Probleme durchführen können. Sie hätten die Gesellschaft unterwandert, die Regressoren hätten sich an die Arbeit gemacht ... Was hat sie so in Panik versetzt? Selbst ich habe hier keine Angst ...«

Der Cualcua antwortete nicht.

Ich war am Ende meiner Kräfte. Es gab zu viele Fragen, aber keine Antworten. Mir blieb nichts anderes übrig, als weiterzumarschieren.

»Das Wichtigste ist jetzt, das Ganze zu verstehen. Genau darunter haben wir Menschen immer gelitten, weißt du, Cualcua. Uns kommt es vor allem darauf an zu verstehen, denn wir meinen, dass wir mit allem fertig werden, wenn wir es erst einmal verstanden haben. Und wenn uns das nicht gelingt, fangen die Schwierigkeiten an. Denk an den Jump ... wir haben ihn entwickelt und genutzt, aber wir haben ihn bis heute nicht verstanden. Genau deshalb sind wir zu ... Fuhrleuten verkommen. Wir können nur von Glück sagen, dass die Aliens den Jump nicht verkraften.«

Da irrst du dich.

Ich geriet ins Stolpern.

»Was?«

Mindestens zwei weitere Rassen können den Jump überstehen. Die Zähler und wir.

»Du kannst ... Verdammt.«

Klar doch. Als ich paralysiert worden war und wir Jumps Richtung Erde durchführten, da hatte der Cualcua ja in mir gesteckt!

Ich hatte mich bereits zu sehr an den Symbionten in meinem Körper gewöhnt. Nicht einmal ansatzweise hatte ich mich darüber gewundert, dass der Alien nach den Jumps immer noch gesund und bei vollem Verstand in mir lebte!

»Hast du den Jump überstanden, weil du ein Teil von mir bist?«

Nein. Erinnere dich an den Aufbau meines Verstands. Vor dem Jump habe ich mein Bewusstsein aus dem Teil entfernt, der sich in deinem Körper befindet. Danach bin ich wieder dorthin zurückgekehrt. Ich habe die Sprünge außerhalb abgewartet.

»Aber hättest du sie auch überstehen können?«

Das weiß ich nicht. Und ich möchte es auch nicht ausprobieren. Ein negatives Ergebnis würde in meinem Fall nicht nur den Tod eines einzelnen Individuums, sondern den Untergang der ganzen Rasse bedeuten.

»Damit ist nicht zu spaßen ...« Ich beruhigte mich wieder ein wenig. »Aber ihr und die Zähler ... ihr seid die Ausnahme von der Regel. Und ich glaube, niemand würde dich zwingen, mit Schiffen durchs Universum zu flitzen. Für die Zähler wäre eine andere Funktion auch zu nichts nütze.«

Es geht nicht allein darum. Glaubst du etwa wirklich, Pjotr, dass man nicht längst einen mechanischen Apparat hätte entwickeln können, der den Jump übersteht? Eine rein mechanische Vorrichtung, mit der die Programme im Computer gebootet werden. Oder unintelligente biologische Lebensformen, die in der Lage sind, sich an den Sternen zu orientieren und Energie in den Jumper zu leiten?

»Das solltest du den Starken Rassen lieber nicht mitteilen«, blaffte ich ihn an.

Der Cualcua lachte.

Du kannst da ganz beruhigt sein. Glaubst du etwa, die Starken Rassen wären nicht längst von sich aus zu diesem Schluss gekommen?

»Aber was soll das dann alles?«, schrie ich. »Warum müssen wir mit den Schiffen durch die Galaxis hetzen? Hätte man für uns keine andere Rolle finden können?«

Eine Rasse, die keine Funktion hat, wird vom Konklave verstoßen. Dieses Schicksal haben schon viele Rassen geteilt, Pjotr. Ich erinnere mich noch an sie. Die Bernsteinkäfer ... das war ein kollektiver Verstand, analog zu unserem. Aber sie haben die Raumflüge nicht verkraftet, und ihr Planet stellte nichts Wertvolles her. Oder Säugetiere wie ihr, die sich aber mit ihrer Rolle nicht abfinden wollten .. Dann gab es mal einen ganzen Planeten, der über Verstand verfügt hat. Ein Meer intelligenten Protoplasmas, mit dem jedoch niemand Kontakt aufnehmen konnte ... deshalb haben die Alari den Befehl erhalten, ihn ... Das Konklave ist berechnend, Pjotr. Es duldet keine Parasiten in seinen Reihen. Früher oder später wird dieser Schuss nach hinten losgehen, aber ich nehme an, wohl eher später.

»Aber was macht dann unsere Besonderheit aus, Cualcua?«

Hast du noch nie über die Weite des Sprungs nachgedacht? Über die Präzision, die für einen Jump von gut zwölf Lichtjahren nötig ist?

»Aber das kriegen wir doch gut hin ...«

Halt dir das mal alles vor Augen, Pjotr. Eure primitiven Orientierungssysteme! Die Geschwindigkeit! Die Bewegung der Sterne in der Galaxis! Kein einziges Navigationssystem würde ein Schiff mit einem Sprung, der zwölf Lichtjahre ausmacht, an sein Ziel bringen.

Ich war geschlagen und vernichtet.

Leichteren Herzens hätte ich der Behauptung zugestimmt, die heilige Inquisition mache keine Fehler und die Sonne kreise um die Erde.

»Aber wir schaffen den Sprung, Cualcua! Wir fliegen – und wir kehren zurück.«

Jeder Logik zum Trotz. Der Statistik zum Trotz. Allen zum Trotz. Die Starken Rassen haben vollautomatische Schiffe mit Jumpern konstruiert. Die haben sich hoffnungslos im Kosmos verirrt. Sie wollten mit einem Jump den Deneb erreichen – und kamen beim Atair raus. Sie wollten von der Spica wegfliegen – und sind geradenwegs wieder darauf zugesteuert.

»Aber woran liegt das?«

Ebendas weiß ich nicht. Ich kann nur spekulieren. Der Jump ist vermutlich nicht nur einfach eine Bewegung im Raum. Es ist auch eine Interaktion mit dem Universum. Der menschliche Verstand dürfte ein ebenso untrennbarer Teil des Jumpers sein wie die magnetischen Energiespeicher auf der Basis von Supraleitern und die Antenne aus spiralförmig gedrehtem Silberfaden. Ohne Piloten bringt der Jumper ein Schiff in eine beliebige Richtung. Und darin liegt euer Geheimnis, Mensch. Euer Glück.

»Und trotzdem ... warum ...«

Für die Erde ist es besser, wenn diese Antwort nie jemand erfährt.

Ich nickte. Wahrscheinlich hatte der Cualcua recht. Wir mussten das als gegeben hinnehmen, durften keine Fragen stellen und keine Antworten suchen ...

»Aber wie du weißt, Cualcua, können wir ohne Antworten nicht leben. Daran lässt sich nun mal nichts ändern.«

Ich musste unwillkürlich lächeln, als ich auf die angespannte Stille in mir lauschte.

»Und du weißt auch, mein Freund, dass das vermutlich ein noch größeres Rätsel als der Jump ist ...«

Ich glaubte schon, er würde mir nicht antworten. Aber der Cualcua flüsterte ganz leise etwas, fast, als könnten wir abgehört werden.

Ja, das ist ein Rätsel. Aber es ist auch noch mehr. Es könnte nämlich auch die Antwort sein.

Der Fluss erwies sich als ganz normaler Fluss. Genau das, was ich jetzt brauchte. Als ich ihn erreichte, war es schon völlig dunkel – soweit das im Kern überhaupt möglich ist. Der Himmel flammte vor Sternen, das Wasser funkelte, schwappte über Sandbänke.

Ich kniete mich hin und trank. Das Wasser roch nach Sand, aber es war sauber und klar. Zum Teufel mit der Vorsicht, ich konnte es mir nicht leisten, auch noch vor außerirdischem Durchfall Angst zu haben.

Morgen würde ich den Fluss stromabwärts hinunterwandern. Wenn ich Hunger bekam, würde mir der Cualcua schon helfen, irgendeinen Fisch zu fangen. Falls es hier überhaupt welche gab.

Ich streckte mich im warmen Sand aus und schaute in den Himmel hinauf. Irgendwo dort oben verbargen sich auch die Sterne, an denen ich mich beim Sprung orientierte. Ich hielt mich an sie – ohne zu ahnen, dass das gar nicht nötig war. Dass der Erfolg nicht von der Ausrichtung der Antenne oder dem Verhältnis von Geschwindigkeit und Ausgangsimpuls abhing. Sondern dass es einzig und allein auf mich ankam.

Wir waren nicht nur Fuhrleute! Wir waren auch noch die Pferde!

Worüber der Russe sich freut, daran stirbt der Deutsche. Was einen Menschen high macht, lässt einen Alien den Verstand verlieren.

Wie absurd das alles war. Da hatten wir auf eine Erklärung für das Prinzip des Jumps gepocht, woraufhin die Wissenschaftler einfach eine Theorie entwickelt hatten, welche die Astronauten in ihrem Leichtsinn zu glauben bereit gewesen waren. Und die Theorie hatte funktioniert, weil jene ersten fünf Kamikaze-Piloten, die in der Blechdose von Shuttle hockten, es unbedingt wollten.

Aliens kriegen so etwas nicht zustande. Sie finden keine Bestätigung für irgendwelche abseitigen Hypothesen. Sie können die Lücke in ihren Kenntnissen nicht durch Glauben stopfen. Sie sind außerstande, sich einzureden, dass etwas genau so sein muss!

Ob Außerirdische deshalb keine Religion haben? Weil sie keine Gründe finden, an Gott zu glauben – und dann einfach nicht an ihn glauben?

Aber irgendwo musste die Antwort liegen ... Ohne Antwort kam ich einfach nicht aus.

Warum sind wir uns so ähnlich? Aber was heißt ähnlich? Identisch! Der Schatten, die Geometer, die Menschen, sie ähneln sich wie ein Ei dem anderen. Selbst wenn ein Bild größer ist und das andere kleiner und das dritte ganz klein, steht die Identität doch außer Frage.

Mein Großvater wäre wahrscheinlich froh. Eine dritte humanoide Rasse …

Ich schlief ein. Es wäre sicherlich klüger gewesen, mich weiter vom Fluss zu entfernen, denn der Sand würde bald völlig kalt sein. Aber ich hatte keine Lust aufzustehen, das Spinnennetz des Schlafs zu zerreißen …

Gefahr!

Der Cualcua brauchte keinen Schlaf.

»Was?«, flüsterte ich, während ich mich auf den Bauch drehte und Ausschau hielt. »Wo?«

Am Fluss. Das Plätschern. Das Licht.

Als ich genauer hinschaute, machte ich im Sternenfunkeln eine gigantische dunkle Silhouette aus, die sich träge stromabwärts über den Fluss bewegte. Ein schwaches gelbes Licht schimmerte matt überm Wasser.

Ein Schiff?

Nein, dazu fuhr es zu leise.

Meine Phantasie malte mir prompt die Konturen eines monströsen Körpers aus, der sein funkelndes, auf einem Horn sitzendes Auge ausfuhr. Warum erwartet man eigentlich immer als Erstes, ein Monster zu treffen?

Kampftransformation?

Es gefiel meinem Cualcua anscheinend, aus mir eine Waffe zu formen.

»Warte noch«, flüsterte ich. Wahrscheinlich zu laut, denn der grobe, klotzige Schatten war inzwischen nahe herangekrochen. Als meine Stimme erklang, rührte sich in ihm etwas. Das Licht kletterte höher … als suche das Auge mich.

Ich ging in die Hocke, bereit, vom Ufer wegzustürmen.

»He, ist hier jemand?«

Die Stimme war nicht sehr laut, wurde aber klar und deutlich über das Wasser getragen. Ich schauderte zusammen und blieb wie angewurzelt hocken.

»Ist da jemand?«, erklang es erneut, doch diesmal leicht verunsichert. Ich würde bestimmt unbemerkt bleiben, wenn ich mich nur nicht rührte. Das gelbe Feuer schweifte umher, suchte mich ... und dann fuhr das Monster vorbei.

Und plötzlich löste sich das Rätsel.

Von wegen Monster!

Vor mir hatte ich ein Floß und einen Mann mit einer Laterne in der Hand!

»He!«, schrie ich. »He, da an Bord!«

Wir sprachen beide in einer Sprache, die sich von der unterschied, die ich bereits kannte. Das Tor hatte mich für einen weiteren Planeten des Schattens präpariert.

»Hehe!«, vernahm ich eine fröhliche Stimme. »Bist du allein?«

»Ja.« Ich sprang auf und lief am Ufer entlang. Das sich langsam entfernende Floß hatte sich unversehens ins Zentrum des Universums verwandelt. Nein! Nein, ich wollte nicht allein an diesem Ufer zurückbleiben. »Warte!«

»Ich habe keinen Motor«, rief mir der Unbekannte freundlich, aber leicht nervös zu. »Schaffst du es, hierher zu schwimmen?«

Ob ich das schaffte? Das sollte ja wohl ein Witz sein, oder? Bis zum Floß waren es keine zwanzig Meter ... die könnte ich notfalls laufen ...

Ich stürzte mich ins Wasser und rannte ein paar Schritte. Der Boden sank rasant ab, und ich tauchte unter Wasser.

Das Wasser war warm. Nun merkte ich auch, dass ich bereits völlig durchgefroren war.

Das gelbe Licht kam näher und verwandelte sich in eine kleine runde Laterne. Ich klammerte mich an den glitschigen Balken fest, als wollte ich das Floß entern. Es war ein Floß, wie es im Buche stand. Eine Hand streckte sich mir entgegen.

»Kriech rauf ...«

Alles, was zählte, war, dass in dieser Stimme Wärme lag. Vielleicht etwas Nervosität ... Aber wie hätte wohl jemand auf der Erde reagiert, wenn er eine Bootstour macht und in der tiefsten Ödnis mitten in der Nacht einem Unbekannten begegnet?

»Vielen Dank«, sagte ich, als ich aufs Floß krabbelte.

Der Mann hielt sich schweigend die Laterne vors Gesicht. Ich sagte nichts, wusste die Geste aber zu schätzen.

Es war ein Mann mittleren Alters, irgendwo zwischen dreißig und vierzig. Nach meiner Begegnung mit dem uralten Galis hielt ich mich mit Altersschätzungen bei der hiesigen Bevölkerung etwas zurück. Dunkle Haut, allerdings wohl nicht von der Sonne, sondern von Natur aus, glattes schwarzes Haar. Ein sehr ruhiges Gesicht, ernst, aber nicht angespannt. Nur tief in den Augen machte ich stechende Funken aus, als hätte er nicht sein ganzes Leben auf einem Floß verbracht und nervöse Fremdlinge aus dem Wasser gezogen. Er erinnerte ein wenig an Danilow, auch wenn er kräftiger war, viel kräftiger. Solche Männer gefallen jungen Frauen auf den ersten Blick. Ich würde wahrscheinlich nie so werden. Er trug nur Shorts aus silbrigem Stoff, was mich sofort an Nik Rimer und die Geometer denken ließ.

»Vielen Dank«, sagte ich noch einmal.

Der Mann schwenkte die Laterne langsam hin und her, um nun mich anzuleuchten. Blinzelnd ließ ich die Inspektion über mich ergehen.

»Du hast ja vielleicht eine Narbe, mein Freund«, sagte er voller Anteilnahme und senkte die Laterne. »Sie ist frisch, oder? Wer hat denn solche Zähne?«

»Ein Metamorph«, antwortete ich mit einem tiefen Seufzer.

»Verstehe. Geh davon aus, dass du glimpflich davongekommen bist. Ist er weit weg?«

»Er ist tot.«

Der Mann schwieg. Doch in seinem Blick las ich die Frage: Wie?

Nein, ich konnte ihn nicht anlügen.

»Ich ... bin auch ein Metamorph. In gewisser Weise.«

»Verstehe. Bei uns ist das nicht üblich.«

»Gut. Ich habe auch nicht vor ...«

Er nickte, als sei alles Gesagte nebensächlich, weshalb man nicht weiter darauf eingehen müsse. Wenn ich versprochen hatte, mich nicht in ein Monster zu verwandeln, gut, dann wäre diese Sache ja geklärt.

»Kelos. So heiße ich. Dieser Name bedeutet nicht das Geringste. In keiner einzigen Sprache der Welt des Schattens. Deshalb gefällt er mir auch.«

»Guten Tag, Kelos. Ich bin Pjotr. Das bedeutet ebenfalls in keiner Sprache des Schattens etwas.«

»Da irrst du dich. Im Dialekt der Ur-Erde heißt das Wort Hüter.«

Er lächelte.

»Hüter?«, wiederholte ich begriffsstutzig.

»Hüter, Bewahrer, Saboteur. Es kommt darauf an, welche Periode du nimmst, aber mir gefällt die erste Bedeutung am besten. Nein, ich bin nicht von dort. Guck nicht so erstaunt!«

»Tu ich ja gar nicht.«

Kelos nickte. »Bist du schon lange bei uns?«

»Erst seit Kurzem. Ich bin durch das Tor gekommen.«

»Verstehe. Das merkt man sofort. Du brauchst keine Angst zu haben.«

War das zu glauben? Er war es, der mich beruhigte!

»Und sprich etwas leiser, du weckst sonst meinen Sohn auf.«

Ich nickte. Ich schielte nach hinten, auf dem »Heck« des Floßes war eine Art Zelt errichtet worden. Automatisch fielen mir die Abenteuer von Huckleberry Finn ein.

»Natürlich«, sagte ich leise.

»Erleben wir gerade ein Abenteuer?«, erklang es aus dem Zelt.

Kelos breitete die Arme aus. »Das war's dann wohl«, sagte er ohne allzu große Verärgerung. »Die Bitte wird wegen Hinfälligkeit zurückgezogen ... Genau, Dari! Wir erleben ein Abenteuer!«

Aus dem Zelt krabbelte auf allen vieren ein Junge von etwa zehn Jahren heraus. Er war ebenfalls dunkelhäutig, wenn auch heller als Kelos. Nachdem er sich aufgerichtet hatte, musterte er mich eingehend.

»Ich befürchte, ich bin ein recht langweiliges Abenteuer«, brummte ich.

Der Junge schien da anderer Meinung zu sein. Im Nu war der Schlaf auf seinen Augen verschwunden.

»Ist das Ihre Uniform?«, fragte er laut.

»Dari!« Kelos stieß einen Seufzer aus.

»Entschuldigen Sie.«

Der Junge wurde verlegen. Ein netter Junge, der seine kindliche Offenheit und Direktheit noch nicht verloren hatte.

»Ich heiße Dari«, stellte er sich ein wenig förmlich vor.

»Pjotr«, antwortete ich im selben Ton.

Der Junge atmete tief durch. »Ist das eine Kriegsuniform?«, fragte er dann. »Oh ...«

Kelos drohte ihm. »Kinder lassen nie locker«, meinte er mit gequältem Lächeln. »Besser, du antwortest ihm.«

»Ja«, sagte ich. »Und die Narbe an der Wange ...«

Als ich Kelos' Blick auffing, setzte ich fort: »Die ist von einem Monster, das es hier nicht gibt. Aber ich habe keine Waffe bei mir, Ehrenwort. Überhaupt habe ich nichts Interessantes dabei. Nicht mal einen Stein von einem anderen Planeten.«

»Schade«, sagte der Junge ernst. »Wo ich sie doch sammle.«

Sechs

Die Laterne stellte sich als ziemlich kompliziertes Ding heraus. Auf ihr wärmte Kelos nämlich auch unser etwas spätes Abendessen auf, direkt in den Plastiktellern. Anscheinend taten sie eher so, als verfügten sie nur über primitive Technik, diese beiden seltsamen Flößer, Vater und Sohn.

Ich aß alles bis auf den letzten Krümel auf. Im Grunde schmeckte das Essen nach nichts, doch gastronomische Belange scherten mich im Moment nicht im Geringsten. Kelos beobachtete mich schweigend, der Junge, der unter dem strengen Blick seines Vaters das Verhör aufgegeben hatte, war inzwischen eingenickt.

»Das ist ein Ritual hier.«

»Was?«

»Eine solche Reise zu unternehmen, eine ganze Woche lang. Das kriegt mein Sohn zum Geburtstag geschenkt.«

Ich nickte. Dari war zu beneiden. Wahrscheinlich hatte Kelos auch schon ein solches Abenteuer geschenkt bekommen ...

»Nein. Ich bin aus einer anderen Welt. Bei uns ... bei uns machte man andere Geschenke.«

Unsere Blicke kreuzten sich.

»Ich kann keine Gedanken lesen. Abgesehen davon ist das sowieso Humbug. Ich habe noch nie einen Menschen getroffen, der zu dieser Form der Telepathie in der Lage gewesen wäre. Dir steht einfach alles ins Gesicht geschrieben, man sieht sofort, woran du gerade denkst.«

Ich glaube, ich wurde rot.

»Ich habe schon mit so vielen Menschen zu tun gehabt ... jungen Menschen, wie du einer bist. Entschuldige, falls ich dich verletzt habe.«

»Und wo hast du mit ihnen zu tun gehabt?«, wollte ich wissen.

Kelos betrachtete seinen schlafenden Sohn.

»In der Armee. Meinem Kommando unterstanden viele junge Männer ...«

Also verstand nicht nur er, in Gesichtern zu lesen. Ich hatte ebenfalls erkannt, dass er gewohnt war zu befehlen ... selbst wenn sie unter ruhiger Gelöstheit verborgen lag.

»Sagt dir der Name Kristallene Allianz etwas?«

Er hatte diese Frage ganz angespannt gestellt.

»Nein.« Ich schüttelte den Kopf. »Gar nichts.«

Anscheinend stellte diese Antwort Kelos zufrieden.

»Das ist lange her, Pjotr. Und inzwischen fast vergessen ... sieht man einmal von einigen Welten ab, die sich noch an sie erinnern.«

Mein Auftauchen hatte ihn aufgestört, und wie! Es hatte jene Verstecke in der Seele geöffnet, wo jeder seine Leichen verbirgt.

Und nicht immer Leichen im übertragenen Sinne.

»Du hast für die Kristallene Allianz gekämpft?«, hakte ich nach.

Kelos sah seinen Jungen erneut an. »Ich hätte erwartet, ein Gast würde erst einmal von sich erzählen ...« Er rang sich ein Lächeln ab. »Ich fürchte, die Namen, Ämter und Planeten würden dir gar nichts sagen.«

Er sah zum Ufer hinüber, vielleicht um demonstrativ dem von ihm angefangenen Gespräch auszuweichen, vielleicht aber auch, weil er nach etwas Ausschau hielt. Im Sternenlicht wirkte die Welt märchenhaft, und diese Schönheit war nicht die tote des Irrsterns. Silbern schimmerten die Blätter an den Bäumen, die sich bis zum Wasser hinunterneigten, bizarre Schatten zitterten.

»Ich will den Pfad nicht verpassen«, erklärte er. »Wenn wir ihn nehmen, sind wir in zehn Minuten zu Hause. Wir sind nämlich schon auf dem Rückweg. Pjotr. Eine Geburtstagsfeier muss man im richtigen Moment beenden, das ist die entscheidende Kunst. Dann bleibt sie einem immer im Gedächtnis.«

»Macht ihr jedes Mal eine Fahrt auf dem Floß?«, fragte ich.

»Nein. Im letzten Jahr sind wir gewandert. Da haben wir übrigens auch einen Gast getroffen. Aber er ... er ist nicht hiergeblieben.«

»Bei euch tobt nicht zufällig ein kleiner Krieg?«, wollte ich wissen.

»Nein.« Kelos schüttelte den Kopf. »Und dazu wird es auch nicht kommen. Niemals. Das ist ein sehr friedlicher Planet.«

»Schön, da kann ich euch nur beneiden.«

»Wieso das? Du bist doch jetzt hier, Pjotr. Und niemand jagt dich fort, das weißt du doch ...«

Wusste ich das? Kaum. Sie waren hier ja durch die Bank ausgesprochen gastfreundlich, vor allem anfangs. Und alle liebten ihren Planeten. Nur befürchtete ich nach der Welt, aus der ich gerade kam, dass auch die Realität hier ihre Kehrseite hatte ...

»Die Kristallene Allianz war eine auf Gewalt gegründete Vereinigung«, erklärte Kelos plötzlich. »Eine Tyrannei, wie sie im Buche steht. Dabei war sie ursprünglich als Gegengewicht zum Schatten gegründet worden.«

Er blickte mir in die Augen, offensichtlich in Erwartung einer Reaktion. Gut. Wenn ich jetzt noch wüsste, wie ich zu reagieren hatte ...

»Komisch, dass ich noch nie etwas von ihr gehört habe ...«

»Du bist offenbar noch sehr jung. Die Allianz ist vor fünfzig Jahren praktisch zerfallen. Damals habe auch ich meine Welt verlassen. Nicht freiwillig übrigens. Und nicht durch ein Tor.«

Mein Gott, wie alt war er denn? Er musste mindestens genauso alt sein wie mein Großvater. In meiner Brust zog sich etwas schmerzlich zusammen. Während mein Großvater schnaufend durch den Garten spazierte, brach dieser kräftige Mann mit seinem Sohn zu Wanderungen auf!

»In den besten Jahren vereinigte die Allianz an die einhundertundfünfzig Planeten ... ›vereinigt‹ trifft es nicht ganz ... eher an sich gebunden ...«

Mein Kopf schwirrte. Was hatte ich bisher angenommen, wie viele Welten zum Schatten gehörten? Fünfhundert? Damit dürfte ich gewaltig danebengelegen haben! Wenn ein Imperium, zu dem einhundertundfünfzig Planeten gehörten, keine Spuren in der Geschichte hinterließ ... Aber es existierte ja immerhin die sogenannte Chlystow-Grenze, benannt nach einem Soziopsychologen, der festgestellt hatte, dass ein Sternenimperium von mehr als siebenhundert Welten mit unterschiedlichen Kulturen zerfallen muss. Angeblich bewiesen die Daten über das Konklave, dass dieses Phänomen auch auf Aliens zutraf ...

»Wir haben sogar die Tore in den unterworfenen Welten isoliert«, fuhr Kelos fort. »Kannst du dir das vorstellen? Am Anfang haben wir versucht, die Tore zu vernichten ... Wie naiv wir da waren. Dann haben wir sie einfach eingezäunt, Sarkophage um sie herum gebaut, sie im Raum verkapselt ... Aber natürlich sind die Tore da hindurchgewachsen, wenn auch langsam. Und erst am Ende sind wir dahintergekommen, welche Welten uns der Schatten überließ.«

Während ich Kelos betrachtete, begriff ich, was für ein Glück ich gehabt hatte. Ein unerhörtes Glück. Er würde mir alles erzählen. Er würde mir erklären, was es mit dem Schatten auf sich hatte und ob wir Hilfe von ihm erwarten durften.

War mir das Schicksal also doch hold gewesen.

Und wie immer drängte sich die Frage auf: War das ein Zufall?

»Was ist ein Sarkophag, Papa?«, fragte der Junge leise und verschlafen.

Kelos fuhr zusammen. »Eine Grabstätte für alte Könige«, antwortete er trotzdem völlig gelassen. »Oder für Gegenstände, die niemand mehr braucht.«

»Braucht die Tore wirklich niemand mehr?« Dari hob den Kopf und schaute seinen Vater provozierend an.

»Früher habe ich geglaubt, es braucht sie tatsächlich niemand.«

Ich war regelrecht hingerissen davon, wie er mit dem Jungen umging. Obwohl er das Thema eigentlich nicht vertiefen wollte, antwortete er dem Jungen klar und verständlich, ohne sich anmerken zu lassen, wie er über den Gesprächsgegenstand dachte.

Und dagegen hatte ich wahrlich nichts einzuwenden. Vielleicht weil es kein Gespräch zwischen Ausbilder und Schützling, sondern zwischen Vater und Sohn war.

Sie flößt einem Furcht ein, die Welt, in der man Lehrer den Eltern vorzieht.

»Papa, wir sind ja schon da!«, rief Dari plötzlich. »Papa!«

Kelos spähte das Ufer entlang und schüttelte den Kopf. »Ach, Plasma und Asche ... Pjotr, schnapp dir die Stange! Und du, Dari, ans Steuer!«

Schon in der nächsten Minute versuchten wir verzweifelt, das Floß gegen die Strömung zu bewegen. Der Junge am Steuer war dabei natürlich keine große Hilfe. Aber ich wäre der Letzte gewesen, der darüber ein Wort verloren hätte. Sollte er ruhig mit den nackten Füßen über die glitschigen Balken rutschen und sich gegen das widerspenstige Ruder stemmen, fest davon überzeugt, uns nach Hause zu bringen.

Kelos packte den Rucksack und schulterte ihn. Er blieb, wie er war, nur mit Shorts bekleidet, die nächtliche Kälte machte ihm nichts aus. Dari zog sich einen Pullover über. Ich hielt mich etwas abseits und beobachtete, wie die beiden sich fertig machten.

Durfte ich davon ausgehen, sie zu begleiten? Oder würde die kurze Gastfreundschaft auf dem Floß keine Einladung zu ihnen nach Haus nach sich ziehen?

»Brauchst du eine förmliche Einladung?«, fragte Kelos direkt.

Meine Befangenheit löste sich sofort in Luft auf.

»Nicht unbedingt. Aber jetzt habt ihr mich auf dem Hals«, antwortete ich etwas nassforsch.

Der Waldpfad war schmal, aber klar zu erkennen. Anscheinend wurde er oft benutzt. Mir fiel auf, dass die Bäume, die etwa zehn Meter vom Fluss entfernt standen, im Sternenlicht so zart funkelten wie fein zerstampftes Glas im Licht eines Scheinwerfers ...

»Ob Mama den Weg markiert hat?«, wollte Kelos von seinem Sohn wissen. »Was meinst du?«

»Nein, das habe ich gemacht, bevor wir losgefahren sind.«

»Pfiffikus!«

Abermals beschlich mich ein leicht bitteres, neidvolles Gefühl. Und ich hätte nicht zu sagen gewusst, wen ich mehr beneidete, Kelos oder Dari.

Vielleicht erlaubte ihr dämlicher Schatten es ja wirklich, Glück zu erlangen? Natürlich nicht überall. Eine derart ideale Gesellschaft gab es nicht. Aber vielleicht war diese Welt zum Leben geeignet.

»Gibt es hier viele Städte?«, fragte ich, mich nicht nachvollziehbaren Assoziationen überlassend.

»Überhaupt keine.«

Dari fasste nach der Hand seines Vaters. »Ist es interessant in der Stadt, Papa?«

»Meiner Meinung nach nicht sehr.«

»Warum bauen die Leute auf anderen Planeten dann Städte?«

»Sie fürchten sich vor der Einsamkeit.«

Eine gute Minute schwieg der Junge. »Und in einer Stadt gibt es keine Einsamkeit?«, fragte er dann.

»Gerade da gibt es welche. Nur merkst du es nicht.«

Ich konnte mich nicht zurückhalten und mischte mich mit dem gleichen kindlichen Enthusiasmus wie Dari ins Gespräch ein. »Sind hier alle dieser Ansicht, Kelos?«

»Ja. Natürlich.«

Dari ließ seinen Vater los und griff nach meiner Hand. Anscheinend traute er sich nicht, mich mit Namen anzusprechen, und hielt die Berührung für den besseren Gesprächsanfang. »Bist du daran gewöhnt, in der Stadt zu leben?«

»Im Großen und Ganzen ja. Aber dein Vater hat recht, es ist nicht der beste Ort zum Leben.«

»Bist du ein Soldat? Wie Papa?«

Ich hatte den Eindruck, Kelos äugte verstohlen zu mir herüber.

»Ich habe nicht sehr lange gekämpft«, sagte ich vorsichtig. »Das ist keine schöne Sache, der Krieg.«

Teufel auch, was ließ ich denn da bloß für Allerweltsweisheiten vom Stapel! Eine Sonntagspredigt für außerirdische Kinder ...

»Stimmt, das sagt Papa auch«, erwiderte Dari. »Alle, die im Krieg waren, sagen das. Aber trotzdem haben sie alle gekämpft.«

Vielleicht dachte er einfach laut, vielleicht legte er auch eine Ironie an den Tag, die ganz und gar nicht kindgemäß war.

»Hat dir als Kind niemand gesagt, dass der Krieg schlecht ist, Pjotr? Papa hat man ja beigebracht, ein Soldat zu sein. Deshalb hat er auch gekämpft.«

»Lass den Mann zufrieden, Dari!«

»Langweilt es Sie denn, sich mit mir zu unterhalten?«, fragte der Junge.

»Nein, es langweilt mich nicht.« Ich seufzte. »In meiner Kindheit hat man mir beigebracht, dass der Krieg eine schmutzige, aber unvermeidliche Angelegenheit ist. Und dass du, wenn du Frieden willst, für den Krieg rüsten musst. Und dass man manchmal für die Wahrheit kämpfen muss.«

»Damit alle glücklich werden«, bemerkte Kelos amüsiert.

»Nein. Um sich selbst zu verteidigen. Gegen diejenigen, die dich glücklich machen wollen.«

»Und du bist sicher, dass die Kristallene Allianz nicht auch deinen Planeten beehrt hat?«, fragte Kelos. »Ich habe solche Worte schon von ...«

Er verstummte.

»Was ist die Kristallene Allianz?«, fragte Dari prompt.

»Wir sind fast da.« Diesmal ignorierte Kelos die Frage. »Lauf und weck Mama.«

Wir traten aus dem Wald heraus. Genauer gesagt, wir traten nicht ganz heraus, denn der Wald dünnte sich lediglich aus, verwandelte sich in eine Art gepflegten Park. Vor uns lag, umstanden von Bäumen, ein Haus, nur ein oder zwei Stockwerke hoch, aber von enormer Ausdehnung. Ein wenig erinnerte es mit seiner finsteren Strenge der Linien und dem krampfhaften Versuch, wie eine Burg zu wirken, an alte englische Villen.

»Die Kristallene Allianz ...«, verlangte der Junge energisch.

»Das erkläre ich dir nachher, Dari. Geh jetzt vor.«

Der Junge rannte los und verschmolz mit den Schatten der Bäume.

»Ich habe mich wohl verplappert«, brach ich das Schweigen.

»Nein. Das war ... mein Fehler. Ich habe schon lange nicht mehr mit einem Soldaten gesprochen ... schon gar nicht mit einem, der frisch von der Front zurück ist. Ich will darüber aber nicht in Daris Anwesenheit reden. Verstehst du das?«

»Nicht ganz.«

Kelos seufzte. »Es ist schwer, den Krieg nicht zu romantisieren.«

»Dafür reicht es, ihn einmal erlebt zu haben.«

»Schon möglich. Aber ich will nicht, dass Dari anfängt, von einer militärischen Laufbahn zu träumen.«

»Aber hier gibt es doch gar keinen Krieg.«

»Bei uns nicht! Sag mal, bist du wirklich so naiv, Pjotr?«

»Dann sprich halt überhaupt nicht über den Krieg«, schlug ich vor. »Soll der Junge doch glauben, die Welt sei gut und herrlich.«

Diesen Vorschlag hätte Kelos mir auch verübeln können, doch er schüttelte nur den Kopf. »Dazu habe ich auch kein Recht, Pjotr. Denn das wäre ein Lüge. Und wenn ich ehrlich sein soll ..., dann bedaure ich die Zeit nicht, die ich in der Allianz verbracht habe.«

»Das spürt man«, bestätigte ich. »Deshalb ist es auch kein Wunder, dass sich dein Junge dafür interessiert ...«

»Stimmt wohl. Ich habe wahrscheinlich Glück gehabt. Die Rebellen haben mich nicht hingerichtet ... im Unterschied zu den Jungs aus der dritten Sonderbrigade auf Galeone. Die eigene Spionageabwehr hat mich nicht gefoltert, als die Allianz zu zerfallen begann und es zu Meutereien kam. Ich bin nicht in meinem Zerstörer von einem Hitzestrahl verbrannt worden ... Ich wurde nur ...«

Kelos sprach in einem Ton, als wollte er gleich sagen, »erschossen«. Er schaffte es jedoch nicht mehr, den Satz zu beenden.

In der dunklen Silhouette des Hauses flammte das gelbe Rechteck einer offenen Tür auf.

»Kelos!«

»Schluss damit, vertagen wir die Kriegserinnerungen!«, sagte Kelos schnell. Er rollte die Schultern und rückte sich den vollen Rucksack zurecht, damit er bequemer zu tragen war. »Sonst beginnen hier nämlich wirklich Kriegshandlungen.«

Es passiert nicht häufig, dass man ein absolut fremdes Haus betritt und sich auf Anhieb wohlfühlt. Denn das hängt sowohl von den Gastgebern als auch vom Haus selbst ab ... wobei das Haus nur ein Spiegelbild seiner Bewohner ist. Ein klareres und ehrlicheres Abbild. Kein Wort, kein Lächeln lässt einen Wärme spüren, wenn die Möbel nur Kälte ausstrahlen.

Hier reichte die Wärme für alle.

Die Frau von Kelos, Rada, rief ein sehr seltsames Gefühl in mir hervor. Äußerlich wirkte sie noch ausgesprochen jung, vielleicht sogar zu jung für einen zehnjährigen Sohn. Allerdings wusste ich mittlerweile ja auch, dass es müßig war, über das Alter der Leute vom Schatten zu spekulieren. Es kam mir jedenfalls so vor, als unterhalte ich mich mit einer klugen, schönen, guten, aber völlig irrealen Frau. Als ob ich einen Filmstar auf dem Titelbild einer Zeitschrift anschaute ... Mir war schleierhaft, wo das Leben aufhörte und wo die Kunst begann.

Das Haus lebte durch seine Bewohner. Es war durchtränkt von ihnen, sah mit ihren Augen, atmete aus den Kinderzeichnungen an den Wänden, den hübschen Aquarellen (ich war mir sicher, dass Rada sie gemalt hatte) und den Photos von rauen, aber wunderschönen Landschaften (bei denen ebenfalls kein Zweifel aufkam, wer sie gemacht hatte). Der Sessel lud förmlich zum Hinsetzen ein, auf den Tischen sah man das Essen und Trinken geradezu vor sich, die vielen Bücher wollte man am liebsten sofort lesen. Entweder lag ein Schatten meines eigenen Zuhauses auf dem Heim von Kelos oder ich war völlig am Ende meiner Kräfte, jedenfalls vergaß ich, kaum hatte ich es betreten, die Erde, das Konklave und die Geometer. Komplett. Genauer gesagt, ich versuchte, sie alle zu vergessen. Ich war einfach zu Besuch, bei guten und alten Freunden zu Besuch.

Das Essen lehnte ich ab, auf ein Gespräch hätte ich mich allerdings nur zu gern eingelassen. Ich wusste jedoch, was sich gehört. Den völlig überdrehten Dari, der noch aufgeregt zehn Minuten durchs Haus gestürmt war, hatte Rada bereits zu Bett gebracht. Nachdem ich einen Becher mit einem heißen Kräuteraufguss, der hier den Tee ersetzte, getrunken hatte, begab ich mich daher in das mir zugewiesene Zimmer. Wahrscheinlich war das ebenfalls ein Ritual auf diesem Planeten: Man hatte mit den Gastgebern noch einen Schluck Tee zu trinken. Eine Kultur, die patriarchale Verhältnisse imitierte, ist sehr auf ihre Bräuche bedacht, das hatten mein Großvater und ich früher einmal diskutiert ...

Zum Duschen war ich bereits zu müde, deshalb zog ich mich nur noch aus und legte mich ins Bett. Im offenen Fenster leuchteten die Sterne.

Was es hier wohl für eine Wirtschaftsform gab? Bestimmt nicht den »Kommunismus« der Geometer, denn obwohl es dort für alle reichte, begnügten sich die Menschen mit zellenartigen Zimmern. Es musste etwas Realeres sein, vielleicht wie auf dem Planeten der Grünen. Wie viel wohl ein solches Haus kostete?

Ob ich hier eine Beschäftigung finden würde, die zu mir passte, und ein vergleichbares Haus kaufen könnte? Oder musste man dafür erst hundert Jahre für die Kristallene Allianz kämpfen? Schön, die Kristallene Allianz war zerfallen, kämpfen wir also für die Gläserne, die Zinnerne oder die Hölzerne ... Durfte man erst danach die Ruhe genießen?

Pjotr, du bist inkonsequent.

Die **Erfassung** hatte sich auf den Cualcua wohl nicht gerade vorteilhaft ausgewirkt, denn er hatte es sich angewöhnt, meine Gedanken zu kontrollieren.

»Halt den Mund!«

Pjotr, du vergisst, warum wir auf dieser Welt sind.

»Hast du etwa Angst, dass ich auf alles pfeife und hierbleibe?«

Mein Symbiont hüllte sich in Schweigen.

»Keine Sorge«, beruhigte ich ihn, den Blick aufs Fenster gerichtet. Der Nachtwind zauste an der durchscheinenden, tüllartigen Gardine. »Ich werde nicht hierbleiben. Ich habe nicht vergessen, wer ich bin. Ich habe die Erde nicht vergessen.«

Die Erde ist ein herrlicher Planet, gab der Cualcua plötzlich von sich. *Es gibt auf ihr zahlreiche Orte, die an Schönheit und angenehmen Lebensbedingungen diesem hier nicht nachstehen.*

Ich brach in Gelächter aus.

»Du gibst ja einen tollen Fremdenführer ab! Hör auf damit. Ich bleibe nicht hier. Kelos hat diese Wälder, seine schöne Frau, die Reisen mit seinem Sohn und dieses gemütliche Heim vermutlich verdient. Aber ich nicht. Mir gefällt es hier ... sehr sogar. Aber es ist, als ob du einen Blick in die Zukunft wirfst und denkst: Wie schön es wäre, an einem Kamin zu sitzen und die alten Knochen zu wärmen ... Nur kriegen sie hier gar keine alten Knochen, Cualcua.«

Du unterschätzt den Ernst der Lage, Pjotr.

»Wie meinst du das?«

Erinnere dich daran, wie du das erste Mal durch ein Tor gegangen bist.

»Ja und?«

Damals warst du erregt. Voller Aggressivität und Tatendurst. Und genau das hast du dann auch bekommen.

»Lass das ...« Ich vergrub das Gesicht im Kopfkissen. »Ich wollte keine fremden Zerstörer abschießen oder mit Metamorphen kämpfen ...«

Wie sich zeigte, konnte der Cualcua auch missbilligend schweigen ...

»Glaube ich wenigstens«, schob ich nach.

Erinnere dich daran, wie du das zweite Mal durch ein Tor gegangen bist!

»Daran erinnere ich mich nicht ... Ich bin gestorben, Cualcua. Einfach gestorben. Ich weiß jetzt, wie das ist ...«

Pjotr, du bist wieder genau in die Welt gekommen, die deinen Wünschen entsprach. Du wolltest Ruhe. Keine Feinde. Keine Kämpfe. Sondern diese Art von Sorgen und von Leben, um die man jemanden in aller Stille beneiden kann. Eine Atempause. Und genau die hast du bekommen.

Meine Müdigkeit war wie weggeblasen. Ich lag da und versuchte mich an das zu erinnern, woran ich mich auf gar keinen Fall erinnern wollte. Woran hatte ich gedacht, während ich starb? An nichts ... da waren die Traurigkeit, der Schmerz und ein verzweifelter Schneid ... ich hatte gesiegt ...

»Manipuliert mich jemand, Cualcua? Schiebt mir jemand diese Pseudowelten unter?«

Der Symbiont schwieg.

»Nun sag schon was! Schließlich bist du klüger als ich! He, Superintellekt! Das ist was anderes, als den Starken Rassen zu Diensten zu sein!«

Ich hoffe ... Ich hoffe sehr, dass dich jemand beobachtet.

»Ja wunderbar! Was wäre denn die Alternative?«

Dass man dir dient. Deinen Wünschen gehorcht.

»Soll das heißen, du hast Angst, es könnte sich bei meiner Rasse um potenzielle Herren handeln?«, hauchte ich. »Cualcua ... du bist ein Dummkopf. Interessiert dich eigentlich selbst, was hier passiert?«

Ich freue mich über jede Information. Aber mich beunruhigt, dass ich die Situation nicht unter Kontrolle habe.

»Aber vielleicht wolltest du ja genau das?«, schlug ich rachsüchtig vor. »Du bist jahrhundertelang ein unbeteiligter Beobachter gewesen. Und jetzt erlaubt man sich einen Spaß mit dir. Vielleicht gefällt dir das ja?«

Ob die Cualcua ein Unterbewusstsein haben?

Auch das ist möglich. Ich habe übrigens den genetischen Code von allen analysiert, mit denen du in Berührung gekommen bist, Pjotr. Von Schnee, Galis, Kelos und von Dari.

»Ich kenne das Ergebnis«, sagte ich. »Es sind alles Menschen.«

Oder ihr seid alle der Schatten. Gute Nacht, Mensch Pjotr.

»Gute Nacht ... auch wenn du nicht schläfst. Was passiert eigentlich zu Hause?«

Der Cualcua zögerte. Es fiel ihm nicht leicht, gegen die eigenen Prinzipien zu verstoßen.

Die Starken Rassen wissen von den Geometern. Die Information ist bekannt geworden. Das rot-violette Geschwader der Alari bewegt sich, von den Torpp eskortiert, auf das Herz der Welten zu.

»Was ist das denn?«

Die Menschen nennen diesen Planeten Zitadelle. Dort tritt der Rat der Starken Rassen zusammen. Sie sind verängstigt, Pjotr. Mehr noch, sie wissen bereits von dir. Davon, dass du auf einer Erkundungsmission bei den Geometern gewesen bist und dich jetzt im Schatten aufhältst.

Auch das noch ...

»Jetzt brauchst du dir wirklich keine Gedanken mehr darüber zu machen ... dass ich meinen Auftrag vergessen könnte. Haben die Starken Rassen schon eine Entscheidung getroffen?«

Nein. In zwei Erdtagen soll der Kommandant der Alari Bericht erstatten. Danach treffen sie ihre Entscheidung.

»Wissen die Starken Rassen auch über dich Bescheid?«

Der Cualcua stieß ein Lachen aus.

Sie nehmen mich nicht ernst.

Es hat seine Vorteile, klein und brav zu sein. Oder wenigstens den Anschein zu erwecken.

»Gute Nacht«, sagte ich. »Und ... mach, dass ich einschlafe ... wenn du das kannst. Aber wenn du imstande bist, Zyankali herzustellen, müsstest du auch ein Schlafmittel hinkriegen. Also, versuch's, sonst mache ich heute kein Auge zu.«

Dafür ist nicht unbedingt Chemie nötig ...

Der beste Arzt der Welt ist ein Cualcua. Das ist eine unumstößliche Wahrheit. Ich schlug die Augen auf und stellte fest, dass die Sonne durchs Fenster schien. Ich hatte vorzüglich geschlafen, jetzt war ich hungrig und voller Tatendrang.

»Danke«, brummte ich.

Die Angewohnheit, laut mit dem Cualcua zu sprechen, konnte ich einfach nicht ablegen. Ob ich mir auf diese Weise eine Illusion von Unabhängigkeit bewahren wollte? So tun wollte, als würden meine Gedanken nicht gelesen und als könnte der Cualcua mich nicht hören, solange ich nicht laut sprach?

Ich machte das Bett, schlenderte durchs Zimmer und inspizierte – bereits gewohnheitsgemäß – die Sachen. Der Alltag ist nun mal die beste Visitenkarte einer Kultur. Das galt auch für die Erde: Die kleinen, armen Wohnungen in Russland mit den Bücherregalen als obligatorischem Attribut, die Bungalows in den USA mit ihrem tadellosen Interieur, der Luxustechnik und dem Stapel von Comics, diesem hundertprozentigem Surrogat ihrer Kultur. Das galt auch für die Geometer und ihre gründliche Kasernenaskese. Auf dem Planeten der Grünen gab es dann die bequeme mentale Bedienung von Geräten, komfortable Betten und sportlich-musikalischen Ringelpietz im Fernsehen.

Hier freute ich mich über zwei Dinge. Die gesamte Technik, mochte sie mir auch unbekannt sein, wurde genau wie auf der Erde bedient, mit Knöpfen und Sensortasten. Ich entdeckte etwas, das stark an eine Stereoanlage erinnerte, und schaffte es sogar, das Gerät einzuschalten. Wenn ich jetzt noch herausfände, wo und wie ich die pechschwarzen CDs mit den Aufnahmen einschieben musste, konnte ich die hiesige Musik hören.

Der zweite und noch erfreulichere Fund waren Bücher. Richtige Bücher, aus Papier. Streng gehaltene Einbände,

Text und ein paar Illustrationen. Die Lektüre war merkwürdig. Ich konnte die Schrift entziffern, und sobald ich die Buchstaben, die ein wenig an die arabischen denken ließen, verband, bildeten sich gehorsam Wörter heraus. Dennoch rief das Ganze bei mir ein unangenehmes, fast körperlich wahrnehmbares Gefühl von Missfallen hervor. Das in mein Gedächtnis gepumpte Wissen revoltierte, denn es hatte sich noch nicht akklimatisiert. Ich betrachtete die versponnenen schwarzen Schnörkel, sagte mir in Gedanken die fremden, etwas zu scharfen Laute vor, und erst danach erfasste ich den Sinn des Gelesenen. Trotzdem brachte ich es nicht ohne Weiteres fertig, mich von den Büchern loszureißen. Und wenn sich hinter dem dunklen Glas nur eine einzige Enzyklopädie gefunden hätte, wäre ich überhaupt nicht mehr vom Schrank wegzukriegen gewesen. Aber bei den knapp hundert Werken handelte es sich ausschließlich um Belletristik. Mühsam las ich Band um Band an und stellte die Werke immer verständnisloser zurück.

»Graj hob die von Leidenschaft erfüllten Augen und blickte Lyra an. ›Unsere Liebe bringt einzig Kummer und Enttäuschung!‹, rief er aus.

›Nein!‹ Ihr Busen wogte vor Aufregung.

›Geliebte, wir müssen es hinnehmen ... Ich gehe jetzt. Dein Vater hat recht. Ein Mann mit meiner Vergangenheit kann eine Frau wie dich nicht lieben.‹

Eine karge Mannesträne rollte über seine Wange ...«

Nein, nein und noch mal nein! Das konnte nicht sein! Ich schnappte mir ein Buch nach dem nächsten, aber die grausame Wahrheit bestätigte sich.

»Sie hob den kleinen Kristallhammer und schlug gegen den Silbergong. Ein schwermütiger Ton hallte im Audienzsaal wider, den Higar mit jeder Pore seiner gemarterten Seele vernahm.

›Geliebte!‹, schrie er auf, während er die Ebenholztür aufriss.

Zalida ruhte in einem Himmelbett, ihr zarter Körper schimmerte betörend durch den spinnwebzarten, aus wertvoller Diamantseide gewebten Vorhang hindurch.

Schluchzend stürzte Higar auf sie zu, zerriss den Vorhang und fiel vor ihr auf die Knie.

›O Zalida, ich habe einen Kuss verdient …‹

›Warum musstest du den Vorhang zerreißen?‹, rief Zalida aus.«

Das konnte doch nicht wahr sein!

Entsetzt starrte ich den Schrank an, über den ich mich so gefreut hatte.

Liebesromane!

Nur war dieses Horrorgenre, gedacht für alte Jungfern und sentimentale Mädchen, auf der Erde anders aufgemacht! Nicht so akademisch und streng. Den Umschlag hatte eine tief dekolletierte Schönheit im Halbprofil zu zieren, damit sich auch ja jede Frau in ihr wiedererkennen konnte. Neben ihr musste ein prachtvolles Mannsbild stehen, zum Kusse über sie gebeugt und ganz den allgemeinen Vorstellungen des weiblichen Geschmacks entsprechend. Auf dem einen Titelbild bildeten ein Brünetter und eine Blondine das Pärchen, auf dem anderen ein Blonder und eine Brünette. Jedes hundertste Buch durfte mit einem rothaarigen

Galan und einer Holden in einem Nachen gestaltet werden …

Asche auf mein Haupt! Wie konnte ich nur so auf die ungewohnte Gestaltung hereinfallen? Wollte ich diese Bücher lesen, um Information aus ihnen zu ziehen, könnte ich ebenso gut eine Nadel im Heuhaufen suchen. Das Einzige, was mir auffiel, war, dass der leidende Held die schmachtende Heldin verließ und durch ein Tor ging, worauf nach hundert oder zweihundert Seiten die Heldin ebenfalls durch ein Tor stürmte, um ihren Helden zu suchen. Und natürlich fand sie ihn. Wenn man wenigstens ein paar Worte darüber verloren hätte, wie man mit diesen Toren umging …

Es gab übrigens im Text keine einzige Illustration, auf der Menschen dargestellt gewesen wären. Es gab nur Landschaften, abstrakte Klecksereien und meisterlich ausgeführte Stillleben. Aber kein einziges Gesicht. Ob solche Darstellungen aus religiösen Gründen verboten waren wie bei den Moslems oder ob man einfach nicht auf die Idee gekommen war? Wenn Letzteres zutraf, würde ich hier meinen Weg machen. Allein mit der Idee, Liebesromane in grellen Umschlägen zu verpacken, würde ich so viel Geld scheffeln, dass ich mir ein Haus kaufen könnte … Verdammt! Wahrscheinlich hatte der Cualcua nicht ganz unrecht. Ich ließ mich gehen. Träumte von einem Haus. Dazu dann noch eine Trommel und eine junge Bulldogge, später würde ich heiraten …

Ich schloss den Schrank, kämmte mich und verließ das Zimmer. Aus irgendeinem Grund wünschte ich, die anderen würden noch schlafen. Es gehörte sich ja eigentlich nicht, aber ich wollte durchs Haus streifen, richtige Bücher suchen und versuchen, mit dem hiesigen Informationsnetz zurechtzukommen ...

In der großen Halle, die wie bei den Amerikanern direkt hinter der Eingangstür lag, saß Rada. Sie las.

»Guten Morgen«, sagte ich leise.

Die Frau sah auf. »Guten Morgen, Pjotr. Hast du gut geschlafen?«

O ja, sie war garantiert älter als ich. Wesentlich älter. Unter dem trügerisch jungen Äußeren verbarg sich eine Lebenserfahrung, von der ich nur träumen konnte. In ihr steckte Kraft ... neben ihr fühlte ich mich klein und schwach.

»Ja, danke. Ich fühle mich wie neugeboren.«

»Komm, ich mache dir Frühstück. Meine Männer schlafen noch.« Rada legte das Buch beiseite. Unwillkürlich schielte ich auf den Deckel, der ebenfalls sehr streng aufgemacht war. »*Der Tempel von Annas Urahn*. Ich wollte mal wieder einen der Klassiker lesen.«

»In dem Zimmer, in dem ich geschlafen habe, stehen auch viele Bücher«, tastete ich mich vor.

»Da? Ach ja ...« Rada lachte. »Das letzte Mal hat meine Freundin dort geschlafen ... sie hat uns im letzten Monat besucht. Aber das sind doch bloß Liebesromane!«

Immerhin, sie las diesen Kram nicht.

»Das ist mir auch aufgefallen. Sehen bei euch alle Bücher so aus? Ohne Bilder auf den Einbänden und ... ohne Menschen in den Illustrationen?«

»Das sind doch nicht-adaptierte Ausgaben«, erklärte sie erstaunt. »Na, damit sie ...« Rada geriet in Verlegenheit. »Jetzt rede ich schon wie mit einem kleinen Kind mit dir, Pjotr! Nimm's mir bitte nicht übel!«

»Das tue ich nicht.«

»Das ist eine billige Ausgabe. Für den gesamten Schatten. Und sie verzichtet auf alle Illustrationen, die eventuell eine Rasse aufbringen könnten.«

Lass dir das erklären!, fiepte der Cualcua.

»Wäre das denn möglich?«

»Glaubst du wirklich, eine sentimentale alte Frau würde ein solches Buch lesen, wenn darin Bilder von zwei Spinnen enthalten sind, die sich küssen?«

Mit einer Antwort von mir rechnete sie nicht. Sie brach in Gelächter aus und griff nach meiner Hand. »Zerbrich dir darüber nicht den Kopf, Pjotr. Ich weiß, du bist Soldat. Da ist es ja schon schön, dass du dich überhaupt für Literatur interessierst. Soll ich dir vielleicht für den Anfang ein paar interessante Bücher heraussuchen?«

Damit war ich also abgestempelt.

Meine Frage musste in die Kategorie fallen: Warum sind alle Buchstaben schwarz und trotzdem unterschiedlich? Nun sah sie in mir also nichts weiter als einen grobschlächtigen Soldaten – der ein zartes Interesse für Literatur zeigte.

Doch angesichts dessen, was Rada mir da gerade erzählt hatte, war das eine Nichtigkeit, die keine Beachtung verdiente.

Andere Rassen!

Der Schatten umfasste doch nicht nur humanoide Zivilisationen. Es gab auch noch Spinnen – und vermutlich auch Quallen, Vögel und Insekten.

Ich hatte einfach zwei Mal hintereinander Glück gehabt.

Ich folgte Rada ins Esszimmer. Der große Tisch deutete auf ganze Heerscharen von Gästen. Das Frühstück war deftig und schmeckte gut. Ich bewältigte ein ordentliches Kotelett und Salat, verzichtete aber auf die allzu ausgefallenen Süßigkeiten.

»Hast du schon Pläne?«, erkundigte sich Rada, die mir gegenüber mit einer Tasse Tee Platz genommen hatte. »Hast du schon mal über dein Leben nachgedacht?«

»Ich denke an nichts anderes«, gestand ich düster.

Rada nickte. Ihr Blick hakte sich an meiner Wange fest.

»Stört dich die Narbe nicht?«

»Nein. Nicht sehr.«

»Soll ich sie entfernen?«

Was hatte ich denn eigentlich von Menschen erwartet, die schon jahrhundertealt sind? Vor allem da man inzwischen eine solche Banalität wie eine Narbe selbst auf der Erde entfernen konnte.

»Später ...«, antwortete ich ausweichend.

Rada seufzte. »Pjotr«, sagte sie, zum Fenster hinausschauend, »hier in der Nähe gibt es freies Land. Offiziell gehört es uns, daher würde es keine Probleme geben ... Hast du etwas erspart?«

»Nein.«

»Macht nichts. Du kannst einen Kredit aufnehmen. Bestimmt hast du einen Beruf, mit dem sich auf unserem Planeten etwas anfangen lässt ... Du baust dir ein Haus ...«

»Gibt es zufällig auch eine heiratsfähige junge Frau in der Nähe?«, wollte ich wissen.

»In der Nähe nicht, aber ...« Rada musterte mich eindringlich. »Eins verstehe ich nicht, Pjotr. Willst du etwa in die Welt zurückkehren, aus der du gekommen bist? Willst du Rache üben oder jemanden retten?«

»Nein. Jene Welt wird selbst für sich Rache üben. Und sie soll sich auch selbst retten, so gut sie es kann.«

»Dann verstehe ich überhaupt nichts mehr. Gefällt ... gefällt es dir hier nicht?«

»Es ist alles sehr schön«, antwortete ich ehrlich. »Danke.«

»Haben wir dich vielleicht beleidigt?«

Mein Gott, allmählich wurde es Zeit auszurufen: »Wer? Diese freundlichen Menschen?«

»Es fällt mir schwer, in Worte zu fassen, wie dankbar ich euch bin, Rada.«

»Wofür?«

Ich schüttelte den Kopf. Es war wirklich schwer, Worte zu finden. Für die Wärme? Für die nicht gestellten Fragen? Für die Bereitschaft, einem Unbekannten zu helfen?

»Rada, ich habe meine Heimat. Den Planeten Erde ... Ich weiß, das klingt vielleicht dumm, aber dieser Planet hat nun mal keinen anderen Namen. Und ich liebe ihn sehr.«

»Ist es dort gut?«

»Dort ist es schlecht, Rada. Es gibt dort mehr Schlechtes als Gutes. Aber man liebt ja etwas auch nicht wegen etwas.«

Die Frau schien irritiert. »Warum hast du *deine* Erde dann verlassen?«

»Weil ihr Gefahr droht. Eine dumme, zufällige und unabwendbare Gefahr. Ich habe gehofft, Hilfe zu finden.«

»Eine Gefahr von außen?« Radas Stimme klang jetzt sehr fest.

»Kann man so sagen. Obwohl wir auch jede Menge innerer Probleme haben. Aber im Moment geht es darum, ob die Erde überlebt.«

»Ist es etwas wie ...« Rada verzog das Gesicht. »... die Kristallene Allianz? Ich habe gehört, zurzeit würde man die Nächtliche Alternative ins Leben rufen. Und anscheinend auch die Orange Gruppe ...«

»Nein. Rada, hast du schon je von einer Welt namens Die Heimat gehört?«

»Nennt sie sich selbst so?«

»Ja. Ich nenne sie die Geometer ... weil sie ihre Kontinente mit Zirkel und Lineal begradigt haben.«

Rada fing an zu lachen und schlug verlegen die Hände vors Gesicht. »Oh ... entschuldige. Aber das ist wirklich albern ... Nein, davon habe ich noch nie gehört, Pjotr.«

»Und vom Konklave?«

»Ist das die religiöse Sekte der Amphibien?«

»Nein, das ist eine Art Imperium. Zu ihm gehören die Starken und die Schwachen Rassen ... die Hyxoiden, Daenlo und Torpp zum Beispiel ...«

»Rassen können nicht in starke und schwache unterschieden werden.«

»Sie tun das aber.«

»Gut, dann verstehe ich dich«, sagte Rada. »Das ist in der Tat widerwärtig. Aber ich habe noch nie von alldem gehört. Wollen diese Menschen euch bekämpfen?«

»Sie wollen uns vernichten.«

»Das ist nun wirklich unangenehm«, meinte Rada seufzend.

Ihr Ton war bitter, aber in Maßen, als hätte ich ihr erzählt, die Aliens hätten die Absicht, alle Erdbewohner kahl zu scheren, oder befohlen, schnellstmöglich den Coca-Cola-Konsum einzuschränken. Unangenehm! Was sollte man dazu sagen? Ich hielt es immerhin für eine Tragödie, und sei es eine in kleinerem Maßstab.

»Guten Morgen, Pjotr.«

Ich drehte mich um. Kelos stand in der Tür. Er trug einen streng geschnittenen Anzug, der recht unpassend wirkte. Fehlte nur noch die Krawatte – und er könnte zum Bankett bitten.

Anscheinend stand er schon länger da.

»Ich wollte euer Gespräch nicht stören, Pjotr. Wie heißt der Planet der Geometer noch einmal?«

»Die Heimat.«

»Nein, ich meine, wie es in ihrer Sprache klingt. Sprichst du ihre Sprache?«

»Ja ...« Ich stellte mir mit einiger Mühe Katti und Tag vor. »Die Heimat.«

»Doch, ich glaube, davon habe ich schon gehört.« Kelos machte ein immer nachdenklicheres Gesicht. »Gehören sie schon lange zum Schatten, Pjotr?«

Der Cualcua in mir seufzte, schwieg aber.

»Sie gehören nicht zum Schatten. Und mein Planet, die Erde, auch nicht.«

Kelos und Rada sahen sich an.

»Na, was habe ich gesagt?«, fragte Kelos. »Ich habe mir nämlich schon gestern Abend zusammengereimt, dass du von außerhalb kommst, Pjotr.«

»Wundert euch das denn gar nicht?«, rief ich aus.

»Warum sollte es?« Kelos rieb sich die Nasenwurzel. »Der Schatten ist groß, aber das Universum ist noch größer. Früher oder später ... kommen neue Rassen dazu.«

Dari huschte nun auch ins Esszimmer. Er sah mich verlegen an und schlich zu seiner Mutter. »Guten Morgen«, murmelte er und schmiegte sich gegen Rada.

Ich schwieg.

Ich war nicht in der Lage, etwas zu sagen.

Meine ganze Raffinesse, meine ganze Tarnung – ich hätte sie mir getrost sparen können!

Und die beiden zeigten sich nicht einmal besonders neugierig!

»Wir müssen unter vier Augen miteinander sprechen, Pjotr.« Kelos nickte Rada zu: »Dann wird es leichter für ihn sein.«

»Ja, natürlich.« Rada, die mir so jung vorkam, sah mich mit den Augen einer alten und weisen Frau an. Zerstreut hielt sie ihren Sohn im Arm. »Vertrau Kelos, Pjotr. Wenn du Hilfe brauchst, wird er alles tun, was möglich ist.«

In ihrem Blick lag Schmerz.

»Warum?«, fragte ich, während ich mich erhob.

An ihrer Stelle antwortete Kelos: »Weil ich alte Schulden abzahle.«

Sieben

»So ist der Jump zu unserem Fluch geworden. Und zu unserer Rettung ...«

Aus unerfindlichen Gründen hatte ich ihm zunächst vom Jumper erzählt. Am Anfang hatte eine Gruppe armer Wissenschaftler gestanden. Sie wollten eine abstrakte mathematische Formel in die Praxis umsetzen – und das war dabei herausgekommen.

Kelos' Zimmer lag im zweiten Stock, direkt unterm Dach. Das Dach allerdings fehlte im Moment, war eingezogen, so dass die Sonne hereinschien. Kelos saß am Tisch, drehte einen groben Metallarmreifen in den Händen und hörte mir schweigend zu. Ich sah ihm ebenfalls nicht in die Augen.

»Die Starken Rassen haben uns die Rolle von Fuhrleuten zugewiesen. Wir haben immer geglaubt, das hinge mit unserer einzigartigen Fähigkeit zusammen, den Jump zu ertragen. Aber wie sich herausgestellt hat, bilden wir selbst auch einen Teil des Jumpers ...«

»Die Koordinaten? Die Stabilität des Sprungs?«

»Ja.«

»Dann ist alles klar. Euer Bewusstsein steht in Wechselwirkung mit dem Schatten.«

»Wie?«

»Ihr habt die ursprüngliche Form bewahrt. Das ist die ganze Erklärung ... Im Moment des Übergangs tretet ihr kurz mit den Toren in Kontakt ... Erzähl erst mal weiter. Ich erklär dir nachher alles.« Kelos streifte sich den Armreif über und drehte die Hand hin und her, als müsse er entscheiden, ob ihm der Schmuck stünde oder nicht.

Ich schluckte meinen Speichel hinunter und fuhr fort: »Alles lief mehr oder weniger problemlos ... soweit das eben möglich ist. Bis dann diese Rasse aufgetaucht ist ... die Geometer. Andere Schwache Rassen sind auf sie aufmerksam geworden. Sie haben sich wohl gedacht, dass sich damit das Kräfteverhältnis verändert ... und haben uns in dieses Abenteuer hineingezogen. Wir und die Geometer sind physisch nämlich identisch!«

»Verstehe. Dann sind die Geometer also geflohen?« Kelos grinste. »Das ist bemerkenswert. Sie müssen in der Tat einen stark ausgeprägten Selbsterhaltungsinstinkt besitzen. Nimm's mir nicht übel, aber mir gefallen sie ...«

»Mir nicht. Die Geometer dürften etwas genauso stark sein wie das Konklave! Inzwischen wissen die Starken Rassen über ihr Auftauchen Bescheid. Damit können wir nicht mehr zu einem Kompromiss gelangen. Die Erde wird als möglicher Verbündeter der Geometer vernichtet werden.«

»Bist du da sicher?«

»Ja. Das Konklave kennt kein Erbarmen. Es ist eine sehr alte ... und sehr grausame Einrichtung.«

»Eine interessante Situation.« Kelos legte sein Spielzeug beiseite. »Was ist das übrigens für ein Wesen, das in deinem Körper lebt?«

»Ein Symbiont ... ein Cualcua ... das ist eine der Schwachen Rassen ...«

Kampftransformation!

»Halt den Mund!«, brüllte ich. »Misch dich hier nicht ein!«

»Sag deinem Freund ...« Kelos kniff die Augen zusammen. »Ach nein, er hört mich ja sowieso ... Er braucht nicht in Panik zu verfallen! Und er soll keine Schlägerei anfangen.«

Er fuchtelte beiläufig mit der Hand, als wolle er etwas Unsichtbares verscheuchen. Ein weißes Licht hüllte seine Finger ein. Es verströmte Wärme.

»Ich habe für die Kristallene Allianz gekämpft«, rief Kelos meinem Symbionten in Erinnerung. »Wenn du glaubst, Cualcua, wir hätten noch nie Metamorphen des monopersonalen Typs getroffen ...«

Auf seiner Handfläche rollte jetzt ein blendender kleiner Plasmaball hin und her.

»In mir steckt noch zu viel von einem alten Kämpfer, als dass du mich hinterrücks überfallen könntest ... und dabei mit dem Leben davonkommen würdest.«

Die Feuerkugel riss sich von seiner Hand und stieg hoch in die Luft. Irgendwo über dem Haus platzte sie mit einem trockenen Knistern.

Wer betäubter und erschrockener war, hätte ich nicht zu sagen vermocht. Wahrscheinlich doch ich. Der überwiegende Teil des Cualcua befand sich nun einmal weit, weit weg von hier.

»Die Situation ist mir jetzt klar, Pjotr.« Kelos schien den Cualcua vergessen zu haben. »Eine traurige Situation. Habt ihr nicht versucht, euch mit den Geometern zusammenzutun? Wenn sie in der Lage wären, euch gegenüber dem Konklave zu helfen ...«

»Nein!«

»Warum nicht?«

»Kelos, ihre Welt ist etwas Ungeheuerliches.«

»Sie ist immer noch besser als der Tod. Ich weiß ein wenig über ihre Zivilisation. Auf unserem Planeten lebt ein ehemaliger Regressor der Geometer. Ja, Pjotr, du hast ganz richtig gehört. Ich erinnere mich nicht an den Namen ... ich habe das für keine wesentliche Information gehalten ... Inka, genau! So hieß er! Inka.«

Der Name kam mir bekannt vor ... Er stieg aus der Tiefe meines Gedächtnisses an die Oberfläche.

»Du hast noch nicht begriffen, warum sie geflohen sind? Glaubst du etwa, sie hätten sich mit irgendeiner Allianz, Union oder Föderation angelegt, hätten eins zwischen die Hörner gekriegt und in Panik den Kern verlassen? Pah! Dazu wäre es nur gekommen, wenn ihre Ideologie sich *wirklich* allgemein durchgesetzt hätte ... Aber darauf haben sie es ja gar nicht angelegt, Pjotr. Sie sind allesamt Kinder, denen man irgendwann einmal Wärme vorenthalten hat. Einsame Wesen, die gewöhnt sind zu glauben, sie hätten Freunde. Unglückliche, sich ihrer selbst nicht sichere Individuen, die nur zu gern wiederholen: ›In der Einheit liegt die Kraft, wir sind alle eine große Familie.‹«

Kelos seufzte.

»Gut, ich will es dir erklären ... kurz und der Reihe nach. Diese Informationen wirst du in den meisten Informationsnetzen nicht finden, sie sind normalerweise nicht allgemein zugänglich. Unsere Zivilisation ist sehr alt, Pjotr. Vielleicht ist es sogar tatsächlich die älteste in der Galaxis ...«

»So wirkt sie aber gar nicht ...«, flüsterte ich.

»Natürlich nicht. Was hast du denn erwartet vorzufinden? Planeten, die mit einer Kruste aus Stahlhöhlen überzogen sind? An jeder Ecke Weltraumhäfen? Ätherische Geschöpfe, die über die Harmonie der Sphären sinnieren? All das hatten wir schon. Wir haben es sogar noch ... Und genauso hat alles angefangen, Pjotr. Die Ur-Erde hat Schiffe ausgeschickt, diese haben Kolonien geschaffen. Der humanoiden Rasse haben sich andere angeschlossen ... du brauchst da nur an euer Konklave zu denken ... Kriege wurden geführt. Man hat die Natur unterworfen. Es hat Aufstände gegeben. Unionen und Imperien. Also die ganze normale Spirale der Entwicklung. Zunächst haben Staaten um die Vorherrschaft gekämpft, später Planeten. Zunächst haben Städte gebrannt, später Sterne. Die goldenen Jahrhunderte zogen sich dahin, bis Perioden des Niedergangs einsetzten. Das klassische Schema, und alle wussten, dass man die Natur des Menschen nicht überwinden kann und es immer so bleiben wird, bis wir das Universum selbst ins Nichts verwandelt haben ... Gibt es bei euch Unterhaltungsliteratur, die Dinge beschreibt, die noch nicht geschehen sind?«

»Ja, die Science Fiction.«

»Hervorragend. Ich denke nämlich, alles, was ihr euch ausgedacht habt, hat es bei uns schon in der einen oder anderen Form gegeben. Und plötzlich ... ja, genau, dieses verteufelte Plötzlich! Alles geschieht ja immer und überall plötzlich, doch jedes Mal staunen wir aufs Neue darüber ...So, wie ihr euch den Jumper ausgedacht habt, haben wir die Tore entwickelt. Sie sind natürlich viel komplizierter. Das gilt selbst für die Anfangsphase, als die Tore noch eine materielle Form hatten, einen Bogen, über den sich ein Hyperfeld spannte ... Später haben wir es geschafft, die Tore zu einem Teil der Umwelt zu machen, so dass sie nicht mehr zerstört werden können und ewig bestehen ...«

Kelos bedeckte das Gesicht kurz mit den Händen. »Trinkst du Alkohol?«, fragte er dann.

»Jetzt würde ich gern welchen trinken«, gestand ich. Das wollte ich wirklich gern, nicht um Kelos Gesellschaft zu leisten, sondern um meine Gefühle zu betäuben.

Zwischen den Regalen mit den Büchern und allerlei bizarrem Kinkerlitz kam auch eine kleine Bar zum Vorschein. Kelos holte eine Flasche und zwei hohe schmale Gläser heraus. Er goss uns eine glasklare sämige Flüssigkeit ein. »Viel Glück«, prostete er, stieß aber nicht an.

Ich trank mein Glas auf einen Zug leer. Ein brennender Likör, der stärker als Wodka war. Säuerlich und süß.

»Ich habe mir gedacht, dass das in eurer Welt das übliche Entspannungsmittel ist«, sagte Kelos. »Also, Pjotr, die Tore sind etwas sehr Raffiniertes. Sie bringen einen Menschen nicht einfach von einer Welt in eine andere. Sie entscheiden auch, wohin genau er zu schicken ist.«

»Das habe ich schon begriffen.«

»Das Bewusstsein desjenigen, der sie betritt ... nein, es wird nicht gescannt, das wäre zu einfach ausgedrückt ...«

»Es wird **erfasst**.«

»Ja, das trifft es vermutlich besser. Jeder, der ein Tor betritt, wird in die Welt geschickt, die seinen Wünschen entspricht. Und nirgendwohin sonst. Natürlich entspricht eine Welt nie hundertprozentig deinen Wünschen, aber es kommt doch zu einer maximalen Annäherung. Du hasst jede Technik? Dann wirst du an den Busen der Natur geschickt. Dort kannst du auf Pferden reiten und, wenn du möchtest, in einem Wald räubern und lernen, mit Pfeil und Bogen zu schießen. Aber auch der gegenteilige Fall ist denkbar: Du kommst auf einen Planeten, der eine einzige Universität darstellt. Du beschäftigst dich ausschließlich mit Wissenschaft. Es hat damals zwei wesentliche Kräfte gegeben, die Entwicklungsunion und das Zweite Imperium. Die Tore wurden in allen Welten *gesät* ... eine wahre Titanenarbeit. Fast die gesamte Gruppe der Wissenschaftler, die damit begonnen hat, ist umgekommen. Das Imperium und die Union haben sich im Kampf gegen die Tore zusammengeschlossen, zum ersten und letzten Mal. Der Imperator, der anfangs die Schöpfer der Tore unterstützt hat, hat seinen Fehler irgendwann eingesehen. Da war es jedoch bereits zu spät. Die Tore ließen sich selbst in der Urvariante praktisch nicht mehr zerstören. Das Imperium und die Union durchlebten eine stürmische und blutige Agonie, die sich ein ganzes Jahrhundert hinzog. Wenn die Tore nur ein schlichtes Transportmittel gewesen wären ... wäre der Schatten vielleicht nie entstanden. Aber erneut sollte sich alles als weitaus komplizierter erweisen, als es auf den ersten Blick den Anschein hatte. Die **Erfassung** drückte nämlich auch den

Toren einen Stempel auf. Sie ... sie kopieren das Bewusstsein desjenigen, der durch sie hindurchgeht. Sie integrieren jede neue Persönlichkeit in ihren Verstand.«

Ich sagte kein Wort.

»Du bist da jetzt auch drin, Pjotr. Du bist zu einem winzigen Teil dessen geworden, was längst über die Grenzen des Vorstellbaren hinausgewachsen ist.«

»Diese Welt ... in die ich zuerst geraten bin ...«

»Etwas in dir wollte genau das. Einen realen, wenn auch primitiven Feind. Und gleichzeitig die Gewissheit, wie sinnlos ein solcher Krieg ist. Du hast bekommen, was du wolltest. Und als Zugabe den Sieg über den Metamorphen. Stimmt's nicht? Wahrscheinlich verkörpert er eine Angst von dir ... einen Komplex ...«

Ich zuckte zusammen, als hätte ich einen Schlag erhalten. »Aber sie kämpfen weiter, Kelos!«, schrie ich los. »Ich habe bekommen, was ich wollte – aber sie bringen sich ununterbrochen um!«

»Das heißt nur, dass dort diejenigen leben, die genau das wollen, Pjotr. Jedem das Seine ...«

Ich erschauderte.

»Sie finden Gefallen an dieser brutalen und gefährlichen Form des Widerstands ... Ihre Qualen und der hoffnungslose Kampf bereiten ihnen Freude ... Es sind emotional arme Menschen ... ohne jede Begabung ...«

»Und bereit zu sterben?«

»Ach ja, das hätte ich beinahe vergessen.« Kelos zögerte kurz. »Wie soll ich dir das erklären, Pjotr?«

Alles in mir verkrampfte sich, denn ich wusste bereits, was er sagen würde.

»Es gibt keinen Tod. Diejenigen, die durch ein Tor gegangen sind, sterben nie.«

Warum schwieg ich?

Ich müsste doch einen hysterischen Anfall kriegen. Auf die Knie fallen und Gott preisen ... den es unter diesen Bedingungen garantiert nicht mehr gab und nie geben wird ...

Guten Tag, Paradies. Guten Tag, Hölle. Guten Tag, Schatten.

»Du bist bereits ein Teil des Schattens, Pjotr ... Man kann dich umbringen. Aber danach fängst du ein neues Leben an. Auf dem Planeten, den du dir wünschst. Zusammen mit deinem Feind, damit ihr beide euern Kampf zu Ende austragen könnt. Oder auf einem beschaulichen, friedlichen Planeten, auf dem diejenigen leben, die des Tötens müde sind. Als Mensch, als Vogel, als denkender Kristall ...«

Kelos trat an mich heran und legte mir die Hand auf die Schulter.

»Auch du bist schon gestorben, Pjotr«, sagte er sanft. »Ich weiß nicht, was dir mit diesem Metamorphen passiert ist ... aber ich habe den Blick erkannt, mit dem du mich angesehen hast. Es gibt keinen Tod. Ich bin schon dreimal erschossen worden. Ruhig und höflich. Ohne besondere Bosheit. Einmal bin ich gemeinsam mit meinem Schiff umgekommen ... aber auch das ist nicht der Rede wert. Die Welt ist einfach verblasst ...«

»Es gibt keinen Tod«, sagte ich. Leere und banale Worte. Gut, dann gab es ihn eben nicht ... Es gibt ihn sowieso nicht, entweder liegt er noch vor uns, oder wir leben bereits nicht mehr. »Und was ist mit denjenigen ... die nicht durch ein Tor gegangen sind?«

»Das weiß ich nicht. Früher hatten die Tore einfach keine Bedeutung für sie. Aber in was sich die Tore heute verwandelt haben und woher sie ihre Informationen haben, das kann ich nicht sagen. Aber ...«

Also habt ihr nur nicht lange genug gelebt. Ihr, meine verhinderten Eltern ... der echte Pjotr Chrumow ... ihr alle, die ihr auf dem kleinen Planeten Erde gelebt habt und gestorben seid. Wissenschaftler und Bauern, Dichter und Soldaten, Sklaven und Tyrannen. Ihr habt an Gott geglaubt oder Atheismus gepredigt, ihr habt von der Unsterblichkeit geträumt, habt eine Philosophie geschaffen wie Fjodorow, oder habt fremdes Leben getrunken wie Gilles de Rais ... Ihr Heiligen und Henker, ihr Genies und Tölpel ... ihr alle habt nicht lange genug gelebt! Jetzt seid ihr dort, hinter jener Grenze. Und ich bin hier. Im gemütlichen Schatten.

Ich bin durch ein Tor gegangen.

Das Konklave wird die Erde in Schutt und Asche legen, die Geometer werden die Planeten des Konklaves vergiften und auf den Ruinen ihr kleines Imperium der Freundschaft errichten, und ich werde leben. Gut essen und weich schlafen. In fremden Armeen kämpfen und an fremden Universitäten studieren.

Alles ist erlaubt, ja?

Wenn mir der Sinn danach steht, ein Tyrann zu sein, komme ich in eine Welt voller Sklaven. Wenn ich ein Sklave sein möchte, lasse ich mich in Ketten schmieden. Ich lasse mir Scheinfüßchen wachsen und mutiere zu einer Amöbe. Oder ich lege mir vier weitere Beine zu und lerne, ein Spinnennetz zu weben. Oder ich werde wieder ein Mensch. Ich schaffe mir einen Harem an, gründe eine Religion und verfasse einen Sonettenkranz. Ich baue ein Haus, pflanze einen Baum, erziehe einen Sohn.

Vor mir lag die Ewigkeit.

Ich weinte, in dem weichen Sessel zusamengekrümmt. Kelos streichelte mir über die Schulter, als beruhige er ein Kind. Aber für ihn, der bereits Jahrhunderte gelebt hatte, von den Toten auferstanden war und Planeten niedergebrannt hatte, war ich ja auch ein Kind. Wer stand damals an der Spitze der Kristallenen Allianz, Kelos? Wie kommt es, dass ich die Antwort kenne?

Es zog kurz, weil die Tür aufging. Kelos seufzte. Kinderarme umschlangen mich.

»Warum weinst du denn, Pjotr? Papa, warum weint er?«

»Er hat mehr gefunden, als er wollte, Dari. Das tut immer weh.«

»Weine nicht, Pjotr.«

Du kannst mich nicht verstehen, Junge, denn du weißt von klein auf, dass es den Tod nicht gibt.

Jedes Wissen muss zu seiner Zeit kommen. Und jeder kriegt, was er verdient. Aber warum riechen diese Worte dann nach verbranntem Fleisch?

Ich hatte mehr gefunden, als ich gesucht hatte.

Alle Sterne lagen in meinen Händen.

»Warum hilfst du ihm nicht, Papa?«

»Man muss nicht immer helfen, Dari. Manchmal muss man sich auch abwenden und warten.«

»Das ist unfair!«

»Aber dafür ist es richtig, mein Junge.«

»Dann lieber falsch, aber fair!«

Kelos seufzte.

»Das haben wir früher auch einmal gedacht ... Pjotr und ich müssen uns ernsthaft unterhalten, Dari, ein Gespräch unter Erwachsenen. Also geh bitte raus.«

»Papa, aber du ...«

»Dari.«

Der Junge verließ das Zimmer.

»Danke«, sagte ich. Es hatte mir nichts ausgemacht, vor Kelos zu weinen. Aber vor dem Jungen ... das war etwas anderes.

»Dann lieber falsch, aber fair ...« Ich hörte, wie etwas gluckerte. »Möchtest du noch einen Schluck?«

»Nein.«

»In der Kristallenen Allianz haben wir auch diese Auffassung vertreten. Wir haben geglaubt, die Tore seien ein Fehler. Eine Falle, eine Versuchung, eine Sackgasse. Wir haben einen Planeten nach dem nächsten erobert ... und versucht, eine monolithische Gesellschaft aufzubauen, anstelle der ›einheitlichen Vielfalt‹, wie der Schatten damals genannt wurde. Erst später haben wir verstanden, was eigentlich vor sich geht. Der Schatten hat nämlich gar nicht gegen uns gekämpft. Er hat uns lediglich die Welten überlassen, die nach Kampf dürsteten. Wir waren selbst ein Teil des Schattens geworden, eine Schaufensterpuppe, der man alle negativen Gefühle überstülpen konnte. Damals ist bei uns alles in sich zusammengebrochen. Wir haben unsere Idee verloren – und ich will jetzt gar nicht darüber streiten, ob sie richtig war oder nicht. Die Allianz war zu einer Bande von hedonistischen Psychopathen verkommen. Wir wurden in einer Schlacht vernichtend geschlagen, die Handelsliga entstand, deren erstes Opfer wir wurden. Später gaben wir Planet um Planet auf. Der Schatten wollte das so, denn die Menschen hatten genug vom Krieg.«

»Du hast versprochen, mir zu sagen, was die Geometer in die Flucht geschlagen hat ...«

Ich löste meine Hände vom Gesicht und sah ihn an. Die Tränen wischte ich nicht weg. Diese Regel kennt jedes Kind: Wenn sie von allein trocknen, sieht man nicht, dass du geweint hast.

»Hast du das wirklich noch nicht verstanden, Pjotr? Ihre Herrscher sind in Panik geraten, weil die Agenten Der Heimat nicht nach Hause zurückgekehrt sind. Der Schatten sieht jedem auf den Grund der Seele, Pjotr. Er erkennt, was sich da wirklich verbirgt. Die Agenten wollen diese ihre Freundschaft im Grunde ihres Herzens nicht. Sie vermissen die Liebe, die ganz gewöhnliche Liebe zwischen den Menschen. Und bei uns ist es nicht schwierig, sie zu bekommen ... Ein kleiner Teil von ihnen ist zurückgekehrt, diejenigen, für die Die Heimat tatsächlich die beste aller Welten war. Aber die anderen sind hiergeblieben. Manche voller Freude, andere aber irren von einer Welt zur nächsten und sind davon überzeugt, dass sie eigentlich zurückkehren *wollen* ... Es ist uns kaum aufgefallen, als die Geometer aufgetaucht sind, Pjotr. Hier und da hat man zwar etwas mehr über sie gesprochen, andernorts hat man aber noch nie von ihnen gehört.«

»Genau wie man von uns noch nichts gehört hat?«

»Ja. Dass so fern vom Kern eine verwandte Zivilisation existiert, ist eine interessante Neuigkeit – die allerdings auch nicht für alle Welten neu ist.«

»Eine verwandte Zivilisation?«

Kelos nickte.

»Aus der Zeit des Ersten Imperiums ... sogar noch vor dessen Gründung ... Wir sind damals auseinandergestoben wie Funken über einem Lagerfeuer. Hunderte, Tausende von Schiffen verschwanden in der Dunkelheit und verloschen. Aber manchmal fällt ein Funke eben auf trockenes Moos. So ist wahrscheinlich die Rasse der Geometer entstanden. Es scheint kaum möglich, dass zwei intelligente Kulturen zur gleichen Zeit auf einem Planeten aufkommen können – aber bei ihnen war genau das der Fall.«

»Ich weiß.«

»Und bei euch muss es auch so gewesen sein. Eine andere Möglichkeit für eine vollständige biologische Übereinstimmung sehe ich nicht. Ihr seid weder unsere Nachfahren noch unsere Vorfahren, sondern unsere Cousins.«

»Und wird die Zivilisation des Schattens bereit sein, ihren Verwandten zu helfen?«

»Dabei, den anderen Familienmitgliedern eins in die Fresse zu hauen?«, fragte Kelos ironisch. »Aber lass uns mal ernsthaft darüber nachdenken, Pjotr. Ich möchte dir wirklich helfen, glaubst du mir das?«

»Ja.«

»Auf unserem Planeten brauchst du keine Hilfe zu suchen. Dir persönlich bieten wir natürlich immer welche an. Wir genießen es, den Gequälten und Erschöpften zu helfen. Denn in ihnen erkennen wir uns selbst wieder ... Aber etwas Globaleres? Nein, Pjotr, nein.«

»Wer kommt außer euch noch infrage?«

»Auf anderen Welten ... Es gibt viele Welten, die bis heute den Kosmos erobern. Ihre Geschwader suchen Abenteuer, sie löschen sich gegenseitig in Schlachten aus und schnappen einander Planeten weg. Das ist ein sehr verlockender Weg der Entwicklung – in einem bestimmten Alter. Diese Welten solltest du besuchen. Es wird sich bestimmt eine finden, die der Erde mit Freude zu Hilfe eilt. Sie werden eine Expedition ausstatten, einen Ring aus Militärbasen um die Erde ziehen und allen Aliens tüchtig einheizen ... Wenn du dich anstrengst, findest du auch einen Planeten, dessen Bewohner, ohne zu zögern, das Konklave hinwegfegen würden. Irgendwelche Chauvinisten in der Gestalt von Menschen ... die alle Spinnen, Amöben und Reptilien in Asche verwandeln!«

Der Cualcua in mir fiepte.

»Das möchte ich nicht, Kelos.«

»Dann brauchst du eine technisch entwickelte Welt, die über eine starke Flotte verfügt und eine humane Politik vertritt. So etwas sollte sich finden lassen.«

Kelos schien mit seinem Ratschlag zufrieden zu sein.

»Sie werden auch die Geometer zur Ordnung rufen ... möglicherweise fliehen die dann ja noch weiter. Natürlich entkommt man dem Schatten am Ende doch nicht. Der Schatten ist dabei, sich in der ganzen Galaxis auszubreiten. Langsam, aber sicher. Wir werden alle in ihm landen.«

Ich schwieg.

»Was beunruhigt dich daran?«

»Kelos, soll denn das das Ende allen Lebens sein? Ihr selbst stagniert doch! Bei euch ist der technische Fortschritt geradezu künstlich eingefroren worden! Ich habe einen Film über das Erste Imperium gesehen – ihr habt euch nicht im Geringsten verändert!«

»Wir? Plasma und Asche ... Versteh das doch, Pjotr, alle leben genau so, wie sie es sich wünschen! Wir wollen gar nichts anderes. Uns gefällt es in diesem Körper. Uns gefällt es, das Leben von Menschen zu leben! Und wenn wir genug davon haben ...«

Kelos ging auf und ab, die Hände auf dem Rücken verschränkt.

»Ich habe *solche* Welten gesehen ... Die Kristallene Allianz ging damals allmählich unter. Für uns gab es keine Möglichkeit, durch ein Tor auf einen Planeten zu gelangen, wo man schon vergessen hatte, wie ein Mensch aussieht. Aber wir glaubten, genau das sei die Lösung. Deshalb habe ich ... ein Schiff genommen ...«

Seine Stimme war trocken geworden, die Sätze abgehackt. Noch einmal durchlebte er seine Vergangenheit, in der sich Dinge ereignet hatten, die sich kein Kriegstreiber auf der Erde träumen lassen würde.

»Wir haben uns durch die Kehrseite des Raums bewegt. Ich habe versucht, mit dem Schiff zur Ur-Erde zu gelangen. Aber es hat nicht geklappt ... wir haben uns einfach verflogen. Wir haben es geschafft, die Piroge zu erreichen ... das ist eine der ersten Kolonien, eine sehr alte Welt. Damals wurden die Schiffe der Kolonisten nach Seeschiffen benannt: Galeone, Gleitboot, Kutter, Karavelle … Und die Planeten wurden zu Ehren des ersten gelandeten Schiffs benannt. Wir kamen wieder im normalen Kosmos heraus …«

Kelos war stehen geblieben und starrte aus dem Fenster.

»Der Planet brannte, Pjotr. Über die ganze Oberfläche ergoss sich ein Plasmameer. Feuerlawinen begruben die Berge unter sich, Flammen tanzten über die Meere. Protuberanzen schlugen durch die Atmosphäre, als hätten wir schon keinen Planeten mehr vor uns, sondern einen Stern … Ich habe geglaubt, dass die Bewohner des Planeten dem Untergang geweiht seien. Dass sie eine technisch bedingte Katastrophe erlitten hätten. Oder bei ihnen ein Krieg tobte. Ich konnte nicht mitansehen, wie diese Welt in einem Meer aus Feuer ertrank … trotzdem näherten wir uns. Im besten Kreuzer der Allianz, der sogar die Photosphäre der Sterne durchdringen konnte … wir näherten uns …«

Ich sah das, wovon er redete. Ich konnte mir diese lodernde Welt vorstellen. Und den Kreuzer, der über ihr schwebte, eingehüllt in Kraftfelder, ein Kreuzer voller Menschen … einfacher Menschen, die versuchten, ihr Imperium auf den Scherben des Schattens aufzubauen …

»Auf dem Planeten war alles unversehrt, Pjotr. In den Wäldern schwirrten Vögel herum, in den Meereswellen spielten Delphine. Die Städte standen … alte Städte … ich habe immer davon geträumt, sie einmal zu sehen … Durch die Straßen gingen Menschen. Kannst du dir das vorstellen?! Die Welt ging in Flammen auf – und merkte es nicht einmal! Als ob es in zwei voneinander isolierten Räumen geschähe. Dabei haben wir doch das Feuer gesehen, und der Schutzschild hat unter der Last geächzt. Doch durch die von Plasma durchwogten Straßen schlenderten die Menschen. Wie Automaten. Wie Aufziehpuppen, die niemand mehr braucht, bei denen die Feder aber noch nicht abgelaufen und der Mechanismus noch intakt ist ... Es war schrecklich. Und schmerzlich – als ob man uns mit der Nase in unsere eigene Armseligkeit gestukt hätte. Wir versuchten, mit diesen Menschen in Kontakt zu treten, aber niemand bemerkte uns. Dann schlug vom Planeten eine Protuberanz empor ... und die Kraftfelder hielten nicht mehr stand. Sie ging mitten durch unser Schiff durch. Es leuchtete kurz auf, dann stand alles in Flammen ... doch selbst wenn uns der Schweiß ausbrach – dann nur wegen der Angst. Es war ein Gefühl, wie es einige verspüren, wenn sie durch ein Tor gehen. Als werde man **erfasst**. Irgendwann war alles vorbei. Wir hatten gesehen, was wir sehen wollten – und flogen wieder ab. Diejenigen, die in dieser Welt lebten, brauchten und fürchteten die Gesellschaft von Menschen nicht mehr. Beim Abzug feuerten wir auf den Planeten, was das Zeug hielt. Weil wir gekränkt und wütend waren. Ebenso gut hätten wir versuchen können, ein Meer anzuzünden. Und du behauptest ... wir seien stehen geblieben. Wer will, der geht auch weiter, Pjotr. Der eine früher, der andere später.«

»Aber du willst nicht weitergehen?«

»Nein. Ich weiß nicht, warum nicht. Aber ich habe den Menschenkörper und alle Annehmlichkeiten, die mit ihm verbunden sind, noch nicht satt.«

»Kelos, bist du sicher, dass dein Sohn diesen friedlichen und beschaulichen Planeten nicht verlassen will? Dass er keine Abenteuer im Kosmos suchen will?«

Kelos stierte auf die Tür. »Mein Sohn ...«, sagte er mit schmerzerfüllter Stimme. »Rada und ich hatten sechs Kinder, Pjotr. Und früher oder später ... ist jedes von ihnen weggegangen. Uns genügt diese Welt. Aber für sie war sie zu klein und zu langweilig.«

Wozu hatte ich bloß diese Frage gestellt?!

»Man kann auch so leben. Indem man die kleinen menschlichen Freuden sucht. Kleine Kinder aufzieht, die in die große Welt hinausgehen und eines Tages als körperloser Schatten durch deinen Planeten hindurchfegen ... und sich genauso wenig an dich erinnern wie du dich an deinen Teddy, den du einst so geliebt hast. Nachdem unsere jüngste Tochter uns verlassen hat, haben wir beschlossen, es damit bewenden zu lassen. Wir wollten keine Kinder mehr in die Welt setzen.«

»Aber Dari ...«

»Er ist nicht mein Sohn. Er ist überhaupt kein Mensch.« Kelos schielte zu mir hinüber. »Lass dich nicht durch die Äußerlichkeiten unserer Welt täuschen, Pjotr. Auf meinem Tisch steht eine Stereoanlage. Wenn du die Augen schließt, glaubst du, es würde ein Orchester spielen. Dabei ist das Ding innen völlig leer.«

»Dari ...«

»Für ihn gilt genau das Gleiche. Er ist ein Phantom. Ein Ersatz. Ein Spielzeug für Menschen, die ihrer Nostalgie erliegen. Er wird ewig Kind bleiben. Und niemals ein Mensch werden.«

Das traf mich wie ein Schlag.

Wohin war ich nur geraten? Bei wem suchte ich Hilfe und Mitleid?

Was war ich doch für ein Idiot …

»Wir spielen ein wenig Wissenschaft, auch wenn all unsere Entdeckungen in anderen Welten schon längst wieder in Vergessenheit geraten sind. Wir kämpfen für den Erhalt der wilden Natur … die ohnehin nicht sterben würde, selbst wenn wir es wirklich darauf anlegten. Wir bewahren die Familien und nehmen nicht zur Kenntnis, dass das Nachbarmädchen schon ein halbes Jahrhundert lang sechs Jahre alt ist. Wir verstecken uns vor der Welt, Pjotr. Uns jagt jede Alternative Angst und Schrecken ein, wir hassen alle Veränderungen. Wir fahren mit einem Floß den Fluss hinunter, machen in den Wäldern ein Lagerfeuer und jagen Wild, niesen, wenn wir erkältet sind, und treiben Sport. Und wir haben furchtbare Angst zu sterben, Pjotr! Weil niemand weiß, wohin ihn das Tor bringt! Niemand weiß, was er im Grunde seines Herzens will!«

Kelos beugte sich abrupt über mich und fragte leise: »He, Pjotr, du siehst das Feuer nicht, oder? Ich habe schreckliche Träume, lieber Cousin vom Planeten Erde! Ich träume von jener Stadt am Grund des Plasmameers, ich träume von Marionetten, die durch die Straßen ziehen, streiten, lachen, mit Kindern spielen … Aber du siehst das Feuer nicht, oder, Cousin? Dich versengt die Flamme nicht? Vielleicht sind wir schon alle tot, Pjotr? Und das, das alles ist eine Fiktion! Ein vertrockneter Kokon, aus dem der Schmetterling bereits vor langer Zeit geschlüpft ist, eine abgeworfene Schlangenhaut, die du nur im Schatten für ein lebendes Wesen hältst ... Und mein inexistenter Sohn, dem ich beibringe, ein Lagerfeuer mit nur einem einzigen Streichholz anzuzünden, mit dem ich fröhliche Lieder singe und im Regen spazieren gehe ... vielleicht ist Dari der einzige lebendige Mensch, und um ihn herum existieren nur Puppen, eine Papapuppe, eine Mamapuppe ...«

Er hatte wahnsinnige, vor Schmerz schwarze Augen. Seine Wange zuckte nervös.

»Siehst du das Feuer, Pjotr?«

»Ich sehe einen Feigling!«

Die Dunkelheit in seinen Augen begann zu schmelzen.

»Warum, Pjotr? Wer bist du, mir Feigheit vorzuwerfen? Bist du mit deinem Schiff verbrannt? Weißt du, wie dein Herz zerreißt, wenn es von einer Kugel getroffen wird? Weißt du, wie es zerreißt, wenn du dein Kind verlierst? Hast du Welten gesehen, die nicht nur über deine Kräfte gehen, sondern über deinen Verstand? Was hast du vollbracht, um mir Feigheit vorzuwerfen?«

»Ich gehe weiter.«

Er stand zu nahe bei mir, als dass ich mich aus dem Sessel hätte erheben können. Ich stieß Kelos weg und sprang auf.

»Ich gehe weiter, mein guter älterer Bruder! Ich blicke auf eure Welten – und werde meinen Blick nicht von den Flammen abwenden! Wenn du kein Feuer willst, brauchst du dennoch kein Wasser zu holen! Wenn ich mich in einen Wagen setzen kann, dann gehe ich nicht zu Fuß, und wenn ich spazieren gehen will, werde ich nicht den Wagen zu Klump schlagen! Ich bin selbst eine Puppe gewesen, lieber Cousin! Eine großartige, gehorsame, fleißige Puppe. Gut, ich habe noch keine Schiffe durch die Photosphäre von Sternen gesteuert! Ich habe sie nur auf einer Autobahn gelandet und in einem Autobus voller Tomaten gebremst. Aber weißt du was? Auch das war schrecklich! Und ich habe niemanden verloren in meinem Leben; ich hatte keine Freundin, keine Eltern, keine Kinder! Ich habe nur mich selbst verloren ... zwei Mal. Einmal auf der Erde, als ich einen fremden Platz eingenommen habe. Dann in Der Heimat, als ich in einen fremden Körper geschlüpft bin. Und weißt du was? Sich selbst zu verlieren – das tut auch weh. Danach fängst du an, anders zu leben ... bewusster. Ich wünsche den Geometern nichts Schlechtes. Aber ich wünsche auch der Erde nichts Schlechtes. Und auf euer Paradies verzichte ich, denn es riecht mir hier zu sehr nach Schwefel!«

»Du kommst nicht mehr aus dem Schatten raus, Pjotr. Du hast ihn schon in dir.«

»Von mir aus. Aber ich bin nicht in ihm!«

Kelos schüttelte den Kopf. In seinem Blick lag keine Bosheit – sondern Neid.

»Ich war auch einmal so, Pjotr. Als wir die Allianz gegründet haben ... als wir die Welten, die sowieso schon frei waren, mit der Peitsche zur Freiheit getrieben haben ... Geh durch ein Tor, Pjotr! Finde eine Welt, die euch verteidigen will! Und warte ... warte, bis der Schatten zu deiner Erde kommt!«

»Wir selbst werden zu euch kommen«, versprach ich.

Kelos nickte müde.

»Du bist ein guter Junge. Ich erkenne mich in dir wieder. Falls ich dich gekränkt haben sollte, verzeih mir. Ich wollte dich nicht verletzen, darauf gebe ich dir mein Ehrenwort.«

Meine Wut löste sich in Luft auf – und zurück blieb nur Schmerz.

»Ich bin dir dankbar, Kelos. Aber eine Frage habe ich noch ...«

»Ich kenne die Antwort nicht. Und ich will sie auch nicht wissen.«

Sein Gesicht zitterte erneut.

»Kannst du also doch Gedanken lesen?«

»Vierhundert Jahre sind ein ausreichend langer Zeitraum, um schon alle Fragen gehört zu haben.«

»Ich frage trotzdem ... Dari ... ist er dazu verdammt, eine Marionette zu sein?«

»Ich kenne die Antwort nicht. Und ich will sie auch nicht wissen.«

»Kelos, dieses Feuer ... es hat dich doch verbrannt.«

Er nickte. »Ja. Vielleicht sogar vollständig. Und jetzt bin ich nur noch Asche. Du darfst Schlösser aus Asche nicht berühren, Pjotr. Sie können sehr schön sein, aber man kann nicht in ihnen leben.«

»Vielen Dank für den Rat. Wenn ich in diesem Feuer verbrenne, werde ich an dich denken. Und für deine Gastfreundschaft danke ich dir auch. Ich gehe jetzt, Kelos. Ich habe nur sehr wenig Zeit. Zwei, drei Tage ... danach schlägt das letzte Stündlein für die Erde. Ich muss mich also beeilen.«

Ich wandte mich um und ging zur Tür. Kelos seufzte laut, doch ich drehte mich nicht noch einmal zurück. Als ich die Tür öffnete, erblickte ich Dari, der rittlings auf dem Treppengeländer saß. Nein, ich glaube, er hatte nicht gelauscht. Sonst würde er nicht so lächeln. Er war ein braver Junge ... fast wie ich früher.

»Fall nicht«, sagte ich.

»Pjotr ...« Kelos rief mich mit lauterer Stimme als nötig. »Pjotr, warte doch ... drei Tage ... das schaffst du nie.«

In seinem Gesicht rührte sich nichts. Aber in seinem Blick lag alles – und dafür war ich ihm dankbar.

»Ich kenne andere Gesellschaften wie die Kristallene Allianz. Und genau sie brauchst du als Verbündete. Sie werden dir helfen, Pjotr, daran besteht kein Zweifel. Aber das braucht Zeit. Monate, im Glücksfall Wochen. Aber drei Tage, um Hilfe zu finden – das ist völlig illusorisch. Eine rigide Gesellschaftsstruktur kann ihre Ressourcen durchaus mobilisieren, um einer anderen Welt zu helfen. Nicht um des Profits willen, sondern um der Ideen willen. Aber in deinem Fall würde es zu lange dauern, bis sie ihre Entscheidung getroffen haben.«

»Die Erde gibt es in einer Woche nicht mehr ...«, flüsterte ich. »Kelos, das Konklave ist ebenfalls eine rigide Struktur. Aber es wird nicht zögern ...«

»Es tut mir sehr leid, Pjotr. Du musst es versuchen. Riskier etwas! Geh aufs Ganze! Finde von mir aus ein Schiff, das in der Lage ist, ganz allein deine Welt zu verteidigen, und entführe es! Aber erwarte kein Wunder!«

»Wie stehen meine Erfolgschancen?«

»Null.«

Ich konnte ihm nicht länger in die Augen sehen. Kelos hatte wirklich Mitleid mit mir. Und Mitleid wollte ich nicht ...

Ich sah Dari an.

Ach ja, mein Junge, du begreifst nicht – und wirst es nie begreifen –, dass du nicht echt bist. Du wirst nicht erwachsen werden, dich nicht auf die Suche nach Abenteuern begeben, und du wirst das Herz deiner allzu menschlichen Eltern nicht brechen. Warum aber liegt in deinen Augen dann das gleiche Mitleid wie in denen von Kelos? Wie kannst du etwas von fremden Schmerzen wissen? Warum hat man dir beigebracht zu leiden? Puppen brauchen keine Seele, mein Junge. Puppen brauchen nur frische rote Wangen, einen gesunden Appetit und müssen Mama und Papa sagen können ...

»Hast du Kummer, Pjotr?«, fragte Dari.

Ich nickte.

»Weil man deinen Planeten umbringen will?«

Richtig. Man will ihn umbringen. Mit allem, was es an Gutem und Schlechten auf ihm gibt. Und ich kann nicht einmal zusammen mit ihm sterben, Dari ... Denn ich werde jetzt umherirren wie der Ewige Jude, und ich weiß nicht, warum mir dieser Schmerz zugedacht wurde und wer es vielleicht wissen könnte ...

»Kannst du ihm denn nicht helfen, Papa?« Dari griff nach meiner Hand. »Papa, erinnerst du dich noch, wie du gesagt hast, dass man immer einen Ausweg findet? Hast du mich damals angelogen?«

»Pjotr ist nicht schwächer als ich, Dari. Und wenn es einen Ausweg gibt, dann wird er ihn finden.«

Was du doch für ein interessanter Mensch bist, Kelos! Wann lügst du? Wenn du mir erzählst, dein Sohn sei nur eine Marionette? Oder wenn du mit ihm sprichst wie mit einem richtigen Menschen?

»Und du kannst ihm nicht helfen?«

»Brauchst du meine Hilfe, Pjotr?«

Ich habe kein Recht, dich darum zu bitten, Kelos. Dich hat ein Feuer verbrannt, das auf mich noch wartet. Man darf ein Schloss aus Asche nicht berühren.

»Ja.«

»Papa!«

Richtig so, Dari. Nimm das nur alles für bare Münze. Glaub, dass das Universum einzig und allein für dich gemacht ist und dass dein Vater jede Ungerechtigkeit darin ausbügeln kann. Denn du bist dafür geschaffen, das zu glauben.

»Dari ...« Kelos trat an uns heran. Er sah mich an, mit einem amüsierten, provozierenden Blick. »Dari, du wirst dann also der Mann im Hause sein. Mach Mama keinen Kummer. Wenn ich fortgehe ... komme ich wahrscheinlich nicht so bald wieder. Trotzdem werdet ihr auf mich warten. Abgemacht?«

Sag mal, Kelos, bist du jetzt völlig übergeschnappt?! Du wirst niemals hierher zurückkehren! Du bist über das Leben eines Menschen hinausgewachsen, du bist inzwischen selbst Plasma und Asche. Und du, Dari, du hast vorm Einschlafen zu viele Märchen gehört! Zerreiß die Fäden nicht, die dir eine Illusion von Leben geben! Lass meine Hand los und falle deinem Vater schluchzend um den Hals, damit es ihm nicht mal in den Sinn kommt, von hier fortzugehen ...

Aber natürlich schwieg ich.

Natürlich löste sich Dari von mir und fiel Kelos um den Hals. Gut so, mein Junge, und jetzt bring es zu Ende!

»Komm so schnell wie möglich wieder zurück, Papa!«

In Kelos' Augen loderte ein schwarzer Abgrund.

»Lauf, Dari, und bring den Flyer her. Sei aber leise.«

Der Junge nickte. Er ließ seinen Vater los und sah mich an. Freust du dich jetzt, mein Junge, dass du deinen Kopf durchgesetzt hast? Du hältst deinen Vater für einen Helden, aber auch Helden kommen manchmal nicht nach Hause zurück ...

»Papa wird dir helfen, Pjotr. Er hilft allen.«

»Danke, Dari«, flüsterte ich. »Du weißt selber nicht, was du für ein richtiger Junge bist.«

Sobald der Junge das Treppengeländer heruntergerutscht war, wandte ich mich Kelos zu. »Warum? Warum tust du, was er will? Er ist doch nicht mal echt!«

»Dafür bin ich immer noch ein Mensch.«

»Kelos, wenn du ein Mensch bist ... dann besuche ich dich in fünf Jahren mal. Und du wirst hier sein. Und Dari wird fünfzehn sein.«

»Mit dir habe ich mir vielleicht was eingehandelt«, sagte Kelos mit gequälter Stimme. »Aber das liegt alles am Schatten, Pjotr, nur an ihm. Er hat gewusst, wohin du gehen musstest. Und er hat gewusst, wie er mich erwischt.«

»Dann bist du wirklich noch ein Mensch.«

Dritter Teil

Die Heimat

Eins

Ich hatte geglaubt, dass Kelos fliehen wollte. Sich heimlich von Rada wegstehlen würde. Schließlich beging er eine Riesendummheit ... noch dazu eine eklatante. Jahrzehnte hatte er sich hier versteckt, war durch kein Tor gegangen, hatte den Planeten nie verlassen – und alles nur, um in sich das Menschsein, das ihm entglitt, zu bewahren. Um das zu bewahren, was es in ihm schon längst nicht mehr gab. Dass in ihm noch viel von einem alten Kämpfer steckte, darauf kam es ja gar nicht an. Viel wichtiger war, dass er einen Blick in seine Zukunft geworfen hatte.

Ein Flammenmeer. Plasma und Asche. Marionettenkörper, die ihr Leben als Körper weiterleben ... Ach, ihr Philosophen und Soziologen, wie sehr habt ihr über geistige und materielle Werte gestritten. Über die Konsumgesellschaft und die geistige Entwicklung. Hier seht ihr eine ideale Lösung. Eine plakative, betont schöne Lösung. Ein Flammenmeer, die Heimstatt eines anderen, nichtmenschlichen Verstands. Konservierte Körperhüllen, die ewig durch die Geschäfte streifen, fünfe gerade sein lassen, Schauspielern applaudieren und Politiker auspfeifen ... Eine Karikatur für Touristen. Oder war es womöglich gar keine Karikatur, sondern ganz im Gegenteil ein verlockendes und gutes Bild ...

Kelos wusste, was er früher oder später tun würde. Diesem Wissen würde er nie entkommen. Ob ich nur als Vorwand gedient hatte? Als Anlass für ihn, aufzustehen und das gemütliche Haus zu verlassen, in dem es ihm zu eng wurde?

Aber Kelos verabschiedete sich von seiner Frau.

Ich verzog mich derweil in den Hof. An dem Haus war mir die ganze Zeit etwas seltsam vorgekommen, und während ich vor der Tür wartete, begriff ich endlich, was. Es gab keinen Zaun, hinterm Haus begann gleich der Wald. Und die Haustür schloss auch niemand ab.

Vielleicht gab es hier keine Kriminalität – was seltsam wäre, denn auf den Planeten des Schattens mussten doch Verrückte und Verbrecher auftauchen –, vielleicht waren die Vorrichtungen zum Schutz und zur Überwachung auch zu raffiniert für mich getarnt. Oder Kelos hatte einfach vor niemandem Angst. Bei seinen Möglichkeiten würde mich das nicht wundern ...

Einen Moment – einen kurzen Moment nur – packte mich Verzweiflung. Alles, was ich unternommen hatte, war Kinderkram gewesen. Hier, im Herzen der Galaxis, hatten sich vor langer Zeit Stürme gelegt, die man sich auf der Erde nicht einmal vorstellen konnte. Hier waren Imperien entstanden und wieder untergegangen, hier hatte man den Tod in eine kurze Atempause vor einem neuen Leben verwandelt. Ich kann mich von der Losung

»Jedem nach seinen Bedürfnissen« begeistert oder entsetzt zeigen. Aber hier ist sie in die Praxis umgesetzt worden. In den Welten des Schattens sind vor langer Zeit neue Götter aufgekommen, die sich als Menschen ausgeben. Und jeden Tag kommen Menschen zur Welt, denen nichts anderes übrig bleibt, als zu einem Gott zu werden.

Weit, weit weg, im stellaren Kleinkleckersdorf, entschieden ach so wichtige Generäle, nach welchem Artikel sie mich in Abwesenheit zum Tode verurteilen. In einem anderen Nest, wo die Pfützen etwas kleiner sind, entschieden nicht minder wichtige Herrscher der Starken Rassen, auf welche Weise sie die Erde auslöschen würden.

Aber hier, wo ich jetzt war, sprach sich Kelos mit seiner Frau aus, verabschiedete sich von seinem illusorischen Sohn und bereitete sich darauf vor, für immer fortzugehen.

Dieser Gedanke machte es mir leichter.

Wie groß auch immer die Macht einer Rasse sein mag, wie viele Zivilisationen auch zu einem frischgebackenen Tausendjährigen Reich gehören mögen – all das bedeutet nichts. Ist ein Wahngebilde.

Denn solange man ein Mensch bleibt, sind die vordringlichsten Probleme die, um die sich der Himmel einen Dreck schert. Und wenn ich ehrlich war, interessierte mich das Schicksal meines Hundes weit mehr als der ewige Kampf der Grünen für ihre Umwelt …

Sollten sie doch ruhig alles vollbringen, was man sich nur ausdenken kann! Sollten sie doch die Sterne auf einen großen Haufen zusammenwerfen, sollten sie doch aus Planeten Kuchen backen. Sollten sie für sich doch perfekte Frauen und ideale Kinder schaffen, sollten sie doch Jahrtausende leben und zu Fuß mit Überlichtgeschwindigkeit dahinjagen. Sollten ihre Imperien doch einen Knoten in die Milchstraße machen, sollten doch von einem ihrer Nieser die Supernovae verglühen.

Wünsche gutes Gelingen!

Ich jedoch brauchte nur eins: einen kleinen Planeten, der zurzeit wahrlich keinen Grund hatte, auf sich stolz zu sein. Einen Planeten, von Menschen geschaffen, die aus dem Kern geflohen waren. Den Planeten, auf dem Pjotr Chrumow geboren und gestorben war ...

Eine Luftwelle gab mir einen Schubser. Als ich mich umdrehte, sah ich einen Apparat, der gerade landete.

Ein verdammt schönes Ding, da konnte man sagen, was man wollte.

Ein silbriger Ring, drei Meter im Durchmesser, die graue Unterseite gerippt, die Oberseite eine transparente Kuppel. Eine Klapper für den kleinen Gargantua. Ich entdeckte weder Triebwerke noch Stützen. Ihre Technologie musste sich nicht mehr äußerlich manifestieren. Etwas Vergleichbares hatten die Geometer zwar auch schon erreicht, doch was bei ihnen den Gipfel der Errungenschaften bedeutete, wirkte hier ebenso alltäglich wie ein Dreirad.

Die transparente Kuppel löste sich lautlos auf. Also war auch sie ein Kraftfeld! Dabei war ich mir sicher gewesen, dass es sich um Plastik oder Glas handelte!

Dari kletterte vorsichtig über den Rand und sprang herunter. Voller Stolz sah er mich an.

»Eine tolle Maschine«, sagte ich.

Ob ich damit vielleicht gerade einen alten Klapperkasten lobte?

»Pjotr ...« Der Junge rückte nicht gleich mit der Sprache heraus. »Nehmt ihr mich vielleicht mit?«

In seiner Stimme lag nicht gerade viel Hoffnung.

Das hätte mir wirklich noch gefehlt. Es wäre das fulminante i-Tüpfelchen auf dem allgemeinen Wahnsinn: Ich gehe ich weiß nicht wohin, suche ich weiß nicht was und wähle mir als Begleiter ... wen?! Einen ausgedienten Kämpfer, der Angst hat, zum Übermenschen zu werden, plus seinen Phantomsohn, der niemals ein Mensch werden würde.

»Ich glaube, du musst zu Hause bleiben, Dari. Deine Mama wäre sonst sehr traurig, wenn sie allein bleiben müsste.«

Der Junge nickte. Als sich unsere Blick kurz begegneten, fuhr ich zusammen.

Was hatte Kelos da bloß zusammengefaselt? Dari war ein Mensch!

Ja konnte das sein?

War es womöglich gar nicht Kelos, der schon Jahrhunderte gelebt hatte und sich jetzt verzweifelt bemühte, ein normales Leben zu imitieren, sondern Dari, der sich seine kleine illusorische Welt geschaffen hatte und mir jetzt großherzig eine seiner Puppen überließ?

Was für ein Wahnsinn.

Ein schwarzer Brunnen, in den endlos fallen konnte ...

Was war überhaupt echt in der Welt des Schattens? Wer war ein Mensch, wer eine Marionette? Ob ich vielleicht unter einem schwarzen Sternenhimmel auf kalten Steinen lag und man mir einen Film zeigte, um neugierig meine Reaktion zu studieren? Befand ich mich am Ende bei den Geometern in Gefangenschaft und saß da, an einen Laborsessel gefesselt, während die weisen Ausbilder entschieden, was sie mit mir anstellen wollten: mich freilassen, mich in ein Lager stecken oder mich töten?

Lass das, Pjotr. Ich kann deine Hypothesen nicht widerlegen, aber das ist ein tödlicher Weg. Mir sind zwei Rassen bekannt, die umgekommen sind, weil sie den Glauben an die Realität des Universums verloren hatten.

Mir steckte ein Kloß im Hals, und ich schluckte. Mein Herz hämmerte, wollte mir aus der Brust springen.

Der Cualcua hatte recht. Der menschliche Verstand ist nicht das beste Instrument, um über Objektivität und Subjektivität der Welt zu urteilen.

Dari löste den Blick von mir und fing an herumzuzappeln. Ich sah zum Haus hinüber und erblickte Kelos.

Mir blieb die Spucke weg. Der alte Kämpfer hatte seine Uniform aufbewahrt!

Entweder war das Gespräch mit seiner Frau zwar inhaltsschwer, aber mehr als kurz gewesen, oder er hatte sich währenddessen umgezogen.

Sein Anzug, aus durchscheinendem, in der Sonne funkelndem Stoff gewebt, sah aus wie eine Membran aus zusammengeschmiedeten Brillanten – falls dergleichen möglich wäre. Die geschliffenen Flächen flammten bei jeder Bewegung auf. Unwillkürlich wandte ich den Blick ab.

»Einen zweiten Anzug dieser Art habe ich nicht. Leider.«

»Geht der Name Kristallene Allianz auf diese Uniform zurück?«

»Nein, Pjotr. Der Kristall war das Symbol der Reinheit unseres Vorhabens.«

Dari betrachtete seinen Vater mit unverhohlener Neugier. Anscheinend hatte er ihn schon einmal in diesem Aufzug gesehen – wenn auch noch nicht oft.

»Will Rada nicht noch herauskommen, um mich mit einem tadelnden Blick zu bedenken?«, erkundigte ich mich.

Kelos schüttelte den Kopf. »Du bist auch nur ein Spielzeug des Schattens, genau wie wir. Mach dir also keine Sorgen. Niemand wirft dir irgendetwas vor.«

Er trat an den Jungen heran und zerzauste ihm kurz das Haar. »Mach's gut, mein Junge. Ihr wartet auf mich, ja?«

Vielleicht jagte das Ergebnis seiner Bitte Dari jetzt doch Angst ein. Er sah zu mir herüber, als hoffte er, ich würde das Hilfsangebot noch ablehnen.

Verzeih, mein Junge, magst du nun echt sein oder nicht. Aber momentan bin ich nicht bereit, mich selbst zu opfern ...

»Kommst du bald wieder, Papa?«

»Ich komme wieder. Wenn ihr auf mich wartet.«

Wie hatte es ein Dichter ausgedrückt?

Und keinen Menschen konnte retten
die Hand, von ferne Glück verheißend,
und keinen Menschen konnte retten
das fern versprochne Wiedersehen.

Auch ich hatte der Erde versprochen zurückzukehren. Aber was wollte ich machen, wenn es nichts mehr gab, wohin ich zurückkehren konnte?

»Steig ein, Pjotr!«

Der Flyer schwebte einen halben Meter über der Erde. Eine Gangway fehlte. Ich sprang auf den silbrigen Ring hoch und starrte reglos ins Innere des Schiffs.

Es gab weder Armaturenbretter noch Sitze. Tiefe Dunkelheit, schwarze Dunkelheit, über die die Sonne keine Macht hatte. Eine beinah körperliche Dunkelheit, fast wie ein Bausch geschwärzter Watte. Nur dass es solche Tinte nirgends auf der Welt gab.

»Setz dich!«

Gut, der Junge hatte schließlich auch keine Angst gehabt, sich in das Ding zu setzen ...

Ich machte einen Schritt. Als würde ich in kaltes Wasser hineinwaten – nur dass sich diese Dunkelheit als überraschend warm erwies. Eine weiche und elastische, eine angenehme Dunkelheit. Als ich ein wenig in die Knie ging, spürte ich, wie mein Körper auf eine unsichtbare Stütze traf. Ich musste nur in der Bewegung innehalten, und der Raum um mich herum gerann und schuf mir ein erstaunlich bequemes Ambiente.

»Steig ganz ein!«, verlangte Kelos. Er hatte den Grund meines Zögerns endlich begriffen. »Das ist nur der Schutzschild. Keine Angst!«

Ich tauchte völlig in die Dunkelheit ein.

Oh!

Im Innern war es gar nicht dunkel. Der Flyer schien völlig durchsichtig zu sein, nur am Boden sah es etwas dunkler aus, als schaue ich durch Rauchglas. Mit einiger Mühe machte ich den silbrigen Ring der Maschine aus, vermutlich das einzige materielle Element. Nichts schränkte die Bewegungen ein, gleichzeitig erlaubte es der Raum, in jeder Position zu verharren, liegend, sitzend oder mit dem Kopf nach unten hängend.

Es war ungewohnt, aber bequem. Aber verdammt noch mal, unsere Formsessel waren auch nicht unbequem!

Kelos stand immer noch neben Dari, sagte ihm etwas, zärtlich und zugleich ernst, ermunterte ihn, überzeugte ihn ...

Wie seltsam. Diejenigen, für die es schon zu spät war, noch ein Mensch zu sein, verhielten sich weitaus besser als die meisten Menschen. Konnten wir womöglich nur jenseits dessen, was Menschen zugedacht war, nur, wenn wir uns schon voller Panik zurückwandten, schätzen, was uns einst möglich gewesen war, was wir da aber gar nicht gebraucht hatten.

Ging es denn wirklich nicht anders? Musste man sich unbedingt mit lebendigen Ankern an die Menschheit binden?

Und was gewann, was verlor Kelos am Ende wirklich?

In den Genuss welcher Freuden würde er kommen, wenn er seinen menschlichen Körper hinter sich ließ? Waren alle unsere Gefühle, unsere Liebe und Freundschaft womöglich nur ein jämmerlicher Schatten dessen, was wir eigentlich erreichen konnten? Würde Kelos selbst ungeachtet eines ewigen Lebens jene Jahre und Minuten bedauern, die er damit verschwendet hatte, einen Menschen zu spielen?

Ich wusste es nicht. Und ich wollte es nicht wissen.

Kelos tätschelte Dari die Schulter und kam zum Flyer.

Der Himmel. Der unendliche Himmel.

Wir waren schon so hoch gestiegen, dass der Tag verblasste. Die Sonne loderte im Zenit, konnte die Sterne aber nicht überstrahlen. Die gelbe Scheibe, die bunten Funken ... Gibt es im Schatten Welten für Dichter und Maler? Welten, in denen orangefarbener Regen niedergeht, grüne Blitze zucken, bunte, mit den Brillanten der Sterne bestäubte Sonnen einen Reigen tanzen? Gibt es Welten reiner Schönheit, wahnsinniger Inspiration, leidenschaftlicher Verehrung, übermächtigen Grams und heiliger Liebe? Selbstverständlich. Genauso wie Welten der ewigen Kriege, wie Planeten, die als Gefängnisse dienen, wie Heimstätten blutiger Tyrannen und religiöser Fanatiker, wie Welten, die voll Schmerz und Sturheit eine menschliche Welt darzustellen versuchen ...

Der Schatten.

Die Bezeichnung geht nicht auf den finsteren Irrstern zurück. Eher auf jenen Schatten, der in jeder Seele lebt. Der Schatten schenkt jedem die Freiheit der Selbstverwirklichung, da hatte das Informationsnetz nicht gelogen. Tritt in das Tor ein – und wenn du wirklich fortgehen willst, gelingt dir das auch. Du kommst an den Ort, wo deine Träume Wirklichkeit geworden sind, wo du langersehnte Freunde und Feinde findest ...

»Wohin fliegen wir, Kelos?«

Er lag halb aufgerichtet in der Luft, schaute nach oben, zum Himmel hinauf, der bereits schwarz war, zu jenem

Eckchen in der Unendlichkeit, in dem Kelos' Planet schlummerte.

»Zur Station der Handelsliga.«

»Ich habe gedacht zu einem Tor ...«

»Nein, Pjotr. Zu einem Tor kann man immer zu Fuß gehen ... Ich hoffe wirklich darauf, wieder nach Hause zurückzukehren. Aber dazu muss ich die Tore meiden.«

Als Kelos die Arme ausbreitete, funkelte die brillantene Membran.

»Außerdem darf ich nicht sterben, Pjotr. Denn ich werde kaum als Mensch auferstehen. Das verstehst du doch, oder?«

»Ja. Verzeih mir.«

»Du brauchst dich nicht zu entschuldigen. Du hast mir keine Wahl gelassen, Junge. Nicht die geringste. Wenn ich dir nicht helfen würde, müsste der Mann, der ich die letzten fünfzig Jahre gewesen bin, sich schämen. Doch selbst wenn ich mit dir aufgebrochen bin, besteht kaum Hoffnung für uns ... Immerhin ist es aber der Schritt eines Menschen. Dich trifft dabei keine Schuld. Vielleicht war wirklich die Zeit gekommen, eine Wahl zu treffen.«

»Was hat die Handelsliga uns zu bieten, Kelos?«

»Sie stellt eine Alternative dar. Eine schwache Alternative zum Schatten und zu den Toren. Sie bekämpft den Schatten nicht, wie es damals die Kristallene Allianz getan hat. Trotzdem bewegt sie sich zwischen den Welten und ist zumindest so stark, dass die Herrscher neu entstandener Imperien sie in Ruhe lassen. Die Leute dort wissen viel.«

»Und würden sie uns auch helfen?«

»Eventuell. Ihr Motto ist: Nicht nur der Schatten dient dem Menschen. Insofern kannst du jederzeit mit einem Schiff der Liga in die Welt gelangen, die du brauchst. Außerdem ... haben viele meiner Freunde aus der Allianz diesen Weg gewählt. Sie haben sich denjenigen angeschlossen, die uns zerschlagen haben. Ich war vermutlich zu stolz für diesen Schritt ...«

»Aber worum soll ich sie bitten, Kelos? Können sie mir eine Kampfflotte für den Schutz der Erde überlassen?«

»Das ist nicht ihre Methode«, entgegnete Kelos. »Nein, Pjotr, letzten Endes sehe ich nur eine einzige Möglichkeit für deinen Planeten. Er muss in den Schatten gehen.«

»Was?«

»Wie aufrichtig du dich wundern kannst!« Kelos lachte. »Pjotr, es ist absolut unrealistisch, in so wenigen Tagen jemanden zu finden, der eine weit entfernte Welt verteidigen würde. Selbst im Schatten ist das unrealistisch. Aber wenn deine Welt in den Schatten kommt, dann ist sie sicher.«

»Wieso das?«

»Ein Planet, auf dem es Tore gibt, ist nicht mehr ungeschützt. Nicht jedes Schiff kann sich ihm nähern. Nicht jede Waffe kann etwas gegen ihn ausrichten. Und selbst wenn dein Konklave bis zur Erde kommt, wird es niemanden mehr töten können. Es wird euch nur eine neue Geburt schenken.«

»Aber dafür sind die Tore nötig?«

»Ja. Früher dauerte es sehr lange und war es sehr kompliziert, sie zu errichten. Aber heute ist es ungeheuer einfach. Es heißt, gerade die Handelsliga sät die Tore auf den neuen Welten, und zwar sowohl auf besiedelten wie auch auf unbewohnten, eben auf allen, die vielleicht einmal für die Bewohner des Schattens von Bedeutung sein könnten.«

»Sie sind gegen den Schatten – aber sie bauen die Tore auf?«

»Aber gewiss. Ihr Weg des Widerstands legt es nicht auf ein Kräftemessen an. Die Liga bietet eine Alternative, unternimmt aber nichts gegen die etablierten Verhältnisse.«

Kelos verstummte. Ich rechnete mit weiteren langatmigen Überzeugungsversuchen, aber sie blieben aus. Er hatte mir den einzig gangbaren Weg vorgeschlagen ... zumindest sah er das so.

»Und du? Warum bist du eigentlich gegen den Schatten?«

»Ich? Dagegen?«

»Die Kristallene Allianz, die Vernichtung der Tore ...«

Kelos seufzte. »Meine Gefühle tun hier absolut nichts zur Sache.«

»Trotzdem.«

»Vor langer Zeit, Pjotr ... vor sehr langer Zeit wurde auf einem kleinen Planeten, der gern im Schatten leben wollte ... ein Junge geboren. Er wuchs heran, nach den Gesetzen seiner Welt. Er spielte Krieg, lernte schießen, trat einer Gruppe junger Agenten der Spionageabwehr bei ... Das war so üblich. Eines Tages traf er ein Mädchen. Ein ganz normales Mädchen aus seiner Welt. Banal, nicht wahr?«

»Normal«, hielt ich dagegen.

»Was dann kam, war noch banaler. Sie wurden beide älter. Der jungen Frau stand ein Vertrag mit einem seltsamen Planeten bevor ... Heute erinnert sich niemand mehr an diesen Planeten, aber damals rief allein das Wort ›Sultanat‹ Furcht und Abscheu hervor. Überall, außer in der Heimat des Jungen und des Mädchen, denn die pflegte ihre Kinder zu verkaufen. Die besten Soldaten der Galaxis. Der Frau war es offen gestanden egal, auf welcher Seite sie Blut vergoss. Aber der Mann musste zu den Regenbogen-Brücken aufbrechen, und das hieß, sie würden sich im Kampf gegenüberstehen. Ihre Gefühle spielten dabei keine Rolle, denn die beiden waren bereits vor ihrer Geburt verkauft worden. Deshalb sind sie geflohen.«

Er sprach ruhig und unaufgeregt, als ginge es nicht um ihn. Aber wer konnte schon sagen, wie man nach vierhundert Jahren auf die erste Liebe zurückblickt?

»Der junge Mann hatte zu diesem Zeitpunkt schon die ersten militärischen Implantate erhalten. Er war bereit, diejenigen zu töten, die sich ihnen in den Weg stellten. Sie hatten keine Angst. Nicht einmal die Schande fürchteten sie, obwohl die Tore in ihrer Welt immer als Ausweg für Feiglinge und Gescheiterte galten. Niemand hielt sie auf. Sie gingen zu einem Tor, genauer zu einem Müllhaufen, der an der Stelle des Tors aufgeschüttet worden war. Das war ganz normal. Es gab keine Wachhunde, keine Roboter und keinen Zaun, sondern nur Müll. Sie kletterten auf diesen Scheißhaufen hinauf, hielten sich bei den Händen und wussten, dass vor ihnen eine neue Welt lag. Eine Welt nur für sie beide. Ich weiß nicht, woran das Mädchen dachte, und woran der Junge dachte, habe ich inzwischen vergessen. Aber wahrscheinlich träumte er vom Meer. Auf ihrem Planeten gab es kein Meer ... Und das Tor enttäuschte ihn nicht. Es öffnete sich. Der Junge stand am Ufer eines Meeres und seine Hand ...«

Kelos hob langsam die Hand.

»Und seine Hand, die Stahlbalken verbiegen und Taue zerreißen konnte, hielt die Hand des Mädchens nicht mehr. Was dann kam ... war vollends banal. Er stürzte ins Tor zurück. Nicht einmal für das Meer hatte er Augen, das tatsächlich in seiner Nähe rauschte. Und das Tor öffnete sich. Jeden Tag öffnete sich ein Tor für ihn, und der Junge hastete von einer Welt in die nächste. Er wusste, dass er das Mädchen finden musste, dass er einfach dazu verpflichtet war. Denn ohne sie waren alle Geschenke des Schattens für ihn sinnlos. Sowohl die Wolken, jene Schwärme funkelnder Vögel, die im Wind mit fliegenden Inseln um die Wette jagten, als auch die wilden Wälder, in denen halbnackte Menschen im Einklang mit der Natur lebten, oder die riesigen Städte, wo Häuser den Blick auf den Himmel versperrten, oder die Wasserfälle, die über Felsen aus Edelstein rannen, oder das kleine Haus am Rand eines unendlichen Felds, wo man dem Jungen zu essen gab und lange versuchte, ihn zu trösten ... Manchmal hatte der Junge den Eindruck, er habe schon den gesamten Schatten durchwandert, aber dann begriff er, dass das einfach unmöglich war. Er weinte und lachte, trat ins Tor und wartete, schließlich musste das Mädchen ihn auch suchen, anders konnte es ja gar nicht sein ... Ab und zu packte ihn Wahnsinn, und es verschlug ihn in Welten, in denen Krieg tobte, wo er sich in den Kampf stürzte, ohne den leisesten Schimmer zu haben, gegen wen oder wofür er kämpfte. Er wurde zu einem guten Soldaten, sogar Legenden waren über ihn in Umlauf ... ein paar kurze Jahre lang. In einer Welt wurde er zum Kriegsherrn ernannt. Dort ist er geblieben. Wenn der Schatten ihn nicht zu seinem Mädchen bringen wollte, dann würde er den Schatten eben in Stücke reißen. Der Junge schwor sich, ein neues Imperium zu schaffen, das ganze Universum zu erobern und sein Mädchen zu finden. Er hatte ja keine Ahnung, wie viele Jungen vor ihm schon einen solchen Schwur geleistet hatten ...«

»Du hast sie nicht gefunden?«, fragte ich.

»Nein. Später, als der Junge erwachsen und klüger geworden war, als er seine Freundinnen nicht mehr versehentlich mit dem Namen dieses Mädchens ansprach, da verstand er, was passiert war. Er hatte geliebt ... er hatte in einem blendenden Licht gelodert ... und das Mädchen hatte im Widerschein geleuchtet. Er durfte ihr deswegen keinen Vorwurf machen. Denn sie hatte ja wirklich geglaubt, vor ihnen läge ewiges Leben und ewige Liebe. Aber der Schatten ... der Schatten kannte die Wahrheit. Und er hatte ihr die Freiheit geschenkt.«

»Und nun kannst du sie nicht vergessen? Du kannst dem Schatten nicht verzeihen?«

»Nein. Ich habe sie vor langer Zeit vergessen, Pjotr. Ich erinnere mich kaum noch an ihr Gesicht. Rada und mich verbinden hundert Mal mehr Erinnerungen, mehr Freuden und Schmerzen als diesen Jungen und dieses Mädchen. Aber etwas anderes, das kann ich nicht verzeihen, Pjotr. Jenen Augenblick ... nachdem ich zum ersten Mal durch ein Tor gegangen war. Der Geruch des Meers, das Branden der Wellen, der glutrote Himmel ... die Sonne ging gerade unter ... diesen Augenblick der Euphorie ... diesen kurzen Augenblick, als alles vor uns lag und wir zu zweit waren. Aber dann sah ich auf meine Hand, die leer und zur Faust geballt war. Der Sonnenuntergang erlosch, das Meer starb, der Junge schrie vor Schmerz auf. Das ... das kann ich nicht verzeihen, Pjotr.«

»Der Schatten bringt kein Glück.«

»Der Schatten gibt dir Freiheit. Aber was man mit dieser Freiheit anstellt, das entscheidet jeder selbst. Wenn dein Glück aus der Unfreiheit von jemand anderem gemacht ist, dann hast du eben Pech gehabt.«

»Aber er bringt kein Glück.«

»Richtig. Wenn du eine ideale Welt gesucht hast, Pjotr, die euch hilft, die Wohlstand bringt, Sicherheit und Glück, dann hast du dich geirrt. Zumindest in einem Punkt.«

»Ich habe nur Freiheit gesucht, Kelos.«

»Was willst du dann? Die hast du gefunden. Aber ob sie dir viel Freude bringt?«

»Viel nicht, nein. Und jetzt weiß ich nicht mehr, was ich suchen soll.«

Wir schwiegen beide. Der Flyer flog über den Planeten, um uns herum funkelten die Sterne. Die fernen, schönen, freien, von einer einzigen Kette verbundenen Sterne.

Was sollte man wählen, wenn keine Entscheidung die richtige war?

Den strengen Traum der Geometer?

Den bösen Pragmatismus des Konklaves?

Die gleichgültige Laissez-faire-Haltung des Schattens?

Wenn es nur zwei Alternativen gibt, kann man immer auf eine dritte hoffen.

Aber nur in Märchen besiegt der dritte Sohn den Drachen, stellt sich der dritte Wunsch als der richtige heraus.

In den Welten der Unfreiheit, in den Welten der scharf beschnittenen Rechte, in den Welten der zügellosen Anarchie sind die Menschen immer und überall zum Leiden verdammt. Sie sind verdammt zu verlieren, zu suchen und sich zu irren. Schmerz zuzufügen und Qualen auszuhalten. Ich jedoch brauche etwas, das mir niemand zu geben vermag. Ich brauche ein Paradies – und das Paradies gibt es einfach nicht.

»Du hast es schwer«, sagte Kelos. »Das ist mir klar. Und trotzdem rate ich dir ... und es ist der einzige Rat, den ich dir geben kann ... akzeptiere den Schatten. Er wird dir keine Steine in den Weg legen. Wenn ihr glücklich werden wollt, dann werdet ihr es auch werden. Es ist besser, es ist unsagbar viel besser, als für immer zu sterben.«

»Das hat mein Großvater auch gesagt ... nachdem er im Körper eines Reptiloiden gelandet war. Seinen Rat könnte ich jetzt brauchen.«

»Dann geh das Risiko ein! Betritt ein Tor! Wenn du deinen Großvater wirklich finden willst ...«

»Woher soll ich wissen, was ich wirklich will?«

»Oh! Du wirst erwachsen, mein Junge. Du solltest übrigens diesen grünen Stern vor uns im Auge behalten ...«

Ich nickte. Wenn Kelos glaubte, ich könnte Sterne nicht von Raumstationen unterscheiden ...

»Bis zu ihm sind es noch rund hundert Kilometer«, bemerkte ich.

»Etwa zehntausend.«

Mein Gott, wie konnte ich mich so geirrt haben?!

»Hat er etwa vier Kilometer im Durchmesser?«

»Ja, sofern das Wort ›Durchmesser‹ überhaupt zutrifft ...«

Es wäre in der Tat unangemessen, bei dieser Station von einem Durchmesser zu sprechen. Sie erinnerte eher an eine Figur aus einem Lehrbuch der Stereometrie, vielleicht auch an das Skelett eines Seeigels. Aus dem vielkantigen Zentrum der Station ragten nämlich Stacheln heraus, die an der Grundfläche hundert Meter dick waren. Die mattgrüne Verkleidung war höckerig und uneben.

»Sie hat fast etwas von einem Lebewesen«, bemerkte ich.

»Das ist ein Tribut an die Tradition. Die Liga hat es eigentlich seit langer Zeit aufgegeben, Bioschiffe zu züchten.«

Ich verschluckte mich. Ob ich mir wohl je etwas ausdenken könnte, was es im Schatten nicht schon gab?

Und ob mir der Schatten je etwas zeigen konnte, was ich mir nicht ausdenken konnte?

Der Flyer schwebte langsam durch die Stacheln. Es gab nichts, was sich mit einer Schleuse vergleichen ließ, im Gegenteil, uns kam ein breiter Auswuchs entgegen.

»Es sind keine schlechten Menschen«, sagte Kelos. »Auch wenn nicht alle von ihnen Menschen sind ...«

»Warum ist die Station so groß?« Ich konnte den Blick nicht von dem Gebilde wenden, dem wir uns näherten. Gleich würden wir aufgespießt ... »Handelt ihr viel mit ihnen?«

»Du hast Ideen. Unsere Welt stellt kaum etwas her, das von Interesse ist. Die Stationen der Liga sehen alle gleich aus, unabhängig davon, wie wichtig ein Planet ist. Es hat sich gezeigt, dass das günstiger ist, als wenn sie die Stationen der Welten, die plötzlich wichtig für die Liga werden, umbauen.«

Wir glitten in den Fangarm hinein, den die Station nach uns ausgestreckt hatte. Eben noch war vor uns etwas Hartes gewesen, doch schon im nächsten Moment waren wir in der zylindrischen, hell beleuchteten Schleuse.

»Jetzt kommt das Interessanteste«, kündigte Kelos an. »Versuche, dich nicht über ihren Anblick, ihr Auftreten oder ihre Fragen zu wundern. Unser Planet hat dich durch nichts überrascht, aber du bist durch ein Tor auf ihn gelangt. Das hier ist jedoch eine Welt, die nicht für dich bestimmt war.«

Kelos streckte sich geschmeidig nach oben und tauchte aus dem Kraftschild des Flyers auf. Ich folgte ihm. Oben war das Schiff bereits offen. Wir standen in der Schleuse, einer ganz normalen Schleuse, die sich niemand anders hätte ausdenken können.

Worüber sollte ich mich hier wundern?

Wenn Kelos glaubte, ich wäre noch dazu in der Lage, dann irrte er sich. Von mir aus könnten Luke Skywalker und Darth Vader hereinkommen oder ein Paar lustiger Teufel angerannt kommen und, sich an den Händen haltend, zu tanzen anfangen, oder eine mit Waffen behängte Metallspinne könnte hereinkriechen – ich würde mich nicht wundern. Schließlich war das der Schatten.

Die Wand wackelte und wölbte sich. Durch sie hindurch trat eine menschliche Gestalt ein. Das war ja schon mal ein guter Anfang.

Eine junge, unattraktive Frau in einem weißen geschuppten Overall, eine Waffe, eine Art kurzläufiger Maschinenpistole, im Anschlag.

»Ich begrüße euch auf der Station der Liga«, sagte sie sachlich. »Nennt eure Namen.«

Ich wunderte mich nicht. Schließlich hatte ich versprochen, mich nicht zu wundern. »Soll ich dir auch noch meinen Ausweis zeigen, Mascha?«

Der Blick der Frau hakte sich an meinem Gesicht fest.

»Was ist?«, wollte ich wissen. »Müssen wir uns noch mal vorstellen?«

»Pjotr ... Petja ...«

Ihre Lippen zitterten. Die MPi entglitt ihr und schlug hart auf dem Boden auf.

Kelos rührte sich nicht von der Stelle, als wir uns umarmten. Anscheinend wartete er auf eine Erklärung.

Mascha hielt mich fest umfasst und weinte. Ich konnte es nicht glauben! Mascha Klimenko, Majorin des Geheimdienstes, vor Kurzem noch meine Gefängniswärterin, lag mir in den Armen und weinte. He, Mascha, hast du das Halsband mit dem Sprengstoff schon vergessen?

Ich erinnere mich nicht, wie ich selbst in Tränen ausbrach.

Es war ein Wunder, unser Treffen in Welten, in denen Milliarden und Abermilliarden von Lebewesen existieren. Aber zufällige Wunder gibt es nicht.

Einer von uns beiden hatte den anderen finden wollen. Und wahrscheinlich war nicht ich das gewesen. Mir war es nämlich völlig egal, ob ich Mascha wiedersah oder ob sie für immer durch den Schatten irrte. Sollte es ihr wirklich so wichtig gewesen sein, mich wiederzusehen? Wichtiger als Kelos, der seine junge Freundin in Tausenden von Welten gesucht hatte?

»Ich ... ich hätte mir nie verziehen ...«, flüsterte Mascha.

»Ihr kennt euch?«, fragte mich Kelos. »Das ... das ist deine Gefährtin?«

»Worüber wunderst du dich da? Schließlich sind wir im Schatten ...«, brummte ich, während ich Mascha über den Rücken strich. »Komm, beruhige dich, Mascha. Es ist alles in Ordnung, wir haben uns ja wiedergefunden ...«

»Ich habe geglaubt, das alles aus ist ... dass du verloren gegangen bist ... aber ich habe versprochen, dich zu finden ...«

Mein Gott!

Schämst du dich denn nicht, Schatten?

Was bedeutet dir eigentlich die Liebe von zwei Kindern, die ihren Planeten verlassen haben? Was bedeuten dir einzelne Planeten, wenn es Tausende und Abertausende gibt? Was bedeutet dir all das – im Vergleich zum heldenhaften Pflichtbewusstsein einer Mitarbeiterin des russischen Geheimdienstes?

Du bist komisch, Schatten. Die junge Frau Mascha, die zu wenig Wärme und Liebe abgekriegt hat, hat den Dienst an der Heimat zu ihrer Liebe erklärt. Die junge Frau Mascha ist damit genau in die Welt gelangt, in die auch ich kommen musste.

Ich stieß Mascha nicht weg und sagte kein Wort.

Vielleicht ist das komisch, aber selbst eine solche Liebe verdient Respekt.

»Ist ja schon gut«, versicherte ich noch einmal.

»Pjotr ...« Mascha riss sich von mir los. Sie sah zu Kelos hinüber, flüchtig nur, denn mehr Aufmerksamkeit schien er ihrer Ansicht nach nicht zu verdienen. »Ich bin so froh. Andrej Valentinowitsch meint nämlich, dass nur ich dich finden könnte ... dass du ihn nicht mehr magst und deshalb nie in die Welt kommen würdest, in der er sich aufhält ... aber ich wollte nicht durch diese Tore gehen, ich habe Angst vor den Dingern!«

»Das sagt er? Ist mein Großvater denn hier?«

»Ja.« Mascha fing an zu lachen. »Aber sicher ... du weißt ja noch gar nicht ... Petja, wenn du wüsstest ... wir waren in einer Welt ... es war so grauenvoll ... aber jetzt ...«

Zu meinem Großvater also war ich unterwegs gewesen.

Natürlich nicht auf Anhieb. Zuvor musste ich durch die Welt, in der ich Galis umgebracht hatte, denjenigen, den mir das Schicksal (oder das Tor?) vorherbestimmt hatte, damit er mir strenge und zärtliche Befehle erteilte, die Welt, in der ich Schnee verloren hatte, mit dem ich mich hätte anfreunden können, ja, müssen. Und auch Kelos war nötig gewesen, mit seinem illusorischen Sohn, der alte und verängstigte Kelos, der Angst hatte zu lieben. All das hatte nur dazu gedient, dass ich am Ende doch zu meinem Großvater zurückkehrte.

Allem zum Trotz, was am Anfang gestanden hatte, als der gequälte und einsame Mann sich ein lebendes Spielzeug gekauft hatte, den zukünftigen Kämpfer für seine Ideale. Dem Schmerz zum Trotz, den wir einander so reichlich zugefügt hatten, dem Gespinst von Lügen zum Trotz, in dem wir beide gefangen waren.

Verzeih mir, Mascha, was ich über deine FSB-Tätigkeit gedacht habe. Auch wenn wir uns nie sehr nahestehen werden, werden wir einander in Zukunft doch nicht mehr verraten.

Ich fürchte mich nicht vor dir, Schatten. Ich fürchte mich nicht und ich begehre dich nicht, denn letzten Endes bin ich stärker als du.

»Also was ist, lässt du uns in die Station?«, fragte ich.

»Ja, natürlich.« Mascha lachte glücklich. »Gehen wir! Dein Großvater ist momentan bei der hiesigen Führung und schwatzt ihnen die Ohren voll ... Wie er sich freuen wird!«

Aha! Du sprichst also wieder von meinem *Großvater*. Immerhin etwas.

»Das ist mein Gefährte.« Ich nickte zu Kelos hinüber. Das Wort »Freund« mied ich lieber, denn ich fing an, es zu fürchten. »Er will der Erde helfen. Er hat sich einen Ausweg ausgedacht, vielleicht nicht gerade den besten, aber ...«

Mascha und Kelos gaben sich schweigend die Hand. Kelos sah mich an und sagte, in allzu sichererem Ton, damit wir seinen Worten auch ja glaubten: »Die Einsamkeit, Pjotr. Euch hilft, dass ihr im Schatten völlig allein seid. Seine Welten sind zu groß für euch, er führt euch unweigerlich zueinander.«

Zwei

Die irdischen Stationen waren eine Mischung aus einer Kaserne, der Werkstatt eines verrückten Computerbastlers und einem unvollendeten Schiff während der Stoßarbeit. Das Innere des alarischen Kreuzers hatte mich an einen Felsen erinnert, durch den sich zahllose Höhlen zogen. Und auch die Station der Handelsliga hatte ihren eigenen Charakter.

Sie war ein Weg. So seltsam es klingt ... einfach nur ein Weg.

Die gigantischen Stacheln erwiesen sich als hohl. Hin und wieder gab es in ihnen Leuchtplatten. Wir gingen über eine der Seitenflächen, die als Boden diente. Die Gravitation war hier etwas geringer als auf der Erde. Weiter oben musste die Schwerkraft jedoch abrupt nachlassen, denn eine mir entgegenkommende Frau sprang plötzlich los, fuchtelte mit den Armen und schwebte an die oben liegende Fläche. Der lange bunte Rock, der sofort an eine Zigeunerin auf der Erde denken ließ, flatterte kokett hoch. Ich legte den Kopf in den Nacken und sah, dabei gegen ein Schwindelgefühl ankämpfend, wie die Frau sich fünfzig Meter über uns an der Decke hinstellte.

»Was für eine erstaunliche Umsetzung der Schwerkraft!«, rief Mascha aus. »Es erinnert an den O'Neill-Zylinder, den die Amerikaner bauen ... nur dass es hier keine Rotation gibt ...«

»Das Gravitationsfeld an der Oberfläche weist einen starken Gradienten auf«, erklärte Kelos achselzuckend. »Ist das bei euch nicht üblich?«

»Wir sind überhaupt nicht imstande, die Schwerkraft zu kontrollieren«, gab ich zu.

»Und was tut ihr dann im Kosmos?«

»Wir fliegen«, antwortete ich mürrisch.

»Nein, ich meine die reinen Alltagsprobleme. Wie geht ihr zum Beispiel zur Toilette?«

»Verschone mich damit!«, flehte ich. »Versuch bitte, selbst dahinterzukommen!«

Da Kelos meine Reaktion absolut unbegreiflich war, musste ich sie ihm erklären: »Diese Frage stellen uns alle Kinder und auch einige Erwachsene ...«

Hatte ich am Ende also doch noch was gefunden, worüber ich ihn aufklären konnte!

»Im letzten Jahr wurden wir durch die Schulen gejagt, um dort Vorträge zu halten. Wir brauchten mehr Piloten ... dafür war eine intensive Werbekampagne nötig. Ich habe vorbereitete Antworten, jeweils für die jüngeren Schüler, für Teenager ...«

»Lass sein. Ich kann selber denken.«

Wir gingen immer weiter. Ab und zu ragten an den Wänden des Tunnels quer zum Weg farbenfrohe, hübsche Häuschen auf. An einem von ihnen saß ein älterer Schwarzer, der eine Pfeife schmauchte. Der Rauch stieg in einer aparten Spirale auf.

Nein, Kelos, es gibt hier nichts, worüber ich mich wundern könnte. Ein alter außerirdischer Schwarzer, der an der Hauswand Pfeife raucht – na und?

Mascha hatte sich inzwischen anscheinend auch schon an die Station der Handelsliga gewöhnt. Ob das vielleicht ihre Idealwelt war? Leere, aufwendige Konstruktionen, Bewohner, die sich kaum füreinander interessierten, die allgemeine Atmosphäre einer Kosakensiedlung – war das ihr Milieu?

Aber sollte ich mich darüber etwa wundern? In dem Fall brauchte ich mich nur daran zu erinnern, wo ich selbst beinahe geblieben wäre ...

»Wie sich dein Großvater freuen wird«, sagte Mascha. »Nein, Pjotr, du kannst dir nicht vorstellen ... Das wird eine Überraschung ... auch für dich, übrigens ...«

Sie lächelte verschmitzt.

»Ich habe meine Überraschung schon bekommen, als ich dich mit der MPi erblickt habe.«

»Das ...« Mascha wog die Waffe in der Hand. »Also das ist ein Schockentlader. Anscheinend wagt sich niemand, die Handelsliga anzugreifen, deshalb darf sogar ich die Neuankömmlinge empfangen.«

»In dieser Welt greift sie niemand an«, mischte sich Kelos ein. »Es gibt aber auch Stationen, die im permanenten Krieg mit den umliegenden Planeten leben.«

»Ich habe davon gehört ...«

O ja, Mascha war bereits gut ins Leben der Liga integriert. Und in ihrer Stimme schwang echte Anteilnahme mit.

»Wenn ich es richtig verstanden habe, verfügst du über gewisse Kampferfahrungen, Kelos?«

»In Maßen«, antwortete Kelos im gleichen Ton, in dem er seinem Sohn erklärt hatte, was ein Sarkophag ist.

»Ist die Handelsliga in der Lage, der Erde zu helfen?«

»Pjotr und ich haben das schon durchgespielt. Nein. Die Liga verfolgt eine andere Politik. Und die Welten, die in der Lage zu einer Intervention wären, muss man viel zu lange suchen. Eurer Erde bleiben aber, wenn ich es richtig verstanden habe, nur zwei, drei Tage ...«

Mascha blieb wie angewurzelt stehen. »Nur drei Tage?«

»Ich habe mit dem Cualcua gesprochen«, erklärte ich ihr.

»Ja, und?«

Ach ja. Von den anderen wusste ja niemand, wie das wahre Wesen dieser kleinen gehorsamen Rasse beschaffen war.

»Er steht in Verbindung ... zu anderen Individuen seiner Rasse.«

»Und?«

»Die Starken Rassen haben von den Geometern erfahren. Das Geschwader der Alari ist zurückbeordert worden, um Rechenschaft abzulegen. Anscheinend ist das sofort geschehen, nachdem wir das Schiff verlassen hatten.«

»Drei Tage ... uns bleiben nicht mehr als drei Tage? Aber Andrej Valentinowitsch hat gesagt, wir brauchen mindestens zwei Wochen ...«

»Gehen wir, Mascha«, bat ich sie sanft. »Je eher wir alles mit meinem Großvater besprechen, desto besser.«

Das Leben bei der Handelsliga musste entweder sehr gemächlich sein oder Mascha kannte keinen schnelleren Weg. Bis zum Zentrum der Station brauchten wir fast eine Stunde. Wir gingen meist zu Fuß, zweimal mussten wir allerdings auch riesige, leere Fahrstühle nehmen. Es begegneten uns nun häufiger Bewohner der Station, die sich jedoch nach wie vor nicht sonderlich für uns interessierten. Ob gerade dieses demonstrative Desinteresse an den Angelegenheiten anderer Mascha anzog? Wir bekamen allerlei Seltsames und Interessantes zu sehen, zum Beispiel Menschen mit veränderten Körperproportionen, Gebäude, die aus den Mauern und der Decke herauswuchsen, oder eine Gruppe von Jugendlichen, die in der Mitte des Tunnels entlangflog, wobei sie sich nicht selbst bewegten, sondern von einem Feld gezogen wurden. Einmal tauchte in der Ferne ein riesiges, mindestens nilpferdgroßes Wesen auf. Da ich es mir jedoch nicht länger ansehen konnte, wusste ich nicht zu sagen, ob es ein Alien oder bloß ein Roboter von bizarrer Form war.

Wir gelangten direkt zum Zentrum der Station. Jetzt beschrieb der Tunnel spiralförmig angeordnete Kreise. Kelos nahm all das mit absoluter Gelassenheit, er hatte schon genug solcher Stationen gesehen.

Was ich Mascha eröffnet hatte, schien alle anderen Gesprächsthemen im Keim erstickt zu haben. Ich erzählte ihr in knappen Worten, was ich erlebt hatte, und hoffte, sie würde im Gegenzug ebenso offen sein. Aber Mascha hörte mir nur nickend zu, ohne von sich etwas preiszugeben. Anscheinend fielen ihre Abenteuer weitaus stärker ins Gewicht, zumindest ihrer eigenen Einschätzung nach.

»Was ist mit Danilow?«, stellte ich die Frage, deren Antwort mir im Grunde schon klar war.

»Keine Ahnung. Es gibt hier immerhin mehr als zweihunderttausend Planeten.«

»Wirklich? Sind es inzwischen so viele?«, fragte Kelos beiläufig. »Der Schatten wächst ...«

Ich schwieg. Ungeheuerlich. Verglichen damit nahm sich das Konklave wie ein mickriges Dorf gegenüber Moskau, Nowosibirsk oder auch der Hauptstadt aus.

»Am Anfang hat mich das auch erschreckt«, gab Mascha zu. »Aber du musst eins bedenken, Pjotr: Nur selten hat ein Planet des Schattens mehr als eine Million Bewohner.«

Logisch. Warum eingepfercht in Städten leben, warum sich auf einem einzigen Planeten zusammenquetschen, wenn einem eine solche Auswahl zur Verfügung steht? Und je geringer die Zahl der Bevölkerung war, desto einfacher ließen sich alle Menschen zufriedenstellen.

»Es gibt auch große Welten, meist die Zentren eines Imperiums oder einer Union. Aber über tausend Planeten sind nur von einem einzigen Menschen besiedelt!«

»Jedem Psychopathen seine eigene Welt ... Ihr wisst ja schon recht gut über die Verhältnisse Bescheid.«

»Andrej Valentinowitsch sagt, dass die Handelsliga über die meisten Informationen verfügt. Zumindest über die Informationen, die ein Mensch verarbeiten kann. Es gibt nämlich auch Planeten, auf denen die Bewohner sich zu etwas weiterentwickelt haben, das wir uns nicht einmal mehr vorstellen können.«

»Das weiß ich auch schon.«

»So, gleich sind wir da ...«

Endlich sahen wir das Ende vom Tunnel vor uns. An dieser Stelle hatte er einen Durchmesser von rund zehn Metern, an den Wänden hingen keine Hütten mehr. Noch im Tunnel selbst, ganz kurz vorm Ausgang, bemerkte ich, dass etwas nicht stimmte. Mascha schielte immer wieder zu mir herüber, Kelos lächelte.

Was sollte das? Worüber sollte ich mich ihrer Ansicht nach denn wundern? Über den blauen Himmel, den ich in der Tunnelöffnung ausmachte? Über die frische Luft? Das Vogelgezwitscher?

Innerlich grinsend folgte ich Mascha und Kelos mit gelangweiltem Gesichtsausdruck. Der Tunnel mündete in einen flachen Trichter, durch den wir auf den Planeten gelangten. Kurz wurde mir schwindlig, anscheinend aufgrund des abrupten Wechsels des Gravitationsvektors.

Doch schon gleich darauf war wieder alles bestens.

Was für ein Wunder!

Unter uns Gras, über uns ein klarer blauer Himmel mit Schäfchenwolken. Ein breiter Fluss floss träge dahin, auf ihm bewegten sich die dreieckigen Silhouetten von Segeln, Jachten vielleicht oder Windsurfbretter. Ein grüner Wald. In der Ferne kleine Häuser, schmale, aparte Türme mit Fahnen ...

»Wie hübsch«, sagte ich.

Sowohl Mascha als auch Kelos sahen mich völlig verzweifelt an. Ich drehte mich um und schaute in den Trichter. »Tief« unten zog sich ein grell beleuchteter Gang entlang. Jemand kletterte nachdenklich zu uns herauf.

»Aber ich bin doch begeistert«, stellte ich klar. »Wirklich! Kelos, ich habe mal einen alten Kinderfilm darüber gesehen, in dem eine Gruppe von Jugendlichen mit einem Photonenraumschiff zu einem anderen Stern fliegt. Das ... war eine fiktive Geschichte, so etwas hat es nie gegeben. Jedenfalls war in diesem Film auf dem Schiff auch ein Illusionsraum eingerichtet worden. Es gaukelte dir absolut überzeugend vor, dich im freien Raum zu befinden ...«

Sie lächelten beide. Sie wechselten sogar verständnisvolle Blicke. Bei Kelos ließ ich das durchgehen. Aber wie kam Mascha dazu loszukichern?

»Sieh dich einmal genauer um, Pjotr«, bat mich Kelos.

Ich ließ meinen Blick erneut durch die illusorische Welt schweifen. Und ...

Es war wie ein Stromschlag: Ich spürte Tore. Ein Tor, dann noch eins, ein drittes ... Nicht weit von uns entfernt, am Fluss, hinterm Wald ...

»Das ist keine Illusion.«

Ein Zittern ergriff mich, kalte Gänsehaut rieselte mir über den Rücken. Ich drehte mich abermals um und blickte in den Trichter des Tunnels – und fuhr jäh zurück.

Denn ich erblickte einen Ort, weit, weit weg von hier ...

Eine andere Welt ...

»Dies hier ist der Planet der Handelsliga«, erklärte Mascha feierlich. »Jede Station hat einen direkten Zugang zu ihm.«

»Eine der Alternativen zu den Toren«, ergänzte Kelos. »Früher oder später wird die Liga die Welten auch untereinander mit ihren Tunneln verbinden. Was für Folgen das haben wird, vermag ich nicht zu sagen. Aber wie du dir denken kannst, wünsche ich ihnen Erfolg. Denn für mich hängt einiges davon ab.«

»Guter Gott ...«, flüsterte ich bloß. Das Tor verbarg ja gnädigerweise den Moment des Übergangs. Und sie wirkten dann doch nicht ganz so profan, nicht wie ein Loch im Raum, wie ein Kaninchenbau für eine neugierige Alice ...

»Genau deshalb«, erklärte Kelos triumphierend, »glaube ich, dass ihr den Schatten akzeptieren solltet. Ein System des Ortswechsels, das man selbst nicht kontrollieren kann, birgt jede Menge Nachteile. Dieses System hier wird sich jedoch bestimmt weiterentwickeln, und dann braucht niemand mehr die Tore zu fürchten. Wenn du auf einen Hyperverstand baust oder Unsterblichkeit erlangen willst, dann gehst du durch ein Tor. Aber wenn du von einer Welt in eine andere reisen und dabei deinen bewussten Wünschen folgen willst, dann solltest du dich an die Handelsliga halten.«

»Aber man könnte ihr System doch schon jetzt als Transportmittel einsetzen!«, rief ich, während ich von dem Trichter zurücktrat. »Oder etwa nicht? Man bräuchte doch nur zu einer Station zu fliegen, hierherzukommen und könnte dann von diesem Planeten aus zu einer anderen Station gelangen ...«

»Die Liga sieht solche Reisen bisher nicht gern«, sagte Mascha. »Anscheinend hat sie Angst vor den Konsequenzen. Was ist – wollen wir weiter?«

Wir hielten auf eines der Häuser zu, einen kleinen eingeschossigen Ziegelbau, komfortabel, aber einfach, wie das Haus auf der Datscha eines Menschen mit mittlerem Einkommen.

»Wir dürfen hier wohnen«, erklärte Mascha. »Um uns zu akklimatisieren, sie selbst wohnen nämlich lieber in den Stationen ...«

Das Haus umgab ein kleiner Garten mit blühenden Bäumen, die auf den ersten Blick an Apfelbäume erinnerten. Aus dem Haus erklangen Stimmen.

»Andrej Valentinowitsch ist mal wieder richtig in Fahrt«, sagte Mascha leise. »Du ... geh nur rein! Soll er ruhig mal eine Überraschung erleben!«

Sie nickte Kelos zu, der daraufhin gehorsam stehen blieb.

Eine Überraschung ... Ich hatte meine Überraschung eigentlich schon erlebt, als ich von den Geometern zurückgekehrt war.

Du bist allerdings wirklich menschlicher geworden, Mascha! Als ob von der tatkräftigen, aber unangenehmen Frau, die ich vor zwei Wochen zum ersten Mal gesehen hatte – und mich weiß Gott nicht in sie verliebt –, die Hülle abgefallen wäre. Schicht für Schicht abgeblättert ... die Kälte, die Unbarmherzigkeit, der Ernst ... Wenn wir dich jetzt noch aus dem FSB rauskriegen ... obwohl ja behauptet wird, die ließen niemals jemanden gehen ...

Sie bräuchte einen netten Kerl. Keinen Ehemann, sondern einen richtigen Kerl. Damit sie lernt, sich an eine fremde Schulter zu lehnen, zu kokettieren, zu flirten, Teller zu zerschmeißen ... und schließlich auch Seifenopern zu sehen.

Langsam umrundete ich das Haus. Ich musste nirgendwo hinstürzen, ein paar Minuten würden weder über das

Schicksal der Erde noch über das meines Großvaters entscheiden.

»... im Unterbewusstsein?«, drang eine bekannte Stimme an mein Ohr. »Humbug! Und dabei geht es nicht darum, ob ein Mensch die Wahl seines Schicksals seinem Unterbewusstsein überlassen darf! Denn mit gewissen Einschränkungen wird er auch das kontrollieren können. Insofern werden die widerwärtigsten eurer Welten eingehen oder irgendwann isoliert dastehen. Nein, allein die Möglichkeit einer uneingeschränkten Wahl ist eine Falle!«

Ich lehnte mich gegen die Hausmauer und schloss die Augen. Na siehst du, Großpapa, es ist alles in Ordnung. Du suchst noch immer nach deinen Idealen. Wir sind wieder zusammen. Daran hat uns kein Schatten hindern können.

»Die Wahl wird ja auch nicht uneingeschränkt sein.« Eine harte, machtvolle Stimme, die allerdings ein wenig verlegen klang. »Andrej, Sie verwechseln abermals die Begriffe! Wir werden nicht *alle* Planeten des Schattens miteinander verbinden. Nur die, die ...«

»Ihr wollt wieder einen Filter einbauen? Ihr Optimisten! Dann werden eure Tunnel eingehen. Entweder bietet ihr einen vollständigen, adäquaten Ersatz für die Tore an, der bis hin zur Zahl der Zugänge auf jedem Planeten reicht, oder ihr könnt euch das Ganze sowieso abschminken.«

Ich trat einen Schritt vor. Da sah ich den Reptiloiden. Der Zähler saß da, die lange Zunge hing ihm heraus, und er hörte aufmerksam zu. Irgendwann drehte er mir das dreieckige Gesicht zu.

»Ich wünsche euch von ganzem Herzen Erfolg! Ich bezweifle nicht, dass es prinzipiell eine Alternative gibt ... aber bisher ... sehe ich keine! Tut mir leid, aber ich sehe sie einfach nicht!«

Nein!

Der Zähler schwieg doch!

Das Maul des Reptiloiden verzog sich zu einem Lächeln.

Ich stürzte vor.

Ein Korbtisch, darauf eine glasklare Karaffe mit dunkelrotem Wein. Zwei Korbsessel. In einem saß, nach vorn gebeugt und die Hand in linkischer Weise fest um das leere Glas geschlossen, ein mir unbekannter, grauhaariger Mann. In dem anderen flegelte sich ein Mann, der vor der nächsten Tirade am Wein nippte und mir vage bekannt vorkam ...

Eine Szene aus einem Stummfilm.

Mein ehemaliger Opa ließ das Glas fallen. Er sprang auf, ohne sich darum zu scheren, dass er sich Wein übers Hemd geschüttet hatte. Er lächelte so verlegen, als hätte ich ihn in seinem Zimmer erwischt, wie er eine Pfeife schmaucht und sich ein Gläschen Kognak gönnt.

»Großvater ...«, sagte ich mit hölzerner Stimme. »Wein ist doch schädlich für dich.«

»Jetzt nicht mehr.«

Vierzig Jahre war er jetzt, höchstens. Nicht einmal mein Vater könnte er noch sein, vom Großvater ganz zu schweigen. So kannte ich ihn bisher nur von jenen alten Photos, die er ungern hervorholte.

»Petja ...«

Ich brachte es nicht über mich, ihn zu umarmen, denn es war fast, als stünde vor mir ein Fremder. Die vertrauten Züge waren völlig entstellt – wenn auch nur durch die Jugend. Wäre mein Großvater in meiner Kindheit so gewesen, wäre ich wahrscheinlich ganz anders aufgewachsen. Aber jetzt war es zu spät. Alles kommt immer zu spät.

Mein Großvater machte ein paar Schritte auf mich zu.

»Pit ... ich bin doch immer noch der Alte ...«, sagte er leise. »Pit, stell dir einfach vor, dass der alte Tattergreis eine Schönheitsoperation hat machen lassen.«

Herr im Himmel! Ich führte mich ja schon auf wie Mascha! Was hatte ich ihr über Form und Inhalt gesagt? Darüber, dass die Seele wichtiger ist als der Körper? Sollte das also alles nur leeres Geschwätz gewesen sein? War ich bereit, meinen Großvater als alten Mann oder im Körper eines Aliens zu akzeptieren – aber nicht so, gesund, stark und energiegeladen? War ich eifersüchtig darauf, dass er seine Jugend zurückgewonnen hatte? Nun gut, nicht seine Jugend, sondern sein Mannesalter? Sorgte ich mich um meine Unabhängigkeit? Denn dieser Chrumow würde sich mit neuer Energie an meine Erziehung machen. Sehnte ich mich nach dem alten, ans Haus gebundenen und, wenn ich ehrlich sein wollte, hilflosen Großvater? Was sprach da aus mir? Welche Teufelchen tanzten jetzt in meinem Unterbewusstsein?

»Großpapa, diesmal hast du mich wirklich überrascht ...«, sagte ich. »Aber warum machst du nur halbe Sachen? Fünfundzwanzig ... das wäre ein noch besseres Alter ...«

Mein Großvater kicherte.

»Weißt du, Pit«, sagte er im gewohnten, verschlagenen Ton, »wenn du viele Wahlmöglichkeiten hast, dann bietet dir jedes Alter seine Vorteile. Werde erst mal so alt wie ich, dann verstehst du das.«

Der Gesprächspartner meines Großvater gesellte sich zu uns und blieb zwischen uns stehen. Er sah mich fragend an. »Pjotr Chrumow?«

»Ja.«

Er schüttelte den Kopf, als könne er meine Worte nicht glauben.

»Wie du siehst, Krej, schuldest du mir eine Kiste Wein«, frohlockte mein Großvater.

Der grauhaarige Mann nickte und studierte mit ungezügelter Neugier mein Gesicht. »Ihr seid noch nicht einmal Blutsverwandte ...«, bemerkte er. »Verzeihung, ich bin Krej Saklad, Mitarbeiter der Handelsliga.«

Wir begrüßten uns per Handschlag.

»Ich lasse euch jetzt allein. Das ist nur richtig«, entschied Krej.

»Krej Salat«, alberte mein Großvater, als sich der Mitarbeiter der Liga entfernte. »Diese naiven Optimisten! Sie leben Jahrhunderte, sind aber immer noch grün hinter den Ohren. Er hat nicht geglaubt, dass du mich finden würdest. Sogar gewettet hat er mit mir. Kannst du dir das vorstellen?«

Ich nickte. Wir standen immer noch da, mieden verlegen den Blick des anderen und konnten uns nicht aufraffen, zur Sache zu kommen.

»Na los, ich gieß dir erst mal einen Wein ein ...« Mein Großvater wurde mit einem Mal ganz hektisch. »Sie verstehen hier etwas von den Freuden des Lebens ... diese im Grunde so liebenswerten Menschen ...«

Er wandte sich dem Tisch zu, irgendwie verkrampft und ungeschickt, für jede Bewegung zu weit ausholend, ihr zu viel Kraft verleihend – mein Großvater vermochte den neuen Körper noch nicht mit den Verhaltensweisen in Einklang zu bringen, die er sich in seinem Alter zugelegt hatte ...

»Großpapa!«, rief ich und warf mich ihm in die Arme. »Großpapa!«

Er drückte mich fest an sich, vergaß, wie viel Kraft jetzt in seinem Körper steckte, in den die Tore reichlich Energie und Jugend gepumpt hatten ...

»Großpapa, ich bin so froh, dass du so ... so geworden bist«, flüsterte ich. »Teufel auch, dafür könnte ich diesen Schatten sogar lieben ... Wenn du zurück bist und an der Uni Vorlesungen hältst, wirst du dich vor Studentinnen nicht retten können ...«

»Psst! So was darfst du nicht in Maschas Gegenwart sagen, sonst kann ich mir sowohl die Vorlesungen wie auch die Studentinnen abschminken ...«

Wir sahen uns an.

Wollte ich mich etwa darüber wundern?

»Über meine Lippen kommt kein Wort mehr«, versprach ich.

»Verzeiht, dass ich euer zutiefst persönliches Gespräch unterbreche ...«

Ich drehte mich um, gab meinen Großvater aber noch nicht frei. Der Reptiloid saß zu unseren Füßen, mit der beleidigten Miene eines geliebten Hundes, den man plötzlich nicht mehr beachtet.

»Hallo, Karel«, begrüßte ich ihn.

»Ich freue mich, dich zu sehen. Sag mir, Pjotr, belastet es unsere Beziehung, dass ich nicht mehr als temporäre Heimstatt für Andrej Valentinowitsch fungiere?«

Ich ging in die Hocke und berührte die weichen grauen Schuppen. Die Hand streckte ich lieber nicht aus – das hätte zu sehr nach »Sei ein braver Hund und gib Pfötchen!« ausgesehen.

»Ich freue mich auch sehr, Zähler«, erwiderte ich. »Und nimm mir den Zähler nicht krumm. Das ist ein Kompliment. Du hast dir die Aufgabe vorgenommen, die für mich am wichtigsten ist, und du bist zu einem Ergebnis gelangt. Erinnerst du dich noch, wie du mich gefragt hast, wie die Menschen zu eurer Rasse stehen. Ich weiß nicht, was die Menschen allgemein antworten würden ... aber ich ... ich stehe in deiner Schuld. Oder betrachte dich als Freund. Wie es dir besser gefällt.«

Der Zähler stellte sich auf die Hinterpfoten und streckte sich zu meinem Ohr hoch. Sein Geflüster war kaum zu hören. »Der Stern, den ihr Spica nennt. Der Gasgigant, der Einzige im System. Der Gasgigant, der von einem Ring umgeben ist.«

Hitze durchflutete mich. Das war nicht einfach die Geste eines einzelnen Reptiloiden gegenüber einem einzelnen Menschen.

»Danke. Du weißt ja auch, wo mein Zuhause ist.«

»Willst du auch Pjotr dein Geheimnis anvertrauen, Karel?«, fragte mein Großvater. »Nur zu, du brauchst keine Angst zu haben. Er wird es hüten.«

Aus dem Maul des Reptiloiden kam ein Schmatzlaut. Er zögerte so offenkundig und deutlich, dass ich keinen Zweifel mehr hegte: Diesmal spielte er die menschlichen Emotionen nicht nach, diesmal tobte in ihm tatsächlich ein Kampf. Eine Schlacht, die sich nach seiner inneren Uhr Jahrhunderte hinzog.

»Wir sind keine Lebewesen, Pjotr.«

Mein Großvater nickte, als er mein entgeistertes Gesicht sah.

»Gasgiganten bringen kein Leben hervor. Wir sind Nachfahren von etwas, das einst eine Maschine war. Eine Maschine aus dem Schatten.«

Die lebenden Computer des Kosmos! Na klar!

Die Zähler!

Die erstaunliche Fähigkeit, mit Maschinen zu interagieren, das unstrittig nicht vorhandene Bedürfnis zu atmen und zu essen! Die Unfähigkeit, mit den Cualcua eine Symbiose einzugehen!

Warum hatte ich das nicht schon früher begriffen?

Der Zähler wartete, den Blick fest auf mein Gesicht gerichtet.

»Das ändert nichts, Karel«, sagte ich. »Absolut überhaupt nichts.«

Alles in dem Haus war neu und trug einen so klaren Stempel der Gewohnheiten meines Großvaters, dass ich mir einen fragenden Blick nicht verkneifen konnte.

»Es wurde alles extra für mich angefertigt«, erklärte mein Großvater, der sich in einem Ledersessel lümmelte. »Ohne jede Widerrede. Du kannst dir nicht vorstellen, wie angenehm es ist, wenn du dich nicht mit idiotischen Installateuren herumzuschlagen brauchst, nicht durch Geschäfte mit ihren dämlichen Verkäufern streifen musst …«

Ich nickte. Das Verhältnis meines Großvaters zu den Angehörigen aus dem Dienstleistungsbereich war mir nur zu gut bekannt.

»Sieht fast so aus, als wolltest du dich hier länger niederlassen …«

»Petja, ich wollte nur auf dich warten«, widersprach mein Großvater, der zum Zeichen des Protests sogar die Hand gehoben hatte. »Ich habe gehofft, dass du früher oder später …«

»Mir haben zwei Tage gereicht«, sagte ich.

Mascha und Kelos waren im Garten geblieben. Sie besaßen so viel Taktgefühl, uns die Zeit zu geben, was zwar kaum erstaunlich für Kelos, aber nach wie vor bemerkenswert für Mascha war.

Durch die halb offene Tür sah ich das Schlafzimmer. Na toll! Das hatte noch gefehlt. Eine Spiegeldecke, ein riesiges Bett, die Sorte, die mein Großvater früher als »Lenin ist mit uns« verspottet hatte, Kristall-Kinkerlitzchen an den Wänden, Bilder, Blumen …

»Dein Geschmack konnte sich wohl so richtig austoben, wie?«, fragte ich.

Mein Großvater folgte meinem Blick und geriet in Verlegenheit. »Pit … zum Teufel auch, du bist schließlich kein Kind mehr … du wirst doch wohl verstehen, was es heißt, seine Jugend zurückzugewinnen?«

»Leider nur theoretisch. Gut, lassen wir das, Großpapa. Erzähl mir lieber, was hier passiert ist! Wo seid ihr gewesen, Mascha und du? Wie hast du es geschafft, in den paar Tagen bis zur Führung der Handelsliga vorzudringen?«

»Stopp!« Mein Großvater gebot mir Einhalt. »Alles schön der Reihe nach, ja?«

Es fiel mir schwer, ihn weiter Großvater zu nennen. Am liebsten hätte ich wie damals auf dem Kreuzer der Alari die Augen geschlossen und mich an den früheren Andrej Valentinowitsch erinnert. Aber ich widerstand der Versuchung. Das hier war für immer. So würde mein Großvater von nun an sein.

»Als Erstes sind wir in eine höchst sonderbare Welt geraten ... Hat Mascha dir schon davon berichtet?«

»Seltsamerweise nicht. Alles, was ich weiß, ist, dass es ihr da überhaupt nicht gefallen hat.«

»Wenn es nur das wäre! Das Problem ist vielmehr ... Ich mag die Aliens als Klasse nicht, als gesellschaftliche Erscheinung, die auf völlig anderen moralischen Prinzipien fußt. Einzelnen Vertretern der Außerirdischen stehe ich jedoch durchaus positiv gegenüber. Aber Mascha fasst die Aliens nicht als Persönlichkeiten auf und reagiert nahezu allergisch auf den nicht-menschlichen Körper. Gut, aber lassen wir das, außerdem ist dir die Sache sowieso bekannt. Hör zu, Pit, ich habe verstanden, worum es sich beim Schatten handelt, und zwar schon auf diesem Irrstern. Als Transportnetz taugen diese Tore nicht mehr als ein Mikroskop, wenn du einen Nagel einschlagen willst. Es gibt zu viele in jeder Welt, und gleichzeitig sind es zu wenig, um wirklich bequeme Ortswechsel zu garantieren. Wenn zwischen zwei Toren fünfzig Kilometer liegen, halten wir Menschen das schon nicht mehr für ein funktionstüchtiges Transportsystem. Und deine Freunde, die Geometer, konnte nur eins in Panik versetzen: Welten, in denen ihre heroischen Regressoren massenweise desertieren. Nicht im Kampf sterben, sich nicht zwischen Millionen von Welten verirren, sondern desertieren, weil sie nämlich alles verachten, was ihnen mit der Erziehung eingebläut worden ist. Versuchen wir uns doch einmal vorzustellen, was zu einer solchen ... Massenemigration von Tausenden von Menschen führen kann. Obendrein von grundverschiedenen Menschen! Denn alle Nivellierungen der Geometer spielen sich ja an der Oberfläche ab! Tief in sich drin sind diese Menschen aber die Alten geblieben! Einer schreibt heimlich Gedichte und trägt sie seinem Computer vor, ein anderer träumt verschämt von Ruhm und Ehre oder von einem weichen Plätzchen im Saal des Weltrats, wieder ein anderer möchte – und zwar unbedingt –, dass ihm sein geliebter Ausbilder mit dem Rohrstock den schwieligen Regressorenarsch versohlt ...«

Mein Großvater kicherte, hochzufrieden mit dem letzten Satz.

»Man kann die Menschen aber nicht so gleichmachen! Man kann nicht aus allen entweder Teufel oder Engel machen! Die Menschen werden sich immer voneinander unterscheiden. Also müssen auch die Fallen für sie unterschiedlich sein. Außerdem müssten sie rasch und unwiderruflich zuschnappen. Sie müssten jedem Raum bieten, sich selbst zu verwirklichen. Einige der Geometer, die nicht zurückgekehrt sind, werden noch immer als Regressoren arbeiten ... Die Armen! Auch für sie fand sich eine Welt, die den technischen Fortschritt satthat und sich nach Petroleumlampen sehnt, nach Ritterturnieren und wilder Jagd auf zottelige Mammuts. Und das war mir von Anfang an klar, Pit. Deshalb hat mich der Trick mit diesen Toren ja auch nicht überrascht. Was mich eher irritiert hat, war, dass Mascha danach noch bei mir war. Und dass ich immer noch im Körper des Zählers steckte.«

»Also hast du darauf gehofft, dein altes Aussehen zurückzuerhalten?«

»Selbstverständlich. Ansonsten wäre ich nie durch das Tor gegangen. Aber die Welt, in die wir gerieten, stellte sich wirklich als merkwürdig heraus ...«

Mein Großvater stülpte die Lippen vor. Die Mimik eines alten Mannes im Gesicht dieses jungen, kräftigen Kerls verlieh ihm etwas von einer Karikatur.

»Es war eine Welt von Metamorphen, mein Junge. Ein Planet, dessen Bewohner ihr Äußeres variierten wie eine zu Geld gekommene Schönheit mit Kleidung und Schminke. Ein interessantes Schauspiel ... Mascha hat es allerdings panisch erschreckt. Wie du dir vorstellen kannst, war es für sie nötig, sich selbst davon zu überzeugen, wer ich eigentlich bin. Das hat ihr einfach keine Ruhe gelassen. War ich ein Trugbild im Körper eines Reptiloiden oder der echte Andrej Valentinowitsch? Folglich ist sie in eine Welt gekommen, in der sie ihre Schlüsse ziehen konnte. Ich wiederum brauchte diese Welt, um mein menschliches Äußeres zurückzugewinnen.«

»Aber vielleicht bist du auch einfach nur in diese Welt gekommen, weil du mit ihr zusammen sein wolltest?«

»Vielleicht.« Mein Großvater wich meinem Blick aus. »Ich habe ihre Panik gespürt. Und ich habe etwas in dieser Art erwartet ... Kurz und gut, wir sind zusammengeblieben. Wir haben einiges zu sehen bekommen. Von simplen Tiermenschen wie Tiger- oder Vogelmenschen und allerlei Amphibienmenschen ... bis hin zu purer Exotik. Was es alles für Wesen gibt, Petja! Zum Beispiel eine Art Mensch ... allerdings mit zwei Köpfen. Das waren zwei Verliebte, verstehst du! Für immer zusammen – bis zum ersten Streit. Sie gaben einen freundlichen Hermaphroditen ab, der mit sich selbst turtelte. Sie haben es gewollt und sind miteinander verschmolzen. Jetzt laufen sie mit einem pausenlosen Orgasmus herum. Dann kommt die nächste Phase. Ein Hügel schiebt sich durch eine Ebene, ein Berg von braunem Fleisch, alles voller Falten und Spalten, aus denen Schleim heraussickert, nicht einfach so, sondern damit die Reibung verringert wird. Eine Masse von gut fünfzig Tonnen. Das ist eine Familie. Mutter, Vater, Kinder, die alten Eltern, Cousins und Cousinen, Großneffen ... Was sich in diesem Ding abspielt, ist mir schleierhaft. Vielleicht überhaupt nichts. Vielleicht ist das ein Wesen, das sich völlig selbst genügt, ein sehr freundliches und neugieriges Wesen obendrein. Und stell dir vor, Petja, niemand hat uns angegriffen. Niemand hat versucht, uns zu fressen oder zu assimilieren. Man hat mit uns geredet und uns Hilfe angeboten. Als sich dann herausstellte, dass in dem Körper des Reptiloiden ein weiterer Verstand steckte ... da hat man für mich diesen Körper angefertigt. Und Karel hat, wofür ich ihm dankbar bin, mein Bewusstsein in diesen Körper gepumpt.«

»Man hat ihn angefertigt?«

»Ich weiß, worauf du hinauswillst.« Mein Großvater hüstelte. »Karel hatte Gewebeproben von mir. Darum hatte ich selbst gebeten, vor meinem Tod sozusagen. Ich habe gehofft, in dem Reptiloiden so lange zu überleben, bis wir es gelernt haben, neue Körper zu züchten.«

»Wir können das auch jetzt schon. Hast du etwa noch nie von den Gerüchten gehört, die über den japanischen Premierminister zirkulieren oder über den amerikanischen ...«

»Das sind Gerüchte«, fiel mir mein Großvater ins Wort. »Der einzige Mensch, der sein Leben tatsächlich durchs Klonen verlängert hat ... nein, besser, du kennst seinen Namen nicht. Es ist ein sehr reicher Mensch, ein bekannter Philanthrop. Aber das könnte ich nicht. Über den Kopf meiner jungen Klone streichen und dann den Ärzten befehlen, wer als Erster auf den OP-Tisch kommt ... Nein, Petja. Dann schon lieber zu den Würmern, in die Erde.«

»Das glaube ich dir gern«, sagte ich. Die Nonchalance, mit der mein Großvater den Klatsch aus der Boulevardpresse zurückwies und mir die Wahrheit über einen mir unbekannten Milliardär erzählte, erschreckte mich.

»Kurz und gut, ich habe dieses Geschenk erhalten.« Mein Großvater betrachtete seine Hände. »Ein sehr schönes Geschenk. Trotzdem wollte ich mich nicht länger auf diesem Planeten aufhalten. Deshalb sind Mascha und ich weitergezogen ... und diesmal hatte ich wirklich Angst, wir würden in unterschiedlichen Welten landen. Aber wir hatten Glück. Wir sind direkt hierher gelangt, auf den Planeten der Handelsliga. Und das war vermutlich das Beste, was uns passieren konnte, denn sie haben sich unsere Geschichte voller Neugier angehört.«

»Und wollen sie uns helfen?«

Mein Großvater seufzte.

»Nun sag schon, was haben sie versprochen?«

»Fast nichts. Sie haben nicht die Absicht, sich in einen Krieg einzumischen. Sie ziehen zwar über den Schatten her, halten ihn für eine aufgezwungene Ordnung, glauben aber, ihr System der freien Ortsveränderung werde ihn früher oder später verdrängen ... Diese Hohlköpfe! Denn entweder sie erreichen mit ihren Tunneln den gleichen Standard, wie ihn die Tore bieten, oder sie werden mit ihnen niemanden hinterm Ofen hervorlocken. Sie schlagen uns vor, in den Schatten einzutreten.«

Ich nickte. »Kelos ... und er ist kein schlechter Mensch ... rät das Gleiche.«

»Natürlich. Eine Alternative gibt es nicht, Petja.«

Wir sahen einander an.

»Ich verstehe dich ja«, sagte mein Großvater sanft. »Irgendwie sieht das so gar nicht nach einem Paradies aus, oder? Aber das ist auch kein Paradies. Halte von mir aus die Welten der Geometer für die Hölle und die Welten des Schattens für das Fegefeuer. Und dann triff deine Entscheidung! Du hast dich einmal durchgesetzt. Wir haben uns gegen ein Bündnis mit den Geometern entschieden und sind hierhergekommen. Nun sind wir zu den Wurzeln zurückgekehrt. Hier ist die menschliche Rasse entstanden. Vielleicht sogar alle Rassen des Universums. Ob das Leben wirklich eine so seltene Sache ist? Ob womöglich alle, denen wir im Kosmos begegnet sind, Sprösslinge ein und derselben Wurzel sind? Die von hier abstammen, von der Ur-Erde ...«

»Das hier ist die Ur-Erde?«

»Genau.«

Alles, was ich meinem Großvater hatte antworten wollen, wirbelte in meinem Kopf durcheinander. Ich sprang sogar auf und rannte zum Fenster.

Der Himmel, der Wald, der Fluss ...

»Ich habe gedacht, auf der Ur-Erde würden die ›fortschrittlichsten‹ Bewohner des Schattens leben ... Diejenigen, die bereits ihr menschliches Äußeres verloren haben. Kelos hat mir von einem Planeten erzählt, auf dem ...«

»Sie haben hier ja auch gelebt. Vielleicht tun sie das sogar immer noch. Nur sind wir nicht imstande, sie noch zu bemerken.«

Ich erwiderte kein Wort. Ich beobachtete Mascha und Kelos, die im Garten standen, Wein tranken und sich unterhielten. Der Reptiloid saß zwischen ihnen, drehte den Kopf hin und her, erinnerte weder an ein intelligentes Lebewesen noch an einen Roboter, sondern an ein gutmütiges Haustier.

»Es gibt keinen Ort mehr, an den wir jetzt noch gehen könnten, Pit«, sagte mein Großvater. Er kam zu mir und legte mir den Arm um die Schultern. »Du hast dir alle Mühe gegeben, mein Junge. Du hast alles getan, was nötig war. Aber wir sind in einer Sackgasse gelandet. Der Weg endet hier. Du bist in die größte Spielbank im Universum gekommen. Die Karten sind ausgeteilt, und am Tisch gibt es nur noch zwei freie Plätze. Freiwilliges Sklaventum oder aufgezwungene Freiheit. Mehr nicht.«

Ich schwieg.

»Natürlich kannst du aus dem Spiel aussteigen, Petja. Du kannst bleiben, um im Casino zu arbeiten. Bedenke aber, dass das eine Niederlage bedeutet.«

Ich schwieg.

»Entscheide, Petja! Du hast das Recht, eine Entscheidung zu treffen. Du bist besser als ich, reiner und offener. Es ist an dir, diesen Schritt zu tun. Entscheide! Vielleicht wird die Handelsliga wirklich eine Alternative zum Schatten. Oder wir erfinden etwas anderes. Aber fürs Erste … fürs Erste kommt es nur darauf an zu überleben. Die Erde zu erhalten.«

»Wie kommen wir in den Schatten?«, fragte ich.

Mein Großvater seufzte. »Genau das ist die schwierigste Frage, Petja.«

Drei

Wie schön die Abende hier waren. Unter diesem Himmel, der bereits blutrot glühte und mit einem Spinnennetz aus Wolken überzogen war, unter diesem Himmel, den Sternenfunken sprenkelten. Hier sollte man das Leben in vollen Zügen genießen. Problemlos vermochte ich mir auf diesem Planeten meine Bekannten aus der georgischen Abteilung von Transaero oder unsere russischen Piloten vorzustellen, wie sie Schaschlik grillten, Bier und trockenen Wein tranken, Lieder zur Gitarre sangen und sich Witze erzählten, die nur in diesem kleinen Kreis verständlich waren.

Ein schöner Traum.

Seltsamerweise fügte sich der meist schweigende und durch nichts aus der Ruhe zu bringende Kelos leicht und umstandslos in unsere Gesellschaft ein. Jetzt saßen an dem Tisch im Garten auf der einen Seite mein Großvater, ich, Mascha, Karel und Kelos, uns gegenüber – in demonstrativer Einsamkeit – Krej Saklad, der Mitarbeiter der Liga.

»Ich schulde euch einige Erklärungen«, sagte Krej. Sein Blick wechselte zwischen Kelos und meinem Großvater hin und her, als wolle er klarstellen, wen er für die wichtigsten Ansprechpartner hielt. »Es hätten sich durchaus mehrere Menschen versammeln können, die die Führung verkörpern. Aber das wäre eine reine Formalität. So bin ich zwar allein, aber ich bitte darum, mir zu glauben, dass meine Entscheidungen als Gesamtentscheidungen der Handelsliga gelten.«

»Davon gehen wir aus«, versicherte mein Großvater. »Weiter im Text.«

Er saß mehr als lässig da, eine Hand um Mascha gelegt, in der anderen eine Pfeife, aus der Rauch aufstieg. Wem willst du eigentlich was vormachen, du junger Herr Großpapa? Ich lese doch in deinen Augen, wie nervös du bist!

»Die Handelsliga steht allen intelligenten Rassen wohlwollend gegenüber. Sowohl humanoiden als auch anderen Lebensformen ...« Er nickte höflich zu Karel hinüber. »Wir freuen uns über mögliche Kontakte zur Erde, zum Konklave und zu den Geometern. Aber ...«

Natürlich. Immer gab es ein Aber, niemals ging es ohne ab.

»Alle bisherigen Versuche, eine ausschließlich auf militärischer Stärke basierende Alternative zum Schatten zu entwickeln, sind ruhmlos gescheitert. Darum ist das nicht unser Weg. Wir schaffen eine friedliche Alternative, die auf Handel und Kultur basiert. Früher oder später« – er sah meinen Großvater an – »wird sie sich in der ganzen Galaxis durchsetzen. Der Verstand ist entstanden, damit wir Entscheidungen treffen, die unseren klar erkannten Bedürfnissen entsprechen, und nicht, damit wir der animalischen Seite einer Persönlichkeit nachgeben ...«

Mein Großvater gähnte demonstrativ.

»Deshalb ...« Krej hob leicht die Stimme. »... interveniert die Handelsliga nicht auf militärische Weise, es sei denn, ihre Interessen werden angegriffen ...«

»Ihr gebt uns keine Schiffe«, fasste mein Großvater zusammen. »Nicht wahr? Habe ich das richtig verstanden?«

»Absolut.« Krej blieb auch jetzt die Freundlichkeit selbst. »Ihr seid keine Welt des Schattens. Bislang jedenfalls nicht.«

»Sie werden auch keine Welt des Schattens werden, wenn wir ihnen jetzt nicht helfen«, bemerkte Kelos leise. »Ihr Planet wird ausgelöscht. Für immer. Zusammen mit Milliarden von intelligenten Lebewesen.«

Krej wäre beinahe zusammengezuckt. Trotzdem erwiderte er mit unerschütterlicher Überzeugung: »Eine beträchtliche Zahl intelligenter Lebewesen ist bereits unwiderruflich gestorben. Zumindest unserer Ansicht nach unwiderruflich. Das ist leider eine bittere Wahrheit der Geschichte.«

»Aber diesmal besteht die Chance, das Blatt zu wenden«, entgegnete Kelos. »Zwei oder drei schwerbewaffnete Schiffe der Liga, die in der Nähe der Erde auftauchen, und jede Absicht, diesen Planeten zu vernichten, wäre im Keim erstickt. Warum wollt ...«

»Ganz einfach, weil wir dann zu einem neuen Imperium würden. Zu einer zweiten Kristallenen Allianz!«

Sie maßen einander über den Tisch hinweg mit Blicken.

»Dann lässt du sie lieber sterben?«, fragte Kelos.

»Wir sind keine Götter. Und wir trachten auch nicht danach, es zu werden!«

»Dann bitten wir eben darum, die Erde in den Schatten aufzunehmen!«, beendete mein Großvater kurzerhand das Geplänkel der beiden. »Wäre dann die legale Grundlage für euch gegeben, uns zu helfen? Würden sich dann Abenteurer finden?«

»Sicher. Aber ihr gehört eben noch nicht zum Schatten. Das ist ja das Problem ...«

Krej sah mich an.

»Pjotr Chrumow, wenn ich es richtig verstanden habe, schwebt die Erde deinetwegen in Gefahr?«

Was sollte ich darauf antworten? In gewisser Weise hatte er ja recht. Das Konklave war durch die Tatsache in Panik geraten, dass die Menschen bereits Kontakt zu den Geometern aufgenommen hatten. Und die Menschen – das war ich. Das arme kleine Konklave, das die armen kleinen Geometer fürchtete ... und dabei den Blick vom Kern der Galaxis abwandte. Warum hatte das Konklave eigentlich noch nie eine Expedition hierher geschickt? Wussten sie, was hier auf sie wartete? Ahnten sie es?

»Stimmt, meinetwegen ist alles so gekommen. Und jetzt bitte ich euch um Hilfe.«

»Wir haben niemals irgendwen in den Schatten aufgenommen«, antwortete Krej freundlich. »Man nimmt zwar allgemein an, die Liga würde sowohl mit dem Schatten zusammenarbeiten wie auch versuchen, ihn zu verdrängen ... Dass die Liga in neuen Welten Tore einrichten würde und sich bereithielte, ihre Tunnel anzulegen ... Das ist nicht wahr. Vor langer, langer Zeit sind lebende Menschen in klobigen Schiffen von Planet zu Planet geflogen und haben die Tore errichtet. Diese Zeiten sind zusammen mit jenen Menschen und jenen Schiffen vergangen. Heute ist alles anders. Und das schon seit Jahrhunderten. Wenn Wesen aus einer neuen Welt auf einen Planeten des Schattens kommen, treffen sie eine Entscheidung. Die Tore ... ich habe keine Ahnung, wie sie heutzutage beschaffen sind! Sie stellen einen eigenen Verstand dar. Sie sind mehr als Leben. Sie sind ein Gott, in einem ganz primitiven Verständnis. Wir sehen die äußere Form der Tore ...« Er drehte den Kopf und deutete zielsicher in Richtung Waldrand.

Ja, ich sah es. Wir alle sahen es, dieses Etwas, diese veränderte Materie, diesen verzerrten Raum, diesen kleinen Fleck Erde, wo das Tor stand.

»Wir nehmen hier Gäste auf.« Krej lächelte. »Wie euch ... zum Beispiel. Wir bieten ihnen ein gemütliches kleines Haus, ein komfortables Nest oder ein geräumiges Aquarium. Gäste mit menschlichem Körper und in jeder sonst vorstellbaren Form. Aber das sind Kleinigkeiten. Selbst der Umstand, dass wir hier auf der Ur-Erde sind, fällt nicht ins Gewicht. Es ist nur ein Symbol, ein Zeichen der Ursprünge ... Hier kommen die Vertreter neuer Rassen her. Und sie erhalten die Tore. Sie selbst! Wir selbst sind nur Fuhrleute.«

Das Wort ließ mich zusammenzucken.

»Sie erhalten die Tore und bringen sie in ihre eigene Welt. Das ist alles. Wir helfen ihnen dabei. Aber wir verteilen keinen Platz im Schatten. Das liegt nicht in unserer Macht.«

»Aber warum erhalten wir dann kein Tor?«, polterte Mascha los. »Erklär mir das mal, Krej! Du hast uns doch so wohlwollend aufgenommen ... und dafür danken wir dir ... aber unsere Welt schwebt in akuter Lebensgefahr! Das interessiert dich wohl überhaupt nicht?! Warum eigentlich nicht?«

»Ob ihr die Tore bekommt, hängt einzig und allein von euch ab. Ich wollte nicht darauf zu sprechen kommen ...« Krej wirkte verlegen. »Aber ... wenn ihr den Schatten nicht wollt ... wenn ihr ihn nur aus Furcht erbittet, nicht aus Liebe ...«

»Warum müssen alle Götter so grausam sein?«, fragte mein Großvater in scharfem Ton. »Na, Krej? Warum wollen sie alle, dass sie aufrichtig und reinen Herzens geliebt werden, dass man einen Kotau macht, seine Kinder opfert und ihnen für sein Leid dankt? Es stimmt, wir lieben den Schatten nicht! Aber wir sind auch nicht die ganze Erde! Und sogar wir sind bereit, den Schatten zu akzeptieren!«

»In dem Fall seid ihr eben nicht bereit.« Krejs Stimme zitterte nicht einmal. »Warum, das kann ich nicht sagen. Weil ich selbst nicht weiß, woran es liegt. Vielleicht, weil ihr nicht alle vollständig erschienen seid ...«

»Es gibt hier zweihunderttausend Planeten! Und auf jedem von ihnen Tausende von Toren! Wie sollen wir Danilow da finden?« Mascha kannte jetzt kein Halten mehr. »Was wollt ihr eigentlich von uns? Müssen wir geschlossen per erhobener Hand abstimmen? Sollen wir unisono darum flehen, in den Schatten aufgenommen zu werden? Saschka kann doch sonstwo sein! Er kann in einem Wagen mit fahrenden Schauspielern herumziehen! Er kann seine Haremsdamen durchvögeln! Er kann für irgendeinen popeligen König kämpfen oder lernen, eure Raumschiffe zu fliegen! Woher sollen wir das denn wissen?«

»Ihr braucht es gar nicht zu wissen«, antwortete Krej leise. »Das ist nicht nötig. Genau darum geht es ja ... Passt auf!«

Er machte keine einzige Bewegung, sagte kein einziges Wort. Es breitete sich einfach ein Licht in der Abendluft aus – und dann sahen wir es.

Wir sahen die Felsen, schwarz wie die Nacht, obwohl dort noch Tag war ...

Das Bild setzte sich in Bewegung, glitt um uns herum. Wir hatten das untrügliche Gefühl, Teil des Ganzen zu sein, als habe man uns durch den Raum bewegt, als habe man uns in der Luft über den Felsen, über den gramgebeugten Figuren, aufgehängt.

»Sie sind vor fast einem Monat zu uns gekommen ...«, erläuterte Krej. »Sie haben lange versucht zu verstehen, was mit ihnen passiert, und noch länger haben sie gebraucht, um alle zusammenzukommen. Und jetzt ... werden sie auch die Tore erhalten. Da bin ich sicher. Ich habe das schon oft genug erlebt ...«

Bei den Figuren, die auf den schwarzen Felsen verteilt waren, handelte es sich nicht hundertprozentig um Menschen. Freilich, sie hatten zwei Arme, zwei Beine, einen Kopf und zwei Augen ... große Facettenaugen.

»Da ist ja ein eigenständiger Zweig der Entwicklung«, sagte Krej in leicht vorwurfsvollem Ton. »Sie stammen nicht von der Ur-Erde ab ... wie ihr ...«

Die Figuren kratzten mit ihren langen dünnen Fingern am Stein und sahen immer wieder nach oben, hinauf zum Himmel, zu uns, den unsichtbaren Beobachtern.

Der nicht-menschliche Blick und die abgehackten Bewegungen gingen mit einer bezwingenden, fremden Schönheit einher. Die Haut dieser Wesen war blauschwarz, sie verschmolzen mit dem toten Gestein und kratzten immer weiter, hämmerten auf den Fels ein, flehten ihn an ...

»Ihr Verhalten ... ist nur eine Möglichkeit«, erklärte Krej scharf. »Ein Ausdruck ihrer Mühen. Sie brauchen den Schatten. Sie brauchen die Tore.«

Etwas geschah. Der Stein barst. Ein Stück Felsen löste sich. Ein alles durchdringendes Geräusch voll fremder Freude und fremdem Jubel erklang. Ihre Hände griffen nach einer funkelnden, blutroten, kirschkleinen Kugel. Dann folgte Stille, eine fast heilige Stille. Die Figuren erhoben sich. Fünf schmale, hochgewachsene nicht-menschliche Wesen schritten über die Felsen – und in den Händen des einen flammte, den Tag überstrahlend, ein Feuersame auf.

»Sie haben die Tore bekommen«, sagte Krej ruhig. »Das ist alles. Jetzt beginnt ihr Weg in den Schatten. Mit allen Nachteilen ... Aber wenn ihr wüsstet, wie sie bisher gelebt haben ... was sie mit ihrem Planeten angestellt haben ... dann würdet ihr verstehen, dass der Schatten für sie ein Segen ist.«

Das Bild verblasste. Wir waren wieder in dem Garten ... Keine Ahnung, wie es den anderen erging, aber ich empfand einzig und allein Neid. Vielleicht hatte ich genau davon mein Leben lang geträumt ... mit einem Samen für ein Tor, für eine Tür in andere Welten aufzubrechen. Und es konnten sich von mir aus in diesen Welten sämtliche Schmerzen, Laster und Dummheiten des Universums zusammenballen – sofern nur eine von tausend Welten dem Guten zugeneigt war ... dem heimatlosen Kind ein Zuhause bot, dem armen Poeten ein Stück Brot, dem Erniedrigten Gerechtigkeit ...

»Ihr wollt von mir wissen, wie ihr die Tore erhalten könnt?«

Die Erde durchwandern, mit einem lodernden Feuer in der Hand. Den Samen in den Boden stecken und zusehen, wie ein körperloses Tor auflodert. Ein Meer von Möglichkeiten. Ein Meer von Freiheit.

»Ihr müsst warten. Hoffen. Wenn ihr die Tore wirklich braucht, werdet ihr sie bekommen ...«

»Krej!« Kelos' Stimme riss mich aus meinen Träumereien. Er erhob sich. »Besinn dich! Sie sind noch nicht bereit! Sie sind Kinder, sie sind Babys, ihre Geschichte ist ein Lichtfunke in der Dunkelheit! Jahrtausendelang sind die alten Schiffe unserer Rasse durch die Galaxis gekrochen – um die Samen des Lebens auszustreuen. Sie können es nicht annehmen – so auf der Stelle. Sie brauchen Zeit, und sie brauchen Hilfe. Die Kompromisslosigkeit der Jugend – kannst du denn nicht verstehen, was sie bedeutet? Gerade du!«

»Ja, gerade ich, du mein unsterblicher Kriegsherr!«

Krej sprang auf und verneigte sich spöttisch.

Alles, was ich hätte sagen wollen und können, jede inständige Bitte und jeder Fluch – alles war aus meinem Kopf entschwunden. Denn vor unseren Augen spielte sich der Schlussakt eines alten Dramas ab.

»Wir bitten um Verzeihung, Kriegsherr! Die Liga wird den Weg der Kristallenen Allianz nicht gehen!«

»Krej Saklad, als ich dich, einen verrotzten Bengel, aus der Pestbaracke gerettet habe, da habe ich nicht darüber nachgedacht, ob das richtig war oder nicht, ob dein Leben es wert ist, dass ich ...«

»Wie es eben typisch für dich ist, Kriegsherr!«

Wo waren nur seine Höflichkeit und Gelassenheit geblieben? Die beiden Männer, deren Alter in Jahrhunderten zu zählen war, beschimpften sich jetzt wie zwei besoffene Halbwüchsige.

»Vielen Dank auch! Als man mich auf die Folterbank gespannt hat, da habe ich dich nicht verraten, Kriegsherr! Als ich die Rebellen bei lebendigem Leibe verbrannt habe – ganz langsam, Kelos, genau wie du es befohlen hast –, damit sie nicht einmal mehr daran dachten, in ihre Heimatwelt zurückzukehren, da habe ich nicht gezögert! Denn ich habe gewusst, dass du das einzige Licht in der Finsternis bist, dass nur du das Recht hast zu entscheiden, was gut ist und was böse! Wir sind deinen Weg gegangen – und im Dreck gelandet. Und jetzt gehen wir in die entgegengesetzte Richtung! Ich wünsche diesen Menschen nur Gutes – aber ich werde sie nicht mit Gewalt beglücken! Tut mir leid, Kriegsherr! Befiehlst du mir jetzt, meinen Abschied zu nehmen? Oder mich zu erschießen?«

»Dazu ist es zu spät!«

Die Stille schallte lauter als jeder Schrei. Krej und Kelos waren wie auf Befehl beide verstummt.

»Die Liga hat ihre Entscheidung getroffen«, sagte Krej leise.

»In dir ist nichts mehr von einem Menschen«, erwiderte Kelos.

»Kelos! Wie kommst ausgerechnet du dazu, mir das zu sagen?«

»Eure Pläne sind Unsinn. Ihr seid auch ein Teil des Schattens ... und nicht gerade sein bester.«

»Sie haben die Möglichkeit ...«

Ich hörte den beiden nicht weiter zu, sondern stand auf und schob die Hand meines Großvaters beiseite, die auf meinem Knie lastete. Halte durch, alter Mann! Ich bitte dich, halte durch! Dann rannte ich los.

Das Tor schimmerte in der Dunkelheit. Es war nah, so nah ...

»Pjotr!«

Ich rannte, und die Zweige peitschten mir ins Gesicht. Das Tor kam immer näher.

»Pjotr!« Ein Schlag traf mich an der Schulter. Kelos hatte mich eingeholt. »Bleib stehen! Du wirst sonst nie wieder zurückkommen! Denk daran, was ich dir erzählt habe! Pjotr, ich kann da nicht mitkommen!«

Er wäre beinahe ins Tor hineingestolpert. Ich schaffte es, stehen zu bleiben und ihn wegzuschubsen. Entweder wollte er sich also nicht wehren, oder seine Kampfreflexe waren doch nicht allmächtig. Kelos fiel direkt an der Grenze des veränderten Raums, noch vor der Linie, hinter der die Zukunft auf ihn wartete, diese blendende und nichtmenschliche Zukunft.

»Warte hier!«, bat ich. »Das ist mein Weg.«

Ich machte einen Schritt – und weißes Licht schlug mir in die Augen.

Wie weh es tut, wenn man dich **erfasst** …

Das Geschrei des Cualcua brachte mich wieder zur Besinnung, diese Schreie, die ich mittlerweile kannte.

Pjotr! Pjotr! Pjotr!

»Schrei nicht so …«

Die Worte blieben mir im Hals stecken. Mein Mund war voller Schnee. Ich lag am Fuße eines Hügels und erinnerte mich sogar vage daran, wie ich ihn hinuntergestürzt war, mich überschlagen hatte, über die Schneewehen geholpert, auf unter dem Schnee verborgene Steine geschlagen war, vor Schmerz geschrien hatte …

Die Rezeptoren sind betäubt. Die Regeneration des beschädigten Gewebes erfolgt.

Der Cualcua gab aber nicht lange Ruhe.

Pjotr! Pjotr!

»Halt endlich das Maul!«

Als ich mich hochrappelte, schmerzte mein ganzer Körper. Wenn ich bei betäubten Rezeptoren dermaßen litt – was war dann mit mir geschehen?

Oho!

Als ich den Hang hinaufspähte, gewann der Cualcua meine uneingeschränkte Hochachtung. Meinen armen Körper nach einem solchen Fall wieder zusammenzubasteln – das war eine hübsche Arbeit für einen Gerichtspathologen. Ich war einen zweihundert Meter hohen Hang hinuntergestürzt, der derart steil war, dass kein noch so fanatischer Bergsteiger sich getraut hätte, ihn zu erklimmen. Zumindest nicht bei diesem Wetter.

Ein Schneesturm setzte ein. Nein, das war falsch, er setzte nicht ein, sondern er war hier zu Hause. Der Wind war zwar nicht sehr stark, aber das diffuse Gefühl, er würde sich selbst in Wochen nicht legen, wollte mich nicht verlassen. Winzige Hagelkörner schlugen mir in die Augen. Die trübe rote Scheibe der Sonne hing gotterbärmlich am Himmel. »He, Cualcua, erinnerst du dich noch an den *Frischen Wind*?«, fragte ich. »Sind wir vielleicht bei den Geometern gelandet?«

Die Schwerkraft und die Atmosphäre sind hier anders.

»Aha. Danke.«

Vielleicht war ich ein kompletter Vollidiot. Und zur Strafe bekam ich jetzt ein kurzes und inhaltsarmes Leben in einer Schneewüste ... für ein paar Stunden, bis ich erstarrte.

»Dann verrat mir doch bitte, ob es hier Leben gibt!«

Der Cualcua antwortete nicht gleich. Wahrscheinlich benutzte er nicht nur meine Sinnesorgane, vermutlich sah er sich auch noch mit seinen eigenen Augen um, beschaffte sich mit Mitteln, die mir nicht zur Verfügung standen, Informationen ...

Ja. Dreh dich nach links. Noch weiter. Stopp! In dieser Richtung, etwa einen Kilometer entfernt.

So angestrengt ich auch in die Richtung spähte, ich vermochte nichts zu erkennen.

Aber jetzt gab es keine Alternative mehr. Wenn du erst handelst und dann nachdenkst – was soll dabei schon Gutes herauskommen?

Ich schleppte mich durch den Schnee. Der Cualcua erfüllte mir meine Bitte und schwieg. Die Arbeit an meinem Körper setzte er jedoch fort, und ich spürte, wie meine Wahrnehmungsfähigkeit zurückkehrte und gleichzeitig die Kälte verschwand. Es war seltsam ... das hatte ich schon einmal erlebt ... ein Déjà-vu ... Nein, das war wirklich nicht die Welt der Geometer. Natürlich nicht. Aber wenn man ehrlich ist, bedeutet der ganze Schatten doch nun, im Kreis herumzulaufen. Die endlose Aufführung eines seit Langem einstudierten Stücks. Aus dem man nur herauskommt, wenn man aufhört, ein Mensch zu sein. Aber was tut man, wenn man genau das nicht will? Die Philosophen, Psychologen und Schriftsteller haben gut reden, wenn sie über das Schicksal der Menschheit sinnieren. Sie würde aussterben, über sich hinauswachsen, weitergehen, eine neue Stufe der Entwicklung erreichen ... Ich will das nicht! Ich ... ich will das nicht! Aber es gibt keinen anderen Ausweg, und deshalb werde ich mir den Kopf an den Felsen der Ur-Erde einschlagen, den Samen für die Tore herauskratzen, mich erniedrigen und betteln, dass man uns wenigstens diese Rettung, die mir so widerwärtig ist, zuteil werden lässt ...

Durch den Schneeschwaden hindurch nahm ich vor mir dunkle Schatten wahr. Ich blieb stehen und rieb meine tauben Hände gegeneinander. Das sah aus wie Türme. Und Baracken. Ein Déjà-vu. Heda, Wendige Freunde ...

»O …«

Dieser Laut, ganz in meiner Nähe, ließ mich zusammenfahren. Ich ging in die Hocke. Stöhnte da jemand?

Nein.

Ach du mein Heimatland,
So ungebunden weit …

Das klang eher nach einem Lied. Als ob jemand, der kaum Gehör oder Stimme besaß, in der Kälte versteinerte Worte vor sich hinmurmelte.

Du freies, großes Land …

Schließlich entdeckte ich den Sänger. Eine gekrümmte, eingeschneite Figur, in einem überdimensionalen, groben Pelzmantel. Es sah nicht so aus, als sei der Mann erfroren. Er saß auf einem Holzklotz, das Gesicht den Baracken und Türmen zugewandt, und murmelte in einem fort, murmelte ohne jede Intonation, vom Gesang zu breiigen Klagen übergehend.

»Kalt … verflucht … kalt …«

Für Menschen, die mit sich selbst sprechen, habe ich immer eine irritierende, mit Mitleid vermischte Sympathie empfunden. Wenn du mit deinem Leben zufrieden bist, suchst du den Gesprächspartner nicht in dir selbst, denn dieser Gesprächspartner ist zu schrecklich, zu unerbittlich.

Es folgte ein leises Knistern, als wickle jemand etwas aus in der Kälte steif gewordener Plastikfolie aus. Dann

Geschnaufe, bevor der Mann in sein gefrorenes Essen biss. Danach wieder Geschnaufe.

Ich näherte mich ihm langsam von hinten. Als mich nur noch ein Schritt von ihm trennte, bemerkte ich das funkelnde Metall. Auf den Knien des ausgehungerten Sangesburschen lag eine Waffe, eine kurzläufige MPi. Ich erstarrte.

Ein Wachtposten. Es war nur ein Wachtposten.

Wäre es ein Wendiger Freund gewesen, wäre alles einfacher gewesen. Wesentlich einfacher. Wenn er schweigend dagesessen hätte oder auf und ab patrouilliert wäre, dann wäre es ebenfalls einfacher gewesen. Aber so ... Von hinten über einen unbekannten Mann herfallen, der in unbequeme Kleidung gemummelt war und leise an einem Stück gefrorenen fetten Fleischs nagte, das wollte ich nicht.

Ich holte aus, zögerte dann aber. Hier stirbt ja niemand für immer. Das durfte ich nie vergessen. Und genau deshalb durfte ich das nicht tun, denn es würde alles rechtfertigen, alles, was man sich nur vorstellen kann, denn gerade das war das schrecklichste Geschenk der Tore: dass hier alles erlaubt war. Andererseits musste ich es tun, denn ich musste ja weitergehen ...

Der Posten drehte sich um. Ich konnte gerade noch das erstaunte, grobe Gesicht erkennen, den Mund, der sich zu einem Schrei öffnete – dann schlug ich zu. Die Pelzmütze minderte die Wucht des Schlags zwar, aber entweder hatte ich mich gewaltig ins Zeug gelegt oder mein Gegner war ein ausgesprochener Schwächling. Jedenfalls brach der Posten im Schnee zusammen, ohne noch ein Wort herauszubringen.

»Wünsche angenehme Träume«, flüsterte ich, während ich die MP an mich nahm. »Träume ruhig von einer anderen Welt ... einer warmen, zärtlichen Welt ... und begib dich dorthin.«

Nach etwa zehn Schritt stieß ich auf einen Stacheldrahtzaun. Fünf Stränge, an denen Schnee klebte und die deswegen an eine Neujahrsgirlande erinnerten.

»An die Arbeit, Symbiont!«, befahl ich. »Abrechnen werden wir im Jenseits ...«

Sobald meine Finger eine schwarze, glänzende Kruste überzog, berührte ich das eisige Metall und zerknipste einen Strang nach dem nächsten.

Nur gut, dass der Zaun nicht unter Strom stand. Und dass es keine Sender gab. Alles war so primitiv, dass es mich fast anekelte.

Glaubst du, dass du an den richtigen Ort gekommen bist?, fragte der Cualcua.

»Ja.«

Ich stiefelte durch die Schneewehen, aber wenigstens gab es hier Trampelpfade. Irgendwann fiel mir eine Einzelheit auf, die diesen Ort von den Sanatorien der Geometer unterschied. Ein Stück weiter, jenseits des Stacheldrahtes, ragten Fabrikgebäude auf. Die typischen Umrisse, der aus Schornsteinen aufsteigende Rauch, das schwache Sonnenlicht, das sich in den großen Fenstern spiegelte. Nein, wahrscheinlich beschäftigte man sich hier nicht mit der Begradigung der Uferlinie und zählte auch keine Erbsen.

Ich ging auf gut Glück weiter, ohne mich um Deckung zu kümmern. Vermutlich hatte man mich sowieso schon von den Wachtürmen aus entdeckt, mich allerdings nicht für einen Fremden gehalten.

Es war Tag. Und das war schlecht. Man würde arbeiten. Und ich wollte weiß Gott nicht alle Fabriken abklappern. Sonst würde ich mir am Ende noch eine Kugel einfangen. Die Möglichkeiten des Cualcua waren schließlich auch begrenzt, und der Eifer, der mich durch das Tor gebracht hatte, konnte wieder versiegen. Allerdings arbeitete man hier wohl rund um die Uhr ...

Ich betrat die erstbeste Baracke. Eine Wache machte ich nicht aus. Drinnen war es warm, gelbe Lampen spendeten ein trübes Licht. Es stank. Und zwar ausgesprochen heftig, nach ungewaschenen Körpern, Tabak und Feuer, ein schwerer Geruch, fast wie verbranntes Masut; das Ganze ließ an einen Eisenbahnhof denken.

Mit zur Decke gerichteter MPi stand ich kurz da. Aus einem Etagenbett aus rohem, dreckgeschwärztem Holz drang ein gleichmäßiges, monotones Schnarchen herüber.

Wie ähnlich sich doch Waffen sind, in allen Welten.

Ich zog den Abzug durch, und ein Feuerstreifen schlug hoch zur Decke. Es war eine Waffe mit Munitionskugeln, nur dass die Kugeln loderten, als sie sich in die Decke bohrten. Sie flammten auf wie der Sternenhimmel, der so prächtig über dem Schatten leuchtete.

»Aufstehen!«, schrie ich.

Die Gefangenen purzelten wie Erbsen aus ihren Betten. Ich ließ meinen Blick über die verängstigten Gesichter schweifen, über diese einfachen, dummen Gesichter, wie es sie zuhauf auch auf Mütterchen Erde gab.

Warum war das Mütterchen eigentlich für uns die Erde und für die Geometer die Sonne?

Jene Grenze, die mit Worten nicht zu beschreiben war ...

»Danilow!«, schrie ich. »Saschka!«

Die Gefangenen wichen vor mir zurück und drängten sich in einer Ecke der Baracke zusammen.

»Saschka!«, wiederholte ich, wobei ich eine zweite Salve in die Decke feuerte. Knisternd rieselten Funken herab.

»Pjotr?«

Ich ging durch die Baracke, die MPi im Anschlag. Bei einer Pritsche setzte ich mich auf den Rand. Wenigstens hatte sich Danilow das untere Bett sichern können. Alle Achtung.

»Hallo, Pjotr«, sagte er.

Danilow lag auf einer groben Felldecke. Er trug einen grau-blauen Overall und derbe Schuhe.

»Stehen Sie auf, Oberst!«, sagte ich. »Die Hilfe ist eingetroffen!«

Danilow sah mir in die Augen.

»Und wo sind deine Züge mit dem Kerosin, mein Junge?«

»Im Arsch. Steh auf! Es gibt keine Züge, Sascha. Ich habe nicht die Absicht, dich freizukaufen.«

»Das ist ungerecht, Pjotr.«

»Natürlich.« Ich hatte nicht vor, mich mit ihm zu streiten. »Es gibt keine Gerechtigkeit und wird sie auch nie geben. Ich nehme dich von hier mit. Und wenn ich dafür hundert Wachtposten umlegen muss, werde ich das tun. Glaubst du mir das?«

»Ja. Wir sind Gefangene unseres Schicksals, Pjotr. Verstehst du das denn nicht?«

»Nein, das verstehe ich nicht. Und deine Träume sind mir scheißegal.«

»Pjotr ... jeder muss seine Rechnungen begleichen ...«

Sprach da wirklich Saschka Danilow? Der Liebling aller? Der Herzensbrecher und vorbildliche Familienmensch? Dem alle jungen Piloten nacheiferten? Der Held der Krimkrise?

»Jeder trägt Schulden ab. Stehen Sie auf, Oberst! Die Heimat braucht Sie.«

»Ich kenne meinen Preis, Pjotr. Dreißig Waggons mit Kerosin.«

»Masut.«

»Kerosin, Petja ... Die Jagdflugzeuge brauchen Kerosin ...«

Ich zog Danilow am Kragen ein Stück hoch und schüttelte ihn. »Komm zu dir, Soldat!«

Wie kann ich dich brechen, Saschka Danilow, Oberst des FSB und unübertroffener Fuhrmann? Wie kann ich dich aus diesem Albtraum herausziehen, aus dieser Welt, in der du ein Verbrecher bist und ein Held und ein Henker und ein Opfer? Wie kann ich dich brechen – um deiner selbst willen? Um der Erde willen?

»Uns hat niemand Gerechtigkeit versprochen, Sascha ...«

»Eben!«

Entspannt und völlig unerschüttert lag er auf seiner Pritsche. Bestand auf dem Recht, seinen Albtraum zu leben. Bestand auf seiner persönlichen und verdienten Zwangsarbeit.

»Saschka …«

Ohnmacht und Panik ließen mich fast in Tränen ausbrechen. War doch alles umsonst gewesen? Ich konnte mich aufbrauchen. Mich in den einen Wunsch verwandeln, Oberst Alexander Danilow zu finden, obwohl ich mit ihm weder verwandt noch verschwägert war. Alles war möglich. Nur dass für ihn diese Welt eben die einzig richtige und die einzig reale war. Die Welt, in der er unverdrossen für den dumpfen Seufzer der Vakuumbombe bezahlte, die die *Hetman Masepa* in Asche verwandelt hatte, jenes Symbol der militärischen Ambitionen der Ukraine, aber auch für die Menschen, in deren Adern das gleiche Blut fließt wie in unseren, die aber niemals durch ein Tor gehen werden … .

Ja, Saschka, du bist ein Kriegsverbrecher. Das lässt sich nicht schönreden. Ich wäre es auch geworden, wenn ich etwas früher geboren worden wäre. Dann würde auch ich mich jetzt vor Scham und Verzweiflung winden, ohne zu wissen, wie ich meine Heimat lieben kann, die zwar immer noch bereit ist, für mich zu zahlen, mich aber nicht mehr beschützen will …

»Saschka …«

Was konnte ich ihm sagen? Er hätte mein Vater sein können, und nie im Leben würde ich sein Freund werden. Er war ein Verräter und ein Verbündeter in einer Person. Ein Kämpfer und ein Verbrecher, ein Ritter des Ruhmesordens und jemand, der am Ende doch nicht vor dem Londoner Tribunal gestanden hat, wo die Amis Russen und Ukrainer mit solch heiliger Freude in den Tod geschickt haben …

Alexander, du verhinderter Sieger, wie soll ich dir erklären, was ich verstanden habe? Wie soll ich dir klarmachen, dass die Welt aus Kälte und Schwefel, aus Feuer und Peitsche besteht, aber dass man sie trotzdem lieben muss, als wäre sie aus Salb- und Rosenöl? Wie soll ich dir begreiflich machen, dass wir sowohl den Preis als auch die Belohnung von jetzt an für immer in uns tragen, dass es nicht nötig ist, die alten Spiele wieder und wieder zu spielen? Er ist nicht Kay, ich bin nicht Gerda, die ins Reich der Schneekönigin gekommen ist ...

»Sascha, wir haben uns alle wiedergefunden. Alle.«

Er nickte schweigend.

»Mein Großvater hat einen neuen Körper bekommen. Kannst du dir das vorstellen?«

Leichte Verwunderung funkelte in seinen Augen auf.

»Noch dazu einen jungen Körper. Er sieht jetzt jünger aus als du. Seine Gegner können einem leidtun ... Mein Großvater hat immer gesagt, er würde seinen Sieg nicht mehr erleben. Jetzt hat er genug Zeit für alle Siege der Welt.«

»Und Maschka?«

»Sie klebt an ihm«, teilte ich ihm fröhlich mit. »Aber das war ja zu erwarten. Ich glaube, das hält nicht lange, aber im Moment würdest du sie nicht wiedererkennen.«

»Mich auch nicht.«

»Nein, du bist immer noch der Alte. Allerdings solltest du dich jetzt nicht weiter hier rumlümmeln. Steh auf! Das Tor ist nicht weit, aber wir haben nicht mehr viel Zeit.«

»Wozu?«

»Um einen Samen für die Tore zu kriegen. Und ihn zur Erde zu bringen. Die Starken Rassen sind kurz davor, die Liquidation unseres Planeten anzuordnen ...«

»Die Starken ...«

»Nun steh schon auf! Steh auf, Soldat!« Diesmal verlangte ich es nicht im Befehlston, sondern bat ihn. »Saschka! Komm schon! Willst du etwa, dass ich hier alle umniete, bevor du dich endlich vom Fleck rührst? Und das mache ich, darauf kannst du Gift nehmen! Auf den Wachtürmen stehen nur diejenigen, denen das Spaß macht!«

»Und auf den Pritschen liegen nur diejenigen ...«

»Entscheide dich, Saschka! Du musst selbst von hier fortgehen wollen. Mit Gewalt kann ich dich nicht zwingen ...«

Er schwieg.

»Mach schon! Denk an die Erde! An deine Frau, deine Kinder, dein Schiff! Was liegt dir sonst noch am Herzen?«

Keine Ahnung, auf welches Wort er ansprang. Kaum auf »Frau«. Vielleicht auf »Kinder«. Oder auf »Schiff«.

Danilow stemmte sich ächzend hoch und setzte sich auf die Pritsche. Er schielte zu seinen Mitgefangenen hinüber, blickte dann aber weg.

»Müssen wir weit gehen?«

»Da kannst du hinkriechen!«

»Ich habe keinen Symbionten, Pjotr! Ich könnte unterwegs erfrieren.«

»Dann werden wir einen Wachtposten finden und ihn bitten, seine Kleidung mit dir zu teilen.«

»Wie jung du bist, Pjotr«, bemerkte Danilow seufzend. »Wie jung ...«

In seiner Stimme lag ein Anflug von Neid. Trotzdem stand er auf.

Sie warteten auf uns.

Alle, bis auf Krej.

Ein Lagerfeuer brannte, mein Großvater saß da und schürte das Feuer mit einem bereits schmurgelnden Zweig. Mascha schmiegte sich halb liegend, halb sitzend an ihn. Zu ihren Füßen hatte sich der Zähler ausgestreckt. Kelos ragte etwas abseits wie eine steinerne Statue auf.

Was für ein friedliches, idyllisches Bild ...

Unser Auftauchen bildete einen scharfen Kontrast dazu. Ich schleifte Danilow, der von einem Bein aufs andere sprang und fluchte, was das Zeug hielt, mehr oder weniger hinter mir her. Sein zerfetzter, schneebedeckter Overall war blutverschmiert.

»Das kann nicht wahr sein«, sagte Kelos. Er kam uns entgegen und blieb am Rand des Tors stehen.

Mein Großvater und Mascha rannten zu uns ins Tor hinein. Sie hakten Danilow unter und schleppten ihn zum Lagerfeuer. Für mich hatte mein Großvater nur einen einzigen Blick übrig, einen dankbaren, aber knappen Blick, als hätte er keine Sekunde daran gezweifelt, dass ich zurückkehren und Danilow mitbringen würde.

»Wer war das?«, fragte Mascha. Sie stützte Danilow mit der Geschicklichkeit einer erfahrenen Krankenschwester.

Danilow runzelte die Stirn, schwieg aber.

»Es hat keinen Kampf gegeben«, antwortete ich. »Das kommt von den Felsen. Vom Eis. Sascha ist abgestürzt ... wir können von Glück sagen, dass es nicht tödlich ausgegangen ist.«

»Warum zum Teufel hast du mich ausgerechnet zu diesem Tor geschleppt?«, zischte Danilow. »Ich bin schließlich kein Bergsteiger! Außerdem hätten wir einfach in ein Auto steigen können ...«

Ich sparte mir die Antwort. Natürlich hätten wir genau das tun müssen. Wir hätten uns den Jeep der Wachen schnappen und über den unberührten Schnee zum nächsten Tor jagen sollen. Aber ich war das idiotische Gefühl nicht losgeworden, wir sollten den Weg zurück nehmen, den ich gekommen war.

Kelos drängelte Mascha beiseite und setzte sich neben Danilow. Der Oberst grummelte etwas, verstummte dann aber und starrte den Fremden an. Kelos tastete rasch sein Bein ab.

»Das ist nicht schlimm. Du hast dir nichts gebrochen.«

»Das weiß ich ...« Danilow schob Kelos' Hand weg. »Vielen Dank.«

»Großpapa«, flüsterte ich, »bist du dir sicher gewesen, dass ich Saschka finden würde?«

»Ja.«

»Aber wieso?«

»Du bist daran gewöhnt, eine Sache zu Ende zu bringen.«

»Das ist keine Antwort.«

»Na schön.« Mein Großvater seufzte. »Du kennst keine Niederlagen, weißt du. In deinem Leben hat es keine normalen, keine richtigen Niederlagen gegeben. Wenn du etwas wolltest, hast du es auch bekommen. Mit kindlicher Naivität und mit der Gewissheit, dass du die Welt vollständig durchschaut hast. Du kannst dich davon überzeugen, dass die Entscheidung, die du einmal getroffen hast, die einzig richtige ist und sich ohne Zweifel in die Tat umsetzen lässt. Das ist alles. Sicherlich wird sich das irgendwann auf sehr schmerzhafte Weise rächen, Pit. Aber noch reicht dein Selbstvertrauen, noch vertraust du stark genug auf deine Entscheidungen, dass du durch das Tor gehen kannst. Besser als wir alle und als die meisten Einheimischen hier.«

Ich weiß nicht, ob er wirklich dieser Meinung war oder ob er nur versuchte, eine Erklärung für mein Glück zu finden. Auf alle Fälle klang es viel zu einfach, wie aus einem alten Film, wo die Helden durch Wände gehen konnten, sofern sie nur fest genug daran glaubten.

»Es liegt nicht an mir, Großpapa. Nicht nur an mir. Wenn Danilow nicht gewollt hätte, dass ich ihn mitnehme ... wenn ihr nicht auf uns gewartet hättet ...«

»Ja, das stimmt. Du hangelst dich an einem unsichtbaren Faden entlang, der zwischen uns gespannt ist. Vielleicht hat dein Freund recht ... wir sind hier zu einsam, um einander wirklich verloren zu gehen. Wir haben Angst. Wir haben einfach Angst.«

»Aber jetzt ...«

Mein Großvater zuckte mit den Schultern. Mascha verband Danilow das Bein. Dieser sagte kein Wort, sondern hörte Kelos zu, der stets mit allen eine gemeinsame Sprache fand.

»Großvater ...«, sagte ich, denn ich spürte, dass etwas nicht stimmte. »Was ist denn los?«

»Wir sind jetzt alle zusammen«, antwortete mein Großvater.

»Und?«

»Das sage ich auch: Und! Wo bleiben nun Tore? Tu dich auf, Erde, erscheine, Tellerchen mit dem blauen Rändchen! Gebt uns die Tür in unsere Welt! Erbarmt euch der Waisen und Tumben!«

Mein Großvater drehte sich mir zu und legte mir die Hände auf die Schultern. »Du bist ein guter Junge, Petja«, sagte er leise und nachdrücklich. »Ich bin stolz auf dich. Ich liebe dich. Du bist in der Lage, für einen Freund durch Feuer und Wasser zu gehen, oder Saschka, der dich doch verraten hat, hierher zu bringen. Wo hast du ihn eigentlich aufgetrieben? Lass mich raten. In einem Konzentrationslager? Ja, wir alle sind Helden vom Scheitel bis zur Sohle. Die Retter der Menschheit. Gebt uns, gebt uns diese Tore!«

Alle schwiegen. Alle hörten meinem Großvater zu.

»Nur, dass unser Problem ganz woanders liegt!« Er hatte seine Stimme erhoben. »Eigentlich wollen wir nämlich diese Tore überhaupt nicht! Krej hat die Wahrheit gesagt: Wir haben Angst davor, zu einem Teil des Schattens zu werden. Und das heißt, wir werden hier hocken, bis wir schwarz sind, bis wir endlich glauben ... bis wir aus tiefstem Herzen davon überzeugt sind, dass es nichts Richtigeres und Natürlicheres auf der Welt gibt!«

Kelos erhob sich schweigend und entfernte sich vom Lagerfeuer.

»Darauf werden wir lange warten müssen, Petja ... sehr lange, wie ich fürchte. Und nichts kann uns da helfen. Uns nicht – und auch der Erde nicht.«

»Erklärt mir jetzt endlich, worum es eigentlich geht!«, blaffte Danilow.

Vier

Mein Großvater und Kelos konnten über die Handelsliga sagen, was sie wollten.

Aber in einer Sache hatte Krej recht. Ihre Tunnel konnten – mussten – einen Ausweg aufzeigen.

Man darf einem Menschen nicht *diese* Freiheit anbieten, wie die Tore sie verstanden. Man darf die Entscheidungen nicht dem Unterbewusstsein überlassen, dieser Handvoll Müll am Schädelgrund. Wir haben gelernt, vor sehr langer Zeit schon gelernt, uns nicht so zu verhalten, wie wir es gern möchten, sondern so, wie es nötig ist, und genau darin unsere wahre Freiheit gefunden. Selbst das einmütige Sklaventum der Geometer bietet der echten Freiheit mehr Schlupflöcher als die Welt des Schattens, in der absolut alles erlaubt ist. Denn sich so zu verhalten, wie man möchte, ist die wahre Sklaverei.

Man macht sich damit zum Sklaven seiner selbst.

Wie sehr ich den Schatten – seine eigentliche Grundlage ebenso wie die aus dem Nichts geschaffenen Tore – auch ablehnen mochte, momentan war ich bereit, alles für einen Feuersamen zu geben. Mit dem ich zugleich

Schutz, Unsterblichkeit und eine Chance erwerben würde ... und zwar nicht für mich. Schließlich hatte ich das alles ja schon bekommen, einfach indem ich durch ein Tor gegangen war.

Das ganze Problem bestand jedoch darin, dass der Schatten uns nicht wollte. Wir hatten ihn nicht verdient, denn wir hatten ihn nicht erfleht. Vielleicht ... wenn noch jemand anders unter uns gewesen wäre, jemand, der dieser Gratisgabe wenigstens etwas mehr Begeisterung entgegengebracht hätte, stärker an die außerirdischen Wohltaten geglaubt hätte ... Vielleicht hätte er dann diesen Feuersamen erhalten. Aber wir wollten ihn nicht. Und deshalb würden wir ihn auch nicht bekommen.

Niemand war ins Haus gegangen. Wir saßen immer noch vorm Lagerfeuer. Danilow war zwar einmal zum Haus gehumpelt, dann aber gewaschen und umgezogen zu uns zurückgekommen. Ich beteiligte mich nicht am Gespräch, sondern lauschte schweigend den endlosen Erklärungen, mit denen mein Großvater und Mascha Danilow überhäuften. Kelos hüllte sich ebenfalls in Schweigen. Eine Weile lief er herum, dann setzte er sich neben mich. »Du bist trotz allem ein tüchtiger Kerl«, sagte er leise. »Durch ein Tor zu gehen und zurückzukommen ... Tüchtig.«

In seiner Stimme schwang kein Neid mit. Wahrscheinlich hatte er schon vor Jahrhunderten verlernt, neidisch zu sein.

»Genützt hat es aber nichts«, entgegnete ich.

»Stimmt. Das wiederum habe ich erwartet.«

»Kehr zurück, Kelos! Vielen Dank für alles. Du hast getan, was du tun konntest.«

Er zuckte vage mit den Schultern. »Wollt ihr mich loswerden?«

»Wieso geht du ein solches Risiko ein? Du bist immer noch am Leben. Und du bist nicht durch ein Tor gegangen. Noch gibt es für dich die Chance, nach Hause zurückzukehren.«

»Habt ihr diese Chance?«

»Nein.«

Kelos nickte. Er hob die Hand. Auf dem Handteller erglomm ein Licht, ein winziges Fenster, das sich in der Luft öffnete.

»Ist das eine Waffe?«, fragte ich mit gedämpfter Stimme.

»Nein. Das gehört zum Informationssystem der Handelsliga. Es ist sehr einfach zu handhaben ... ihm liegen die Systeme der Kristallenen Allianz zugrunde. Sieh mal ...«

In dem winzigen, formbaren Bildschirm bewegten sich die fünf hochgewachsenen, kantigen dunkelhäutigen Schatten. Ein Feuerpunkt glühte in den Händen desjenigen, der voranging. Die riesigen Facettenaugen spiegelten dieses Licht wider.

»Sie kehren zu ihrem Schiff zurück«, sagte Kelos. »In ein, zwei Tagen ... ich weiß nicht, wie schnell das Schiff ist ... wird ihr Planet ein Teil vom Schatten.«

Wir sahen einander an.

»Der Samen der Tore ist nicht an einen bestimmten Planeten gebunden«, ergänzte Kelos leise. »Es ist bloß ein Samen. Der in jede Erde gesteckt werden kann.«

Ich schüttelte den Kopf.

Kelos ballte die Hand zur Faust, worauf der in der Luft hängende Bildschirm erlosch und sich in eine lodernde kleine Kugel verwandelte. Die fast wie ein Samen aussah.

»Überleg es dir«, sagte er müde.

»Sie werden beobachtet.«

»Das bezweifle ich. So weit geht die Liebe der Liga für den Schatten nicht.«

»Wo ... wo sind sie?«

»Ich könnte es herausfinden.«

»Kelos ... warum tust du das?«

»Ich bin ein Mensch.«

»Mir musst du das nicht beweisen. Wirklich nicht, das kannst du mir glauben!«

»Sich selbst muss man das aber sein Leben lang beweisen, mein Junge.«

Er öffnete die Faust wieder, und etwas, das wie ein trockenes, flammendes Blatt aussah, glitt in die Dunkelheit und löste sich dort auf.

»Ihr braucht das dringender. Früher einmal galt für die Kristallene Allianz das Versprechen, niemandem Hilfe zu verweigern. Niemandem. Wenn unsere Hilfe oft auch grausam und blutig war ... wenn die Allianz auch nicht mehr besteht ... Aber ich lebe noch.«

»Auf Danilow verzichten wir besser«, sagte ich leise. »Er darf nicht mitkommen ... unter keinen Umständen darf er in einen Kampf ziehen. Meinen Großvater möchte ich nicht dabeihaben. Bleiben du, ich und Mascha.«

»Sie ist ein sehr ernsthaftes Mädchen.« Kelos nickte. »Wir drei, das sollte vollauf genügen.«

»Was ist mit Waffen?«

»Meine trage ich immer bei mir. Und du bist ein Metamorph.«

Hältst du dein Versprechen, Cualcua?

Ja.

»Wie kommen wir hin?«

»Ich könnte uns eine Maschine organisieren. Das Transportnetz der Liga ...«

»Klar. Es ist dem der Allianz nachgebildet. Also dann – los!«

Ich stand auf und ging zu Mascha. Mit einem Blick bedeutete ich ihr, sich mit mir ein Stück abzusondern. Mein Großvater beobachtete uns verstohlen, sagte jedoch kein Wort. Wahrscheinlich hatte er Angst, jede Frage seinerseits könne bizarre Eifersüchteleien auslösen.

»Was gibt's denn, Pjotr?«, wollte Mascha wissen, sobald wir uns rund zehn Meter von den anderen entfernt hatten.

»Wir haben einen Plan ...« Ich geriet ins Stocken.

»Haben dich diese fünf Blödmänner mit dem Samen inspiriert?«

Die kluge Mascha. Mein Großvater wusste ganz genau, wen er unter seine Fittiche nahm.

»Ja. Bist du einverstanden?«

»Andrej Valentinowitsch bleibt aber hier.«

»Natürlich.«

»Was ist mit Danilow?«

»Lieber nicht.«

Wir verstanden uns ohne viele Worte. Die Zeit raste uns davon, bei uns beiden fing das Herz schon vorab an zu hämmern.

»Also wir zwei?«

»Und Kelos.«

»Können wir ihm vertrauen?«

»Ja. Ihm schon, aber sonst niemandem. Er sorgt für eine Maschine und kennt die Route.«

»Ich könnte das auch übernehmen«, gab Mascha zu bedenken. »Danach müssen wir von hier weg, Pjotr. Unverzüglich. Wir müssen Andrej Valentinowitsch und Saschka holen und dann nichts wie weg ... Aber nicht durch ein Tor. Besser, wir nehmen einen Tunnel zu einer anderen Station der Liga. Dort schnappen wir uns ein Schiff, fliegen zum Irrstern ... und dann nach Hause.«

»Kelos müssen wir unterwegs noch in seiner Welt absetzen.«

»Gut. Wir nehmen den Tunnel, durch den wir auch hergekommen sind.« Mascha nickte. »Ich bin gleich wieder da.«

Sie eilte davon, hinein in die Dunkelheit.

»Wohin willst du denn?«

»Ich hole die MPi, du Dussel. Ist dir etwa nicht aufgefallen, dass diese Fünf bewaffnet waren?«

»Nein.«

»Ich hab's aber gesehen.«

Ich blieb allein zurück, und sofort durchrieselte mich ein kalter Schauder. Mein Gott, worauf ließen wir uns hier ein? Der verrückte Kelos, der sich über Jahrhunderte daran gewöhnt hatte, Probleme mit Gewalt zu lösen ... Mascha mit ihrer pathologischen Kampfeslust ... und ich. Immerhin konnte ich für mich keine sonderliche Waffenliebe geltend machen.

Wir befanden uns in einer Welt des Schattens. In seiner allerersten Welt. In der sich obendrein zwei Gruppen trafen: diejenigen, welche die Tore erschaffen hatten und inzwischen auf eine andere, völlig unvorstellbare Entwicklungsstufe aufgestiegen waren, und die Vertreter der Handelsliga, die uns näher waren, dafür jedoch eine fürchterliche Macht repräsentierten. Man würde uns auslöschen, noch bevor wir unser Ziel erreicht hatten. Oder bei dem Versuch, den Samen zu klauen. Vielleicht würde man uns auch die Wiedergeburt verweigern ... oder uns in irgendeinem Nest auferstehen lassen ... Vorwärts zur Verwirklichung der Gesetze des Karma!

»Pjotr ...« Kelos war lautlos an mich herangetreten. »Wo ist Mascha?«

»Hier.« Sie tauchte fast genauso lautlos auf. Ihre Hand hielt die Maschinenpistole fest gepackt.

»Verstehe.« Kelos sah sie billigend an. »Mir nach.«

Das ist dumm!, schrie es in mir auf. Trotzdem folgte ich Kelos. Er und Mascha berieten sich mit raschen Worten.

»Pjotr! Mascha!«

Mein Großvater. Er spürte, dass etwas im Busch war.

»Schneller!«, verlangte Kelos. In der Dunkelheit zeichnete sich die Silhouette eines Flyers ab, genauso einer wie der, mit dem wir zur Station der Liga gekommen waren. »Steigt ein!«

Ich tauchte in die verdichtete Dunkelheit ein, schwebte in dem elastischen Raum. Mascha stieg ein, zuckte zunächst irritiert zusammen und versuchte dann, eine bequeme Position zu finden. In einer solchen Maschine war sie noch nie geflogen.

»Wir haben es nicht weit«, sagte Kelos, der zwischen uns Platz nahm. »Ich denke, wir sind wieder da, noch bevor eure Freunde sich überhaupt Sorgen machen können.«

Sobald wir in dem transparenten Flyer saßen, wurde es um uns herum rapide heller. Was für eine kunstvolle Bildbearbeitung. Tief im Dunkel machte ich die blendende Blume des Lagerfeuers und die an ihm erstarrten Schatten von Danilow und meinem Großvater aus, die hilflos in die Nacht spähten.

»Jetzt nur nicht den Schwanz einziehen«, brummelte Mascha. Die MPi hielt sie zwischen die Knie gepresst, gerade strich sie sich rasch übers Haar. Etwas Unpassenderes hatte ich noch nie gesehen. »Fliegt dieses Aquarium schnell?«

»Keine Sorge, Fischlein, das tut es«, antwortete Kelos grinsend.

Der Flyer stieg in die Luft. Im Nu an Höhe gewinnend, drehte er nach Westen ab. Ja ... bei uns war schon tiefe Nacht ... Aber dort, wo sich die fünf schwarzhäutigen Aliens aufhielten, war es noch hell ... von wegen: nicht weit ...

»Sag mal, Kelos, die mit dem Samen ... die sind doch schon durchs Tor gegangen, oder? Werden sie wiederbelebt – wenn sie sterben?«

»Ich weiß es nicht.«

»Eine gute Antwort«, bemerkte Mascha. »Also, mein Spielzeug tötet nicht. Überlasst alles mir.«

»Ich fürchte, ihre Spielzeuge sind etwas tödlicher«, entgegnete Kelos. »Wir werden uns der Situation anpassen.«

»Ob wir sie vielleicht einfach bitten sollen, uns den Samen zu geben?«, fragte Mascha. Doch ohne die Antwort abzuwarten, seufzte sie: »Schon gut.«

Der Flyer bewegte sich durch die Nacht. Die blauen Schatten, die durch die Risse in der Wolkendecke leuchtende Sternenfülle, die Lichter am Boden – diese Welt war im Grunde recht dicht besiedelt, sie gab ihre Ödnis nur vor.

»Wenn du wegen dieser Geschichte Ärger kriegst ... komm einfach zur Erde«, sagte Mascha ernst. »Wir vergessen nicht, wer etwas Gutes für uns getan hat.«

Sie sprach in einem derart selbstsicheren Ton, als bekleide sie mindestens das Amt des amerikanischen Präsidenten.

Kelos hüllte sich in Schweigen.

»Außerdem sind die am Ende selbst schuld«, fuhr Mascha fort. »Ich meine, die Liga. Bei ihren Möglichkeiten wäre es doch eine Kleinigkeit für sie gewesen, der Erde zu helfen. Sie haben uns ja direkt zu diesem Schritt gezwungen!«

»Jede Welt betritt den Schatten auf ihre eigene Weise ...«, bemerkte Kelos leise. »Die eine durch Liebdienerei und inständiges Bitten. Die andere durch Arbeit und Plackerei. Wieder eine andere ... durch Raub oder Diebstahl. Insofern müssen wir uns keine Gedanken machen.«

Mascha erwiderte kein Wort. Und falls sie etwas sagen wollte, um ihre Nerven zu beruhigen, unterdrückte sie diesen Wunsch.

»Wir landen in ihrer Nähe«, erklärte Kelos. »Wir müssen rasch handeln, ohne zu zögern. Pjotr, bist du bereit?«

»Ja.«

Danach sagte niemand mehr ein Wort. Der Flyer flog dahin, die bläuliche Finsternis löste sich auf, wich einer normalen Dämmerung. Die schwarzen Felsen erstreckten sich unter uns.

»Genau wie in meiner Jugend«, sagte Kelos. Er stand auf – und eine Welle wogte förmlich über seinen Körper hinweg. Seine Haut leuchtete stahlgrau auf, seine Augen schienen zu versteinern, die Handflächen wurden breiter, wie bei einer aufblasbaren Gummipuppe.

»Bist du ein Roboter?«, schrie Mascha.

»Ein Cyborg«, antwortete Kelos kalt. »Ein Cyborg, der versucht, ein Mensch zu sein.«

Der Flyer ruckte und ging tiefer. Die Beschleunigung spürten wir nicht, das Kraftfeld absorbierte sie völlig. Nur die Felsen kamen rasant näher.

»Viel Glück«, sagte Mascha plötzlich. Sie streckte sich aus und wollte Kelos berühren. Aber die Kabine schmolz bereits, und etwas drückte uns nach oben.

Eine ausgesprochen interessante Methode der Landung ...

Einen Moment lang meinte ich, ich könnte meinen Körper nicht mehr kontrollieren und würde mit dem Kopf gegen den Felsen prallen. Es wäre ein bemerkenswertes Ende für dieses Abenteuer gewesen.

Aber das Kraftfeld, das uns nach draußen geschleudert hatte, setzte seine Arbeit noch fort. Es wirbelte mich herum, bremste mich und stellte mich auf dem Felsen ab, ganz akkurat, mit dem Gesicht zu den fünf Fremden.

Es muss höchst beeindruckend ausgesehen haben ...

Wir standen uns auf einem schmalen Gebirgspfad gegenüber. Auf der einen Seite ragte eine Steilwand auf, auf der anderen klaffte ein fast senkrechter Abgrund. Der Flyer versperrte den Pfad von hinten. Die fünf reglosen Aliens befanden sich dicht vor uns.

Nein, ihre Haut war nicht schwarz, sondern dunkelblau. Funkelnd, als sei sie lackiert. Die Facettenaugen, groß wie Untertassen, rührten sich nicht, sondern blickten starr vor Entsetzen. Ihre Extremitäten schienen ein Gelenk zu viel aufzuweisen.

Waren das überhaupt Menschen?

Ich war ihnen am nächsten. Von demjenigen, der mit dem Samen in der Hand voranschritt, trennte mich nur ein guter Meter. Die kleine Feuerkugel loderte wie ein vom Himmelsrand gefallener Stern. Was für ein kaltes, blendendes Feuer!

»Gib her!«, sagte ich und streckte die Hand aus. Natürlich war es dumm, auf einen Kompromiss zu hoffen. Trotzdem musste ich das sagen. »Gib her! Wir brauchen es dringender.«

Der schmale, zahnlose Mund öffnete sich. Wir sprachen jetzt dieselbe Sprache, dieses Geschenk verweigerte der Schatten niemandem.

»Nein.«

Ich nahm den Geruch wahr. Einen flüchtigen, säuerlichen Geruch. Mir war völlig unklar, wie diese beinahe chitinartige Haut überhaupt Schweiß absondern konnte. Aber es war der Geruch der Angst.

»Wir werden ihn uns so oder so holen«, verkündete ich. »Ihr bekommt einen neuen. Gib her!«

Die Aliens trugen keine Kleidung. Nur geschuppte Riemen, die aussahen, als seien sie aus Schlangenhaut gefertigt, umhüllten ihre Körper. Daran hingen unzählige Taschen, Behältnisse und Hüllen.

Die schmalen lilafarbenen Hände glitten über die Riemen ...

»Runter!«, schrie Mascha.

Statt mich zu ducken, sprang ich vor, packte den Fremden mit dem Samen und zog ihn von den anderen weg. Die schmalen Hände erwiesen sich als überraschend kräftig. Da wir direkt an der Feuerlinie miteinander kämpften, traute sich niemand, einen Schuss abzugeben.

»Das ist unser!«, brüllte der Fremde. »Unser. Ist. Das. Das. Ist. Unser ...«

Es war leichter, ihn zu Boden zu werfen, als ihm den Samen zu entwenden. Sobald wir beide hinfielen, brach über unseren Köpfen der Feuersturm los. Flammenblitze zuckten, Maschas MPi ratterte gleichmäßig. Wir rollten über den Felsen, immer näher an den Abhang heran. Unsere Gefährten klärten derweil die uralte Frage: Wer hat recht – und wer hat mehr Rechte?

Unser Kampf dauerte nicht lang. Wir stellten ihn fast gleichzeitig ein, beide von dem Wunsch beseelt, uns über den Stand der Dinge zu informieren.

Drei Blauhäutige lagen auf dem Felsen. Wahrscheinlich hatte Mascha sie erwischt, denn es waren keine Wunden zu sehen.

Kelos und der letzte Alien gingen noch immer aufeinander los. Vor Kelos flackerte die weiße funkelnde Wand eines Kraftschilds. Vor dem Alien ragte das gleiche

Ding auf, allerdings in Gelb. Anscheinend hatten die beiden Kontrahenten den Schild des anderen nicht einschlagen können und umrundeten einander jetzt nur noch. Wer wohl wen zuerst abdrängte? Vom Pfad in den Abgrund ...

Ich zweifelte nicht am Ausgang des Kampfes.

Schritt für Schritt bewegte sich der Alien auf den Abgrund zu. In Kelos' Miene zeigten sich keine Gefühle mehr, sie war zu einer erbarmungslosen Metallmaske geworden. Ein Schritt. Noch einer.

Der Fremde schwankte am Rand des Abgrunds. Er begriff genauso gut wie ich, dass er dem Tod geweiht war. Und genau wie ein Mensch wollte er sich auf gar keinen Fall ergeben.

Der gelbe Schild schrumpfte zu einem Punkt zusammen und zog sich zurück. Ein wuchtiger Schlag von Kelos fegte den Alien vom Pfad.

Doch den Bruchteil einer Sekunde vor diesem Angriff durchbohrte der flammende gelbe Punkt den weißen Schild und grub sich in Kelos hinein.

Ich schrie auf, als ich sah, wie unser einziger Verbündeter Feuer fing. Die Flamme züngelte hoch, verbrannte ihn von innen, der blauhäutige Alien war bereits in die Tiefe verschwunden, lautlos auf dem Felsen aufgeschlagen, aber das Feuer wollte immer noch nicht erlöschen.

»Kelos!« Mascha schleuderte die MPi weg und stürzte zu ihm. Kelos wich zurück, als fürchte er, sie zu versengen. Er fiel auf die Knie.

Hat dich das Feuer also doch erwischt, den Cyborg, der ein Mensch zu sein versuchte, den Menschen, der als Soldat geboren wurde ... Das Schicksal holt jeden ein, sosehr man sich auch vor ihm versteckt. Und es begleicht alle angehäuften Schulden ...

Ich betrachtete den am Boden liegenden Alien. In den Facettenaugen, in denen sich kein Gefühl widerspiegelte und auch nicht widerspiegeln konnte, stand Verzweiflung. Ich schmetterte seinen Kopf auf die Steine, einmal, zweimal, bis seine Augen trüb wurden.

Erst dann gestattete ich mir, zu Kelos zu eilen.

Die Flamme war erloschen. Kelos lag reglos da, nur seine rechte Hand zitterte in Krämpfen. Sein Körper schien im Innern explodiert und von zahllosen Wunden zerfetzt zu sein. Aus einigen floss Blut. Bei einigen schimmerte aufgerissenes Metall durch.

»Kelos ...«, flüsterte ich. »Kelos, mein Freund ...«

Noch lebte er. Und er sah mich an. Nicht um mich anzuklagen, nicht um Mitleid zu erheischen – sondern um sich zu verabschieden.

»Wohin man auch geht ...«, hauchte Kelos.

»Hör zu!«

»Ja ...«

Ich griff nach seiner Hand – die unsagbar schwer war. Wie viel er wohl wog? Wie viel war an ihm Fleisch, wie viel Eisen?

»Du bist ein Mensch ...«

»Ich ... war ...«

»Du bist ein Mensch, Kelos.«

»Ich spüre nicht mal Schmerzen, Pjotr. Ich habe ... sie ausgeschaltet. Was bin ich schon für ein Mensch ...«

»Kelos! Hör mir zu, du Idiot!«

Das Leben kroch mit jedem Tropfen Blut aus ihm heraus. Mit jedem Stück Eisen, das seinen Geist aufgab. Was hatte er sich da nur in den Kopf gesetzt, dieser Schwachkopf? Wer von uns ist denn ein Mensch? Derjenige, der von Geburt an im selben Körper steckt? Oder derjenige, der versucht, ein Mensch zu sein?

»Kelos, sie warten auf dich. Hast du das vergessen? Wenn du nicht nach Hause zurückkehrst ... wird deine Frau dir folgen.«

»Sie ist dazu bereit ...«

»Entscheide nicht für andere! Entscheide niemals für andere!«

»Mich hält nichts mehr, Pjotr.«

Seine Worte klangen immer leiser und leiser. Er ging fort, und ich wusste nicht, was ich sagen sollte, wie ich ihm das vermitteln sollte, woran ich glaubte, was seine Rettung bedeutete, den einzigen und unveränderlichen, den ewigen Anker in all unseren Welten ...

»Sie warten auf dich, Kelos. Deine Frau wartet auf dich. Wenn du durchhältst, hält sie auch durch.«

»Aber wozu?«

»Wage es ja nicht!«, schrie ich. »Hör mir zu! Ich weiß nicht, was dir teuer ist und was nicht, aber merk dir eins: Die Tore sind ein Faden – und solange jemand diesen Faden festhält, solange jemand auf dich wartet ...«

Er lächelte, und in dem zerfetzten Gesicht nahm sich das Lächeln absurd aus.

»Sie warten auf dich, Kelos. Glaub mir!«

»Entscheide nicht für andere ... niemals ...«

Ich stand auf.

Sah Mascha an.

»Ich konnte nichts mehr machen«, flüsterte sie. »Pjotr, ich habe geschossen ... aber dieser Mistkerl hatte einen Kraftschild.«

Mistkerl?

Das nun wirklich nicht. Sie haben ihre Welt verteidigt. Jenes Stückchen Glück, das sie für sie erobert hatten. Wir sind stärker gewesen als sie. Wir haben gewonnen. Der Himmel ist daraufhin nicht zerrissen, die Erde hat sich nicht unter uns aufgetan. Der geschenkte Samen ist kein Zauberamulett, das man nicht stehlen kann. Man kann es, ohne Weiteres.

Jeder betritt den Schatten auf seine eigene Weise.

Ich näherte mich dem reglosen blauhäutigen Wesen. Ich bog die geballte Faust auf und schälte aus den gekrümmten Fingern den Klumpen kalten Feuers.

Der Körper des Aliens erzitterte. In die riesigen Augen kehrte der Verstand zurück.

»Er lebt noch!«, schrie Mascha. »Erschlag ihn, Pjotr!«

Der Blauhäutige rührte sich nicht. Er lag nur da und wimmerte leise. Wahrscheinlich klang so ihr Weinen. Nur die dünnen Finger knisterten, die sich immer fester um den Samen pressten.

»Als ob euch irgendeine Gefahr droht!«, schrie ich. »Wofür braucht ihr den überhaupt?«

Das Wesen stöhnte und schmiegte sich dicht gegen den Felsen. Das Licht des Samens, von seiner Hand verborgen, war kaum noch zu sehen.

»Erschlag ihn!«, verlangte Mascha noch einmal.

»Könntest du das?«, zischte ich. Darauf schwieg sie.

»Brauchen ...«, flüsterte das Wesen mit einem Mal. »Brauchen ihn ... Dringend. Brauchen. Dringend ...«

Es ging nicht auf die Übersetzung zurück, dass das Wesen in abgerissenen Sätzen sprach, denn wir verstanden uns jetzt problemlos. Es lag am Aufbau seiner Gedanken ... an der Natur dieser Wesen ... sie trennte einfach zu viel von uns ...

»Schlecht ... Sehr. Sehr. Schlecht. Schlecht. Tod. Kommt. Tod. Kommt.«

Entweder konnte ich ihre Gefühle nicht verstehen oder sie ließen sich mit diesem scheibenartigen Mund nicht ausdrücken, so dass dem Alien nur Worte blieben, sinnlose und klägliche Worte, mit denen er mich nie überzeugen würde, genau wie ich Kelos nicht hatte überzeugen können, der für immer fortgegangen war, dieser Cyborg, der aufgehört hatte, Mensch zu spielen – wie auch jetzt die Welt der Blauhäutigen aufhören würde zu existieren. Ja, ich glaubte ihm, dass es schlimm um seine Welt stand, vielleicht sogar noch schlimmer als um unsere, aber in dieser Situation konnte ich mich nicht um ihre Probleme kümmern – denn ich musste die Erde retten.

Und wer immer nach mir kam, sollte mich segnen oder verfluchen, um Vergebung für mich bitten oder herzlich über die untergegangene Rasse lachen ... Wovon es wohl abhängen würde, ob man mir vergab oder mich auslachte? Wenn man nur *dorthin* blicken könnte, in jene Welt, die sonnig und klar sein wird! Wenn man nur den Ausdruck ihrer Gesichter sehen könnte!

Was sollte ich jetzt tun?

»Gib ihn mir«, sagte ich. »Gib ihn mir. Wir brauchen ihn. Brauchen. Ihn.«

Die Faust öffnete sich. Ich nahm die winzige Kugel an mich. Nein, sie war nicht kalt, sondern warm ... lauwarm.

Aber immerhin nicht kalt.

Dieser Klumpen weichen Feuers. Dieser Same für die Tore.

Hinter mir seufzte Mascha. Sie streckte die Hand aus – und zog sie wieder zurück. »Sollen sie doch alle verflucht sein ...«, flüsterte sie. »Komm, Pjotr, lass uns gehen ...«

Ich rührte mich nicht. Mascha ging zu Kelos, beugte sich über ihn und hievte den Körper hoch. Aus den Augenwinkeln heraus beobachtete ich, wie sie ihn zum Flyer schleifte.

Wie hast du es ausgedrückt, Kelos? Jeder betritt den Schatten auf seine eigene Weise? Mancher durch inständiges Bitten, mancher durch Arbeit und mancher durch Diebstahl. Und ich bräuchte mir deswegen keine Sorgen zu machen.

Ich hatte dorthin geblickt, wohin man nicht zu blicken vermag, in die allerfernste Ferne. Unsere Nachfahren würden lächeln.

»Soll doch alles verflucht sein«, stimmte ich Mascha zu.

Ich hielt dem Blauhäutigen den Samen hin.

Die Facettenaugen funkelten, gerieten in Bewegung, spiegelten das Licht des Samens wider.

»Gibst du ihn mir? Zurück?«

»Ja. Zurück«, sagte ich.

Und ich ließ den Samen auf die offene Hand fallen, worauf die Finger sich gierig um ihn schlossen, blitzschnell das verbergend, was wir beide brauchten.

Nur dass das Licht daraufhin nicht verschwand. Auf meinem Handteller leuchtete eine zweite Feuererbse, die förmlich an meiner Haut festklebte.

Der Blauhäutige öffnete hektisch die Hand, als wolle er sich überzeugen, nicht Opfer eines Taschenspielertricks geworden zu sein.

»Einer? Und noch einer? Zwei? Samen?«

»Zwei«, bestätigte ich.

Kurz beschlich mich die Angst erneut. Ich hatte keinen winselnden, verletzten und angeschlagenen Feind vor mir, sondern einen Gegner. Jetzt spürte auch ich die Wärme in meiner Hand. Schon nicht mehr die fremde, sondern die eigene.

Und ich wusste, dass ich diese Wärme nicht hergeben wollte. Sie niemandem überlassen wollte.

Ohne aufzustehen, rückte ich im Entengang von dem Blauhäutigen ab. Der stemmte sich ein wenig hoch und angelte mit der freien Hand etwas aus einem seiner Gürtel. Teufel auch!

Aber er schoss nicht.

Ich kroch zum Flyer. Ich richtete mich ein wenig auf, mich dabei am Rand der Kabine festhaltend. Wir erstarrten beide, wie zwei verschreckte Tiere, die sich jeweils ein Stück der Beute geschnappt hatten, aber wahnsinnige Angst davor hatten, der Gegner könnte alles für sich beanspruchen. Von wegen – intelligente Vertreter großer Zivilisationen! Zwei Schakale, die sich um die Reste einer Antilope schlugen, solange der Löwe schlief ...

Falls die hiesigen Götter nicht schliefen, hatten sie bei unserem Anblick inzwischen dermaßen viel gelacht, dass sie dessen müde waren.

Mit einem Satz sprang ich in die Kabine und tauchte in die rettende Weichheit des Dunkels ein. Durch die transparente Schiffshülle beobachtete ich, wie der Blauhäutige im Schutz der Felsen den Pfad hinaufsprang.

»Hast du ihm den Samen etwa zurückgegeben?«, schrie Mascha. Als ich meine Faust öffnete, verstummte sie. Nach einer Weile fügte sie etwas kleinlaut hinzu: »Aber ich habe doch gesehen, dass ...«

»Wir haben einen eigenen bekommen, Mascha. Einen für uns.«

Sie sah Kelos an, den toten Körper, der zwischen uns lag.

»Dann ist er also vergebens ...?«

»Es geschieht nie etwas vergebens.«

Natürlich hätten wir den Samen in jedem Fall erhalten, selbst wenn Kelos nicht bei uns gewesen wäre. Davon war ich fest überzeugt.

Nur hätten wir ihn dann auf eine andere Weise erhalten. Nämlich genau so, wie wir es geplant hatten, indem wir ihn anderen, die den Schatten genauso dringend brauchten wie wir, stahlen.

»Verdammt!« Mascha brach unvermittelt in Gelächter aus und lehnte sich gegen eine unsichtbare Stütze. »Das vergesse ich immer wieder ... hier stirbt ja niemand für immer ...«

Den Blick fest auf den toten Körper gerichtet, konnte sie nicht aufhören zu lachen. »Ich hoffe, er ist schon zu Hause und wäscht sich nach den Taten in der Schlacht ...«

Ich ließ sie reden, schließlich musste Mascha ihre Anspannung abbauen. Sollte sie es ruhig auf diese Weise tun. Den Toten würde es nicht stören. Wenn Kelos wirklich als Mensch wiedergeboren worden war, würde es ihn nicht stören. Und wenn sich sein Verstand zur nächsten Stufe aufgeschwungen hatte ... was kümmerte ihn dann das hysterische Gelächter einer Frau, die gleich in Tränen ausbrechen könnte?

»Ich hoffe auch, dass er zu Hause ist«, sagte ich mit hölzerner Stimme. »Gut, es reicht, Mascha.«

Sie verstummte gehorsam.

»Ja, entschuldige. Das war hässlich von mir. Fliegen wir zurück, Pjotr. Uns bleibt nicht viel Zeit.«

»Kannst du mit diesem Ding umgehen?«

»Ein bisschen. Man hat es mir erklärt.«

»Dann flieg ganz ruhig, ohne jede Hast. Wir sind schließlich nicht auf der Flucht.«

Mascha runzelte die Stirn.

Ich hob die Hand und öffnete sie kurz. Der purpurrote Stern verströmte sein kaltes Licht.

»Wir haben ihn nicht gestohlen. Wir haben einen eigenen Samen bekommen, und niemand wird es wagen, ihn uns wegzunehmen. Schließlich sind solche Idioten wie Kelos und ich ... eine seltene Erscheinung, sogar aufs gesamte Universum gerechnet.«

»Lass ihn mich mal sehen ...«

Ich zog meine Hand weg. Mascha sah mich verständnislos an.

»Nein. Lieber nicht. Besser, du spürst das nicht.«

»Was nicht?«

»Diese Gier.« Ich lächelte. »Stinknormale Gier. Ihretwegen ... ihretwegen weißt du, wie wichtig das Ganze ist. Wenn du den Samen in die Hand nimmst, hörst du auf, dich zu fragen, ob in ihm etwas Gutes oder etwas Böses steckt. Du willst ihn verbergen ... verstecken ... in die Erde graben. In deine Erde. Damit er dort keimt.«

Maschas Schultern zitterten, als liefe ein Kälteschauder über ihren Körper, der vergeblich versuchte, aus ihr auszubrechen.

»Ich ... also ... ich muss ja auch fliegen ...«, sagte sie mit veränderter Stimme.

Es tagte.

Die Nacht hatte alles in sich geborgen, was man sich nur vorstellen konnte: die Expedition, um Danilow zu holen, eine Schlägerei um den Samen, den Tod von Kelos.

Jetzt endete ihre Zeit. Nun galt es zurückzukehren. Richtig.

Nach Hause.

Dort unten warteten drei Menschen und ein Reptiloid, und ganz kurz flammte in mir die wahnsinnige Hoffnung auf, Kelos sei als Mensch wiedergeboren worden und zu uns zurückgekommen ...

Es war Krej.

Ich stieg aus dem Flyer. Mascha hielt sich mit der MPi im Anschlag einen Schritt hinter mir. Meine Wache ... Mit einem Mal fühlte ich mich alt, sehr alt, älter als mein Großvater, älter als Kelos und Krej, älter als die Ur-Erde.

»Habt ihr ihn euch also geholt«, sagte Krej. »Habt ihr es am Ende also doch getan.«

Wie schön, dass auch sie sich ab und an irren.

Ich öffnete meine Hand und hielt ihm den Samen hin. Er würde ihn nicht berühren, das wusste ich.

Schweigend betrachtete Krej den kleinen Feuerball. Der Samen veränderte ständig seine Farbe, leuchtete mal orange-gelb, mal purpurn, mal rauchig blutrot.

»Auf diese Weise also?«, fragte Krej.

»Ja«, erwiderte ich.

Er sah meinen Großvater an. »Soweit ich es verstanden habe, kehrst du nun zu deinem Planeten zurück, Andrej.«

»Ja«, antwortete mein Großvater mürrisch. Ich würde noch etwas von ihm zu hören kriegen, dass er mit Krej reden musste, ohne über die vollständige Information zu verfügen.

»Dann werden wir später noch Zeit haben, unseren Disput zu beenden.«

Danach kam Mascha an die Reihe. Krej schenkte ihr einen Blick voller Wärme. »Du gehst?«, fragte er.

»Natürlich.«

»Ich hatte den Eindruck, unsere Welt gefalle dir ganz gut. Habe ich mich da also doch geirrt?«

»Nein. Aber ...«

»Du brauchst dich nicht zu rechtfertigen, das ist wirklich nicht nötig. Du kannst ja mit der Technik der Liga umgehen. Man wird euch ein Schiff zur Verfügung stellen.«

Mascha senkte schweigend den Kopf. »Krej, in dem Flyer liegt der Körper von Kelos.«

Krejs Gesicht erzitterte.

»Hat er das Spiel am Ende also doch verloren ... Keine Sorgen, wir beerdigen ihn.«

»Er hat uns geholfen, in den Schatten einzutreten.«

»Einem Menschen in seinem Alter bekommt es nicht gut zu sterben.«

»Aber manchmal ist es ganz nützlich, um ein Mensch zu bleiben!«, konnte ich mir nicht verkneifen zu sagen.

»Wer weiß?« Krej zuckte mit den Achseln. »Auf alle Fälle hat er so gehandelt, wie er es für richtig hielt. Er ist ein letztes Mal als Wohltäter aufgetreten ... noch dazu für einen ganzen Planeten.«

Vielleicht hatte Krej ja guten Grund, das zu sagen. Ich wusste von Kelos schließlich nicht all das, was er, Krej, wusste. Ihr Streit zog sich bereits Jahrhunderte hin. Außerdem versuchte Krej eine Alternative zum Schatten zu finden, statt sich in dieser allzu idyllischen Welt zu verkriechen.

Und dennoch musste ich bei seinen Worten lächeln. Unverwandt sah ich ihm in die Augen. Er war es dann, der den Blick senkte, als er mein Lächeln bemerkte. Ganz langsam schloss ich die Finger um den Samen. Erst dann fragte ich: »Ist das denn nicht genug, Krej?«

Fünf

Alles wiederholt sich. Wir gingen durch den Tunnel der Liga, an dem Faden entlang, der zwischen der Raumstation und der Ur-Erde gespannt war. Wir waren zu fünft. Ich ging vornweg, mit dem Samen in der Hand, mir folgten, gleich einer Eskorte, mein Großvater, Danilow und Mascha; Karel bildete den Abschluss unserer Prozession.

Sah man von Kleinigkeiten wie der äußeren Erscheinung ab, entsprachen wir hundertprozentig dem Zug der blauhäutigen Aliens.

Ab und an kamen uns Menschen entgegen, manchmal auch Wesen, die mit den Menschen nur den Verstand gemein hatten. Ab und an lächelte uns jemand einen Gruß zu, die meisten gingen jedoch an uns vorbei, ohne auf uns zu achten.

Eine neue Welt würde in den Schatten eintreten – das war eine Lappalie. Diesem Schicksal entging ohnehin niemand.

»Fliegen wir mit dem Schiff der Liga zur Erde?«, fragte Mascha.

»Nein«, antwortete ich kopfschüttelnd. »Auf uns wartet das Schiff auf dem Irrstern.«

Mein Großvater brummte etwas, als missfalle ihm meine Entscheidung ganz gewaltig. »Wozu denn das, Pjotr?«, fragte er widerwillig. »Soweit ich es verstehe, würden wir damit auch nicht schneller ans Ziel gelangen.«

»Man soll die Pferde nicht mitten im Rennen wechseln«, versuchte ich zu scherzen.

»Irgendwie kommt es mir komisch vor, dass du einen Samen für die Tore bekommen hast«, meinte mein Großvater, der mich nun eingeholt hatte und mir die Hand auf die Schulter legte. »Wo du ihn doch gar nicht wolltest.«

»Ich habe mir halt Mühe gegeben.«

»Ich kenne dich, Pjotr! Du kannst nicht gegen deine Überzeugung handeln. Du kannst dich nicht zwingen, an die Notwendigkeit des Schattens zu glauben!«

»Vielleicht ja doch?«

»Das irritiert mich ja gerade so ...« Mein Großvater seufzte. »Ich hätte nie im Leben vermutet, dass ich in einem jungen Hirn weniger Gedanken haben würde. Pjotr, ich spüre ... dass etwas nicht stimmt. Aber ich kann meinen Eindruck nicht in Worte fassen.«

Wir blieben stehen.

»Aber Pjotr hat es so sehr gewollt, Andrej Valentinowitsch«, mischte sich Mascha vermittelnd ein. »Er hat gewollt, dass Sie stolz auf ihn sind ...«

Oho. Wann würde sie wohl endlich lernen, ihn nicht mehr zu siezen? Wenn sie meinen Onkel auf die Welt brachte?

»Maschenka«, mein Großvater bedachte sie mit einem Blick *wie früher*, eine Mischung aus Mitleid und Zärtlichkeit. »Glaub ja nicht, ich sei eifersüchtig auf meinen Enkel, auf meinen Schüler, wegen seines Siegs. Nein, wirklich nicht, das musst du mir glauben.«

Inzwischen hatten wir das Ende des Tunnels fast erreicht, waren am breitesten Teil angelangt, wo sich über uns und an den Wänden die Hütten, Häuser und Zelte zusammendrängten. Ein kleiner Junge, der mit dem Kopf nach unten an der »Decke« saß, sah uns neugierig nach. Er hob einen Stock auf, wollte schon damit nach uns werfen, fing dann aber meinen Blick auf und stürzte ins Haus.

Ob das ein richtiger Junge war? Oder ein Phantom? Mit der Vermehrung stand es bei ihnen ja nicht so gut ... bei ihren unsterblichen Kindern.

»Gib mir den Samen mal, Petja«, sagte mein Großvater.

Ich fuhr zusammen.

»Pit ...«

»Das ist ... meiner ...«

Die Worte kamen mir von selbst über die Lippen. Mein Großvater wechselte einen Blick mit Mascha. Danilow nickte, als hätte er dergleichen erwartet.

»Du willst diesen Samen nicht ... vorübergehend ... deinem Großvater überlassen? Deinem Ausbilder? Pit?«

Meine Hand zitterte, als ob in meinem Innern gerade etwas explodierte, kollidierte, als ob zwei unabänderliche Normen aufeinandertrafen, von denen die eine unweigerlich kapitulieren musste.

»Vor-vor-vor...«

Ich fing an zu stottern, als ich meinem Großvater die offene Hand entgegenstreckte. Die kräftigen Finger nahmen den Samen an sich, drehten ihn ...

»Komisch, ich spüre gar nichts, Petja«, teilte mir mein Großvater gutmütig mit. »Absolut nichts. Natürlich, ich bin neugierig, in gewisser Weise sogar begeistert ... ach, verflixt und zugenäht, mit dem Ding haben sie sich wirklich was einfallen lassen ... Aber mehr auch nicht!«

Ich erwiderte nichts. Mit den Augen verschlang ich den Samen. Er war meiner, man hatte ihn mir geschenkt, und ihn aus der Hand zu geben ... Wie hieß es doch in dem alten Märchen von dem Zauberring? *Mein Schatz* ...

»Warum hat der Schatten dir nachgegeben?«, fragte mein Großvater. »Warum hat er dir nachgegeben und dich gleichzeitig unterworfen? Warum rührt sich bei mir ... und ich liebe die Erde nicht weniger als du, Pit ... Warum rührt sich also bei mir nichts?«

»Ich weiß es nicht ...«

Ich begann zu zittern. Wenn mein Großvater bloß nichts Falsches mit dem Samen anstellte! Nichts Undenkbares! Er könnte ihn zerquetschen, löschen, zerbrechen ... selbst wenn er fester als Stahl und heißer als ein Stern war ... aber mein Großvater verstand nicht, wie wichtig der Samen war!

Weit hinten, in einem Winkel meines Bewusstseins, wusste ich, dass etwas Seltsames mit mir geschah. Aber es fehlte mir die Kraft, weiter darüber nachzudenken.

»Nimm ihn, Pit. Ich will nicht, dass du mich so ansiehst.«

Das ungute Gefühl legte sich wieder, sobald der Samen in meine Hände fiel. Ich atmete tief durch und spürte, wie Schamesröte mein Gesicht überzog.

»Also, was bedeutet das? Kannst du mir das nicht erklären, Pit?«

»Doch ... ich glaube, ich kann es erklären«, sagte ich zu meiner eigenen Überraschung.

Die Worte bildeten sich nicht neu, sondern schwammen aus meinem Gedächtnis heraus, wo sie sehr gut begraben gewesen waren:

»Doch dein Schatten
an der Wand
belauert jeden Augenblick
jeden Moment meiner Tage
und mein Schatten
macht das Gleiche
und bespitzelt deine Freiheit.«

Mein Großvater nickte. Er verzog das Gesicht, als sei er geschlagen worden. »Was für ein Regressor er doch gewesen ist, Petja«, flüsterte er. »Der beste Regressor der Geometer. Was für Idioten ... dass sie ihn nicht zu schätzen wussten ...«

In seinen Augen spielte der Schmerz sein Spiel. Und dieser Schmerz traf mich mit voller Wucht ... denn es gibt keinen größeren Schmerz als den des Ausbilders ... Dabei wollte ich doch um jeden Preis, dass er mich verstand. Dass er mich verstand und lobte und sich nicht länger grämte. Deshalb sagte ich:

»Doch so wie die Stunden einander nachschleichen
ohne je gemeinsam zu schlagen
verfolgen sich unsere Schatten
wie zwei Hunde aus demselben Wurf
losgelassen von derselben Kette
eingeschworene Feinde der Liebe beide
einzig und allein treu ihrem Herrn
ihrer Herrin
zwei Hunde
die geduldig
wenn auch zitternd in ihrer Qual
auf die Trennung der Liebenden warten.«

»So bist du also durch die Tore gekommen, Pit.« Das Gesicht meines Großvaters zitterte in Qual. »Aber natürlich ... mit dieser Pflicht ... mit dieser Kraft ... was hast du denn?«

Cualcua!

Abermals zerriss mir eine Drahtbürste die Haut, bearbeitete Schmirgelpapier sie, glättete eine Feile sie unbarmherzig von der Innenseite.

Du hast doch den Befehl erteilt!, erwiderte mein Symbiont gekränkt. *Du wolltest das Äußere von Nik Rimer.*

Wirklich? Wollte ich das? Aber warum eigentlich nicht?

»Schließlich kehren wir in dem Schiff der Geometer zurück«, erklärte ich. »Warum soll ich da nicht schon vorher in die Haut von Nik schlüpfen?«

»Ja ... natürlich.« Mein Großvater schloss kurz die Augen. »Du hast recht ... Pjotr.«

»Und jetzt sollten wir besser schnell ins Schiff!«, bat ich. Warum machten sie bloß so traurige Gesichter? Warum wirkten meine *sehr-guten-Freunde* Mascha und Danilow, die so treue Freunde waren, dass sie einen Fehler mit Gewalt korrigieren würden, denn nur so gekränkt? »Wir müssen so schnell wie möglich zum Schiff!«

Ich döste die ganze Strecke über. Mit halbem Auge beobachtete ich meine vor mir sitzenden *sehr-guten-Freunde*. Das Innere des Schiffs der Liga ließ mich völlig kalt, sowohl die Steuerungssysteme, die für Mascha eingestellt waren, wie auch die Fortbewegungsprinzipien. Alles in dieser Welt ist zu verstehen. Alles wiederholt sich. Die äußere Form hat keine Bedeutung. Ein Schiff muss fliegen – wie es das bewerkstelligt, ist absolut zweitrangig. Der Mensch muss für das allgemeine Glück kämpfen – was auch immer mit ihm passiert.

Das Schiff verstand sein Handwerk.

Und ich das meine.

Meine *sehr-guten-Freunde* unterhielten sich mit gedämpfter Stimme. Glaubten sie wirklich, ich würde sie nicht hören?

»Es ist ein Fehler, den Menschen nur als Körper wahrzunehmen«, sagte mein Großvater. Er war weise. Er verstand, worauf es ankam ... »Aber ein noch größerer Fehler ist es, den Menschen nur als Gedächtnis zu sehen, als Summe seines Wissens, als Ansammlung von Informationsbytes. Wenn wir einen Schritt weitergehen und behaupten, die Persönlichkeit werde durch die Sprache geprägt, dann kommen wir der Wahrheit weitaus näher.«

»Babylon-7«, sagte Mascha.

»Das stimmt zwar, ist jedoch zu vage. Denn die Sprache – das ist die Gemeinschaft, nicht das Individuum. Dafür bedarf es einer weiteren Einzelheit ... der letzten. Der Kreativität. Es ist etwas nötig, das ein Individuum geschaffen hat, das nur durch seinen Verstand entstehen konnte. Damit kommen wir wiederum der Seele sehr nahe ... gefährlich nahe. Der arme Junge Nik Rimer ... dieser Regressor und Dichter. Er hat es nicht einmal geschafft, richtig zu sterben.«

»Ich könnte zu Pjotr gehen und mich eine Weile mit ihm ... unterhalten«, sagte Karel.

Ich schlug die Augen auf und starrte den Reptiloiden an. Sein Maul verzog sich zu einem hastigen Lächeln.

»... nur würde das nichts nützen«, beendete Karel den Satz.

Abermals versank ich in Halbschlaf. Allerdings flehte ich – nur in Gedanken – das Schiff an.

Schneller, flieg schneller. Ich muss den Samen abliefern. Mein Planet ist in Gefahr. Es ist meine Pflicht, ihn zu retten.

Ihn zu erhalten, für das Universum und für die Freundschaft.

Pjotr, das Konklave mobilisiert seine Kräfte. Ein großer Teil der Torpp hat die Photosphäre ihrer Sterne verlassen. Die Alari haben zwei Geschwader gebildet ... eine Hauptflotte und eine Hilfsflotte. Die Hyxoiden und Daenlo machen ihre Flotten bereit.

Vielen Dank. Aber wir werden es schaffen.

Es ist nicht nötig, mich darüber aufzuklären, welche Flotte meine Heimat niederbrennen wird und welche … welche …

»Pjotr!«

Sie standen alle dicht neben mir. Das Licht in dem ovalen Cockpit trübte sich. Auf den Bildschirmen flammten Sterne auf.

Guter Gott! Wie nahe sie waren! Wollten sie mir etwa den Samen wegnehmen?

»Pjotr«, wiederholte mein Großvater. »Wir sind da. Wir sind in der Nähe des Schiffs der Geometer.«

Ungeschickt erhob ich mich aus meinem Sitz.

»Wir können unsere Reise auch in diesem Schiff fortsetzen«, warf Mascha ein. »Die Liga stellt ihre Schiffe allen zur Verfügung, die einen Samen für die Tore bei sich haben.«

»Nein.« Ich schüttelte den Kopf. »Wir sind also schon da?«

»Du hast geschlafen«, sagte mein Großvater leise. »Weißt du, du hattest ein Gesicht wie ein kleines Kind. Ich wollte dich nicht wecken …«

Der Zähler zu Füßen meines Großvater durchbohrte mich mit seinem Blick.

»Und ich habe auch Karel nicht erlaubt, dich zu wecken«, fügte mein Großvater noch hinzu. Er trat zur Seite, damit ich vorbeigehen konnte.

Langsam ging ich zur Schleuse.

»Pjotr!«

Ich drehte mich nicht um. Die erste Luke. Die zweite. Dieses fremde Schiff … ein wenig Angst hatte ich doch vor ihm. Ich musste hier raus ... so schnell wie möglich ...

Die Luke nach außen öffnete sich – und ich blickte in den Himmel.

Ein schwarzer – ein tiefschwarzer – Himmel. Die blassen Sterne standen am Himmel – zu zweit, zu dritt, in Gruppen zusammen, doch all das brachte ihnen nichts, die Schwärze blieb mächtiger als sie. Weitaus mächtiger.

Ich sprang auf die steinerne Erde des Irrsterns, drehte mich zurück und reichte Mascha die Hand. Das Schiff der Liga lag direkt auf dem Boden, eine kantige Nadel aus Spiegelglas. Das Sternenlicht tanzte in den Seitenflächen.

Die anderen kamen nach mir aus dem Schiff, diese so nahen und so fernen Freunde ...

»Gehen wir!«, sagte ich. Meine Stimme zitterte, ich hatte nicht mit dieser Aufregung gerechnet, die jedoch fragte natürlich nicht, ob sie willkommen war.

Der Scout der Geometer stand fünfzig Meter von uns entfernt, einsam und verloren in der öden Ebene. Wie viele von ihnen hier wohl schon gewartet hatten ... von diesen toten, verkümmerten Schiffen, zu denen ihre Piloten nie zurückgekehrt waren?

»Pjotr.« Mein Großvater streckte die Hand nach mir aus. Ich erschauderte und warf mich ihm entgegen, warf mich der Liebkosung des Ausbilders entgegen. »Wohin willst du fliegen?«

Ich schwieg.

»Wem bringst du diesen Samen, Pjotr? Wer hat ihn an sich genommen? Wie soll ich dich jetzt nennen? Pjotr Chrumow? Oder Nik Rimer?«

Großpapa, bitte ... das ist doch nicht nötig ... quäl mich doch nicht so ...

Woher soll ich wissen, wer gerade in mir steckt?

Was bedeuten schon Namen?

»Pjotr? Nik?«

»Die Heimat wartet auf mich«, antwortete ich. »Sie ruft mich.«

»Nik Rimer«, entschied mein Großvater mit müder, gebrochener Stimme. »Du bist tot, Nik Rimer. Vor langer Zeit gestorben. Deine Heimat hat dich abgeschrieben, hat hinter deinem Namen in der Liste der Kämpfer für die Freundschaft ein Häkchen gemacht. Du bist schon lange tot.«

»Nein.« Ich schüttelte den Kopf. »Ich ... ich bin nicht tot. Pjotr und ich, wir sind eins. Ich habe den Samen genommen. Er ... er gehört mir ...«

»Von dir ist zu wenig übrig geblieben, Nik Rimer.« Der Blick meines Großvaters gab mich nicht frei. »Du kannst nicht wiederbelebt worden sein, nachdem du durch das Tor gegangen bist. Du bist schon lange tot!«

»Dann lebe ich halt an seiner Stelle.«

»Pjotr! Ich will jetzt mit dir reden! Hörst du? Du hast deine eigene Erde. Und die ist in Gefahr.«

»Die Heimat lässt niemanden im Stich«, entgegnete ich. Rückwärts ging ich auf den Scout zu. »Habt keine Angst!«

Die Frau namens Mascha sah meinen Ausbilder an, fragte ihn wortlos etwas.

»Nein«, sagte Andrej Chrumow. »Nein. Erstens wird niemand von uns mit ihm fertig. Er ist jetzt ein Regressor, dagegen können wir nichts machen ...«

Pjotr Chrumow hat einen klugen Großvater.

»Und zweitens ... erlaube ich das nicht. Es reicht. Ich habe ihn oft genug verraten.«

»Und wenn verraten retten heißt?«, fragte Danilow – mit der Stimme des unechten Kindes Dari, das nach der Grenze zwischen »richtig« und »fair« suchte.

»Dann darf man ihn nicht retten.«

In den Scout kam Leben, das Cockpit öffnete sich.

»Habt keine Angst!«, rief ich noch einmal. Der Samen in meiner Hand brannte. Der Regressor Nik Rimer kehrte am Ende doch noch aus der Welt des Schattens zurück. Er kehrte zurück – mit jener unerbetenen Beute, welche die Ausbilder so sehr fürchteten, dass sie Die Heimat ihretwegen an den Rand des Universums geschleift hatten.

Aber der Junge Nik Rimer war jetzt nicht mehr allein. Und nie wieder würde er allein sein.

Und er wollte auch nicht, dass andere in Einsamkeit leben mussten.

Der Regressor Nik Rimer nahm im Sitz Platz und versenkte die Hand in das kolloidale Terminal.

Ich begrüße dich an Bord, Kapitän.

Hallo, Bordpartner.

Auf den Bildschirmen sah ich die Freunde von Pjotr Chrumow. Sie standen in einiger Entfernung, neben einem fremden Schiff, völlig reglos, als hofften sie, ich würde gleich zurückkehren.

Was für eine alberne Hoffnung.

Tag und Han, die offiziell erlaubten Freunde von Nik Rimer, warteten ebenfalls, dass er zurückkehrte. Genauso wie sie alle auf ihren gemeinsamen Freund namens Inka warteten ... ihren Freund, der für immer in einer Welt des Schattens geblieben war. Die Frau, die ihres schönen jungen Körpers überdrüssig war, wartete geduldig auf Kelos. Ihr fiktiver Sohn wartete auf seinen Vater, den eine ewige Flamme verbrannt hatte.

Wartet ruhig.

Uns allen ist Hoffnung geschenkt worden – die Hoffnung zu warten.

Soll ich den Start vorbereiten, Kapitän?

Ja, Bordpartner.

Die Starken Rassen warteten verängstigt auf den Feind, die Schwachen Rassen warteten voller Hoffnung auf ihre Freiheit. Die Zähler warteten darauf, die absolute Wahrheit zu erkennen, die Schiffe der Geometer warteten auf Kurzweil. Die Geometer warteten auf die echte, märchenhafte Freundschaft, der Schatten wartete auf neue Schmetterlinge, die in sein Licht flogen.

Wir alle warteten auf etwas. Unsere Erwartungen zehrten an uns, wir verfluchten sie, doch waren wir unfähig – absolut unfähig –, auf die betörende Droge zu verzichten. Die Sterne standen vor uns, die Sterne standen über uns, ein ganzer Himmel stand voll von Sternen, Milch und Honig flossen, die allumfassende Liebe siegte, der Große Ring ... der auch der Ring der Macht war ...

Pjotr Chrumow in mir lachte.

»Nach Hause, Schiff«, sagte ich. »Nach Hause. Mir geht es nicht gut. Ich werde verrückt.«

Soll ich dich heilen?

»Ich brauche Schlaf. Einfach nur Schlaf. Ich habe seit zwei Tagen nicht geschlafen ...«

Wie gut das tat!

In diesen dunklen Abgrund zu fallen, begleitet von den leisen Geräuschen des Starts, abzutauchen ins Dunkel, dabei den Feuersamen fest umklammernd ...

Aber warum wartete dort, jenseits der Finsternis, eigentlich jemand auf mich? Allen zum Trotz ...

Ich wachte auf, ohne dass mich jemand weckte.

Riss mich aus einem Albtraum, in dem ich Nik Rimer gewesen war, der wiederbelebte Regressor der Geometer, der mich aus dem Jenseits eingeholt hatte. Im Traum hatte ich meinen Großvater und meine Freunde im Stich gelassen, im Traum war ich zu Der Heimat aufgebrochen, um sie zu retten – und nicht die Erde.

Als es mich im Sitz auf und ab schüttelte, schmiegte dieser sich in dem vergeblichen Versuch um mich, die Stöße abzufangen. Ich saß im Scout der Geometer.

Und das hieß, mein Traum war Wirklichkeit!

»Du Dreckskerl!«, schrie ich den gänzlich unschuldigen Rimer an. Den armen Nik, der seine Pflicht bis zum Schluss erfüllte, im Leben wie im Tod. »Wie konntest du!«

Der Scout fing an herumzuwirbeln wie ein Holzspan in einem Wasserstrudel. Auf den Bildschirmen ließ sich rein gar nichts erkennen, die zeigten mir nur ein einziges flammenschwarzes Karussell.

»Was passiert hier, Bordpartner?«

Wir werden angegriffen.

»Warum hast du mich nicht geweckt?«

Das ist eigentlich kein Angriff. Uns greifen die Schiffe Der Heimat an. Das zählt nicht als Angriff.

In meinem Schmerz und meiner Verzweiflung stöhnte ich sogar auf. Der ach so kluge Computer der Geometer hatte sich erneut seine Scheuklappen aufgesetzt.

»Warum werden wir angegriffen?«

Die Heimat glaubt, an Bord befinde sich ein Nicht-Freund. Ich teile ihr mit, dass das ein Irrtum ist. Wahrscheinlich ist bei sämtlichen angreifenden Schiffen das Kommunikationssystem gestört. Es besteht kein Grund zur Sorge. Das ist eigentlich kein Angriff.

Ob auch Nik Rimers Schiff so reagiert hätte, wenn es diese Art zärtlicher elterlicher Ohrfeigen gesetzt hätte? Oder hätte sich jener Partikel von Niks Seele, der über das Schiff zu mir gelangt war, diesem Wahnsinn widersetzen können?

»Vollständige Verschmelzung!«, schrie ich.

Daraufhin löste ich mich im Himmel auf.

Der Himmel loderte.

Unter mir bewegte sich Die Heimat, die liebe gute Heimat, mit den klaren korrekten Konturen der Kontinente, mit den aparten Netzen der Wolken, die Heimstatt des Guten und der Gerechtigkeit, der Freundschaft und des Glücks. Ich berührte sogar die Atmosphäre, ein wenig nur, ganz am Rand ...

Über uns zogen, dicht an den Planeten geschmiegt, winzige Schiffe dahin, die nicht größer waren als ich. Schiffe Der Heimat. Feuer speiende Schiffe. Zwischen den Scouts machte ich die Schiffe unserer Freunde aus, einen Torus von den Wendigen Freunden und einen fünfzackigen Stern von den Kleinen Freunden.

Mit dem ganzen Eifer wahrer Freundschaft versuchten sie, mich zu töten.

Feuer frei zum Gegenangriff!

Ein Angriff auf die eigenen Schiffe ist unmöglich!

Wer wagt es da, mir zu widersprechen? Der kastrierte Verstand meines Schiffs? Wach auf, Freundchen, wie kommst du dazu, dich mit mir zu streiten?!

Gemäß den drei ersten Postulaten des Regressorentums ... Gemäß dem Prinzip der Guten Absichten, dem Prinzip des Geringeren Übels und dem Prinzip der Umkehrbarkeit einer Wahrheit ... greifen wir die Schiffe Der Heimat nicht an. Wir führen nur unter möglichst realistischen Bedingungen Übungsmanöver durch. Gegenangriff!

Entweder bildete ich es mir ein oder das Schiff ergab sich, noch bevor ich alle Argumente vorgetragen hatte. Und es ergab sich obendrein froh und freudigen Herzens.

Als Erstes geriet der »Kringel« der Wendigen Freunde unter Beschuss. Ich erinnere mich nicht einmal mehr, womit wir das Schiff erwischten, mit dem Laser-Entfernungsmesser oder dem Röntgen-Radar. Auf alle Fälle hatte es uns nichts entgegenzusetzen. Der Kringel verkohlte, von seinen viel beschäftigten Herren im Ofen vergessen. Er zerfiel in eine Wolke aus Asche.

Warum schämte ich mich überhaupt nicht?

Gemäß dem Prinzip der Moralischen Flexibilität?

Das erste Mal in meinem Leben wurde mir klar, dass die Begriffe »oben« und »unten« auch im Kosmos ihren Sinn haben. Und wie! Unten war dort, wo der Planet lag. Unter mir. Deshalb konnten die Schiffe Der Heimat ihre Laserwaffen auch nicht einsetzen, denn wenn sie nur einmal danebenschössen, gingen auf dem Planeten die

Städte in Flammen auf, würden die Sanatorien beschädigt und die Internate zerstört. Oder – Gott bewahre – ein Ausbilder getötet ...

Ich zerschlug die Angreifer, indem ich hemmungslos vor dem Planeten Deckung suchte, noch dazu mit einer irrsinnigen Freude, die Mascha – oder Kelos – zu schätzen gewusst hätte.

He, Nik, schämst du dich etwa? Hast du dich deswegen in die Tiefen meines Gedächtnis verkrochen? Wo bist du? Das ist etwas anderes, als maushafte Alari abzumurksen!

Anscheinend gab es für einen solchen Fall keine Instruktionen. Zu spät erkannten die Schiffe der Geometer den gestohlenen Scout, zu lange zögerten sie, konnten sie sich nicht entscheiden, wie sie vorgehen sollten.

Die Schiffe, die Patrouille geflogen waren, schossen in alle Richtungen auseinander. Offenbar wollten sie sich unter mich schieben ...

Lande!

Die Landung ist versehentlich verboten worden. Ich versuche unablässig, die Erlaubnis einzuholen.

Was entspricht bei ihnen dem Prinzip der Umkehrbarkeit der Wahrheit?

Die Landung auf dem Gelände eines Kosmodroms ist verboten worden. Aber wir landen ja auf dem Planeten.

Wo?

Irgendwo.

Die Koordinaten?

Beim Internat Weißes Meer.

Wahrscheinlich hatten wir beide diese Entscheidung getroffen. Nik Rimer, für den das Internat allem zum Trotz der einzige Lichtblick in seinen Erinnerungen geblieben war. Und Pjotr Chrumow, der sich im *Weißen Meer* versteckt hatte ...

Der Scout ging tiefer. Wir kamen unseren Verfolgern zuvor, notwendigerweise, da alle Schiffe hier vom gleichen Typ waren und wir einen winzigen Vorsprung hatten. Am Ende würden wir natürlich trotzdem nicht entkommen. Schließlich hatten wir nicht die Absicht, Kinder als Geiseln zu nehmen!

Wobei die besten Geiseln in dieser Welt sowieso Ausbilder waren. Die garantiert in beispielhafter Weise versuchen würden, die Kinder mit ihren Körpern zu schützen. Wo sie doch so gut und großherzig sind.

Schade, dass ich ihnen diese Freude nicht machen kann.

Bordpartner! Ich muss unbemerkt landen. Im Interesse Der Heimat.

Ich flog in einem Feuerwirbel, in einem Plasmakokon, durch die Atmosphäre. Noch immer griff mich niemand an. Aber bald – schon sehr bald – würde sich das ändern.

Zu Befehl!

Haben wir eine reale Chance?

Nein.

Hör mir zu, Bordpartner! Geh beim Internat etwas tiefer! Versuch, unsere Verfolger abzuhängen! Ich brauche zwei Sekunden ... zwei Sekunden in einer Höhe von zehn ... nein, besser von zwanzig Metern ... bei einer Geschwindigkeit von maximal hundert Stundenkilometern ...

In meiner Aufregung griff ich auf die irdischen Maße für Zeit und Entfernung zurück. Trotzdem verstand das Schiff mich.

Und mein Symbiont, der Cualcua, ebenfalls. Ich bekam seinen Protest mit, spürte seinen heftigen Dämpfer, sobald ihm aufgegangen war, was ich vorhatte. Was ist denn? Bist du etwa der Meinung, man kann nicht im Flug aussteigen?

Das geht nicht. Bei einer Verringerung der Geschwindigkeit wären wir angreifbar. Und tiefer dürfen wir über den Wohnhäusern nicht gehen.

Verzweiflung packte mich. Was sollte ich jetzt tun? Ich öffnete meine Hand und stierte auf den lodernden Samen. Ihm war das egal. Er würde unter Umständen sogar einen Fall aus der Stratosphäre verkraften.

Aber ich nicht. Und die Kräfte des Cualcua waren auch nicht unbegrenzt.

Was nun, Nik Rimer, der du aus der Tiefe meines Gedächtnisses, aus dem Jenseits heraus für deinen Planeten kämpfst? Was jetzt? Wie verhält sich ein Regressor in einer solchen Situation?

Und der Regressor Nik Rimer streckte sich aus seiner kalten und hoffnungslosen Ferne heraus nach mir aus.

Bordpartner, bereite alles für eine offensive Landung vor! Geh nach dem Plan zur Invasion auf einem Planeten der Nicht-Freunde vor!

Zu Befehl!

Häng die Verfolger ab!

Eine Geschwindigkeitssteigerung ist unmöglich. Die Schwelle der Stabilität der Atmosphäre darf nicht überschritten werden.

Mach es trotzdem! Es ist eine militärische Übung.

Es ist verboten.

Es ist die Pflicht gegenüber Der Heimat.

Es ist verboten.

Anscheinend fand das Schiff Gefallen daran, mit mir – oder mit Nik? – dieses einfache Spiel zu spielen. »Tu es!« – »Das ist verboten.« Mal sehen, wer als Erster aufgibt.

Wir müssen eine sehr dringende Untersuchung durchführen.

Es ist verboten.

Ich befehle es.

Es ist verboten.

Das ist ein Befehl des Weltrats.

Er ist nicht bestätigt.

Warm? Wärmer? Heiß?

Willst du selbst die zulässige Geschwindigkeit überschreiten?

Anscheinend kam das nicht von Nik, sondern von mir.

Jederzeit!

Dann tu es!

Zu Befehl!

Plasma wurde hinter der Triebwerkverkleidung ausgestoßen. Die Kugel des Planeten drehte sich und kehrte mir, als er näher kam, seine flache Seite zu. Und leise – so leise, wie damals, beim Eintreten in den Schatten – flüsterte mir das Schiff zu: *Siehst du, wie einfach es ist?*

In der Tat, es war einfach.

Wir schossen übers Meer. Schon nicht mehr sehr hoch, zwei, drei Kilometer vielleicht. Weißkämmige Wellen brandeten, denn das Meer wollte die geometrisch makellosen Kontinente nicht hinnehmen, wieder und wieder schickte es seine Truppen gen Ufer … Unsere Verfolger waren verschwunden, zurückgeblieben, hatten sich verirrt in ihren Instruktionen und Verboten, die es nicht zuließen, dass eine schlichte Frage siegte: Willst du es?

Wir hatten es gewollt.

Bereiten Sie sich zum Absprung vor, Kapitän.

Nik Rimer wusste, wie man sich vorbereitete. Ich nicht.

Ich vernahm ein leichtes Gelächter.

Die Aufforderung ist bedeutungsleer. Sie ist ein Tribut an die Tradition.

Und was tust du danach?

Ich manövriere. Kampfhandlungen ohne Piloten sind verboten.

Wirst du es schaffen zu entkommen?

Ein Flug ohne Piloten ist verboten.

So war das also. Eine knappe Grabinschrift, selbst gewählt. Ob ich Mitleid mit dem Schiff empfinden sollte?

Aber das würde mir nicht gelingen. Ein Verstand, der nicht an sich selbst glaubte, sondern sich mit dem Spiel der Allmacht zufriedengab, verdiente kein Mitleid.

Vielen Dank für die Offenheit. Es ist komisch, vom Produkt der eigenen Gedanken verachtet zu werden. Ich werde mir diese Frage durch den Kopf gehen lassen … Halte dich zum Absprung bereit, Kapitän.

Im Bruchteil einer Sekunde begriff ich, dass der Scout mit einem stinknormalen Schleudersitz ausgestattet war. Der Sitz stürzte in die sich öffnende Verkleidung und sackte nach unten. Es war völlig windstill. Um mich herum entstand eine elastische Mauer. Die Stabilisierung war perfekt, der Sitz fiel, ohne sich zu drehen. Unter mir erstreckte sich das Ufer, ragten die bekannten Kuppeln und der Turm des Internats auf. Über mir schmolz der Scout.

Gut. So weit ist alles klar. Aber wo war der Fallschirm?

Die Erde kam unerbittlich näher. Ich fing an herumzuzappeln und versuchte, mich aus dem Sitz zu befreien. Meine Hände begaben sich eigenständig auf die Suche nach Gurten, obwohl der Scout solche Dinger gar nicht besaß. Der Samen, den ich fest gepackt hielt, behinderte mich zwar, trotzdem war ich nicht imstande, ihn fallen zu lassen. Gurte … wo zum Teufel steckten die bloß? Meine Reflexe arbeiteten schneller als mein Verstand, denn ich wollte die Gurte lösen und aus dem Sitz springen, als sei ich aus einem Zerstörer katapultiert worden.

Was dachte ich mir hier eigentlich? Ohne Fallschirm …?

Ich garantiere nicht für die Wiederherstellung deines Körpers, zischte der Cualcua.

Die Schneefläche kam so schnell heran, als fiele ich mit zusätzlicher Beschleunigung. Vielleicht traf das sogar zu. Es wäre nicht schlecht, für einen Soldaten bei einer echten Invasion … Aber wie unterdrückten die Geometer die Fallenergie am Ende? Über die Triebwerke? Mit Fallschirmen? Flügeln? Mit moralischer Widerstandskraft?

Ganz von selbst fielen mir alle realen und irrealen Märchen ein, die bei uns Piloten in Umlauf waren. Ein Flieger, der auf einem verschneiten Abhang landete, ein Flieger, der auf einem gepflügten Feld landete, ein Flieger, der in einem Heuschober landete …

Die Heimat kam schnell heran. Ihre Gastfreundschaft versprach ein kurzes, aber intensives Vergnügen.

Meine Angst verflog. Schlagartig. Sie erzitterte und löste sich im endlosen Himmel auf.

Ich fiel bereits. Ja ... ganz genau. An den Sitz gegurtet, hilflos ... vor Kälte und Atemnot bewusstlos ... fiel ich. Und die unberührte Schneefläche unter mir freute sich ebenso über unsere Begegnung wie Die Heimat der Geometer.

Ich hatte keine Angst.

Ich war schon mal gestorben.

Und ich wusste, wie innig mich meine heimatliche Erde liebte.

... Der Sitz blähte sich auf und schwoll zu einer elastischen Kugel an, die sich mir über den Kopf stülpte. Es gab zwar einen Aufprall, aber nur einen sanften, kaum zu spüren. Danach war das Licht sofort wieder da, die weiche Hülle verschwunden, geplatzt. Ich war mit dem Gesicht im Schnee gelandet. Durch die Luft wirbelten winzige Fetzen und rieselten zu Boden.

Was war das nun wieder gewesen? Ein ganz gewöhnlicher aufblasbarer Bremsballon für einen Fall aus einer Höhe von zwei Kilometern? Nein, mit Sicherheit nicht. Das konnte einfach nicht sein. Er hätte mir nicht mehr geholfen als der hydraulische Verschluss den Helden bei Jules Verne, die sich mit einer Kanone zum Mond schießen. Der Sitz musste es irgendwie geschafft haben, die gesamte Fallenergie zu schlucken ... Irgendwelche Felder mussten am Werk gewesen sein. Ein Bremskokon.

Meine Ohren waren etwas verstopft. Ansonsten ging es mir bestens. Der leichte, sogar angenehme Frost, der klare Himmel ... Ich erhob mich und schüttelte mir die

Fetzen des hauchzarten, federleichten Stoffs vom Kopf. Ich sagte – und hörte mich selbst wie aus weiter Ferne: »Glück muss man haben.«

Bis zum Internat waren es noch zwei Kilometer. Ich fragte mich, ob man meinen Fall überhaupt hatte bemerken können.

Wahrscheinlich schon. Sofern ich nicht plötzlich im Fall unsichtbar geworden war – was ja durchaus hätte sein können, wenn es sich hier um die übliche Prozedur zur heimlichen Landung auf einem fremden Planeten handelte.

Die auf dem Schnee verstreuten Stofffetzen verschwanden nach und nach. Ich brauchte den Fallschirm also nicht zu verstecken.

Mich selbst aber schon. Natürlich könnte ich mich auch zu einer Transportkabine durchschlagen und versuchen, noch einmal einen Scout zu kapern ...

Oder ... ja was denn, zum Teufel? Sollte ich etwa ausholen und den Samen wegschmeißen? Oder sollte ich ihn doch besser behutsam in einem unvorstellbaren Feld der Wunder vergraben? Und mich anschließend stellen?

Der Samen in meiner Hand glühte. Rasch schirmte ich ihn ab.

»Eene, meene, meck – und du bist weg«, sagte ich leise. »Oder muss ich dich doch vergraben?«

Der Feuerklumpen des Schattens schwieg. Er war es nicht gewohnt zu antworten. Und Nik Rimer sagte ebenfalls kein einziges Wort.

»Hör mal, wir brauchen dich wirklich ...«, sagte ich. »Das musst du verstehen ... und du auch, Nik ... schließlich seid ihr am Leben. Außerdem könnt ihr für euch selbst einstehen. Aber die Erde steht ohne jeden Schutz dar. Niemand verteidigt sie – außer mir.«

Sie schwiegen alle, denn die Götter lassen sich nun mal nicht zu einem Menschen herab, und für die Toten ist es sehr schwer, mit den Lebenden zu streiten.

Hoch am Himmel entstand ein Geräusch – und verschwand hinterm Horizont. Die Jagd auf mein Schiff war eröffnet.

»Nehmen wir das als Zeichen ...«, sagte ich. »Fassen wir das als Einwilligung auf ... Cualcua, kann ich bis Anbruch der Dunkelheit unterm Schnee liegen? Sorgst du für Wärme?«

Ja.

Kurz und knapp. Ich suchte den Schnee mit misstrauischen Blicken ab. Sämtliche Spuren waren bereits beseitigt, von den Einbuchtungen am Boden einmal abgesehen, die von dem Bremskokon, der mich gerettet hatte, herrührten. Ich kniete mich hin und fing an, mich im lockeren Schnee einzugraben. Tief unten, direkt auf dem Boden, streckte ich mich aus. Keine Ahnung, wie das auf andere wirkte – aber alles war besser, als aus einer unberührten Schneefläche aufzuragen.

Der Cualcua ließ mich nicht im Stich. Ich spürte die Kälte wirklich nicht. Nur mein Herz hämmerte, so dass ich wohl nicht einschlafen würde, und meine Haut brannte, denn mein Symbiont ließ mir kein Fell wachsen, was ich insgeheim befürchtet hatte, sondern beschleunigte einfach meinen Blutfluss. Außerdem schien er noch die Wärmeerzeugung gesteigert zu haben. Das war sie also, die perfekte Diät: Man brauchte bloß im Schnee zu liegen. Bis zum Abend würde ich drei Kilo des eigenen Fleischs verbrannt haben ...

Nachdem ich mich also im Schnee eingegraben hatte, richtete ich mich aufs Warten ein.

Ab und an döste ich trotzdem ein, wobei mich verworrene, beunruhigende Träume heimsuchten. In ihnen zwang mich jemand, irgendwo hinzugehen, um irgendwas zu tun. Die Welt war verzerrt, abgeschlossen, sie erinnerte an eine Kette von kalten, niedrigen Höhlen. Ich lief durch sie hindurch, ohne den Ausgang zu finden, litt unter meiner Hilflosigkeit, während mir die Zeit, die mir ohnehin knapp zugemessen worden war, durch die Finger rann. Irgendwann wachte ich auf, rührte mich in meiner kleinen schmelzenden Schneehöhle, hob den Kopf, den ich auf meine Hände gebettet hatte, und betrachtete sie. Eine Hand pulsierte in purpurnem Licht, der Samen leuchtete durch die Haut. Ich spähte aus dem Schnee heraus und fühlte mich wie ein Strauß, der seinen Kopf tief im Sand vergraben hat.

Um mich herum war niemand. Das Internatsgebäude wirkte wie verlassen. Aber war das so undenkbar? Nachdem man den Tod des Ausbilders Fed entdeckt hatte, hätte man es durchaus evakuieren können. Und was für eine hübsche Überraschung das wäre, wenn ich gleich einer Aufklärungsgruppe aus hartgesottenen Regressoren in die Arme liefe ...

Ich tauchte abermals im Schnee unter und versuchte einzuschlafen. Der Tag zog sich unerträglich in die Länge. Wahrscheinlich war der Scout schon abgeschossen worden. Ob die Geometer herausbekommen hatten, dass im Cockpit kein Pilot saß? Würden sie jetzt meine Flugbahn durchkämmen – schließlich wussten sie doch über die Invasionsmöglichkeiten Bescheid. Viele Fragen und keine Antworten. Ich redete mit mir selbst, rief Nik Rimer, der sich in meiner Seele versteckte, und stellte dem Cualcua sinnlose Fragen. Von mir selbst erfuhr ich nichts Neues, Rimer schwieg, und der Cualcua ließ sich nur zu einsilbigen Antworten herab, als quäle ihn ebenfalls etwas. Manchmal glaubte ich, alles, was passiert war – Mascha und Danilow, die sich als Mitarbeiter des FSB erwiesen hatten, der Schatten, der eine halbe Million Planeten in sich vereinigte, mein Großvater, der gestorben war und einen neuen jungen Körper erhalten hatte –, sei nur ein Traum. Ein Fiebertraum ... denn eigentlich sei ich aus dem Lager der Geometer geflohen und würde jetzt im Schnee erfrieren. Vielleicht gab es auch keinen Pjotr Chrumow und hatte ihn auch nie gegeben, und ich war der verrückte Regressor Nik Rimer, der die Hand gegen seinen Ausbilder erhoben und daraufhin seine verdiente Strafe erhalten hatte ...

Dann öffnete ich jedes Mal die Augen und schaute auf den Feuersamen. Er war real, realer als die vereiste Schneekruste um mich herum, realer als meine von der Blutstauung gerötete Handfläche, auf der er lag. Der Samen war das, worauf es ankam, während ich ... nur ein wandelndes Zubehör war, das ihn in diese Welt gebracht hatte.

Irgendwann kam der Augenblick, da ich aus dem Schnee auftauchen konnte und sah, dass die blutrote Scheibe

Des Mütterchens hinter den Horizont kroch. Die Sonne war ebenfalls ein Samen, mächtig und leidenschaftslos, und auch sie vertrieb alle verwirrenden Nebel.

»Gib mich frei, Rimer ...«, bat ich. »Gib mich frei, Schatten ... gebt mich frei ...«

Ich wollte weinen. Ich wusste nicht, ob ich das tun sollte, was Rimer wollte, und verstand nicht einmal, ob er das noch wollte. Schließlich musste es einen Grund haben, dass er verschwunden war. Wovon auch immer er geträumt haben mochte, welche Gedichte er in seiner Einsamkeit auch geschrieben haben mochte, er blieb das Fleisch vom Fleisch dieser Welt. Es war sein gutes Recht, ihr die Tore zu geben. Es war sein gutes Recht, sie mir zu geben. Nur Rimer konnte entscheiden, wessen Heimat in den Schatten eintrat.

Wenn das doch bloß alles bald vorbei wäre! Egal wie, Hauptsache vorbei. Vielleicht verfügte ich ebenso frei wie die Schiffe der Geometer. Vielleicht war ich eine Marionette wie der Junge namens Dari. Vielleicht war ich genauso glücklich wie Nik Rimer. Egal, wenn nur alles endete.

Ich stand auf. Mir war schlecht, der Kampf gegen die Kälte verlangte am Ende doch seinen Tribut. Es dämmerte bereits, und es fing an zu schneien ... jetzt musste ich aufbrechen. Was auch immer mich erwartete.

Natürlich war es dumm, wieder den Weg durch die Kanalisation zu nehmen, aber ich kannte keinen anderen Eingang in diesen Kuppelbau. Sollten die Geometer allerdings dahintergekommen sein, wie der Fremde ins Internat eingedrungen war, dann wäre die Kanalisation jetzt entweder nicht mehr frei zugänglich oder mit Kameras gespickt. Auf dem Weg zur Glaskuppel machte ich noch einmal halt und dachte nach.

Es schneite immer heftiger. Es kam mir so vor, als wäre ich erst gestern hier gewesen ... Gestern? Nein! Es war ja schon vor einer Woche gewesen! Vor einer Ewigkeit!

Mir war inzwischen alles egal.

Ich fand den bekannten Verschlag, der jetzt vollständig unter Schnee begraben war. Ich pflügte mich durch die Schneewehe, wobei ich jede Sekunde damit rechnete, dass ein Fangeisen zuschnappte oder mich ein Paralysator erwischte. Aber nein, nichts geschah. Da war die Tür, die Klinke. Ich zog sie auf und hörte das Rauschen des fließenden Wassers. Na gut, dann wollen wir die Geschichte mal als Farce wiederholen.

Aber gab es wirklich keinen anderen Weg? In das Gebäude führten drei Türen ... die allerdings auf mich nicht reagieren würden. Vielleicht hätte ich sie in der Gestalt des Ausbilders Fed öffnen können, aber Fed war tot. Seine Fingerabdrücke waren garantiert längst aus dem Gedächtnis der Schlösser gelöscht worden.

Gut, komme, was da wolle.

Ich schlüpfte in den Verschlag, schloss die Tür hinter mir und sprang ins Wasser. Der Strom empfing mich, als sei er ein alter Freund von mir, voller Wärme und mit kameradschaftlichem Getätschel. Es spülte mich den engen Tunnel hinunter. Wer hätte das gedacht? Seid ihr wirklich so arglos, Geometer?

Ich wurde in den kleinen runden Raum mit dem Gitterboden ausgespuckt. Das Wasser brauste heulend über mich hinweg und rauschte weiter die Kanalisation entlang. Ich blieb liegen und sah mich um. Hier war niemand. Was irritierte mich dann?

In mir keimte ein ganz zarter Verdacht auf.

Nein, das war undenkbar! Unmöglich!

Aber hatten sie den Körper des Ausbilders Fed womöglich doch noch nicht gefunden?

Zählten sie ihn vielleicht immer noch nicht zu den Toten, mich aber nicht mehr zu den Lebenden?

Wer kontrolliert schon einen Ausbilder? Schließlich ist er ja über jeden Verdacht erhaben! Wenn der Ausbilder Fed beschlossen hatte, das Internat zu verlassen, dann war das eine zutiefst schmerzliche, jedoch absolut persönliche Entscheidung. Er würde zurückkommen und es erklären. Sicher, Katti hatte mich gesehen ... noch dazu sowohl in der Gestalt Nik Rimers als auch in der Feds und meiner eigenen. Ob man ihr vielleicht einfach nicht geglaubt hatte? Oder sollte sie den Vorfall verschwiegen haben?

Kaum anzunehmen.

Auch die Jagd auf meinen Scout ließ sich durchaus erklären. Da näherte sich ein Schiff und behauptete, in ihm sitze der Regressor Nik Rimer. Dabei war doch allen bekannt, dass der Regressor Rimer gestorben war, als er sich im Sanatorium befand.

Seltsam ... komisch ... aber gut möglich.

Ich ging zur Schachtöffnung und stellte mich kurz unter den festen, breiten Strahl. Die Apathie und Gleichgültigkeit wichen von mir, wurden von der kalten Dusche fortgespült.

Komm schon, Petja ... durchlauf diesen Kreis bis zum Ende.

Ich packte die kalten Bügel und kletterte die Filteranlage hoch. Unter der Luke wartete ich einen Moment in einer unbequemen gekrümmten Stellung.

Alles schien still zu sein. Ab und an meinte ich etwas zu hören, aber so leise und vage, dass es wohl eher das Blut war, das in meinen Schläfen rauschte.

Ich stemmte den Deckel nach oben, eine Handvoll Erde rieselte mir in den Ausschnitt, ich steckte den Kopf hinaus und fand mich unter der Kuppel wieder.

»Huch!«

Ein zarter Schatten huschte direkt vor meiner Nase vorbei. Beinahe hätte ich meinem ersten Impuls nachgegeben und ihn geschnappt und festgehalten.

So war es ja immer. Am einfachsten war es, etwas zu schnappen und festzuhalten.

Stattdessen öffnete ich jedoch meine Hand, und das orangefarbene Licht des Samens vertrieb die Dunkelheit.

Der rotblonde Junge, der da vor mir zurückwich, gegen einen Baum stieß und daraufhin erstarrte, tastete unbeholfen mit den Händen nach dem Weg. Ich erkannte ihn auf Anhieb. Etwas in mir verkrampfte sich.

»Till, hab keine Angst«, bat ich leise und kletterte endgültig aus dem Schacht heraus. Mit dem Fuß schob ich den Deckel wieder an seinen Platz. Der Junge beobachtete meine Bewegungen, allerdings ohne sonderliches Interesse.

Wahrscheinlich kannten alle Kinder im Internat dieses Große Geheimnis, den Filterschacht der Kanalisation.

»Ich habe keine Angst«, antwortete der Junge mit gedämpfter Stimme. »Wer sind Sie denn?«

»Ein schrecklicher Erdgeist.«

Er lächelte zaghaft.

»Und wenn du schreist, zerfalle ich in meine Einzelteile und verwandle mich in verfaultes Holz«, fuhr ich fort. Ich ging in die Hocke. Mit Kindern ist es wie mit Hunden ... Verzeiht mir, ihr Geister von Pestalozzi und Makarenko. Aber man darf sie nicht dominieren. Man darf sie nicht durch die eigene Größe einschüchtern.

Schon gar nicht, wenn man mitten in der Nacht aus der Erde auftaucht, durchweicht, schmutzig und mit einer tierischen Entschlossenheit im Gesicht.

»Ich werde nicht schreien. Ich habe keine Angst.«

»Warum hast du denn geweint?«

Till rieb sich rasch die Augen mit dem Hemdsärmel ab. Er antwortete jedoch völlig ruhig, wenn auch leicht verärgert: »Kennen Sie das nicht? Manchmal ... möchte man einfach weinen.«

»Das kenne ich, Till«, antwortete ich. »Es war eine dumme Frage. Entschuldige ... dass ich dich gestört habe.«

»Macht nichts.« Der Junge hockte sich jetzt ebenfalls hin, hielt aber Abstand zu mir. »Und wer sind Sie? In Wirklichkeit, meine ich.«

»Ein nasser und hungriger Landstreicher. Er ist draußen herumgelaufen, dieser arme Kerl, schon ganz blau vor Kälte und zittert am ganzen Körper. Kennst du das?«

Nein, natürlich kannte er das nicht. Die Geometer haben keine angestaubten Weihnachtsgeschichten. Till sah mich an, als suchte er in meinem Gesicht nach vertrauten Zügen. Aber woher sollte er den toten Regressor Nik Rimer kennen?

»Sind Sie ein Ausbilder?«

»Nein. Ehrenwort.«

Er nickte. Das glaubte er mir. Neugier und Angst kämpften in ihm mit der Höflichkeit. Die Neugier siegte, wie immer.

»Und wer sind Sie?«

»Ein außerirdischer Kundschafter.«

Eine Sekunde lang schwieg der Junge. Trotzdem überzeugte ihn diese Version schon eher als die vom bösen Erdgeist.

»Ein außerirdischer?«

»Ganz genau.«

»Ein Regressor oder Progressor?«

»Nur ein Kundschafter. Ein Beobachter.«

»So was gibt es nicht.« Till schüttelte den Kopf. »Das wissen doch alle. Es ist aus ethischen Prinzipien unmöglich, sich nicht einzumischen, nach dem Garada-Riz'schen Gesetz ...«

Mit einem Mal beruhigte er sich.

»Sie sind ein Ausbilder. Sie machen eine Prüfung mit mir. Ich weiß doch, dass das Unterricht ist. Unterricht in ethischer Wahl, wie ich mich verhalte, wenn ...«

»Und wie verhältst du dich?«

Till hatte seine Angst anscheinend überwunden. Er rutschte näher heran. Seine hellen Hosen waren bereits über und über mit Dreck beschmiert, was Till aber nicht störte.

»Das ist eine schwierige Entscheidung«, sagte er leidenschaftlich. »Also ... wie Garada bewiesen hat ... wenn eine andere Zivilisation eine Ethik vertritt, die sich von unserer unterscheidet, wird sie sich nicht einmischen. Es kommt entweder zu einem primitiven militärischen Konflikt um die Einflusssphären oder zu gutnachbarschaftlichen Beziehungen. Denn eine Einmischung nützt niemandem etwas. Aber wenn die Ethik mit unserer vergleichbar ist, dann muss man sich einmischen ... schließlich kann niemand mit ansehen, wie seine Brüder leiden. Das rechtfertigt jede Einmischung. Habe ich das richtig erklärt?«

»Ja«, sagte ich. »Es ist unmöglich, sich nicht einzumischen.«

»Aber dann hat Riz die Konsequenz aufgezeigt ... dass wir nämlich, wenn wir anderen Rassen helfen, auch akzeptieren müssen, dass jemand sich bei uns einmischt ... Das ist ... äh ... ein Falsches Axiom!«

»Und warum ist es falsch?«

»Weil es falsch ist«, gab Till erstaunt zurück.

»Und warum ist es ein Axiom?«

»Weil es sich nicht widerlegen lässt!«

Ich grinste. Die Welt der Falschen Axiome und der logischen Fehler. Das ist fast meine Welt.

»Und wie verhältst du dich jetzt? Ausgehend vom Garada-Riz'schen Gesetz?«

Till schniefte und wischte sich die letzten Spuren der kürzlich vergossenen Tränen aus dem Gesicht.

»Ich weiß es nicht. Ich muss den Erwachsenen von Ihnen Mitteilung machen. Weil Sie ein außerirdischer Kundschafter sind und versuchen könnten, uns zu verändern. Aber dann verstoße ich gegen die Konsequenz von Riz ... weil wir dann nämlich den zukünftigen Freunden von vornherein die Freiheit bei der Wahl der Ethik absprechen ...«

»An der Stelle hilft dir dann aber das Prinzip des Geringeren Übels weiter«, bemerkte ich vertrauensvoll. »Oder das Prinzip der Umkehrbarkeit der Wahrheit. Es ist sehr leicht, sich selbst alles zu beweisen ... was man gern möchte.«

Darauf loderte es in Tills Augen auf. »Sie sind ein Regressor!«, stelle er fröhlich fest. »Ich kenne diese Prinzipien, denn von denen habe ich in den Lehrbüchern gelesen. Das sind die Prinzipien der Regressoren!«

Vor Aufregung hätte er beinah nach meiner Hand gefasst. Er stoppte die Bewegung jedoch in letzter Sekunde. Ich konnte zwar ein Regressor sein, der Held aller Kinderphantasien, aber ich war eben doch kein Ausbilder.

»Und sind Sie zu uns gekommen, um ... nein, ich sage kein Wort mehr!«

Die letzten Worte stieß er in einem verlangenden Ton aus: Na, kommen Sie, fragen Sie mich schon, was ich denke!

Und ich fragte.

»Sie suchen sich einen Jungen aus!«, platzte Till heraus. »Das weiß ich, denn das habe ich auch gelesen! So machen die Regressoren es, wenn es nötig ist, sich auf einem anderen Planeten einzunisten, und zwar nicht allein, sondern fast mit einer Art Familie, wie im Altertum, als sich Gruppen aus Männern und Frauen zusammentaten und manchmal auch noch Kinder aufnahmen! Sie wollen einen Jungen finden ... oder ein Mädchen ...« Seine Stimme verlor kurz ihre bisherige Fröhlichkeit. »... die das Kind von Ihnen spielen ...«

Till sah mich zweifelnd an.

»Oder den kleinen Bruder ...«

Ich schwieg. Der Samen in meiner Hand glomm, amüsiert und arrogant. He, Pjotr Chrumow! Bist du immer noch so überzeugt davon, dass die Erde den Schatten dringender braucht? Dass die Erde ohne dich nicht heil aus dieser Geschichte herauskommt? Und bei den Geometern im Großen und Ganzen alles in Ordnung ist?

»Glauben Sie nicht, dass ich noch zu klein bin«, sagte Till aufgebracht. »Ich kenne mich sehr gut aus in Geschichte. Vor allem im Burgenzeitalter. Die anderen Jungen und ich, wir spielen es sogar nach ...« Plötzlich sank seine Stimmung auf den Nullpunkt. »Laki ist sogar noch besser in Geschichte als ich«, gab er selbstkritisch zu. »Und Fal, das ist ein Künstler. Wenn er einen Baron oder einen Priester spielt, nimmt man ihm das sofort ab. Man vergisst sogar, dass das alles nicht echt ist. Außerdem redet er keinen Quatsch. Und nie verhaspelt er sich. Mir passiert das manchmal.« Nach einer kurzen Pause fuhr er unsicher fort: »Grik versteht viel von der alten Technik ... wenn es dort schon Maschinen gab ...«

Der Junge war schon *dort*. Auf dem Planeten der zukünftigen Freunde, bei denen ein Regressor so schnell wie möglich mit der Arbeit loslegen sollte. Na gut, so schnell nun auch wieder nicht ... schließlich wollte er dort erst mal ein Weilchen leben ... so tun, als habe er eine Familie.

»Ob es dort auch große Familien gibt?«, fragte Till.

Wo *dort*, mein Junge? Auf dem Planeten Erde? Das kommt ganz darauf an. Aber diesen Planeten wird es bald nicht mehr geben. Nein, Quatsch, ich habe ja den Samen, wir treten in den Schatten ein, und alles wird gut. Alle Entarteten kriegen eine Welt nach ihrem Gusto, jeder Politiker erhält seine Bühne, und ohne Idioten und Politiker wird es sich endlich leben lassen ... Ich könnte dich sogar mit zur Erde nehmen. Deine Freunde vielleicht auch. Mein Großvater würde sich vermutlich über das neue pädagogische Kampffeld freuen ...

»Pass auf, Till, ich gebe dir jetzt noch keine Antwort, ja?«, schlug ich vor.

Er wurde wieder ganz aufgeregt. Er hegte offensichtlich keinen Zweifel, dass er mit jeder seiner Hypothesen den Nagel auf den Kopf getroffen hatte.

»Haben Sie da eine Taschenlampe?«

»Etwas in der Art.«

»Darf ich sie mal sehen?«

»Besser nicht. Noch nicht.«

Till nahm die Zurückweisung gleichgültig hin. Für ihn war dieser Feuerball nur eine ungewöhnliche Taschenlampe – also nichts im Vergleich zu der Perspektive, die sich ihm da gerade eröffnet hatte.

»Was sitze ich denn hier rum?«, sagte er plötzlich sehr ernst. »Sie sind ja schon ganz durchgefroren. Und bestimmt wollen Sie auch etwas essen?«

»Richtig geraten.«

»Gehen wir.« Till sprang auf und fasste mit einer bewusst beiläufigen Geste nach meiner Hand. »Schnell! Wir verstecken Sie in unserem Zimmer.«

»Und wie kommen wir am Posten vorbei?«, wollte ich wissen.

»Heute hat Fal Aufsicht«, erklärte mir Till lächelnd. »Er wird uns nicht melden. Was glauben Sie denn, wie ich mitten in der Nacht rausgekommen bin?«

»Und was ist mit den Kameras? Till, mein Junge, das ganze Internat wird überwacht.«

»Das wissen wir doch«, sagte Till stolz. »Aber wir haben im Moment keinen festen Ausbilder. Wir hatten einen, einen sehr, sehr guten! Den Ausbilder Fed. Aber er ist weggegangen, und wir haben noch keinen richtigen Ersatz bekommen ...«

Genau!

Sie hatten Fed also noch nicht gefunden!

Und komisch, auch diesmal empfand ich keine Reue. Im Gegenteil, ich war stolz. Darauf, dass ich in der Gestalt von Fed in nur knapp einer Stunde eine solche Reputation erworben hatte!

»Und die Aushilfsausbilder, die sind so ... die passen nicht ordentlich auf ... Wir haben da nämlich ein System, damit sie uns nicht sehen können, wenn wir es nicht wollen. Ehrenwort, es wird Sie niemand bemerken!«

Ich war zu müde, um diesen Worten nicht zu glauben. Außerdem hatte Till an meiner Hand offenbar nicht die geringste Absicht, allein abzuziehen.

»Gut. Überredet.«

»Aber schnell«, wiederholte Till. »Fal wird bald abgelöst, da müssen wir schon drin sein ...«

Sechs

Ich stand unter der Dusche und genoss das heiße Wasser. Es wäre schön gewesen zu baden, aber was nicht ist, das ist nicht. Hier gab es nur eine Duschwanne auf dem Boden. Niks Zimmer war nicht so asketisch gewesen. Kindern schadete es wohl, ein Bad zu nehmen?

Auf einem kleinen Regal lagen vier identische Stück Seife, standen vier Flaschen Shampoo. Der Flüssigkeitspegel in jeder Flasche war exakt derselbe. Ich stellte mir Till vor, wie er akkurat den vorgeschriebenen Klecks Shampoo abmaß, und schüttelte den Kopf.

Meine Kleidung, die mit mir sämtliche Abenteuer seit meinem Aufenthalt auf dem Planeten der grünen Umweltschützer überstanden hatte, steckte ich in die Waschmaschine. Rimer hatte keine Waschmaschine gehabt. Anscheinend ging man hier davon aus, Erwachsene würden besser auf ihre Sachen achten und müssten sie nicht so oft waschen.

Eine halbe Stunde später machte ich einen recht anständigen Eindruck und erinnerte in keiner Weise mehr an einen Erdgeist. Trotz des wenig vertrauenerweckenden Gerumpels der Waschmaschine kam meine Kleidung sauber und fast trocken aus ihr heraus. Ich nahm den Samen in die linke Hand und zog mich an, wobei er mich natürlich störte – aber ich konnte ihn nun einmal nicht aus der Hand geben.

Triff endlich deine Entscheidung, Nik Rimer!

Führe deine Welt in den Schatten oder gib mich frei!

Nik schwieg.

Seufzend strich ich mir die Haare glatt und verließ das Bad.

Das Zimmer, in dem die am schwersten zu erziehenden Kinder des Internats *Weißes Meer* lebten, hatte mir schon bei meinem ersten Besuch in der Gestalt des Ausbilders Fed gefallen. Dieses ganze mittelalterliche Ambiente, das die vier Jungen so liebevoll aufgebaut hatten: der »Strohteppich« auf dem Fußboden, die Lampen mit den sorgfältig verborgenen Glühbirnen, die gestrickte Gardine vorm Fenster, der Tisch und die Betten aus grobem Holz ...

Jetzt saßen alle vier auf einem Bett und warteten auf mich. Fal war von seinem Wachtdienst zurückgekehrt und offenbar von den anderen schon in die Situation eingeweiht worden. Wie sich gezeigt hatte, ließ er sich wirklich durch nichts aus der Ruhe bringen. Als Till und ich vom Kuppelbau in das Gebäude hereingekommen waren, hatte er nicht einmal mit der Wimper gezuckt. Er hatte zu Till hinübergeschielt, der den Finger an die Lippen gelegt hatte, und dann zur gegenüberliegenden Wand gestarrt ...

»Es ist alles in Ordnung«, teilte mir ein blonder Lockenkopf mit. »Wir haben alte Aufzeichnungen der Überwachungsanlagen. Wie wir schlafen ... Die laufen jetzt. Falls mal jemand auf den Bildschirm schaut, wird er nichts merken.«

»Danke, Grik, das denke ich auch.«

Ich setzte mich auf den Boden und blickte die Kinder erwartungsvoll an: Na, dann quetscht mich mal aus.

Die Jungen sahen sich an.

»Woher kennen Sie uns denn?«, fragte Grik.

»Wir haben uns bereits kennengelernt, Jungs. Vor einer Woche.«

Verständnislose Blicke.

»Wir haben darüber gesprochen, wie man eine Entscheidung trifft. Und darüber, dass das Schicksal der Welt manchmal von einem einzigen Menschen abhängt ...«

»Ausbilder Fed?«, fragte Till plötzlich. »Sind Sie das, Ausbilder?«

»Das glaube ich nicht«, sagte Grik scharf. »Nein!«

»Ich schon!« Till sprang vom Bett auf, stürzte zu mir, setzte sich dicht neben mich und griff nach meiner Hand. »Damit ihr's nur wisst!«

Ihm kam es einzig und allein auf die zärtliche Berührung an. Für ihn spielte es keine Rolle, ob ich log oder die Wahrheit sagte, solange er mich nur für einen Ausbilder halten durfte ... Mit der Hand, die den Samen nicht hielt, zerzauste ich ihm das Haar. »Ich brauche euern Rat, Jungs«, sagte ich. »Sonst habe ich niemanden, den ich fragen könnte. Und ihr ... müsst schließlich hier leben. Das ist eure Welt. Ich habe nicht das Recht ...«

»Erzählen Sie erst mal«, sagte Fal. »Das wird bestimmt ganz spannend.«

Auch er rutschte jetzt vom Bett runter und legte sich auf den Fußboden – und zwar so, dass er weder neben mir noch abseits lag. Grik und Laki blieben auf dem Bett sitzen und rückten sogar näher zusammen. Die übliche Verteilung einer Gruppe in einer ungewöhnlichen Situation.

»Unterbrecht mich aber erst einmal nicht«, bat ich. »Es fällt mir so schon schwer genug. Hört euch zunächst alles an, danach könnt ihr mich fragen, wenn ihr etwas nicht verstanden habt.«

Sie nickten alle, sogar die beiden Skeptiker.

»Ich bin ein Mensch. Aber ein Mensch von einem anderen Planeten. Wir sind technisch nicht so weit entwickelt wie ihr, fliegen aber auch ins All ...«

Ich berichtete so knapp und sachlich wie möglich. Ich durfte meine Erzählung nicht in einen Vortrag verwandeln, der die ganze Nacht in Anspruch nahm, da es ohnehin genug gab, was ich den Jungen mitteilen musste. Von der Erde, auf der in gewisser Weise bis heute ihr geliebtes Burgenzeitalter herrschte, auch wenn wir von einem Stern zum anderen flogen. Vom Konklave, das Hunderte von Zivilisationen mit unerbittlichen Gesetzen an sich knebelte. Nicht aus Bosheit, natürlich nicht ... eher aus der bitteren Notwendigkeit heraus. Davon, wie die Schwachen Rassen nach dem Auftauchen der Geometer in unserem Kosmos Hoffnung geschöpft hatten und ich in der Gestalt des toten Regressors Nik Rimer aufgebrochen war, ihre Welt zu erkunden ...

Sie glaubten mir nicht auf Anhieb. Ich sah, wie sich auf ihren Gesichtern Staunen, Begeisterung angesichts meiner Phantasie und schließlich die erschütternde Einsicht, dass all das der Wahrheit entsprach, abwechselten. Vielleicht half mir ihr kindliches Vertrauen. Vielleicht spürten sie mein Unvermögen zu lügen. Irgendwann glitt Laki vom Bett und setzte sich zu uns, am Ende kapitulierte selbst Grik, zudem gleich vollends: Er setzte sich neben mich und umarmte mich. »Wir helfen dir, Regressor Pjotr!«, flüsterte er, problemlos zum Du übergehend. »Ihr werdet zu unseren Freunden! Und dem Konklave bringen wir auch bei, unsere Freunde zu sein!«

Er hielt sich in dem Moment nicht mehr für einen kleinen Jungen, der unter ständiger Beobachtung stand, sondern für einen mutigen Regressor ...

Ich widersprach ihm nicht. Ich fing jetzt an zu erzählen, wie ich ihre Welt wahrgenommen hatte, zunächst mit den Augen Nik Rimers, der sein Gedächtnis verloren hatte, später mit denen des Menschen Pjotr Chrumow.

Die Kinder fingen an herumzuzappeln.

Wahrscheinlich war ich grausam. Aber wenn der Tumor wuchert, muss man zum Chirurgen.

»Bei uns hat es auch Konzentrationslager und Gefängnisse gegeben. Es ... es gibt sie sogar immer noch. Aber wir nennen sie nicht Sanatorium.«

»Aber was soll man denn tun, wenn ein Mensch krank ist? Wenn er böse ist? Wenn er andere stört, wenn er sogar zu einem Mörder werden kann? Wir sind nicht mehr so klein, wir wissen, dass es so was gibt!«, rief Till, der mir fest in die Augen blickte.

»Dann soll man es nicht Krankheit nennen«, antworte ich bloß.

Ich erzählte von den Wendigen Freunden, die unterschiedslos auf Fische wie auf Menschen Jagd machten. Mit einem runden Dutzend Sätzen legte ich das rosafarbene Gebäude der Freundschaft, das die Ausbilder so mühevoll errichtet hatten, in Schutt und Asche. Bis ich sah, dass ich damit allmählich aufhören sollte. Till hatte schon wieder feuchte Augen, dem unerschütterlichen Fal zuckte das eine Lid.

Ich bin kein Chirurg. Es spüre selbst den Schmerz.

Schließlich kam ich auf den Schatten zu sprechen. Den Verrat meiner Freunde ließ ich aus, das ging letztlich nur uns etwas an. Ich erzählte von der unendlichen Kette von Welten, von Welten, in denen man Krieg führte, von Welten, in denen die Liebe herrschte, von Welten, in denen man Ackerbau betrieb ... sich in der Nase bohrte ... Erbsen zählte ... eine unverständliche Wahrheit verstand ...

»Man kann alles machen, was man sich wünscht?«, fragte Grik.

»Genau.«

»Und wenn es das, was ich möchte, nirgends gibt?«

Die Frage klang nicht so, als sei sie völlig aus der Luft gegriffen. Ich antwortete so überzeugt wie möglich. »Dann wird sich etwas Ähnliches finden. Oder ... eine leere Welt. Für dich ganz allein.«

»Für mich allein, das will ich nicht ...«, antwortete Grik finster. »Aber so wie es sich anhört, ist dieser Schatten gar nicht mal schlecht.«

»Er ist nicht schlecht und nicht gut. Er ist ...« Mit einem Mal fand ich ein treffendes Bild. »Er ist ein Filter. Genau wie in eurer Kanalisation. Nur ist der Filter bei euch für den Müll, während im Schatten die Tore als Filter für Menschen dienen. Sie wissen sofort, wer wohin muss. Wer was braucht. Sie sieben die Menschen durch und verteilen sie, der eine bekommt einen Krieg, ein Blutbad – und jeder steht dabei immer auf der für ihn richtigen Seite –, ein anderer darf unterm Sternenhimmel Gedichte schreiben, bis er die Nase voll davon hat. Dieser Filter ist erbarmungslos, Kinder. Nicht jeder ist stark genug, ihn zu überstehen. Vielleicht hätte ein Mensch gegen sich gekämpft und es geschafft, sich nicht in einen Tyrannen oder in einen Schuft zu verwandeln. Der Schatten hilft jedoch allen. Er kennt keine Ethik, hat sie auch nie gekannt ...«

Ich streckte meine Hand vor und öffnete die Faust, obwohl die kleine Bestie in mir aufheulte und verlangte, ich solle den Samen auf keinen Fall aus der Hand geben.

Die Feuerkugel fiel auf den Boden. Sie kullerte zwischen die »Strohhalme« des zotteligen Teppichs.

»Das ist ein Tor. Man hat es mir gegeben ... oder nicht mir, sondern Nik Rimer. Ja, wahrscheinlich Rimer, er hat nämlich auch darauf bestanden, den Samen hierher zu bringen. Aber jetzt weiß ich nicht, was ich mit ihm machen soll.«

»Und wie bringt man ihn zum Wachsen?«

Das war Grik. Er ging immer sachlicher an die Dinge heran als die anderen Jungen.

»Ich weiß es nicht. Aber ich glaube, ich verstehe es, wenn es so weit ist. Zunächst müssen wir aber eine Entscheidung treffen.«

Erst jetzt begriffen sie, was ich von ihnen wollte.

»Irgendwo dort im Kern, unter dem Himmel, der von Sternen lodert ...«

»Ich erinnere mich daran«, fiel mir Till ins Wort. »Wir alle erinnern uns daran. Die Heimat ist in fünf Etappen verlegt worden, in der ersten hatte sich der Himmel noch nicht verändert ...«

»Das stimmt nicht, da hatte er sich auch schon verändert«, korrigierte ihn Grik. »Bei dir waren Hemd und Hose damals ja noch eins, aber ich bin schon drei gewesen, und ich erinnere mich genau!«

Drei von ihren Jahren, das entspricht sechs bei uns auf der Erde. Die Geometer hatten ihr System fast sieben *richtige* Jahre lang durch den Raum bewegt, das war ja nicht irgend so ein Scout ... Ich wartete, bis die Jungen ihre Anspannung in diesem komischen Streit abgebaut hatten, dann fuhr ich fort: »Unter dem Himmel, der von Sternen lodert, im Kern der Galaxis gibt es einen Planeten ... ich weiß nicht, wie er heißt. Es kommt aber auch gar nicht darauf an, welchen Namen man seiner Erde gibt. Und wenn doch jemand fragt ...« Ich grinste. »... dann könnt ihr sagen, sie hat die Nummer W-642. Und wenn euch dieser Jemand daraufhin nicht anlächelt, braucht ihr nie wieder mit ihm zu reden.«

Sie hörten mir zu. Aufmerksam, wie einer Offenbarung. Aber genau die wollte ich ihnen ja auch zuteil werden lassen.

»Auf diesem Planeten gibt es viele Wälder, Flüsse und Berge. Ich habe außerdem den starken Verdacht, dass es dort Meere gibt. Und ich würde sogar vermuten, dass sich dort ein paar Wüsten und Gletscher finden. So ist er also, dieser Planet ... nichts Besonderes, natürlich nicht ... Übrigens haben alle Kontinente auf ihm eine absolut ungleichmäßige Form, kein Haus sieht wie das andere aus, und niemand kommt auf die Idee, das Gras vorm Haus zu mähen ...«

Sie hörten mir zu. Sie hörten mir wirklich zu. Viel aufmerksamer als vorhin, als ich über die Sternenkriege, die Kristallene Allianz und die Menschen, die sich in einen reinen Verstand verwandelten, gesprochen hatte.

Und was ist mit dir, Nik Rimer, hörst du mich auch?

Gebrochen und abermals gebrochen, verraten und vergessen, der beste Regressor der Geometer, der trotz allem in seine Heimat zurückgekehrt war.

Hörst du mich?

»Dort steht ein Haus. Auch dieses Haus ist nichts Besonderes. Allerdings ist es groß. Ein zweistöckiges Steinhaus, in dem drei Menschen wohnen. Eine Familie. Vater, Mutter und ein Sohn. Jeder von ihnen hat seine eigenen Probleme. Der Mann, Kelos, hat Angst, dass er irgendwann kein Mensch mehr ist. Vor ihm liegt ein endloser Weg, das weiß er ... und er hat sehr, sehr große Angst, ihn einzuschlagen. Dieses seltsame Unglück gibt es nämlich auch, dass man Angst hat, man selbst zu sein. Wahrscheinlich ist er zu sehr daran gewöhnt, die Verantwortung für andere zu übernehmen und schwierige Entscheidungen zu treffen. Auch das kommt nämlich vor.«

Vielleicht hörte mich Rimer nicht. Aber diese Jungen, die hörten mir zu. Mit gespitzten Ohren.

»Außerdem lebt in diesem Haus Rada. Eine schöne junge Frau. Sie liebt Kelos sehr. Und sie hat Angst, dass er weitergeht ... und sie ihm folgen muss. Sie will nämlich nirgendwohin gehen. Es gefällt ihr, ein Mensch zu sein, aber im Schatten ist es peinlich, das zuzugeben.«

»Die sind dumm«, verkündete Laki. Er hatte jetzt auch beschlossen, am Gespräch teilzunehmen. »Das stimmt doch, oder? Sie sind doch dumm?«

»Sie sind müde«, korrigierte ich ihn. »Das kann jedem passieren. Dann haben sie noch einen Sohn namens Dari. Er ist etwas jünger als ihr. Mit ihm haben wir wirklich ein Problem. Das ist hier allerdings sehr schwer zu erklären, das muss man mit eigenen Augen sehen und verstehen. Das wäre also dieser Planet …«

Ich schaute die Jungen an und lächelte.

»Ich glaube, wenn eines Tages vor ihrem Haus vier Jungs auftauchen würden … mutige Jungs, die allerdings ein bisschen verloren wirken … dann wären sie bestimmt nicht enttäuscht. Vielleicht würden sie sich sogar sehr freuen.«

Zugegeben, ich war ein Schwein.

Und dafür brauchte ich mich nicht mal zu verstellen.

Ich presste aus ihnen die Antwort heraus, die ich hören wollte. Ich versprach diesen unglücklichen Jungen nicht das, was mit ihnen passieren könnte, wenn sie durch das Tor gingen, sondern das, wovon sie träumten. Eine Mama, einen Papa, ein Haus.

Aber der Schatten bedeutet doch, dass passiert, was man will? Oder nicht?

»Kehrst du dorthin zurück, Pjotr?«, fragte Till leise.

»Irgendwann. Ich muss Kelos noch die Hand drücken. Und ihm sagen, wie dankbar ich ihm bin. Außerdem ist es immer schön, sie zu besuchen …«

Der Anker. Ich warf den Anker aus. Ich spannte den Faden zwischen den Welten. Ich wob eine neue Realität, nicht nur für diese »schwierige Gruppe« im Internat der Geometer, sondern auch für Kelos, für mich selbst, für alle, die je durch ein Tor gehen würden.

In der christlichen Religion gibt es den Begriff der »spirituellen Zeit«. Wollte man diesen Terminus in die Sprache der Wissenschaft übersetzen, dann wäre es eine Zeit, die keine Richtung hat. Und das Kausalitätsprinzip funktioniert in ihr auf eine höchst ungewöhnliche Weise.

Im Moment lebte ich förmlich in dieser spirituellen Zeit. Bald versuchte ich, diese Jungen aus der zärtlichen Welt der Geometer herauszuziehen, bald, Kelos aus dem Feuer zurückzuholen.

Wer kennt die Antwort, wenn sie im Schatten verborgen liegt?

»Wenn du es jetzt willst ...« Till streckte die Hand zum Samen aus. Doch noch bevor er ihn berührte, zuckte er zurück. »... könnten dann überall auf Der Heimat Tore entstehen?«

»Wahrscheinlich.«

»Warum willst du es denn nicht?«

Das war nicht einmal mehr eine Frage. Das war eine Anklage. Eine Herausforderung. Eine Beleidigung, die mich bis ins Mark traf. Und da wurde mir klar, dass Nik Rimer sich durchgesetzt hatte. Der Samen wartete. Und ich stritt mich nicht länger mit ihm ...

»Es ist nur zu begrüßen, dass Pjotr nichts tut, was nicht rückgängig zu machen ist.«

Die fremde Stimme in meinem Rücken traf mich wie ein Peitschenhieb. Die Gesichter der Jungen wurden lang, versteinerten, verloren von einer Sekunde zur nächsten ihre Lebendigkeit.

»Das Schlimmste, was man tun kann, ist unüberlegt zu handeln. Die Fähigkeit, unüberlegte Handlungen zu vermeiden ... und den Moment der Entscheidung hinauszuzögern ... das ist eine große Kunst.«

Ich wandte mich um. Der Cualcua murmelte etwas darüber, wie schwierig es sei, in dem unvollkommenen menschlichen Körper die Kontrolle über eine Situation zu behalten, und dass er bereit sei, die Kampftransformation einzuleiten ... Ich hörte gar nicht hin, ich sah nur den Mann an, der durch die Tür kam.

Ich kannte ihn. Flüchtig.

Von meinem Besuch des Weltrats her.

Big, der Kommodore der Fernaufklärung.

Ein kräftiger, blondhaariger Mann mit offenem, wohlwollendem Gesicht.

Wenn ich mich nicht irrte, der ehemalige Vorgesetzte von Nik Rimer.

Am erstaunlichsten fand ich, dass auch die Kinder ihn kannten. Griks Augen strahlten, Fal lächelte, Laki stand auf. Till dagegen blieb an meiner Seite, wanderte nicht ab.

»Guten Tag, Jungs«, begrüßte Big sie zärtlich. Selbst wenn er kein Ausbilder war, erfreute er sich größter Beliebtheit.

»Guten Tag, Kommodore Big!«, antwortete die gesamte »schwierige Gruppe« fast einstimmig.

Mich beschlich ein seltsames Gefühl. Nein, nicht das von Verrat ... eher als mache man sich über mich lustig.

Da war ich auf Der Heimat aufgetaucht, die Schlange der Versuchung in Gestalt von Nik Rimer ... Ein Apfel hatte mir nicht gereicht, diese Kinder der Geometer in Versuchung zu führen ...

»Kommodore Big, ist das hier eine Unterrichtsstunde?«, fragte Till forsch.

»Nein, Kinder. Das ist keine Unterrichtsstunde. Das ist alles die Wahrheit. Ihr habt mit einem fremden Kundschafter gesprochen.«

Till sah mir in die Augen.

»Ich habe euch das von Anfang an gesagt!«

Nun rückte auch er vorsichtig von mir ab.

Aber was hatte ich denn erwartet? Sie verhielten sich ja völlig korrekt. Solange die Situation an der Grenze zum Spiel blieb, durften sie Gott weiß was glauben. Dass es in der Welt Hunderttausende von Planeten gibt, die man gar nicht alle ändern kann. Und dass die Wendigen Freunde gemeine Raubtiere sind, die man nicht achten, sondern mit Napalm verbrennen sollte.

Aber dann kam ein Erwachsener, noch dazu der planetenweit bekannte Held Kommodore Big. Und der rückte mit einigen wenigen Worten wieder alles an seinen Platz.

»Ich darf doch auch weiterhin auf Ihre Vernunft zählen, Pjotr?«

Big blieb an der Tür stehen. Dabei hatte er mit Sicherheit keine Angst vor mir, denn etwas in jeder seiner Bewegungen brachte den bedingungslosen Glauben an seine Kräfte zum Ausdruck. Eher wollte er wohl nicht, dass ich mich vor ihm fürchtete.

»In welchem Sinne?«

»Ganz direkt. Ich will nicht hoffen, dass Sie sich nun auf den Samen stürzen werden.« Sein Blick huschte zu dem auf dem Teppich glühenden Punkt. »Oder hinter den Jungen Deckung suchen.«

Ich fühlte mich mies.

»Den Samen werde ich nehmen, Sie müssen schon entschuldigen.«

Ich streckte die Hand aus und hob die Feuerkugel auf. Big sagte kein Wort.

»Die Kinder können aber ruhig gehen. Ob Sie es mir glauben oder nicht, aber ich habe Terroristen noch nie leiden können.«

»Kommodore Big, sollen wir gehen?« Es war Grik, der die Frage stellte.

Wie leicht gebt ihr eure Burg auf, Jungs. Ohne Kampf, ohne Panik, ohne Tränen. Widerstandslos gebt ihr ihn auf, den Raum des Spiels, in dem ihr bereit seid, Autoritäten anzugreifen, Alternativen zu suchen und eure eigenen Schlussfolgerungen zu ziehen.

Blendwerk. Alles ist nur Blendwerk, Jungs. Denn eigentlich war das eine Unterrichtsstunde für mich. Man darf nämlich nicht glauben, dass die älteren Generationen weise sind, man darf nicht denken, dass die jüngeren vorurteilsfrei sind.

»Nein. Setzt euch und hört zu. Ihr habt schon zu viel gehört, um jetzt zu gehen.«

Die Ironie des Satzes wusste nur ich zu schätzen. Die Kinder verteilten sich gehorsam auf ihren Betten. Natürlich hatte Big nicht gemeint, die Kinder wüssten schon zu viel. Nein, eher dürfte er ihnen wohl noch mehr eintrichtern wollen.

»Was wollen Sie?«, fragte ich.

»Ich?« Big bedachte mich mit einem finsteren Blick. »Pjotr ... Sie stellen seltsame Fragen. Trotzdem werde ich antworten. Ich würde zu gern Nik Rimer sehen. Diesen braven Jungen Niki, der Die Heimat liebt.«

»Es ist nicht meine Schuld, dass er gestorben ist. Ihr seid in einen fremden Kosmos vorgedrungen. Ihr habt Kundschafter ausgeschickt ... mit dem idiotischen Auftrag, Gefangene zu machen. Nik Rimer hat sich alle Mühe gegeben. Er hat völlig allein ein ganzes Geschwader angegriffen. Dabei wurde er selbst gefangen genommen ... und leider auch getötet.«

Big nickte. Dabei bewegte er den Kopf derart heftig, dass ihm die langen blonden Haare über die Schultern flogen.

»Ich habe mich gegen diese Art von Unternehmung ausgesprochen. Wirklich. Glauben Sie mir das?«

Warum auch immer, aber ich glaubte ihm. Vielleicht weil Big das Gesicht eines guten Menschen hatte. Ein offenes Gesicht.

»Aber ich habe noch mehr Fragen. Wie ist der Ausbilder Fed gestorben?«

Er wusste es. Zumindest er wusste es. Der Gesichtsausdruck der Kinder jedoch veränderte sich sofort.

»Eine Hirnblutung. Ich wollte das nicht. Ihn hat die Angst umgebracht ... die Anspannung.«

»Ich glaube es.« Es war, als habe sich Big vorgenommen, einen guten Eindruck zu machen. »Seine Gesundheit ließ leider zu wünschen übrig. Schon seit vielen Jahren. Wir hätten an einen Urlaub für ihn denken sollen, an eine Behandlung, aber ...«

Er verstummte. Ich konnte beim besten Willen nicht begreifen, worauf er eigentlich hinauswollte.

Ob er einfach Zeit schinden wollte?

»Vielleicht sollte ich etwas erzählen ...«

Big seufzte und hockte sich direkt vor die Tür hin. Unwillkürlich fiel mir ein, wie ich selbst in die Hocke gegangen war, als ich mit Till gesprochen hatte. Seltsamerweise entkrampfte ich mich daraufhin.

Das lag natürlich nicht an der demonstrativ unterwürfigen Pose Bigs. Er war sehr kräftig, allerdings stand ich ihm kaum nach.

Nein, mir war einfach die Ironie der Situation aufgegangen. Wir versuchten beide, mit den gleichen Mitteln Kontakt herzustellen. Aber ich bin kein Kind mehr, Big.

»Das Wichtigste vorweg. Pjotr, du behauptest also, alles, was du gesagt hast, entspricht der Wahrheit?«

»Ja.«

»Aber wie ...?«

Er verstummte. Und mit einem Mal lächelte er so traurig, dass es mich ganz beklommen machte.

»Beinahe hätte ich dich eben Nik genannt. Ich habe mich längst daran gewöhnt, dass er tot ist, aber trotzdem ...«

Etwas in mir verkrampfte sich. Etwas von Nik. Dennoch schwieg ich.

»Wie bist du durch die Kontrolle gekommen? Ich meine nicht den genetischen Test, sondern die Untersuchung deines Gedächtnisses. Als man dich ins Sanatorium geschickt hat, habe ich vermutet, dass irgendwas mit dir nicht in Ordnung ist. Daraufhin habe ich mir selbst die Aufzeichnungen angesehen. Aber das waren alles seine ... Assoziationsketten, logischen Reihen, emotionalen Reaktionen ... Also, wie?«

»Alles, was von ihm gerettet werden konnte, lebt jetzt in mir. Ist er eigentlich viel geflogen?«

»Ja. Nik liebte einsame Patrouillenflüge. Er liebte das Kundschaften.«

»Er hat mit seinem Schiff geredet. Aus Langeweile, aus Einsamkeit ... er hat ihm seine Gedichte vorgetragen ... sich mit ihm gestritten ... es angestachelt ...«

»Er hat sich ... mit seinem Schiff gestritten?« Big schüttelte den Kopf. »Das ist ... typisch Niki.«

»Ich weiß nicht, ob ich das Recht habe, das zu sagen, aber ich glaube manchmal ... er lebt noch.«

»Du bist fremd in unserer Welt, Pjotr«, sagte Big. »Aber in gewisser Weise bist du mein Kollege. Deshalb will ich ganz offen sein. Ich habe dein Gespräch mit den Kindern belauscht ... und ich weiß, warum es nötig war.«

Ach ja, meine kleinen Genies, die ihr die Kameras ausgetrickst habt.

»Du suchst eine Rechtfertigung. Ich verstehe das ... Dann hast du also noch nicht entschieden, was du mit dem Samen anstellen willst. Zum Glück hast du es noch nicht.«

Ich warf den Feuerball in meiner Hand hoch und wartete ab.

»Es war schwierig, alles unter einen Hut zu bringen, Pjotr. Mein Schützling Nik Rimer war verschwunden – und dann kehrte er zurück, wenn auch mit einem kaputten Gedächtnis. Er griff seinen Ausbilder an. Daraufhin kam er ins Sanatorium. Dort meuterte er. All das ließ sich durchaus noch erklären. Aber was danach kam … sich gegen die Wendigen Freunde durchzusetzen … zu fliehen …«

Big schüttelte den Kopf.

»Als dann der Ausbilder Fed verschwunden ist, habe ich Verdacht geschöpft. Den Wendigen Freunden musste man die Informationen wie *Nicht-Freunden* aus der Nase ziehen. Es war ein Schock, ein großer Schock, für diese kleine stolze Rasse, auf einen Menschen zu treffen, der ihnen überlegen war, der sie mit bloßen Händen töten konnte. Damit rückte plötzlich alles an seinen Platz. In der Gestalt von Nik war ein Alien auf Die Heimat eingedrungen. Nik hatte unser Leben nicht akzeptiert und war geflohen. Der Pilot, der sein Bewusstsein verloren hatte, der verschwundene Scout … ich habe all diese Puzzlesteine zusammengefügt … Aber niemand hat mir geglaubt, Pjotr. Trotz allem hat mir niemand geglaubt. Fed würde eine schwere Krise durchmachen, hieß es, und suche deshalb die Einsamkeit. Das Mütterchen musste dem Piloten das Hirn versengt haben. Kinder aus dem nächsten Internat hätten den Scout gekapert … Da waren nämlich tatsächlich vor Kurzem ein paar Kinder geflohen. Es hätte wirklich alles Mögliche passiert sein können. Und der Weltrat schrieb deshalb auch einfach alles einem Zufall zu. Doch ich ahnte, dass die einzelnen Teile zu einem Ganzen gehörten …«

»Hat Katti denn nichts von mir erzählt? Sie hat mich doch gesehen …« Ich verstummte. Nein, die Freundin von

Nik Rimer konnte auf gar keinen Fall geschwiegen und nicht von dem Fremden berichtet haben, der in der Gestalt von Nik und Fed ... Trotzdem kam es mir vor, als hätte ich sie mit meiner Frage verraten.

»Ich habe angenommen, du wüsstest es.« Bigs Augen wurden für einen Moment kalt.

»Was denn?«

»Katti Tamer, Ärztin und Exobiologin ... ist von uns gegangen.«

Ich zuckte zusammen.

Die schwarze Schale in der Nacht. Die dunkle Flamme an ihrem Boden. Die in der Luft funkelnden Sandkörner ... fallende Sterne ... *Abschied* ...

Nein!

Dieses monströs große Krematorium! Der Tod, der zu einem Schauspiel wird! Das durfte nicht wahr sein!

Kattis Gesicht, das ans Glas der Transportkabine gepresst war. Ihr Schrei: »Niki!«

Ein Krematorium. Schön und gut. Aber dieses Krematorium war nicht nur für die Toten. Sondern auch für all diejenigen, die aus dem Leben gehen wollten. In diesem Punkt legten die Geometer eine erstaunliche Toleranz an den Tag. Keine Zäune, keine Wachen ... nur ein Schritt, weg von dem schwarzen Stein, dem Feuer entgegen ...

»Katti Tamer, Ärztin und Exobiologin, Abschied ...«

Ich war einen endlosen Strand entlanggegangen. Verbittert, konzentriert, bereit, ein Schiff zu stehlen und nach Hause zurückzukehren.

Katti hatte den Schritt ins Feuer getan.

»Du hast es also nicht gewusst …«

Niki Rimer, Regressor der Geometer, der am Boden meines Gedächtnisses schlief, wachte auf und fing an zu schreien. Lautlos, so dass nur ich allein diesen Schrei zu hören vermochte.

Big ließ den Blick über die Kinder schweifen. Zusammengekauerte, verängstigte Gestalten. »Also, Jungs«, sagte er. »Lasst mich auch etwas über die Freiheit sagen. Meist sind das nur schöne Worte. Man kann immer sagen, es gibt zu wenig Freiheit, man müsste mehr davon haben … Nur muss man dann eben auch Kummer und Tod hinter sich lassen.«

»Daran seid ihr doch schuld.«

»Wir?«

»Euer Planet … Katti … sie hat es nicht ertragen … dass Niki lebt und zugleich tot ist …«

»Wie leicht du es dir machst, Pjotr! Der Ausbilder Fed hat nicht durchgehalten und ist gestorben. Katti hat es nicht ertragen und ist aus dem Leben gegangen. Aber dich trifft keine Schuld.«

Nik Rimer in mir verstummte. Er schrumpfte zusammen, versteckte sich … klammerte sich an die letzten kleinen Inseln seiner Seele.

»Als ich erfahren habe, dass der vermisste Scout wieder da ist, dass er in das Gebiet über dem Internat vordringt und an Bord den Regressor Rimer meldet, da habe ich verstanden, wo ich dich suchen muss. Dich … und nicht den im Kampf gestorbenen Nik. Der Verbrecher kehrt an den Tatort zurück. Das wusste ich – und deshalb habe ich dich gefunden.«

»Und was geschieht jetzt, Big? Du hast mich gefunden. Du hast unser Gespräch belauscht. Und weiter?«

»Du bringst nur Kummer, Pjotr. Du bist in unsere Welt gekommen, ohne dass wir dich darum gebeten oder dich eingeladen hätten. Noch dazu ... mit diesem Ding.«

Ich betrachtete den Samen.

»Du wirst ihn nicht benutzen«, sagte Big. Absolut gelassen und fest. »Du würdest es gar nicht können. Du bist nicht aus unserer Welt. Der Schatten kommt nicht mit Gewalt zu einem, und das war das Einzige, was uns gerettet hat. Glaubst du etwa, du bist der Erste, der ein solches Geschenk erhalten hat? Nein, Pjotr, auch ich habe schon einen solchen Samen erhalten. Willst du wissen, wo er jetzt ist? Er ist in den Strahlen Des Mütterchens verbrannt. Ich habe gewusst, dass wir den Schatten nicht brauchen. Deshalb konnte ich mich von diesem Geschenk auch wieder trennen. Auch ich bin durch die Tore des Schattens gegangen, Pjotr. Ich weiß nicht, wie viele Planeten du gesehen hast, ich selbst war auf zwölf Welten. Und sie alle hielten nur Dreck und Schmerz für mich bereit. Es waren Welten, die Hilfe brauchten. Irgendwann werden wir sie auch leisten können.«

Aber sicher!

Nik Rimer – und ich mit ihm – hatte nur Bigs Weg wiederholt. Und jeder stieß im Schatten nur auf das, worauf er zu stoßen wünschte. Der Kommodore Big fand ein Betätigunsfeld für Einmischung, einen Ort, dem Freundschaft gebracht werden musste.

»Das Internat ist isoliert, Pjotr. Völlig. Ich bin allein gekommen, denn ich glaube, du bist vernünftig genug, um auf jeden Widerstand zu verzichten. Gewiss, du hast deine speziellen Möglichkeiten ... Aber du wirst hier trotzdem nicht rauskommen.«

»Und was ist mit dem Falschen Axiom von Riz?«, schrie Till.

Big sah den Jungen wohlwollend an. »Hier muss man vom Prinzip des Geringeren Übels ausgehen.«

Na siehst du, Till, habe ich es dir nicht gesagt?

»Du hast dich tapfer geschlagen, Pjotr. Aber jetzt ist dein Spiel aus. Und zwar nicht, weil wir stärker sind, sondern weil wir die Wahrheit auf unserer Seite haben. Es fehlt dir am Glauben, nicht wahr? Du bist auch nicht begeistert vom Schatten. Also sollten wir darauf verzichten, die Zahl der Fehler zu vergrößern.«

Er stand auf, seufzte und streckte die Hand aus. »Gib mir den Samen. Er gehört dir nicht, Pjotr. Und du könntest die Tore in unserer Welt sowieso nicht aktivieren.«

»Wovor hast du dann solche Angst, Big?«, fragte ich.

»Vor deinen Fehlern. Vor neuen Opfern. Du hast schon zu viel Böses angerichtet, Pjotr. Du hast diesen Jungen hier deine Seite der Wahrheit präsentiert, deinen Blick auf unsere Welt. Auf eine harte, zynische Weise.«

»Habe ich damit den Samen des Zweifels gesät?«

Das verstand Big nicht. Es war eine Wendung von uns auf der Erde, wörtlich in die Sprache der Geometer übertragen.

»Jetzt müssen sich die besten Ausbilder Der Heimat dieser Kinder annehmen.«

»Keine Sorge, ihr werdet es schon schaffen. Ich nehme an, ihr habt auch Sanatorien für Kinder.«

»Du bist ein Zyniker, Pjotr. Aber dann denk wenigstens an deine eigene Welt! Schließlich sind wir voneinander abhängig und müssen miteinander auskommen. Wir müssen Freunde werden, Kämpfe austragen und nach Glück streben. Lass es uns so machen: Du gibst mir den Samen. Er wird vernichtet werden. Und wir beide begeben uns gemeinsam zum Zentrum der Fernaufklärung. Wir reden über deine Rasse, darüber, was wir einander geben können. Halte uns nicht für dogmatisch, Pjotr. Wir müssen eure Welt nicht unbedingt ins Steinzeitalter zurückwerfen. Wir können auch ...«

Er brannte ein wahres Feuerwerk an Möglichkeiten, Vorschlägen und Alternativen ab. Beziehungen zwischen gleichberechtigten Partnern, Freundschaft, Hilfe ... schließlich wird die Erde momentan von anderen Rassen völlig unterjocht ... All das, was mir mein Großvater schon gesagt hatte, als er mir vorschlug, das kleinere Übel zu wählen. Die Welt der Geometer sei nicht statisch, sie entwickle sich. Ob sie denn so schlecht sei? Und ob ich mich dafür verbürgen könne, dass die Erde nach gerechteren Gesetzen lebe?

Ja, vielleicht hast du in gewisser Weise sogar recht, Big. Eure Welt sucht sich ihren Weg. Genauso unbeholfen wie unsere, aber immerhin widersetzt sie sich dem Schatten mit seiner gleichgültigen Laissez-faire-Haltung.

Und ich habe wirklich kein Recht, euch in den Schatten zu treiben, vor dem ihr so verzweifelt geflohen seid. Denn in mir steckt nicht dein Glaube, der dafür jedoch nötig wäre.

Alles, was er jetzt sagte, war im Grunde gar nicht für mich gedacht. Ich würde ihm sowieso nicht entkommen.

Aber ich musste mich ergeben und meinen Fehler vor diesen Jungen eingestehen, denen ich hatte weismachen wollen, ihre Welt sei unvollkommen.

»Gehen wir ... gehen wir, Niki ...«

Das hätte er lieber nicht sagen sollen. Er verzog das Gesicht, als wollte er sich für seine Worte entschuldigen. Aber Nik Rimer in mir erschauderte und kam heraus.

»Der Altruist Big«, sagte ich. »Warum hast du etwas gegen diesen Spitznamen? Schließlich nennen wir dich mit gutem Grund so. Du hast immer auf den besten Entscheidungen bestanden, den geringsten Verlusten, und Geduld gegenüber fremden Bräuchen gefordert. Aber deinen Spitznamen magst du nicht ...«

»Pjotr!«

»Nik. Nik Rimer. Du hast recht, Pjotr Chrumow kann für unsere Welt keine Entscheidung treffen. Aber ich, ich schon.«

Nik Rimer warf den Samen hoch. Er warf ihn hoch – und fing ihn wieder auf. Der Feuerball sprühte spitze Funken.

»Du hast recht, Big, ein einfacher Mensch kann diese Entscheidung kaum treffen. Die Entscheidung, die ganze Welt zu ändern. Für diese normalen Menschen gibt es den Schatten. Aber wir sind ja schließlich Regressoren. Wir sind daran gewöhnt, für ganze Welten zu entscheiden. Das ist ein bemerkenswertes Gefühl, nicht wahr?«

Ich wartete die ganze Zeit, dass Big auf mich losstürzte. Denn er hatte gewaltsame Entscheidungen niemals gemieden, sein Altruismus hatte ihm diesen Weg durchaus nicht versperrt. Aber noch glaubte er einfach nicht, Nik vor sich zu haben.

»Ob wir deshalb vor dem Schatten geflohen sind? Nicht nur, weil die fremden Welten, die nach ihren eigenen Bräuchen leben, eine Beleidigung für uns darstellen. Sondern einfach weil im Schatten ... jeder entscheidet ... wenn auch nur für sich selbst.«

»Tu das nicht, Niki! Fall nicht in deine kindliche Rigorosität zurück. Die Heimat braucht den Schatten nicht.«

»Wir sind längst im Schatten untergegangen, Big. Wir alle. Seit dem Tag, als das Wort eines Älteren für uns zum Gesetz geworden ist. Seit wir uns daran gewöhnt haben, den Ausbildern vorbehaltlos zu glauben ... seit wir in den Lehrern Götter erkannt haben, seit wir in jedem, den wir trafen, einen Freund gesehen haben und jeden Stern als Herausforderung auffassten. Wir haben dafür gesorgt, dass unsere Blindheit ewig währt. Aber ich ertrage nichts, was ewig währt, Big! Neulich, vor gar nicht langer Zeit, habe ich meinem Schiff ein Gedicht vorgetragen. Willst du es auch hören, Big? Als Zuhörer taugst du nicht weniger als mein Schiff, trotzdem habe ich dir nie meine Gedichte vorgetragen ...«

Big schwieg. Doch Nik Rimer, der seine Gedichte niemals, seit seiner weit zurückliegenden Kindheit nicht, anderen vorgetragen hatte, fing an:

»In der Jugend
scheint die Kindheit fern
dem Heranwachsenden verhasst
und er will ihre Stimme nicht hören

die Stimme der Kindheit
das bin nicht mehr ich sagt er
das ist ein kleiner Junge der nicht weiß was er sagt
aber der Kleine sagt stets was er weiß
selbst und zumal wenn er schweigt
  Der Heranwachsende wird älter
nicht alle Schreie hat er abgewürgt
nicht jedes Lachen jede Träne erstickt
  Die Pädagogen
wollen ihn ins große Einerlei stoßen
er will nicht im Gleichschritt denken
er will nicht auf Befehl träumen

er will die Kindheit.«

Nik Rimer lachte, er zwinkerte dem Jungen Till zu.

Der Samen stieg abermals in die Luft auf. Big behielt ihn im Auge, bereit vorzustürzen, sollten der wahnsinnige Nik und der Alien Pjotr, die nun zu einer Person verschmolzen waren, ihn auf den Boden fallen lassen. Denn genau darin bestand wohl die symbolische Handlung, die den Samen zum Keimen brachte: Er musste auf den Boden fallen.

Pjotr Chrumow fing den Samen wieder auf.

Nik Rimer ließ ihn auf den Boden fallen.

Die Feuerkugel tauchte Funken sprühend in den zotteligen »Strohteppich« ein.

Eine zweite hielt ich fest in der Hand.

Big sank auf die Knie und streckte die Hand nach dem Samen aus. Es knisterte, als er den Stoff des Teppichs zerriss. Der glänzende, glatte Fußboden war sauber. Kein Samen war zu sehen. Nirgends.

Da gab es nur ein kaum wahrzunehmendes *Etwas*, das durch den Stein wuchs und durchs Plastik, durchs Metall und Holz, durch Die Heimat von Nik und Big, von Tag und Han, von Katti und Fed. Es durchdrang den Planeten, warf ihm ein dichtes Netz aus Toren über.

»Leb wohl, Niki«, flüsterte ich. »Leb wohl, Nik Rimer. Du hast deine Pflicht erfüllt.«

Nik Rimer verschwand zusammen mit seinem Samen. Er war in Die Heimat zurückgekehrt, die nun zu einem Planeten des Schattens wurde. Er war für immer zurückgekehrt.

»Was hast du getan! Das lässt sich nicht rückgängig machen, Rimer!«

»Das hat er gewusst«, bestätigte ich. »Er hat es lange vor sich hergeschoben. Aber das ist die Wahl, die er getroffen hat, Kommodore Big.«

Big stand auf. Er befand sich bereits in dem winzigen, langsam wachsenden Fleck des Tors. Mit ihm passierte rein gar nichts, was mich nicht wunderte. Der Kommodore Big liebte Die Heimat so, wie sie war. Und genau so liebte ja auch ich die Erde.

»Geht sofort hier raus, Kinder«, flüsterte er. »Es werden alle in die Kuppel evakuiert. Rasch!«

Durch die Tür drang Lärm herein. Es stimmte, Big war allein zu uns ins Zimmer gekommen – aber man hatte alles, was hier geschehen war, beobachtet. Inzwischen tobte bereits das Chaos im Internat!

Und was erst noch alles auf der komfortablen, einmütigen, starken Heimat losbrechen würde!

»Geht raus, Kinder!«, schrie Big, ohne seinen hasserfüllten Blick von mir zu lösen.

Ja, begriff er denn nicht, was er da verlangte? Das Tor nahm bereits die ganze Zimmermitte ein. Um hinauszugehen, mussten die Jungen durch das Tor hindurchgehen. Vielleicht würde ihnen das ja sogar gelingen.

Ich hielt das jedoch kaum für möglich. Till, Grik, Fal und Laki, passt jetzt gut auf! Entscheidet! Denn ihr spürt das Tor doch schon.

Also ruft es euch.

»Du wirst das zu verantworten haben«, sagte Big. »Vielleicht habe ich unrecht ... vielleicht werde ich bestraft, aber du wirst dich dafür verantworten müssen! Du kommst hier nicht weg!«

Er glaubte anscheinend wirklich, er könne mit mir fertig werden. Verwunderlich war das nicht. Regressoren kriegen schließlich einiges beigebracht.

Ich lachte und trat einen Schritt vor, direkt in die Mitte des Tors. Die Welt hüllte sich in ein weißes Licht.

»Glaubst du das wirklich, Big? Da irrst du dich aber gewaltig!«

Und die Welt der Geometer wurde weggespült, verschwand im Schatten.

Bildete ich mir das nur ein oder hörte ich die Stimme Nik Rimers, die beinahe meine eigene Stimme war? Eine leise, ferne Stimme:

»Und das Gedächtnis
wie ist es beschaffen das Gedächtnis
wie sieht es aus

wie wird es später aussehen
das Gedächtnis
Vielleicht war es grün wegen der Ferienerinnerungen
vielleicht ist es inzwischen ein großer blutiger
Weidenkorb
mit einer kleinen gemordeten Welt darin
und einem Etikett mit dem Wort Oben
mit dem Wort Unten
sowie dem Wort Zerbrechlich in großen roten
Buchstaben
in blauen Buchstaben
oder malvenfarbenen
warum nicht malvenfarbenen
möglicherweise auch grauen oder rosigen
schließlich habe ich jetzt die Wahl.«

Triff deine Wahl, Nik Rimer. Denn von heute an hast du das Recht zu wählen – für alle Zeiten.

Im Unterschied zu mir. Jeder Gang durch das Tor bedeutet eine **Erfassung**. Und diesmal konnte ich mich selbst verstehen.

Sieben

Sie hatten auf mich gewartet. Sie hatten einfach auf mich gewartet, die beiden Tage, an denen ich nicht da war. Jeder Logik zum Trotz und obwohl es sich um den Regressor Nik Rimer gehandelt hatte, der von ihnen weggegangen war, Pjotr Chrumow mit sich ziehend und ihnen den Samen stehlend.

Sicher, im Grunde war ihnen keine andere Wahl geblieben. Sie hätten nicht einmal das Schicksal der Erde teilen können, da wir ja alle bereits durch ein Tor gegangen und zu einem Teil des Schattens geworden waren. Wie seltsam sich das gefügt hatte: Obwohl wir den Schatten nicht wollten, ihn ablehnten, waren wir dazu verdammt, sein entscheidendes Geschenk zu akzeptieren. Die nie endende Wahl. Trotzdem hätte ich das nicht gekonnt. Ich hätte es nicht fertiggebracht zu warten – wenn ich nicht mehr an die Rückkehr glaubte.

Ich war ja immerhin unterwegs gewesen. Ohne zu glauben, ohne zu hoffen – aber wenigstens hatte ich mich bewegt.

Ich kletterte den Hang hinunter, hielt auf jene Stelle zu, wo im Sternenschatten die Facetten des Schiffs der

Liga funkelten. Es lag auf dem Boden und erinnerte an ein schlafendes Tier, an ein Tiefseemonster am Meeresgrund. Das Schiff kam mir fremd vor, es sprach nichts in meiner Seele an. Ein totes Stück fremden Eisens.

Die Figuren der Menschen, die am Lagerfeuer saßen, boten mir den einzigen Orientierungspunkt, auf den ich mich zubewegen, den ich spüren konnte.

Selbstverständlich brannten sie kein Holz ab. Auf dem Irrstern des Schattens gab es kein Leben, würde es wahrscheinlich auch nie welches geben. Schließlich musste es doch wenigstens eine Welt ohne die geringste Spur von Leben geben. Das Lagerfeuer mit seiner gleichmäßiger Flamme nährte sich von weißen, gleich aussehenden Stangen. Anscheinend mochte auch die Handelsliga ein lustiges Feuerchen.

Ich setzte mich zu ihnen und streckte die Hände zum Feuer aus.

»Wer bist du diesmal?«, fragte mein Großvater.

Unsere Blicke trafen sich.

»Nik Rimer ist fortgegangen. Endgültig.«

Mein Großvater nickte. »Und du? Wer bist du?«

»Dein Enkel, Großvater.«

Ich betrachtete ihre Gesichter. Wahrscheinlich war es nur gerecht, dass ich sie verraten, sie verlassen hatte, fortgegangen war – und zurückgekehrt.

Wenn sie mir verzeihen, wären wir quitt.

Mein Großvater umrundete das Feuer, setzte sich neben mich und legte den Arm um mich. »War es sehr schwer, Pit?«

Ich nickte. Ja, das war es gewesen. Natürlich. Einen fremden Traum zu morden, ist immer schwer. Vor allem wenn es auch deiner war … teilweise.

»Die Geometer sind im Schatten, Großvater. Nik Rimer hat es so entschieden.«

Mascha kam zu uns und legte mir die Hand auf die Schulter. »Und, Petja? Hat sich der Samen wieder geteilt?«

»Ja.« Ich ließ die Feuerkugel über meine Hand rollen. »Genau das hat er getan, er hat sich geteilt.«

Der Zähler ging direkt durchs Feuer. Er hielt es nicht länger für nötig, uns etwas vorzuspielen. Er legte sich zu meinen Füßen hin und hob das dreieckige Gesicht. »Frag den Cualcua, Pjotr. Wie viel Zeit bleibt uns noch?«

»Keine«, antwortete ich unbekümmert. »Gar keine. Die Starken Rassen sind bereits zusammengekommen, um eine Entscheidung zu treffen. Wir schaffen es nicht mehr rechtzeitig. Unter gar keinen Umständen. Niemand kann sich im Bruchteil von Sekunden durch den Raum bewegen. Bevor wir die Zitadelle erreichen, werden die Starken Rassen die Erde vernichtet haben und über die Geometer hergefallen sein. Sie tun mir wirklich leid. Sie haben es sowieso schon nicht leicht.«

»Warum müssen wir zur Zitadelle?« Mein Großvater runzelte die Stirn. »Willst du etwa vor die Starken Rassen treten und ihnen klarmachen, was für nette Kerle wir sind?«

»Ich weiß, dass das dumm ist. Aber zur Erde kommen wir auch nicht schneller. Und was könnten wir da schon ausrichten?«

»Aber der Samen ...«

»Nimm ihn!« Ich legte den Samen in die Hand meines Großvaters. »Bringst du es vielleicht fertig, die Erde dem Schatten zu übergeben?«

»Nein. Aber schließlich hast du ihn ja auch bekommen!«

»Nein, Großpapa, nicht ich habe ihn bekommen. Den ersten hat Nik Rimer erhalten, der für seine Heimat keinen anderen Ausweg gesehen hat. Und den zweiten ... den hat sich der Cualcua genommen. Das war ein völlig natürlicher und unkomplizierter Schritt für ihn. Je größer der Raum ist, umso besser für ihn.«

Nur Danilow schwieg und betrachtete mich von der anderen Seite des Lagerfeuers. Er schien enorm gealtert, der Abgott der Transaero. Hohlwangig und bleich, als seien alle Kräfte aus ihm herausgepresst worden.

Dafür nickte er als Erster, um zu signalisieren, dass er verstanden habe.

»Der Schatten kommt zu denjenigen, die ihn wollen«, erklärte ich geduldig. »Niemand von uns ist imstande, ihn anzunehmen. Denn wir haben viel zu viele schreckliche Welten in dieser Lotterie gewonnen. Und selbst wenn wir den Samen zur Erde bringen, wird er nicht wachsen. Wir sind einfach nicht in der Lage, ihn keimen zu lassen.«

»Bist du dir sicher?«

»Ja, Großpapa, das bin ich!«

»Dann ins Schiff!« Mein Großvater sprang auf. Seine Bewegungen wirkten überhaupt nicht mehr ungeschickt, er hatte sich inzwischen an den neuen Körper gewöhnt.

»Wir schaffen es nicht«, erinnerte ich ihn müde. »Verstehst du das denn nicht? Noch bevor wir eintreffen, werden die Starken Rassen die Entscheidung fällen, dass …«

»Aber wir können doch nicht einfach hier rumsitzen!« Mein Großvater warf mir den Samen zu, und ich fing ihn auf. »Wie kannst du nur …«

»Wartet!« Danilow erhob sich. »Du hast vielleicht recht, Pjotr. Wir werden es nicht schaffen. Und Andrej Valentinowitsch hat auch recht. Aber wenn es mit dem Transport nicht klappt, dann vielleicht mit einer Verbindung?«

»Was denn für eine Verbindung?« Mein Großvater winkte ab.

Ich hatte jedoch verstanden.

Cualcua?

Er schwieg, mein treuer Gefährte und Gehilfe, der sich herabgelassen hatte, mir bei ein paar Nichtigkeiten behilflich zu sein, beispielsweise jemanden zu töten oder im Schnee zu schlafen. Mein Symbiont, der jede aktive Handlung ablehnte. Ein Partikel eines uralten Verstands, der in jenen Welten des Schattens lebte, die seit Langem die menschliche Existenzform hinter sich gelassen hatten. Er schwieg, denn er wusste, was ich verlangen würde.

»Cualcua!«, schrie ich. Der Wechsel von dem dumpfen Fatalismus, mit dem ich aus dem Tor zum Feuer gestiefelt war, zu dieser letzten wahnsinnigen Hoffnung erfolgte viel zu abrupt.

Ich kann mich nicht einmischen. Das ist undenkbar. Wir dienen allen, aber nur, wenn es um Kleinigkeiten geht. Wir reparieren Reaktoren, bringen Raketen an ihr Ziel, dolmetschen …

»Dann dolmetsche, du Mistkerl! Etwas anderes verlange ich von dir ja gar nicht! Ich bitte dich nicht, das Geschwader aufzuhalten, das die Erde angreifen will, ich fordere nicht von dir, die Starken Rassen einzuschüchtern! Du sollst nur dolmetschen! Das tun, was du immer tust!«

Für die Starken Rassen dolmetschen? Zwischen euch liegt die halbe Galaxis!

Spielt das für dich wirklich eine Rolle?

Für mich nicht. Suchst du derart verzweifelt nach einer Möglichkeit, deinen Planeten zu retten?

Ja!

Gut. Dann versuche ich es. Ich werde ... ich werde für dich dolmetschen.

Es war, als würde ich ausgeknockt. Ein Moment absoluter Leere, als der Cualcua sein zersplittertes Bewusstsein, das im ganzen Universum verteilt war, umstülpte. Mit gebotener Vorsicht gewährte er mir Zugang zu etwas, das er bislang vor allen Außenstehenden abgeschirmt hatte.

Dann sah ich Licht.

Nein, ich sah es nicht, dazu fehlten mir die Augen, ich spürte es. Der Cualcua suchte mir meine Körperteile aus und schuf mich neu. Denn jetzt befand ich mich nicht mehr auf dem Irrstern im Kern, sondern in der Welt, die wir die Zitadelle nennen.

Warum eigentlich?

Ich stand vom Boden auf. Es war fremde Erde, fremdes Gras, ein harter und kurzer blauer Borstenteppich, der da unter mir lag. Ich war nackt, mein Körper kam mir fremd vor ... und das war er auch. Natürlich hatte mich der Cualcua nicht durch den Raum gebracht. Er hatte mich lediglich kopiert.

Du musst doch sehen, mit wem du sprichst. Und die Starken Rassen sollen auch sehen, mit wem sie es zu tun haben.

Die Ironie in den Worten des Cualcua ließ sich kaum fassen. Mittlerweile hatte ich jedoch gelernt, sie zu bemerken und zu schätzen wie ein einsames Goldkörnchen im Flusssand.

»Vielen Dank«, sagte ich tonlos, während ich vor die Starken Rassen trat.

Am Himmel leuchtete keinesfalls die Sonne. Nein, es war ein Torpp, ein Vertreter der seltsamsten und wahrscheinlich stärksten Rasse des Konklaves. Ein intelligenter Plasmoid, eine zehn Kilometer große Wolke reiner Energie, die Kraftfelder wie ein Korsett zusammenhielten. Manche vermuteten, es seien die Torpp, die im Konklave eigentlich das Sagen hatten. Andere hingegen hielten sie für hirnlose Sklaven der organischen Rassen. Ich hätte nicht zu sagen gewusst, was stimmte, aber wahrscheinlich waren sie nicht besser oder schlechter als wir. Es waren einfach lebende Sonnensplitter ... Der Torpp schwebte irgendwo außerhalb der Atmosphäre, leuchtete aber nicht schwächer als das Gestirn der Erde. Auf welche Weise er die Vorgänge auf dem Planeten wahrnahm, vermochte ich mir kaum vorzustellen.

Hier, in dieser endlosen Ebene, hatten sich die Vertreter aller anderen Starken Rassen versammelt. Acht Rassen hatten einen organischen Körper. Der Raum war unterteilt worden, rauchige Wände gliederten ihn in Sektoren – die alle unterschiedliche Maße hatte. Das allein wäre bereits eine verblüffende Entdeckung für jeden Diplomaten von der Erde. Gab es etwa auch noch innerhalb der Starken Rassen eine Hierarchie?

Da drüben waren die Hyxoiden. Sechs oder sieben Individuen, mit der purpurroten Bemalung der intellektuellen Elite. Allgemein glaubte man, die gebürtigen Hyxoiden seien nicht besonders intelligent, aber auch die Cualcua wurden ja in der Regel für hilflose Missgeburten gehalten ...

Ein Daenlo. Ein einziges Wesen. Sein Rumpf war größer als der eines Nashorns, ansonsten konnte man ihn aber gut mit diesem Tier vergleichen. Allerdings saß auf dem Maul kein knöcherner Auswuchs, sondern eine Krone aus langen, beweglichen Tentakeln.

Die Jentsh ... Die Jentsh? Gehörten diese verhärmten Ingenieure, die wie alptraumhafte Hybride aus einer Biene und einem Affen aussahen, etwa auch zu den Starken Rassen? Nein ... das konnte nicht sein ... wahrscheinlich nur eine äußerliche Ähnlichkeit ... oder doch nicht?

Die runde Fläche, in der ich stand, war ebenfalls solide durch rauchende Wände von den übrigen Sektoren abgetrennt. Ich machte noch fünf weitere nicht-menschliche Wesen aus, aber sie repräsentierten Starke Rassen, von denen man auf der Erde noch nicht einmal gehört hatte. Uns waren lediglich die Bezeichnungen von zwei dieser Rassen bekannt – aber die würden wir wohl nie identifizieren können.

Ich war nicht allein in dem Kreis. Neben mir stand ein Alari. Das schwarze Fell war gesträubt, an seinem Hals pulsierte der formlose Klumpen des Cualcua, der als Dolmetscher fungierte. Es war komisch, an einen Cualcua in der dritten Person zu denken, da ich doch im Moment selbst sein Produkt war. Ob sich der Cualcua, der meinen Körper geschaffen hatte, aus ebendiesem Klumpen abgespalten hatte?

»Kommandant des rot-violetten Geschwaders«, sagte ich, »ich bin zum Rapport gekommen.«

Vielleicht hatten diese zu groß geratenen Mäuse allesamt Nerven aus Stahl, vielleicht besaß nur der Kommandant besonders kräftige. »Rechtzeitig«, erwiderte er nur.

Der Torpp am Himmel leuchtete heller. Vermutlich herrschte hier gerade Nacht, vielleicht hatte man aber auch extra auf die Nacht gewartet, damit diese Starke Rasse, die nicht in der Lage war, sich auf den Planeten zu begeben, gesehen werden konnte.

Warum nannten wir diesen Planeten eigentlich Zitadelle? Bis zum Horizont erstreckte sich eine Ebene, die geradezu glatt geschliffen wirkte. Nur in der Ferne ließ sich der Kegel eines einsamen Berges erkennen. Verteidigungsanlagen, zyklopische Gebäude oder andere Elemente einer Festung der Kräfte des Konklaves fehlten völlig.

Der einzelne Daenlo setzte sich in seinem Sektor in Bewegung. Er stapfte nach vorn, wobei sich der nebelhafte Rauch vor ihm auftat und hinter ihm wieder schloss, nachdem er zusammen mit dem Alien eine Welle strengen würzigen Geruchs durchgelassen hatte.

»Du sprichst im Namen der Schwachen Rasse der Menschheit?«

Auch er griff auf einen Dolmetscher zurück. Bei ihm baumelte der Cualcua am Rist.

»Ich spreche im Namen der Menschheit«, entgegnete ich. »Ich bin Pjotr Chrumow.«

»Wir kennen dich. Der Cualcua hat uns mitgeteilt, er würde als Vermittler auftreten und uns dein Bild übermitteln. Ansonsten würde von dir hier nämlich nichts als Asche bleiben. Der Torpp schläft nicht.«

Unwillkürlich sah ich zum Himmel hinauf, zu der in die Augen stechenden Feuerwolke. Ich glaube, auch die Augen des Daenlo – flache, gleichsam verspiegelte Augen – schielten hinauf.

»Ich werde einige Fragen stellen. Aufgrund meines Amts als Beauftragter für die Schwache Rasse der Menschheit. Die Hyxoiden haben mich mit allen Vollmachten ausgestattet, da sie zu empört sind, um angemessen reagieren zu können.«

Die Hyxoiden sahen überhaupt nicht empört aus. Eher verwirrt. Dennoch widersprach ich nicht.

»Ich werde dir auf alle Fragen antworten, Beauftragter für die Menschheit.«

»Hast du die Definition der Menschheit als Schwache Rasse bewusst weggelassen?«

»Ja, Daenlo. Ganz bewusst. Denn diese Schwache Rasse hat – genau wie drei andere Rassen, die nicht weniger schwach sind – schon recht viel fürs Konklave geleistet.«

»Das zu sagen, wagst du nur, weil du so weit weg bist.«

Die Krone aus Tentakeln richtete sich in meine Richtung aus und schlang sich um meinen Körper. Kurz darauf zog sie sich wieder zurück, über die Erde schlingernd und aufgerissene Grasstreifen hinterlassend.

»Aber wir haben nun einmal großes Interesse an deinem Bericht. Vor allem daran, warum die Cualcua ihren Gleichmut aufgegeben haben. Warum helfen sie dir?«

Mehr wollte er nicht wissen?

Was für eine kinderleichte Frage.

»Ich muss weit ausholen, um diese Frage zu beantworten, weiser Daenlo, Beauftragter für die Menschheit, denn ich kenne die Antwort nicht. Aber vielleicht findet ihr sie.«

»Wir haben Zeit, Mensch Pjotr Chrumow. Also sprich! Wenn Präzisierungen nötig sind, werde ich nachfragen. Sprich!«

Die Daenlo waren in gewisser Weise genauso behäbig wie die Nashörner bei uns auf der Erde, deren Karikatur sie abgaben. Sie konnten jedoch auch genauso wütend werden.

»Alles hat auf Hyxi-43 begonnen, Daenlo. Ich befand mich auf dem Rückflug von einem Auftrag. Nachdem ich den ersten Jump hinter mir hatte, hörte ich im Cockpit ein Geräusch. Wie sich herausstellte, stammte es von einem Zähler ...«

»Ein Zähler hat den Jump überstanden?«

Das ließ ihn nicht gleichgültig!

»Ja, Daenlo. Er hat den Jump überstanden und ist nicht wahnsinnig geworden. Aber ich erzähle lieber alles der Reihe nach.«

»Sprich!«

»Der Zähler hat mir gesagt, dass er Andrej Chrumow treffen muss ... meinen Großvater ...«

Die Fangarme holten aus. »Andrej Chrumow ist der Mensch, der dem Konklave unnötige Grausamkeit vorwirft?«

»Ja.«

Wie schade, dass mein Großvater nicht hier war. Es hätte ihn gefreut zu hören, welcher Ruf ihm vorauseilte.

Ich hatte ja gewusst, dass mir eine lange Nacht bevorstand – aber ich hatte nicht angenommen, dass sie so lang werden würde ...

»Wir wollten mit den Geometern kein Bündnis eingehen.«

»Warum nicht? Diese Rasse ist identisch mit eurer. Damit ist sie euer natürlicher Verbündeter.«

»Ihre Moral ist nicht weniger grausam als die des Konklaves.«

»Glaubst du also auch, dass wir grausam sind?«

Ich schaute in die flachen Augen.

»Ja, Daenlo, Beauftragter für die Menschheit.«

Die Nacht verstrich, und über der Zitadelle ging die Sonne auf. Ein trüber, ferner roter Stern. Neben dem strahlenden Koloss des Torpp nahm er sich wie ein Irrtum aus.

»Der Kommandant der Alari hat mich in den Rang eines Offiziers erhoben«, fuhr ich fort, »damit er mich beauftragen konnte, den Kern zu erkunden.«

»Damit hat er seine Kompetenzen überschritten«, hielt der Daenlo fest. Nach kurzem Schweigen erklärte er jedoch mit unverändert gelangweilter Stimme: »Ich habe mich geirrt. Der Kommandant einer unabhängigen Kampfeinheit darf Erkundungsmissionen durchführen und dafür Vertreter der Schwachen Rassen rekrutieren. Kommandant, du bist rehabilitiert. Du kannst den Kreis der Anklage verlassen.«

Die schwarze Maus neben mir bewegte sich. »Starker Daenlo, als sein Vorgesetzter muss ich bei dem Verhör des Menschen Pjotr Chrumow anwesend sein.«

»Du darfst bleiben. Dir wird Nahrung und Wasser gebracht.«

Um mein leibliches Wohl war man nicht in dieser Weise besorgt. Allerdings hatte der vom Cualcua geschaffene Körper auch keinen Bedarf an Nahrung. Ich erzählte alles. Die Sonne versank schon wieder am Himmel. Der Torpp trieb über den Himmel, vielleicht langweilte es ihn, dem zähen Gespräch organischer Wesen zu folgen.

»Ein Mann der Rasse der Geometer, Nik Rimer, hat seinen Planeten in den Schatten geführt ...«

»Heißt das, der Planet der Geometer ist von nun an geschützt?«

Eine gute Frage. »Sie waren nie ungeschützt«, antwortete ich achselzuckend. »Aber jetzt ... An Stelle der Starken Rassen würde ich die Geometer jetzt nicht angreifen.«

»Ist das ein Rat – oder eine Drohung?«

»Ein Rat.«

»Gut. Fahr fort!«

Als ich zum Ende kam, senkte sich die Nacht ein zweites Mal herab. Ich weiß nicht, ob die anderen Aliens zwischendurch einmal schliefen. Der Daenlo jedenfalls hatte mich keine Sekunde allein gelassen.

»Sag uns, was die Rasse der Cualcua mit ihrem Samen für die Tore vorhat!«

»Ich weiß es nicht ...«

»Frage den Cualcua!«

Begriffsstutzig glotzte ich den Daenlo an, dessen Widerrist ja ein amorpher Sack zierte.

»Sie sprechen nie mit uns. Seitdem ihre Welt zerstört und der Kosmos ihr Zuhause wurde. Sie dienen uns, aber sie antworten uns nicht. Frage ihn!«

Ich erzitterte, als ich seine Worte begriff. Die Rasse der Cualcua hatte keinen Planeten mehr, zu dem sie den Samen hätte bringen können. Sie lebten überall ... in jeder Welt des Konklaves. Wer kam schon ohne die Dienste dieser kleinen Kamikazeflieger aus, dieser beflissenen Dolmetscher, dieser treuen Sklaven? Vielleicht die fünf Rassen, deren Leben nicht auf einer organischen Grundlage basierte ...

Cualcua?

Sag ihm, dass ich es noch nicht entschieden habe.

»Er hat es noch nicht entschieden«, wiederholte ich. »Er hat es bisher noch nicht entschieden.«

»Das Konklave möchte nicht in den Schatten eintreten«, sagte der Daenlo. In einem Ton, als beschwere er sich bei mir. »Selbst wenn unsere Vorfahren aus dem Kern gekommen sind ... wollen wir noch nicht in den Schatten eintreten. Frage ihn, wann er es entscheidet! Wie viel Zeit braucht er dafür noch?«

Frage ihn, was Zeit ist, antwortete der Cualcua.

»Er fragt, was Zeit ist, Starker Daenlo ...«

Der Daenlo schwieg. Hat vielleicht deine Rasse die Welt der Cualcua niedergebrannt, Starker? Brauchte sie diese Welt womöglich nicht? Und wir lieben ja immer nur das, was wir brauchen ...

Wie treffen sie ihre Entscheidung? Beraten sie sich? Stimmen sie ab ... mit einer erhobenen Pfote oder einem erhobenen Fangarm, indem sie Protuberanzen wegschleudern oder Scheinfüßchen emporheben?

»Mensch Pjotr Chrumow, Vertreter der Menschheit, eure Handlungen sind über das hinausgegangen, was das Konklave den Schwachen Rassen erlaubt.«

Ist das mein Urteil?

»Aber deine Handlungen haben dem Konklave keinen Schaden zugefügt. Im Gegenteil ...«

Der Daenlo verstummte.

»Mensch Pjotr Chrumow, sag dem Cualcua, dass wir erfahren haben, was wir erfahren wollten, und seine Dienste als Dolmetscher nicht länger benötigen. Die ursprüngliche Anklage gegen die Schwachen Rassen, die als Menschheit, Alari, Zähler und Cualcua bekannt sind, wird zurückgezogen. Wir werden eine Entscheidung treffen. Du bist frei.«

Ich schaffte es gerade noch, einen Blick auf den Alari zu werfen und ihm die Hand hinzustrecken. Vielleicht um mich zu verabschieden, vielleicht, weil ich den Kommandanten, der bis zum Ende bei seinem Offizier geblieben war, einfach berühren wollte.

Dann trübte sich die Welt auch schon ein. Der Cualcua hielt die Kopie meines Körpers nicht länger aufrecht.

Nun warteten einige Probleme mit meinem Originalkörper auf mich. Die Sterne leuchteten immer noch am Himmel des Kerns, die gleichmütigen und schönen Sterne, und in ihnen lag nichts, weder Provokation noch Liebe.

Es waren Sterne, mehr nicht.

Ich lag auf der Erde, eingehüllt in eine Art Decke. Neben mir brannte das Lagerfeuer, an dem drei reglose Figuren erstarrt waren.

Dem Zähler fiel als Erstem auf, dass ich wieder zu mir kam. Er eilte mit seinem flinken, lautlosen Gang auf mich zu und sah mir ins Gesicht.

»Es ist alles in Ordnung«, flüsterte ich, auch wenn ich es selbst nicht ganz glaubte. Meine Kehle war trocken, mein Körper schien aus Watte. Nur meine Hand, mit der ich den Samen fest umklammerte, war aus Stein. »Es ist alles gut, Karel ...«

Jemand packte mich und half mir, mich aufzusetzen. Sie alle blickten mich genauso flehend und verlangend an wie der Zähler.

»Anscheinend ... haben sie sich erst einmal abgeregt.« Ich versuchte zu lächeln. »Damit haben wir ... eine Atempause. Sie müssen ihre Entscheidung erst noch treffen ...«

Mascha reichte mir Wasser. Ich trank etwas und hörte auf das leise Geflüster des Cualcua.

Der Samen, Pjotr ...

Was?

Lass ihn hier. Leg ihn neben das Feuer. Auch ich werde meine Entscheidung treffen.

Warum hilfst du mir so sehr? Cualcua?

Es ist eine erfolgreiche Symbiose gewesen.

Ich lächelte. Ich glaube, er spürte dieses Lächeln. »Sascha, Großpapa, helft mir aufstehen«, bat ich. »Ich habe diesen Himmel satt. Es wird Zeit, nach Hause zurückzukehren.«

»Glaubst du etwa, man wird uns da mit offenen Armen empfangen?« Danilow grinste finster. »Da wäre es ja wirklich besser, im Schatten zu bleiben ... Für die eine Station, die wir zerstört haben, werden wir für sämtliche Misserfolge im Kosmos bezahlen müssen ... angefangen bei der leidgeprüften *Mir.*«

»Warum jagt mir diese grandiose Aussicht eigentlich keine ebenso große Angst ein?«, fragte ich im Aufstehen. »Egal ... Zum Glück habe ich ja einen Kumpel in Swobodny. Mit dem werde ich Tomaten ausfahren.«

Epilog

Was ich an Hunden liebe, ist ihre Fähigkeit zu verzeihen. Diese großmütige Umwandlung der fremden Schuld in die eigene. Tyrann schmiegte sich gegen mein Bein, reckte ab und an den Kopf hoch und stupste gegen meine Hand. In seinem Blick las ich nur eins: »Hast du mir verziehen, Herrchen? Bringst du mich nicht mehr dahin?«

Nein, ich bring dich da nicht mehr hin, bestimmt nicht.

Wenn sich Menschen doch auch so verhalten könnten! Wenn sie einen Fehler nicht in ein Verbrechen verwandeln würden! Wenn sie den ersten Schritt auf den anderen zu machen würden!

Allerdings dürften wir damit wohl auch aufhören, Menschen zu sein. Jeder hat nun einmal seine Stärken und seine Schwächen. Jeder hat seine Schmerzen und seinen Kummer. Der kalte Verstand der Zähler, der passive Gleichmut der Cualcua, die Unbarmherzigkeit der Jentsh – wo wollte man die Waage hernehmen, um zu entscheiden, was schlechter ist?

Wenn wir jedoch all das zerbrächen, was die Natur uns mitgegeben hat, was Evolution, Erziehung und Gewohnheit in uns verankert haben …

Gegen den knarzenden Zaun gelehnt, spähte ich zur Nachbardatscha hinüber. Obwohl es noch nicht neun war, machten sich dort bereits Handwerker zu schaffen. In der Nähe des Hauses wurde etwas Grandioses gebaut. Für mich sah es aus wie ein Hubschrauberlandeplatz mit Hangar. Die Arbeit ging zügig und absolut lautlos voran, wie im Traum. Anscheinend setzten sie einen dieser schalldämpfenden Vorhänge ein, die wir seit einem halben Jahr von Andiana-7 importierten. Teures Zeug. Aber gut, dass wir den jetzt hatten, denn seltsamerweise war der Schlaf meines Großvaters noch immer leicht.

Ob die neureichen Russen bald Startplätze für interstellare Jachten in ihren Vorortvillen errichten würden?

Wahrscheinlich schon.

Möglicherweise würde ich nie wieder in den Kosmos fliegen. Dafür könnte ich dann die startenden Schiffe beobachten. Vom leisen Pfeifen der zerrissenen Luft aufwachen.

Natürlich nur, falls der mir nach den wochenlangen Verhören nun erteilte Hausarrest nicht in ein gemütliches sibirisches Sanatorium umgewandelt wurde …

Die Tür der Nachbardatscha ging auf, und aus dem Haus schoss wie eine Kugel ein zerzauster Junge in Shorts und flatterndem T-Shirt, der offenbar fürchtete, mich zu verpassen. Als er mich an meinem gewohnten Platz sah, verlangsamte Aljoschka den Schritt. Immerhin kam er direkt auf mich zu, ohne seine sonst üblichen Kreise zu ziehen.

»Hallo«, begrüßte ich ihn als Erster. Tyrann sah mich an und verzichtete darauf, Aljoschka anzuknurren.

»Guten Tag ...«, brachte der Junge verlegen heraus. Er zögerte eine Sekunde, dann fuhr er energisch fort: »Ihr Haus ist durchsucht worden. Zwei Tage hintereinander!«

»Hmm.« Ich nickte.

Aljoschka druckste herum, konnte sich aber nicht entscheiden, mich auszufragen. Am Ende siegte seine Neugier. »Wo waren Sie denn?«

»Weit weg«, sagte ich. »Sehr weit weg.«

»Auf der Zitadelle?« Aljoschkas Augen leuchteten. Selbstverständlich kannte er sämtliche Neuigkeiten aus dem Kosmos. Über die Versammlung der Starken Rassen des Konklaves hatten alle berichtet, auch wenn niemand wusste, was ihr vorausgegangen war.

»Noch weiter«, antwortete ich einsilbig.

»Kann man es von hier aus sehen?«

Natürlich kann man den Kern der Galaxis von der Erde aus sehen. Aber ich wollte dem Jungen eine Enttäuschung ersparen. »Nein.«

Er blieb weiter bei mir stehen und bohrte die Spitze seines Turnschuhs mit den losen Schnürsenkeln in die Erde. Ich wartete geduldig.

»Pjotr ... wollen Sie mir denn keinen Stein schenken?«

Wenn er mich gefragt hätte, ob ich ihm einen Stein mitgebracht hätte, hätte ich den Kopf geschüttelt. Aber so ... Ich bückte mich und hob einen kleinen Kiesel auf. Einen grauen, staubigen Stein, der sich durch nichts von den Millionen seiner Artgenossen unterschied.

»Hier.«

Der Junge nahm den Stein verwirrt an sich. Er drehte ihn zwischen den Fingern und sah mich an. Seine Augen funkelten misstrauisch auf. Er hatte nicht erwartet, dass sich sein Idol über ihn lustig machen würde ... War am Ende also auch ich wenigstens für einen Menschen ein Idol!

»Das ist ein Stück eines Planeten, Aljoschka«, sagte ich. »Ein kleiner Splitter eines kleinen Planeten, auf dem Menschen leben.«

Er schwieg.

»Ein absolut gewöhnlicher Planet, mein Junge«, fuhr ich geduldig fort. »An ihm ist nichts Besonderes. Es gibt viel Wasser, aber auch genug Festland. Die Wolken ziehen so, wie es ihnen gefällt. Es regnet immer genau dann, wenn es dir nicht passt. Es ist wahnsinnig dreckig, die Wälder gehen ein ...«

Mit einem Mal wurde sein Blick fester. Und seine Lippen zuckten, aber nicht in einem halbkindlichen Weinen, sondern in einem zaghaften Lächeln.

»Ein stinknormaler Planet«, sagte ich noch einmal. »Aber vorerst haben wir keinen anderen. Stimmt's nicht?«

Der Junge nickte.

»Und das Wichtigste ist«, fuhr ich nun im Flüsterton fort, weshalb Aljoschka einen Schritt näher an mich heranrückte, »dass wir nicht alle lieben müssen. Und erst recht nicht alle hassen.«

»Das habe ich verstanden«, sagte Aljoschka, der die Hand mit dem Stein anhob. Er betrachtete ihn so intensiv, als sei es ein schillernder Topas von Attassa oder eine betörende Fälschung von Chalduin-12.

»Das ist der wichtigste Stein in deiner Sammlung«, erklärte ich. »Der allerwichtigste.«

»Ich weiß«, versicherte der Junge. Er sah mir in die Augen. »Pjotr Anrdrejewitsch, was meinen Sie, wird man mich in der Fliegerschule aufnehmen?«

»Das weiß ich nicht«, antwortete ich ehrlich.

»Werden Sie mich empfehlen? Also ... wenn ich alt genug bin, meine ich.«

»Ob das etwas nützt?«

»Na und wie!« Aljoschkas Verblüffung war nicht gespielt.

»Dann werde ich dich empfehlen.«

Er nickte. »Kann ich jetzt gehen?«, fragte er.

Nur mit Mühe konnte ich mir ein Lächeln verkneifen. »Geh nur!«

Während ich dem hastig davoneilenden Jungen nachsah, dachte ich darüber nach, dass ich wohl kaum Gelegenheit haben würde, mein Versprechen einzulösen. Meine Empfehlung würde niemandem helfen. Schon gar nicht, wenn es um den Kosmos ging. Eher im Gegenteil.

Trotzdem ist es schön, wenn man dich für einen Helden hält.

In meiner Tasche klingelte das Telefon. Ich holte es heraus und meldete mich: »Hallo?«

»Bist du's, Pjotr?«, wollte Danilow wissen.

Na so was. Hatten sie ihn also auch gehen lassen? Ich hatte schon befürchtet, der ehemalige FSB-Mitarbeiter würde noch ein, zwei Monate vernommen werden.

»Wer denn sonst?«

»Ich habe dich nicht geweckt?«

»Nein.«

»In fünfzehn Minuten holt dich ein Auto ab. Mach dich etwas frisch. Umziehen kannst du dich im Sternenstädtchen, dein Anzug wird bereits angefertigt.«

Verständnislos schwieg ich.

»Das Konklave schickt ein Ehrenschiff zur Erde!«, schrie Danilow. »Es ist von fünf Torpp umgeben!«

»Und?«, fragte ich, während ich spürte, wie alles in mir drin kalt wurde.

»Hast du's etwa noch nicht im Fernsehen gehört?«, rief Danilow.

»Ich ... nein«, antwortete ich und blickte dem ins Haus schlüpfenden Aljoschka nach.

»Sie kommen, um der Aufnahme der Erde in die Reihen der Starken Rassen beizuwohnen!« Danilows Stimme überschlug sich – und sank plötzlich zu einem Flüstern herab. »Du ... du weißt es wirklich nicht?«

Ich schüttelte den Kopf, als hielte ich ein Videofon und kein billiges Handy in der Hand.

»Der Vorsitzende des Konklaves hat erklärt, er möchte die Gespräche bezüglich der Prozedur mit Pjotr Chrumow führen«, sagte Danilow mit einer Stimme, die gleichzeitig feierlich und amtlich klang. »Heute tagt die UNO-Vollversammlung ... um deine Vollmachten zu bestätigen.«

Eine geschlagene Minute schwiegen wir beide, als wollten wir die Nerven des anderen testen.

»Pjotr, dir bleiben fünfzehn Minuten zum Packen!«, gab Danilow als Erster nach.

»Eine halbe Stunde«, sagte ich.

»Was?«, schrie Danilow.

»Ich muss noch mit meinem Hund Gassi gehen, Sascha«, teilte ich ihm mit. »Oder hast du was dagegen?«

»Nein …«, sagte er mit einer Stimme, die kaum noch ein Flüstern war.

»Gut«, sagte ich und steckte das Handy weg. »Nicht wahr, Tyrann?«

Der Hund bellte kurz und zustimmend.

»Die sollen auch mal warten«, entschied ich, als ich mit Tyrann die gewohnte Route abging. Zum Zaun, zu den Beeten mit den vertrockneten Astern, zum allerwichtigsten Baum, den es unbedingt zu markieren galt. »Sie können doch ruhig warten, oder?«

Natürlich antwortete mir mein Hund nicht. Aber offensichtlich war er mit mir einer Meinung.

Und als er am Baum geschäftig das Bein hob, musste ich lachen.

Hunderte von Kilometern im Umkreis gab es keinen Hund, der Tyrann sein Revier hätte streitig machen können. Trotzdem bestand er hartnäckig darauf, sein Territorium abzustecken.

Vielleicht war das in der Tat ebenso wichtig wie die feierliche Zeremonie zur Aufnahme der Menschheit in die Reihen der Starken Rassen?

Meinem Großvater würde dieser Vergleich gefallen. Wie falsch er auch sein mochte. Da war ich mir sicher.

Die phantastischen Welten
des Sergej Lukianenko

DIE WÄCHTER-ROMANE:

Vampire, Gestaltwandler, Hexen, Magier – seit ewigen Zeiten leben die sogenannten »Anderen« unerkannt in unserer Mitte. Und seit ewigen Zeiten stehen sich die Mächte des Lichts und die Mächte der Finsternis unversöhnlich gegenüber, zurückgehalten nur durch einen vor Jahren geschlossenen Waffenstillstand. Zwei Organisationen – den »Wächtern der Nacht« und den »Wächtern des Tages« – obliegt es, das empfindliche Gleichgewicht der Kräfte aufrecht zu erhalten. Doch nun droht dieses Gleichgewicht zu kippen und die Welt ins Chaos zu stürzen ...

Erster Roman: Wächter der Nacht

Als der Nachtwache-Ermittler Anton Gorodezki den Auftrag erhält, ein Vampirpaar zu verhaften, begegnet er einer Frau, die mit einem mächtigen Fluch belegt wurde. Seine Versuche, der Frau zu helfen und den Fluch zu brechen, scheitern. Schließlich kommt es zum Kampf mit dem Vampirpaar. Sowohl das Opfer der Vampire, ein mysteriöser Junge, als auch die Vampirin können entkommen. Nun muss Anton nicht nur den Jungen finden, sondern auch die verfluchte Frau, die er um jeden Preis beschützen soll. Denn der auf ihr lastende Fluch ist so stark, dass durch ihn ganz Moskau zerstört werden könnte.

Zweiter Roman: Wächter des Tages

Eines Tages wird eine uralte Sekte von Dunklen Anderen, die sich abseits der geschlossenen Vereinbarungen hält, aktiv, um den vor vielen Jahrhunderten umgekommenen Magier Fafnir ins Leben zurückzurufen. Sowohl Geser, der Chef der Moskauer Nachtwache, als auch sein Dunkler Gegenspieler Sebulon versuchen, daraus für ihre Pläne Kapital zu schlagen, und schrecken dabei auch nicht davor zurück, eigene Leute zu opfern.

Dritter Roman: Wächter des Zwielichts

Anonyme Hinweise tauchen auf, dass ein vermögender Mann einen Anderen durch Erpressung zwingen will, ihn selbst in einen Anderen zu verwandeln – was als unmöglich gilt. Die Nachtwache wird mit der Untersuchung beauftragt und findet heraus, dass der Erpresser ein Sohn Gesers und Olgas ist, von dessen Existenz sie erst vor kurzem erfahren haben. Wer aber ist der Andere, der ihm die Verwandlung versprochen hat? Ein Wettlauf gegen die Zeit beginnt.

Vierter Roman: Wächter der Ewigkeit

Anton Gorodezki, inzwischen zur Nummer Zwei in der Moskauer Nachtwache aufgestiegen, wird nach Schottland entsandt, um ein rätselhaftes Verbrechen aufzuklären. Die Spur führt zu einer Verschwörung Lichter und Dunkler Anderer, die sich des »Kranzes der Schöpfung« bemächtigen wollen – eines magischen Artefakts, das der Zauberer Merlin vor Jahrtausenden in der tiefsten, siebten Schicht des Zwielichts verborgen hat. Doch in die siebte Schicht vorzudringen, ist die größte Herausforderung, der sich ein Anderer stellen kann.

DIE WELTENGÄNGER-ROMANE:

Erst sieht es aus wie ein böser Scherz: Als Kirill eines Abends nach Hause kommt, ist seine Wohnung nicht wiederzuerkennen und eine ihm völlig unbekannte Frau behauptet, sie lebe hier schon seit Jahren. Doch damit nicht genug: Auch an seinem Arbeitsplatz ist Kirill niemandem bekannt, und sogar seine Verwandten und Freunde können sich nicht mehr an ihn erinnern – als hätte es ihn nie gegeben. Was ist geschehen? Wie kann es sein, dass manche Menschen einfach aus ihrer Existenz herausfallen? Und aus welchem Grund? Für Kirill beginnt das Abenteuer seines Lebens ...

Erster Roman: Weltengänger

Von einem mysteriösen Anrufer wird Kirill zu einem alten Moskauer Bahnhof geleitet, wo man ihm das nahezu Unglaubliche erklärt: Er ist jetzt zu einem Funktional geworden – zu einem Wächter an der Schwelle zu parallelen Welten. Der Wasserturm ist die Zollstation, in der er die Übergänge zu den anderen Welten bewachen soll, und schon bald tauchen die ersten Grenzgänger auf, die auf scheinbar paradiesische Planeten hinüberwechseln. Doch eine Frage lässt Kirill nicht los: Wer hat diese Welten erschaffen? Wer hat ihn zu einem Funktional gemacht?

Zweiter Roman: Weltenträumer

Kirill will sich nicht damit abfinden, dass sein altes Leben einfach so zu Ende ist. Seine Suche nach den Verantwortlichen jedoch, die ihn zum Funktional gemacht haben, wird zunehmend gefährlicher. Kirill flieht von Welt zu Welt, nur um jedes Mal vor neue Rätsel gestellt zu werden. Denn die Mächte hinter der Erschaffung der Parallelwelten, die auch auf der Erde den Gang der Geschichte maßgeblich beeinflusst haben, wollen sich auf keinen Fall in die Karten schauen lassen. Aber sie haben nicht mit Kirills Hartnäckigkeit gerechnet – und am Ende liegt die Antwort viel näher, als er denkt.

DIE STERNENSPIEL-ROMANE:

Nachdem man auf der Erde das Reisen mit Überlichtgeschwindigkeit entdeckt hat, bricht die Menschheit ins All auf – und gerät in Kontakt mit dem sogenannten Konklave, einer interstellaren Organisation, in der etliche außerirdische Spezies versammelt sind. Diese Organisation wurde geschaffen, um den Völkern der Galaxis ihre jeweilige Rolle zuzuweisen und den Frieden zu bewahren. Doch nicht alle Völker sind mit der Rolle zufrieden, die das Konklave ihnen zugedacht hat – und nicht alle Völker lösen Konflikte mit friedlichen Mitteln ...

Erster Roman: Sternenspiel

Eines Tages entdeckt der Kosmonaut Pjotr Chrumow in seinem Raumschiff einen blinden Passagier, einen Vertreter einer kleinwüchsigen Reptilienrasse, die sich gegen das Konklave verschworen hat. Zunächst glaubt Pjotr, die Angelegenheit still und leise bereinigen zu können. Doch sein Passgier hat andere Pläne: Er verlangt ein heimliches Treffen mit Andrej Chrumow, Pjotrs 72jährigen Großvater, der auf der Erde lebt. Doch warum gerade sein Großvater? Welches Geheimnis verbirgt sich hinter alldem? Und überhaupt: Wie soll Pjotr unbemerkt zur Erde gelangen?

Zweiter Roman: Sternenschatten

Nach etlichen Abenteuern beschließt Pjotr, zum Galaxiskern zu fliegen und dort nach dem »Schatten« zu suchen, einer uralten Zivilisation, die lange vor dem Konklave existiert hat.
Er landet auf dem einzigen Planeten des »Schattens«, der von Erkundungsflügen her bekannt ist und sich als unbewohnte Quarantänestation erweist, von der aus man durch ein Dimensionstor weiterkommt. Als Pjotr durch dieses Tor hindurchgeht, erschließt sich ihm eine Welt, die er sich seinen kühnsten Träumen nicht hätte vorstellen können.

WEITERE ROMANE:

Die Ritter der vierzig Inseln

Eigentlich hatte Dima geglaubt, er würde eine ganz normale Jugend verleben. Jedenfalls bis zu dem Tag, als ihn ein Fotograf im Park um ein Bild für die Zeitung bittet. Dima stellt sich in Positur, der Fotoapparat klickt – und plötzlich findet sich der Junge in einer völlig anderen Welt wieder: Ein Archipel aus vierzig kleinen Inseln, umgeben von einem endlosen Meer. Auf jeder dieser Inseln steht eine Burg, von der sich Brücken zu den jeweiligen Nachbarinseln spannen. Und jede dieser Inseln beherbergt ein Dutzend andere Jugendliche, die alle auf dieselbe Weise hierher geholt wurden wie Dima. Zwischen den Inselbewohnern findet ein »Spiel« statt: Sie treffen sich auf den Verbindungsbrücken und bekämpfen sich mit Schwertern – denn es heißt, derjenige, der alle Inseln erobert, darf zur Erde zurück.

Das Schlangenschwert

Es ist halb Ding, halb lebendiges Wesen, und es sucht sich seinen Träger selbst aus – für immer. Als dem jungen Tikki, der gerade seine Eltern verloren hat, das Schlangenschwert in die Hand fällt, ahnt er noch nicht, dass sich sein Leben und das aller Menschen für immer verändern wird. Denn das Schlangenschwert ist die mächtigste Waffe, die je geschmiedet wurde, und es ist die einzige Möglichkeit, die Menschheit vor einer dunklen Bedrohung zu bewahren.

Spektrum

Als eines Tages auf der Erde ein von Außerirdischen installiertes Teleportationssystem entdeckt wird, beginnt für die Menschheit eine neue Ära: Sieben Welten können durch den Transporter in Sekundenschnelle erreicht werden. Eine perfekte Möglichkeit also für jene, die den Zuständen auf der Erde entfliehen wollen – aus welchen Gründen auch immer. Privatdetektiv Martin Dugin hat sich auf diese Art des Reisens spezialisiert und verdient so seinen Lebensunterhalt. Als er den scheinbaren Routineauftrag übernimmt, die verschwundene Tochter eines Kunden aufzuspüren, ahnt er noch nicht, dass sich der Auftrag zu einer Jagd entwickeln wird, die ihn bis an die Grenzen der Galaxis führt.

Drachenpfade

Als plötzlich ein ihm unbekanntes Mädchen verletzt vor der Tür seiner Moskauer Wohnung liegt, ahnt Viktor, dass sich in seinem Leben einiges ändern wird. Doch wie einschneidend diese Veränderung tatsächlich ist, wird ihm erst bewusst, als ihn das Mädchen in eine magische Welt mitnimmt. Eine Welt, die auf die Ankunft eines Drachen wartet. Und auf einen Mann, der sich diesem Drachen entgegenstellt ...

›Leseprobe

Entdecken Sie Dmitry Glukhovsky!

Wir schreiben das Jahr 2033. Ein verheerender Krieg hat weite Teile der Welt in Schutt und Asche gelegt. Nur in den gigantischen U-Bahn-Netzen der Städte haben die Menschen überlebt. Dort unten, in der Tiefe, haben sie eine neue, einzigartige Zivilisation errichtet. Eine Zivilisation jedoch, deren Existenz bedroht ist. Artjom, ein junger Mann Anfang zwanzig, lebt seit seiner Kindheit im Untergrund der Moskauer Metro. Ein behütetes Leben an der Seite seines Stiefvaters. Doch obwohl Artjom weiß, dass in den Tunneln tödliche Gefahren lauern, zieht es ihn unaufhaltsam in die Ferne. Und so zögert er nicht lange, als sich ihm die Gelegenheit bietet, seine Heimatstation zu verlassen. Es ist der Beginn einer phantastischen Reise durch das weit verzweigte Netz der Moskauer Metro – eine Reise, die über das Schicksal der gesamten Menschheit entscheidet …

An der *WDNCh* lebten etwa zweihundert Menschen. Einige wenige in den Diensträumen, die meisten in Zelten. Es waren Armeezelte, alt und abgewetzt, aber handwerklich sauber gearbeitet. Wind und Regen gab es unter der Erde nicht, und man hielt sie sorgfältig in Schuss, so dass man durchaus darin wohnen konnte. Sie hielten Wärme zurück, ebenso Licht, und dämpften die Geräusche von draußen. Was wollte man mehr?

Die Zelte kauerten im Schutz der Wände, sowohl auf den Bahnsteigen als auch im Mittelgang. Dort hatte man einen breiten Durchgang gelassen, der als eine Art Straße diente. Einige große Zelte für vielköpfige Familien waren in den Rundbögen aufgestellt worden. An beiden Enden des Mittelgangs sowie im Zentrum wurden jedoch mehrere Bögen freigehalten. Unter dem Bahnsteig gab es weitere Räume, aber dort war die Decke zu niedrig zum Wohnen – an der *WDNCh* wurden sie als Vorratskammern genutzt.

Zwischen den beiden nördlichen Tunneln gab es einige Meter vor der Station ein kurzes Zwischengleis, das seinerzeit angelegt worden war, damit die Züge hier wenden und wieder zurückfahren konnten. Nun verlief einer der beiden Tunnel nur noch bis zu jener Verbindung, dahinter hatte man ihn zugeschüttet. Der andere führte nach Norden, zum Botanischen Garten und fast bis nach Mytischtschi. Man hatte ihn als Rückzugsweg für den Notfall offen gelassen, und dort hatte Artjom seinen Wachdienst gehalten. Das restliche Stück des zweiten Tunnels sowie der Verbindungsgang waren zur Pilzzucht freigegeben worden. Die Gleise hatte man abgebaut, den Untergrund gelockert und mit Abfällen aus den Müllgruben gedüngt, so dass nun überall Reihen weißer Pilzhüte hervorstanden. Auch einer der beiden südlichen Tunnel war bei Meter 300 zum Einsturz gebracht worden, und dort, ganz am Ende, so weit wie möglich von den Wohnstätten der Menschen entfernt, befanden sich die Hühnerställe und Schweinekoben.

Artjoms Unterkunft lag an der »Hauptstraße«. Dort, in einem der kleineren Zelte, wohnte er bei seinem Stiefvater. Dieser arbeitete bei der Administration, wo er für die Kontakte mit anderen Stationen zuständig war, weshalb in ihrem Zelt niemand sonst untergebracht war. Es war ihr eigenes, die höchste Kategorie. Ziemlich oft verschwand Suchoj für zwei bis drei Wochen. Artjom nahm er nie mit, er sagte, seine Geschäfte seien zu gefährlich und er wolle ihn keinem Risiko aussetzen. Stets kehrte er abgemagert und unrasiert zurück, manchmal sogar verletzt, und dann saß er am ersten Abend immer mit Artjom zusammen und berichtete ihm Dinge, die nur schwer zu glauben waren, selbst für einen Bewohner ihrer grotesken unterirdischen Welt.

Natürlich drängte es Artjom danach, selbst auf Wanderschaft zu gehen, doch es wäre sehr unvernünftig, einfach so durch die Metro zu spazieren. Die Patrouillen der unabhängigen Stationen waren äußerst misstrauisch und ließen niemanden durch, der bewaffnet war. Sich unbewaffnet in die Tunnel zu begeben war jedoch der sichere Tod. Also war Artjom, seit er mit seinem Stiefvater von der *Sawjolowskaja* hierher gekommen war, nie sehr weit gekommen. Einige Male hatte man ihn geschäftlich zur *Alexejewskaja* geschickt, nicht allein natürlich, sondern mit einer Gruppe, und ab und zu waren sie sogar bis zur *Rischskaja* gekommen. Und dann gab es da noch eine Expedition, von der er niemandem ein Wort sagen durfte, sosehr es ihn auch danach verlangte.

Passiert war das alles schon vor langer Zeit, als es am Botanischen Garten noch weit und breit keine Schwarzen gab, sondern es einfach nur eine verlassene, dunkle Station war. Die Patrouillen der *WDNCh* waren damals noch viel weiter nördlich unterwegs, und Artjom selbst noch ein grüner Junge. Eines Tages riskierten er und zwei Freunde es einfach: Während eines Schichtwechsels schlüpften sie am äußersten Posten vorbei, mit Taschenlampen und einer doppelläufigen Flinte, die einer der Jungs von seinen Eltern geklaut hatte. Lange trieben sie sich an der *Botanitscheski Sad* herum. Gruselig war das schon, aber auch interessant. Überall sahen sie im Licht ihrer Lampen die Überreste menschlicher Behausungen: verbranntes Interieur, verkohlte Bücher, kaputtes Spielzeug, zerrissene Kleidung ... Ratten huschten umher, von Zeit zu Zeit ertönten seltsam knarrende Geräusche. Und da hatte einer von Artjoms Freunden – wahrscheinlich Schenja, der aufgewecksteste und neugierigste von ihnen – eine Idee: Was, wenn wir versuchen, die Sperre aufzumachen und uns nach oben durchzuschlagen, die Rolltreppe hinauf? Einfach nur, um zu schauen, wie es dort oben aussieht? Was dort ist?

Artjom war von Anfang an dagegen gewesen. Zu frisch waren ihm die jüngsten Berichte seines Stiefvaters im Gedächtnis. Von Menschen, die an der Oberfläche gewesen und danach schwer erkrankt waren, und davon, welche Schrecken man dort oben zu sehen bekam. Doch die anderen beiden redeten auf ihn ein: Dies sei eine einmalige Chance, wann würden sie jemals wieder, ohne Erwachsene, in eine verlassene Station geraten? Und dazu noch die Gelegenheit haben, nach oben zu gehen und mit eigenen Augen zu sehen, wie es ist, wenn über dem Kopf *nichts ist* ... Als alles Zureden nichts half, verkündeten sie, wenn er so ein Feigling sei, würden sie eben ohne ihn gehen. Und die Vorstellung, allein in der verlassenen Station zu bleiben und sich vor seinen beiden besten Freunden zu blamieren, erschien Artjom so unerträglich, dass er sich ihnen zähneknirschend anschloss.

Zu ihrem Erstaunen funktionierte der Mechanismus noch, der die Sperre zwischen dem Bahnsteig und der Rolltreppe betätigte.

Ausgerechnet Artjom gelang es nach einer halben Stunde verzweifelter Bemühungen, ihn in Bewegung zu setzen. Krachend fuhr die rostige Eisenwand zur Seite, und ihren Blicken offenbarte sich eine relativ kurze Rolltreppe, die nach oben führte. Einige Stufen waren eingefallen, und durch die gähnenden Löcher sah man im Licht der Taschenlampen die riesenhaften Zahnräder, die vor Jahren für immer stehen geblieben waren. Jetzt waren sie von Rost zerfressen, und etwas Braunes überzog sie, das sich kaum merklich bewegte. Es dauerte eine Weile, bis die drei sich überwanden hinaufzusteigen. Mehrmals gab eine Stufe unter ihrem Gewicht nach und fiel nach unten durch. Die entstandenen Löcher überquerten sie, indem sie sich an den Haltern der Treppenbeleuchtung entlanghangelten. Der Weg nach oben war nicht lang, doch ihre ursprüngliche Entschlossenheit hatte sich mit der ersten durchgebrochenen Stufe verflüchtigt. Um wieder Mut zu fassen, bildeten sie sich ein, sie seien echte Stalker.

Stalker ... Trotz seines fremden, seltsamen Klangs hatte dieses Wort Eingang in die russische Sprache gefunden. Ursprünglich war es eine Bezeichnung für verarmte Menschen gewesen, die sich auf verlassene militärische Versuchsgelände wagten, um übrig gebliebene Geschosse und nicht-detonierte Sprengkörper zu demontieren und die Messinghülsen bei den Sammelstellen für Altmetall abzugeben. Oder auch für alle möglichen schrägen Typen, die in Friedenszeiten durch Kanalisationen krochen und noch manch anderes taten. Eines hatten sie alle gemeinsam: Sie begaben sich stets in extreme Gefahr, wagten sich an das Unerforschte, Unbegreifliche, Unheilvolle, Unerklärliche. Wer wusste schon, was auf den verlassenen Testgeländen vor sich ging, wo die radioaktiv verseuchte, von Tausenden von Explosionen entstellte, von Gräben durchzogene und von Katakomben ausgehöhlte Erde womöglich monströse Wesen hervorgebracht hatte? Und man konnte nur vermuten, was in der Kanalisation dieser Riesenstadt herangewachsen war, seit ihre Bauherren die Luken geschlossen hatten, um für immer dieses düstere, enge, stinkende Labyrinth hinter sich zu lassen.

In der Metro bezeichnete man als Stalker jene Teufelskerle, die es wagten, an die Oberfläche zu gehen. In Schutzanzügen, Atemmasken mit abgedunkelten Sichtscheiben, bis an die Zähne bewaffnet, stiegen diese Leute hinauf auf der Suche nach Dingen, die die Allgemeinheit unbedingt brauchte: Munition, Geräte, Ersatzteile, Brennstoff. Menschen, die sich trauten, gab es Hunderte – doch nur wenige kehrten lebend wieder zurück. Ihr Gewicht wog man mit Gold auf, sie standen sogar noch höher im Kurs als die ehemaligen Mitarbeiter der Metro. Verschiedenste Gefahren lauerten dort oben, von der Strahlung selbst bis hin zu den furchterregenden Kreaturen, die durch diese entstanden waren. Ja, es gab noch Leben an der Oberfläche – aber es glich nicht mehr dem, was man gemeinhin unter Leben verstand.

Jeder Stalker war eine lebende Legende, ein Halbgott, zu dem Jung und Alt begeistert aufblickten. Wenn Kinder in eine Welt geboren werden, in der es nichts mehr gibt, wohin man schwimmen oder fliegen könnte, in der die Wörter »Pilot« und »Seemann« verblassen und allmählich ihren Sinn verlieren, so wollen sie eben Stalker werden. In glänzenden Rüstungen fortgehen, begleitet von Hunderten ehrfürchtiger, schwärmerischer Blicke, nach oben, zu den Göttern. Mit Monstern kämpfen und auf dem Rückweg unter die Erde den Menschen Treibstoff, Munition, Licht und Feuer, kurz: das Leben bringen.

Auch Artjom und seine Freunde Schenja und Witali der Nörgler wollten Stalker werden. Und während sie mit großer Überwindung die fürchterlich knarzende Rolltreppe mit den brüchigen Stufen hinaufkletterten, stellten sie sich vor, sie trügen Schutzanzüge mit Geigerzählern und hielten mächtige tragbare MGs vor sich, wie es sich für echte Stalker gehörte. Dabei hatten sie weder Geigerzähler noch irgendeine Schutzkleidung dabei, und anstelle eines ehrfurchtgebietenden Armee-Maschinengewehrs gab es nur diesen vorsintflutlichen Doppelläufer, der womöglich gar nicht mehr funktionierte.

Ziemlich bald war der Anstieg zu Ende, und sie waren fast an der Oberfläche. Zum Glück war es Nacht, sonst wären sie unweigerlich erblindet. Ihre Augen, die von den langen Jahren unter der Erde nur Dunkelheit, Lagerfeuer und rote Notlampen gewohnt waren, hätten die grellen Strahlen nicht ausgehalten. Blind und hilflos, hätten sie wohl kaum wieder nach Hause zurückgefunden.

Die Eingangshalle der Station *Botanitscheski Sad* war fast völlig zerstört, das Dach war halb eingestürzt, und durch das entstandene Loch sah man den dunkelblauen Sommerhimmel, frei von radioaktiven Staubwolken, dafür übersät mit Myriaden von Sternen. Doch was ist ein Sternenhimmel für ein Kind, das sich nicht einmal vorstellen kann, was es heißt, nichts über dem Kopf zu haben? Den Blick zu heben und nicht eine Betondecke oder ein schimmeliges Gewirr aus Kabeln und Rohren zu sehen, sondern einen dunkelblauen Abgrund, der sich plötzlich über dir auftut – was ist das für ein Gefühl? Und die Sterne! Kann sich ein Mensch, der nie Sterne gesehen hat, überhaupt vorstellen, was Unendlichkeit ist? Ist dieser Begriff doch vermutlich erst unter dem Eindruck des nächtlichen Himmelsgewölbes entstanden. Millionen gleißender Feuer, silberne Nägel, eingeschlagen in eine Kuppel aus blauem Samt ...

Drei, fünf – nein, zehn Minuten standen die Jungen da, unfähig, auch nur ein Wort zu sagen. Und so wären sie wahrscheinlich noch bis zum Morgen gestanden und bei lebendigem Leibe verbrannt, wäre da nicht dieses furchtbare, markerschütternde Geheul gewesen, das plötzlich in allernächster Nähe anhob. Augenblicklich kamen sie wieder zur Besinnung, und Hals über Kopf stürzten sie zurück zur Rolltreppe, hasteten atemlos hinunter, ohne jegliche Vorsicht, so dass sie ein paar Mal fast eingebrochen und direkt auf die kantigen Zahnräder gestürzt wären. Doch stützten und zogen sie sich gegenseitig heraus und bewältigten den Weg zurück in wenigen Sekunden.

Die letzten zehn Stufen rollten sie praktisch kopfüber hinab, wobei sie ihre Flinte verloren, und stürzten sich gleich auf das Steueraggregat für die Schleuse. Doch verflucht – das rostige Eisentor verkantete und machte keine Anstalten, an seinen Platz zurückzukehren. Halb tot vor Angst, dass irgendwelche Monster von der Oberfläche sie verfolgten, rannten sie los, zu ihren Leuten am nördlichen Außenposten.

Sie wussten, es war dumm gewesen, das Tor offen zu lassen – vielleicht hatten sie damit den Mutanten einen Weg nach unten verschafft, in die Metro, zu den Menschen. Daher vereinbarten sie, ihre Zungen zu hüten und den Erwachsenen nicht zu erzählen, wo sie gewesen waren. Dem Außenposten sagten sie, sie hätten in einem Seitentunnel Ratten jagen wollen, dann aber das Gewehr verloren, es mit der Angst bekommen und seien umgekehrt.

Artjom bekam damals von seinem Stiefvater eine saftige Abreibung. Sein Hintern brannte noch lange von dem Offiziersgürtel, doch hielt er stand wie ein gefangener Partisane und plauderte das Kriegsgeheimnis nicht aus. Auch seine Kameraden schwiegen. Und man glaubte ihnen.

Aber wenn er jetzt an diese Geschichte zurückdachte, geriet Artjom ins Grübeln: Ob nicht doch jenes Abenteuer – und vor allem die von ihnen geöffnete Schleuse – in einem Zusammenhang stand mit den gespenstischen Wesen, die ihre Außenposten in den letzten Jahren vermehrt angriffen?

Artjom grüßte die Entgegenkommenden, blieb mal hier, mal dort stehen, um die neuesten Nachrichten zu hören, einem Bekannten die Hand zu drücken, ein befreundetes Mädchen auf die Wange zu küssen, den älteren Herrschaften zu berichten, wie es dem Stiefvater ging, und gelangte schließlich zu seinem Zelt. Es war niemand zu Hause, und er beschloss, nicht auf Suchoj zu warten, sondern sich schlafen zu legen. Acht Stunden Wachdienst waren schließlich kein Pappenstiel. Er zog die Stiefel aus, legte die Jacke ab und vergrub sein Gesicht im Kissen. Der Schlaf ließ nicht lange auf sich warten.

Einer der Zeltflügel hob sich, und lautlos schlüpfte eine kräftige Gestalt nach innen, deren Gesicht nicht zu erkennen war. Ein kahler Schädel reflektierte unheilvoll die rote Notbeleuchtung. Eine dumpfe Stimme ertönte: »Siehst du, wir haben uns wieder getroffen. Dein Stiefvater ist nicht da. Kein Problem. Wir kriegen ihn schon noch, früher oder später. Er läuft uns nicht weg. Solange kommst du mit mir. Wir haben etwas zu bereden. Das mit der Sperre am Botanischen Garten zum Beispiel ...« Artjom erstarrte. An der Stimme erkannte er den Mann, der sich als Hunter ausgegeben hatte. Langsam näherte er sich, lautlos, sein Gesicht war nicht zu sehen, das Licht fiel irgendwie seltsam ... Artjom wollte um Hilfe rufen, doch eine große Hand, kalt wie die eines Toten, hielt ihm den Mund zu. Endlich gelang es ihm, seine Taschenlampe zu ertasten, sie einzuschalten und dem Mann ins Gesicht zu leuchten. Und was er erblickte, raubte ihm für einen Moment den Atem: Anstelle eines menschlichen Gesichts, mochte es auch grob und streng sein, sah er vor sich eine schwarze Fratze mit zwei riesigen, sinnentleerten, pupillenlosen Augen und weit aufgerissenem Maul. Artjom sprang auf, riss sich los, rannte zum Zeltausgang. Plötzlich erlosch das Licht, die Station lag völlig dunkel da, nur in weiter Ferne war der schwache Widerschein eines Feuers zu sehen. Ohne lange nachzudenken, stürzte Artjom auf dieses Licht zu. Der Menschenfresser sprang hinter ihm her aus dem Zelt und brüllte: »Bleib stehen! Du kannst nirgendwohin!« Er brach in ein furchtbares Gelächter aus, das nach einer Weile in ohrenbetäubendes Friedhofsgeheul überging. Artjom lief, ohne sich umzudrehen. Hinter sich hörte er das Stampfen schwerer Stiefel, nicht schnell, sondern ruhig und gemessen, als wüsste sein Verfolger, dass er sich nicht beeilen musste, er würde Artjom ohnehin kriegen, früher oder später. Als er sich dem Feuer näherte, bemerkte

Artjom, dass dort ein Mann mit dem Rücken zu ihm saß. Schon wollte er ihn an der Schulter packen und um Hilfe bitten, da kippte dieser plötzlich rücklings auf den Boden. Artjom erkannte, dass der Mann schon lange tot war – sein Gesicht war aus irgendeinem Grund mit Raureif überzogen. Und dann erkannte er in diesem gefrorenen Menschen seinen Stiefvater, Onkel Sascha ...

»He, Artjom! Genug geschlafen! Los, aufstehen! Du pennst schon sieben Stunden am Stück. Steh auf, du Schlafmütze! Wir haben Besuch!«

Das war Suchojs Stimme.

Artjom setzte sich im Bett auf und starrte seinen Stiefvater verblüfft an. Nachdem er eine Minute lang vor sich hin geblinzelt hatte, fragte er schließlich: »Onkel Sascha ... Du ... Dir ist nichts passiert?«

»Nein, wie du siehst«, erwiderte Suchoj. »Nun komm schon, was liegst du noch herum? Ich stelle dir einen Freund vor.«

Von draußen war eine gedämpfte Stimme zu hören, die Artjom bekannt vorkam – ihm trat kalter Schweiß auf die Stirn, denn er musste an den Albtraum von eben denken.

»Wie, ihr kennt euch schon?«, wunderte sich Suchoj. »Na, Artjom, du kommst ja ganz schön rum!«

Der Gast zwängte sich ins Zelt. Artjom zuckte zusammen und drückte sich gegen die Zeltwand – es war Hunter. Wieder zog der Albtraum vorüber: die leeren, dunklen Augen, das Trampeln der schweren Stiefel im Rücken, die erstarrte Leiche beim Feuer ...

»Ja, wir haben uns schon kennengelernt«, presste Artjom hervor und reichte Hunter widerwillig die Hand.